華山歸還

화산귀환 8

비가 장편소설

목차

24장 내가 화산의 삼대제자 청명이시다 …… 007

25장 웬 중이 굴러들어 오네 …… 117

26장 뭐 그렇게 대단한 일 했다고 …… 263

27장 귀신이면 죽고 사람이면 돼진다 …… 417

24장

내가 화산의 삼대제자 청명이시다

"……화산이구나."

"예. 화산이로군요."

화산으로 오르는 산길의 초입. 백발이 성성한 노인들과 장년인들이 모여 묘한 눈빛으로 산봉우리를 올려다보고 있었다.

"몇 년 만이지?"

"자그마치 삼십 년이 넘었지요."

"그래. 삼십 년이라……. 실로 길었구나."

선두에 선 노인의 눈에 얼핏 아련한 기색이 어렸다. 곱게 빗어 넘긴 머리와 전신에 걸치고 있는 비단옷은 이 사내의 신분이 범상치 않다는 것을 여실히 드러내고 있었다. 노인이 회한 어린 목소리로 말했다.

"내 살아생전 다시 화산에 오를 일이 생길 줄은 몰랐다."

"저희 역시 마찬가지입니다. 사형께서 다시 불러 주지 않으셨다면 저희도 차마 이곳을 찾을 엄두를 내지 못했을 것입니다."

"그렇지."

노인이 뭔가 결심을 한 듯 크게 고개를 끄덕였다.

"가자꾸나. 현종을 만나야지. 만나서 이야기를 나눠 봐야겠다."

"오랜만에 화산을 오르려니 설레기도 하고, 겁이 나기도 합니다."

대답에 떨떠름한 기색이 묻어 있었다. 하지만 뜻밖에도 노인의 입가에는 엷은 미소가 걸리었다.

"겁낼 이유가 무엇이더냐. 수십 년이 지나더라도 집은 집인 법이다. 조금의 다툼은 있을지 모르지만, 겁을 낼 필요는 없다."

"예. 사형!"

노인이 슬쩍 뒤를 돌아보았다. 그와 눈이 마주친 이들이 묵직하게 고개를 끄덕였다.

"가자."

"예!"

산 정상에 낀 짙은 운무가 예상치 못한 방향으로 흐르기 시작했다. 마치 화산에 앞으로 일어날 일을 암시하듯이.

고요한 산문. 화산이 세상에 그 명성을 떨쳤음에도, 아직 그곳에 오르는 길은 인적이 없어 조용하기만 했다.

새벽이슬이 낀 고즈넉한 화산의 산문 앞에 한 무리의 사람들이 모습을 드러냈다. 적막이 가신 것은 순식간이었다.

"후욱! 후욱!"

"끄응. 오랜만에 올라서 그런 건지 모르겠지만, 정말 험하기가 이를 데가 없습니다."

"……그렇지. 이게 화산이지."

모두 이마에 흐른 땀을 닦아 내며 슬쩍 아래쪽을 바라보았다. 깎아지른 절벽 저 아래 중턱에 구름이 걸려 있었다. 화산이 아니고서야 보기 힘든 광경이었다.

"예전에는 하루에도 몇 번씩 이 산을 오르곤 하지 않았습니까?"

"허허. 그런 적이 있었던가?"

"예. 수련을 한답시고 산을 여러 번 오르락내리락했었죠."

"그래. 그랬었지."

추억을 곱씹는 그들의 목소리에서는 아련한 기색이 묻어났다. 서로를 흐뭇한 눈빛으로 바라본 그들은 이윽고 산문 쪽에 시선을 던졌다.

"한창 젊을 때 떠나온 화산을 이리 오랜 세월이 지나서야 다시 찾게 되었구나."

"……사형."

"들어가자. 조사전에 들러 용서를 빌어야겠지. 불호령을 내리실 사부님께서 살아 계셨다면 더욱 좋았을 것을."

선두에 선 노인이 씁쓸한 표정으로 산문을 향해 걸음을 옮겼다. 다른 이들도 그런 노인을 따라 활짝 열려 있는 산문으로 다가갔다.

"흐음. 산문을 새로 올린 모양이로군."

"그런 것 같습니다. 화산이 큰돈을 벌었다는 소문이 과연 맞는 모양입니다."

"허허허. 그런 모양이구나. 화산의 홍복이로다."

너털웃음을 크게 터뜨리며 산문 안으로 들어서던 노인은 믿지 못할 광경에 저도 모르게 발을 멈추고 입을 쩍 벌렸다.

"세, 세상에……."

"허어……. 이런 일이."

뒤이어 들어선 이들 또한 노인과 마찬가지로 말을 잇지 못하고 정신없이 주변을 두리번거리기 바빴다.
 다르다. 너무나도 다르다. 그들이 기억하고 있던 화산의 모습과는 하늘과 땅만큼이나 다른 모습이 눈앞에 펼쳐져 있었다.
 "다 무너져 가던 전각들은 어디로 가고……."
 "반 이상을 새로 올린 것 같지 않습니까?"
 "바닥에 깐 것은 분명 청석인 것 같은데, 그 비싼 것을 저리 깔아 댈 정도라면 돈을 얼마나 많이 들인 건지……."
 "화, 화산이 언제 이렇게?"
 모두가 어안이 벙벙하여 동요를 감추지 못했다.
 그들이 마지막으로 보았던 화산은 금방이라도 쓰러질 것 같은 전각들을 어찌어찌 보수해 겨우 버텨 나가던 곳이었다. 개중에는 낡아 빠져 쓰지 못하는 전각이 태반이었고, 그나마 멀쩡한 전각들마저도 비가 새고 벌레가 먹어 엉망진창이었다. 그럼에도 너무 건물이 약해진 데다 돈도 없으니 손을 대지 못하고 그대로 낡아만 갈 뿐이었다.
 '어찌 이런 일이?'
 하나 지금은, 새로 올린 전각들과 과거의 전각들이 조화를 이루고 있었다. 과거의 화산이 몰락해 가는 문파의 모습을 극단적으로 보여 주었다면 지금의 화산에서는 약동하는 힘이 느껴졌다.
 "원시천존이시여."
 선두의 노인이 치미는 격정을 어찌하지 못하고 낮게 도호를 외었다.
 "참…… 감회가 새롭습니다, 사형."
 "그래. 그렇구나."
 앞에 선 이가 내뱉은 감탄에 노인은 만감이 교차하는 표정으로 고개를 끄덕였다.

그렇지. 도관이란 이래야 하는 법이지. 건물들이 새로이 바뀐 만큼 화산의 제자들도 더없이…….

그 순간이었다.

"으아아아아아아아아아아!"

"아침부터 뒈지겠네, 진짜!"

"누가 저 인간 좀 안 잡아가나? 귀신은 뭐 하냐고!"

"야. 그거 청명이한테 하던 말 아니냐?"

"뭐가 달라?"

그들의 귀에 커다란 고함……. 아니, 비명이 들려오기 시작했다.

"으응?"

소리가 들려온 쪽을 보니 시커먼 무복을 입은 한 무리의 청년들이 먼지구름이 일 정도로 미친 듯이 경공을 전개해 질주하고 있었다.

"어……?"

얼굴에 드러난 다급함과 질끈 깨문 입술, 그리고 줄줄 흐르고 있는 땀은 지금 이들이 얼마나 전력을 다해 달리고 있는지를 말해 주었다.

"으아아아아아아아아!"

심지어 속도를 이기지 못해 넘어져 구르는 이들도 더러 나왔지만, 달리는 사람 중 누구도 도와주지 않았다. 그저 훌쩍 뛰어넘어 제 갈 길만 바삐 갈 뿐이었다.

질주하는 제자들의 뒤를 산보하듯 사뿐사뿐 뛰어 쫓아가던 사내가 바닥에 쓰러진 이에게 다가가더니 지체 없이 그를 뻥 걷어찼다.

"아아아아아악!"

걷어차인 이가 허공을 훌훌 날아가, 달리고 있는 무리 가운데에 힘없이 떨어졌다.

"쯧."

걷어찬 이는 마땅한 눈빛으로 그 모양을 바라보며 흘러내린 머리카락을 쓸어 넘기더니 살짝 풀린 영웅건을 질끈 고쳐 묶었다.

"음?"

그러다 산문에 서 있는 그들을 뒤늦게 발견하고 살짝 미간을 찌푸렸다. 그러고는 살짝 허리를 숙여 포권 했다.

"이른 아침부터 어인 일로 화산을 방문하셨는지?"

그 모습을 본 이들은 자신도 모르게 감탄의 목소리를 내었다. 헌앙하기 짝이 없는 모습. 그야말로 시대를 이끌어 갈 영웅의 풍모를 갖춘 청년이었다.

'이런 이들이 있으니 화산이 다시 그 이름을 날리는 거겠지.'

'훌륭하구나.'

노인은 흡족하다는 듯이 고개를 끄덕였다. 물론 방금 보여 준 기행은 조금 의아한 구석이 있었지만, 좋게 보자면 수련에 박차를 가하는 것으로도 여길 수 있지 않겠는가. 충분히 그럴 수 있는 일이었다.

이 헌앙한 모습과 감탄이 나오는 풍모, 정광 어린 눈빛을 보고 있으니 이자가 누구인지 듣지 않아도 알 것 같았다.

"그래. 네가 최근 천하에 이름을 떨치고 있는 그자인 모양이구나."

"예?"

"겸손 떨 것 없다. 네가 바로 그 화산신룡 청명 아니더냐?"

"⋯⋯아닌데요."

"응?"

"저는 화산의 이대제자인 백천이라고 합니다."

"⋯⋯응?"

노인이 멍한 눈으로 백천을 바라보았다. 눈가가 실룩이고 입꼬리가 미묘하게 뒤틀리는 것으로 보아 정말 청명이 아닌 모양이다.

"아……. 이런 실례를. 그럼 그 화정검?"

"네."

노인이 민망함에 주먹으로 입가를 가리고 낮게 헛기침했다.

"그, 그렇구나. 화정검 백천이었어. 내 소문은 많이 들었다."

"……감사합니다."

대답을 하긴 하는데, 눈빛이 영 곱지 못했다. 살짝 어색해진 분위기 속에서, 백천은 헛기침으로 목소리를 가다듬고는 입을 열었다.

"그런데 누구시며, 무슨 일로 이 아침부터 화산을 방문하셨습니까?"

"이런. 그렇지. 용건부터 이야기해야겠지."

노인이 마침 잘 물어봤다는 듯 미소를 지었다.

"현종은 안에 있느냐?"

"……."

그 말을 듣는 순간, 백천의 얼굴이 딱딱하게 굳었다. 그는 살짝 노기 어린 표정으로 노인을 뚫어져라 보았다.

감히 화신에 와서 장문인을 아랫사람 부르듯 도호로 칭하는 데는 화가 났지만, 상대가 그럴 수 있는 신분일지도 모르니 함부로 경거망동할 수가 없다.

"실례지만 누구신지 여쭤도 되겠습니까?"

"네게 말하기는 조금 곤란하다, 아해야. 그러니 가서 현종을 불러오너라. 그럼 모든 것을 알게 될 테니."

백천은 노인과 그 뒤를 지키고 있는 이들을 한동안 말없이 바라보았다. 그러다 단호하게 말했다.

"무슨 말씀인지 잘 알겠습니다만, 그건 화산의 법도에 어긋납니다. 화산에 방문한 이들은 제 신분을 밝히지 않고서는 본 문에 출입할 수 없고, 당연히 장문인도 만나 뵐 수 없습니다."

"하하하. 옳지, 옳지. 그렇지."

예의를 갖췄다 하나 제법 날카로운 답변이었음에도 노인은 오히려 기껍다는 듯 웃어 젖혔다.

"옳은 말이다. 하나 그건 외인에게 통용되는 말이지. 나는 화산의 외인이 아니니 그 법도를 지킬 필요가 없다."

"……예?"

백천의 반문에도 노인이 가만히 고개를 젓는다.

"너와 긴말을 할 상황이 아니구나. 가서 현종을 불러오거라. 아니면 장로 중 누구라도 괜찮다."

백천은 도무지 이 상황에 어찌 대처해야 할지 알 수가 없었다.

그때, 마침 반가운 목소리가 귀를 스쳤다.

"무슨 일이냐?"

"아, 장로님!"

백천은 반색하며 휙 돌아보았다. 현영, 그가 의문 어린 표정으로 이쪽을 향해 걸어오고 있었다.

"이분들이 정체를 밝히지 않고 장문인을 만나 뵙겠다고 하셔서."

"누가 감히 그런 무례를 저지른단 말이더냐? 이들이 누구길래?"

현영이 못마땅하다는 듯 살짝 인상을 찌푸리며 사내들을 바라보았다.

"본 적 없……."

그는 말을 하다 말고 입을 꾹 다물었다. 그의 얼굴이 더없이 딱딱하게 굳기 시작했다.

백천은 그를 가만 살피다 되레 놀라 버렸다. 그동안 현영이 화를 내는 모습이야 여러 번 보아 왔지만, 저토록 심각한 표정을 짓는 건 이번이 처음인 탓이었다.

반면 선두의 노인은 오히려 빙그레 미소 짓고는 부드러운 목소리로 말을 건넸다.

"오랜만이로구나."

"……."

현영이 대답 없이 노인을 노려보았다. 황당한 것인지, 분노한 것인지, 아니면 둘 다인지. 소용돌이치는 감정에 그의 눈가가 푸들거리며 떨리기 시작했다.

한참 동안 노인을 쏘아보던 그는 씹어뱉는 듯 입을 열었다.

"무슨 염치가 있어서 다시 화산에 발을 들이셨소?"

"염치라."

노인이 쓴웃음을 지으며 먼 하늘을 올려다보았다.

"수구초심(首丘初心)이라지. 패기 넘치던 젊은이도 언젠가는 노인이 되기 마련이고, 노인이 되고 보니 고향이 그립더구나."

"고향?"

현영의 얼굴이 일그러졌다. 그가 노기 어린 목소리로 일갈했다.

"당신이 감히 화산을 고향이라 말할 수가 있소이까?"

당신이라는 말에 노인의 얼굴 역시 살짝 굳었다.

"현영아."

"아랫사람 대하듯 부르지 마시오."

"……."

"당신과 화산의 연은 진즉에 끊어졌소. 그런데 뭘 주워 먹겠다고 다시 이곳에 발을 들인단 말이오? 돌아가시오. 경을 치지 않은 것만으로도 내 할 도리는 다한 것이니."

"현종을 만나야겠다."

"장문인은 그리 한가한 분이 아니시오!"

현영이 결국 참다못해 버럭 언성을 높였다.

"뭣 하느냐!"

"예?"

"이들을 당장 쫓아내라. 그리고 산문 앞에 소금을 뿌려라!"

"……장로님."

백천이 굳은 얼굴로 잠깐 망설였다. 소란을 듣고 구보를 멈춘 화산의 제자들이 눈치를 보며 슬금슬금 이쪽을 향해 다가오기 시작했다.

"무슨 일이래?"

"글쎄? 현영 장로님이 화가 많이 나신 모양인데."

영문을 모르겠다는 얼굴로 다가오는 그들의 귀에도 노한 현영의 음성이 또렷하게 박혔다.

"무슨 의도로 이곳을 다시 찾았는지는 모르겠지만, 내가 있는 이상 댁들의 생각대로 되지는 않을 것이오!"

"……네 마음은 충분히 이해한다."

"어디 함부로…….."

"하나 너 역시 잊지 말아야 할 것이 있다. 이 일은 네가 결정할 수 있는 일이 아니다. 그렇지 않더냐?"

현영이 입을 꾹 다물었다. 그 모습에 노인은 슬쩍 웃으며 말했다.

"현종을 불러 주거라. 그가 돌아가라고 한다면 나 역시 두말없이 돌아서마."

현영은 입술을 지그시 깨물었다. 절대 이들과 장문인을 만나게 하고 싶지 않았다. 그렇게 둘 수는 없다.

"나는 그런 건 모르겠소. 당장 돌아가지 않으면 손을……."

그때였다.

"무슨 일이더냐."

뒤에서 들려온 목소리에 현영의 얼굴이 확 일그러졌다. 고개를 획 돌리니, 뒷짐을 지고 다가오는 현종이 보였다. 현영이 침음을 흘렸다.

'하필이면…….'

현영이 뭔가를 해 보기도 전에 현종의 시선이 노인에게로 향했다. 조용히 다가온 현종은 한참 동안이나 말없이 노인을 바라보다가 가볍게 고개를 숙였다.

"오랜만입니다. 사형."

"……그래. 정말 오랜만이구나."

노인이 부드러운 목소리로 말하자 현영이 또다시 버럭 소리를 질렀다.

"장문인! 문파를 저버린 이를 두고 사형이라니요! 이들은 이미 화산의 명부(名簿)에서 지워진 이들입니다! 그런 호칭은 옳지 않습니다!"

현종이 언성을 높이는 현영을 보고는 차분히 고개를 끄덕였다.

"그렇구나. 하나 내가 이들을 지칭할 말이 마땅히 떠오르지 않아 그런 것이니 너는 나를 너무 탓하지 말거라."

"……장문인."

현종은 고요한 눈길로 노인을 바라보았다.

현당(賢堂). 그의 사형이자 과거 현자 배의 대사형이었던 이. 만약 그가 제 발로 화산을 나가지 않았다면, 지금 장문인은 현종이 아니라 현당이 되었을 것이다.

"……현법 사형도 오셨구려."

"오랜만이구나."

현당의 옆에 서 있던 현법(賢法)이 미소를 지으며 고개를 끄덕였다. 현종의 시선이 슬쩍 제자들에게로 향했다. 모두 굳은 얼굴로 이쪽을 응시하고 있었다. 그 의문으로 가득한 표정들을 가만 바라보던 현종이 낮게 한숨을 쉬고는 자신의 처소를 가리켰다.

"……우선은 안으로 드시지요. 아침 공기가 차갑습니다. 안에서 대화를 나누시는 게 좋을 듯합니다."

"그래. 그러자꾸나."

현종은 천천히 몸을 돌렸다. 그 뒤를 못마땅한 기색이 역력한 현영이 따르고, 현당 무리가 여유로운 표정으로 걷기 시작했다.

마침내 그들이 멀어지자 화산의 제자들이 백천에게 우르르 달려왔다.

"사숙! 저분들은 대체 누구시랍니까?"

"사형, 이게 대체 무슨 일입니까."

"……글쎄다. 나도……."

백천은 말을 하다 말고 입을 다물었다. 그의 눈에 장문인의 처소로 향하는 이들의 뒷모습이 들어왔다. 머리가 심히 복잡했다.

'이게 무슨.'

장문인은 분명 저 노인을 사형이라 불렀다. 그렇다는 것은 저들이 과거 화산을 떠난 현자 배라는 의미이리라. 왠지 가슴이 답답해졌다.

"백상."

"예, 사형."

"……아무래도 큰 소란이 일 것 같으니 제자들을 잘 단속하도록 해라. 지금부터 화산의 백자 배와 청자 배들은 장문인의 처소 주변에 접근을 금하고, 혹여 저들이 묵을 곳이 정해진다면 그 근처로는 얼씬도 하지 마라. 알았느냐?"

"예, 사형. 말씀대로 단속하겠습니다."

깊은 한숨을 내쉰 백천이 무겁게 고개를 끄덕였다.

'모르겠군.'

이런 일이 벌어지는 와중에 청명이 자리를 비운 것이 화인지 복인지 아직은 감이 잡히지 않았다.

• ❖ •

쪼르르륵. 김이 뿜어지는 찻주전자에서 흘러나온 찻물이 잔을 반쯤 채웠다. 현종이 찻잔을 노인, 현당에게 가만히 내밀었다.

"음."

현당은 찻잔을 입가로 가져갔다. 코를 파고드는 차의 향이 더없이 은은하고 부드러웠다. 한 모금 머금은 현당이 크게 고개를 끄덕인다.

"차를 타는 솜씨가 더욱 좋아졌구나."

"예전에 제가 타던 차의 맛이 기억나십니까?"

"그럼. 기억나고말고. 네가 우린 차 맛은 내 평생 잊지 못하던 것 중 하나였다."

노인이 너스레를 떨며 하는 말에 현종이 살짝 미소를 지었다.

"미련이 많으셨던 모양입니다."

"……그래. 그랬던 모양이지."

부드러운 대화다. 하지만 그 대화를 지켜보는 이들의 표정은 전혀 부드럽지 못했다.

장문인의 처소. 상석에 앉은 현종을 두고 좌우로 현상과 현영이 앉았다. 그리고 두 장로의 앞으로는 운암과 운검을 비롯한 운자 배들이 쭉 안쪽을 보며 자리하고 있었다. 상석의 건너편에는 현당이 가부좌를 틀었고, 그 뒤로 그가 데리고 온 이들이 정좌했다.

미묘한 대치. 그리고 이어지는 침묵. 은은한 차향은 부드럽기 짝이 없었지만, 방 안을 채우고 있는 공기는 부드러움과 거리가 멀었다.

그 상황이 썩 마음에 차지 않는지 현당이 먼저 입을 열었다.

"너희는 늙지도 않는구나."

"좋은 일이 있으면 사람이란 늙었다가도 젊어지는 법이지요."

"그래, 그렇겠지. 좋은 일이라."

고개를 끄덕이던 현당이 가만히 현종을 바라보며 말한다.

"그 자리가 잘 어울리는 것을 보니 마음이 놓이는구나. 사실 그동안 나는 꽤 걱정을 했었다."

"하!"

말이 끝나기가 무섭게 현영이 콧방귀를 뀌었다. 현종이 살짝 나무라는 표정으로 시선을 주니 입을 닫기는 했지만, 금방이라도 욕지거리를 퍼부을 듯 사납게 현당을 노려보았다.

"걱정해 주셔서 감사합니다."

"아니다. 화산을 이리 훌륭히 이끌었으니 내가 감사해야겠지, 내가."

현영은 영 불만스러운 표정으로 현당을 바라보았다. 심지어는 현상조차도 불편함을 어찌하지 못하는 듯 연신 헛기침을 해 댔다.

현종이 그런 분위기를 바꾸려는 듯이 입을 연다.

"그래서…… 무슨 일로 오셨습니까?"

현당은 한참을 말없이 현종을 가만히 바라보았다.

"너도 많이 바뀌었구나."

"……."

"예전의 너는 이리 직접적으로 물어오는 이가 아니었다. 항상 넌지시 말을 돌리고는 했었지."

"강산이 세 번 바뀌고도 남을 시간입니다. 사람이라 해서 바뀌지 않을 도리가 있겠습니까?"

"그래. 그렇지. 하지만 너만은 예전 그대로의 모습으로 남아 주기를 바랐다."

현종은 대꾸하지 않았다. 굳이 답할 필요가 없는 말이었다. 그리고 지금 대답해야 할 이는 그가 아니라 현당이었다.

"제 질문에 답을 해 주셔야 할 것 같습니다."

"그래. 그래야겠지."

현당이 살짝 침음을 흘리고는 화산의 사람들을 돌아보았다.

"삼십여 년 전, 나는 내 발로 화산을 나갔다. 화산에는 미래가 없다고 생각했기 때문이지. 아니, 더 정확하게 말하자면 내 힘으로는 몰락해 가는 화산을 되살릴 수 없다고 생각했기 때문이다."

"그러셨지요."

현종은 여전히 담담했다. 현당이 사람 좋은, 푸근한 미소를 지었다.

"하나 나이가 드니 생각이 바뀌더구나. 마음 한편에 자리한 화산을 어찌할 수가 없었다. 세월이 가면 잊힐 거라 생각했건만, 내 안의 화산은 날이 갈수록 더 커지기만 하더구나."

현영은 피식 웃으며 중얼거렸다. 노골적으로 상대를 무시하는 말투였다.

"삼십 년이나 잘 참은 걸 보면, 애초에 그리 크지도 않았겠구만!"

"……현영아."

"예, 압니다. 알아요."

현종이 나직하게 나무라자 현영이 입을 닫았다. 하지만 여전히 입술이 툭 나와 있는 것을 보면 못내 불편한 마음이 가시질 않는 모양이었다.

날 선 반응이 껄끄러울 법한데도 현당은 차분하게 말했다.

"그래. 내가 무슨 말을 할 수 있겠느냐? 어찌 되었건 우리는 화산을 버리고 떠난 이들이다. 비난을 받아도, 욕을 먹어도 응당 감내해야 하는 일이지."

말을 돌리는 듯한 현당의 태도에 현종은 살짝 눈을 찌푸렸다.

"아직 제 질문에 대답을 하지 않으셨습니다."

"……세상으로 나가 살아가며 화산을 잊으려 했다. 노력하여 나름대로 기반도 잡았고, 사는 것이 그리 힘겹지 않게 되었지. 하지만 비어 있는 마음 한구석이 내내 채워지질 않았다. 그러던 와중에 화산의 이름이 내가 사는 곳까지 들려오더구나."

현상이 살짝 입술을 물었다. 그 또한 현영과 마찬가지로 이 상황이 불편했다.

'저자가 정말 듣자 듣자 하니…….'

저들이 기반을 잡고 편안히 살 동안 현종은 화산을 살리기 위해 모든 것을 바쳤다. 그 어려움을 조금이라도 생각한다면 감히 현종의 앞에서 저런 말을 할 수는 없는 법이다.

"화산이 다시 세상에 이름을 떨치기 시작했다는 소식을 들은 순간, 묻어 두었던 회한을 주체할 수 없더구나. 그리하여 뜻이 맞는 이들과 그 후손들을 데리고 화산까지 온 것이다."

현종은 뜻 모를 표정으로 느리게 고개를 끄덕였다.

"무슨 말인지는 알겠습니다. 하지만 여전히 대답이 되지 않습니다."
"……어떤 대답 말이더냐?"
"사형께서는 화산에서 무엇을 하려는 것입니까?"
현당이 현종을 빤히 보다가 입을 열었다.
"무엇인들 못 하겠느냐?"
"…….."
"나는 죄인이다. 본래대로라면 화산의 땅을 밟을 수도 없는 입장이지. 그런 내가 무엇을 바라겠느냐? 그저 화산에서 숨을 쉬고 화산의 거름이 될 수 있다면 족하다."
"으음."
"함께 온 이들은 모두 세상에서 제 나름의 능력을 발휘해 삶을 일군 이들이다. 반드시 화산에 도움이 될 것이다. 그러니 우리에게 화산의 귀신이 될 수 있는 기회를 다오. 비록 내 늙은 몸이나 이 한 몸 부서지도록 화산을 위해 살고 싶구나."
그럴싸한 대답이었다. 현종은 낮게 한숨을 내쉬었다.
"사형……."
"거, 어디서 개수작이요!"
그 순간, 참지 못한 현영이 자리에서 벌떡 일어나 삿대질을 해 댔다.
"화산이 개판이 나 전각까지 넘어갈 지경이 되었을 땐 코빼기도 안 내밀다가 이제야 찾아와서는, 뭐? 화산의 귀신? 당신한테 양심이라는 게 있긴 있소?"
"현영아, 진정하거라."
"지금 제가 진정하게 생겼습니까, 사형! 저 말종들의 수작질이 너무 빤하지 않습니까? 금방이라도 망할 것 같던 삼십 년 동안은 아예 모른

척했으면서, 이제 좀 화산이 잘나간다 싶으니 콩고물이라도 얻어먹겠다고 궁둥짝을 들이미는 것 아닙니까!"

현영이 콧김을 내뿜으며 더욱더 크게 소리쳤다.

"더 들을 것도 없습니다! 저 망할 놈들을 당장 내쫓으십시오!"

"현영아!"

말을 멈출 생각이 없어 보이는 현영에게 현종 또한 목소리를 높였다. 그때였다.

"죄송하지만, 장문인. 저도 이번만은 사제와 같은 생각입니다."

현상이 잔뜩 굳은 얼굴로 현영을 거들고 나섰다.

"생각할 이유도 없는 일입니다. 제 발로 화산을 나간 이들입니다. 그런 이들에게 어찌 화산의 땅을 밟게 한다는 말입니까? 귀신이요? 저런 귀신들은 화산에 필요하지 않습니다."

"……."

"돌려보내셔야 합니다."

현종이 미간을 찌푸리며 눈을 감았다. 현당이 슬쩍 입을 열었다.

"너희의 마음은 내 충분히 이해한다. 사형이 되어서……."

"네깟 놈이 어찌 사형이란 말이더냐!"

"현영아!"

"아니, 장문인! 저 말하는 꼬락서니가 같잖지 않습니까! 제 발로 문파를 나간 이가 어찌 장문인의 사형이 될 수 있습니까!"

"되었다."

현종은 손을 내저으며 말렸다. 그 손짓이 불편한 마음의 표현이라는 걸 모를 리 없는 현영은 결국 앓는 소리를 내며 입을 다물었다.

두 사제를 번갈아 살핀 현종이 무거운 목소리로 말했다.

"……무슨 말씀이신지는 알겠습니다. 하지만 너무 갑작스럽기도 한지라 이 자리에서 결정할 사안이 아닌 듯합니다."

"그래. 그렇겠지."

"처소를 내어 드릴 테니, 쉬도록 하십시오. 산을 오르느라 지치셨을 테니 말입니다."

"그러자꾸나."

현당이 빙그레 웃었다. 현종은 고개를 돌려 운암을 바라보았다.

"운암아. 이분들께 청매관을 내어 드리고 식사를 준비해 드리도록 하거라."

"……알겠습니다."

운암이 현종에게 고개를 숙이고는 자리에서 일어났다.

"모시겠습니다."

"그래."

현당을 비롯한 이들이 자리에서 일어나자 운암이 말없이 방을 나섰다.

운암과 현당 일행이 나가고, 마지막까지 방에 남은 현당이 슬쩍 고개를 돌려 현종을 보았다.

"염치없이 다시 네 앞에 나타나 미안하구나. 하지만 화산에 대한 내 진정만은 알아주길 바란다."

현종은 아무 말 없이 고개를 끄덕였다. 현당이 미묘한 미소를 머금고는 방을 빠져나갔다.

"장문인!"

그가 방을 나가기가 무섭게 현영이 분하다는 듯 목소리를 높였다.

"기다리거라."

"하나!"

"기다리라고 하지 않느냐."

현종은 한숨을 내쉬고는 제자들을 향해 입을 열었다.

"미안하지만 자리를 비워 주겠느냐? 장로들과 따로 할 말이 있다."

"예, 장문인."

방을 채우고 있던 운자 배들이 우르르 일어나 밖으로 나갔다. 현자 배들만이 남자 현종은 찻잔을 어루만지다가 입을 열었다.

"어찌 생각하느냐?"

"생각하고 말고 할 것이 어디 있습니까! 개수작이지!"

현영이 조금도 망설이지 않고 버럭 소리를 질렀다.

"화산의 명성이 높아지니 이제 와 뭐라도 얻어 처먹겠다는 수작입니다. 어떻게 감히 저들이 뻔뻔하게 화산에 얼굴을 들이민답니까?"

"저도 같은 생각입니다, 장문인."

평소에 현영과 의견을 같이하는 법이 없었던 현상이 이번에는 대놓고 편을 들었다. 현상이 진중한 목소리로 덧붙였다.

"좋은 의도로 찾아왔다고는 볼 수 없습니다. 복색이 나쁘지 않은 것으로 보아 재산이 없는 이들이 아닙니다. 그런 이들이 화산의 제자들이 풀뿌리를 뜯어 먹을 때는 외면하다가 이제야 얼굴을 들이미는 이유야 빤하지 않겠습니까."

현당 일행이 나간 문을 노려보던 현영이 이를 갈며 덧붙였다.

"설사 좋은 의도로 찾아왔다고 해도 마찬가지입니다. 저들은 화산을 외면하고 버린 이들입니다. 반성? 반성이요? 반성한다고 다 이해해 줄 수는 없는 일 아닙니까!"

현종이 근심이 잔뜩 묻어나는 한숨을 내쉬었다.

"나도 너희의 말이 그리 틀리지 않다고 생각한다."

"하면 지금 당장 쫓아내십시오! 장문인."

"그건 조금 기다려 보자꾸나."

"어째서요?"

현종이 가만히 현영을 바라보다가 고개를 저었다.

"잊었느냐? 이제 화산은 과거처럼 다른 이들의 시선을 신경 쓰지 않고 처신할 수가 없다. 저들이 이대로 화산을 나가게 된다면 호사가들은 화산이 옛 어른들을 박대했다고 입방아를 찧을 것이다."

"그게 말이나 되는 소립니까? 옛 어른들이라니!"

"말이 안 되는 소리지. 하지만 어디 호사가들이 진실만을 말하더냐?"

"……."

"화산을 깎아내리기 위해 혈안이 되어 있는 자들에게 먹잇감을 던져 줄 수는 없다. 적어도 며칠 정도는 잘 먹이고 잘 대접해 내보내자꾸나."

현영이 반박할 말을 찾지 못하고 몇 번 입을 뻐끔대다가 한숨을 푹 내쉬었다.

"장문인의 뜻은 알겠지만, 저는 이번 일이 그리 단순하게 끝날 거라 생각지 않습니다. 작정하고 찾아온 이들이 그리 쉽게 물러나겠습니까?"

"그래도 애는 써 봐야지."

현종은 가라앉은 목소리로 말했다. 그러다 이내 탄식했다.

'호사다마라더니. 답답하구나.'

좋은 일에는 반드시 마가 낀다 했다. 하지만 설마 이런 일이 생길 줄은 상상도 하지 못했다.

현종이 내쉰 한숨이 방 안을 가득 채웠다.

"사형, 생각보다 현종이 놈이 강경하지 않습니까?"

현법이 마음에 들지 않는다는 듯 말했다.

"사형이 찾아오기만 하면 납작 엎드릴 줄 알았건만, 그 심약하던 놈이 상석에 앉아서 거들먹거리는 꼴을 보니 배알이 뒤틀립니다. 본디 그 자리는 사형의 것이 아니었습니까!"

"어허. 목소리를 낮추어라. 이곳은 화산이다."

빙그레 웃으며 현법의 불평을 듣고 있던 현당이 슬쩍 눈치를 주었다. 현법은 그 말을 따라 목소리를 낮추면서도 입을 실룩대며 비웃었다.

"그래 봐야 어린아이들만 남은 곳이 아닙니까."

"그렇긴 하지."

현당이 비틀린 미소를 지으며 화산을 돌아보았다. 마치 이 모든 것이 금세 그의 손에 떨어지기라도 할 것처럼 말이다.

"강단 있는 척을 한다지만, 본성은 숨길 수 없는 법이지. 현종은 결국 우리를 받아들이게 될 게다. 곧 더 많은 이들이 화산에 당도해 현종을 압박할 테니, 버틴다 해도 도리가 없겠지."

"그렇습니다, 사형."

"화산이 천운으로 좋은 제자들을 받아 몰락에서 벗어났다고는 하나, 현종같이 심약한 이가 장문인이어서는 과거의 영화를 되찾을 수 있을 리 없다. 그러니 우리가 도와야 할 것이다."

서늘하게 말한 현당이 입꼬리를 말아 올렸다.

"상황이 무르익을 때까지는 적당히 고개를 숙이는 것도 좋겠지. 우선은 신분을 회복하는 게 먼저다. 그러니 다들 경거망동하지 않도록 해라."

현당은 저 멀리서 앞서 걸어가는 운암의 뒷모습을 보며 웃었다. 저들이 마냥 호의적으로 나오지 않으리라는 것 정도는 당연히 예상하고 있었다.

하지만 그것도 그리 오래가지는 않을 것이다.
'내 자리를 되찾아야지.'
그를 위해. 그리고 화산을 위해.
노인의 입에서 너털웃음이 터져 나왔다. 모든 것은 순리대로 돌아갈 것이다. 그래. 순리대로.

• ❖ •

"대체 누구길래 현영 장로님이 그리 화를 내셨대?"
"현자 배였다던데?"
"현자 배? 그럼 장문인의 사형이야?"
"사형은 얼어 뒈질! 예전에 도망간 사람들이 어떻게 사형이야! 그냥 영감님이지!"
"그렇지. 그렇지!"
삼삼오오 모인 화산의 제자들 역시 영 불편한 기색을 숨기지 못했다.
'배분 차이가 오죽 나야지.'
과거에 현자 배였다는 것도 부담이다. 그리고 그 사실을 완전히 없는 셈 친다 해도 부담스러운 것은 마찬가지다. 장문인보다 나이가 많은 노인을 대체 어찌 대해야 한단 말인가. 정말 객처럼 대하자니 뭔가 찝찝하고, 그렇다고 사문의 어른으로 받아들이는 것도 있을 수 없는 일이었다.
머리가 복잡해진 백천은 한숨을 내쉬며 말했다.
"일단은 장문인께서 방향을 정해 주실 때까지는 최대한 저들과 마주치지 않도록 노력하거라."
"마주치면요?"

"……그래도 어른 대접은 해야겠지."

"끄응."

화산의 제자들이 얼굴을 일그러뜨렸다. 같은 심정이었으나, 백천은 그런 그들을 최대한 다독였다.

"걱정하지 마라. 딱히 문제가 생기지는 않을 거다."

하지만 세상일이라는 게 생각처럼 문제없이 흘러가는 경우는 드문 법이었다.

"이게 대체 무엇이냐?"

현당의 볼이 푸들푸들 떨렸다. 그의 시선은 식탁 위에 올라온 음식에 고정되어 있었다.

"신성한 도관(道觀)에서 육식이라니! 그것도 화기(火氣)를 품은 육식이라니! 언제부터 화산의 식탁에 고기가 올랐다는 말이더냐!"

백천은 잠깐 움찔했으나, 이내 현당을 보며 차분히 답했다.

"제가 알기로는 화산에서는 딱히 화식이나 육식을 금하지 않는 것으로……."

"너는 금하지 않는 것과 권하는 것의 차이를 모른단 말이더냐? 화산은 도관이자 무관이다. 협을 행하러 강호행을 할 때 번잡스러움을 피하기 위해 굳이 육식을 피하지 않는 것으로 정해 둔 법도이거늘. 그게 언제부터 육식을 권하는 것이 되었느냐!"

그 벼락같은 호통에 백천은 몰래 한숨을 푹 내쉬었다. 돌아오는 답이 없자 현당이 노기 어린 목소리로 물었다.

"이것을 누가 허락했느냐?"

"……현영 장로님께서 허하셨습니다."

"장로가 되어서 그런 것도 모른다는 말이더냐! 내 탓이다. 내 탓이야. 내가 그 아이들에게 화산의 도를 제대로 가르치지 못했구나."

그 순간 백천의 눈이 꿈틀했다. 그 아이? 화산의 도?

'아니, 이 양반들이?'

백천이 뭔가 말을 하려 들자 윤종이 슬그머니 그의 팔을 잡아당겼다.

"사숙."

백천은 목 끝까지 치미는 말을 애써 삼켰다. 그러나 그의 얼굴은 조금 전과는 달리 단단히 굳어져 있었다.

그때, 소란을 들은 운암이 식당 안으로 달려왔다.

"무슨 일이십니까?"

"화산의 식탁에 고기가 오르다니! 이게 무슨 법도에 맞지 않는 일이란 말이더냐?"

법도 운운하는 말에 운암은 곤란해하며 식탁을 바라보았다.

"하나, 지금의 화산은 육식을 금하지 않습니다."

"하. 너와도 말이 통하지 않는구나. 현종은 어디 있느냐? 내 장문인을 만나야겠다."

운암의 얼굴이 미세하게 일그러지기 시작했다. 그러자 조걸이 벼락같이 식탁으로 달려가 고기 접시들을 집어 들고는 과장되게 말했다.

"하하하하하핫! 안 먹으면 되죠. 뭐 몇 끼 고기 안 먹는다고 죽겠습니까? 다들 이거 치웁시다! 어서요!"

화산의 제자들이 자리에서 일어나 음식들을 도로 주방으로 나르기 시작했다. 불만이야 왜 없겠느냐마는 이들도 왜 조걸이 저리 나서는지를 알기에 군말 없이 움직였다. 저 객들의 존재가 가장 불편할 이는 당연히 장문인일 터, 저들에게 현종을 만날 빌미를 주지 않아야 한다.

'왜 기어들어 와서는.'

'진짜 성질 같아서는 확.'

'끄응. 며칠만 참자. 며칠만…….'

운암은 식탁이 비워지는 모습을 보며 살짝 입술을 깨물었다. 저들의 말이 틀린지 아닌지 알 수가 없다. 과거 화산이 어떤 법도를 지켜 왔는지 저들보다 잘 안다고 자신할 수 없는 상황이지 않은가.

"사숙. 참으셔야 합니다."

백천이 운암에게 속삭였다. 운암 역시 작게 고개를 끄덕였다. 여기서 충돌이 생기면 어쩔 수 없이 현종이 이곳으로 오게 된다. 운암 역시 그 상황만큼은 피하고 싶었다. 운암이 착잡한 듯 씁쓸한 어조로 말했다.

"너희가 고생이구나."

"괜찮습니다."

풀밖에 남지 않은 식탁을 보며 백천이 낮게 한숨을 쉬었다.

하지만 문제는 이제 막 시작이었다.

"이게 뭐 하는 짓이더냐?"

"……예?"

아직 이른 새벽. 수련을 위해 연무장에 모인 화산의 제자들은 근력 단련을 위해 짊어지려던 쇳덩어리를 든 채 어리둥절해하며 현당을 바라보았다.

'아니, 왜 아침 수련부터 찾아와서는…….'

'왜 저러는 거야, 진짜?'

하지만 현당은 그런 제자들의 마음을 아는지 모르는지 버럭버럭 소리를 질러 댔다.

"무엇을 하느냐 물었다!"

"……수련을 하는 중입니다."

"그게 수련이라고?"

"예. 근력을 단련하기 위해……."

"어리석도다!"

현당이 짐짓 근엄한 눈으로 화산의 제자들을 보며 목청을 높였다.

"화산의 검은 도가의 검. 도가의 검이란 무엇이더냐? 세상과 하나가 되는, 자연을 추구하는 검이다. 인위적으로 근력을 늘린다면 화산의 검을 추구하는 데 방해만 될 뿐이라는 걸 모른단 말이더냐?"

그동안 해 온 노력을 폄하하는 말에 백천의 이마에 핏대가 솟았다.

"……저희는 이 방식으로 강해졌습니다. 그리고 그 강함을 천하비무대회에서 증명했습니다. 수련에 대한……."

"그 역시 짧은 생각이다. 그 방식으로 강해졌다면 화산의 전통적인 수련법을 따를 때는 더욱 강해질 수 있지 않겠느냐! 어찌 하나만 알고 둘은 모르느냐?"

그러더니 현당은 못 볼 것을 보았다는 듯 눈을 확 일그러뜨리며 혀를 찼다.

"너희에게 이 수련을 시킨 이가 누구냐? 현종이더냐?"

"아, 아닙니다."

"하면 누가 이런 수련을 시킨다는 말이더냐?"

청명이요.

하지만 이 말은 저들에게 돌려줄 수 있을 만한 말은 아니었다. 대답이 늦어지자 현당이 고개를 내젓더니 일갈했다.

"긴말할 것 없다. 이런 말도 안 되는 수련은 당장 그만두거라."

백천이 눈살을 찌푸리며 강경하게 말했다.

"이건 화산의 수련입니다. 외인이 관여할 만한 일이 아닙니다."

"외인? 지금 외인이라 했느냐?"

그가 쉬이 물러서지 않자 현당은 노골적인 노기를 드러냈다.

"외인. 그래, 좋다. 외인이다. 하면 내가 묻겠는데, 너희 중 나보다 화산의 수련에 대해 잘 아는 이가 있더냐?"

"……그건……."

"내가 화산이 잃어버린 수련법을 전해 주고 있거늘, 외인이라 해서 그 말을 듣지 않겠다는 것이더냐? 그것이 화산의 법도이더냐?"

나이와 지위로 밀어붙이니 할 말이 없었다. 백천도 결국 꿀 먹은 벙어리처럼 입을 다물고 말았다.

'아니, 이게 뭔 말도 안 되는 상황이지.'

현자 배라는 건 너무 막강한 위치다. 심지어 저 노인은 오래전이라고는 하지만 본디 장문인보다 윗사람이었고, 장문인보다 나이가 많다.

'그럼 장문인보다 과거의 화산을 더 잘 안다는 뜻이잖아.'

그런 이가 하는 말을 무시하는 것도 쉬운 게 아니다.

"잔말할 것 없다. 이 말도 안 되는 수련법은 당장 그만두고, 모두 가부좌를 틀고 명상을 시작하거라."

"……명상이요?"

"그렇다. 도가의 수련은 마음을 청정하게 만드는 것부터 시작해야 하는 법이지. 검에 집착하지 마라. 도를 깨달으면 검은 자연히 따라오는 법이다. 시작하거라."

"아니……."

"어서!"

무어라 더 말하려던 백천은 결국 눈을 질끈 감았다. 다른 제자들이 모두 어쩔 줄 몰라 하며 그만을 바라보고 있었다.

속으로 한숨을 내쉰 백천은 떨떠름한 목소리로 말했다.

"……기구 내려놓고 다들 명상을 준비해라."

"사형!"

"일단은……. 그래, 일단은."

모두 입을 다물었지만, 눈빛으로 필사적인 의사를 전달하고 있었다.

'아니, 저 양반들 말을 왜 들어야 합니까?'

'며칠만 버티면 되니 사고 치지 말라고 했잖느냐! 며칠만 참으면 된다. 며칠만 지나면!'

백천으로서도 달리 방도가 없었다. 결국은 모두가 불만을 가득 품은 얼굴로 그 자리에서 가부좌를 틀었다.

기어코 제 의견을 관철한 현당의 입가에 득의양양한 미소가 피어났다.

'조금씩 내 색으로 물들이면 된다.'

그럼 이들도 곧 따르게 될 것이다.

   · ❖ ·

"아아아아아아악!"

조걸이 괴성을 내지르며 백매관에 놓인 다탁을 걷어차 날려 버렸다. 윤종은 제 쪽으로 날아든 다탁을 태연한 표정으로 받아 제자리에 내려놓았다.

"망할 꼰대들 같으니! 으아! 속이 터져 죽겠네!"

"진정해라."

씩씩대던 조걸이 고개를 휙 돌려 윤종을 바라보았다.

"사형은 화도 안 나십니까?"

"……화?"

윤종은 내려놓았던 다탁에 검을 뽑아 올리고는 삼베로 닦고 있었다. 그가 반짝이는 검날을 내려다보더니 조용히 웃었다.

"화를 내어서 무엇 하겠느냐. 그냥 찌르면 되는……."

"지, 진정하십쇼! 사형!"

섬뜩한 말을 내뱉는 윤종을 간신히 자제시킨 조걸은 슬쩍 시선을 돌렸다. 백천이 구석에 박혀 있었다. 불청객이 든 지 고작 며칠이 지났을 뿐이건만 백천의 얼굴은 반쪽이 되어 버렸다. 목내이처럼 말라붙은 꼴이 처량하기 짝이 없었다.

"사숙……. 괜찮으십니까?"

"……응?"

"괜찮으시냐고요."

"……뭐라고?"

"……아니. 아무것도 아닙니다."

틀렸어. 저 사람은 이제 틀렸다.

평소의 백천이라면 상상도 할 수 없는 모습이었다. 하지만 조걸은 그런 백천을 십분 이해했다. 백천은 백자 배의 대사형이라는 이유로 저 꼰대들의 꼬장을 온몸으로 받고 있었다. 아마 달군 불판 위에 올라가 지져지는 기분이지 않을까? 그러니 고작 며칠 만에 사람이 피골이 저렇게나 상접하지…….

가만히 생각에 빠져 있던 조걸이 결국 울컥 치밀어오르는 화를 누르지 못하고 말했다.

"대체 언제 간답니까?"

"글쎄다. 이제 좀 갈 때가 됐는데."

"아니, 뭐 저런 것들이……."

주변을 둘러본 윤종이 얼른 그의 말을 뚝 자르고 꾸짖었다.

"말조심해라. 그래도 한때 화산에 적을 두었던 분들이다."

"그게 뭔 의미가 있습니까?"

"어허."

다시 호통이 돌아오니 조걸은 찔끔하며 입을 닫았다.

"하아……. 사고, 뭐라고 말 좀 해 주십시오."

조걸의 말에 얼음같이 차가운 얼굴로 유이설이 고개를 끄덕였다.

"사과하려고."

"뭘요?"

"꼰대라고 놀린 것. 진짜 꼰대는 뭐가 달라도 달라."

……그거 공감은 가는데.

"끄응."

앓는 소리를 흘린 조걸이 머리를 마구 긁어 엉망으로 헤집었다. 피해 다니면 별문제가 없을 거라 생각했는데, 상황은 전혀 다르게 흘러갔다. 그들이 뭔가를 할 때마다 어떻게 알았는지 귀신같이 나타난 현당 일행이 사사건건 잔소리를 해 댔다.

"말끝마다 옛날 화산이 어쩌고!"

"전통은 얼어 뒈질 전통! 전통 지키다가 길바닥에 나앉을 뻔했구만!"

"어떻게 하나부터 열까지 다 꼰대스럽냐!"

더 슬픈 것은, 백자 배와 청자 배로서는 저들의 말에 저항하기가 불가능하다는 점이다.

저들의 권위에 거역할 수 없냐고? 천만에. 문제는 저들이 말을 할 때마다 선대를 들먹거린다는 점이었다.

'과거 내 스승이셨던 전대의 장문인께서는…….' 하는 말이 나오는 순간 반박 자체가 불가능해진다. 직접 보고 듣지 못한 이상 저들의 말을 부정할 수가 없다. 부정한다면 전대 장문인의 말을 거역하는 셈이 되어 버리니 기사멸조(欺師滅祖)의 죄를 짓는 것이나 다름이 없다.

이 말도 안 되는 논리에 휘말린 백자 배들은 결국 저들의 말에 따라 줄 수밖에 없었고, 지켜보는 운자 배들도 이 일을 어찌하지 못했다.

"장문인께서는 왜 가만히 계시는 겁니까!"

"걸아."

조걸이 장문인에 대한 불만을 늘어놓는 순간, 시체처럼 늘어져 있던 백천이 두 눈을 희번덕거리고, 유이설이 싸늘한 한기를 내뿜었다. 조걸이 움찔하여 목을 자라처럼 움츠렸다.

"지금 가장 곤란하신 분은 장문인이시다. 다른 불만은 얼마든지 말해도 좋지만, 장문인에 대해 함부로 말하진 말거라. 알겠느냐?"

"……예, 사숙."

그 말을 남긴 백천은 다시 벽에 기대어 늘어졌다. 그리고 한 손으로 얼굴을 감싸며 입술을 깨물었다. 머리가 다 욱신거린다.

'지독하군.'

웬만큼 작정하고 온 게 아니라면 저럴 수가 없다.

'장문인께서도 곤란하시겠지.'

문파에 태상장로가 하나만 있어도 이런 일은 벌어지지 않았을 것이다. 저들이 화산에 발을 들인 그 순간 불벼락이 떨어졌을 테니까.

하지만 지금 화산의 가장 큰 어른은 현종이고, 다른 명문들과 달리 화산에는 태상장로라 할 만한 이들이 단 하나도 남아 있지 않았다. 그러다 보니 저들의 행패에도 어찌할 도리가 없었다.

'하지만 장문인께서 정말 마음을 먹으셨다면 이리 참고 계시지만은 않을 텐데.'

상념에 빠졌던 백천이 이내 고개를 내저었다. 이건 해서는 안 되는 생각이다. 그가 아는 현종은 절대 어리석은 사람도, 강단이 없는 사람도 아니다. 그러니 지금은 장문인을 믿고 참아야 한다.

"우리가 장문인을 도와드려야 한다. 그러니 절대 반발하지 말고 사고 치지 말거라. 저들에게 꼬투리를 잡히지 말라는 소리다. 알겠느냐?"

"예."

돌아오는 대답에 힘이 없다. 하지만 백천은 굳이 그 사실을 나무라지 않았다. 답답한 건 자신도 마찬가지였기에, 제자들의 심정이 충분히 이해가 갔다.

그때, 가만히 있던 운종이 나직하게 물었다.

"그런데…… 청명이 놈은 언제 돌아옵니까?"

"……응?"

백천이 되묻자 그는 손질한 검을 검집에 집어넣으며 입을 열었다.

"우리끼리 있을 때야 어떻게든 참는다지만, 청명이 놈이 오면 난리가 날 텐데요. 그놈이 보면 저 영감님들 수염 다 뽑혀서 절벽 아래로 던져질 수도 있는 것 아닙니까?"

"……."

전신에 소름이 돋는 듯해, 백천은 자기도 모르게 몸을 부르르 떨었다.

'진짜 그러고도 남을 것 같은데?'

'살아 돌아갈 수나 있으면 다행이지.'

'전통 논하다가 입에 죽창 박힐 텐데.'

등줄기를 스쳐 지나가는 불안한 예감에 백천이 진저리를 치며 말했다.

"그러니까 어떻게든 놈이 돌아오기 전에……."

그 순간, 유이설이 불쑥 끼어들어 백천의 말을 끊었다.

"근데 해결은 되는 것 아니에요?"

어?

"다 쫓겨날 테니까."

어…… 해결. 그래, 해결이야 되겠지. 그걸 해결이라고 부를 수 있다면 말이야. 지끈거리는 이마를 짚은 백천이 한숨을 푹 쉬었다.

"어쨌든 내일쯤에는 장문인께서도 대책을 내어놓으실 거다. 그럼 저들도 더는 이곳에서 저리 억지를 부릴 수 없겠지."

"계속 있겠다고 하면요? 장문인도 별도리 없으실 수도 있잖습니까?"

조걸이 문제점을 지적하자 백천이 단호하게 말했다.

"……그럼 별수 없지. 독은 독으로 잡는 수밖에! 청명이를 저 양반들에게 냅다 던져 버리겠다!"

백천은 제발 그 상황까지는 가지 않기를 바라고 또 바랐다.

"아, 간지러워."

청명이 귀를 벅벅 긁었다. 황 대인이 의아해하며 술잔을 내려 두었다.

"왜 그러시는가?"

"아뇨. 갑자기 귀가 가려워서요. 누가 내 흉을 보나?"

"허허. 소도장의 흉을 볼 이가 누가 있다고."

"……너무 많아서 문제죠. 일단은 동룡이가 의심되는데."

"동룡이?"

"아뇨. 아무것도 아니에요."

청명이 씨익 웃으며 술병을 들어, 황 대인의 빈 술잔을 채웠다.

"그런데 상단주님, 생각보다 술 잘 드시네요."

황 대인이 껄껄 웃으며 말했다.

"허허허허. 상인이 술을 못하면 돈을 벌지 못하는 법이지. 얼마든지 들게나. 내가 대작 정도는 충분히 해 줄 수 있다네. 천하비무대회에서 그 명성을 떨친 화산신룡과 대작을 할 수 있다면 영광 아니겠는가!"

"헤헤헤헤."

"크으으으! 그 명성이 지금 중원 전체를 진동시키고 있네! 성도에도 자네의 이름이 하루도 빠지지 않고 회자되고 있다지 않는가."

"헤헤헤헤헤헤헷!"

"아암! 소도장이야말로 천하제일검이지! 후대의 천하제일검! 그리고 당대의 화산제일검 아니겠는가!"

"꺄르륵! 꺄륵!"

화산의 제자들이 꼰대의 수작질에 죽어 갈 때, 청명은 오십 년산 상인의 접대술에 녹아나며 행복한 하루하루를 보내고 있었다.

……화산이 어찌 되고 있는지도 모르고 말이다.

• ❖ •

늦은 밤, 청매관. 호탕한 웃음소리가 연신 건물 밖으로 새어 나왔다. 그 안에 들어찬 이들은 서로의 잔에 술을 따르며 더없이 즐거워하고 있었다. 나이는 제각각이지만 표정은 모두가 비슷했다.

"하하하하. 이리도 쉬울 줄이야!"

"최근 명성을 날리고 있다기에 녹록지 않을 줄 알았는데 생각보다 너무 간단하여 놀랐습니다."

그들의 대화를 가만히 듣던 현법이 술잔을 기울이며 피식 웃었다.

"예전부터 현종은 유약하기 짝이 없는 이였다. 그리고 지금 명성을 떨치는 후기지수들은…… 그래 봐야 아직 어린아이들일 뿐이지."

"그렇습니다, 아버지."

"운이 좋아 명성을 좀 떨쳤다고는 하나, 얼마 가지 않아 한계가 드러날 일이었다. 이대로 두었다면 말이지."

"그러니 저희가 온 게 아니겠습니까?"

의미심장하게 웃으며 답하는 아들에게 현법이 크게 고개를 끄덕였다.

"그렇지. 우리가 화산으로 온 이유는 오로지 화산을 더 나은 방향으로 이끌어 발전시키기 위함임을 잊지 말거라."

"명심하겠습니다."

"그래. 한 잔 더 따라 보거라."

현법이 싱글벙글 웃으며 잔을 들었다. 그때였다.

"도관에서 도사가 되겠다는 놈들이 태연하게 술이나 기울이다니. 선조들 보기에 부끄럽지도 않더냐!"

문이 벌컥 열리며 한 사람이 걸어 들어왔다. 그러자 모두가 자리에서 일어나 일제히 고개를 숙였다.

"오셨습니까."

현당은 눈살을 찌푸렸다. 난잡하게 늘어놓은 술병들을 본 것이었다.

"이곳이 어디인지 벌써 잊은 것은 아니겠지?"

"죄송합니다. 다들 과히 긴장한 듯하여. 환속하여 수십 년을 살다 보니, 술과 고기를 끊기가 쉽지 않습니다."

현법이 겸연쩍은 듯 고개를 살짝 숙이고는 조심스레 말했다.

"쯧쯧. 어리석은 놈들."

현당은 벌써 장문인이 되기라도 한 양, 주저 없이 안쪽으로 향하여 상석에 앉았다. 그러고는 엄한 목소리로 말했다.

"조금만 참으면 된다. 곧 화산은 우리의 법에 따라 돌아가게 될 터. 그때까지는 주위의 눈과 귀를 조심하고 몸가짐을 바르게 해야 할 것이다."

"명심하겠습니다, 사형."

말을 마친 현당은 제 자식들과 현법, 그리고 그의 자식들을 쭉 한번 둘러보고는 생각에 잠겼다.

'전화위복이라는 말은 이럴 때 쓰는 것이지.'

못 견디고 화산을 뛰쳐나갔지만, 새로운 삶을 사는 것이 어디 그리 쉬웠을 리 있겠는가. 산속에서 도를 닦고 무학에만 정진하던 도사가 다시 환속하여 세상에 적응한다는 건 결코 쉽지만은 않은 일이었다.

하지만 그 힘든 일을 기어이 이겨 낸 덕분에 일가를 이뤘고, 자식들은 장성하여 그의 뒤를 단단히 받쳐 주고 있다.

'이 많은 수가 힘이 될 것이다.'

이들 모두가 이대로 화산에 스며들 수만 있다면, 그 영향력은 온전히 그의 힘이 될 것이다. 그렇게 된다면 굳이 장문인의 자리를 찬탈하지 않는다고 해도 장문인이나 다름없게 되지 않겠는가.

'첫째를 다음 화산 장문인으로 만들 수 있다면 이 모든 것이 내 손안에 떨어지는 거지.'

현당이 빙그레 미소를 지었다.

"무경아."

"여기서는 현법이라 부르셔야 합니다."

"그래, 그렇지. 현법아. 내가 알아보라 했던 것은 어찌 되었느냐?"

"예. 그사이 조사를 좀 해 보았는데, 아무래도 화산에 돈이 넘친다는 말은 사실인 모양입니다. 불과 이틀 사이에 화산에 들어온 현물들로만 창고를 그득그득 채울 정도입니다."

현법이 실실 웃으며 덧붙였다.

"게다가 운남과의 교역 독점권을 화산이 가지고 있습니다. 이건 잘만 이용하면 천문학적인 거금을 벌어들일 수 있는 사업입니다. 화산 놈들이 워낙 순진하여 이 일의 가치가 어느 정도인지 모르는 모양입니다만, 제게 전권이 떨어진다면 사형을 돈방석에 앉게 해 드릴 수 있습니다."

"내가 아니라 화산이겠지."

엄히 말하긴 했으나, 현당의 입가에도 슬며시 미소가 피어났다. 진정하려 애를 써도 입꼬리가 마음대로 움직이질 않았다. 현법이 그런 그를 보며 의기양양하게 웃었다.

"저들 역시 딱히 크게 저항하지 않는 것을 보면 한계를 느끼고 있다는 말 아니겠습니까?"

그러자 현당이 고개를 젓더니 슬쩍 인상을 찌푸렸다.

"쉽게 생각하지 마라. 네 기억 속의 현종이야 어설프고 우유부단하겠지만, 어쨌건 지금의 현종은 무너져 가는 화산을 수십 년간 지탱했고, 모두가 몰락했다고 생각한 화산의 명성을 다시 천하에 떨친 놈이다."

현법의 얼굴이 미세하게 일그러졌다. 인정하고 싶지 않은 것이었다.

"그게 어디 현종의 실력이겠습니까?"

"현종의 말대로 십 년이면 강산도 변한다. 삼십 년의 시간이라면 사람이 달라졌어도 이상할 게 없지."

"그 현종이 말입니까?"

되묻는 그의 목소리에는 명백한 비웃음이 묻어 있었다.
"사형. 십 년이면 강산이 변하지만, 사람은 십 년이 지나도 변하지 않습니다. 사람이 변하기란 그리 쉽지 않단 걸 사형도 아시잖습니까?"
"……그 말도 그리 틀린 건 아니지."
"사형 말대로 현종이 예전과 달라졌다면 왜 아직까지 우리를 내버려 두겠습니까? 사형께서 그의 입장이었다면 지금껏 참으셨겠습니까?"
"……."
현당이 대답이 없자 현법이 그것 보라는 듯이 씨익 웃었다.
"신중한 것은 좋지만, 과히 신중을 기하다 보면 일을 망칠 수도 있습니다. 때로는 과감히 움직일 때 더 많은 것을 얻을 수 있는 법이지요."
"그래. 그 말도 맞다."
현당은 조금 복잡한 표정으로 느리게 고개를 끄덕였다.
현법의 말이 그리 틀리지 않았다는 건 그도 알고 있다. 하지만 화산의 애매한 반응이 자꾸 그의 마음 한구석을 불안하게 만들었다.
'이리 녹록할 리 없는데.'
상호에서 결과를 만들어 내고 명성을 얻는 일이 쉬울 리가 없다. 그게 그리 쉬운 일이었다면 현당이 화산을 나가지도 않았을 것이다. 그만한 업적을 만들어 냈다면 반드시 그럴 만한 배경이 있을 터.
하지만 현당의 눈에는 그 배경이 보이질 않았다. 물론 후기지수들의 실력은 꽤 좋아 보이지만, 정작 그들을 가르쳤을 운자 배와 현자 배의 실력은 딱히 과거보다 나아진 것 같지도 않고…….
'분명 뭔가 놓친 것이 있을 터인데.'
고심하던 그는 이내 고개를 내저었다. 놓친 것이 뭔지는 모르겠지만, 지금은 현법의 말대로 우격다짐으로 밀어붙여야 할 때다. 저들에게 생각할 시간을 준다면 그의 입지를 되찾는 것이 어려워질 테니까.

"여하튼 현종이 허수아비가 아니라면 내일쯤엔 나름의 대책을 들고 나올 것이다."

"예. 그리고 그 대책을 무마할 수만 있다면 화산은 완전히 저희의 손에 떨어지게 될 것입니다."

"그래. 그래야지."

"긴 시간 끝에 마침내 사형의 자리를 되찾으시는 겁니다."

"어허. 삿된 소리를 하는구나. 나는 오로지 화산의 미래를 위해 고난을 자처한 것이다."

두 사람이 서로를 마주 보며 미소 지었다.

"제자들은 어떠하더냐?"

"딱히 불만을 늘어놓지는 않습니다만······."

"녀석들도 참······."

현종이 시름 깊은 얼굴로 한숨을 푹 내쉬었다. 차라리 현종에게 쫓아와 저들은 대체 뭐냐며 불만을 늘어놓았다면 마음이라도 편할 것을. 화산의 제자들은 여태까지 단 한 마디의 불평도 토로하지 않고 있었다.

"여전히 제자들에게 간섭하려 들더냐?"

"예."

현종이 착잡한 듯 작게 침음을 흘리며 눈살을 찌푸렸다. 현상은 그런 현종을 가만 바라보다 한숨과 함께 입을 열었다.

"장문인. 장문인께서 왜 이토록 신중하신지는 압니다. 게다가 장문인이시니 저희처럼 감정적으로 행동하실 수 없다는 것도 잘 알고 있습니다. 하지만 이대로라면 제자들에게 좋지 않은 영향이 갈까 저어됩니다."

"……현영이 녀석은?"

"꼴도 보기 싫다고 방에 틀어박혀선 나오질 않고 있습니다."

"쯧쯧. 애도 아니고."

현종이 고개를 내저었다. 그러나 현상은 평소와는 달리 단호하게 현영의 편을 들고 나섰다.

"하나 그 마음을 이해하셔야 합니다, 장문인."

"……내가 왜 모르겠느냐. 나라고 하여 저들을 내쫓아 버리고 싶지 않겠느냐. 아니, 오히려 그 마음은 내가 가장 클 것이다."

"하면 어찌……."

"나의 뜻대로만 행해서는 안 된다는 것을 알기 때문이다."

현종은 현상을 똑바로 보았다. 깊은 시름과 별개로 눈빛만큼은 단단했다.

"내가 저들을 내친다면 필시 이 상황을 이용하려는 이들이 나올 것이다. 그러면 그 일에 대한 대가는 우리가 아니라 화산의 제자들이 치르게 될 것이다."

"……장문인."

"하여 고민할 수밖에 없었다. 무엇이 최선인지. 저 아이들이 과거의 그림자에 휘말리지 않게 하기 위해선 어떤 길을 택해야 하는지 말이다."

낮게 한숨을 쉰 현종이 묵직한 목소리로 말을 이었다.

"현상. 나는 나의 사적인 감정 때문에 아이들이 피해를 보는 걸 원하지 않는다."

현상은 소리 없이 한숨을 쉬고 말았다. 현종의 생각을 듣고 나니 오히려 더 속이 갑갑해졌다. 그 뜻을 아주 예상하지 못했던 것은 아니나, 이리 직접 듣고 나니 마음이 더욱 복잡했다.

하기야, 언제 현종이 스스로를 생각한 적이 있었던가? 그의 행동은 언제나 화산과 제자들의 안위에 맞춰져 있었다. 현상은 종종 그의 그런 면이 화가 날 정도로 답답하다 느꼈다. 그러나 결국은 그게 옳다는 것을 알기에 여태껏 믿고 따라 왔다.

그리고 이번에도 그럴 테지만…….

"장문인. 뜻은 알겠지만, 저들의 행태가 과히 심해져 슬슬 아이들에게도 좋지 않은 영향이 가고 있습니다."

무슨 의미인지 알겠다는 듯, 현종도 가만히 고개를 끄덕였다.

"그래. 이제 조치를 취해야겠구나. 안 그래도 결단이 선 참이니."

눈을 한 번 감았다 뜬 그의 시선이 먼 하늘로 향했다.

"사형을……. 아니, 그를 데리고 오너라."

"예, 장문인."

현상이 단호하게 고개를 끄덕이며 자리에서 일어섰다.

화산 장문인의 처소에 두 무리가 마주 앉았다. 한쪽은 현종을 비롯한 화산의 장로들. 그리고 다른 한쪽은 현당과 현법. 과거 화산을 등지고 떠난 현자 배들이었다. 며칠 전에도 이리 대면한 적이 있지만, 오늘의 분위기는 그때 이상으로 무거웠다.

침묵을 깨고 먼저 입을 연 사람은 현당이었다.

"그래. 어인 일이더냐."

아랫사람을 대하는 듯 그의 여유롭고 부드러운 목소리에 현종의 우측을 지키고 있던 현영이 차갑게 일렀다.

"말조심하시오. 그대는 지금 대화산파의 장문인을 배알하고 있소. 내 일전에는 그 무례를 용납해 주었지만, 한 번 더 같은 무례를 범한다면 그때는 화산의 법도가 얼마나 지엄한지 알게 될 것이오."
현당이 못마땅한 눈으로 현영을 흘끗 바라보았다. 하지만 이리 각을 세워서 좋을 게 없다는 듯 이내 선선히 고개를 끄덕였다.
"내 말실수를 하였소. 그래, 무슨 일로 부르셨소, 장문인?"
완전한 존대는 아니나, 나름 예의를 갖춘 공대였다. 현영은 여전히 마음에 들지 않는다는 표정이었지만, 더는 대화를 방해하지 않으려는지 입을 꾹 닫았다. 현종이 살짝 미소를 내걸며 입을 열었다.
"며칠간 둘러본 화산은 어떠셨습니까?"
현당은 곧바로 대답하지 않았다. 대신 현종의 저의를 살피겠다는 듯 그의 얼굴을 가만히 들여다보았다. 하지만 숨은 뜻을 파악하기는 쉽지 않았다. 과거의 현종이었다면 표정과 목소리에 내심이 다 드러났을지 모른다. 그러나 지금 현종의 속내는 알아채기 어려웠다.
"훌륭하더이다, 장문인."
현당은 짐짓 만족스러운 듯 고개를 주억거렸다.
"무엇보다 화산에 활기가 넘친다는 사실이 더없이 기껍더이다. 과거의 화산은 그러지 못했지요. 장문인께서 얼마나 고생하셨는지, 내 보지 않아도 짐작할 수 있었소이다."
이리 호의적인 말은 예상치 못했던 현상이 슬쩍 눈썹을 일그러뜨렸다. 하나, 다행인지 불행인지 이어진 현당의 말은 현상의 예상에서 그리 벗어나지 않았다.
작게 헛기침한 현당이 미묘한 노기를 품은 어투로 본론을 꺼냈다.
"그러나…… 활기가 넘치는 만큼 과한 것도 적지 않습디다. 특히나 위아래의 법도가 제대로 서지 않고, 선인들이 전한 것을 전혀 이어 가지 못하는 모습에는 실망을 금할 수 없었소이다."

"그렇습니까?"

현종이 빙그레 미소를 지었다. 언짢은 기색이라고는 조금도 없었다. 그 태연한 반응에 현당의 눈썹이 꿈틀했다.

"아무래도 장문인께서 내 말을 이해하지 못한 모양이구려."

"아니요. 충분히 이해했습니다."

담담하게 답한 현종이 천천히 고개를 끄덕였다.

"……이해했다? 그런데도 그런 반응이라는 말이오?"

"당연한 일 아니겠습니까?"

현당을 보는 그의 시선은 묘하게 가라앉아 있었다.

"한 문파의 장문인은 외부의 평을 완전히 무시해서도 안 되지만, 그 말에 휘둘려서도 안 되는 법입니다. 그러니 사형의 평을 제가 온전히 받아들일 필요도 없는 것 아니겠습니까?"

웃으며 하는 말이다. 하지만 숨길 수 없는 뼈가 드러나 있었다. 지금 화산의 장문인은 누가 뭐라 해도 현종이고, 스스로 화산을 저버린 현당은 외인에 불과하니 그 평가에 의미가 없다는 뜻이다.

'이놈이…….'

현종의 말뜻을 알아챈 현당은 내내 여유롭던 얼굴을 슬쩍 일그러뜨렸다. 하지만 그 표정을 보고도 현종은 태연한 신색으로 말을 이어 갔다.

"문파를 저버리고 화산의 적을 버린 사형을 그동안 화산에 기거할 수 있게끔 했던 것은, 문파를 저버려야만 했던 사형의 마음을 이해하기 때문입니다. 당시의 화산은 그토록 어렵고 힘든 곳이었지요. 저는 사형을 이해합니다. 충분히 이해합니다."

"사제……."

"하나."

현당의 목소리가 감상에 젖어 축축해지려는 순간 현종이 단호하게 끊어 버렸다. 현종이 현당과 눈을 마주쳤다.

"그 어렵고 힘든 상황에서도 끝끝내 화산을 부여잡고 청춘을 바친 이들이 있습니다. 차라리 달아났다면 행복하게 살 수 있었을 텐데도, 미련하게 바보처럼 화산의 제자로 살기를 택했던 이들이 있습니다."

어느새 현종의 눈빛이 더없이 서늘해졌다.

"사형의 말대로입니다. 사형이 돕는다면 화산은 어쩌면 지금보다 조금 더 나아질 수 있을지도 모릅니다. 하나, 그리되는 순간 화산은 더는 화산이 아니게 될 겁니다."

현당의 얼굴이 파르르 떨렸다. 단호한 얼굴로 조곤조곤 말하는 현종에게선 범접할 수 없는 기세가 뿜어져 나오고 있었다.

'이, 이놈이 언제 이렇게……?'

현종은 그런 현당을 가만히 응시하다 마침내 말했다.

"사형. 아니, 하우량(河雨涼)."

"……이, 이놈!"

"이만하면 됐소이다. 이제 화산에서 떠나시오. 그리고……."

한기까지 느껴지는 서늘한 시선이 현당을 꿰뚫고 있었다.

"이제 다시는 화산의 문턱을 넘으려 들지 마시오. 그때는 화산의 법도가 얼마나 지엄한지 몸소 깨닫게 될 것이오."

현당은 그 엄중한 분위기에 눌려 차마 할 말을 찾지 못하고 저도 모르게 입을 닫고 말았다.

현당. 하우량. 한때 그는 화산제일기재로 불리며 몰락해 가는 화산을 되살릴 것이라는 기대를 한 몸에 받았다. 당시의 현종은 현당이 화산의 장문인이 될 것임을 단 한 번도 의심한 적이 없었다. 젊었던 현종에게 현당은 우상이자 목표였다.

하나 현당은 자신에게 쏟아지던 기대를 저버리고 제 발로 화산을 나섰다. 그것도 새로운 장문인이 되기 직전에 말이다.

'염치도 없는 인간.'

현영이 입술을 질끈 깨물었다. 그가 분노하는 이유는 단순히 현당이 화산을 저버린 배신자이기 때문만이 아니었다.

오히려 그건 이해할 수 있었다. 떠난 이들을 비난할 수 없을 만큼 당시의 화산은 상황이 좋지 않았으니까. 현영 역시 화산을 떠난 이들을 야속하다 느끼면서도 마음 한구석으로는 그들의 선택을 이해했다.

하지만 현당은 다르다. 그는 새로운 장문인으로 취임하기 직전에 별말도 없이 사제인 현법과 함께 화산을 떠나 버렸다.

절대 그럴 일이야 없겠지만, 굳이 지금의 화산에 비하자면 운자 배가 모두 죽어 백천이 장문인이 되어야 하는 그런 상황이었다. 그런데 그 백천이 백상과 저를 따르는 사제들을 이끌고 화산을 나가 버린 것이나 마찬가지인 셈이다.

물론 지금의 화산에는 유이설도 있고, 윤종도 있고, 무엇보다 청명도 있다. 그러니 백천이 화산을 저버린다고 해서 큰일이야 나겠냐마는, 안타깝게도 당시의 화산에는 청명도, 윤종도, 유이설도 없었다. 문파의 모든 기대가 오로지 현당에게 몰린 상황이었던 것이다.

그리고 이 충격적인 사건은 겨우겨우 문파의 형상이나마 유지하고 있던 화산에 어마어마한 타격을 주었다.

전대의 장문인은 시름시름 앓다 등선했고, 후대의 장문인이 되어야 할 이는 자리를 걷어차고 문파를 나가 버렸다. 이보다 더 확실한 망조가 어디에 있겠는가. 결국엔 이 사건을 계기로 화산에는 더 이상 미래가 없다고 생각한 이들이 줄줄이 떠나 버렸다. 그뿐이랴. 교류를 이어 가던 문파들도 모조리 화산과의 인연을 끊어 버렸다.

다시 말하자면 몰락하던 화산에 결정타를 날린 이가 다름 아닌 현당이라는 의미다.

으드득. 현영은 턱을 실룩대다 억지로 힘을 뺐다. 그때만 생각하면 아직도 이가 갈렸다. 자신이 장문인이 될 것이라고는 꿈에도 생각하지 못했던 현종이 준비를 할 겨를도 없이 그 자리에 올랐다. 화산에 남은 이들 중 가장 배분이 높다는 이유 하나만으로 말이다.

현영은 기억한다. 장문인의 자리. 무겁고도 고통스러운 그곳에 오르자마자 제자들을 대거 떠나보내야 했던, 그들의 뒷모습을 그저 바라보기만 해야 했던 현종을. 그 작고도 서글프던 등을 말이다.

그 이후로 현종이 어떤 길을 걸었는지 아는 현영에게, 현당은 어떤 의미로는 종남보다도 더 증오스러운 존재였다.

그는 입술을 질끈 깨물었다. 눈에 띄게 당황한 현당과 그 앞에 담담하게 기세를 뿜어내는 현종이 보인다.

보라. 저기에 있다. 그 모진 풍파와 고통스러운 세월을 절벽에 뿌리내린 노송처럼 결연히 버텨 낸 이가.

현영의 자랑스러운 사형이자, 이 화산의 당당한 장문인이.

'장문인.'

현영은 괜스레 눈가가 시큰해 오는 것을 참아 내었다. 과거에는 현당에 견줄 수조차 없었던 현종이 이제는 오히려 현당보다 배는 더 큰 사람으로 보인다. 그 기나긴 고통의 시간을 이겨 내었으니 더는 과거의 현종과 같을 리 없는 것이다.

"크흠."

현당이 현종의 기세에 놀라 말을 잇지 못하자, 현법이 슬쩍 헛기침하여 분위기를 환기했다.

"장문인, 말이 조금 과한 것 같소이다."

현종의 준엄한 시선이 현법에게로 향한다. 그 시선은 여전히 서늘했다.

"……과하다? 무엇이 과하단 말이오? 본도가 한 말 중 틀린 것이라도 있소?"

"그런 건 아닙니다만……."

일단 나서긴 했으나 현법도 할 말이 궁색한 듯 말끝을 흐렸다. 사실 애초에 논리로 따지자면 이들이 현종 앞에서 할 말이 있을 리 없었다. 그들이 화산에 올라 배짱을 부릴 수 있었던 이유는 그들의 기억 속에 남은, 유약하기 짝이 없었던 현종의 모습 때문이 아니던가.

'이놈에게 언제 이렇게 강단이 생겼단 말인가?'

현법은 놀라움을 감출 수 없었다. 이미 현당에게 말했듯이, 사람이란 그리 쉽게 변하지 않는다. 그런데 지금 그의 앞에 있는 현종은 그가 알던 이와는 전혀 다른 사람처럼 느껴질 정도였다. 한 문파를 이끌기에 부족함이 없는 위엄이 배어나지 않는가.

제아무리 많은 일을 겪는다고 해도 사람의 근본은 바뀌지 않는다고 굳게 믿어 왔는데, 지금 현종의 모습을 보니 내내 믿고 있던 무언가가 무너지는 느낌마저 들었다. 그러니 당황할 수밖에.

하지만 다행히 그가 시간을 끄는 동안 마음을 진정시킨 현당이 살짝 여유를 되찾은 모습으로 고개를 들었다.

"내 장문인의 마음을 어찌 이해하지 못하겠소? 당연히 내가 미울 것이오. 하나, 내게 기회를 주는 것이 그리 어려운 일은 아니잖소?"

"……."

"나는 정말 화산에 속죄하고 싶은 마음뿐이오. 내게 기회를 준다면 나는 장문인을 도와 화산을 다시 명문에 걸맞은 문파로 되돌릴 것이오. 그러기 위해서라면 뼈가 으스러지는 것도 마다하지 않을 작정이오. 그러니 내가 일가를 모두 이끌고 화산을 오른 게 아니겠소?"

구구절절한 현당의 말에 현종이 빙그레 미소를 지었다.

"그 말을 의심하는 것이 아니오."

"……하면 어찌?"

"화산은 더 이상 그대들의 도움이 필요하지 않을 뿐이오."

"……."

"화산을 돕겠다 하시었소?"

현종은 서늘하게 가라앉은 눈빛으로 현당을 응시했다.

"그렇다면 지금 당장 화산에서 나가시오. 그게 그대들이 화산을 돕는 유일한 길이오."

현법이 발끈하여 두 눈을 부라렸다. 노기로 가득한 목소리가 버럭 터져 나왔다.

"듣자 듣자 하니 말이 너무 심하지 않은가! 그대들만 고통을 받았다고 생각하는가? 화산을 떠난 우리 역시 이날 이때까지 편한 날이 없었음을 왜 모른단 말이오?"

"그래서?"

현종의 눈빛은 이제 서릿발이라도 어린 듯 싸늘했다.

"참으로 고단하셨겠다고 위로라도 해 드리리까?"

"……이, 이놈."

현법은 온몸을 휘감는 노기로 얼굴을 씰룩거리면서도, 현종의 그 차디찬 눈빛 앞에선 차마 아무런 말도 할 수 없었다. 평소에는 기름칠이라도 한 듯 유려하게 움직이던 그의 혀가 지금은 송진이라도 바른 양 뻣뻣하게 굳어 움직이질 않았다.

말을 잇지 못하는 현법 대신 현당이 입을 열었다.

"현종아."

"감히!"

하대로 돌아온 현당의 말투에 현상이 발끈하여 소리를 치려 하자 현종이 손을 들어 만류했다.

"되었다."

현종은 동요 없이 천천히 고개를 내젓고는 현당을 물끄러미 보았다.

"말해 보시오."

현당은 깊은 한숨을 내쉬었다.

"알고 있다. 나는 화산의 죄인이지. 하나 내게도 속죄할 기회 정도는 줄 수 있지 않더냐? 기억하느냐? 과거 나는 너를 특히나 아꼈었지. 그 인연을 생각하면……."

"의미 없는 말은 거기까지 하시오."

"……뭐라?"

"지금 당신의 앞에 앉아 있는 이는 당신의 사제였던 현종이 아니라 화산의 장문인인 현종이오. 나는 장문인으로서, 사적인 감정으로 화산의 중대사를 결정하지 않소."

"……."

"긴말하지 않겠소. 지금 당장 떠나시오. 그리고 다시는 화산의 문턱을 넘지 마시오."

더없이 확고한 목소리였다. 현종 앞에 그 누가 있다 한들 대항할 말을 찾아내지 못할 만큼 말이다.

현당은 자신도 모르게 몸을 부르르 떨었다. 현종이 이렇게 놀랍도록 성장했다는 사실에 감격한 것이 아니다. 과거에는 자신의 그림자도 밟지 못하던 이가 지금은 되레 자신을 몰아붙이고 있다는 데에 참을 수 없는 굴욕감을 느낀 것이었다.

"이……."

치미는 모멸감을 이기지 못하고 현당이 입술을 질끈 깨물었다. 한참 동안 노기를 참지 못하고 몸을 떨던 그의 눈빛이 돌연 서늘해졌다.

"장문인……. 아니, 현종."

"그런데 저 작자가 자꾸!"

현영이 발끈했지만, 현당은 더는 틈을 주지 않고 말을 이었다.

"네가 하려는 말이 무엇인지는 이해했다. 결국은 너는 나를 이해할 수 없다는 말이로구나."

그동안 보여 주던 부드러운 태도는 온데간데없다. 남은 것은 싸늘한 미소와 오만한 표정뿐이었다.

그 모습을 보고 현종은 자신도 모르게 허탈한 미소를 흘렸다.

'과거와 달라진 것이 아무것도 없구나.'

과거에도 현당은 딱 저런 사람이었다. 안하무인. 그리고 오만무도.

하지만 과거의 화산에는 그런 이가 필요했다. 자신감을 잃어 가던 이들을 앞장서서 이끌어 줄 지도자가 필요했으니까. 한때는 현종 역시 그런 현당에게 매료되지 않았던가? 하지만…….

'다르다.'

자신감과 오만함은 비슷하지만 같지 않다. 만약 현당이 장문인 자리에 앉았더라면 화산은 다시는 부활하지 못한 채 역사 속으로 사라졌을 것이다. 청명이 입문하기도 전에 말이다.

그런 현종의 속마음을 알 리 없는 현당은 비릿하게 웃으며 나직이 말했다.

"돌아가라 이거로군. 좋지. 좋은 말이야. 장문인이 나가라면 어쩔 도리가 있겠느냐. 하지만 그 전에 내 하나 묻겠는데."

그러더니 싸늘한 눈빛으로 현종을 노려보며 씹어뱉듯 내뱉었다.

"너에게 그럴 자격이 있느냐?"

현종은 말없이 가만히 현당을 바라보았다. 반박하지 못하는 거라 여긴 현당은 더욱 입꼬리를 비틀어 올렸다.

"다시 묻겠다. 너에게 내게 축객령을 내릴 자격이 있느냐는 말이다."

"왜 없다고 생각하시오?"

"몰라서 묻느냐?"

현당이 지체 없이 물을 쭉 들이켜더니 느긋한 손길로 잔을 내려놓았다. 그 손끝에서 묻어나는 여유에, 현상과 현영은 불안한 마음을 애써 숨기며 현당을 바라보았다.

잠깐 침묵하던 현당은 조롱하는 듯한 눈빛으로 현종을 바라보며 말했다. 그 목소리에도 상대를 깔보는 기색이 역력했다.

"네가 진짜 화산의 장문인이라면 나를 내쫓을 자격이 있겠지."

현상과 현영이 자리에서 벌떡 일어나 죽일 듯한 눈으로 현당을 노려보았다. 하지만 그 눈빛을 받으면서도 현당은 조금도 동요하지 않았다. 오히려 여유롭기 그지없는 얼굴로 말을 이어 갔다. 그의 입가에 비릿한 미소가 피어났다.

"하지만 내 묻겠는데…… 네가 정말 화산의 장문인이더냐?"

"이놈이 보자 보자 하니까!"

"어디서 그딴 망발을 늘어놓느냐!"

현영과 현상이 얼굴을 시뻘겋게 물들이며 살기까지 내뿜었다. 하지만 그들 역시 소리만 내지를 뿐, 당황한 기색은 감추지 못했다. 화산의 제자들이 보았다면 이상하게 여길 만한 일이었다.

그리고 현종 또한 더없이 모욕적인 말을 들었음에도 그저 담담한 얼굴로 현당을 응시할 뿐이었다.

"무슨 말이 하고 싶으신 게요."

"말 그대로다."

현당은 그 말만으로도 원하던 바를 이룬 사람처럼 득의양양하게 웃었다.

"너는 화산의 장문인이 아니라는 게지."

현종의 표정은 변화가 없었지만, 현당은 그 반응을 즐기겠다는 듯 여유롭게 허리를 폈다. 그리고 느긋하게 말했다.

"장문인이란 누가 정하느냐. 전대의 장문인과 사문의 장로들이 정하는 것이지. 다시 말하자면 후대의 장문인을 정할 수 있는 이는 전대뿐이라는 소리다. 그리고!"

현당이 목소리를 높였다. 그의 눈이 기묘하게 번들거렸다.

"화산의 전대 장문인. 그러니 너와 나의 스승께서 정한 화산의 다음 장문인은 바로 나다. 네가 아니라 바로 나, 현당이 화산의 적통을 잇는 진정한 장문인이라는 뜻이지."

결국 분노를 참지 못한 현영이 얼굴이 시뻘게져선 버럭 소리를 질렀다.

"어디서 그런 궤변을 늘어놓는 게요?"

"궤변?"

현영의 격렬한 비난에도 현당은 그저 한쪽 눈썹을 치켜올리며 우습다는 듯 헛웃음을 지었다. 그는 현종을 넌지시 넘겨다보며 물었다.

"너도 그리 생각하느냐?"

현종은 아무런 대답을 하지 않았다. 그 침묵을 긍정으로 이해한 현당이 짐짓 과장스럽게 어깨를 으쓱했다.

"모르는구나. 실로 아무것도 모르고 있구나. 명문의 적통을 잇는 일은 그리 간단하지 않다. 그 자격에 걸맞은 이만이 장문의 자리에 오를 수 있지."

"파문당한 이가 어디 장문의 자격을 입에 올린다는 말이더냐!"

"누가 나를 파문했느냐?"

매섭게 쏘아붙이던 현영은 대답할 말을 찾지 못하고 입을 닫았다. 현당이 그런 그를 보며 위엄 넘치는 어조로 소리쳤다.

"나를 파문할 윗대가 아무도 남아 있지 않거늘! 누가 감히 나를 파문할 수 있단 말이더냐? 너희가? 나의 사제에 불과했던 너희가 무슨 자격으로 나를 파문한다는 말이냐!"

그는 흡사 다 이긴 싸움을 하고 있는 듯 득의양양해 보였다.

"대답해 보거라, 현종. 화산의 장문인이 누구더냐. 네 스승이자 전대의 장문께서 누구를 화산의 장문으로 정하셨더냐? 네가 정녕 화산의 법도를 지키는 이라면 할 수 있는 대답은 하나뿐일 텐데."

현종이 가라앉은 눈빛으로 그런 그를 응시했다. 그렇게 한참 동안 뜻 모를 시선만 던지던 현종은 마침내 입을 열었다.

"화산의 장문인은…… 물론 접니다."

담담히 흘러나온 대답에 현당의 얼굴이 미묘하게 일그러졌다.

"네가 화산의 장문이라 했느냐?"

"그렇소이다."

그는 비웃음 섞인 고소를 머금고 능글능글 말했다.

"허어. 그것참 기이한 일이로구나. 아무도 정하지 않은 이가 장문이라니. 수백 년을 이어 온 화산의 법도가 언제 이토록 땅에 떨어졌다는 말인가?"

"……."

"네게 정녕 화산의 장문을 자칭할 자격이 있더냐? 스승에게 인정받지 못하고, 사문의 어른들에게 기대 한 번을 받지 못했으며, 심지어는 사형제들에게조차 인정받지 못했던 네가 무슨 자격으로 화산의 장문인이라 스스로를 내세운단 말이더냐?"

잠자코 듣던 현종이 빙그레 웃으며 입을 열었다.

"사형."

"조금 전까지는 이름을 부르더니 이제는 사형이라 부르는구나. 왜? 네 처지가 이제야 감이 오더냐?"

"조금도 자라지 않으셨습니다."

"……뭐라?"

현종은 정말로 우습다는 듯 헛웃음을 흘리며 고개를 저었다.

"그 고되었다는 세파는 사형을 더 높은 곳으로 이끌지 못한 모양입니다. 한때 더없이 크고 대단해 보였던 사형이 이리 어린아이처럼 보이는 걸 보면 말입니다."

"이, 이놈이……."

"화산의 장문이 누구냐고 물으셨습니까?"

발끈하는 현당의 반응도 아랑곳않고 현종이 더없이 담담한 목소리로 말했다.

"화산의 장문인은 바로 저 현종입니다. 이 사실은 그 누구도 부정할 수 없습니다."

"선대는 나를 장문으로 정하셨다."

"그건 선대의 의지일 뿐입니다."

"지금 선대의 의지를 거부하겠다는 것이더냐?"

이를 갈아붙이는 현당을 보며 현종이 뜻 모를 미소를 머금었다.

"사형이 삼 년만 먼저 화산에 올랐다면 저는 사형의 말을 따랐을지도 모릅니다. 제자들이 만류하고 사제들이 피를 토하더라도 사형께 장문인의 자리를 돌려드리고 평범한 화산의 문하로 돌아갔을지도 모르지요."

"……한데?"

"하지만 이제는 아닙니다."

현종이 어깨를 쭉 폈다. 그 모습은 더없이 당당해 보였다.

"지금은 압니다. 천하 어디에도 저보다 화산의 장문인으로서의 자격을 갖춘 이는 없습니다. 그리고 천하의 누구도 저보다 화산을 더 발전시킬 수는 없습니다. 그러니……."

그는 당당하게 말했다. 아니, 선언했다.

"설령 선대의 뜻과 어긋난다고 해도, 도리에 어긋난다고 해도 저는 화산 장문인의 자리를 내려놓지 않을 겁니다. 그것이 화산을 위한 길이기 때문입니다."

현당의 곁을 지키고 있던 현법이 들으라는 듯 크게 비웃었다.

"하! 말이야 번지르르하지만, 결국은 선대의 뜻을 어기고 화산을 제 뜻대로 하겠다는 의미가 아닌가?"

핵심을 찌르는 듯 날카로운 반박이었다. 말속에 악의가 묻어났다. 하지만 그 말을 듣고도 현종은 화를 내지 않았다.

"아무래도 제 뜻이 잘못 전달된 모양입니다."

"……잘못?"

"제가 두 분께 일가를 이끌고 화산을 내려가라 했던 것은, 그리고 화산의 문턱을 밟지 말라 한 것은 저를 위해서가 아닙니다. 순전히 두 분을 위해서였지요."

현당과 현법이 도무지 말뜻을 이해하지 못하겠다는 표정으로 서로를 마주 보았다.

"우리를 위해서라니?"

이게 대체 무슨 말인가? 뜬금없는 말에 당황해 두 사람은 눈만 끔벅대다 반문했다. 어리둥절한 둘을 향해 현종은 가볍게 웃었다.

"하지만 아무래도 두 분께서는 그럴 생각이 없어 보이시는군요. 그럼 마음대로 하십시오. 전각을 꿰차시든, 아이들을 지도하시든 어디 한번 원하는 대로 해 보십시오."

사납게 눈을 치뜬 현법이 이를 갈며 말했다.

"그 전에 네놈이 장문인의 자리에서……."

"됐다."

그 순간 현당이 손을 뻗어 그를 막았다. 그러고는 빙그레 웃으며 현종에게 말했다. 언제 목소리를 높였냐는 듯 차분해진 어조였다.

"장문인. 비록 말이 과격하게 나왔다지만, 나는 누차 말했듯이 그저 화산에 이 한 몸 헌신하고 싶은 마음뿐이라오."

"……."

"오늘은 더 이야기를 나눠 봐야 서로 좋을 것이 없어 보이니 그만 돌아가겠소. 보중하시오."

자리를 털고 일어난 현당은 현법을 대동하고 몸을 돌렸다.

벌컥!

"우왁!"

문이 열리는 순간, 장문인 처소 문 앞에 몰려와 귀를 기울이고 있던 화산의 백자 배와 청자 배들이 뒤로 우르르 넘어갔다.

"이런, 이런. 쯧쯧."

현당이 잔뜩 눈살을 찌푸리고는 큰 소리로 제자들을 꾸짖었다.

"문파의 제자라는 것들이 웃어른들의 대화를 엿듣다니! 화산의 법도가 대체 어디까지 추락했단 말이더냐! 이래서 내가 현종에게만 맡겨 둘 수가 없다는 것이다!"

제자들은 엉거주춤 일어서며 불만이 가득한 눈빛으로 현당을 노려보았다. 그 눈길에 현당이 영 못마땅하다는 듯 연신 혀를 찼다.

"문파에 기강이라고는 도무지 찾아볼 수가 없구나! 이래서야 세상 사람들이 화산을 두고 뭐라 말하겠느냐?"

"좋은 말씀이십니다."

문득 들려온 목소리에 현당이 시선을 돌렸다. 화정검 백천. 그가 적의를 숨기지 않은 채 현당을 보며 말했다.

"그게 화산을 내다 버리고 떠났다가 삼십 년 만에 돌아온 이의 입에서 나온 말이 아니라면 말입니다."

"이 고얀 놈이! 아무것도 모르는 어린놈들이 어디서 방자하게 입을 함부로 놀리느냐!"

현당이 뭐라 말하기도 전에 현법이 버럭 소리를 질렀다. 더없는 진노가 실린 꾸중이었다. 하지만 화산 제자들의 표정에 두려움이라고는 조금도 보이지 않았다. 오히려 제자들은 지금까지 보이지 않던 적대감을 노골적으로 드러내고 있었다.

"한동안 화산을 등지고 있었다고는 하나, 우리는 사문의 존장이다. 그런데 너희가 감히 존장을 능멸해?"

"그래서 지금까지 참고 있는 겁니다."

"……뭐라?"

"하지만 기억하십시오. 존장이든 뭐든…….".

현당을 죽일 듯 노려보던 백천이 씹어뱉는 듯한 어조로 말했다.

"감히 장문인의 권위에 도전하는 이는, 그게 누구라 해도 용납하지 않습니다. 제가, 그리고 화산의 제자들이 가만두지 않을 것입니다!"

한기까지 서린 그 목소리에, 현법은 저도 모르게 한 발짝 뒤로 물러났다. 뒤늦게 제 치태를 알아챈 현법은 얼굴을 붉히며 이를 갈았다.

"이놈들이 감히…….".

"되었다."

"하지만, 사형!"

"됐다. 우리의 죄가 있지 않으냐."

손을 내저어 현법을 만류한 현당은 백천을 보며 나지막이 말했다.

"하나 곧 너도 알게 될 것이다. 이 화산의 정당한 장문이 누구인지 말이다."

"이미 알고 있습니다."

"허허. 생각이란 바뀌기 마련이지. 가자!"

현당은 현법을 대동하고 홀연히 멀어졌다. 그 뒷모습을 보는 백천의 온몸이 부들부들 떨렸다. 화가 너무 치밀어 이가 부득부득 갈릴 지경이었다.

"저 노망난 늙은이들이!"

"사숙! 진짜 끝까지 참으실 겁니까?"

"……저들이 감히 화산의 장문인을 모욕했습니다."

"저는 이제 못 참습니다. 말리지 마십시오!"

백자 배와 청자 배 제자들이 너 나 할 것 없이 볼멘 소리를 내뱉었다. 그들의 하소연을 가만히 듣고 있던 백천은 묵직하게 고개를 끄덕였다.

"나도 이제 더는 참을 생각 없다. 웬만하면 선을 지키려 했건만, 먼저 선을 넘은 건 저쪽이다. 그렇다면 우리도 그에 걸맞은 대접을 해 줘야지."

"하지만 딱히 방법이 없지 않습니까. 이미 장문인께서 저들이 화산에 거하는 것을 허락하셨는데……."

"제 발로 못 나가겠다면, 강제로라도 나가게 해 주면 된다!"

백천이 눈을 희번덕대며 뭐라 더 말하려던 바로 그 순간이었다.

"사혀어어어어어어엉!"

저 멀리에서 얼굴이 새하얗게 질린 백상이 소리를 질러 대며 뛰어왔다. 맑은 눈빛을 되찾은 백천이 그를 보고 고개를 모로 기울였다.

'응? 무슨 일이라도 났나?'

발바닥에 불이 나도록 정신없이 뛰어온 백상은 얼굴이 사색이 되어 있었다. 그는 숨도 고르지 못하고 헐떡대며 소리쳤다.

"크, 큰일입니다! 오, 옵니다!"

"뭐가?"

"아, 온다니까요!"

"그러니까 뭐가?"

백천뿐만이 아니라 같이 있는 제자들 모두가 제 말을 통 알아듣질 못하니 백상이 답답해하며 얼굴을 일그러뜨렸다. 그가 가슴을 두어 번 쾅쾅 치고는 버럭 외쳤다.

"청명이 놈이 산을 오르고 있습니다!"

그 이름이 나오자마자 백천의 동공이 지진이라도 난 듯 흔들렸다.

"뭐? 아, 아니…….”

아직 마음의 준비가 덜 됐는데?

'어떻게 하지?'

큰일이었다. 청명이 놈이 산을 올라 이 꼴을 보게 된다면 무슨 일이 벌어질지 너무 뻔하지 않은가. 이래서 될 수 있으면 그놈이 도착하기 전에 어떻게든 일을 마무리하려고 했는데!

"어, 어떡하지?"

"난리 났다! 진짜 난리 났다고!"

다른 제자들도 모두 혼이 빠져 어쩔 줄을 몰라 했다. 백상이 핏기 하나 없이 창백하게 질린 얼굴로 백천에게 물었다.

"어, 어떻게 합니까?"

아니, 그걸 나한테 물어도…….

백천조차 갈피를 잡지 못하고 우왕좌왕하던 그 순간이었다.

"누가 온다고?"

장문인의 처소 안에서 누군가가 슬그머니 고개를 내밀었다. 현영이었다. 백상이 귀인이라도 만난 것처럼 만면에 화색을 띠고 외쳤다.

"자, 장로님! 큰일 났습니다! 지금 청명이 놈이 산을 올라오고 있습니다! 제가 똑똑히 봤습니다!"

그러자 현영이 살짝 묘한 표정을 지으며 고개를 갸웃했다.

"그래. 청명이가 온다는 말이지? 청명이가?"

그때, 현영의 말을 들었는지 현종이 굳은 얼굴로 처소에서 나왔다.

"허어. 청명이 녀석이 벌써 돌아오는구나. 그럼 일단은…….”

하지만 그의 말은 안타깝게도 더 이어지지 못했다. 현상과 현영이 약속이나 한 듯 밖으로 나가려던 현종의 양팔을 강하게 움켜잡은 것이다.

"왜 이러느냐?"

현종이 의아해하며 두 사제를 번갈아 돌아보았다. 하지만 현영은 대답하는 대신 흐뭇하게 웃으며 그저 고개만 끄덕였다.

"긴히 드릴 말씀이 있으니 잠시 들어가시지요, 사형."

"오냐!"

현영의 지시를 받은 현상이 현종을 끌어안듯 잡아채어 안으로 질질 끌고 들어가기 시작했다. 현종이 당황하여 외쳤다.

"아, 아니! 왜 이러느냐, 이놈아! 놔라! 이게 뭐 하는 짓이더냐! 이, 이놈!"

현종과 현상이 순식간에 처소 안쪽으로 사라졌다. 태연히 그 모습을 지켜보던 현영은 아무 일도 없었다는 듯 밖으로 나와 문을 닫았다. 현종이 외치는 소리가 문에 막혀 희미해졌다. 화산의 제자들은 모두 제 눈을 의심하며 멍하니 현영만 바라보았다.

"크흠. 그래, 청명이가 온단 말이지?"

현영이 고개를 끄덕이더니 진지한 목소리로 말했다.

"백천아. 나는 지금부터 장문인을 모시고 긴 회의에 들어가야 한다. 그러니 장문인의 처소 주변으로는 누구도 접근시키지 말거라."

"……예?"

"누구도! 그 누구도 접근시켜서는 안 된다! 알겠느냐?"

현영은 눈을 빛내며 같은 말을 몇 번이나 강조했다. 순간 그의 의도를 알아챈 백천이 살짝 넋이 나간 얼굴로 고개를 주억거렸다.

"아, 알겠습니다."

현영이 회심의 미소를 지으며 힘주어 덧붙였다.

"그간 화산에서 무슨 일이 있었는지, 청명이 놈에게 제대로 잘 전해 주도록 하거라. 궁금해할 수도 있는 일 아니겠느냐?"

"……."

"쯧. '외인'들이 화산에 있으니 분위기가 영 좋지 않구나. 에잉!"

탁. 그 말을 남기고 현영도 장문인 처소 안으로 들어가 버렸다. 여전히 안에서는 현종의 외침이 희미하게 들리고 있었다.

뒤에 남겨진 제자들 사이에 잠깐 묘한 정적이 흘렀다.

"사숙. 아무래도……."

잠시 멍하니 있던 백천이 뭔가 결단을 내린 표정으로 비장하게 고개를 끄덕였다.

"……그래. 이리된 이상 어쩔 수 없지! 청명이 놈에게로 간다!"

백천의 두 눈에 시퍼런 살기가 흘렀다.

꼴꼴꼴꼴.

"카아아아아아아아아!"

화산을 오르던 청명이 시원하게 술을 한 모금 들이켜고 기분 좋은 탄성을 내질렀다. 봇짐에는 비싼 여아홍이 한가득 들어 있었다.

"이래서 사람은 명성을 얻고 봐야 하는 거지."

거지꼴로 화산에 오르던 때를 생각하면 상전벽해가 따로 없다.

물론 청명의 입장에서는 과거에 그가 지녔던 명성을 쥐꼬리만큼 되찾은 것에 불과하지만, 그 쥐꼬리만으로도 받는 대접의 질이 달라졌다. 이러니 예전부터 군자라 하는 이들조차 입신양명(立身揚名)에 목숨을 걸었던 것 아니겠는가.

"쯧. 너무 오래 자리를 비웠어. 보나 마나 나 없다고 이놈들이 아주 개판을 치고 있겠지. 안 봐도 뻔하다."

묘한 느낌이었다. 워낙 밖에서 대접을 받으며 지냈으니 조금 더 머물고 싶을 만한데, 이상하게 자꾸 마음이 화산으로 향했다. 심지어 이리 오르고 있는 중에도 더 빨리 가고 싶은 걸 보면 그도 어쩔 수 없는 화산의 사람인 모양이었다. 청명이 피식 웃음을 흘렸다.

"자, 이제 슬슬……. 응?"

그때, 뭔가 이상한 걸 발견한 청명이 고개를 쭈욱 빼며 까치발을 들었다.

"저거 뭐야."

산문 부근에 먼지구름이 인다 싶더니, 화산의 제자들이 우르르 뛰쳐나왔다. 그러고는 불벼락이라도 맞은 것처럼 다급하게 이쪽을 향해 달려오는 게 아닌가.

무슨 상황인지 청명이 미처 상황을 파악하기도 전에, 그들이 득달같이 달려오며 일제히 소리쳤다.

"청명아! 큰일 났다!"

"엥?"

청명이 고개를 갸웃했다. 큰일? 그 짧은 기간에 무슨 큰일이…….

가장 선두로 달려온 백천은 청명의 바로 코앞까지 뛰어와 헉헉거리며 말했다. 목소리도 표정도 다급한 기색이 역력했다.

"청명아! 각오하고 들거라. 일, 일이 터졌다."

"……또 뭔 일이? 소림에서 누가 오기라도 했어?"

"소림이 온 거면 차라리 다행이게!"

"그럼 뭐? 헐떡대지 말고 제대로 말을 해 봐."

"그래. 그러니까 그게…….."

우르르 청명을 둘러싼 제자들은 그간 있었던 일을 설명하기 시작했다.

"그 작자들이 장문인을!"
"수련하는 것도 일일이 끼어들어서 말도 안 되는 간섭을 하고!"
"저들이 적통이라는 말도 안 되는 소리까지!"
"장문인더러 막 자격이 없다고!"
미주알고주알 이르고도 분이 풀리지 않는 듯, 그들은 저마다 추임새까지 넣었다.
모든 상황을 전해 들은 청명의 고개가 아주 삐딱하게 꺾이기 시작했다. 그리고 마침내 그의 입이 열렸다.
"그러니까…… 삼십 년 전에 장문인 자리도 내팽개치고 도망갔던 인간이 지금 다시 돌아와서 우리 장문인한테 장문인 자리를 내어놓으라고 생떼를 부리고 있다? 그것도 벌써 며칠째?"
"그렇다니까!"
청명의 고개가 좀 더 옆으로 꺾였다.
"하, 진짜."
꼴꼴꼴꼴꼴. 손에 들고 있던 술을 단숨에 입안으로 부어 넣은 청명이 비어 버린 술병을 바닥으로 뒤집어 툭툭 털었다. 몇 방울도 채 남지 않은 술이 바닥에 떨어졌다. 그러더니 이내 병목을 한 손으로 꽉 틀어쥐었다.
"이것들이 다 미쳤나."
음산한 목소리가 연기처럼 청명의 입술 새로 새어 나왔다.
"그 새끼들 다 어딨어?"
"처, 청매관! 청매관에 있다!"
청매관이란 말이 떨어지자마자 청명이 앞을 막고 있던 제자들을 사방으로 날려 버리며 돌파해서 일직선으로 질주하기 시작했다.

"가, 같이 가!"

"따라붙어! 빨리!"

보나 마나 이런 일이 벌어질 거라 예측했던 그들은 재빠르게 청명의 뒤로 따라붙었다. 청매관으로 돌진하는 청명은 말 그대로 빛살 같았다.

콰아아아아아앙!

도착하자마자 청매관 문짝을 발로 걷어차 날려 버린 청명의 입가에선 새하얀 연기가 뿜어져 나왔다. 마치 지옥의 수문장 같은 모습이었다.

"웬 놈이냐!"

청명이 천천히 안으로 들어서자 청매관 안을 지키고 있던 이들 중 하나가 그 앞을 막아섰다. 그가 청명을 위아래로 훑어보더니 일갈했다.

"넌 누구냐? 어디서 온 놈이기에 감히 사문의 존장들이 있는 곳에서 이토록 무례하게 군다는 말이더냐?"

"……어디서?"

"그렇다! 네놈이 누군……."

그 순간 청명의 손에 들린 술병이 허공에 환상적인 궤적을 그렸다. 그리고 맨 앞에 있던 중년인의 머리에 그대로 꽂혔다.

째애애애애애앵! 더없이 맑고 고운 소리가 울려 퍼졌다. 머리와 맞부딪친 술병이 산산조각 나 사방으로 비산했다.

털썩. 머리를 강타당한 그는 게거품을 물고 바닥으로 쓰러졌다.

"무, 무슨 짓을……!"

그 충격적인 광경에, 청매관 안에 있던 모두가 모두 당황한 듯 주춤주춤 몸을 일으키며 경계했다. 청명은 목만 남은 술병을 획 내던지며 눈을 번뜩거렸다.

"어디서 왔냐고?"

허허. 허허허허. 이 새끼들이?

"지옥에서 왔다! 이 새끼들아!"

정말로 방금 지옥에서 올라온 것 같은 표정으로 소리를 지른 청명이 눈을 까뒤집으며 앞을 향해 달려들었다.

· ◆ ·

조금 전.

"너무 쉽게 물러나신 것 아닙니까, 사형?"

현법이 분하다는 듯 말하자 현당이 빙그레 미소를 지었다.

"완벽한 승리란 듣기에는 좋은 말이지. 하지만 상대에게 여지를 주지 않는 승리는 결국 뒤끝을 남기기 마련이다."

"으음. 확실히……."

"물론 거기서 내가 현종을 좀 더 몰아붙였다면 더 많은 것을 얻어 낼 수 있었을지 모르지. 하지만 너도 보지 않았더냐? 제자들이 현종을 저리 따르는데 우리가 얻은 이득이 과연 이득으로만 끝났겠느냐?"

현당의 설명을 들은 현법이 고개를 끄덕였다. 그도 똑똑히 보았다. 화산의 제자들이 명백한 적의를 드러내는 광경을 말이다.

'화산이 거꾸로 돌아가고 있는 게지.'

과거 그들이 화산에 있을 때는 상상조차 할 수 없었을 일이다. 아무리 죄를 지었다고는 하나, 그들은 사문의 존장이었다. 한데 어찌 제자 된 이들이 그리 노골적인 적의를 보일 수 있단 말인가.

"거기서는 물러나는 것이 맞다. 내가 한 발 물러서니 현종 역시 물러나지 않았느냐."

"아무래도 정통성이 없다는 사실이 치명적이었겠지요."

현당이 비릿한 미소를 지으며 고개를 끄덕였다.

결국 장문인의 자리는 선대로부터 물려받는 것. 그동안은 현종이 장문인을 자처하고 있었지만, 이제는 엄밀히 따지면 화산에서 장문인을 자칭할 수 있는 사람은 현당 외에는 없다. 현당은 그저 문파를 떠났을 뿐, 장문인의 자리를 내려놓은 적은 없기 때문이다.

"그리 완고하게 나오던 놈이 발을 빼는 걸 보면, 스스로 생각하기에도 거리낄 게 많은 모양입니다."

현법의 말에 현당은 대답 없이 그저 묘한 미소를 머금었다.

"하지만 오늘 하는 짓을 보아하니 아무래도 쉽게 물러날 생각은 없어 보입니다."

"사람이란 제 가진 것을 쉽게 내어놓지 못하는 법이지. 화산이 어디 예전의 화산이더냐? 당연히 욕심이 나겠지."

현당이 입꼬리를 비틀어 조소를 머금고 말했다.

"하지만 그렇기에 오히려 상대하기 쉬울 것이다. 산속에 박혀 도를 닦는 고고한 도인은 속세의 상식으로 어찌할 수 없는 법이지만, 욕심이 있는 이는 어떻게 나올지 예측할 수 있으니까."

현법도 고개를 끄덕이곤 현당을 보며 미소를 지었다.

어찌 되었건 그들은 오늘 승리한 것이나 다름없었다. 그들을 내쫓으려는 현종의 시도를 피해 내었고, 화산에 눌러앉을 수 있는 권리까지 얻어 냈으니까. 이대로 시간이 흐르면 현종의 입지는 점점 약해질 것이고, 자연히 그들의 입지는 나날이 상승하게 될 것이다.

자리에서 일어난 현당이 준엄한 목소리로 가솔들을 향해 말했다.

"지금까지는 우리가 나섰지만, 앞으로는 너희가 해야 할 일이 많다.

지금 화산의 제자들은 장문인을 중심으로 똘똘 뭉쳐 있다. 너희가 저들 사이로 스며들어 주어야 앞으로의 일이 편해진다. 알겠느냐?"

"걱정 마십시오, 할아버지!"

"산속에서 무학이나 닦던 이들을 구슬리는 것 정도야 어렵지도 않은 일이지요. 맡겨 주십시오. 그런 건 아무것도 아닙니다."

"완벽하게 해내겠습니다."

활기찬 대답을 들으며 현당은 고개를 끄덕였다. 그러다 이내 이를 악물었다. 힘이 잔뜩 들어간 턱 근육이 실룩댔다.

'현종……. 건방진 놈 같으니.'

최대한 담담한 척했지만, 여전히 자신을 압박해 오던 현종의 모습이 잊히질 않았다. 과거에는 자신과 눈도 마주치지 못하던 놈이 고개를 빳빳하게 세우고 대드는 꼴이라니.

'너도 옛날의 현종이 아니다, 이 말이렷다.'

하지만 곧 알게 될 것이다. 현종이 과거의 현종이 아니듯이 그 역시 과거의 현당이 아님을 말이다.

그때 무언가를 곱씹던 현법이 살짝 굳어진 얼굴로 입을 열었다.

"한데, 사형. 현종이 한 말 중 하나가 걸립니다."

"뭐가 말이더냐?"

"다름이 아니라 그…… 화산을 떠나라 한 게 우리를 위해서 한 말이라던 게 조금……."

그러더니 도통 이해할 수 없는 듯 고개를 갸웃했다.

"영문을 모르겠습니다. 현종의 성격을 감안해 볼 때, 괜히 없는 말을 했을 것 같지는 않은데……."

현당은 그저 피식 웃으며 넘겼다.

"……허세겠지. 우리가 이 화산에 있다 하여 무슨 일이야 있겠느냐? 선조께서 노하셔서 선계에서 강림하실 것도 아니고 말이다."

"그건 그렇지요. 하하하하하."

현당과 현법이 아무것도 모르고 호탕하게 웃어 젖히던 바로 그때였다.

콰아아아아앙! 커다란 굉음과 함께 청매관의 문짝이 산산조각 나 안으로 쏟아져 들어왔다.

"뭐, 뭐야! 웬 놈이냐!"

현당이 깜짝 놀라 문 쪽을 바라보았다. 문이 부서져 활짝 뚫린 입구를 통해 웬 어린 놈 하나가 어슬렁어슬렁 걸어 들어오고 있었다.

'누구……?'

복장을 보면 화산의 제자가 분명한데, 얼굴이 낯설다. 아직 오래 머무른 건 아니지만, 적어도 현당이 화산에 오른 이후로 처음 보는 이였다.

"쯧쯧, 저……."

그가 가까이 다가올수록 외양이 더 자세히 보였다. 침입자의 행색을 확인하고 현당은 저도 모르게 눈살을 찌푸리며 혀를 찼다.

제멋대로 흐트러진 의복에, 길게 자라난 머리는 전혀 정리가 되지 않아 대충 위로 묶어 두었고, 걸어오는 자세는 건들건들 불량스럽기 짝이 없었다. 심지어 늘어뜨린 손에 쥔 건 술병이 아닌가.

'대체 어쩌다 화산이!'

문파의 기강이 제대로 쇠한 게 아니고서야 있을 수 없는 일이다.

불편한 그의 기분을 읽었는지, 앞쪽에 있던 그의 가솔 중 하나가 벌떡 일어나더니 들어오는 화산의 제자 앞을 막아섰다. 그리고…….

째애애애애애앵! 술병으로 머리를 얻어맞았다. 바닥에 그대로 고꾸라진 가솔을 보며 현당은 저도 모르게 입을 쩌억 벌리고 말았다.

'뭐, 뭔 일이 벌어지는 거지?'

분명 눈앞에서 뭔가 어마어마한 일이 일어나고 있는데, 상황이 어떻게 돌아가는지 머릿속에서 제대로 해석이 되질 않았다.

그러니까, 지금 화산의 제자가 술병으로 내리쳐서 가솔의 대가리를 깨 버린 건가?

"……어?"

겪어 보기는커녕 상상도 해 본 적 없는 괴사였다. 현당은 물론이고 현법도 그 자리에 멍하니 선 채 떡 벌어진 입을 다물지 못했다. 이게 대체 뭔……?

"지옥에서 왔다, 이 새끼들아!"

우렁차게 고함을 내지른 화산의 제자가 다짜고짜 앞으로 달려들었다.

"뭐, 뭐냐!"

"막아! 막아라아!"

그 흉흉한 기세에 가솔들이 놀라 분분히 화산의 제자 앞을 막아섰다. 하지만 그게 얼마나 잘못된 선택이었는지 그들이 깨닫게 되는 데는 그리 오랜 시간이 걸리지 않았다.

빠아아아아악!

"아악!"

빠아아아악!

"아아악!"

"이 새끼들이! 감히 누굴 막아!"

화산의 제자 앞을 막아서던 이들이 폭풍 맞은 나뭇잎처럼 연신 좌우로 튕겨 나갔다. 튕겨 나간 이들은 그래도 형편이 나은 축에 속했다.

빠아아아아악!

당황하여 달아나지도, 달려들지도 못하고 머뭇거리던 이 하나가 아래턱을 걷어차여선 그대로 청매관의 천장을 뚫고 박혔기 때문이다.

머리가 천장에 틀어박힌 채 대롱대롱 좌우로 흔들리는 가솔을 올려다보며, 현당은 차마 움직이지도 못한 채 망연히 서 있었다. 대체 어떤 말로 이 상황을 표현해야 할지도 알 수 없었다.

'내가 지금 꿈을 꾸고 있는 건가?'

그럴 리는 없다. 당연히 그럴 리는 없겠지. 하지만 현실이라기엔 너무도 황당하지 않은가.

사람 하나를 천장에 박아 버린 화산의 제자는 이제 고개를 좌우로 꺾으며 현당과 현법을 향해 다가오기 시작했다. 그제야 현법은 퍼뜩 정신을 차렸다. 당연히 물어야 할 것이 있는데 그것도 잊고 있었다.

"너, 너는 누구냐?"

"하……. 진짜 이 새끼들이……. 눈 없어?"

화산의 제자가 기가 차다는 듯 자신의 가슴에 새겨진 매화 문양을 가리켰다.

매화? 그게 뭐 어쨌다고?

현법이 이해하지 못하여 슬쩍 눈살을 찌푸리자 화산의 제자가 얼굴을 와락 일그러뜨리며 그를 향해 윽박질렀다.

"눈이 있으면 내가 화산 소속인 걸 알 텐데. 남의 집에 들어와서 자리 차지하고 있는 것들이 주인한테, 뭐? 누구? 누구우우우?"

고작 딱 한마디를 섞은 그 순간, 현법은 직감했다.

'이놈은 제정신이 아니다.'

단순히 말하고 있는 내용 때문이 아니다. 저 말투며, 그 말에 수반된 표정과 손짓 하나하나가 전부 이해되지 않았다.

"니들은 누군데, 이 새끼들아! 남의 집에서 주인을 봤으면 지들 정체부터 말하는 게 예의지! 하여튼 요즘 것들은 정신머리가 없어요!"

새파랗게 어린놈에게 '요즘 것들'이라는 말을 들으니 현당은 정신이 아득하게 나가 버릴 것 같았다. 그가 분노를 담아 일갈했다.

"네 이노오오오옴!"

"왜 이노오오옴!!"

"어억……."

어린놈은 한 치도 물러서지 않겠다는 듯 현당을 노려보며 대거리했다. 그 방자한 태도에 끝내 현당이 뒷덜미를 움켜잡았다.

"사, 사형!"

"아버지! 괜찮으십니까!"

식겁한 주변인들이 우르르 현당에게 달려들어 그를 부축했다.

현당은 격하게 숨을 토해 내며 뒤집힌 속을 달래려 애썼다. 하지만 그 와중에도 눈앞의 사내를, 살아생전 본 적 없는 괴이한 인간을 죽일 듯이 쏘아보는 건 잊지 않았다. 현당이 짓씹듯이 물었다.

"대, 대체 너는 누구냐?"

"진짜 말귀를 못 알아먹네? 노망나셨어?"

"끄륵……."

"사형! 사형, 정신 차리십시오!"

현당이 뒤로 넘어가면서도 파르르 떨리는 손으로 현법의 어깨를 꽉 움켜잡았다. 그 애처로운 모습에 현법이 이를 악물고는 외쳤다.

"네놈은 화산의 제자 같은데, 어떻게 사문의 존장을 보고도 이따위로 방자하게 군단 말이더냐?"

"존장?"

화산의 제자, 그러니까 청명이 피식 웃더니 청매관 안에 있는 인물들을 쭉 한번 훑어보았다. 노골적으로 비웃음이 담긴 시선이었다.

그렇게 모두를 한 번씩 바라본 청명은 이내 고개를 갸웃하며 물었다.

"존장이 어디에 있는데?"

"뭐, 뭣?"

"내 눈에는 안 보이는데, 그 존장이 어디에 있냐고."

"이, 이놈이!"

현법이 발끈하여 외쳤다. 하지만 그가 뭐라고 나무라기도 전에 청명이 먼저 눈을 희번덕거리며 말했다.

"사람이 잠깐 자리를 비웠더니, 어디서 말 뼈다귀 같은 것들이 기어들어 와서 존장질이야. 확 다 허리 곱게 뒤로 접어서 종남산에 내던져 버릴라!"

때마침 청명을 따라 청매관에 들어온 백천은 '대체 왜 종남산이지?' 하는 의문을 잠깐 품었지만, 지금은 태평하게 그런 걸 물을 겨를 따윈 없었다.

"내가 누구냐고?"

지옥 불처럼 이글거리는 청명의 눈빛에 모두가 움찔했다.

"내가 화산의 삼대제자 청명이시다, 이 새끼들아!"

"처, 청명?"

"화산신룡!"

"저, 저자가!"

청명을 보던 모두가 대경실색하여 외쳤다.

화산신룡. 천하비무대회의 실질적인 우승자로 천하에 그 이름을 날린 천하제일 후기지수. 화산의 미래이자 훗날의 천하제일인 자리를 이미 맡아 놓았다고 평해지는 이였다. 설마 저자가 바로 그 화산신룡이라는 말인가?

만약 저 말이 사실이라면, 지금 이 상황은 더더욱 말이 안 되었다.

"삼대제자인데 사조에게 이리 큰 무례를 저지른다는 말이더냐! 현종은 어디에 있느냐!"

현법이 버럭 소리를 지르자 청명이 피식 웃었다.

"아니, 이 영감들은 진짜로 생각을 산 밑에 두고 왔나? 누가 사존데?"

"네 이놈! 아무리 우리가 화산을 떠나 있었다고 한들! 화산에 적을 올린 이라는 사실은 변치 않는다!"

그 우레와 같은 호통에 청명이 감격한 듯한 표정으로 귀를 후볐다.

"어디서 개가 짖나?"

"……아, 아니. 그런데 이놈이."

"아, 거 되게 이놈 저놈 하네. 어이, 영감님."

청명이 고개를 삐딱하게 꺾으며 귀를 후빈 손가락을 훅 불었다.

"그래. 말 잘했어. 사조라 이거지? 근데 그게 말로 한다고 증명이 되는 게 아니지. 내가 댁들이 내 사조임을 증명할 방법을 아주 간단하게 말해 줄게. 할 수 있으면 내가 지금 바로 머리 박고 사과드리지."

"방법?"

청명이 턱짓으로 현법을 가리키며 물었다.

"영감님, 매화검법 쓸 줄 알아?"

"……"

"아니. 거기까지는 바라지도 않아. 칠매검은?"

"……"

"육합검은 기억하나?"

"그, 그건 기억하고 있다."

"자랑이다."

현법이 저도 모르게 입을 다물고 말았다. 솔직히 화산을 저버리고 환속한 이들이 화산의 검법을 익힐 일이 있었겠는가.

청명은 여전히 삐딱하게 선 채로 한심하기 그지없다는 듯 현법과 현당을 훑어보았다. 그의 입에서 북풍한설처럼 차가운 목소리가 흘러나왔다.

"화산의 사조라는 것들이 화산 검법도 쓸 줄 모르고. 그렇다고 화산에서 뭘 한 것도 아니고. 문파 힘들 때 박차고 나가서 잘 먹고 잘살다가 이제 와 슬금슬금 기어들어 와선 대접 한번 받아 보시겠다?"

청명의 눈에 귀화처럼 새파란 광기가 번들거리기 시작했다.

"이 새끼들이 화산이 물로 보이나, 맘대로 갖다 버렸다가 필요하면 다시 주워 쓰려 드네? 내가 승질이 뻗쳐서! 야, 이 새끼들아!"

점점 목소리를 키우던 청명이 마침내 눈을 까뒤집었다.

사조? 사조오오오오? 어디 새파란 것들이 대뜸 나타나선 그의 앞에서 사조질이라는 말인가?

이를 득득 간 청명은 허리춤에 차고 있던 검을 검집째 끌러 들었다.

"그래. 아냐, 아냐. 괜찮아. 아직 증명할 방법은 남았으니까."

현당과 현법은 그 무시무시한 기세에 눌려 아무런 말을 하지 못했다. 청명이 검과 검집이 분리되지 않도록 단단히 묶는 광경을 그저 지켜보기만 할 뿐.

"설마 사조랍시고 목에 힘주고 다니던 양반들이 삼대제자 하나 감당 못 하지는 않겠지. 거기 있는 것들 다 한 번에 덤벼 봐. 내가 지면 사조로 인정해 줄게. 대신!"

청명이 새하얀 이를 드러냈다. 꼭 사냥을 앞둔 맹수 같은 표정이었다.

"감당 못 할 시에 너희는 네 발로 기어서 화산을 내려가야 할 거야. 어디 누가 죽나 보자, 이 새끼들아!"

청명이 두 눈을 뒤집어 까며 앞으로 달려들었다. 그러고는 선두에 선 이의 머리를 사정없이 검집으로 내리쳤다. 검집과 머리통이 만나며 터진 영롱한 소리가 해 질 녘의 화산에 아름답게 울려 퍼졌다.

빠아아아아악!

"아아아아아아아악!"

"마, 막아라!"

"누, 누가 어떻게 좀 해 봐!"

선량한(?) 양 떼 사이로 굶주린 늑대 한 마리가 미쳐 날뛰었다.

"이 새끼들이! 뒈지고 싶으면 절벽 아래로 뛰어내릴 것이지! 굳이 내 손에 죽겠다 이거지? 오냐! 어디 니들 대가리가 얼마나 단단한지 한번 보자! 죽어! 죽어어어어어!"

움찔. 떨어져 나간 문 앞에 나란히 서서 청매관에서 벌어지는 참상(?)을 지켜보던 백천과 다른 제자들이 청명의 목소리를 듣고 동시에 몸을 부르르 떨었다. 실눈을 뜨고 얻어맞는 이들을 바라보던 윤종이 슬쩍 고개를 돌려 옆에 선 백천에게 말했다.

"저······. 사숙. 말려야 하는 것 아닙니까?"

그러자 백천이 안쪽을 유심히 바라보고는 시선을 돌려 버렸다.

"윤종아. 저게 말린다고 말려지겠냐?"

윤종은 대꾸할 말을 찾지 못하고 입을 닫았다. 그도 그럴 게, 입에 거품을 물고 날뛰는 청명이 놈을 보고 있자니 도무지 어떻게 해 볼 엄두가 나질 않았다. 나선다 한들 말이 통할 것 같지도 않았다.

자연재해. 저건 일종의 자연재해다. 태풍은 피하라고 있는 것이지, 맞서라고 있는 게 아니다. 이럴 때는 그저 숨을 죽이고 태풍이 무사히 지나가기를 기다리는 게 현명한 처사다.

"그리고 이럴 줄 알았잖느냐."

"아, 아니, 그렇긴 한데……."

물론 애초에 청명이 놈을 이들 앞으로 데려온다는 것 자체가 일을 좋게 해결하지 않겠다는 의지의 표현이나 다름없다. 솔직히 저놈을 들이밀어서 곱게 끝난 일이 뭐 하나라도 있긴 했던가? 그 소림마저 청명이 놈을 들쑤셨다가 다시없는 개망신을 당하지 않았던가.

말을 잇지 못하던 윤종은 살짝 넋이 나간 목소리로 중얼거렸다.

"하지만 그렇다고 정말 다짜고짜 패 버릴 줄은 몰랐는데……."

조걸도 옆에서 얼떨떨하게 연신 고개를 끄덕였다.

"역시 청명입니다. 언제나 상상한 그 이상을 보여 주네요."

유이설은 청명이 날뛰는 꼴을 조용히 들여다보다가 답이 없다는 듯 절레절레 고개를 내저었다. 백천 또한 사실 좀 당황하긴 했다.

'쟤는 거리낌이라는 게 없나.'

아무리 그래도 장문인 현종의 사형이었던 사람이다. 물론 백천 역시 저들을 사문의 어른으로 생각하지는 않지만, 그렇다고 해서 남처럼 막 대하는 것도 쉽지 않았다. 그렇기에 지금까지 내내 망설였던 것 아닌가.

하지만 청명은 청명이었다.

'어떤 면에서는 정말 존경스럽다.'

어떻게 저리 뒤를 생각하지 않고 날뛸 수 있는지, 새삼 저 성질머리가 괴이하게 느껴졌다. 경악스러운 걸 넘어 경이로울 정도였다.

"근데 진짜 속이 뻥 뚫린 것처럼 시원하네……."

"······부정은 못 하겠습니다."

시원한데. 정말 폭포수라도 들이켠 것처럼 속이 시원하기는 한데······ 정말 이래도 되는 걸까? 정말?

이제는 청명에게 절여질 대로 절여져서 웬만한 일로는 놀라지 않을 자신이 있다고 생각했는데, 아무래도 아직 모자란 모양이었다. 저 소금 뿌린 미꾸라지처럼 날뛰는 놈을 보고 있자니 등골이 저릿저릿했다.

그들이 뭐라 생각하건, 청명은 이미 이성을 반쯤 놓은 상태였다.

"어디서 개가 먹다 버린 뼈다귀 같은 것들이 화산까지 기어 올라와서는! 뭐? 장문인 자리를 내놔?"

청명이 눈앞을 막아선 이를 걷어차며 두 눈을 희번덕거렸다. 그러고는 달아나려는 이의 멱살을 덥석 움켜잡고는 자신 쪽으로 쭉 끌어당겼다.

"히이익······!"

잡힌 이는 사색이 되어서 놓아 달라고 눈빛으로 애원했다. 하지만 청명은 무시하고 그의 얼굴을 머리로 냅다 들이받아 버렸다.

빠아아악!

"아으······."

조금 전의 신음은 맞은 이에게서 나온 게 아니었다. 상황을 지켜보던 백천의 입에서 흘러나온 신음이었다. 백천은 이 잔인한 광경을 차마 두 눈으로 보지 못하겠어서 결국 고개를 돌리고 말았다. 하지만 눈은 돌릴 수 있어도 귀는 막을 수 없었다.

빠아아악! 빠아아아아악! 머리 깨지는 소리가 연달아 청매관에 울려 퍼졌다.

"끄르르르륵."

소리만 들었을 뿐인데, 어찌 이리 완벽하게 상황이 머릿속에 그려진단 말인가. 뒤이어 누군가 바닥에 쓰러지는 소리까지 들은 백천은 몸서리를 치며 고개를 내저었다.

"그러게 가라고 할 때 그냥 곱게 가지."

뭐 한다고 저놈이 올 때까지 버텨서 저 고통을 자처한단 말인가.

청명은 이제 아예 바닥에 쓰러진 이의 위로 올라타서는 허리까지 젖혀 가며 주먹을 내려치기 시작했다.

"장문인? 장문이인? 이 새끼들이 단단히 미쳐 가지고! 화산 장문인 자리가 노름해서 따는 건 줄 아나! 누가 장문인이라고?"

주먹을 한 번 내지를 때마다 차지게 돌아가는 허리가 너무도 인상적이었다. 소림 장문인 법정이 저 모습을 보았다면 '저것이야말로 권법의 정석이다.' 하고 외치며 연신 박수를 보냈을 것이다.

'아, 아니지. 스님이 저걸 보며 박수를 보내면 안 되지.'

백천이 고개를 휘휘 저어 머릿속의 헛생각을 흩어 버렸다. 청명이 옮았는지 이제는 별 불경한 생각까지 다 하게 된다.

쾅! 쾅!

"어쭈? 기절을 해? 누가 기절하래! 이 건방진 새끼야!"

와……. 이제는 기절한 걸 가지고도 화를 내네…….

"……인성 진짜."

"지옥의 마귀가 겁먹고 도망가겠네."

"원시천존이시여. 저놈이 도삽니다, 저놈이."

오랫동안 청명을 알아 온 화산의 제자들도 새삼 놀랄 인성인데, 현당과 현법이 받은 충격은 오죽하겠는가. 지금 두 사람은 도저히 이 상황을 받아들일 수 없었다. 너무 놀란 나머지 목구멍으로 심장이 튀어나올 지경이었다.

'대, 대체 저게 무슨 일인가?'

'어떻게 저런 어린놈이?'

특히 현당은 갑자기 벌어진 이 경악스러운 일에 정신이 다 혼미했다.

'저 아이들이 저리 쉽게 당할 아이들이 아닌데?'

아무리 화산을 등졌다고는 하나 그들도 한때는 화산에서 무학을 익혔던 이들. 속세를 살아간다 한들 무력을 포기할 수 있었을 리 없다. 아니, 오히려 속세를 살아가기에 더욱 힘이 필요했다. 무력을 가졌을 때의 이점을 잘 알고 있었으니까.

그래서 현당은 화산의 무학은 버렸을지언정, 각지의 명사들을 초청하여 후손들에게 무학을 가르쳐 왔다. 지금 청명의 아래에 깔려 얻어맞고 있는 그의 손자만 하더라도 같은 나이일 적의 현당은 비벼 볼 수도 없는 수준의 고수였다.

그런데 그런 이가 지금 화산의 제자에게, 그것도 겨우 삼대제자에게 손도 쓰지 못하고 말 그대로 개박살이 나고 있었다.

"이 새끼가! 안 일어나?"

퍼억! 기절한 사람을 끝끝내 패서 깨운 청명은 겨우 정신을 차린 이의 멱살을 잡아 허공에 집어 던졌다. 날아간 이가 청매관의 벽에 그대로 쑤셔 박혔다. 허리까지 벽 밖으로 나가 하체만 대롱대롱 매달린 꼴이라니. 차마 눈 뜨고 봐 줄 수가 없었다.

청명이 날뛰는 모습을 멍하니 지켜보던 현당이 부르르 몸을 떨었다.

"뭐, 뭣들 하는 거냐! 당장 저놈을 막으래도!"

하지만 다급한 그 목소리에도 청명의 앞을 막아서는 사람은 아무도 없었다. 바보가 아니라면 알 수밖에 없다. 그의 후손 중에 청명을 상대할 수 있는 이는 존재하지 않는다.

내가 화산의 삼대제자 청명이시다 89

아니, 말이야 바른말이지. 천하제일 후기지수로 불리는 것은 물론이고 후대의 천하제일인 자리를 이미 맡아 놨다고 평해지는 화산신룡을 그의 후손들이 무슨 수로 상대하겠는가.
 이대로는 모두가 당하고 말겠단 위기감에 현법이 우선 버럭 소리를 질렀다.
 "네, 네 이놈!"
 "왜?"
 하지만 청명이 태연하게 반문해 오자 말문이 막혔다.
 "너, 너는……. 그러니까……."
 "영감님. 엄청 운 좋게 살아온 모양이네."
 검을 들어올려 어깨에 척 걸친 청명이 피식 웃었다.
 "그동안은 운 좋게 상황이 안 좋을 때마다 주둥아리로 모면할 수 있었을지 모르겠지만, 여기는 강호야. 강호에서는 입만 산 놈들은 강냉이가 다 털리는 법이지."
 청명이 현법을 노려보며 입꼬리만 비틀어 올렸다.
 "그래. 화산이 그리웠다고? 화산이 그리웠으면 매화도 그리웠겠지. 걱정하지 마. 내가 화산의 매화를 제대로 보여 줄 테니까."
 그러고는 검을 앞으로 쭉 뻗는다. 이채 어린 그의 눈이 번뜩거리기 시작했다. 검을 흔들 때마다 눈빛이 더욱 살벌해졌다.
 "그런데 니들이 알까 모르겠는데. 매화로 처맞으면 그냥 처맞는 것보다 세 배는 더 아프다!"
 그 말에 지켜보던 백천과 제자들은 자신도 모르게 고개를 끄덕였다. 아니……. 뭐, 당연한 거지. 그냥 마구 휘두르는 검집에 얻어맞는 것보다야 검술을 펼친 검에 맞는 게 더 아픈 법이니까.

하지만 그 당연한 말이 청명의 입에서 나오면 당연하게 들리지 않는 게 문제였다.

"화산에 온 걸 환영한다, 이 새끼들아!"

청명의 검 끝이 순식간에 붉은 매화를 만들어 내기 시작했다.

현당과 현법이 놀라 두 눈을 부릅떴다. 그들도 한때는 화산의 문하였다. 저 검의 끝이 그려 내는 매화가 무엇을 의미하는지 왜 모르겠는가.

"이, 이십사수매화검법?"

하지만 놀라움은 그리 길지 않았다. 오늘따라 더없이 흉흉한 매화가 아직 정신을 차리지 못한 이들을 거세게 후려치기 시작했다.

"아아아아아악!"

"아악! 내 허리! 아아악!"

사방에서 비명이 난무했다. 세상을 살다 보면 다양한 경험을 하게 되는 법이다. 하지만 어지간한 사람들은 매화 꽃잎에 얻어맞아 허리가 나가는 경험은 해 보기 어려울 것이다. 그리고 이곳에 있는 이들은 운 좋게도 남들은 평생을 가도 해 보기 어려운 경험을 하고 있었다.

아, 그게 운이 좋은 건지는 생각을 좀 해 봐야 할 문제지만.

세찬 매화의 폭풍이 순식간에 청매관을 휩쓸어 버렸다. 집기고 사람이고 걸리는 것은 모조리 박살이 나서 나뒹굴었다.

이미 천하비무대회에서 그 위력을 세상에 증명한 이십사수매화검법이다. 천하의 내로라하는 후기지수들도 이십사수매화검법을 파훼하지 못했는데, 현당의 후손들 따위가 감히 이 검법을 맞상대할 수 있을 리가 없었다.

속수무책으로 정신없이 얻어맞던 이들은 얼마 지나지 않아 걸레짝이 되어 바닥에 널브러졌다.

"으으으으……."

"끄으으으으……."

 검집으로 맞았다고 해서 무사할 리가 없다. 전신을 작신작신 두들겨 맞은 이들이 모두 부러진 팔다리를 부여잡고 신음을 흘려 댔다.

 그 참상 속에서 두 다리로 서 있는 이는 오로지 셋. 현당과 현법, 그리고 청명이었다.

 검을 회수해 허리춤에 찔러 넣은 청명은 널브러진 이들을 바라보았다. 혀를 차는 그의 얼굴엔 꼴같잖다는 속내가 숨김 없이 드러나 있었다.

 "어디 청자 배 막내한테도 두들겨 맞을 실력으로 화산에 올라?"

 물론 화산 청자 배의 막내는 막내치고는 과도하게 강하지만……. 어쨌든 막내이긴 하니 청명의 말이 딱히 틀린 것도 아니었다.

 청명의 시선이 현당과 현법에게로 꽂혔다. 저들이 지금 두 발로 서 있을 수 있는 이유는 저들의 실력이 뛰어나 청명의 검을 피해 냈기 때문이 아니다. 단지 청명이 공격의 범위에 저들을 넣지 않았기 때문이다.

 청명이 목을 천천히 좌우로 꺾으며 그들에게 다가갔다.

 "그러니까 내가 다시 한번 확인을 해 보겠는데. 사조가 어떻고 장문인이 뭐 어떻다고?"

 두 사람의 얼굴이 새파랗게 질렸다. 이미 상황은 돌이킬 수 없는 지경까지 왔다. 지금 다가오는 저 미친놈에게는 상식이나 예의범절 따윈 존재하지 않는 것이 분명했다. 이대로 있다가는 그들 역시 바닥에 널브러진 이들과 같은 꼴로 나뒹굴게 될 것이다.

 현법이 재빨리 입을 열었다. 어찌나 다급했는지 말을 더듬기까지 했다.

 "화, 화산을 떠나겠다!"

 "응?"

"아이들을 이, 이끌고 화산을 떠나겠다. 그리고 다시는 화산으로 돌아오지 않겠다! 우리가 한때나마 화산에 적을 두고 살았다는 것도 절대로 발설하지 않겠다."

"호오? 그래서?"

청명이 재미있다는 듯 미소를 지었다.

"그, 그러니 우리를 그냥 보내 다오."

눈썹을 까딱인 청명이 살짝 입을 벌리더니 이내 고개를 끄덕였다.

"아? 그렇지. 그렇지. 그래야지."

청명의 입에서 긍정적인 말이 나오자 현법의 얼굴에 살짝 화색이 돌았다. 그는 내친김에 부드러운 어조로, 청명을 달래듯 덧붙였다.

"그, 그래도 우리는 네 사문의 어른이었던 이들이 아니더냐. 그러니 이쯤에서 그만하자꾸나."

"아, 좋죠."

청명이 연신 고개를 끄덕였다. 그러더니 현당과 현법을 보며 조곤조곤 말을 이었다. 입꼬리엔 여전히 환한 미소가 매달려 있었다.

"나라고 뭐 일을 키우고 싶은 건 아니니까요. 아시다시피 전 도사거든요."

"그, 그렇지?"

현법의 얼굴이 확 밝아졌다. 그러나 뒤쪽에서 대화를 듣고 있던 화산 제자들은 청명의 말을 듣는 순간 얼굴에 핏기가 싹 가셨다.

'망했다. 죽이지는 않겠지?'

하지만 안타깝게도 현당과 현법은 그들의 반응을 보지 못했다.

청명이 빙글빙글 웃으며 현법에게 다가갔다.

"이쯤에서 마무리하는 게 모두에게 좋은 거죠."

"그, 그래. 그렇지."

"그런데 말이에요. 원래 마무리가 그런 식으로 지어지는 게 아니잖아요. 일을 저질러 놓고 맘대로 끝낼 수 있으면 전쟁은 왜 일어납니까? 아실 만한 분들이 거참."

"……."

청명이 검을 고쳐 쥐고 다시 천천히 들어 올렸다.

"마무리라는 건…… 저지른 짓에 대한 대가를 다 치르고 나서야 할 수 있는 거죠. 알아듣겠냐? 이 나이만 헛처먹은 것들아?"

청명의 눈에 살기가 어리자 현법이 기겁하여 뒤로 물러났다. 그의 입에서 다급한 목소리가 흘러나왔다.

"나, 나는 연장자다! 그리고 네 사조의 배분이다."

"어, 그렇지. 연장자와 사조는 존중해야 하는 법이지. 그러니까 니들이 처맞는 거야."

"뭐?"

현법이 미처 그 말뜻을 이해하기도 전에, 검집에 감싸인 청명의 검이 빛살처럼 날아들어 현법의 대가리를 후려쳤다. 콰아아아아아앙! 거대한 폭탄이 터지는 듯한 소리와 함께 현법의 몸이 고꾸라졌다. 지켜보고 있던 화산 제자들 모두가 눈을 질끈 감았다.

"아……. 아……. 아아아아아아아악!"

그가 이내 머리를 움켜잡고 좌우로 뒹굴었다. 청명이 그를 내려다보며 코웃음을 치더니 곧 눈을 부라리며 소리쳤다.

"어디 대가리에 피도 안 마른 것들이 사조 운운하고 있어! 죽어, 이 새끼야!"

저승에서 돌아온 꼰대를 상대하기에 현자 배는 너무도 어렸다.

안타깝게도 말이다.

"끄륵……."

전신이 자근자근 다져진 현법이 끝내 거품을 물고 혼절했다.

현법을 깔끔하게(?) 처리한 청명이 고개를 획 돌려 홀로 남은 현당을 바라보았다. 움찔. 현당이 사색이 되어 뒤로 한 걸음 물러났다.

"너, 너는 너무도 무도하구나."

"무도?"

현당의 눈은 시선 둘 곳을 찾지 못하고 이리저리 방황했다. 하지만 그 와중에도 그의 목소리는 격하기 짝이 없었다.

"우리가 과한 짓을 했다 한들, 너는 도인이 아니더냐? 어찌 도인을 자처하는 이가 이리 무도한 짓을 한단 말이더냐! 화산의 선조들 보기에 부끄럽지도 않으냐?"

청명이 피식 웃었다. 그 반응을 본 현당이 더욱 목소리를 높였다.

"이건 기사멸조(欺師滅祖)의 대죄다. 화산의……."

"영감님. 화산을 잘 모르는 모양인데, 화산은 원래 위아래가 없어."

"……이, 이 녀석이 끝까지!"

"댁은 날 만난 걸 다행으로 여겨야 해."

영문 모를 소리에 현당의 얼굴이 일그러졌다. 하지만 청명의 말은 완전한 진심이었다.

'네가 장문사형한테 걸렸으면 지금 두 다리로 서 있지도 못해.'

대현검(大賢劍) 청문. 천하에는 더없이 어질고 훌륭한 이로 이름을 날렸지만, 당대의 화산 같은 거대 문파를 이끌어 가는 이가 어찌 어질기만 했겠는가.

"아까부터 선조 운운하시던데, 그 선조가 지금 살아 있었으면 영감님은 사지근맥이 잘려서 참회동에 처박혔어."

선조 보기 부끄럽지 않냐고? 부끄러울 리가 있나. 지금도 저 위에서 내려다보는 이들이 거품을 물고 발광하는 소리가 들리는 것 같은데.

"뭐, 그래. 다 좋아. 그럴 수 있지. 사람이 욕심을 낼 수도 있고, 강짜를 부릴 수도 있지. 사람이란 그런 거니까. 그런데……."

말을 이어 갈수록 청명의 얼굴은 점점 붉게 달아올랐다.

"다른 건 다 참겠는데. 감히 우리 장문인을 무시해?"

현종이 어떤 사람인데. 저들이 버리고 간 화산을 온몸으로 떠받치고 받들어 지금까지 지켜 온 이다. 현종이 없었다면, 청명이 돌아왔을 때 화산은 이미 주춧돌도 남지 않은 상태였을 것이다.

그런데 그런 현종을 핍박한다? 이건 용서가 되지 않는 일이었다.

"이리 와. 너는 죽을 때까지 맞고 한 대 더 맞아야 돼."

현당이 입술을 질끈 깨물었다. 말이 통하지 않는다. 그렇다면 힘을 써서라도 이 자리에서 벗어나야 한다.

'아무리 저놈이 기재라고 하더라도…….'

스르르릉. 결심을 마친 현당이 천천히 검을 뽑아 들었다. 동시에 그의 몸에서 날카로운 기세가 흘러나오기 시작한다. 과거 화산제일 기재로 불렸던 일이 거짓이 아니라는 듯 말이다.

"호오?"

청명은 흥미롭다는 듯 눈썹을 치켜올리며 그 모습을 바라보았다. 반면 현당은 이를 악물며 청명을 노려보았다. 머리가 팽팽 돌아갔다.

'나이에 비해 실력이 좋긴 하나 저놈은 지금까지 수련과 비무를 반복했을 뿐이다. 정말 목숨을 걸고 싸워 본 적은 없겠지.'

아무리 훌륭한 기재라고 하더라도 목숨이 오가는 실전 앞에서는 몸이 굳을 수밖에 없는 법. 그 빈틈을 노린다면 상대적으로 실력이 부족한 자에게도 승산이 없진 않다. 현당은 제가 지금껏 쌓아 온 연륜을 믿었다.

"나를 너무 만만히 보는구나. 너희가 이 깊은 산속에서 편히 수련하는 동안, 나는 저 거친 세상에서 수없이 죽을 고비를 넘겼다."

비장한 현당의 말에 청명이 피식 웃으며 검 끝을 까딱거렸다.

"아, 그러셔? 그럼 어디 증명해 보시든가."

"이노오오오오옴!"

그 순간 현당이 청명을 향해 가공할 속도로 돌진해 검을 찔러 넣었다. 정확하게 급소를 노린 검이 순식간에 청명의 가슴팍에 맞닿았다.

'멍청한 놈! 방심했……'

하나, 그 순간. 청명이 몸을 빙글 돌려 날아드는 검을 피해 냈다.

'엇?'

단 한 걸음. 단 한 동작만으로 현당의 공격이 완전히 무위로 돌아갔다. 너무 과한 기세를 싣는 바람에 빠르게 검을 회수할 수 없었던 현당은 한껏 당황한 표정으로 황급히 시선을 돌렸다.

그리고 그는 보았다. 득의양양한 웃음을 짓고 있는 청명을 말이다.

청명의 어깨가 뒤로 돌아갔다. 허리가 팽팽하게 당겨졌고, 발이 바닥을 움켜잡듯 강하게 내리눌렀다. 그 모든 과정이 현당의 눈에 하나하나 새겨지듯 들어왔다.

청명이 팽팽하게 당겼던 시위를 놓듯 일순 몸을 튕겨 냈다. 그의 주먹이 현당의 얼굴을 향해 정확하게 날아들었다.

'아, 안 돼…….'

콰아아아아앙! 청명의 주먹이 현당의 턱주가리를 돌려 버렸다. 부러진 현당의 이가 사방으로 비산하고, 목이 부러질 듯 고개가 꺾였다.

"꺼, 꺼어억……."

털썩. 현당의 몸이 짚단처럼 바닥으로 쓰러졌다. 청명이 그를 내려다보며 빙그레 웃고는 검집째 검을 들어 올렸다.

"검도 제대로 못 쥐는 놈이, 뭐? 죽을 고비? 죽을 고비를 넘겨?"

이 새끼가 누구 앞에서 죽을 고비 운운해. 네가 마교를 알아?

청명이 두 눈이 살기를 품고 새파랗게 빛났다.

"오냐! 진짜 죽을 고비가 어떤 건지 내가 친절하게 알려 주마! 죽어! 이 새끼야! 죽어!"

퍽! 퍼어억! 퍼억! 퍼어어억! 청명의 검이 춤을 추듯 허공을 가르며 현당의 전신으로 날아들었다. 현당이 비명을 지르며 몸을 뒤틀었지만, 청명의 검은 주인을 닮아 용서를 몰랐다.

"아아아아악! 아악! 아아아아악!"

"어디 신성한 도관에서 소리를 질러 대! 주둥아리 안 다물어? 오냐! 내가 오늘 너한테 예의가 뭔지도 알려 주마!"

저기요. 그쪽은 지금 신성한 도관에서 사람을 패고 계신데요?

딴지를 걸 부분이 너무도 많았지만, 눈에 광기를 머금고 현당을 후려패는 청명에게 용감히 지적을 할 수 있는 사람은 아무도 없었다.

"……사숙. 진짜 말려야 하는 것 아닙니까?"

"어……."

이번엔 진짜 그래야 할 것 같은데?

백천이 마른침을 삼키고 한 걸음 앞으로 나가려는 순간이었다. 그의 옆에서 누군가 고개를 쑥 내밀고는 청매관 안을 유심히 살폈다.

"앞으로 나오지 말거……. 장로님?"

고개를 내민 이가 현영이라는 것을 알아챈 백천이 깜짝 놀라 옆으로 물러났다. 현영이 영 못마땅한 듯 혀를 끌끌 차며 인상을 찌푸렸다.

"쯧쯧쯧. 도관에서 이게 무슨."

"……말릴까요?"

백천이 조심스레 묻자 현영은 고개를 내저으며 몸을 돌렸다.

"저…… 장로님?"

"쯧쯧. 저래서야. 쯧쯧쯧쯧."

그러더니 이내 아무 일 없었다는 듯 휘적휘적 걸어 청매관에서 멀어졌다. 그 멀어지는 발걸음이 더없이 상쾌해 보이는 것은 백천의 착각일까.

얻어맞든지 말든지 그냥 내버려두라는 은근한 지시를 받아 버린 백천은 잠깐 고민하다 빙그레 웃고 말았다.

"나도 이젠 모르겠다."

그래, 죽이지는 않겠지. 죽이지는.

청매관이 잠잠해지기까지는 꽤 오랜 시간이 걸렸다. 이윽고 탁탁 손을 털어 낸 청명이 여전히 분이 풀리지 않는다는 듯 얼굴을 잔뜩 구기며 뒤를 돌아보았다.

"에잉. 나도 너무 착해졌어. 예전 같았으면 진짜."

일단 저놈들 팔다리부터 잘라 놓고 생각했을 텐데. 애들을 가르치다 보니 사람이 이리 유해지네. 쯧쯧.

'장문사형이 봤으면 망둥이가 사람 됐다고 눈물 좀 쏟으셨겠네.'

아니, 이번만은 덜 팼다고 화를 내셨으려나. 쯧.

청명이 휘적휘적 화산 제자들을 향해 걸어와 뒤로 턱짓했다.

"저것들 치워."

"……어떻게?"

"뭘 어떻게야? 내다 버려."

"산문 앞에?"

"기왕이면 절벽 아래로 던져 버려."

"……아니다. 내가 잘 알아서 치워 볼게."

청명이 제자들을 밀어 내고는 청매관 밖으로 빠져나갔다.

백천은 말 그대로 걸레짝(?)이 되어 있는 현당 일행을 가만히 들여다보다 이내 한숨을 푹 쉬며 고개를 내저었다.

"오랑캐가 쳐들어와도 이 정도는 아니겠다."

"……청명이 놈에 비하면 오랑캐는 신선이죠."

"도문에서 이런 말을 듣게 될 줄이야."

더 서글픈 것은 그 말이 그리 틀리지도 않다는 점이다.

"하여튼 저 양반들 산문 밖으로……."

백천이 다른 제자들에게 손짓하던 그때였다.

"아니! 생각할수록 열받네? 이 새끼들아, 뭐? 화산의 정당한 장문인이 누구라고? 어디 문파 버리고 도망간 새끼들이!"

"말려!"

"잡아! 저거 잡아!"

도로 벼락같이 달려드는 청명을 보며 백자 배와 청자 배가 기겁하여 막아섰다. 그리고는 저마다 청명의 바짓가랑이를 붙들고 늘어졌다.

"청명아! 참아라! 더 때리면 진짜 죽는다! 진정해라, 진정!"

"아니, 얘는 왜 뭔 일이든 정도껏 하는 적이 없어!"

"당과! 누가 가서 당과 가져와!"

청명의 허리를 힘껏 움켜잡은 백천이 사색이 되어 외쳤다.

"야! 저것들 빨리 갖다 버려! 사람 살린다 생각하고! 어서!"

나머지 제자들이 부리나케 쓰러진 이들을 들쳐 업었다. 그리고 발에 땀이 나도록 산문을 향해 달리기 시작했다.

사정을 모르는 이가 본다면 더없이 각박한 행동이겠지만, 알고 보면 이들은 말 그대로 활인(活人)의 도를 실천하는 중이었다. 원시천존이 이 광경을 보았다면 기특하다고 미소를 지었을 것이다.

물론 한 놈을 보고는 고개를 저으며 곧바로 돌아앉았겠지만.

"자자, 청명아! 이제 진정해라."

"다 갖다 버렸다. 싹 다."

청명을 붙잡고 있던 제자들이 입을 모아 그를 달랬다. 그제야 조금 잠잠해진 청명이 영 마음에 들지 않는다는 듯 눈살을 찌푸렸다.

"절벽 아래로 던져 버렸어야 하는 건데."

"사람답게 살자. 응? 사람답게."

한탄하듯 내뱉는 백천을 향해 청명이 눈을 새하얗게 흘겼다.

"사숙도 잘한 거 없어. 어디 꼴같잖은 것들이 문파에 기어 들어와서 설치는데 그걸 가만히 보고만 있어! 장문인이 괄시를 받으시는데!"

"……미안하다."

"다음에 이런 일이 있으면 생각하지 말고 들이받아 버려. 알았어?"

"아, 알았다. 그렇게 하마."

"쯧. 배고프네. 식당에 밥 남았나?"

여전히 자신을 잡고 있는 손들을 획 뿌리친 청명이 식당 쪽을 향해 휘적휘적 걸어가기 시작했다. 그 모습을 본 모두가 비로소 안도하여 깊은 한숨을 내쉬었다.

"……이게 잘 해결된 건지."

백천이 지끈거리는 이마를 손으로 짚었다. 결과만 놓고 보면 잘 해결되었다고 할 수 있는데, 그 과정이 백천의 상상을 훌쩍 뛰어넘었다.

"그간 시달린 게 있어서 그런가, 어쨌든 속이 시원합니다."

"동감."

윤종과 조걸의 말에 백천이 고개를 내저으며 중얼거렸다.

"속이야 시원하다만……. 아니, 속은 정말 시원한데. 그래도……."

그때였다. 백천의 옆에서 카랑카랑한 목소리가 들려왔다.

"갔냐?"

"아, 깜짝이야! 자, 장로님!"

옆을 돌아본 백천이 귀신이라도 본 양 기겁하며 뒤로 물러섰다. 어느새 현영이 홀연히 다시 나타나 있었다.

"그것들은?"

"……청명이 놈이 시켜서 산문 밖에 내다 버렸습니다."

사실대로 말해도 되나 주저하던 백천이 조심스레 답하자 현영이 쯧쯧 혀를 찼다.

"어허. 그래도 나름 화산에 적을 두었던 이들인데, 그렇게 보내서야 쓰겠느냐?"

"하면?"

"소금 뿌려라. 아주 한 되 다 뿌려 버려."

"……예."

"청명이는?"

"식당으로 갔습니다."

현영이 슬쩍 고개를 끄덕이고는 식당 쪽을 향해 휘적휘적 걸어갔다. 그 뒷모습을 보며 모두 허탈한 표정으로 고개를 내저었다.

'알고 보면 저분이 제일 무서워.'
'사실 청명이가 없었어도 결국은 이렇게 되지 않았을까?'
헛웃음을 지은 백천이 힘 빠진 목소리로 중얼거린다.
"여기가 도관인지 복마전인지."
그 자리에 선 제자들 중 누구도 그 말에 선뜻 대답하지 못했다.

· ◆ ·

다음 날 아침. 수련하러 나온 제자들은 당황스러운 기색을 감추지 못했다.
"그런데 청명이는 어디 갔냐?"
"응? 어제 그러고 방에 들어간 것 아니었습니까?"
"새벽 수련도 안 나왔던데?"
"예? 방에 없던데요?"
제자들의 얼굴에 불안한 기색이 어리기 시작했다. 청명은 웬만해서는 수련을 빼먹지 않는다. 자기가 수련을 빼먹으면 분명 농땡이를 치는 사람이 나온다고, 행여 잠을 자더라도 수련장에 나와서 드러눕는 인간이 아니던가.
그런데 그런 청명이 아침부터 보이지 않는다? 이건 분명 이상한 일이었다. 어디 가서 무슨 사고를 치고 있을지 몰라 불안감이 엄습했다.
"대체 어딜······."
"사숙! 저기 청명이가 오는데요?"
백천은 조걸이 가리킨 쪽으로 시선을 돌렸다. 청명의 모습을 확인하고는 이내 고개를 갸웃거렸다.

청명이 화산 어디에서 나타나든 이상할 게 있겠냐만, 어제 돌아온 놈이 다시 산문으로 걸어 들어오는 것은 확실히 이상했다.

게다가 한 손에는 술병을 들고 있었다. 어제 들고 온 술병과 모양이 다른 것으로 보아, 아예 산을 내려갔다 온 것이 분명했다.

의아함을 이기지 못한 백천이 얼른 청명을 향해 달려갔다.

"어딜 다녀오는 거냐?"

그의 물음에 청명이 어깨를 으쓱하며 대수로울 것 없다는 듯 말했다.

"아냐, 볼일이 있어서 산 밑에 잠깐."

얼버무리는 듯한 대답에 백천이 눈을 찌푸리며 되물었다.

"청명아. 너 혹시?"

"내가 뭐 백정이야? 그렇게 패고 또 패게?"

"……그치? 아니지?"

백천은 그제야 안도의 한숨을 내쉬었다. 청명이라면 제 성질을 못 이겨 다시 그들에게로 달려갔을지도 모른다 생각한 것이다.

하지만 청명이 그곳에 가지 않았다는 사실을 확인하고 나니 백천은 안도하는 동시에 미묘한 불안감을 느꼈다.

"괜찮겠느냐? 어쨌거나 한때는 문파에 적을 두었던 이들이다. 물론 사문을 버린 이들의 패악을 단죄하는 것이 문제가 될 리는 없지만, 그 방식이……."

존장 연배의 환속 제자들이 삼대제자에게 두들겨 맞았다. 이건 까딱하면 화산의 명예에 누가 되는 추문으로 발전할 여지가 있었다. 비단 화산뿐 아니라 청명의 명성에도 문제가 생길 것이다.

"아, 신경 쓰지 마."

백천의 염려 섞인 눈빛을 마주 보고 청명이 피식 웃음을 흘렸다.

"안 그래도 그게 전문인 애들한테 갔다 온 참이니까. 이제 다시는 거기에 신경 쓸 일은 없을 거야."

청명은 그 이상 설명을 덧붙이지 않고 휘적휘적 수련장으로 걸어갔다. 백천이 의문 어린 표정을 지으며 뒤따랐다.

'그게 전문인 애들?'

누굴 말하는 거지? 청명의 뒷모습을 보며 내내 고민을 해 보아도 도통 떠오르는 데가 없었다.

백천은 슬쩍 고개를 돌려 산문 너머를 바라보았다.

• ◈ •

"끄으으으……."

산문 밖에 버려진 현당 일행은 한참이 지나서야 정신을 차렸다. 몰골만 보면 패잔병이 따로 없었다. 아니, 전장에서 돌아온 패잔병도 이리 넝마가 되지는 않을 것이다.

현당은 서로를 부축해 겨우겨우 산을 내려가는 가솔들을 보며 입술을 질끈 깨물었다. 화산에 오를 때는 이런 꼴로 내려가게 될 거라고는 상상도 못 했다.

"어. 어흑!"

곳곳에서 앓는 소리가 들려왔다. 그의 옆에서 나무 작대기에 의지해 걷던 현법이 균형을 잃고 바닥으로 고꾸라졌다.

"끄으. 으으……."

그러더니 한참 동안 허리를 부여잡은 채 낑낑댔다.

"세상에……. 세상에 이런 법이 어디에 있습니까!"

울먹대다시피 앓던 현법이 분에 차 소리를 질렀다. 현당은 그 말에 그 저 피가 나도록 입술만 깨물었다.

"아무리 문파의 기강이 거꾸로 돌아간다지만……. 이럴 수는 없습니다. 이럴 수는……."

현법은 거의 넋을 놓은 것처럼 보였다. 언제 소리를 질렀냐는 듯 힘없이 중얼거리는 목소리나 초점이 풀린 눈 따위만 봐도 그랬다.

충분히 그러고도 남을 일이기는 했다. 차라리 현자 배에게 두들겨 맞고 쫓겨났다면 이토록 처참한 기분은 아니었을 것이다. 하지만 그들을 매타작한 이는 그들이 화산에 있을 시절엔 아직 태어나지도 않았을 어린 아이다. 손자뻘도 되지 않는 이에게 맞고 쫓겨나는 사람의 심정을 누가 이해할 수 있겠는가?

"뭐라 말 좀 해 보십시오, 사형! 화산에만 오르면 다 된다고 하셨잖습니까!"

"닥쳐라!"

사납게 소리친 현당이 눈을 부라렸다. 그의 몸에서 살기가 줄줄이 뿜어져 나왔다. 그 기세에 찔끔한 현법이 목을 움츠렸다.

"빌어먹을……."

욕설을 뱉는 현당의 얼굴은 숫제 악귀처럼 일그러져 있었다.

"저 개 같은 놈들이…… 이리 나온다 이거지?"

"화산은 끝났습니다. 저곳에는 이제 도도 없고 예도 없습니다. 무뢰배들의 집단이나 다름없단 말입니다. 세인들이 화산을 농 삼아 화산채로 부른다더니, 딱 그 짝이 아닙니까?"

현법의 토로에는 억울함과 울분이 가득 차 있었다. 현당의 눈에서 새파란 빛이 뿜어져 나왔다. 그는 이를 갈며 나지막이 말했다.

"저들이 우리를 이리 대한다면, 우리도 저들을 똑같이 대할 수밖에."

그 서슬 퍼런 목소리에 현법이 저도 모르게 마른침을 삼켰다.

"방도가 있으십니까?"

대꾸 없이 먼 산을 바라보던 현당은 한참 뒤 씹어뱉듯 말했다.

"소림으로 갈 것이다."

"……소, 소림이요?"

소림이라니. 현법이 화들짝 놀라 되물었다. 최근 이런저런 일이 많다지만, 이런 일에 끌어들이기엔 여전히 소림이라는 이름은 무거웠다. 하지만 현당은 진심인 듯 보였다.

"소림은 화산에 망신을 당했다. 당연히 화산에 원한이 있겠지. 그러니 우리의 처지를 활용해 협상할 수 있을 것이다."

확신에 찬 현당의 대답에 현법이 고개를 끄덕였다. 확실히 이 상황은 논란거리가 될 만했다. 어쨌든 한때나마 사문의 어른이었던 그들이 화산의 어린 제자에게 얻어맞아 쫓겨난 상황이 아닌가.

"이 일이 강호에 알려진다면 누군가는 화산을 비난할 것이고, 누군가는 우리를 비난할 것이다. 하지만 냉정하게 말해 타 문파에서 벌어진 일 따위를 진지하게 생각할 이는 없겠지. 그저 술자리의 적당한 안줏거리가 될 뿐이다."

"그렇습니다."

"하지만 그 뒤에 소림이 선다면 이야기가 달라지지. 소림에는 이 일을 키울 힘이 있다. 그리고 우리를 이용해 화산을 압박할 수 있겠지."

현법이 입을 다물었다. 분명 소림에는 그럴 힘이 있을 것이다. 하나 한 가지 마음에 걸리는 게 있었다. 현법이 잠시간 고민하며 주저하다 말했다.

"하지만…… 사형. 그렇게 한다면 저희는 정말 화산을 적대하는 게 됩니다."

코웃음을 친 현당이 칼날 같은 시선으로 현법을 노려보았다.

"그게 뭐가 어쨌다는 말이더냐? 우리를 버린 것은 저들이다. 자식을 버린 부모는 자식에게 효를 바랄 수 없는 법. 화산에게 버림받은 우리가 어째서 화산을 생각해야 한단 말이더냐?"

"사형의 말이 옳습니다."

현법이 크게 고개를 끄덕였다. 이 순간 그는 일말의 거리낌마저 버렸다. 현당이 짐짓 근엄한 목소리로 선언했다.

"나는 저 무도한 놈들이 화산의 탈을 쓰고 강호를 종횡하는 꼴은 볼 수 없다. 화산의 주춧돌을 뽑아내는 한이 있더라도 모든 것을 제자리로 돌려놓고 말 것이다."

말은 그럴싸하게 했으나, 현법도 현당도 사실은 알고 있었다. 화산의 탈을 쓰려 한 것은 저들이 아니라 자신들이라는 사실을.

하지만 일이 이렇게까지 되어 버린 이상, 이제 그런 것은 아무런 의미가 없다. 이미 그들은 화산에 오르기 위해 모든 것을 정리했다. 이리 아무 소득도 없이 돌아갈 수는 없는 노릇이었다.

"하나, 소림에서 우리의 말을 들어 주겠습니까?"

"소림의 입장에서는 나쁠 것이 없지. 화산을 망하게 하는 것도 좋고, 우리로 하여금 화산을 이끌게 하면 더욱 좋은 일이지. 무엇보다 우리에게는 명분이 있지 않으냐."

"명분이라 하셔도……."

"어설픈 명분이라도 상관없다."

현당이 현법의 말을 딱 자르고는 진지한 목소리로 이어 말했다.

"명분이란 원래 그런 것이다. 완벽한 명분도 약자의 손에 들어간다면 힘을 쓰지 못하고, 어설픈 명분이라도 강자의 손에 주어지면 무엇보다 강한 힘을 발휘하는 법이지. 소림에게는 우리의 명분을 진실로 만들 힘이 있다."

"그럼 바로 숭산으로 가야겠군요."

현당이 고개를 돌려 산 위를 바라보았다. 화산의 가파른 산봉우리가 그의 시야에 가득 찼다.

"현종……. 그리고 청명!"

으드드득. 이를 갈아붙이던 현당이 얼굴을 움켜잡았다. 청명에게 얻어맞은 곳이 욱신거려 버틸 수가 없었다. 몸도 몸이지만 자존심이 더욱 상했다.

"반드시……. 반드시 네놈들이 지옥에 떨어지는 꼴을 보고 말 것이다! 반드시!"

음산하게 중얼거린 그의 눈에 귀화가 피어올랐다. 그 서슬 퍼런 기세에 현법은 마른침을 삼켰다.

'멍청한 도사 놈들.'

저들은 힘은 강할지 모르지만, 실상은 나약하기 짝이 없는 이들이다. 이렇게 원한을 만들 거라면 차라리 확실하게 손을 썼어야 한다.

세상을 호령하며 그 이름을 떨치기 시작한 화산에 현당과 현법이 별 걱정 없이 오를 수 있었던 것도 바로 이런 부분 때문이었다. 다른 곳이라면 몰라도 화산에 올랐다가 목숨을 잃을 일은 없다고 생각했으니까.

보내 줄 것이라면 웃으며 보내 줘야 했고, 척을 질 것이라면 후환을 남기지 말고 완벽하게 처리해야 했다.

'이제 그 사실을 뼈저리게 느끼게 되겠지.'

현법이 막 득의양양한 미소를 지으려던 그 순간이었다.

"아이고. 산이 진짜 가파르네."

별안간 들려온 목소리에 현법이 고개를 휙 돌렸다. 그러자 비좁은 산길을 따라 올라오는 한 무리의 사람이 보였다.

'거지?'

그들의 행색을 본 현법은 고개를 갸웃했다. 웬 거지가 산을 오른다는 말인가. 이 험한 산중에 동냥할 곳이 있을 리도 없고. 거지와 산이라니. 이보다 어울리지 않는 조합이 있단 말인가.

'화산에 오르는 건가?'

평범한 거지가 화산에 갈 일은 없을 테니, 그럼 개방도들인가?

현법이 머릿속에 떠오른 의문을 미처 다 해소하기도 전에, 산길을 오른 개방도들이 그들에게 다가오기 시작했다. 그 모습에서 불현듯 섬뜩함을 느낀 그는 전신을 바짝 긴장시킨 채 거지들을 경계했다.

'방향이……'

거지들은 그들을 지나쳐 가지 않았다. 처음부터 그들이 목표였다는 양. 거지들이 현당과 현법 일행을 중심으로 슬그머니 좌우로 갈라지더니, 양쪽으로 늘어서기 시작했다. 마치 그들을 포위하듯이 말이다.

당황한 현법이 연신 고개를 좌우로 돌리며 거지들을 바라보았다.

'평범한 거지가 아니야.'

걸친 누더기 사이로 보이는 탄탄한 몸이라든가, 서늘하게 가라앉아 있는 눈빛이 저잣거리에서 볼 수 있는 여느 거지와는 완전히 다르다.

뭔가 일이 잘못 돌아가고 있다는 것을 파악한 현법이 막 입을 열려는 찰나였다. 산길 아래쪽에서 묵직한 목소리가 들려왔다.

"거, 숭산까지는 꽤 먼 길일 텐데."

거지들이 올라온 길로, 한 사내가 휘적휘적 걸어 올라왔다.
"어휴, 그 몸으로 소림까지 갈 수 있겠어?"
'들었나?'
현법의 두 눈이 거세게 떨렸다. 지금 그에게 말을 건넨 거지는 딱히 특징이랄 게 없는 사람이었다. 행색이나 표정, 몸짓. 그 모든 것이 평범한 거지처럼 보였다. 먼저 오른 이들과는 달리, 이 거지는 저잣거리에 앉혀 놓으면 아무런 위화감 없이 거리에 녹아들 것이다.
하지만 딱 하나, 보통 거지와 다른 점이 있었다.
눈빛. 서늘하게 가라앉은 그의 눈빛은 섬뜩하기 짝이 없었다. 그와 비교하면 지금 현당 일행을 둘러싼 다른 개방도들의 눈빛은 그저 어린아이 같기만 했다.
"왜, 왜 이러는 거요?"
현당이 당황한 기색을 애써 감추며 목소리를 높였다.
"뭔가 오해가 있는 모양인데. 우리는 그저 산을 내려가는……."
"현당. 이름은 하우량. 삼십 년 전 화산을 떠나 호남에 정착. 호남에서 표국을 꾸려 겉으로는 표두로 지냈지만, 실제로는 밀염(密鹽)에 손을 댄 염상(鹽商). 맞나?"
처음 본 거지의 입에서 제 인적 사항이 줄줄이 흘러나오자 현당이 눈을 부릅떴다.
"그, 그걸 어떻게……. 설마 당신은……."
긍정하는 것이나 다름없는 되물음에 사내가 어깨를 으쓱했다.
"맞나 보군. 그 외에도 조사한 것은 많지만, 뭐 굳이 여기서 떠벌릴 필요는 없을 것 같고."
빙글빙글 웃고는 있지만, 눈빛에는 여전히 한기가 서려 있었다.

"중요한 것은 당신이 누군지가 아니지. 지금 중요한 건 당신이 내가 선점한 화산에 침을 바르려 했다는 거고, 그러다 실패하니 이제는 그 화산을 망치려 들고 있다는 거야. 그렇지?"

현당은 차마 부정하지 못하고 입을 다물었다. 그의 등에 식은땀이 배어났다.

강호를 살아가는 이들이라면 누구나 아는 진리가 하나 있다. 바로 세상 누구와도 적대할 수 있지만, 거지와 적대해서는 안 된다는 것.

세상에서 가장 무서운 자들이 누구인가. 잃을 것이 없는 이들이다. 그리고 그 잃을 것이 없는 이들이 모여서 만든 곳이 바로 개방이었다.

사람들은 협의를 논하는 개방의 겉모습만을 보곤 한다. 그러나 거지들이 모여 만든 단체가 어찌 정의롭기만 하겠는가. 개방은 세상에서 가장 협의 넘치는 이들이 모인 곳인 동시에, 세상에서 가장 위험한 이들이 모여 있는 곳이다.

"요청이 없었어도 슬슬 손을 보려고 했는데……."

사내가 손을 들어 자신의 정수리를 어루만지며 투덜댔다.

"……화산에 오르는 놈들을 제대로 파악하지 못했다고 욕까지 들어먹었단 말이지. 이 홍대광이 말이야."

그러자 주변을 에워싸고 있던 거지들이 낄낄대며 웃기 시작했다.

"요즘은 욕을 주먹으로 먹이나 보군."

"나는 발로 먹이는 것도 본 것 같은데?"

"왕초, 꼴이 말이 아니외다."

"시끄럽다. 이 거지새끼들아!"

홍대광이 거지들에게 소리를 버럭 지르고는 부러 익살맞은 표정을 지어 보이며 현당 무리를 바라보았다.

"여하튼, 뭐. 사람이 실수를 저질렀으면 수습이라도 잘해야 하는 법이지. 나는 그 악귀 놈을 더 크게 실망시키고 싶지는 않거든."

홍대광이 빙글빙글 웃으며 팔짱을 꼈다.

"너희들이 이대로 소림으로 가면, 소림에 줄을 댄 놈들만 좋은 일 시켜 주는 꼴이지. 하지만 안타깝게도 나는 화산에 줄을 댔단 말이야."

목소리에도 웃음기가 잔뜩 섞여 있었다. 하지만 기이하게도 현당과 현법에게는 그 우스갯소리처럼 흘리는 말이 더없이 섬뜩하게만 들렸다.

"거지가 제일 싫어하는 게 뭔지 알아? 밥줄이 끊기는 거야. 그런데 너희는 지금 내 밥줄을 끊으려 하고 있지."

현당이 떨리는 눈으로 주변을 휙휙 둘러보았다. 주위를 둘러싼 거지들의 소매에서 섬뜩하게 갈린 날붙이들이 삐죽이 튀어나와 있었다. 짧디 짧은 단도. 날카롭게 갈린 쇠꼬챙이. 그리고 기다란 낫까지.

이윽고 그들이 낄낄 웃으며 천천히 포위망을 좁히기 시작했다. 겁먹은 현당의 가솔들이 덜덜 떨며 뒷걸음질하며 중앙으로 모여들었다. 그들의 눈에는 하나같이 공포심이 잔뜩 어려 있었다.

"쯧쯧. 그러게 사람을 봐 가며 설쳤어야지. 깜냥도 안 되면서 그 마귀 놈을 건드렸으니, 당연히 대가를 치러야지."

홍대광이 슬쩍 턱짓했다. 거지들이 입꼬리를 한껏 끌어 올린 채 눈을 섬뜩하게 빛내며 현당 일행에게 달려들었다.

◆ ◈ ◆

"안 죽여요."

와그작. 와그작. 청명이 월병을 씹으며 심드렁하게 말했다.

"그래도······."

"거지새끼들이 때때로 도를 넘기는 하지만, 그래도 눈치는 있거든요. 안 죽여요. 대신 겁은 확실하게 주겠죠."

청명은 진중한 표정으로 그의 말을 경청하는 현영을 일별하곤 어깨를 으쓱하며 말을 이었다.

"아마 적당히 두들기고 대충 둘둘 묶어서 변방에다 던져 놓을 거예요. 소림 쪽으로는 평생 얼씬도 못 하게. 재주 좋으면 천하에 널려 있는 거지들의 눈을 모조리 피해서 소림까지 갈 수야 있겠지만, 그 영감님들한테 그 정도 재주가 있을 리 없죠."

확실히 그렇겠구나, 하며 현영이 고개를 끄덕였다.

"뭐, 대신 쟤들도 화가 좀 났을 테니 낫에 찍힌다거나 도리깨로 얻어맞는 정도는 감수해야죠."

히죽 웃는 청명을 보며 현영은 한숨을 내쉬고는 쓴웃음을 지었다.

"여하튼 네가 고생이 많았구나."

"아니에요. 별 날파리 같은 것들이. 쯧."

"알겠지만, 개방에 대한 것은 장문인께는 비밀이다."

"에이. 제가 애도 아니고."

청명이 낄낄 웃었다. 현영은 시선을 내리깔고 생각에 잠겼다.

문파를 끌어가는 이는 공명정대하기만 해서는 안 된다. 어떤 이가 공명정대하게 사람들을 이끈다면, 드러나지 않는 곳에서 손을 쓸 줄 아는 이도 있어야 한다.

지금까지 그 역할은 늘 현영의 몫이었다. 하나 이제는······.

"괜찮겠느냐? 너는 화산에 이렇게나 많은 것을 주고 있다. 하나 그 영광은······."

청명이 듣다 말고 손을 크게 휘저어 현영의 말을 끊었다.

"장로님도 참, 잔걱정이 많으시네요. 제가 그런 걸 바랐으면 벌써 다 챙겨 먹었죠. 저 모르세요?"

현영이 가만 청명을 바라보다 곧 빙그레 웃는다.

"그럼 어디, 챙겨 먹지 못한 것 대신에 고기나 좀 먹여 볼까? 내가 오랜만에 동파육을 해 주마."

"술은요? 술은?"

"챙겨 놓은 것 하나 빼 오거라."

"헤헤. 알고 계셨네요. 잘 숨긴 줄 알았는데."

청명이 헤실헤실 웃으며 식당 쪽으로 휙 돌아섰다. 앞서 걸어가는 청명의 뒷모습을 보며 현영은 묘한 기분에 미소를 지었다. 그러다 조금 걸음을 바삐 하여 청명의 옆에 서며 그의 어깨를 꾹 잡았다.

"아파요."

"그래, 그래."

엄살 섞인 말에 현영의 입가에 걸린 미소가 조금 더 커졌다.

나란히 식당으로 향하는 두 노소의 등 뒤로 밝은 햇볕이 내리쬐었다.

25장

웬 중이 굴러들어 오네

현종이 눈을 가늘게 뜨고 제 앞에 앉은 이들을 한차례 훑었다.
"그러니까……. 잘 이야기했더니 그냥 돌아갔다?"
목소리에 불신이 한가득 묻어났다. 하지만 현종의 앞에 앉은 이들은 조금의 거리낌도 없이 당당하게 대답했다.
"네."
"예."
"그렇습니다."
순서대로 청명, 현상, 현영의 대답이었다. 저렇게 능청스럽게 즉답하다니. 현종의 눈썹이 순간 꿈틀댔다.
예로부터 삼인성호(三人成虎)라 하여 세 사람이 같은 말을 하면 마을 한복판에 호랑이가 나타났다는 말도 믿어 주는 게 정석 아니던가.
"……그리 패악을 부리던 이들이 조용히 돌아갔다?"
"허허. 사람 마음이 갈대와 같다더니."
그러나 이리 뻔히 속이 보이는 경우는 어떻게 해야…….

능글맞은 현영의 대답에 현종이 이마를 짚었다. 그의 눈가에 잘게 경련이 일었다. 이윽고 그의 시선은 구석에서 눈치만 보고 있던 백천에게로 향했다.

"백천아. 사실이더냐?"

"그게……. 어…….'

백천이 선뜻 대답하지 못하고 망설이자 현영, 현상, 청명이 동시에 도끼눈을 뜨고 그를 노려보았다. 결국 백천은 눈을 질끈 감은 채 말했다.

"사, 사실입니다. 사실!"

현종이 빤히 쳐다보자 백천은 아예 고개를 돌려 시선을 외면하고 말았다. 그 꼴을 보고 있자니 참으로 많은 말들이 머릿속을 스쳤지만……. 현종은 한참이나 입술을 우물거리다 결국 입을 다물고 말았다.

'아서라.'

저 녀석을 괴롭혀서 무엇 하겠는가. 모든 사태의 원흉은 백천이 아니라, 제 앞에 앉아서 뻔뻔하게 생글대는 저 셋인 것을.

"에잉!"

현종이 눈을 찌푸리며 탄식을 흘렸다. 지옥에 떨어질 것들. 어떻게 이리 작당해서 그를 속여 먹으려 들 수 있다는 말인가. 아니, 이건 속이는 것도 아니다. 까마귀를 가져다 놓고 백로라 우기는 꼴이었다.

할 말을 잃은 현종을 보던 청명이 히죽 웃으며 어깨를 으쓱했다.

"말로 잘 타일렀더니 흔쾌히 돌아가던데요?"

그래, 잘 타일렀겠지. 하지만 현종이 청명을 모르는가. 그 말을 입이 아니라 주먹으로 했을 테니 문제지! 주먹으로!

'아니, 아니지. 입으로 했을 수도 있겠네. 이 녀석이라면 정말 물어뜯고도 남았을 테니까!'

현종이 결국 앓는 소리와 함께 한숨을 푹 내쉬고는 물었다.
"청명아, 내가 정말 노파심에 묻는 건데."
"네. 얼마든지 물어보세요."
"……어디다 묻은 건 아니지?"
"에이, 장문인도 참. 무서운 소리 하시기는. 저 화산파 삼대제자 청명입니다. 제가 명색이 도산데 그렇게까지 했겠어요?"
어. 너는 충분히 그랬을 것 같아.
"걱정하지 마세요. 멀쩡히 두 발로 걸어 돌아갔……. 어어……. 기어갔나……?"
청명이 고개를 갸웃거리며 말끝을 흐렸다. 현종이 그런 청명을 뚫어지게 노려보다 눈을 딱 감았다.
'그냥 넘어가자.'
이미 다 끝난 일을 들먹여 봐야 서로 피곤할 뿐이다. 그리고 솔직히 애초에 현종도 뭐라 말할 자격이 없었다. 장로 놈들에게 잡혀 처소에 감금(?)될 때부터 결말이 어떻게 날지 대충은 예상하지 않았던가.
진심으로 막고자 했다면 어떻게든 뿌리치고 이곳을 박차고 나갔을 것이다. 그랬다면 이들도 강경하게 자신을 막아서지는 못했으리라. 하지만 현종은 그러지 않았다. 내 죄지. 내 죄야.
"……그래. 다들 고생이 많았다."
"별말씀을요. 헤헤."
그래. 네가 특히 고생이 많았겠지. 네가…….
현종은 모든 고뇌를 내려놓고 헛웃음을 지었다. 그래도 어쨌든 아이들이 크게 다치는 일 없이 상황이 정리되었으니 다행한 일이었다.
그때, 현상이 조금 낮은 목소리로 입을 열었다.

"장문인. 이번 일은 그저 웃어넘길 만한 게 아닙니다."

더없이 진지한 그의 표정에, 현종도 표정을 굳히며 슬쩍 미간을 찌푸렸다. 모두의 시선이 현상에게로 모였다.

"이번에는 큰 문제 없이 그럭저럭 잘 마무리되었지만, 앞으로도 그럴 거라고는 장담할 수 없습니다."

"무슨 의미로 하는 말이더냐."

"사실 이번 일의 근본적인 원인은, 화산이 외부인들이 보기에도 탐날 만한 곳이 되었기 때문입니다."

그 말에 자리에 앉은 모두가 고개를 끄덕였다. 만일 화산이 이번 천하비무대회에서 명성을 떨치지 않았더라면, 현당과 그 일가가 이곳을 탐내 산을 오르는 일이 있었겠는가.

"하우량 같은 경우는 당당히 화산에 오를 자격이 있다고 믿었기에 그 마수를 일찍 뻗은 것뿐입니다. 거꾸로 말하자면 지금 이 순간에도 화산을 이용하기 위해 눈을 시퍼렇게 뜬 이들이 수도 없이 많을 거라는 뜻입니다. 그저 하우량처럼 속내를 일찍 드러내지 않았을 따름입니다."

현종이 침음을 흘리며 무겁게 고개를 끄덕이자, 잠자코 듣던 현영이 슬쩍 덧붙였다.

"하나 조금 기이하기도 합니다. 명성이 올라간다는 것은 문파가 강해진다는 의미인데, 과거에 비해 노리는 이들이 많아지다니."

"만만해서 그런 거죠."

모두가 그 심드렁한 목소리가 들려온 곳을 바라보았다. 청명이 못 마땅한 듯 뚱한 얼굴로 말했다.

"무당이나 소림은 못 건드리지만, 화산은 어떻게 해 볼 수 있겠다 싶으니 그러는 거 아니겠어요?"

현종이 한숨을 내쉬었다. 빤한 이야기지만, 그 빤한 말이 화산의 약점이라 할 만한 부분이 무엇인지 정확하게 짚고 있었다.
'나의 탓이로구나.'
냉정하게 말해 화산이 얻은 명성은 전부 천하비무대회에서 후기지수들이 활약한 덕분이다. 물론 타 문파들 역시 후기지수들의 활약을 통해 명성을 얻은 것은 동일하지만…….
'그 문파들에는 후기지수들 위에 일대제자들이 있다.'
기본적으로 후기지수의 강함이란 그 윗세대의 강함을 짐작하게 해 주는 척도와도 같다. 무공이란 시간을 들여 노력할수록 화후가 깊어지기 마련이니, 무당의 이대제자와 삼대제자들이 활약을 한다면 무당의 일대제자들 역시 굳이 실력을 보이지 않아도 강함을 증명한 것이나 마찬가지가 되는 셈이다.
하지만 화산에는 그 일대제자와 장로들의 수가 절대적으로 부족하다.
'그리고 실력도 크게 모자라지.'
물론 노력하지 않는 것은 아니다. 운자 배들 역시 피나는 노력으로 이십사수매화검법을 익히며 자신들의 무학을 재정립하고는 있다. 하지만 아무래도 나이가 있다 보니 새로운 무학을 받아들이는 속도가 더딜 수밖에 없다. 무학을 접한 자들이라면 누구나 그 사실을 짐작할 것이다.
'앞길이 창창한 이대제자와 삼대제자에 비해 문파의 주축이 되어야 할 일대제자와 장로들의 실력이 부족하니 명성에 비해 만만해 보이는 문파가 되었다는 의미겠지.'
문파의 실권을 쥐어야 하는 이들은 나약하고, 미래가 되는 이들은 어리다. 그러니 손을 잘만 쓰면 얼마든지 이용해 먹을 수 있는 곳으로 보이지 않겠는가. 욕심내는 이들이 나오는 것도 당연한 일이다.

현종의 입술 사이로 깊은 한숨이 새어나왔다. 이건 한번 몰락했던 화산의 근본적인 한계였다.

청명의 말에 담긴 의미를 짐작한 사람은 현종뿐만이 아니었다. 현영과 현상도 비슷한 결론을 내고는 안색을 굳히며 낮은 한숨을 내쉬었다. 나머지 제자들 중에서도 눈치가 있는 이들은 모두 상황을 짐작하고 입을 다물었다.

"······내가 너희에게 면목이······."

"아무리 그래도 설마 그렇게까지 만만해 보이겠느냐? 우리도 요즘에는 나름대로 명성을 떨치고 있는데."

그러나 안타깝게도 그만한 눈치를 갖추지 못했던 윤종이 꼭 꼬집어 묻지 않아도 될 것을 묻고 말았다.

청명이 그런 그를 빤히 보다 한숨을 푹 내쉬곤 입을 열었다.

"사형. 우리가 어떤 사람들이야?"

"······우리? 우린 도사지."

"그렇지, 도사지. 그것도 이 험해 빠진 산꼭대기에서 무학이나 익히는 도사들. 그럼 도를 닦는답시고 산에 처박혀서 무학이나 익히는 도사는 속세에서 어떤 취급을 받을까?"

"그야······."

윤종이 대답하기도 전에 그 옆에 있던 조걸이 먼저 대꾸했다.

"세상 물정 모르는 만만한 호구."

"······틀렸다는 말은 못하겠다만, 그래도 너무 과한 표현 아니냐?"

윤종이 살짝 충격받은 어조로 되물었지만 조걸은 단호하게 고개를 저었다.

"그게 현실입니다, 사형. 실제로도 상가들은 외진 곳에 있는 사찰이나

도관과 거래를 트는 것을 무척 선호하는 편이죠. 그런 이들은 대개 물정을 몰라 값을 깎으려 들지 않거든요."

자신이 할 말을 조절이 대신 말해 주었다는 듯 청명이 크게 고개를 끄덕였다. 그러고는 현자 배들을 향해 덧붙였다.

"이번에 그 영감님들이 화산에 오른 것도 마찬가지예요. 세상 물정 모르는 도사들 정도는 얼마든지 속여 먹을 수 있다고 생각했기 때문이죠."

현종이 수염을 쓸어내리며 침음했다.

'이건 생각하지 못했던 문제로구나.'

옆에서 가만 듣던 현영이 신기한 생명체라도 발견한 듯한 표정으로 청명을 돌아보았다. 그리고 미묘한 미소를 입에 건 채 물었다.

"그럼 너는 우리가 어떻게 해야 한다고 생각하느냐?"

"영향력을 키워야죠."

단호하게 잘라 말한 청명이 살짝 심호흡을 하고는 설명을 이었다. 모두의 시선이 그를 향해 있었다.

"똑같이 산에 처박혀서 무학이나 익히는 도관은 많아요. 하지만 세상 사람들은 무당은 감히 손댈 수 없는 문파로 여기면서도, 지금의 화산이나 곤륜 같은 곳은 적당히 손대 볼 수 있는 곳으로 여기거든요. 이건 문파의 무력이 얼마나 강하냐 하는 문제와는 별개예요."

"인식의 문제라는 뜻이냐?"

"네. 정확해요."

현영이 확실히 생각해 볼 만한 일이라는 듯이 고개를 끄덕였다.

"그럼 그 인식을 바꾸기 위해서는 어떻게 해야 한다고 보느냐?"

"알려야죠."

청명이 어깨를 으쓱하며 모두를 돌아보곤 재차 설명했다.

"무당이나 소림이 천하를 이끌어 가는 문파가 될 수 있었던 건 그들이 강하기 때문만은 아니에요. 바로 그들의 영향력이 천하에 닿기 때문이죠. 당장 일전에 종도관 일만 해도 그랬잖아요."

"……그 작은 남영에마저 무관을 세우려 했었지."

"네. 그들은 아는 거죠. 아무리 강하다는 평가를 받아도 저 산꼭대기에 처박혀서 궁상떠는 문파는 좋은 취급을 받을 수 없다는 걸."

이야기를 듣던 조걸이 답답하다는 듯 말했다.

"그러니까 빙빙 돌리지 말고 좀 더 자세히 이야기해 봐. 뭘 어떻게 하자는 건데?"

청명이 눈을 찌푸리며 조걸을 타박했다.

"다 들어 놓고는 뭘 물어봐? 우리도 무당처럼 해야지!"

"무당처럼이라니?"

"속가 말이야, 속가! 멀리 있는 도사보다는 가까운 곳의 주먹……. 아니, 속가가 더 영향력이 강한 법이지. 천하에 무당과 소림의 속가가 얼마나 많은 줄 알아?"

"……어마어마하게 많지."

"그래. 우리 집 옆에 소림의 속가 문파가 세워지면 소림에 좀 더 친근함을 느끼게 되고, 관심도 더 가는 법이지. 그러다가 속가 문파에서 어설프게나마 한 수 배우게 되면 은근히 자기도 소림의 제자가 된 것 같으니 뭔 일이 생기면 옹호하게 되는 거고."

청명은 제가 한 말에 스스로 감탄하듯이 크게 고개를 주억거렸다.

"영향력이란 그런 식으로 키워 가는 법이지."

골똘히 생각에 잠겨 있던 현종이 현영에게로 시선을 돌렸다.

"현영. 지금 화산에 화영문주 위립산이 머무르고 있지 않으냐?"

"그렇습니다."

갑자기 현당 일가가 찾아오며 꿔다 놓은 보릿자루 신세가 되기는 했지만 말이다. 심상치 않은 내부 분위기에 차마 떠난단 말도 못 꺼내고 이리저리 눈치만 살피고 있는 듯했다.

"그렇지 않아도 이제 속가 운영을 어찌해야 할지에 관해 화영문주와 더불어 논의해야겠다고 생각하던 참이다. 그러니……."

"일을 좀 더 키워 봐도 되겠군요."

현영과 현종이 서로를 마주 보며 고개를 끄덕였다.

"화영문을 옮기든, 아니면 새로운 문파를 열든, 어쨌든 앞으로 화산 속가의 중심이 될 곳을 만들어야 합니다. 그 문파를 중심으로 화산의 속가를 천하로 퍼뜨려 나갈 수 있다면 천하의 어떤 이들도 화산을 만만히 보지 못하게 될 겁니다."

앞으로 화산이 나아가야 할 방향이 정해졌다. 현종이 복잡한 머릿속을 정리하고는 입을 열었다.

"하면, 먼저 생각해야 할 것이 하나 있지 않으냐?"

"……무엇을 말씀하시는 것인지?"

"속가문을 세우기에 화음은 너무도 작은 곳이다. 그러니 적당한 자리를 생각해 봐야 하는데……."

그때 청명이 뭘 고민하냐는 듯 으쓱하고 말했다.

"생각하고 말고 할 것도 없죠. 여기는 섬서고, 섬서에서 제일 큰 도시는 하나밖에 없으니까요."

"……그렇지."

"그런데 그게……."

자리에 앉은 모두의 머릿속에 자연히 한곳이 떠올랐다.

서안(西安). 서안은 섬서의 성도이자, 섬서의 모든 물자가 모이는 곳이다. 당연히 인구도 가장 많을 수밖에 없다. 화산이 섬서제일문이자 천하제일문을 노린다면 우선은 서안을 평정하는 데서부터 시작해야 한다.
"그런데…… 이게 참……."
그러나 서안에 문파를 세우려면 한 가지가 걸릴 수밖에 없다.
"또 종남인가?"
"……끄응. 이젠 얼굴 마주하기도 지겨운데."
모두 떨떠름한 반응이었다. 서안은 종남이 꽉 잡고 있는 지역이다. 그러니 그곳에 속가문을 열기 위해서는 필연적으로 종남과 부딪칠 수밖에 없다.
"딱히 원한 때문에 시비를 거는 것도 아닌데, 어떻게 사사건건."
이곳에 모인 이들은 새삼 왜 화산이 수백 년 동안 종남과 으르렁거렸는지를 뼈저리게 실감했다. 섬서라는 좁은 지역에 이만한 문파 두 곳이 붙어 있다 보니, 뭘 해도 맞닥뜨릴 수밖에 없는 것이다.
"……충돌을 피할 방법은 없겠지?"
"에이. 뭐 그리 빤한 소리를 하고 그러세요."
청명의 시원한 대꾸에 현종이 한숨을 쉬며 고개를 끄덕였다.
"그러면 별수 없구나. 일단……."
그때였다. 문밖에서 인기척이 나더니, 우렁찬 목소리가 들려왔다.
"화산신룡! 화산신룡 안에 있느냐? 화산신룡!"
모두의 시선이 문 쪽으로 향했다. 목소리가 귀에 익은데?
자리에서 일어난 청명이 문을 열자, 익숙한 얼굴이 보였다.
"아니. 거지 아저씨가 웬일이에요?"
문밖에서 그를 애타게 부르던 홍대광이 청명을 보며 눈살을 찌푸렸다.

"아니, 왜 밖에 사람이 아무도 없느냐. 산문에서 한참 기다렸다."

"올 사람이 없으니 문지기도 없지."

"올 사람이 없기는, 내가 오지 않았냐! 여하튼 지금 그게 중요한 게 아니고."

홍대광이 투덜거리다 고개를 휘휘 젓고는 다급하게 말했다.

"꽤 중한 소식이 있어서 알려 주려 내가 직접 왔다."

"네? 무슨 소식이길래 아저씨가 직접 와요?"

"종남이 봉문 했다."

"엥?"

방 안에 있던 이들이 깜짝 놀라 문 앞으로 우르르 밀려왔다.

"악! 밀지 마!"

"그게 무슨 소립니까? 종남이 봉문을 하다니?"

현영의 질문에 홍대광이 지체 없이 대답했다.

"정확하게 말하면 봉문은 아니고, 앞으로 한동안 대외 활동을 금한 채 내부를 다스린다고 합니다."

"……그게 봉문이지."

저를 깔아뭉개려는 제자들을 밀어 내며 청명이 퉁명스레 내뱉었다. 홍대광이 고개를 끄덕였다.

"아마 이번 천하비무대회에서 크게 느낀 것이 있는 모양입니다. 아니면 내부적으로 갈등이 심해져서 다스릴 시간이 필요해졌는가. 문을 닫아 건 이유는 좀 더 조사를 해 봐야 알겠지만."

"아니. 뭐, 이유 같은 건 별로 궁금하지도 않으니까 됐고. 여하튼 지금 종남이 한동안 봉문을 한다, 이거죠?"

잠깐 고민하던 청명의 입가에 사악한 미소가 걸렸다.

"장문인!"

"오냐!"

이제는 척 하면 착! 하고 청명의 말뜻을 알아듣는 현종이 곧장 목소리를 높였다.

"어서 화영문주를 불러오너라! 당장!"

부산스럽게 움직이기 시작하는 화산 제자들을 보며 홍대광이 고개를 갸웃거렸다. 아무래도 절묘한 순간에 소식을 전한 모양이다.

'또 무슨 일을 벌이려는 거지?'

무슨 일이든 강호가 크게 뒤집히겠지. 여하튼 바람 잘 날이 없는 문파다.

화영문주 위립산은 자신을 둘러싼 이들을 보며 마른침을 꿀꺽 삼켰다.

'아니, 그동안은 티끌만큼도 관심을 안 주다가…….'

물론 그도 귀가 있고 눈이 있는 사람인지라, 이들이 일부러 자신들을 방치한 게 아니라는 사실쯤은 알고 있었다. 하지만 화산에 오르자마자 꿔다 놓은 보릿자루 신세가 되었던 것도 사실이 아닌가.

그런데 갑자기 대뜸 사람을 불러내더니, 하나같이 열렬한 시선을 보내고 있다. 마치 반짝반짝 빛나는 금송아지라도 보고 있는 듯한 눈빛이다. 지나치게 빛나는 그 시선에 부담감을 느낀 위립산은 시선을 슬쩍 내리깔며 나직하게 헛기침을 했다.

상석에 앉은 화산 장문인 현종이 그런 그를 보며 자애로운 미소를 짓더니 가만히 입을 열었다.

"내 이리 화영문주를 청한 것은, 앞으로의 일을 논의하기 위함일세."

"예, 장문인. 기다리고 있었습니다."

"먼저, 이쪽에서 사람을 청해 놓고도 그동안 제대로 신경을 쓰지 못한 것부터 사과하겠네. 그럴 의도는 아니었으나 워낙……."

하지만 현종의 말은 채 끝까지 이어지지 못했다.

"장문인! 시간이 그리 많지 않습니다! 위 문주도 다 이해할 테니, 서론은 생략하시고 본론부터 들어가시지요."

몇 마디 던지기도 전에 현영이 말을 자르고 끼어든 것이다. 평소라면 그를 말렸을 이들도 이번에는 오히려 동감이라는 듯 연신 고개를 끄덕여 대고 있었다.

그 반응들을 보며 현종이 치미는 울화에 한숨을 푹푹 내쉬었다.

'도사라는 것들이.'

산적도 이리 성격이 급하지는 않겠다. 산적도!

"크흠. 그래, 그러자꾸나."

그러나 그 마음도 이해 못할 바는 아닌지라, 결국엔 두 손을 든 현종이 위립산을 똑바로 보았다.

"화영문주. 이번에 화산에서 서안에 속가문을 열고자 하는데, 자네가 그 중임을 맡아 줄 수 있겠는가?"

"서, 서안에요?"

갑작스러운 이야기에 놀란 화영문주 위립산이 눈을 부릅떴다.

물론 그도 때아닌 부름에 아무 생각 없이 화산까지 따라온 것은 아니다. 앞으로 화산이 속가문을 좀 더 밀어줄 생각이란 사실은 진즉에 언질을 받았다. 다만 어찌해야 좋을지 화산도 화영문도 제대로 알지 못하니, 서로에게 도움이 될 방법을 논의하기 위해 화산에 오른 것이 아니던가. 그런데…….

'서안이라니.'

하지만 설마 장문인의 입에서 새로운 속가문을 연다는 말이 나올 줄은 상상도 하지 못했다. 그 위치는 또 어떠하고.

"장문인⋯⋯. 지금 서안에 속가문을 연다고 하셨습니까?"

위립산의 되물음에 현종이 가만히 고개를 끄덕였다.

"그렇다네. 화영문을 서안으로 이전하는 것도 좋겠지. 터전을 아주 옮기는 일이 부담스럽고 어렵다면, 화영문은 제자들에게 맡겨 두고 위 문주가 서안에 새 문파를 여는 것도 방법일세. 어느 쪽이든 위 문주가 편한 쪽으로⋯⋯."

"자, 잠시만요, 장문인."

위립산은 자신도 모르게 현종의 말을 끊고 말았다. 예의에 어긋나는 행동임은 그도 잘 알지만, 워낙 당황스러운 일이다 보니 예의 같은 걸 따질 상황이 아니었다.

"조, 조금 더 천천히 설명을 좀⋯⋯."

현종이 거 보라는 듯 원망의 눈길을 담아 주위에 앉은 이들을 노려보았다. 제자들이 찔끔하여 고개를 숙였다.

"크흠. 그러니까⋯⋯."

현종은 위립산에게 하나하나 차분히 상황을 설명해 주었다. 상황을 들은 위립산이 주변을 둘러보았다. 모두의 눈빛이 기대감으로 반짝이고 있었다. 현종 또한 비슷한 마음인지, 묘하게 들뜬 듯한 목소리로 위립산에게 물었다.

"어떠한가?"

"⋯⋯장문인. 소인을 믿고 그런 중책을 맡겨 주시는 것은 정말 영광스럽고, 그 마음에 감읍할 일입니다."

"오."

"하나, 저는 제가 그런 중책을 감당할 수 있는 사람인지 잘 모르겠습니다. 저보다 더 나은 적임자가 있지 않겠습니……."

"아니, 문주님!"

하지만 그의 말이 끝나기도 전에 불쑥 끼어든 청명이 답답하다는 듯 가슴을 치며 소리 질렀다.

"화산에 속가문이라고는 화영문밖에 없는데, 어디서 다른 사람을 알아봐요? 놀리는 것도 아니고! 다른 사람이 없다니까! 지금 화산에 남은 속가는 단 하나! 단 하나라고요!"

그 말에 화산의 장로들이 얼굴을 붉히며 입을 앙다물었다.

'좀 에둘러서 좋게 말해도 되잖아!'

'그걸 꼭 그렇게 강조해야 하나! 민망하게!'

'여하튼 저놈은……'

위립산은 차마 할 말을 찾지 못하고 입만 열었다 닫았다 하며 청명을 바라보았다.

'소도장은 장문인이 앞에 있어도 달라지는 게 없구나.'

상록수도 아니고, 어떻게 저리 변함없이 생각이 없…….

"이제부터 속가를 새로 키우려면 사람 구하는 데만도 한참 걸릴 텐데, 그럼 우리가 후기지수 비무대회에서 우승했다는 사실은 전설 속에 들려오는 이야기 같은 게 되겠죠. 물이 들어왔을 때 노를 저어야 하는 법이에요."

그 말은 맞다. 세상 모든 일에는 적절한 시기가 있는 법이니까.

"그리고 잘 생각해 보세요, 문주님. 이걸 남을 준다고요?"

"……으음? 그건 무슨 소리요?"

맹하니 반문하는 위립산에게 청명이 피식 웃으며 말했다.

"화산은 이제부터 모든 역량을 동원하여 속가를 늘려 나갈 거예요. 다시 말하자면 화산이 번 돈과 키운 무력이 모조리 속가를 키우는 데 투자된다는 의미죠."

"으음?"

"그런 속가문들을 총괄하는 자리에 말이에요. 지금은 역량이 부족하니 어쩌니 하며 사양하시지만, 만약 정말 다른 사람이 그 자리를 차지하고 앉아서 화영문주님에게 지시를 내리는 상황이 온다면 그때도 아무렇지도 않게 허허 웃으실 수 있겠어요?"

"어……."

위립산이 순간 멍해졌다. 지시? 다른 속가 문파의 문주가 그에게 지시를 내린다고?

"그건 좀 생각을 해 봐야……."

"생각하고 자시고 할 필요가 있나요. 그동안 화영문이 화산에 해 온 게 얼만데 그 억울함을 참으시려고요? 제가 그 상황이면 속이 뒤집혀서 잠도 못 잘 텐데."

맞는 말이다. 말이야 바른말이지, 화산이 몰락해 속가들이 있는 대로 이탈할 때도 그 자리를 꿋꿋하게 지켜 온 화영문이 아닌가.

그런데 굴러온 돌이 박힌 돌을 빼낸다고, 그 힘든 시기를 겪어 보지도 않은 문파가 화영문의 상전 노릇을 한다고?

'그건 못 참지.'

상상만으로도 위립산의 얼굴이 벌겋게 달아올랐다. 청명은 묘한 미소를 지으며 부추기듯 덧붙였다.

"물론 새 속가문을 맡으면 한동안은 고생스러우시겠죠. 하지만 세상에 고생 없이 얻어지는 것도 있나요? 화영문을 위하신다면 이 기회를 잡으셔야죠. 훗날을 생각해 보세요. 천하에 퍼져 있는 화산의 속가들을 모조리 총괄하는 위치에 오르실……."

"하겠습니다!"

"……빠르시네."

위립산이 청명의 말을 끊고 단호하게 답했다. 그가 연신 고개를 끄덕였다.

"결정은 빠를수록 좋은 거겠죠."

"잘 생각하셨어요."

헤죽 웃은 청명이 고개를 휙 돌려 현종을 바라보았다.

"하신다는데요?"

현종이 저건 좀 아니지 않나 하는 표정으로 청명을 보았다.

'뭔가 사기꾼 느낌이 드는데…….'

……하지만 그렇다고 끼어들어 말을 정정할 수도 없는 노릇이었다. 청명이 한 말 중에 딱히 틀린 말은 없다. 미묘한 과장과 약간의 왜곡이 있었을 뿐, 전체적인 틀은 대동소이하니까.

하지만 그 미묘함이 관건 아니겠는가. 과연 도사가 속가를 붙들고 사기를 쳐도 되는가 하는 근본적인 의문이 껄끄럽게 남았다.

그러나 현종은 이제 청명에 관련된 일에서만큼은 상식을 논하지 않기로 했다. 붙잡고 타이른다 하여 달라질 청명이 아니라는 사실을 잘 아니까.

"그래. 이리 선뜻 나서 주니 고마울 따름이네."

"되레 제가 감사드려야 할 일입니다. 하나 장문인. 원하시는 바는 알겠으나…… 이 일을 제대로 진행하려면 제 힘만으로는 부족합니다."

위립산이 심호흡하며 잠시 숨을 고르더니 다시 입을 열었다.

"화영문은 화산의 속가이긴 하나 화산의 무학을 제대로 전수받지 못했습니다. 부끄러운 일이지만 다른 대문파의 속가는 물론이고 웬만한 중소 문파의 속가들도 화영문보다는 그 무위가 뛰어난 편입니다."

현종이 고개를 끄덕였다. 애초에 화산의 윗대들이 제대로 된 무학을 익히지 못했는데, 속가에 무슨 수로 전수를 했겠는가. 위립산은 자신의 탓이라는 듯 말하고 있지만 이건 화영문의 잘못이 아니라 화산의 잘못이었다.

"제가 일전에 화영문의 제자들이 화산에서 수련할 기회를 주십사 요청을 드렸던 것도 이러한 이유에서였습니다. 장문인. 아무리 화산이 지금 그 명성을 드높이고 있다고는 하나, 화영문의 무위가 뒷받침되지 못한다면 속가의 세를 불리는 것은 요원한 일입니다. 그러니 우선은 급한 마음을 조금 접어 두시고 화영문의 제자들을……."

"그럴 시간이 없어요."

위립산이 조심스러운 어조로 의견을 피력했다. 하지만 청명이 단호하게 그의 말을 잘랐다.

"말씀드렸다시피, 지금 물이 들어왔어요. 어설프게 시간을 끌면 물이 다 빠져서 맨땅에 노를 저어야 할 거예요."

장로들이 연신 고개를 끄덕였다. 일이란 것은 노력만으로 되지 않을 때가 많다. 모든 일에는 그에 걸맞은 시운이 있는 법이다.

"이쪽의 말도 맞고, 저쪽의 말도 맞으니 고민하지 않을 수가 없구나."

생각에 잠겨 있던 현종이 침음성을 흘리며 청명을 바라보았다.

"청명아. 너는 어찌 생각하느냐. 이 문제를 해결할 방도가 있느냐?"

"네? 문제요?"

청명이 영문을 모르겠단 듯 고개를 갸웃했다.

"문제가 있나요?"

현종이 떨떠름한 표정이 되었다. 다른 사람도 아니고 청명이 위립산의 말뜻을 이해하지 못했을 리가 없다. 그러니 저 말은 이미 해결책이 있다는 뜻이라고 봐야 할 것이다.

하지만 답이 있다는 걸 알았음에도 기꺼운 마음이 들지 않는 이유는, 언제나 청명이 내어놓는 대답이 일반적인 것과 거리가 있기 때문이다.

"……어찌할 셈이냐?"

"뭐, 간단하죠. 약하면 강해지면 그만이에요. 화영문도들에게 새로 복원한 화산의 무학을 전수하면 당연히 지금보다 강해지겠죠."

"그야 그렇지만, 그럴 시간이 부족하다는 게 문제 아니더냐?"

"에이. 그것도 고정관념이죠."

청명이 어깨를 쭉 펴고 말했다.

"화산의 무학을 꼭 화산에서 익힐 필요가 있나요? 어차피 속가문을 열려면 화영문도들 대부분이 서안으로 가야 할 텐데, 거기서 익히면 되잖아요."

"……어?"

예상치 못한 해결책에 현종은 눈을 동그랗게 떴다. 청명이 웃으며 말을 이어 갔다.

"서안에 새로 연 문파에서 화영문도들은 새 무학을 배우고, 새로 들어오는 제자들에게 다시 그 무학을 가르치면 되죠. 뭐 하러 번거롭게 일을 두 번 해요? 그냥 한 번에 처리해 버리면 그만인데."

"옳지. 그러면 되지!"

현영이 옳다구나 무릎을 치며 추임새를 넣었다. 하지만 현종은 그런 그를 영 못마땅한 눈으로 바라보았다.

'저건 이제 생각도 안 하고 청명이가 말만 하면 옳다고 난리구나.'

가만 보니 이제는 아주 청명이 하는 말이라면 장문인을 갖다 버려야 한다는 말을 들어도 박수를 보내며 찬동할 기세였다.

하나 이제 와서 어쩌겠는가. 이게 맞는 행동이냐고 현영에게 따져 봐야 괜히 타박만 들을 게 뻔했다. 현종은 고개를 절레절레 저으며 청명에게 물었다.

"하면 누가 가야 한다고 생각하느냐?"

"그건 장문인께서 정하셔야 할 일이지요."

모두의 시선이 현종에게로 모였다. 잠깐 고민하던 현종이 곧 백천을 똑바로 바라보았다.

"백천아. 네가 가거라."

"장문인의 명을 따르겠습니다."

백천이 단단한 눈빛으로 고개를 끄덕이며 포권 했다.

"백자 배들 몇을 선별하고, 청자 배에서도 몇을 선별하거라. 마음 같아선 운암이를 보내고 싶지만, 운자 배들은 화산에서 해야 할 일이 많으니 어렵겠구나."

그리고 제자들을 가르치는 데 있어서는 운자 배보다 백자 배가 나은 면이 있었다. 게다가 백천은 오히려 화산의 운자 배들보다 그 명성이 높으니, 속세에서는 운암이나 운검보다 더 힘을 쓸 수 있을 것이다.

"현영. 네가 가서 백천을 도와주거라."

그러자 현영이 눈살을 찌푸리며 되물었다.

"괜찮겠습니까? 제가 빠지면 문제가 생길 수 있을 터인데."

"서안이 화산과 그리 멀지 않으니, 네 힘이 필요한 일이 있으면 사람을 보내도록 하마."

"……끄응. 양쪽을 왔다 갔다 하라는 말씀이시군요. 늙은 놈 그리 부려 먹으시면 벌 받습니다."

"머리도 검은 놈이 엄살 부리지 말거라."

현영이 한숨을 내쉬었다. 하나 딱히 그 이상 반발은 없었다. 현영 역시 한 문파를 새로 여는 일에 얼마나 많은 손이 가는지 아는 사람이다. 재정을 관리하는 그가 직접 가지 않는다면 시일이 훨씬 더 소모될 수밖에 없다. 체력을 갈아넣는 한이 있더라도 지금은 현영이 직접 움직이는 것이 맞다.

"그럼 적당한 자리를 알아보고 재빠르게 문부터 열겠습니다."

"그래. 관련된 사항은 모두 네게 일임하마."

현영이 고개를 끄덕였다. 하지만 백천은 할 말이 남은 듯 자리를 뜨지 않고 있었다. 그가 조금 불안한 얼굴로 현종을 바라보았다.

"그런데 장문인. 하나 여쭤야 할 것이 있습니다."

"말해 보거라."

백천이 눈을 굴리며 살짝 망설이다 입을 열었다.

"……저놈을 데려가야 합니까?"

딱히 시선을 돌리지도 않았고, 손으로 가리킨 것도 아니었다. 하지만 '저놈'이라는 말이 나오는 순간 방 안에 있던 모두가 미리 약속이라도 한 듯 시선을 돌려 청명을 바라보았다.

"……."

침묵이 흐르는 가운데, 현종은 바로 대답하지 않고 지그시 눈을 감았다. 상식적으로 생각하면 청명은 당연히 데려가야 한다. 속가문을 여는 일은 지금 화산에게 있어서 가장 중요한 문제고, 반드시 청명의 힘이 필요하다.

아무리 종남이 봉문과 다름없이 산에 틀어박혔다고는 하나, 서안은 종남의 힘이 가장 크게 미치는 곳이다. 동시에 종남의 속가문들이 우글우글한 곳이기도 하다. 그런 만큼 청명은 꼭 함께 가야 할 것이다.

그럼에도 청명을 데려가라고 즉시 답을 내어주지 못하는 건…….

'여기서도 허다하게 사고를 쳐 대는데, 그 큰 도시에 이 녀석을 풀어놓아도 될까?'

벌써 머리가 지끈지끈해지는 기분이었다. 하지만 고민은 짧았다. 결론이 나와 있으니까.

"……데려가야겠지."

그 말에, 자리에 있는 모두가 일제히 땅이 꺼져라 한숨을 토했다.

"뭐지? 이 반응들은?"

오로지 청명만이 이해할 수 없다는 듯 고개를 갸웃거렸다.

그렇게 화산의 문하들과 화영문도들, 그리고 '청명'의 서안행이 결정되었다.

평화로운 도시 서안에는 참 안된 일이게도 말이다.

◆ ◈ ◆

"시법평등 무유고하 시명아누다라삼막삼보제(是法平等 無有高下 是名阿耨多羅三藐三菩提)."

법은 평등하여 높고 낮음이 없다. 그렇기에 가장 높고 바른 깨달음으로 불린다.

눈을 감고 나직하게 금강반야바라밀경(金剛般若波羅蜜經)을 낭송하던 법정이 돌연 가만히 눈을 떴다.

"왔으면 들어오거라."

돌아오는 대답은 없었다. 하지만 법정은 다시 한번 재촉하기보다는 그저 기다렸다. 상대가 마음이 있다면 문을 열 것이고, 그렇지 않다면 돌아설 것이다.

끼이이익. 그런 그의 기다림이 틀리지 않았는지 이내 문이 열렸다. 그리고 익숙하고도 낯선 얼굴이 보였다.

"어서 오거라."

"방장을 뵙습니다."

상대의 예를 받은 법정이 가만히 고개를 끄덕였다.

더없이 익숙하다. 하지만 낯설다. 아직 앳된 얼굴은 수없이 보아 온 생김새 그대로였지만, 과거와 달리 흐려진 눈빛과 핼쑥하게 들어간 눈두덩이는 그가 알던 이의 인상을 완전히 바꿔 놓았다.

"앉거라, 혜연아."

"예, 방장."

문을 닫고 안으로 들어온 혜연은 장문인의 맞은편에 조심스레 앉았다. 반쯤 식어 버린 차를 잔에 따라 내민 법정은 그를 보며 물었다.

"미혹에서 벗어났더냐?"

혜연이 대답하지 않자, 법정이 가만히 고개를 내저었다.

"아직도 그날의 미혹에서 벗어나지 못했구나. 그저 집착인 것을."

혜연을 바라보는 그의 눈동자엔 안타까움이 가득했다.

청명에게 패한 그 날, 혜연은 제 발로 참회동에 들어갔다. 그 후 이날 이때까지 참회동에서 단 한 발짝도 벗어나지 않았다.

처음 겪은 패배의 아픔. 그리고 소림의 명예를 더럽혔다는 자괴감. 이 모든 감정이 그를 고행의 길로 이끌었다. 적어도 법정은 그리 생각했다.

"사가에서 말하기를, 승패는 병가지상사라 하였다. 무인이라면 패배를 당연히 받아들여야 하고, 불자라면 고(苦)를 밀어내지 않아야 하는 법이거늘. 언제까지……."

"방장."

무슨 생각을 하는지 모를 표정으로 눈을 내리뜨고 있던 혜연이 살짝 가라앉은 목소리로 입을 열었다.

"저는 패배에 얽매여 있지 않습니다."

"……하면 어찌 그리 괴로워하는 것이냐?"

법정의 물음에 그는 고개를 들었다.

"저는 이해할 수 없는 것을 이해하기 위해 스스로를 가두었습니다. 하지만 아무리 참오 하고 또 참오 해 봐도 도무지 이해가 가질 않습니다."

예상치 못했던 대답에 법정의 눈가가 살짝 꿈틀했다.

"무엇이 이해가 가지 않는단 말이더냐?"

"청명."

그 이름을 내뱉고, 혜연은 입을 닫았다. 그리고 침묵했다. 숨소리 하나 들리지 않는 시간이 잠시 흐르고, 법정이 미간을 좁힐 즈음에야 그가 다시 말을 이었다.

"그는 더없이 강했습니다. 더 강한 이에게 패하는 것은 당연한 일이지요. 그렇기에 저는 그의 강함을 의심하지 않습니다. 스스로의 나약함도 의심할 이유가 없습니다."

혜연의 목소리는 단호하기 짝이 없었다. 내내 고민하며 다듬은 말을 읊는 듯, 일순간도 말을 흐리거나 주저하지 않았다.

"하나 제가 이해할 수 없는 것은, 청명이라는 시주가 보인 분노와 슬픔입니다. 그는 더없이 강했고, 그 힘으로 자신의 원하는 것을 얻을 자격이 있었습니다. 하지만 그러기는커녕 분노를 토해 내고는 그저 몸을 돌려 버렸습니다. 그자의 행동이 제 안에 미혹을 빚습니다."

"……혜연아."

"그러니 말해 주십시오."

잔뜩 가라앉은 혜연의 눈은 흡사 늪처럼 깊고 짙은 색을 띠었다.

"방장께서는 그자에게 모욕을 당하면서도 무례하다 하지 않으셨습니다. 제가 보기에는 방장께서도 그의 분노가 온당타 여기시는 것 같았습니다. 제 말이 혹여 틀린 것입니까?"

"……아미타불."

법정이 대답을 꺼리며 불호만을 외어 댔지만, 혜연은 그를 헤아려 적당히 물러날 생각이 없어 보였다.

"불도(佛道)가 참고 인내하는 것이라 한들, 진실을 외면하는 것이 불도는 아닐 것입니다. 방장, 저는 그 진실을 알 자격이 없는 것입니까?"

법정은 더 이상 피하지 못하고 나직하게 한숨을 내쉬었다.

"그럴 리가 있겠느냐?"

"하면 말씀해 주십시오. 저는 이 일의 진실을 확인하지 않고서는 나아갈 수 없습니다."

혜연이 결연한 태도로 잘라 말했다. 법정은 결국 고개를 끄덕였다.

다른 이라면 모르지만 언젠가 소림을 짊어질 혜연이라면 언젠가는 알게 될, 알아야 할 일이었다.

"……그리된 것이다."

모든 설명을 마친 법정이 가만히 혜연을 바라보았다. 수척한 얼굴에는 이렇다 할 표정의 변화가 없어서 무슨 생각을 하는지 짐작하기 어려웠다.

기나긴 침묵 끝에 마침내 혜연이 입을 열었다.

"어찌……."

하지만 차마 할 말을 찾지 못하고 말끝을 흐렸다. 법정은 안쓰러워하는 눈빛으로 혜연을 바라보다가 천천히 고개를 저었다.

"선대의 일이다."

"어찌 그리 치부하실 수 있습니까?"

"하지 않은 짓에 대한 대가를 치를 수는 없는 노릇이다. 너는 원수가 죽어 그 원한을 풀지 못한다면 그 아이를 베어 원한을 풀겠느냐?"

"……."

"선대에서 벌어진 일을 우리가 온전히 책임질 이유는 없다. 그건 가혹한 일이지. 저들에게 온정을 베풀 수는 있겠으나……."

"방장!"

참다못한 혜연이 버럭 소리를 질러 법정의 말을 끊어 냈다.

"지금 소림이 누리고 있는 모든 것은 선대로부터 물려받았습니다. 우리가 소림의 껍데기를 벗고 그저 한 사람의 불자로 돌아갈 것이 아니라면, 어찌하여 선대의 일을 가려 받을 수 있단 말입니까!"

"어리석은 소리!"

법정의 언성도 다소 높아졌다. 단호한 눈빛이 혜연을 향했다.

"그렇게 따지면 소림이 지금까지 저질러 온 잘못이 어디 한둘이겠느냐! 인간이란 본디 죄를 지으며 살아가는 법. 지금껏 소림을 거쳐 간 이들이 저지른 죄악이 얼마나 많을 것인가! 그 모든 죄악을 네가 감당할 것이 아니라면 그리 섣부른 소리는 함부로 입에 담는 것이 아니다!"

"……."

"불법이란 스스로를 온전히 세우는 것에서 시작한다. 속세의 정리를 끊어 낸다는 것은 단순히 속(俗)의 이(利)를 끊어 냄만을 의미하는 것이 아니다. 그 모든 것을 끊어 내고 스스로를 세울 수 있어야 불법을 걷는다 할 수 있느니!"

잠자코 법정의 말을 듣던 혜연이 아주 느리게 고개를 끄덕였다.

"끊으라 하셨습니까?"

"그렇다."

"얽매이지 말라는 의미시겠지요?"

"그러하다. 천겁의 시간이 지난다 하더라도 지은 업은 사라지지 않는다. 그렇다면 그 업 역시 과거의 선인들이 온전히 감당해야 할 것. 네가 그 죄를 대신 질 필요가 있더냐?"

"……아미타불."

혜연이 한참 법정을 바라보다 가만히 불호를 외었다.

"방장의 말이 가히 옳습니다."

"이해했더냐?"

"예. 소승은 비로소 이해하였습니다."

법정이 딱딱하게 굳어 있던 표정을 풀고 빙그레 웃었다.

"다행이구나. 이제 더는 얽매이지 말고 네가 해야 할 일을 하거라."

혜연이 큰 짐을 내려놓은 듯 한결 밝아진 얼굴로 자리에서 일어났다. 그리고 법정에게 반장을 취하며 예를 차렸다.

"방장. 오랫동안 뵙지 못할지도 모르니 인사드립니다. 부디 육신을 하찮다 여기지 마시고 챙기시길 바랍니다."

법정이 눈을 크게 치떴다. 마치…… 다시는 못 볼 것처럼 말하고 있지 않은가.

"그게 무슨 말이더냐?"

"소승은 화산으로 가려 합니다."

"……뭐, 뭐라?"

생각지도 못한 말에 법정의 얼굴이 황당함으로 일그러졌다. 하지만 혜연은 아랑곳하지 않았다. 오히려 개운하다는 듯이 말을 이었다.

"방장의 설법(說法)에서 답을 찾았나이다. 저는 그에게서 불도를 보았습니다. 어찌하여 나이 어린 도사에게 저의 불도가 있는지를 이해하지 못했는데, 방장께서 말씀하지 않으셨습니까."

"……내가?"

법정이 당혹감을 감추지 못하고 되물었으나, 혜연은 그의 반응에는 전혀 개의치 않는 기색이었다.

"불도가 그곳에 있다면 당연히 궁구(窮究)해야 함이 옳습니다. 하나 저는 소림과 방장이라는 연을 끊어 내지 못하여 고민하고 또 고민했습니다. 그런데 이리 방장께서 연에 얽매이지 말고 불법을 걸으라 하시니, 저는 기꺼이 그 말씀을 실천하려 합니다."

법정의 입이 체면을 잊고 쩌억 벌어졌다. 이게 대체 다 무슨 말인가.

"혜, 혜연아. 내 말은 그런 의미가 아니다!"

"그리 당황하실 것 없습니다. 소림과의 연을 끊어 내기에는 제 불법이 아직 그리 깊지 못합니다. 그러니……."

혜연이 고개를 돌려 닫힌 문을 바라보았다. 아니, 그 너머를 보고 있는 듯했다.

"가서 보고 오겠습니다. 그가 무엇을 하는지. 그가 어찌 살아가는지. 이 두 눈으로 모두 보아야 제가 앞으로 더 나아갈 수 있을 것 같습니다."

받아칠 말을 찾지 못하고 입만 뻐끔대던 법정이 아랫입술을 질끈 깨물었다. 일이 이리될 거라고는 조금도 생각지 못했다.

"내가 허하지 않는다면 어찌하겠느냐?"

"제가 받은 은혜가 있는데, 어찌 방장의 명을 거역하겠나이까?"

"그렇다면……."

"굳이 막으신다면 저는 참회동으로 돌아갈 것입니다. 길이 있어도 가지 못한다면 그곳에서라도 길을 찾아야 하지 않겠습니까."

법정은 아무 말도 하지 못하고 몸을 떨었다. 그러고자 한다면 정말로 그리하고도 남을 아이라 차마 그 어떤 말도 할 수가 없었다.

그러자 혜연이 대답을 기다리지 않고 다시 한번 반장을 하더니 몸을 돌렸다. 그 뒷모습을 멍하니 보던 법정이 다급하게 입을 열었다.

"혜연아. 돌아오겠느냐?"

"그리할 것입니다."

"……그래. 다녀오거라."

혜연이 미련 없이 문을 열고 방을 나섰다.

문이 닫히자 적막이 내려앉았다. 홀로 남겨진 법정은 싸늘하게 식어버린 차를 내려다보다 나지막이 한숨을 내쉬었다.

'업보인 게야.'

천하는 이 순간에도 걷잡을 수 없이 뒤흔들리고 있다.

과거 화산과 수많은 문파가 목숨을 바쳐 전쟁을 끝냈던 그때. 남은 자들이 그 희생을 바탕으로 새로운 질서를 세우고, 서로가 서로를 도왔다면 지금쯤 세상은 달라졌을 것이다.

하지만 중원은 자신들의 잇속밖에 생각하지 못했다. 그리고 그 이전투구의 장 속에서, 무너졌던 마교도 그 명맥을 잇고야 말았다. 그리고 지금에 와서 다시금 서서히 자신들의 세를 드러내고 있다.

난세. 난세가 오고 있다. 과거에 치렀던 희생들이 무색하게도 말이다.

'그래. 가서 보거라.'

본디 혜연은 사람이 이끌 수 없는 존재다. 용은 인간이 길들일 수 없는 존재니까. 용을 이끌 수 있는 것은 오로지 같은 용뿐이다.

혜연이 용이라면 청명 역시 용. 그렇다면 청명을 보고 혜연이 배울 점도 분명 있을 것이다.

"아미타불."

법정이 미혹을 베어 내듯 눈을 질끈 감으며 나직하게 불호를 외었다.

하지만 그는 한 가지를 놓치고 있었다. 아무리 순백의 비늘을 자랑하는 백룡이라 할지라도, 흑룡과 어울리게 되면 그 역시 순식간에 검어진다는 사실을 말이다. 법정이 이 사실을 먼저 알았더라면 바짓가랑이를 잡고 늘어져서라도 혜연을 막았으리라.

그러나 안타깝게도 이때의 법정은 그 사실을 짐작하지 못했다.

……안타깝게도.

· ◆ ·

"저기로군!"

"오! 서안이다!"

화산의 제자들이 목소리를 높였다. 그들이 맡은 중책과 어울리지 않는 들뜬 목소리에 청명이 눈살을 찌푸리며 퉁명스럽게 면박을 줬다.

"소풍 가?"

"너야 은하상단에 다닌다고 서안에 자주 들락거리지만, 우리는 서안까지 온 건 이번이 처음이란 말이다."

"진짜? 지금까지 안 오고 뭐 했어?"

청명이 되레 황당하다는 투로 묻자, 화산의 제자들이 한숨을 푹 내쉬며 한탄을 늘어놓았다.

"화산에서 내려갈 일도 잘 없는데, 서안까지 올 일이 뭐가 있냐."

"……진짜 촌놈들이네."

"시끄럽다!"

발끈한 윤종이 버럭 소리를 지르자 청명이 피식 웃으며 어깨를 으쓱였다.

"뭐, 괜찮아. 이제 곧 제집처럼 들락거리게 될 테니까."

현영 역시 고개를 끄덕이며 청명의 말을 거들었다.

"서안은 물론이고 앞으로는 천하 곳곳을 누빌 일이 많아질 테지. 과거 화산의 선인들께서는 천하를 누비며 협행을 하시고 수많은 공덕을 쌓으셨다고 하지 않더냐. 너희들도 곧 그리하게 될 것이다."

"예, 장로님!"

화산의 제자들이 기대에 찬 목소리로 우렁차게 대답했다.

하지만 청명만은 심드렁한 표정에 전혀 변화가 없었다.

'협행은 얼어 죽을.'

이보쇼! 그게 다 구역 관리요!

속가들 있는 곳에 다른 문파 놈들이 설치면 가서 쥐어박고, 속가들 사는 곳에 도적들이 설친다 그러면 가서 때려잡고! 그러다 보면 속가들이 제 손으로 상납금을 갖다 바치니 문파가 풍요로워지고! 세상 다 그런 거지, 협행은 얼어 죽을.

물론 구역 관리 하러 이동하는 와중에, 듣는 것만으로도 빡치는 일이 벌어지고 있으면 난입하여 다 때려 부수는 일이야 종종 있었다. 그러나 협행 자체를 위해 문파를 나서는 일은 그리 많지 않았다.

화산에 처박혀 검을 익히는 데도 바빠 죽겠는데, 별다른 목적도 없이 강호를 나설 일이 뭐 그리 많겠는가.

'뭐, 직접 겪다 보면 곧 알게 되겠지.'

현실은 그리 만만하지 않다는 걸 말이다.

그리고 그 깨달음을 얻는 여정은 바로 저곳에서부터 시작된다. 청명이 서안의 높은 성벽을 두 눈에 담았다.

"자, 그럼 어디! 일단은 저기부터 접수해 보실까?"

입꼬리가 싸악 말려 올라갔다. 서안부터 시작해서 섬서를 싸그리 다 먹어 주지! 예전의 화산이 그랬던 것처럼 말이야.

"낄낄낄낄낄."

혼자서 음침하게 웃기 시작하는 청명을 보며 모두가 몸서리를 쳤다. 불안한 예감이 밀물처럼 밀려들었다.

'쟤 또 왜 저래?'

'냅둬. 하루 이틀도 아니고.'

왜 저러는지는 몰라도, 저놈이 저리 웃을 때마다 반드시 큰 사건이 생긴다는 것만은 경험으로 뼈저리게 알고 있었다.

백천과 나머지 제자들은 이번만큼은 이 불길한 예감이 빗나가기를 속으로 빌고 또 빌었다.

"어서들 오십시오."

황문약이 양팔을 벌려 입구로 들어오는 화산의 문하들을 환영했다.

"환대에 감사드립니다, 상단주님."

"하하. 이를 말씀입니까. 화산은 저희 은하상단의 가장 좋은 친구인데 어찌 제가 환대하지 않을 수가 있겠습니까?"

진심으로 기뻐 보이는 황문약을 보며 현영은 기꺼운 웃음을 지었다.

만일 황문약이 화산이 명성을 되찾고 나서야 이런 반응을 보였다면 현영의 표정도 지금과는 달랐을 것이다. 하지만 황문약은 화산이 어려움에 허덕이고 있을 때부터 그들의 후원자를 자처했던 사람이다. 그러니 어찌 마음에 거리낌이 있겠는가.

"이리 밖에 서 계시지 말고 어서 안으로 드시지요. 간단한 요깃거리를 준비해 뒀습니다."

"배려에 감사드립니다."

황문약은 감사를 표하는 현영에게 웃어 보인 뒤 현영의 뒤에 건들대며 서 있는 청명에게로 슬쩍 시선을 돌렸다.

"본 지 며칠 되지도 않았는데 다시 보는군, 소도장."

"그러게요. 그간 강녕하셨어요?"

"소도장이 싹 비우고 간 술 창고에 좋은 술들을 다시 채워 넣느라 고생을 좀 했다네."

"헤헤. 그럼 제가 그거 다시 비워 드려야겠네요."

"여부가 있겠는가?"

황문약이 기분 좋게 껄껄 웃어 젖혔다.

다른 이들이 이런 말을 했다면, 황문약은 그를 무례하다 했을 것이다. 하지만 청명은 아니다. 청명은 이곳에서 무슨 말과 행동을 해도 흠이 되지 않는 사람이다. 말이야 바른말로, 저 청명 하나 덕분에 은하상단이 번 돈이 얼마던가?

'다른 건 다 접어 두더라도, 이번 운남의 차 무역에 합류할 수 있게 된 것만으로도 투자한 돈의 몇 배를 회수할 수 있다.'

하나 이 역시 앞으로 벌 돈을 생각하면 아무것도 아니다.

화산의 지배력은 이제 화음을 벗어나 이곳 서안까지 미치기 시작했다. 그리고 이제 곧 서안뿐 아니라 섬서 전역으로 뻗어 나갈 것이다. 그런 화산을 등에 업을 수 있다면 은하상단이 섬서를 모두 장악하고, 천하를 논하는 상단으로 성장하는 것도 꿈은 아니다.

그러니 청명이 무슨 말을 하든 어찌 어여쁘지 않을 수 있겠는가.

'청명 도장뿐만이 아니지.'

황문약은 내실로 향하는 화산의 제자들을 보며 흐뭇한 미소를 지었다.

오래도록 종남이라는 거대한 이름에 눌려 있던 애송이들이 이제는 천하에 그 명성을 떨치는, 촉망받는 후기지수들이 되어 있다. 화산의 성장세는 바로 옆에서 지켜봤던 그조차 경악할 정도다.

'이대로만 된다면……'

물론 쉽지 않은 일이고 먼 길을 가야 하겠지만, 이제는 미래를 상상할 때 감히 '천하제일문파'라는 말을 입에 올려 볼 정도는 된다. 불과 몇 년 전만 해도 언감생심 꿈도 꿀 수 없었던 그 말을 말이다.

그리고 아마 이들의 서안행은 그 행보의 시작점이 될 게 분명했다.

간단히 황문약과 환담을 나눈 현영은 방으로 돌아오자마자 지체 없이 제자들을 불러들였다.

"흐음. 생각보다 빨리 도착했구나."

"예, 그 덕분에 일정을 조금 당길 수 있게 되었습니다."

백상이 계획을 어림하듯 고갯짓하며 답했다. 현영이 가볍게 고개를 끄덕였다.

"긴말할 것 없이 바로 움직이자꾸나. 백천아."

"예, 장로님!"

"너는 제자들을 이끌고 서안의 민심을 살펴보거라. 아무리 봉문 했다고 한들, 서안은 종남의 영향력이 가장 크게 미치던 곳이다. 아직은 우리에게 호의적이지 않을 것이다."

"예. 소상히 살피겠습니다."

"백상. 너는 황 대인에게 가서, 새로 열 문파에 필요한 물자 목록을 작성하거라. 황 대인이 도와주실 것이다."

현영은 그 외에도 몇몇 제자들에게 해야 할 일을 할당했다. 재경각주라는 명패를 허투루 딴 것이 아니라는 듯 빠른 일 처리였다.

"모두 알겠느냐? 지체할 것 없다. 시간은 금이나 다름없으니 지금 바로 움직이거라!"

"예!"

"장로님. 저는요?"

모두가 바쁘게 움직이는 와중에 홀로 구석에 앉아 있던 청명이 손을 들고 물었다. 그러자 현영이 흐뭇하게 웃었다.

"그래, 청명아. 너는 나와 함께 전각을 알아보러 간다."

"아, 문파를 열 전각이요? 그럼 제가 가야죠."

"그래. 나와 함께 가자꾸나. 하하하하하."

"하하하하핫!"

서로 마주 보며 웃어 젖히는 두 사람을 보는 다른 제자들은 모두 알 수 없는 불안함에 몸을 떨었다.

◆ ※ ◆

서안 거리를 걸으며 윤종은 정신없이 주위를 두리번거렸다.

"엄청 크네요."

"낙양도 눈으로 본 놈이 뭘 새삼스럽게. 그리고 예전에 성도에도 들르지 않았더냐?"

"거기랑은 느낌이 좀 다릅니다."

사람 사는 도시인 건 마찬가지인데 달라 봐야 뭐 얼마나 다르겠는가. 그저 화산이 발을 뻗을 곳이라 생각하니 다르게 보이는 것이겠지. 백천이 윤종의 등을 가볍게 두드리며 말했다.

"많이 봐 두거라. 앞으로는 들를 일이 많아질 테니까 말이다. 이제는 이곳이 화음만큼 익숙해져야 한다."

"예, 사숙."

윤종은 대답을 하는 와중에도 무언가에 정신이 팔린 듯 시선이 내내 움직였다. 백천은 피식 웃고는 주위를 둘러보았다.

'아직은 별일 없지?'

자꾸 긴장감이 밀려들어 저도 모르게 한숨이 푹 나왔다.

종남의 영향력이 강한 곳이니, 화산에 적대적인 태도를 가진 이들 역시 꽤 많이 존재할 가능성이 크다. 행동 하나하나가 조심스러울 수밖에 없었다.

그때였다. 지나던 행인 몇이 백천 일행의 가슴에 새겨진 매화 문양을 보고 쑥덕거리기 시작했다

"어. 저기 저……?"

"왜? 무슨 일인가?"

"저기 화산파 아닌가?"

저들 딴에는 몰래 이야기하는 듯 아주 작은 목소리였지만, 화산의 제자들이 그 소리를 놓칠 리 없었다. 제자들의 어깨가 살짝 움츠러들었다.

"아직 젊은 것 같은데?"

"그럼 저들이 이번 천하비무대회에서 가장 좋은 성적을 냈다는 그 후기지수들인 모양이로군."

"그렇지, 그렇지!"

생각보다 호의적인 반응에 움츠러들었던 어깨가 다시 쫙 펴졌다.

'반응이 나쁘지 않은데요?'

'역시나 사람은 실적을 내야 한다니까.'

화산 제자들이 서로 눈빛을 교환했다. 특히나 조걸과 윤종은 뿌듯한 마음을 숨기지 못하고 만면에 미소를 내걸었다.

"허어. 요즘 화산의 기세가 굉장하다더니, 이제는 서안에서 화산의 제자를 보는 날이 생기는구나."

"대단하지. 아암, 대단하고말고. 최근까지만 해도 몰락했다는 말도 들리지 않을 만큼 관심 밖이었는데, 이렇게 눈 깜짝할 사이에……."

"모르는 소리. 나는 그 종화지회에서 화산이 이겼다는 말이 들렸을 때부터 쭉 주목하고 있었네."

"예끼, 이 사람도! 갖다 붙이기는!"

처음에는 자기들끼리 수군대던 목소리가 점점 커져 갔다.

여럿이 왁자지껄 떠들기 시작하니 이를 들은 사람이 많아진 건지, 아니면 화산의 매화 문양을 알아본 이가 많아진 건지 화산 제자들에게 쏠리는 시선도 가면 갈수록 더 늘어났다.

백천은 뿌듯함 반, 겸연쩍음 반이 섞인 얼굴로 걸음을 재촉했다.

얼굴이 벌게지는 걸 참고 사람들이 모인 곳을 가까스로 빠져나온 화산의 제자들은 저마다 길게 한숨을 내쉬며 서로를 마주 보았다.

"환영해 주는 분위긴데?"

"생각보다 화산에 적대적인 사람이 없네요. 종남 이야기는 아예 나오지도 않고."

"그러게. 그래도 언짢아하는 이들이 있을 줄 알았는데."

가만 듣던 조걸이 고개를 절레절레 저으며 말했다.

"사람의 생리가 그런 법이지요."

"생리?"

"청명이 놈이 매번 하는 말이 있잖습니까?"

- 뭐? 협? 협의? 하이고오. 대단하신 협객 나셨네! 야, 이 양반들아. 그렇게 협의가 대단하면 사람들이 협행 많이 한 순으로 문파를 줄 세우겠네? 아니, 저 소림 땡중 놈들이 산에 틀어박혀 염불만 외는데 천하제일문으로 쳐주는 것 보고도 그런 말이 나와? 강호는 그냥 힘이야. 칼질 잘하는 놈이 최고라고.

"……틀린 말은 아닌데."

청명의 말을 떠올린 백천 일행이 황급히 고개를 내저었다. 아무리 맞는 말이라 해도, 이건 정파를 자처하는 이들이 입에 올릴 만한 소리가 아니다.

"서안, 더 나아가 섬서의 사람들은 그동안 자신들을 대표하는 문파를 종남이라 생각했습니다. 그건 종남의 역사가 깊어서도 아니고, 종남이 대단한 협행을 베풀어서도 아닙니다."

"가장 강하기 때문이겠지."

무덤덤한 백천의 말에 조걸이 크게 고개를 끄덕였다.

"그렇습니다. 서안의 사람들이 종남에 보인 호의도 결국은 문파의 힘 때문 아니겠습니까? 하지만 지금 종남은 봉문을 했고, 화산은 실적을 내고 있습니다."

"이제부터는 화산이 종남 대신 섬서를 대표하는 문파가 될 거라는 뜻이구나."

"예. 종남이 봉문 했다는 소식이 서안에 퍼지면 그 흐름은 좀 더 빨라질 겁니다."

잠깐 말을 멈춘 조걸이 살짝 미소를 지으며 생각했다.

'시기가 나쁘지 않아.'

서안에 속가문을 열게 된다면, 그 흐름을 가속화시킬 수 있을 것이다.

"보아하니 서안에도 천하비무대회에 대한 소문이 충분히 퍼진 모양입니다. 다들 화산이 어떻게 이리 강해졌는지 궁금해하겠지요."

"그럼 화산의 무학을 익혀 보고 싶어 하는 이들도 많겠구나."

"예. 특히나 더 좋은 것은 화산의 명성이 이대제자와 삼대제자의 활약으로 만들어진 것이라는 점입니다. 새로 입문하여 무학을 익히려는 건 대체로 나이가 어린 이들일 수밖에 없잖습니까?"

"그렇지."

"부모가 아이의 입문을 정할 때, 후기지수가 강한 문파라는 사실은 큰 강점이 될 겁니다."

"교육의 명가로 여겨진다는 뜻인가?"

"정확합니다."

백천이 입꼬리에 흐뭇한 미소를 매단 채 고개를 끄덕였다. 어쨌건 화산이 세간에, 특히 서안 사람들에게 좋게 인식되고 있다면 축하할 일이다.

"몇 군데 더 들러 보긴 해야겠지만, 어쨌든 서안의 민심이 우려했던 만큼 나쁘지는 않은 것 같구나."

"저도 그렇게 생각합니다. 물론 속단할 수는 없겠지만요. 종남이 오랫동안 서안을 장악한 만큼, 종남의 명성에 기대 밥벌이를 하는 이들의 수도 적지 않을 겁니다. 그런 이들은 화산이 속가문을 여는 걸 달가워하지 않겠죠."

"그 정도는 감수해야지."

우려를 표하는 조걸의 설명에 동의하면서도 백천이 단호하게 말했다.

"모두 명심해라. 이 일은 화산의 명운이 달린 일이나 다름없다. 최선을 다하여 화영문주님을 도와야 한다."

"예, 사숙!"

"예, 사형!"

모두가 눈을 빛내며 씩씩하게 답했다. 이에 백천은 흐뭇하게 미소 지었다. 청명이 놈 하나가 없으니 얼마나 건설적인 대화가 오가는가.

'이게 기본인데, 이게!'

평소에는 맛이 가도 좀 많이 가 버린 것 같았던 그의 사제들 역시 청명이 없는 지금은 정광이 넘치는 눈으로 높은 식견을 자랑하고 있었다.

'그놈 옆에 있으면 다 맛이 가는 게지.'

심지어 그 자신, 백천까지 포함해서 말이다. 새삼 청명의 위력(?)을 실감하게 되었다. 그는 고개를 내저어 머릿속에서 마귀 생각을 털어 내곤 걸음을 옮겼다.

"청명이 놈이 없으니 이리 편안하구나."

"그놈이 옆에 있었으면, 지금쯤 대체 무슨 사고를 칠까 싶어서 마음을 졸였을 것 아닙니까?"

"주변을 둘러볼 틈도 없었을 겁니다."

백천이 한숨처럼 푸념을 흘렸다. 다른 제자들도 기다렸다는 듯 고개를 주억거렸다. 없는 자리에서는 나라님도 욕한다고, 다들 청명을 질타하기에 바빴다.

하지만 그 말을 가만히 듣고 있던 유이설은 생각이 다른지, 슬쩍 눈살을 찌푸리더니 내내 다물고 있던 입을 열었다.

"다들 안일해."

"그게 무슨 말입니까, 사고?"

모두가 의아한 눈빛으로 그녀를 돌아보았다. 유이설은 소리 없이 한숨을 내쉬더니 찌푸린 얼굴을 풀지 않은 채 말했다.

"이유가 있지. 청명에게서 눈을 떼지 않아야 했던."

"……그게 뭔데요?"

"우리가 없는 데서는 더 크게 사고를 친다."

그렇지. 그건 정말 맞는 말이지. 모두가 몸을 부르르 떨었다.

청명이 놈은 어디에 있어도 위험하고, 어떤 상황에서도 답이 없다.

하지만 그 모든 청명 중에서도 가장 무서운 건, 지금 이곳에 없는 청명이다.

"자, 장로님께서 같이 가셨으니 괜찮지 않겠습니까?"

"불에 기름."

"……에이. 설마."

유이설의 확신 어린 말에 모두가 애써 잊고 있던 불안함이 다시 밀려드는 걸 느꼈다. 그때, 윤종이 앞쪽을 가리켰다.

"저거 청명이 놈 아닙니까?"

백천이 미간을 찌푸리며 윤종의 손가락이 향한 방향을 바라보았다.

"그렇구나. 맞는 것 같은데? 옆에 장로님도 계시네."

"저기서 뭘 하시는 거지?"

"그야…… 전각을 알아보러 간다고 하셨으니, 전각을 보고 계시는 것 아니겠습니까?"

"오? 여기서?"

윤종이 확신 없는 투로 말끝을 올렸다. 하지만 아주 가능성 없는 말은 아니다. 백천은 슬쩍 주위를 둘러보았다.

'나쁘지 않아.'

여기는 서안을 관통하는 대로변이다. 중심부에서는 거리가 있지만, 길이 넓다 보니 사람이 많이 지나고 생활하기에도 나쁘지 않아 보였다.

"이런 데는 비쌀 텐데."

"그렇죠. 게다가 여러 사람이 수련할 수 있는 커다란 마당이 있어야 할 테니, 더욱 비싸겠죠."

"돈이야 많이 버니까 괜찮지 않을까요?"

"……현영 장로님도 그렇게 생각하실까?"

의구심이 잔뜩 묻어나는 마지막 말에 모두가 입을 다물었다.

지금이야 많이 나아졌다지만 그래도 화산을 대표하는 짠돌이가 현영 아니던가. 그런 이가 번화한 대로변의 비싼 전각을 사들여 문파를 연다는 건 상상도 하기 어려운 일이었다.

"……워낙 중요한 일이니까요. 장문인께서 장로님께 따로 언질하셨을지도 모르고."

"그런 거라면 다행인데."

모두가 불안함을 어찌지 못하고 슬금슬금 청명과 현영이 있는 곳으로 다가갔다. 그런데…….

"……사숙. 장로님과 청명이가 전각을 보러 간다 하지 않으셨습니까?"

"그랬지."

"……저게요?"

"……."

천천히 앞쪽을 확인한 백천의 눈이 사시나무처럼 떨리기 시작했다.

전각. 그래, 전각은 전각이지. 기둥과 지붕이 있는 커다란 구조를 전각이라고 불러야 한다면 저건 확실히 전각이지.

다만 문제가 있다면…….

'기둥이랑 지붕 말고는 아무것도 없는 것 같은데?'

그럼 저걸 전각이라 부를 수 있는가?

흉가가 된 지 족히 백 년은 지났을 법한 커다란 집터가 눈앞에 덩그러니 펼쳐져 있었다. 무성하게 자란 풀과 무너진 담, 그리고 반쯤 허물어진 건물들이 보기만 해도 을씨년스러웠다.

"아니겠지?"

"에이……. 아니겠죠. 설마."

"차라리 공터가 낫겠네. 공터는 무너지지라도 않을 테니까. 저건 창문이라도 한 번 잘못 건드리면 폭삭 주저앉겠는데?"

"……화산이 예전 같은 거지 문파도 아니고, 설마."

모두가 사색이 된 채로 현영을 바라보았다. 당장 속가문을 열어야 할 판인데, 설마 저런 흉가를 인수하지는 않겠지, 설마!

하지만 아무도 장담할 수 없는 일이었다. 그들의 머릿속에는 조금 전 유이설이 했던 말이 쉼 없이 맴돌고 있었다.

- 불에 기름.

그때, 현영과 청명 앞에 선 장년인의 목소리가 들려왔다.

"예, 예! 여기가 가격은 정말, 저엉말 저렴하게 나와 있습니다. 이보다 더 싼 곳은 찾아볼 수도 없지요! 하지만……. 하지만 진짜 괜찮으시겠습니까? 이 좋은 입지의 전각이 이리 흉가가 된 이유가 있습니다."

"이유가 뭔데요?"

청명의 물음에, 눈치를 살피기라도 하는지 주변을 슬쩍 둘러본 장년인이 작은 목소리로 속삭였다.

"귀신이 나온다는 소문이 자자합니다. 전에도 몇 번이나 이곳을 사서 들어간 이들이 있었지만, 다들 귀신을 목격하고는 뒤도 돌아보지 않고 도망가 버렸습죠."

……귀신?

백천 일행이 약속이라도 한 듯 동시에 서로의 얼굴을 돌아보았다.

'흉가에, 귀신.'

'제발! 제발 좀!'

'제발 청명아! 장로님! 안 돼!'

모두가 마음속으로 간절하게 외쳤다. 그런 그들의 마음이 통하기라도 했는지, 청명이 그로서는 드물게 깜짝 놀란 얼굴로 장년인을 바라보며 되물었다.

"귀신이 나온다고요? 여기에?"

"……예. 괜히 말없이 팔았다가 나중에 화를 내실까 봐 미리 말씀드리는 겁니다. 그런 소문이 있습니다."

"세상에, 귀신이라니!"

청명이 주먹을 불끈 쥐고 떨리는 목소리로 외쳤다.

"그럼 정말 싸겠네요! 그렇죠?"

"……그렇습죠. 저렴하긴 한데, 하지만 진짜로 귀신 들린 전각이라는 소문이……."

장년인이 뭐라 말하든, 청명과 현영이 서로를 보며 흐뭇하게 웃었다.

"됐구나."

"됐네요."

"저……. 다시 한번 생각해 보십시오. 이곳은 귀신이 나오는 곳이라는 소문이 자자해서 인부들도 일하려 하지 않습니다."

청명이 빙그레 웃으며 뿌듯하게 말했다.

"그건 괜찮아요. 인부로 쓸 만한 인력은 남아돌거든요. 그것도 더없이 튼튼한 것들로."

하필이면 그때 청명과 눈이 마주친 백천 일행은 자신들의 미래를 깨닫고 얼굴이 너 나 할 것 없이 썩어 들어가기 시작했다.

"계약합시다!"

울려 퍼진 현영의 밝은 목소리가 모두의 앞날을 말해 주는 것 같았다.

'지옥 같다.'

'진짜 다 죽었으면 좋겠다.'

화산이든 화산 아닌 다른 곳이든, 청명이 있는 곳에 그들의 행복은 존재하지 않았다.

◆ ❖ ◆

"끄ㅇㅇㅇㅇㅇㅇ."

"ㅇㅇㅇㅇ."

"아오!"

귀신이 들었다 하여 찾는 사람 없는 전각 터. 이제는 화산의 상징이나 다름없어진, 고통에 겨운 신음이 곳곳에서 줄줄이 터져 나왔다.

굵고 튼튼한 동아줄로 여러 개의 통나무를 줄기줄기 엮은 백천이 전신에서 땀을 쏟으며 그것들을 한꺼번에 끌기 시작했다. 한 걸음, 한 걸음 내디딜 때마다 팔이 바들바들 떨리고, 허리가 따끔따끔했다.

'이게 도대체 무슨!'

그의 옆에서도 다 죽어 가는 제자들의 신음이 흘러나왔다.

"끄으으응. 사숙……. 죽겠습니다."

윤종의 앓는 소리에 백천이 깊은 한숨을 내쉬었다. 한숨이 안 나올 수가 없었다. 그도 그럴 게, 눈앞에 펼쳐져 있는 광경이 정말 기이하기 짝이 없기 때문이었다. 백천이 아니라 어느 누가 와서 보아도 기겁할 만했다.

"거기! 거기 똑바로 잡아라!"

"이렇게 얕게 묻어 버리면 기둥이 비틀어진다고 하지 않느냐! 더 파라! 더 확실하게 파라고! 더!"

"연무장이 될 곳은 자갈 하나 있으면 안 된다고! 그냥 돌만 대충 골라낼 게 아니라, 모조리 파내고 다시 흙만 퍼부어 다져야 한다니까? 왜 말귀를 못 알아듣지?"

백천이 눈을 질끈 감았다. 차마 믿고 싶지 않은 광경이었다.

'현영 장로님과 함께 온다고 했을 때부터 이런 상황을 예측했어야 하는 건데.'

현종이나 현상이 이들을 인솔했다면, 절대 지금 같은 상황은 벌어지지 않았을 것이다. 처음부터 괜찮은 전각을 찾아 적당히 보수하는 선에서 마무리 지었겠지.

하지만 현영이 누구던가. 화산의 살림을 도맡아 하는 살림꾼이자, 동전 한 푼 헛되이 낭비되는 것을 참지 못하는 돈귀신(錢鬼)이다.

물론 지금이야 화산도 돈을 잘 벌어들이는 문파가 되었다지만, 평생을 동전 한 푼에 목을 매고 살아온 현영이다 보니, 조금이라도 돈이 헛되이 낭비되는 것을 차마 눈 뜨고 보질 못했다.

'아니. 그 정도가 아니지.'

정확하게는 돈을 써야 할 곳에 쓰는 것도 참지 못하는 편이다. 그가 돈을 펑펑 쓰는 건 오직 제자들을 먹일 때뿐이었다. 그 마음을 이해 못 할 바는 아니었다. 화산이 예전보다 풍족해졌다고는 하나, 돈을 아껴서 나쁠 것은 없으니까.

하지만 그렇다고 해도…….

"이럴 거면 그냥 공터에 새 집을 올리는 게 낫지 않습니까?"

"있는 집을 허물고 새로 지을 거면 대체 뭐 하러 전각을 삽니까?"

"그리고 우리가 목수도 아니고, 뭔 집을 새로…….''

"거기!"

불만을 늘어놓던 제자들이 멀리서 쏘아져 온 카랑카랑한 목소리에 잽싸게 입을 닫았다. 어느새 근처에서 현영이 도끼눈을 뜨고 그들을 노려보고 있었다.

"농땡이 부리지 말고 빨리빨리 움직여라!"

"예, 장로님!"

백천과 나머지 제자들이 부리나케 달려 통나무를 나르기 시작했다. 영 못마땅하다는 눈빛으로 백천과 다른 제자들을 흘겨본 현영이 커다란 목소리로 소리쳤다.

"일을 한다고 생각하지 말거라! 이곳은 화산의 속가문이 설 자리다! 너희가 지금 화산 속가문의 토대를 세우고 있다는 사실을 잊지 말아라."

참 좋은 말이다. 여기까지는 말이다.

"그러니 허리를 펴지 말고 작업하란 말이다! 땅 열 번 파고 허리 한 번 편다는 생각으로! 이것도 다 수련의 연장이다. 내공도 있는 놈들이 뭐가 힘들다고 자꾸 낑낑대느냐! 에잉!"

뒷말만 붙지 않았어도 뜨거운 마음으로 호응할 수 있었을 텐데.

백천이 끌고 오던 통나무를 내려놓고는 고개를 들었다. 제자들이 세 무리로 나뉘어 미친 듯이 일을 하고 있었다. 한쪽에서는 무너진 담을 치우고 새로 담을 올리는 작업이 진행되고 있고, 다른 한쪽에는 연무장이 되어야 할 마당을 아주 통째로 파내고 있었다.

'누가 보면 운하라도 파는 줄 알겠네.'

가장 핵심이 되는 작업은 저 뒤쪽에서 벌어졌다. 반쯤 허물어진 낡은 전각은 화산 제자들의 손에 아주 가루가 되도록 깔끔하게 해체되었고, 그 자리에 다시 토대를 다지고 기둥을 올리는 작업이 한창이었다.

"이쪽! 기둥은 이쪽에 세우셔야 합니다. 어, 무사님! 거, 거기는 그렇게 하시면 안 됩니다! 잠시만 기다려 주십시오!"

"예이! 예이! 바로 그렇게! 아이고, 역시 무사님들이시라 힘이 굉장하시네요. 이게 사람이 들 수 있는 게 아닌데!"

전각을 올리는 현장에는 화산의 무복이 아닌, 작업복을 입은 이들이 몇 붙어 있었다. 사실상 공사를 주도하는 이들이었다.

청명은 그까짓 전각 대충 올려 버리면 그만이라고 했지만, 그래도 현영은 생각이 있는 사람인지라 은하상단에 쳐들어가 황 대인에게 목수를 요청했다. 황 대인은 껄껄 웃으며 기꺼이 목수들을 수배해 주었다.

'왜 그러셨어요.'

그러지 마시지! 백천은 배은망덕한 말인 줄 알면서도 속으로 투덜대었다. 황 대인과 목수들이 열심히 노력해 준 덕분에 지금 이 꼴이 난 것이니까.

"그래도 얼추 뭔가 모양이 잡히지 않습니까?"

"그러게······."

백천은 모습을 갖춰 가는 장원을 떨떠름한 눈으로 바라보았다. 차라리 못해 버리면 깔끔하게 포기하고 인부들을 쓰든가 하겠는데, 이놈의 화산 놈들은 어느샌가 까라면 까고, 엎으라면 엎는 인간들이 되어 버렸다.
 하기야 생각해 보면 이것들은 청명이 시키면 줄 하나 매고 절벽에서도 뛰어내리는 답도 없는 인간들이 아니던가. 그런 이들에게 이깟 노동 좀 하는 것쯤은 아무것도 아니겠지.
 그렇게 생각하면 별일이 아니기는 하다. 그렇게 생각하면!
 하지만 지금 문제는 일하는 것 자체가 아니었다. 아무리 좋게 생각하려 해도 백천의 눈에 영 거슬리는 게 하나 있었으니…….
 꼴꼴꼴꼴꼴.
 "……."
 한쪽 구석에 놓인 평상 위에, 한 놈이 드러누워 병나발을 불고 있었다. 누구인지야 뻔하디뻔한 일이었다.
 '귀신은 뭐 하나, 대체. 저거 안 잡아가고!'
 사형이고 사숙이고 할 것 없이 흙먼지를 마시면서 일하는데, 저놈이!
 백천이 청명을 향해 눈을 부라렸다.
 "뭐."
 하지만 그의 날카로운 눈빛은 현영의 시선과 마주치는 순간 바람결에 나부끼는 버드나무 잎새처럼 부드러워졌다.
 "……장로님. 그, 딱히 이렇게 일을 하는 것에 불만이 있는 건 아닙니다. 다만…….."
 백천의 시선이 평상에 드러누운 청명에게로 흘낏 향했다.
 "일을 하려면 같이 해야 하지 않을까 하는 생각이 좀 들어서……."
 그러자 현영이 한심하다는 듯한 눈으로 백천을 바라보았다.

"이런, 이런. 그게 불만이라 작업도 제대로 안 하고 농땡이나 부리고 있었느냐? 쯧쯧쯧쯧. 백자 배의 대제자라는 놈이 이리 생각이 없어서야."

현영의 거침없는 힐난에 백천의 어깨가 움츠러들었다. 현영이 그런 그에게 물었다. 왜 이런 것까지 설명해 줘야 하는지 모르겠다는 듯 퉁명스러운 어조였다.

"너는 돈 낸 사람이 일하는 걸 본 적 있느냐?"

"……예?"

"집을 올리겠다고 인부한테 돈을 준 사람이 거기에 같이 껴서 일하는 걸 본 적 있느냐 이 말이다."

"……어, 없지요."

현영이 미간을 찌푸리며 말했다.

"이곳과 자재를 구입한 돈은 다 누가 벌어 왔느냐?"

"그야…….''

백천은 차마 정답을 내뱉지 못하고 말끝을 흐리며 입을 다물었다.

저 망할 놈이요. 저놈이죠. 저놈.

이건 청명의 청 자만 들어도 경기를 일으키는 이라 해도 부정할 수 없는 사실이다. 막말로 지금 화산이 누리는 부유함의 구 할 구 푼은 청명이 혼자서 북 치고 장구 쳐서 만들어 온 것이 아니던가.

"세상 어디 법도에 돈을 낸 이가 인부들과 같이 일을 해야 한다더냐? 너는 장차 한 문파의 장문인이 되겠다는 놈이 그런 이치도 모르느냐!"

"자, 잘못했습니다."

"이런, 이런. 쯧쯧."

한차례 타박을 하고도 현영의 눈에 어린 못마땅한 기색은 가실 줄을 몰랐다. 그가 짜랑짜랑한 목소리로 말을 이었다.

"그리고, 귀여운 사질이 좀 쉬고 있으면 뿌듯해하지는 못할망정! 그걸 배 아파서 시기한단 말이더냐! 화산이 언제부터 그리 각박한 문파가 되었느냐!"

하나하나 뜯어보자면 반박할 구석은 너무나 많았다.

장로님……. 일단 첫째로 저놈은 귀엽지 않습니다.

그리고 둘째로 화산은 원래 그랬습니다.

세상에 화산보다 더 각박한 문파가 어디에 있습니까! 어디에!

하지만 목구멍까지 치미는 무수한 말들이 있음에도, 백천은 차마 현영 앞에서 꺼낼 용기가 없었다. 세상에서 가장 말이 통하지 않는 사람이 청명이라면, 이 사람은 그 바로 다음 순위쯤은 되는 사람이다.

그때 이 상황을 말끄러미 보던 청명이 고개를 갸웃거리며 물었다.

"저도 일해요?"

"아니다. 아니다. 네가 무슨 일이더냐. 네가 이것 아니어도 할 일이 얼마나 많은데. 이런 일은 밥버러지 놈들이 할 테니 너는 거기서 가만히! 편안히! 쉬거라, 응?"

"좀 눈치가 보이는 것도 같고…….'

"어떤 놈이 눈치를 준단 말이냐! 눈을 확 뽑아 버릴라!"

장로님. 왜 절 보며 그런 말을 하십니까. 아……. 진짜 다 꺼졌으면 좋겠다. 백천은 결국 한숨을 푹푹 내쉬며 고개를 돌렸다.

그때, 누군가가 다가와 조심스레 말을 건네 왔다.

"저……. 백천 도장님. 많이 힘드십니까?"

돌아보니 화영문의 소문주인 위소행이 양 눈썹을 팔자로 늘어트리고는 걱정스러운 눈빛으로 그를 보고 있었다.

"아니외다, 소문주."

웬 중이 굴러들어 오네 169

"죄송합니다. 저희 때문에……."

"그런 말씀 마시오. 이건 화산을 위한 일이기도 합니다. 왜 소문주가 사과를 하십니까?"

저놈이 문제지! 저놈이!

"……그래도 본산의 제자 분들과 청명 도장님 덕분에 이렇게까지 되어서 저로서는 그저 감사할 따름입니다."

"예?"

백천이 살짝 얼떨떨해서 묻자 위소행이 어색한 얼굴로 답했다.

"종도관 때문에 지푸라기라도 잡는 마음으로 화산에 오르던 때가 엊그제 같은데…… 화영문을 지켜 냈을 뿐만 아니라 이제는 더 큰 것을 그릴 수 있게 되었습니다. 이게 전부 화산과 청명 도장님 덕분입니다."

백천이 입을 닫았다. 그러고는 한쪽에서 제자들과 함께 열심히 자재를 나르느라 여념이 없는 위립산을 힐끗 보았다. 무인이라고는 해도 나름 힘든 노동일 텐데, 위립산의 얼굴에는 조금의 불만도 보이지 않았다. 오히려 활기차기 그지없는 표정으로 제자들을 독려하고 있었다.

위소행이 백천을 따라 시선을 돌렸다가 슬며시 웃으며 말했다.

"아버지도 더없이 기뻐하시는 것 같네요."

백천은 희미한 미소를 지으며 고개를 끄덕였다.

'그럴 만도 하겠지.'

화영문주는 항상 담담한 모습을 보여 왔지만, 본산이 힘을 쓰지 못하는 속가가 얼마나 어려운 길을 걸어왔을지는 쉬이 짐작할 수 있었다.

"아버지는 항상 화영문을 더 키우고 싶어 하셨습니다. 화영문이 힘을 가져야 본산을 도울 수 있다고 하시면서요. 하지만 그 꿈을 이루지 못한 채 나이가 드셨죠."

"아……."

"그래서 저는 지금 아버지의 모습을 보는 게 너무 좋습니다. 과거에 이루지 못했던 꿈을 비로소 이뤄 가시는 것처럼 보이거든요. 이게 다 청명 도장……. 아니, 본산의 은혜입니다."

그러자 백천이 진지한 표정으로 고개를 내저었다.

"그런 말씀 마시오. 본산에서 내리는 은혜가 아니오. 이는 위립산 문주님과 화영문도들이 직접 이룬 일이오."

"하나……."

"화산에 남은 속가가 화영문이 아니었다면, 화산은 지금처럼 속가를 지원하려 들지 않았을 거요. 오랜 세월 동안 화산을 믿고 버텨 준 화영문이기에 우리가 이리 최선을 다할 수 있는 거요."

말을 잇던 백천이 위소행을 보며 빙그레 웃었다.

"그러니 같이 힘냅시다. 화산도, 화영문도 천하에 그 이름을 떨쳐야 하지 않겠소?"

위소행이 미소를 지으며 고개를 끄덕였다. 마음이 따뜻해진다.

그런데 그때, 분위기를 깨는 목소리가 울려 퍼졌다.

"장로님! 저기 두 명 노는데요?"

"이놈들이?"

현영의 날카로운 눈빛이 곧장 뒤통수에 꽂혔다. 위소행과 백천이 기겁하여 다시 자재를 향해 달려들었다.

'고마울 만하면 저런다니까!'

'차라리 어디 들어가서 자라, 제발 좀!'

낑낑거리며 다시 자재를 들어 올린 두 사람이 동시에 한숨을 내쉬었다.

"얼추……?"

"……와, 이게 되네."

화산의 제자들이 감격 어린 시선으로 주변을 둘러보았다. 이제는 마무리 작업이 한창인 전각의 모습이 보였다.

기둥을 박고, 벽을 세우고, 지붕을 올리는 것까지는 그들이 할 수 있었지만, 완연한 전각의 형태를 만들기 위한 마무리 작업은 복잡한 일이다 보니 전문적인 목수들에게 맡길 수밖에 없었다.

"아무래도 속가문은 겉으로 보이는 모습도 중요하니까요."

조걸의 말에 백천이 고개를 끄덕였다.

"번갯불에 콩 볶아 먹는 것도 아니고, 이게 칠 주야 만에 될 줄이야."

"더 늦어졌으면 오히려 억울한 일 아니겠습니까. 따지고 보면 강호인이라는 건 혼자서 사람 열 명 몫을 하는 최고의 인부죠."

말이나 소보다 더 힘이 세고, 말과 소가 하지 못하는 정밀한 작업도 할 수 있다. 물론 다른 문파에서는 그리 귀하게 키워 낸 무인들을 이런 단순 노동에 써먹는 일은 상상도 하지 않겠지만, 화산에서는 그런 상식이 통하지 않는다.

"어쨌거나 전각은 올렸으니 이제 개파만 하면 되는 건가?"

"그럼요. 이제 시작인 거죠."

"다들 고생이 많으셨습니다."

커다란 산을 하나 넘은 화산의 제자들이 서로를 보며 마주 웃었다.

지옥 같은 현영의 잔소리에 시달리고, 밤낮없이 돌아가는 일에 고통받은 시간이었다. 그러나 어쨌든 완성되어 가는 전각을 보고 있으니 또 하나를 해냈다는 뿌듯함과 무엇이라도 할 수 있을 것 같은 자신감이 동시에 차오르기 시작했다.

하지만 그들은 한 가지를 잊고 있었다. 그들의 뒤에는 마귀가 있다는 사실을.

"이상한 소리들을 하고 있네?"

모두가 뒤를 돌아보았다. 가장 뒤에서 심드렁한 얼굴로 전각을 바라보고 있던 청명이 화산과 화영문의 제자들을 보며 입꼬리를 말아 올렸다.

"처음부터 이야기하지 않았나? 지금 화영문의 실력으로는 속가 제자를 받아 봐야 별 의미가 없다고."

"……응?"

"뭐, 그 말 하나는 맞는 말이네. 이제 시작이지."

제자들이 설마설마하며 돌아보았다. 청명이 사악하게 웃었다.

"원래라면 석 달은 걸리겠지만, 한시가 급하니 조금 과격하게 갈 수밖에. 보름 내에 누가 봐도 당당한 화산의 속가가 될 수 있게 해 드리죠."

위립산은 그 말이 무슨 뜻인지 이해하지 못하고 고개를 갸웃거렸다. 하지만 지금까지의 경험으로 청명의 말뜻을 깨달은 백천은 옆에서 눈을 질끈 감았다.

'명복을 빕니다. 살아남으면 강해질 거예요.'

……살아남으면.

　　　　　　　　• ❖ •

부우우웅! 검이 허공을 갈랐다.

부우우웅! 다시 한번, 또다시 한번.

머리 위에서 아래로 내리쳐지는 검로는 거듭되는 반복에도 단 한 치의 흐트러짐조차 보이질 않았다. 정석. 그야말로 정석이라고 부를 만한 완벽한 움직임이었다.

하지만 검이 변하지 않는다고 해도 그 검을 휘두르는 사람의 육체는 어쩔 수 없이 변하는 법.

검을 휘두르는 이의 옷은 완전히 땀으로 젖어 들어 있었다. 검을 휘두를 때마다 소매에 맺힌 땀방울이 사방으로 비산했다.

'육천칠백사십구!'

부우우우웅! 다시 검이 방금 전과 소름 끼칠 만큼 똑같은 경로를 그리며 휘둘러졌다.

'육천칠백오십!'

꾸우욱. 발끝이 신발을 뚫어 버릴 것처럼 땅을 힘껏 내리눌렀다. 단 한 치의 흔들림 없이 같은 동작을 완벽하게 반복한다는 것은 수련이라기보다는 고행에 가까운 일. 하지만 이 젊은 검수는 그 고행에 가까운 수련을 완벽하리만큼 해내고 있었다.

'육천칠백오십일!'

"사형!"

그런데 그때, 갑자기 들려온 목소리에 찰나지만 검 끝이 흔들리고 말았다.

움찔. 이송백은 입을 꾹 다물고 자신의 검 끝을 바라보았다.

'실패군.'

일만 번의 완벽한 내려치기를 해내는 것이 목표였다. 하지만 검 끝이 끝내 흔들려 버리지 않았는가.

아쉬워하는 그의 모습에 목소리의 주인이 황급히 사과했다.

"아……. 죄, 죄송합니다. 사형."

이송백은 흘러내린 땀을 닦으며 고개를 젓곤 검을 내렸다.

"네 탓이 아니다."

"하지만……."

"이렇게 작은 일에도 흔들릴 검이라면 실전에서는 아무런 쓸모가 없다. 내 수행이 부족한 탓이다. 오히려 네 덕분에 내 부족함을 알게 되었으니 감사해야겠지."

담담한 말에 화소도는 감탄하는 기색을 숨기지 못했다.

'이 사람은 정말 격이 다르구나.'

물론 과거의 이송백도 기재라는 호칭이 부끄럽지 않은 사람이었다. 하지만 종화지회 이후의 그는 과거와는 비교도 할 수 없는 사람이 되었다. 그 변화가 너무 급격하여 한때는 배척받기도 했지만, 지금은 종남의 많은 제자들이 이송백을 따라 하려 하고 있었다.

변화. 작지만 큰 변화는 이미 시작된 것이다.

"그런데 무슨 일이냐?"

화소도가 그 말을 듣고서야 이송백을 찾아온 이유를 떠올리고 크게 고개를 끄덕였다.

"사형. 화산이 서안에 속가문을 개파 한다고 합니다."

"음? 화산이?"

"예! 지금 전각을 짓고 있다고 들었습니다."

화음에만 머물던 화산이 서안까지 나온 것이야 소식이라고 할 만하나……. 큰 문파가 속가문을 세우는 일이야 흔했다. 이송백이 미세하게 눈살을 찌푸렸다.

"그게 뭐 대단한 일이라고 이리 호들갑이냐?"

"속가문을 세우는 게 문제가 아닙니다, 사형! 그 일 때문에 지금 화정검과 화산신룡이 서안에 머물고 있답니다!"

"청명 도장이?"

이어진 말에 이송백의 표정이 싹 일변했다.

"그게 사실이더냐?"

"……아, 예! 사실입니다."

그 격한 반응에 말을 전한 화소도가 더 놀라고 말았다. 항상 태산처럼 진중하던 이송백이 이리 놀라는 것은 근래 들어선 본 적이 없었다.

"청명 도장이……."

이송백은 작게 중얼거리며 슬쩍 산 아래를 바라보았다. 그렇게 잠깐 생각에 잠겨 있던 그는 냉정함을 되찾고 입가에 미소를 머금었다.

"정말이지, 한시도 쉬지 않는 사람이로군."

천하비무대회가 끝난 지 얼마나 됐다고 그새 또 새로운 일을 벌이다니.

'너무 그렇게 앞서가지 마시오.'

인정머리 없는 사람이다. 뒤쫓는 이들의 사정도 생각해 줘야 할 것 아닌가.

"장로님들께서도 그 사실을 아시더냐?"

"예, 알고 계십니다. 그런데 딱히 이렇다 할 반응을 안 보이셨습니다."

"그렇겠지."

이송백이 묵묵히 고개를 끄덕였다. 종남은 지금 그런 곳에 신경을 쓸 때가 아니다. 이번 천하비무대회에서 종남은 자신들이 지금까지 무슨 실수를 저질러 왔는지 깨달았다.

'이대로 간다면 종남은 그 혼을 잃고 말겠지.'

장문인 역시 그 사실을 깨달은 모양이었다. 그게 아니라면 이토록 과감한 결정은 내리지 못했을 것이다. 최소 일 년, 모든 대외 활동을 금지하고 내부를 다스리는 데 시간을 쓴다는 게 쉬이 결정할 일은 아니니까.

누군가는 겨우 일 년이라고 말할지 모른다. 하지만…….

'그게 아니지.'

한 문파가 커져 가면 당연히 그에 따라 이권이 엮일 수밖에 없다. 단일 년의 휴식만으로도 종남은 막대한 금전적 손해를 감수해야 하고, 어쩌면 대외적인 영향력을 상실케 될지 모른다.

하지만 그 모든 것이 '무학'이라는 뿌리 없이는 헛된 것에 불과하다는 걸 화산이 보여 주지 않았는가.

종남은 자신의 뿌리를 다시 찾아야 한다. 시일이 얼마나 걸리든, 그로 인해 얼마나 큰 손해를 보든 말이다.

"신경 쓰지 말거라."

"하지만 사형……."

"서안이 화산의 손에 떨어지든, 화산이 천하를 쥐고 흔들든, 그건 지금의 우리와는 관련이 없는 일이다. 우리는 그들이 만들어 낸 결과가 아니라 그들이 걸어온 과정을 배워야 한다."

화소도가 가만히 고개를 끄덕였다. 아직 종남은 갈 길이 멀다.

"예, 사형. 명심하겠습니다."

이송백이 그를 향해 마주 고개를 끄덕이고는 다시 검을 잡았다.

"그런데 사형……."

그의 눈치를 살피던 화소도가 살짝 머뭇거리다가 말했다.

"혹시 개인 수련이 끝나셨으면, 사제들을 지도해 줄 수 있으시겠습니까? 사형께 배우고 싶어 하는 이들이 많아서."

이송백이 화소도를 돌아보며 미소를 지었다.

"앞으로는 내 개인 수련 같은 건 신경 쓰지 말고, 묻고 싶은 게 있으면 언제라도 오라고 해라."

"괜찮으시겠습니까?"

화색을 띤 화소도의 물음에 이송백은 선선히 웃으며 고개를 끄덕였다.

'청명 도장이라면 당연히 그렇게 말했겠지.'

그에게 있어서 개인의 강함은 크게 의미가 없다. 중요한 것은 그가 아닌, 문파가 커 나가는 것. 지금 당장은 시간을 낭비하는 것 같아도 결국은 이게 더 빠른 길이라는 것을 청명에게서 배웠다.

"그러지 말고 같이 수련할 시간을 따로 만들자꾸나. 원하는 이가 있으면 내일 아침부터 내가 수련하는 곳에 나오라고 전해라."

"그리 전하겠습니다, 사형! 분명 많은 이들이 좋아할 겁니다!"

"그래."

잔뜩 신이 나서 다른 제자들이 있는 곳으로 부리나케 달려 나가는 화소도를 보던 이송백은 문득 떠오르는 게 있어 그를 다시 불러 세웠다.

"……대사형은 그 이야기를 들었느냐?"

그러자 화소도가 뒤를 돌아보더니 고개를 갸웃했다.

"잘 모르겠습니다. 워낙 두문불출하고 계셔서."

"음……. 알겠다."

"예. 그럼."

그의 뒷모습이 시야에서 완전히 사라지고 나서야 이송백은 참았던 한숨을 내쉬었다.

천하비무대회가 끝난 이후 종남으로 돌아온 진금룡은 숙소와 지하 수련장만을 오갈 뿐, 다른 곳에 거의 모습을 드러내지 않았다.

'거의 폐관 수련이나 마찬가지지.'

갑작스러운 변화에 걱정하고 우려하는 목소리도 높았지만, 이송백은 다른 제자들처럼 진금룡을 걱정하지 않았다.

'사형은 강한 분이다.'

그도 진금룡도 보았다. 지금까지 걸어온 길을 답습해서는 결코 넘을 수 없는 벽을. 그렇다면 해야 할 것은 둘 중 하나다. 포기하든가, 지금까지 해 오던 것 이상의 무언가를 시도하든가.

아마 진금룡은 자신의 벽을 다시 한번 시험하고 있을 것이다. 청명을 뛰어넘기 위해서.

'참…… 여러 사람 괴롭히는 분이라니까.'

그의 시선은 다시 산 아래쪽 저 먼 곳을 향해 있었다.

산 아래에 서안이 있다. 그리고 저 서안에 청명이 있을 것이다.

"다음에 볼 때는 분명 달라져 있을 겁니다, 청명 도장."

나도. 그리고 종남도.

아직은 멀고도 먼 길이지만, 중요한 건 그 길로 가기 위한 한 걸음을 꾸준히 내딛는 것. 이송백은 그 점에 있어서는 세상의 누구에게도 뒤지지 않을 자신이 있었다. 행여 상대가 청명이라 하더라도.

가라앉은 눈빛으로 산 아래를 바라보던 그는 미소를 지으며 검을 꽉 움켜잡았다. 다시 한번 시작해야 한다.

'아마 청명 도장도 지금 최선을 다해 수련을 하고 있겠지.'

지지 않을 것이다. 청명 도장처럼 사문을 생각하는 뜨거운 마음과 열정을 끝까지 잃지 않는다면, 언젠가는 그가 있는 곳에 도달할 수 있을 테니까!

· ❖ ·

"어쭈? 누워?"

머리 위에서 퉁명스러운 목소리가 들려왔다. 하지만 뭐라 대답할 기운도 없었다. 위소행의 입에서 침이 주륵 흘러내렸다.

'뭔가……. 뭔가 잘못됐다.'

어리석게도, 이 지경까지 와서야 위소행은 자신이 생각하던 '수련'과 화산이 말하는 '수련' 사이에 커다란 괴리가 존재한다는 것을 깨달았다.

문파의 수련이란 무엇인가? 앞선 이는 뒤따르는 이를 이끌어 주고, 뒤따르는 이는 앞선 이의 등을 보며 최선을 다하는 것이 바로 훌륭한 문파의 수련법 아니던가?

위소행이 알고 행해 온 수련이 그러했기에 화산에서 말하는 수련 또한 같으리라 여겼다. 하지만 이건 뭐랄까…….

'지옥인가?'

기력이 빠지다 못해, 눈꺼풀이 경련을 일으켰다. 입에선 단내가 풀풀 나고, 전신은 땀으로 흠뻑 젖다 못해 오한이 들 지경이었다.

'수련이 이렇게 힘든 거였나?'

물론 수련은 힘든 것이다. 그건 너무 당연한 일 아닌가. 하지만 지금 그가 겪는 수련의 격함은 지금까지 그가 생각해 온 힘겨움과는 그 궤를 달리했다.

'이, 이러다가 죽어.'

위소행이 간신히 고개를 돌렸다. 그러자 말 그대로 걸레짝이 되어 널브러진 화영문도들의 모습이 눈에 들어왔다.

"끄ㅇㅇㅇ……."

"주, 죽는다······."

그나마 낑낑대고 있는 이들은 사정이 나은 편이었다. 최소한의 존엄성은 지킬 여력이 있다는 뜻이니까. 게거품을 물고 기절해 버린 이들은 차마 눈 뜨고 볼 수가 없을 정도로 그 몰골이 처참······.

'아버지?'

아니, 잠깐. 방금 기절해 있는 이들 사이에서 위립산을 본 것 같은데? 착각인가? 너무 힘들어서 헛것을 보고 있는 건가?

그때 위소행의 귀에 청명이 혀를 차는 소리가 들려왔다.

"쯧쯧쯧쯧. 이래서 무슨 속가문을 열겠다고."

청명은 다리를 꼬고 앉아서 심드렁한 얼굴로 턱을 괴었다. 자신을 한심하게 바라보는 청명의 시선에도 위소행은 반박조차 하지 못했다.

'쉽게 생각했었어.'

화산이 활약하는 모습을 보면서 그저 좋아하기만 했다. 어쨌거나 위소행도 화산의 속가. 본산이 명성을 높이고, 타 문파를 압도하는 모습을 보이는데 어찌 즐겁지 않았겠는가.

하지만 위소행은 청명과 그 일행들을 두 눈으로 직접 보았음에도, 저들이 얼마나 고된 수련을 해 왔는지에는 크게 관심을 두지 않았다.

'그래. 대가 없이 얻어지는 성취가 있을 리 없지.'

쓰러진 화영문도들의 반대편에서는 화산의 제자들이 악을 써 가며 여전히 수련을 이어 가고 있었다.

"자세가 흐트러지잖아, 이놈들아!"

"아아아아악!"

백천이 귀신과도 같은 얼굴로 제자들 사이를 오갔다.

'미쳤어.'

자신들은 맨몸으로 하는 수련도 버티기 힘들어 게거품을 물고 있는데, 화산의 제자들은 무거운 납덩어리를 전신에 주렁주렁 매단 채 그들의 몇 배나 되는 수련을 소화하고 있었다. 심지어 아직 쌩쌩하기까지.

"으아아아아! 언젠가는 죽인다!"

"내가 세지기만 해 봐! 사형이고 나발이고 아주 그냥!"

"청명! 청명이 새끼를 죽여야 돼! 청명이 새끼를!"

아, 물론 뭐……. 정신은 나간 것 같지만.

정신이 있건 없건 저 어마어마한 수련을 지속할 체력이 있다는 것 자체가 정말 대단한 일이다. 어쩌면 화산의 강함은 검술이 아니라 육체의 강건함에서 오는 건 아닐까 생각까지 들었다.

청명이 슬쩍 널브러진 화영문도들을 살펴보며 고개를 끄덕였다.

"뭐, 그래도 얼추 숨은 쉴 수 있게 되었네."

"……하지만 이래서야 제자들을 받아 가르치기는…….”

위소행이 흙바닥에 엎어진 채로 한숨을 내쉬었다.

'우리가 너무 쉽게 생각했나?'

화영문은 화산의 속가다. 하지만 이제 와 생각해 보면 화영문은 그저 속가 문파라는 직함을 가지고만 있을 뿐, 천하에 이름을 떨치기 시작한 화산의 속가를 자처하기에는 부족하기 짝이 없는 문파였다.

생각해 보라. 화영문은 무당의 많고 많은 속가 중 하나였던 종도관도 감당하지 못해서 본산에 도움을 요청하지 않았던가. 화산의 속가 중 대표라는 이름이 부끄러울 지경이었다.

'우리가 정말 할 수 있을까?'

위소행의 얼굴에 불안감이 어리기 시작했다. 그 속내를 눈치챈 청명이 피식 웃었다.

"왜? 막상 하려니까 겁나?"

"그, 그런 건 아닙니다만……."

위소행이 낑낑거리며 억지로 몸을 일으켰다. 겨우겨우 자리에 앉은 그는 덜덜 떨리는 턱을 들어 청명을 올려다보았다.

"겁이 난다기보다는…… 저희가 얼마나 부족한지 알아 버렸습니다. 과연 이대로 문파를 여는 게……."

"완벽하다고는 못 하지. 그런데 그게 뭐 어때서?"

청명이 턱을 괸 채로 위소행을 물끄러미 보았다.

"생각보다 건방진데? 처음부터 완벽한 문파라도 만들어 볼 생각이셨나?"

"……물론 그런 건 아닙니다만."

혀를 차던 청명이 턱짓으로 화산의 제자들을 가리켰다.

"봐. 저기 사형, 사숙들도 지금은 멀쩡해 보이지만 몇 년 전만 해도 사람 꼴이 아니었지."

"뭐라는 거냐!"

"아니, 틀린 말은 아니다."

입으로는 버럭버럭 소리를 지르면서 몸은 수련을 멈추지 않는 화산의 제자들이었다.

"새로이 제자를 받아들이는 것, 좋지. 하지만 그게 전부는 아니야. 문도를 늘리는 것 자체를 목표로 두지 마. 이번 개파의 핵심은 화영문이 그 자체로 강해지는 거야."

"……."

"할 수 있겠어?"

위소행은 입술을 질끈 깨물더니 이내 눈을 빛내며 청명을 보았다.

"할 수 있을지, 없을지는 모르겠지만…… 이 수련을 버티면 화영문도 화산처럼 강해질 수 있는 겁니까?"

"당연한 소리를 하네."

청명이 확신 어린 어조로 단언했다. 그 대답에 위소행이 가슴을 쫙 폈다.

"그럼 적어도 포기하지는 않겠습니다."

청명은 대견해하는 눈빛으로 씨익 웃으며 고개를 끄덕였다.

"그래야지."

그는 화영문의 제자들을 하나하나 보았다. 다들 눈빛만은 죽지 않은 채 두 사람 쪽을 바라보고 있었다.

'이거 생각보다 괜찮은 게 만들어질지도 모르겠는데.'

크으. 화산뿐 아니라 속가까지! 이게 다 내 능력 아니겠어? 사형! 장문사형! 이쯤 되면 사형도 저를 인정해야 하는 것 아닙니까?

─ 백 년은 멀었다, 이놈아. 나 때는 말이다. 그러니까…….

아아. 됐어요, 됐어! 하여간 저 꼰대 양반! 에잉!

◆ ◈ ◆

마침내 서안에 화산의 새로운 속가 문파가 열리는 날이 다가왔다.

파파파파팍! 커다란 대문 앞에 달린 폭죽이 연이어 터졌다. 뭉게뭉게 솟는 새하얀 연기 사이로 커다란 현판이 보였다. 화영문(華影門)이라는 이름 세 글자가 용사비등한 필체로 새겨져 있었다.

"아……."

위립산은 감격에 겨운 눈빛으로 그 현판을 바라보았다.

애초에 그는 모든 것을 새로 시작한다는 의미로 화영문의 이름을 바꾸려 했다. 이제부터 다시 천하에 그 이름을 떨쳐 나갈 화산파에 어울리는 이름으로 말이다. 낡은 바구니에는 새 물을 담을 수 없는 법이니까. 하지만 화산에서는 모두가 입을 모아 화영문의 이름을 써야 한다고 주장했다.

"마음에 드는가?"

마음을 정리할 시간을 주려는 듯 조용히 서 있던 현영이 넌지시 물었다. 위립산은 살짝 고개를 숙여 감사를 표했다.

"기쁩니다. 더없이 기쁩니다. 하지만 이래도 될지 모르겠습니다. 새로운 화산 속가의 중심이 되기에 화영문의 이름은 너무도 초라한 게 아닌지······."

"허허. 재미있는 말을 하는구만."

현영이 빙그레 웃으며 서글서글하게 말했다.

"화영문에 화산이 의미가 있듯이, 화산에도 화영문은 의미 있는 곳일세. 아니, 더없이 고마운 곳이라고 해야겠지. 본산에서 속가의 어떤 부분을 가장 중요시한다 생각하나?"

"······상납금이요?"

"······."

현영이 살짝 당혹스러운 듯한 표정으로 잠깐 입을 다물었다. 아니라고 대답을 해야 하는데 차마 입에서 나오질 않았다.

"그, 그렇지. 그것도 중요하지."

이런 부분에 있어서는 항상 과하게 솔직한 현영이었다.

"하지만 그게 전부는 아니라네. 우리가 진정으로 원하는 것은 바로 신뢰지."

"······신뢰라고 하셨습니까?"

어느새 진중한 표정을 지은 현영이 가만히 고개를 끄덕였다.

"사실 속가와 본산의 관계는 무척이나 깊어 보이지만, 무척 얄팍한 관계지. 무학을 나눠 익힌 걸로 무어 그리 깊은 관계가 생기겠는가."

"······."

"그렇기에 신뢰가 중요한 걸세. 본산은 어떻게든 속가를 위하려 하고, 속가 역시 본산을 믿고 따르는 것. 화영문은 세상 어느 문파보다 훌륭하게 그 신뢰를 증명했네. 화영문이 아니면 감히 누가 화산 속가의 중심을 자처할 수 있다는 말인가?"

위립산이 감격을 숨기지 못하는 얼굴로 현영을 보았다. 하지만 오히려 위립산에게 감사를 표하고 싶은, 표해야 할 사람은 현영 쪽이었다.

"그러니 그런 걱정일랑 이제 접어 두세. 중요한 건 어떻게든 성공적으로 서안에 화영문을 정착시키는 것이니까."

"예!"

"그러기 위해서는 우선은 제자들을 최대한 많이 입문시켜야겠지!"

"걱정하지 마십시오! 저도 화영문을 수십 년간 운영해 온 사람입니다! 제자를 받고 키우는 것에는 자신이 있습니다! 저에게 맡겨 주십시오!"

위립산이 더없이 자신감 넘치는 얼굴로 소리쳤다.

"······."

백천이 뚱한 얼굴로 주변을 둘러보았다. 찾아올 이들을 위해 준비한 음식이 식탁 위에 가득가득했다. 거기에 혹시 모를 상황까지 대비해 준비한 술도 잔뜩 쌓여 있었다.

찹찹찹찹.

"……."

찹찹찹찹.

하지만 정말 안타까운 것은 그 공들여 준비한 음식을 퍼먹는 사람이 서안의 유지나 구경 온 이들, 혹은 입문을 위해 방문한 이들이 아니라 청명이 놈 혼자라는 점이다.

"사숙, 파리가 날리는데요?"

"……좀 쫓아라."

제자들은 잔칫상 옆에 서서 날아드는 파리를 쫓기에 여념이 없었다.

"아니, 아무리 그래도 그렇지. 사람이 이렇게 안 올 수도 있나?"

백천은 황당해하는 기색이 역력한 얼굴로 주변을 돌아보았다.

이만한 전각을 새로 올리는 모습을 다른 이들이 보지 못했을 리가 없다. 게다가 서안의 사람들도 그들이 화산의 제자라는 사실을 대번에 알아보지 않았던가. 화산의 본산에서 제자들이 내려와 새로 문파를 연다면 호기심에라도 기웃거려 보는 게 당연할진대, 어떻게 이렇게 모두가 짜기라도 한 듯이 단 한 사람도 들어오지 않을 수가 있는가.

"동네에 떡집이 새로 열려도 이것보다는 와 보는 사람이 많겠다."

"그러게요."

화산의 제자들이 모두 멍한 얼굴로 주변을 둘러보았다. 아닌 게 아니라 화영문 바로 앞을 지나가는 이들조차 고개를 들이밀어 보지 않았다. 현영이 앉은 자리에서 볼을 긁적였다.

"예상은 했지만 생각보다 더 과하구나."

"예?"

"물론 종남이 봉문을 하기는 했지만…… 그 속가들은 여전히 서안에 남아서 그 영향력을 행사하고 있을 것이다."

"영향력이라면 정확히 어떤 부분을 말씀하시는 겁니까?"

백천이 조심스레 물었다. 그때 술을 꼴꼴 들이켠 청명이 술병을 탁 내려놓고는 소매로 입가를 문질러 닦았다.

"뭐 쉽게 말하자면 서안에만 종남의 속가 문파가 열은 될 거고, 서안에서 한자리 차지하고 있는 양반들의 가문에는 반드시라고 해도 좋을 만큼 종남의 제자가 있겠지. 관부 쪽으로도 얽혀 있을 거고."

백천은 그제야 상황의 심각성을 알아채고 미간을 찌푸렸다.

"그 말은즉, 이 서안이라는 도시 자체가 하나의 거대한 종남 속가 문파라는 뜻이냐?"

뭔가 생각하던 그가 어안이 벙벙한 얼굴로 중얼거렸다.

"나는 왜 그런 걸 몰랐지? 심지어 나는 어릴 때긴 해도 잠깐이나마 종남에 있었는데."

"산에 처박혀서 무학만 익히는 제자들이 굳이 그런 사정을 알 필요는 없지. 그 상황을 만들고 이용하는 건 윗대가리들이니까."

청명이 피식 웃으면서 말을 이었다.

"이제 내가 했던 말이 무슨 의미인지 알겠어? 문파가 강해지는 것만으로는 아무런 의미가 없어. 문파의 힘을 이용해 영향력을 키워야지. 우리가 노려야 할 목표도 바로 이런 거야."

백천뿐만 아니라 옆에서 이야기를 듣고 있던 제자들 모두가 이해했다는 듯 고개를 끄덕였다.

'마치 화음현 같군.'

지금의 화음은 모든 것이 화산과 연관되어 있다. 화음에서 돈을 버는 주루나 객잔, 여러 상점에는 화산의 자본이 들어가 있고, 화음의 사람들은 자신들이 화산에 속한 것처럼 느끼고 행동한다.

그런 화음에 다른 문파의 속가문이 들어온다면?

'아무도 그 근처에 얼씬거리지 않겠지.'

개방 분타야 화산의 허락하에 열린 곳이니 배척당할 일이 없지만, 만약 화음에 종남의 속가가 들어온다면? 소금이라도 안 맞으면 다행이다.

"서안은 종남에게 있어서 화산의 화음현 같은 곳이라는 의미군."

"그래. 그나마 봉문을 했으니 틈이 생긴 거지, 만약 종남이 봉문 하지 않았더라면 아무리 화산이 강해졌다고 해도 지금처럼 쉽게 비집고 들어오지는 못했을 거야. 종남에게 있어서 서안은 몇백 년간 공을 들인 곳이니까."

특히나 화산이 힘을 잃은 최근 백 년 동안은 막대한 돈을 투자하고 민심을 얻는 데 주력했을 것이다. 이토록 서안에 대한 영향력을 공고히 해두었으니 봉문도 선언할 수 있었을 것이다. 짧은 시간에 이 영향력을 잃을 리 없다는 계산이 섰을 테니까.

'뭐. 그렇게 내버려둘 생각은 없지만.'

청명이 앞일을 상상하며 입꼬리를 말아 올렸다. 그때 누군가가 걱정스러운 어조로 물었다.

"그런데 네 말이 맞는다면 이런 상황이 계속된다는 뜻 아냐?"

그러자 청명이 눈살을 찌푸리며 다른 제자들을 바라보았다.

"이 양반들이 요즘 배가 불렀구만?"

"으응?"

"그냥 적당히 구색만 갖추면 다 알아서 해결될 거라고 생각했나? 요즘 좀 승승장구했다고 세상이 만만해 보이는 모양이지?"

"그런 건 절대로 아니다."

말이 끝나기 무섭게 튀어나온 백천의 부정에 청명이 고개를 끄덕였다.

"그렇지. 동룡이가 그러면 안 되지. 건방지게 말이야."

"……끄으응."

그러더니 닭 다리를 뜯어 오물거리다가 슬쩍 밖을 바라보았다.

"그렇다고는 해도 너무 부자연스러워."

현영이 공감하며 고개를 끄덕였다.

"관심이 없는 건 아닐 거다. 서안 사람들도 귀가 있으니 화산이 어떤 활약을 하고 있는지 모를 수가 없지. 그럼에도 저렇게 완벽히 외면한다는 건 의식적으로 이곳을 멀리하는 거라고 봐야겠지."

"의식적으로요?"

백천이 미간을 좁히며 물었다. 현영이 살짝 삐뚜름한 미소를 내비쳤다.

"그렇지. 예를 들자면…… 누군가의 눈치를 본다든가."

그때였다.

"허허허. 파리만 날리는군."

"그러게 말입니다."

입구 쪽에서 웬 낯선 목소리가 들려왔다. 모두의 시선이 일제히 그쪽을 향했다. 한 무리의 사람들이 입구를 통해 들어오고 있었다.

"오? 손님인가?"

화영문의 제자들이 반사적으로 그쪽을 향해 뛰어갔다.

"어서 오십시오! 화영문에 오신 것을 환영……. 엇!"

하지만 그 활기찬 목소리는 위협적으로 날아든 손에 의해 막히고 말았다.

얼굴 바로 앞에서 멈춘 손. 아무리 봐도 우호적인 태도는 아니었다.

"우리는 손님이 아니니 쓸데없는 짓 할 것 없다."

가장 앞에 선 날카로운 인상의 장년인이 차가운 얼굴로 말했다.

"문주는 어디에 있는가?"

"예?"

"……멍청한 놈들뿐이군. 문주를 찾고 있지 않느냐!"

무례하고 커다란 목소리에 화산의 제자들이 발끈하여 자리에서 일어났다. 곧장이라도 장년인에게 달려들어 도륙을 낼 기세였다.

"쉬이잇."

하지만 평소 같았으면 가장 발끈했을 청명이 되레 그들을 만류했다.

"지켜봐. 지켜봐. 재미있을 것 같으니까."

청명의 입꼬리가 씨익 올라갔다. 그러나 눈빛에는 웃음기 한 점 없었다.

그 와중에 위립산은 지체 없이 저들을 맞으러 달려갔다.

"본인이 화영문의 문주인 위립산이라 합니다. 한데 객으로 오신 게 아니라면 자신들의 정체부터 밝히는 것이 도리 아니겠습니까?"

위립산이 어깨를 펴고 당당히 말했다. 거리낌 없는 태도에서 일문의 문주다운 위엄이 느껴졌다. 그런 그를 보는 화산 제자들의 눈에 이채가 어렸다.

'화영문주님에게 저런 면이 있었나?'

특히 백천은 그런 그의 모습이 새삼스럽게 느껴졌다. 생각해 보면 그들이 처음 만났을 때 화영문주는 병석에 앓아누워 있었다. 그리고 그 이후로 다시 만난 건 화산이 화영문에 도움을 준 뒤였다. 자연히 화영문주의 자세가 낮아질 수밖에 없는 상황이었다.

화산 사람들이 아닌 다른 이들을 대하는 화영문주의 자세는 한 문파의 문주로서 부족함이 없을 만큼 당당해 보였다. 하나…….

"위립산? 명호도 없는 자로군."

"저!"

백천이 다시 발끈하려 하자 청명이 손을 뻗어 그의 머리를 꾹 눌렀다.

"가만히 좀 있으라고!"

"그래도!"

"사숙은 여기서 살 거야?"

반발하는 백천에게 청명이 눈살을 찌푸리며 말했다.

"본산 제자들이 항시 머물러야 하는 속가라면 속가가 아니라 분파지. 화영문이 속가로서 그 자격을 갖추려면 자신들의 일은 알아서 해결할 수 있어야 해. 그러니 웬만하면 나서지 말고 지켜봐."

"끄응……."

틀린 구석이 없는 말이었다. 하지만 머리로 안다고 해서 마음이 편해지는 건 아니었다. 백천의 입에서 앓는 소리가 새어 나왔다.

하지만 정작 위립산은 전혀 동요하지 않은 모습이었다.

"명성이 드높지 못해 부끄럽습니다. 그런데 그리 말씀하시는 분은 누구십니까?"

"나는 서안 서월문(西月門)의 문주인 남자명(南子明)이라 한다. 강호에서는 나를 심원검(心源劍)이라 부르지."

들어 본 적 있는 이름에 위립산이 눈을 가늘게 떴다.

'서월문?'

서월문이라면 서안에 있는 종남의 속가 문파였다. 서안에 문파를 열기로 한 이후 개방에서 서안에 대한 정보를 넘겨받았었는데, 거기에 분명 그 이름이 있었다.

"종남의 속가시군요."

"그렇다."

"그런 분이 여기에는 어쩐 일이십니까?"

무덤덤하게 묻는 위립산을 향해 남자명이 코웃음을 쳤다.

"흥, 과연 뻔뻔하게 서안에 얼굴을 들이밀 만큼 낯짝이 두껍구나."

"아아, 문주님. 진정하십시오. 아는 사람이 설마 그랬겠습니까?"

"맞습니다, 맞습니다. 멋모르는 애송이니 그럴 만하지요."

저들끼리 킬킬대는 무리를 보며 위립산이 얼굴을 찌푸렸다.

"다른 분들께서도 종남의 속가이십니까?"

"나는 숭천파의 문주인 공일산이오."

"이 몸은 조현문의 문주인 적여랑이다."

그 외에도 뒤따른 이들이 분분히 자신의 문파와 이름을 외쳐 대었다. 보아하니 서안에 있는 종남 속가들의 문주가 모조리 몰려온 모양이었다.

담담한 얼굴로 가만 듣고 있던 위립산은 모든 이가 말을 끝내고 나서야 한숨을 쉬며 입을 열었다.

"귀하들께서 누구신지는 잘 알았습니다. 그런데 바쁘신 분들께서 이리 몰려오신 이유가 무엇입니까?"

"어디 뻔뻔하게 화산 놈들이 서안에 속가를 연단 말이더냐?"

"그리고 최소한 서안에 문파를 열 생각이었으면, 먼저 우리에게 인사를 왔어야지! 감히 말도 없이 개파를 해?"

"남영 촌놈이라는 말이 있더니, 그 말이 딱이구나. 경우를 모르는군!"

쏟아지는 비난에 화산 제자들의 얼굴이 분노로 화르륵 달아올랐다.

'아니, 저놈들이!'

눈이 있으면 이 자리에 화산에서 온 이들이 있다는 걸 모를 수는 없다. 그런데 이쪽으로는 시선도 돌리지 않고 저리 위립산을 핍박한다는 건 화영문뿐만 아니라 화산까지도 무시하는 처사가 아닌가.

"긴말할 것 없다!"

남자명이 저를 뒤따라 온 자들을 향해 손을 내젓고는 말했다.

"우리는 오늘 경고를 하러 왔다."

"……경고라 하셨소?"

"어차피 너희가 아무 말도 없이 이곳에 문파를 열었다는 건, 앞으로 우리와 좋게 지내볼 생각이 없다는 뜻이겠지. 그러니 우리도 그쪽이 원하는 대로 해 주겠다. 화영문이 서안에서 며칠이나 버티는지 어디 한번 지켜보지! 험한 꼴 보고 싶지 않으면 빨리 이곳을 정리하고 서안을 떠나는 게 좋을 것이다."

남자명은 자신이 이리 강경하게 나오면 위립산이 한껏 겁먹으며 표정을 굳힐 거라 예상했다. 하지만 그의 입에서는 생각지도 못한 반응이 터져 나왔다.

"허허허허."

"……웃어?"

남자명의 눈썹이 꿈틀거렸다. 하지만 위립산은 어이가 없다는 듯 눈을 가늘게 뜨고 그를 보며 말했다.

"종남의 속가라 하여 얼마나 대단한가 했더니. 지금 보니 위세만 떨 줄 알았지, 하는 짓은 순 승냥이 떼가 따로 없지 않은가?"

"뭐라!"

남자명이 목소리를 높였지만 위립산은 주눅 들지 않고 단호하게 말했다.

"이 서안 땅 전체가 종남의 것은 아닐 테고, 그대들의 것은 더더욱 아닐진대! 내가 왜 그대들에게 허락을 받아야 한단 말이오? 이야말로 무뢰배들이나 할 짓인 것을!"

"……지금 우리더러 무뢰배라 하였느냐?"

"그렇소! 내 말이 어디 틀렸소?"

"하……. 하하하하."

남자명이 크게 웃어 젖히더니 금세 무시무시한 표정으로 일변하며 위립산을 향해 씹어 뱉듯이 말했다.

"배짱만큼 실력도 있으면 좋겠군."

"걱정 마시오. 모르는 모양인데, 화산의 제자가 종남의 제자보다 뛰어나다는 건 벌써 증명된 사실이니까!"

"이……."

남자명은 약점을 찔린 사람처럼 잠시 살기 어린 눈빛으로 위립산을 노려보았다. 그러더니 몸을 획 돌렸다.

"돌아간다!"

"크흠!"

한바탕 소란을 피운 종남의 속가 문주들이 언짢아하는 기색을 온몸으로 풍기며 화영문을 우르르 빠져나갔다.

그 모습을 지켜보던 화산의 제자들은 살짝 놀란 어투로 말했다.

"와……. 문주님 말 잘하시네."

"그러게. 정말 잘하시는데."

"이것도 약간 화산파 특성인가……."

다들 새삼스레 놀라며 위립산을 보는 와중, 청명과 현영만은 멀어지는 종남의 속가들에게서 눈을 떼지 않았다.

"저놈들 때문인 모양이네요."

"그래. 이미 손을 쓴 모양이구나. 저들의 눈치를 보느라 한 명도 이곳에 와 보지 않는 거겠지."

혀를 끌끌 차며 중얼거리는 현영의 말에 청명이 피식 웃었다.

"생각보다 빨하게 나오네요."

"그러게 말이다. 아무래도 서안이 종남의 영역이다 보니 누군가와 이런 문제로 다툴 일이 많지 않았겠지."

산전수전을 겪다 못해 드잡이라면 해설서를 쓸 수 있을 경지에 오른 두 사람은 입꼬리를 씨익 말아 올렸다. 꿍꿍이로 가득 찬 웃음이었다.

그러고는 앞으로 벌어질 일을 상상도 못 하고 화영문을 나서는 뒷모습들을 빤히 보았다.

"어디 슬슬 속을 뒤집어 줘 볼까?"

"낄낄낄낄."

사악하게 웃는 두 사람을 보며 화산의 제자들이 몸을 부르르 떨었다.

'뭘 할 생각이시지.'

'나는 벌써 불안하다.'

하지만 그런 제자들의 마음을 아는지 모르는지, 두 노소는 미묘한 눈빛을 교환할 뿐이었다.

· ◆ ·

서안에서 가장 큰 주루 중 하나인 낙생루(樂生樓)는 오늘도 바글바글했다. 대낮부터 한잔 걸치기 위해 주루를 찾은 이들은 딱히 화젯거리라 할 만한 것 없이 마구잡이로 이런저런 이야기들을 주고받곤 했다.

하지만 근래 들어 이런 이들의 입에도 가장 많이 오르내리는 이야기가 있었으니, 단연 화산과 화영문에 대한 것이었다.

"솔직히 한번 가 보고 싶지 않았는가."

포목점의 주인인 전육이 슬쩍 주변을 둘러보고는 조금 더 나지막한 목소리로 말했다. 가까이 앉은 사람에게나 겨우 들릴 만큼 작은 소리였다.

"그래도 화산 아닌가."

"끄응. 그렇지."

전육의 말에 그 건너편에 앉은 좌동이 연신 고개를 끄덕였다. 예전에 이런 말을 들었다면 분명 코웃음을 쳤을 것이다. 불과 한두 해 전만 해도 화산은 서안을 지배하고 있는 종남에 감히 가져다 댈 문파가 아니었으니까.

하지만 이제는 두 문파의 상황이 너무 많이 달라졌다.

"천하비무대회에서 화산이 가장 좋은 결과를 냈다는 사실이야, 이제 천하에서 모르는 이가 없는 이야기 아닌가?"

"그렇지. 그렇지. 실질적으로는 우승한 것이나 다름이 없다고 하니."

"그럼. 게다가 우승은 중요한 것도 아니야. 한 사람이 우승하는 게 뭐 그리 대단한 일이라고. 팔 강에 셋이고, 사 강에 둘이네. 이 정도면 비무대회를 거의 지배했다고 봐도 과언이 아니지."

좌동이 이번에도 격하게 공감하는 듯 고개를 주억거렸다.

"더구나 후기지수들의 대회였네. 후기지수가 천하에서 가장 뛰어나다는 말인즉, 제자들을 가르치는 솜씨가 천하일절이란 의미가 아닌가?"

불만스러운 표정을 지은 전육이 툴툴대는 어조로 말을 이었다.

"어차피 속가문에 입문한다는 것은 지금부터 무학을 배우겠다는 뜻이지. 그러니 강한 문파가 아니라 잘 가르치는 문파에 가는 게 맞다 이 말일세!"

"비단 좀 팔더니 입에 기름을 발랐나. 자네 말을 들으니, 화산에 입문하지 않는 게 멍청하게 느껴지는군."

"내가 말을 잘한 게 아니라, 사실이 그런 걸세."

잠깐 술로 목을 축인 전육이 아쉽다는 듯이 입맛을 다셨다.

"지금 천하에서 가장 기세가 좋다는 문파가 서안에 속가문을 열었는데 구경도 못 해 본다니. 생각 같아서는 얼굴이라도 한번 들이밀고 싶건만……. 듣자 하니 그 화산신룡도 왔다던데."

"꿈도 꾸지 말게. 거길 들락거리는 순간 서안에서 장사는 다한 걸세."

좌동은 생각만 해도 겁난다는 듯이 몸을 부르르 떨다 혹시나 자신들의 이야기를 엿듣는 사람이 있는지 주변을 둘러보았다. 그러고는 단호하게 고개를 저었다.

"괜히 혹하지 말게나. 서안은 종남의 영향에서 벗어날 수 없는 곳이네. 당장 서안 성주의 막내아들도 종남의 제자 아닌가. 그런데 이런 서안에서 화산의 속가로 들어간다? 망하고 싶어 작정한 게 아니고서야!"

"하나 종남은 봉문을 하지 않았는가?"

"어허. 그런 것에 혹해서는 안 되는 법일세. 한눈을 팔았다가 얼마 안 있어 봉문이 풀리기라도 하면 그땐 어쩔 텐가?"

"끄으응. 그도 그렇지……."

미련을 버리지 못하는 전육의 표정에, 좌동이 연신 혀를 차 댔다.

"그리고 종남까지 갈 일도 아닐세. 당장 서안에 있는 종남의 속가 문파들이 가만히 있을 것 같은가? 종남이야 체면 때문에라도 함부로 나서지 못하겠지만, 그들은 체면을 따질 입장은 아니잖은가?"

전육은 더 이상 반박하지 못하고 입맛만 다셨다.

"아쉽네. 그것참 아쉬워. 화산의 검술이 천하일절이라는데, 마침 우리 막내 놈이 딱 입문하기 좋은 나이란 말이야."

"쓸데없는 소리 하지 말고 술이나 마시게."

이런 이야기를 나누는 건 두 사람뿐만이 아니었다. 당장 낙생루 안에서도, 사람들이 삼삼오오 앉은 자리마다 비슷한 이야기가 오가고 있었다.

"한번 구경은 가고 싶은데……."

"화산의 검술이 그렇게 날카롭다던데……. 잘하면 우리 애도 그 후기지수 중 제일이라는 화산신룡처럼 될 수도 있는 것 아냐?"

"화산신룡이면 후대의 천하제일인이지!"

"참으로 아쉬워. 정말 아쉽네. 거참."

사람들이 내뱉는 한마디, 한마디마다 아쉬움이 가득했다.

서월문을 비롯한 종남 속가문들이 눈을 시퍼렇게 뜨고 있으니, 화영문에 들러 보는 것은 너무 어려운 일이다. 하지만 그들도 사람인데 어찌 관심이 없겠는가. 결국은 모두가 술로 아쉬움을 달래는 수밖에 없었다.

"그런데 뭐가 이렇게 시끄럽지?"

"주루가 시끄러운 거야 당연한 일 아닌가?"

"아니. 주루가 아니라…… 밖에서 들리는 소리 같은데."

"밖? 밖이 왜?"

전육과 좌동의 시선이 동시에 입구로 향했다. 마침 식사를 마치고 밖으로 나가려던 사람 하나가 문을 열고 있었다.

"엥?"

문이 잠깐 열린 사이에 틈새로 밖을 내다본 전육이 눈을 끔뻑거렸다. 바깥에 인파가 잔뜩 몰린 걸 본 것 같은데……?

"밖에 뭔 일이 있나?"

"그러고 보면 북소리 같은 게 들리는 것도 같고?"

소란을 알아챈 사람이 그들뿐만은 아닌지, 주루를 채우고 있던 이들의 시선이 창과 문으로 향했다.

호기심이 인 전육이 슬그머니 자리에서 일어났다. 궁금한 일이 생기면 참지 못하는 성정이다 보니, 이리 짐작만 하며 앓느니 눈으로 확인하려는 것이었다. 그는 하나둘 일어나기 시작한 사람들을 헤치고 입구로 가 문을 열었다.

밖으로 나가 보니 안에서 본 것 이상으로 많은 인파가 몰려 있었다.

'대체 뭔 일인데, 사람들이 이리 모여 있는 거지?'

낙생루가 위치한 곳은 서안에서도 가장 큰 도로가 있는 곳이다. 그런데 이 도로를 사람들이 가득 메우고 있다는 건, 무척 많은 인원이 몰려들었다는 의미였다.

근래에는 이런 광경을 본 적이 없는지라 전육의 의문은 더욱 커져만 갔다. 그는 결국 인파를 비집고 안으로 들어가기 시작했다.

"거 잠시만 비켜 봅시다. 안에 대체 뭐가 있는 거요?"

"아! 밀지 마시오!"

"이 사람이! 늦게 왔으면 뒤에서 볼 것이지!"

"죄송합니다. 죄송합니다."

모여 있는 이들을 슬슬 밀고 들어간 전육은 기어이 앞쪽으로 가 고개를 쭉 내밀었다가, 예상치 못한 광경에 눈을 크게 치떴다.

사람들이 모인 안쪽은 마치 무대가 열린 것처럼 텅 비어 있었고, 검은 무복을 입은 이들이 옹기종기 서 있었다. 그들의 가슴팍에 새겨진 매화 문양을 본 전육은 저도 모르게 크게 외쳤다.

"화산파?"

여기에 왜 화산파가 있는가?

아니지. 화영문에 화산파 사람들도 와서 머물고 있다는 이야기는 들었으니, 저들이 이곳에 있는 게 이상하지는 않지. 그런데 대체 뭘 하려고?

화산파 제자들을 보는 전욱의 눈에는 의문이 가득했다.

"……청명아. 진짜 해야 되냐?"
"그럼 가짜로 하리?"
윤종과 조걸이 희미하게 절망 어린 눈으로 청명의 눈치를 살폈다. 하지만 청명은 풍한 시선만 돌려주었다. 조금 답답해하는 듯하기도 했다.
"왜? 하기 싫어?"
"아, 아니. 하기 싫다는 게 아니라……."
윤종은 살짝 기가 죽어 울상을 지은 채로 말했다.
"이렇게 많은 사람 앞에서 검을 펼쳐 보는 게 처음이라……."
"소림에서 칼로 사람 썰고 다니던 사람이 잘도 그런 말을 하네?"
"그, 그건 비무잖아. 이건 시연이고."
윤종이 마른침을 삼키며 어느새 구름처럼 몰려든 인파를 바라보았다.
'아, 심장 떨려.'
물론 청명의 말대로 이미 더 많은 이들 앞에서 비무를 치른 적이 있다. 하지만 그때는 지금처럼 부담스럽지는 않았다. 비무란 말 그대로 상대에게 집중하는 것. 남에게 보이기 위한 것이 아니니까.
그런데 청명이 놈은 지금 이 많은 이들 앞에서 그들더러 검술을 시연하라 하지 않는가. 시연이라니. 검술을 사람들에게 선보이라니!
"이, 이게 진짜로 효과가 있는 거냐? 서안 사람들은 종남의 검술을 수도 없이 봤을 텐데."
"쯧쯧쯧."
조걸의 의혹 어린 말에 청명이 대놓고 혀를 찼다.
"또 멍청한 소리 한다. 사형, 화산 검술의 최고 장점이 뭐야?"

"······장점?"

조걸이 고개를 갸웃했다. 강하다? 빠르다? 아니면······.

잠시 고민하던 조걸이 이내 이해했다는 듯 고개를 끄덕였다.

"화려하구나."

청명이 정답이라는 듯 씨익 입꼬리를 말아 올렸다.

"검이라고는 내리치고 긋고 막는 것밖에 모르는 종남의 검술만 보던 사람들이 화산의 검술을 보면 눈 돌아가는 건 일도 아니지."

"······그 설화 어쩌고 하는 검술은 엄청 화려했잖아."

"그것도 이미 다 조사해 봤지. 그걸 시연한 적은 없는 모양이더라고. 나름대로 비밀 병기 같은 검술이었으니까."

그걸 또 조사를 해 보네. 용의주도한 놈 같으니.

한숨을 푹푹 내쉬는 두 사람을 향해 청명이 박수를 쫙 쳤다.

"그러니까! 백문이 불여일견. 화산 검이 화려하니, 요즘 잘나간다느니 어쨌다느니 말만 백날 들어 봐야 눈앞에서 보여 주는 것만 못하다 이거지!"

청명이 턱짓으로 앞쪽을 가리켰다.

"그러니 뻔한 소리 하지 말고 나가서 한번 펼치고 와."

윤종과 조걸의 얼굴이 와락 일그러졌다.

'누가 그걸 몰라서 그러나.'

'민망하니까 그렇지!'

삶의 절반 이상을 새도 잘 오르지 못하는 산꼭대기에서 살다 보니 이렇게 많은 사람 앞에 서는 게 익숙지 않았다. 게다가 그냥 서기만 하는 것도 아니고 검술 시연까지 해야 하다니. 마음 같아서는 지금 당장이라도 도망치고 싶었다.

하지만 그들이 달아날 곳은 존재하지 않았다.
"청명이의 말이 맞다."
백천이 굳은 얼굴로 느리게 고개를 끄덕이며 말했다.
"서안에 화영문이 뿌리를 내릴 수 있는지 여부에 많은 것이 걸려 있다. 화산도 화산이지만, 큰 각오를 하고 서안으로 옮긴 화영문에도 도움이 되어야 하지 않겠느냐?"
"사숙……."
운종과 조걸이 슬픈 눈으로 백천을 바라보았다. 그것참 옳은 말씀이십니다. 그런데 왜 자꾸 아까부터 슬슬 뒤로 가십니까?
"크흠. 그러니 다들 잘하고 오너……."
슬금슬금 물러나는 백천의 등을 청명이 검집 끝으로 쿡 찔렀다.
"사숙은 제일 앞에."
"……왜?"
"제일 실력 있는 사람이 앞에 서야 시선이 쏠리지. 뻔한 걸 묻고 그래."
……청명아. 내가 그걸 몰라서 물은 건 아닐 텐데 말이다.
그때 현영이 빙그레 웃으며 다가왔다.
"슬슬 모일 만큼 모인 것 같은데 시작하자꾸나. 시간을 너무 끌면 되레 역효과가 나는 법이니까."
"네, 그럴게요."
다들 들었냐는 듯 화산의 제자들을 둘러본 청명이 고개를 끄덕이고는 앞을 가리켰다.
"얼른 자리 잡아."
끝내 피할 길을 찾지 못한 화산의 제자들이 일제히 한숨을 내쉬었다. 하기 싫어 죽겠다는 기색이 아주 노골적으로 역력했다.

그들 곁에서 상황을 지켜보던 누군가가 민망해하는 어조로 말했다.

"정말 죄송합니다, 도장님들. 저희가 괜한 수고를 끼쳐 드리는 것 같아서……."

화산 제자들의 시선이 입을 연 이에게로 향했다. 위소행, 그리고 그의 뒤에 선 위립산이 연신 송구하다는 듯 고개를 숙이고 있었다.

그 모습을 본 화산 제자들의 얼굴이 싹 일변했다. 그들은 서로와 위립산 부자를 번갈아 보다가 가슴을 탕탕 두드렸다.

"무슨 소리십니까! 당연한 거지요!"

"거기서 보고만 계십시오!"

"그까짓 거 시원하게 한번 펼치고 오면 되지."

내내 구겨져 있던 백천의 얼굴도 어느새 무인의 것이 되어 있었다. 그는 조금 재수가 없을 만큼 당당한 얼굴로 고개를 느리게 끄덕였다.

"서안 사람들에게 화산의 검술을 견식시켜 주는 것도 나쁘지 않습니다. 걱정하지 마십시오."

"……도장님."

그 굳건한 태도에 위소행이 감동한 듯 말끝을 흐렸다. 백천이 사형제들과 사질들을 돌아보며 크게 외쳤다.

"가자!"

"예!"

백천을 필두로 화산의 제자들이 일제히 그 뒤를 따르기 시작했다. 언제 꺼렸냐는 듯 걸음걸이 자신감이 넘쳤다.

갑작스럽게 변한 태도를 보던 청명은 피식 웃고 말았다.

'하여튼 희한한 애들이 되어 버렸다니까.'

억지로 시키면 구시렁대면서 어떻게든 피할 방법을 찾지만, 그로 인해

득을 보는 누군가가 민망해하거나 미안해하면 되레 아무렇지도 않은 척한다. 이래서 화산의 제자들이 재미있다는 것이다.

당당한 걸음으로 가장 앞에 나선 백천이 작게 심호흡을 하고는 주위를 둘러보았다. 사방이 조용해졌다. 서안 사람들이 기대감과 호기심이 가득한 얼굴로 그들을 바라보고 있었다.

"저는 화산의 이대제자인 백천입니다."

"오! 화정검!"

비무 대회 성적으로만 따진다면 백천의 명성은 청명은 물론이고, 윤종이나 유이설만 못하다. 하지만 이곳 서안에서만큼은 그들 이상 가는 평가를 받을 수 있었다. 왜냐면…….

"저 사람이 화정검이구나! 그 진금룡을 이겼다는!"

종남 최고의 후기지수를 꺾었다는 크나큰 실적이 있기 때문이다.

화정검이 왔다는 말에 사람들이 앞으로 점점 몰리기 시작했다. 누군가는 그 소란에 멀리서부터 달려오기까지 했다. 화정검이라는 별호가 힘을 발휘하고 있었다. 화산의 제자들이 작게 감탄했다. 이래서 강호인들이 명성을 얻기 위해 그토록 노력하는 모양이었다.

"오늘 저희는 이곳에서 화산의 무학을 시연하려 합니다. 오랫동안 화산의 검을 보지 못하셨던 서안 분들께 인사를 드리고자 함이니, 부디 즐겁게 보아 주시기 바랍니다."

청산유수가 따로 없다. 혀에 기름이라도 칠한 듯 매끄러운 말솜씨에 청명과 현영이 뒤쪽에서 혀를 내둘렀다.

"조금 전까지는 그렇게 안 한다고 하더니."

"원래 판을 깔아 주면 알아서 잘하는 사람이 꼭 있잖아요."

"체질이네. 체질이야."

그러지 않아도 헌앙하다는 말로도 설명하기 부족한 백천이 아니던가. 그런 이가 제자들을 대동하고 선두에서 입을 열자 누구라도 주목하지 않을 수 없는 퍽 그럴듯한 그림이 그려졌다.

"자, 그럼……."

백천이 막 시연을 시작하려는 찰나였다.

"비켜 보시오."

"잠시 나와 보시오!"

"아! 누가 자꾸 밀고 그……. 시, 실례했습니다!"

잠깐 군중들 사이에서 소란이 인다 싶더니 웬 무리가 가장 앞쪽까지 밀고 들어왔다. 처음에는 투덜대던 구경꾼들도 그들의 정체를 확인하고는 주춤주춤 자리를 내주었다.

"호오?"

청명이 눈을 빛냈다. 익숙하다곤 할 수 없지만 본 적 있는 면면. 어제 화영문에 경고를 남기고 갔던 종남 속가의 문주들이었다.

"여기서 뭣들 하는 것이오!"

선두에 선 서월문주 남자명이 버럭 소리를 질렀다. 하지만 그의 뒷말이 채 이어지기도 전에 현영이 근엄하게 입을 열었다.

"서월문주."

"……."

"나는 화산의 장로인 현영이네. 어제는 화영문의 행사기에 내 별말 하지 않았네만, 이건 화산의 행사일세. 지금 자네가 화산의 행사를 방해하려 한다고 받아들여도 되겠는가?"

서늘하기 그지없는 물음에 남자명이 입을 다물었다. 그러고 보니 검을 들고나온 이들은 모두 화산파의 제자들이었다.

"그, 그게……."

화영문과는 싸울 수 있다. 하지만 화산과는 싸울 수 없다. 아무리 종남 속가들이라고 해도 지금 화산이 얼마나 기세를 떨치고 있는지 모르지는 않았다.

차마 대꾸하지 못하고 입만 벙긋대는 문주들을 향해 현영은 빙그레 웃으며 말했다.

"뭐, 마침 잘 왔네. 온 김에 화산의 검을 견식하고 가게나. 백천아."

"예."

현영의 부름에 백천이 앞으로 나섰다. 그러고는 기에 눌려 가만히 서 있는 문주들을 바라보고 말했다.

"여러 문주님들 앞에서 검을 펼치려니 민망하기는 하지만……."

시원하게 잘 뻗은 그의 입꼬리가 매끄럽게 말려 올라갔다.

"부끄럽지 않은 검을 보여 드리겠습니다."

어깨를 쫙 편 백천이 검을 뽑아 들었다. 영웅건을 두르고 위풍당당하게 검을 든 그의 모습은 그야말로 한 폭의 그림과도 같았다.

"오오!"

"정말 멋지구나."

지켜보던 이들이 감탄 가득한 눈으로 그런 그를 바라보았다. 뒤에서 그 광경을 지켜보던 청명은 눈을 가늘게 뜨고 고개를 내저었다.

저거 또 시작이네, 저거. 저쯤 되면 병이지 저것도. 어휴.

"내버려둬도 되는 겁니까?"

"……어쩌겠는가?"

남자명이 얼굴을 와락 일그러뜨렸다. 생각 같아서는 지금이라도 달려

나가 깽판을 치고 싶었다. 검술이 뛰어나건 뛰어나지 않건, 이 서안의 한복판에서 화산의 검술이 펼쳐진다는 것 자체가 상징적인 의미를 지닌다. 하지만 아무리 생각해도 막을 방법이 없다.

종남의 속가로서 화산의 속가를 견제하는 것은 그리 큰 위험이 되지 않는다. 화산도 체면이 있기에 속가 간의 일에 함부로 나설 수 없기 때문이다. 이쪽에서 직접적으로 손을 쓰지만 않는다면 본산의 개입은 최소화할 수 있다.

하지만 이건 화영문의 행사가 아니라 엄연히 화산파의 행사다.

눈 가리고 아웅이라는 건 알지만 앞으로 나선 이들이 모두 화산파의 제자들이고, 이 일을 주최하는 이가 화산의 장로인 이상은 딴죽을 걸 수가 없었다.

'빌어먹을. 종남이 봉문만 하지 않았어도!'

저놈들이 이 서안에서 설치는 일이 생기지는 않았을 텐데!

"그래도 막아 보는 게 좋지 않겠습니까?"

누군가의 조심스러운 질문에 남자명이 짜증 섞인 목소리로 답했다.

"화산의 검술이라고 해 봐야 얼마나 대단하겠는가? 종남의 검을 보며 살아온 이들이 새삼스레 혹할 것도 없네. 괜히 저러다가 망신이나 당하지 않으면 다행이지!"

남자명이 어디 한번 보자는 식으로 화산의 제자들을 노려보았다.

'저놈이 화정검이라고?'

그 별호와 이름은 그도 수없이 들어 보았다. 다음 대의 종남 장문인이 될 인재로 기대를 모으던 그 진금룡을 이기고 종남의 명성을 땅에 떨어뜨린 이. 그 소식을 처음 접했을 때 서안 사람들이, 남자명이 놀라지 않았다고 하면 거짓이다.

'하지만 그래 봐야 후기지수다.'

또래에 비해 뛰어날 수는 있겠지만 그렇다 한들 얼마나 뛰어나고 얼마나 잘났겠는가? 고작해야 후기지수인 것을.

하지만 살짝 턱을 치켜든 백천을 보니 그가 잘났다는 사실은 부정할 수가 없었다. 괜스레 짜증이 난 남자명은 신경질적으로 소매를 걷어붙였다.

"발검!"

백천이 선두에서 소리치자 화산의 제자들이 일제히 검을 뽑아 들었다.

그 행동들이 마치 한 사람이 하는 것처럼 완벽하게 맞아떨어졌다. 화산의 제자들이 얼마나 오랫동안 함께 호흡을 맞추며 수련을 해 왔는지, 단순한 동작에서도 확실히 보였다.

"오!"

"우와!"

그리고 반응은 즉각적으로 돌아왔다. 무학을 잘 모르는 이들도 이 한 치의 오차도 없는 일사불란한 움직임에서는 대단함을 느낀 것이었다.

일제히 상단세를 취한 화산의 제자들. 그 선두에서 백천이 천천히 검을 움직였다. 먼저 기수식을 취한 백천이 크게 외쳤다.

"육합!"

그 호령에 화산의 제자들이 일제히 육합검의 기수식을 취했다.

"좋구나!"

"허허. 뭔가 대단해 보이는군."

새하얀 영웅건을 이마에 두른 백천의 모습은 지켜보는 이로 하여금 절로 감탄하게 만드는 힘이 있었다. 헌헌장부라는 말이 잘 어울렸다.

"저자가 화정검이라 이 말이지?"

"화산 백자 배의 대제자라고 하더군."

"그럼 언젠가는 장문인이 될 자로구나."

호기심 어린 눈빛. 그리고 기대가 가득 담긴 시선. 그 모든 것을 한 몸에 받으면서도 백천은 조금도 흐트러지지 않고 단호하게 호령했다.

"일식!"

화산의 제자들이 일제히 한 발을 내디디며 검을 휘둘렀다. 검을 선보이는 자리라고는 하나, 화산이 검을 휘두르는 데 대충이란 말은 있을 수 없다. 전력을 다한 검이 검풍을 일으키며 주변의 공기를 밀어 냈다.

갑자기 불어온 바람에 지켜보던 이들이 화들짝 놀라 뒤로 물러났다. 하나 그 와중에도 화산의 제자들은 조금의 흔들림도 없이 검을 전개했다. 역시라는 말이 절로 흘러나오는 광경이었다.

"화산 후기지수들이 천하일절이라더니."

"저러니 종남이 뒤질 수밖에 없었던 게지."

"하나같이 헌앙하기 짝이 없잖은가?"

마치 한 사람이 펼치는 것처럼 완벽하게 맞아떨어지는 검은 보는 이로 하여금 군무를 보는 것만큼이나 흥겨움을 불러일으켰다.

파아아아앙! 화산 제자들이 검을 내리치자, 그로 인해 일어난 풍압이 가장 앞에서 시연을 지켜보던 남자명의 머리카락을 솟구쳐 오르게 했다. 주변에서 우레와 같은 반응이 터져 나왔다.

"우와아아아아!"

"대단하다!"

서안이 들썩할 정도로 큰 호응이었다. 남자명은 당혹감을 감추지 못하고 주변을 둘러보았다.

'뭐가 그리 대단하다고 이 난리들이란 말인가?'

그래 봐야 기본 검술일 뿐, 이리 호들갑을 떨며 볼 만한 것이 아니었다. 하지만 그런 그의 생각과는 달리, 시연을 지켜보는 이들은 대부분 말 그대로 열광하고 있었다. 남자명의 얼굴이 확연하게 일그러졌다.

'이 무지렁이들이……. 대체 뭐 때문에 이렇게나 난리인 거냐!'

그리고 멀리서 그 광경을 지켜보던 청명은 낄낄대며 웃기 바빴다.

'이해하기 힘들겠지.'

대단한 건 검술이 아니라 이 상황 자체였다. 사실 검술 같은 건 아무런 의미가 없다. 이곳에 모인 이들은 지금 화산의 제자가 검이 아니라 곡괭이를 들고 땅을 파도 놀라 줄 준비가 되어 있다.

이유? 그야 뻔하지. 생전 처음 보는 일에 놀라지 않을 사람은 없다. 이 사람들이 어디에서 명문의 제자들이 단체로 검술을 시연하는 모습을 보겠는가.

애초에 종남이든 화산이든 구파일방쯤 되는 이들은 좀처럼 세상 사람들과 어울리지 않는다. 물론 지역이 지역이니 종남의 검은 한 번씩 봤을 수도 있겠지만, 이들 대부분은 구파일방의 제자들이 펼치는 검술을 볼 기회가 없는 사람들이다. 감히 종남에 올라 그들에게 단체로 검 쓰는 걸 좀 보여 달라 할 수 있는 이가 누가 있겠는가.

그러니 한창 명성을 떨치는 화산의 제자들이 직접 거리로 나와 일제히 검을 펼치는 모습은 그야말로 평생에 가도 한 번 볼까 말까 한, 진귀한 경험인 것이다. 당연히 반응이 이리 열광적일 수밖에.

'거기에 제대로 된 검술만 보여 주면 이야기 끝난 거지.'

뭐? 그 정도는 종남도 할 수 있다고? 그럼 봉문 풀고 내려오시든가.

"낄낄낄낄."

그러게 누가 봉문 하랬나. 청명이 실실 웃어 젖혔다.

그때 마침 화산 제자들의 육합검 시연이 끝났다. 곧이어 미리 말을 맞춰 놓은 대로 이십사수매화검법이 펼쳐지기 시작했다.

시연을 길게 끌어 봐야 강렬함만 떨어지는 법. 육합검으로 적당히 사람들의 이목을 끌었으면 단번에 치고 들어가는 쪽이 좋다.

"매화인동(梅花忍冬)!"

백천의 커다란 호령과 함께 화산 제자들의 검 끝에서 매화가 피어나기 시작했다. 그와 동시에 여기저기서 감탄이 터져 나왔다.

"와……."

"매, 매화로구나! 매화!"

화산의 제자들이 그려 내는 매화를 모두가 놀란 눈으로 바라보았다. 검 끝에서부터 늘어진 검기가 마치 매화를 허공에 피워 내는 것만 같다.

물론 앞쪽에 선 백천 무리와는 다르게 뒤쪽의 제자들은 아직 제대로 된 매화를 피워 내지는 못했다. 하지만 지켜보는 이들에게 그게 뭐가 중요하겠는가. 검으로 꽃을 피우는 이들이 바로 눈앞에 있는데.

"낙매분분(落梅紛紛)!"

기세를 몰아 백천이 더욱 화려한 검식을 펼치기 시작했다. 화려함으로만 따지자면 천하에 화산의 검을 따라올 곳이 있겠는가. 실력이고 나발이고, 일단 사람들을 현혹하는 데는 매화검법만 한 게 없었다. 아무것도 모르는 사람이 봐도 일단 화려하고 위험해 보이니까.

"조, 종남의 검과는 전혀 다른데?"

"이래서 화산이 최근에 기세가 좋다는 거로구나. 이런 검술은 처음 보는군. 이게 대체 무슨 검술이지?"

감탄과 인정 사이로 궁금증 어린 속삭임이 하나둘 튀어나왔다. 딱 시기 좋게 사람들 사이에서 누군가 목소리를 높였다.

"이, 이십사수매화검법이다!"

"이번 소림에서 화산이 이십사수매화검법으로 비무 대회를 휩쓸었다고 하더니! 과연 천하일절이구나!"

"저 검에 구파일방들이 혼쭐이 났다지."

"그렇구나!"

사람들이 이리 모여 있으니 누가 소리치는 건지 알 도리가 없었다. 다들 식견 넓은 이가 하나쯤은 있었겠거니 할 뿐이었다.

세인들 사이에서 자신들의 임무를 완벽히 수행한 화영문의 제자들이 슬쩍 청명 쪽으로 눈짓을 했다. 청명은 흐뭇하게 고개를 끄덕였다.

'옳지! 잘했다.'

응? 사기? 에이. 이런 자리에서는 분위기를 북돋울 바람잡이들이 있어야 흥이 나는 거지. 사기라니! 사람을 뭐로 보고! 내가 이래 봬도 도산데!

사기든 아니든 효과는 더없이 좋았다. 사람들은 홀린 듯, 화산 제자들의 검에서 도무지 눈을 떼지 못했다. 비무 대회. 그리고 구파일방. 마지막으로 이십사수매화검법. 간명한 단어들은 사람들의 뇌리를 파고들기에 더없이 적합했다.

거기에 눈으로 보기에도 화려한 검법, 적절한 실적까지 뒷받침이 되니 지켜보는 이들은 몰입하여 그 검술에 순수하게 감탄할 수 있었다.

"대단하다."

"이게 화산파인가?"

그리고 청명조차 예상하지 못했던 뜻밖의 지원 사격도 벌어졌다.

"쯧쯧쯧. 예전 화산파가 마교 놈들 때문에 무너지기 전에는 감히 종남은 화산에 가져다 대지도 못했어!"

"에이이이잉! 어린놈들이 뭘 알아! 내가 어릴 적에는 말이야!"

"종남? 어허어어어. 내가 또 옛날이야기를 꺼내야겠군. 너희가 매화검존이라는 이름을 들어 봤을지는 모르겠는데 말이다……."

백발이 성성한 노인들이 잔뜩 신이 나 옛이야기를 늘어놓기 시작한 것이다. 평소에는 지겹게 들은 이야기라며 슬슬 피했을 사람들도 이번에는 흥이 나는지 귀를 활짝 열었다.

그 축제와 다름없는 현장에서, 백천이 모두의 시선을 자신에게로 끌어당겼다. 절도 있는 기합과 함께 펼쳐진 초식.

"매화만개(梅花滿開)!"

화산의 매화가 더없이 화려하게 피어났다. 이곳에 있는 모두가, 심지어 종남 속가문의 문주들마저도 그 화려한 매화에 넋을 놓았다.

서안의 중심에서 황홀할 정도로 아름다운 매화가 만개했다. 마치 오랫동안 말라붙었던 고목이 다시 꽃을 피워 내듯 말이다.

"후."

자세를 바로하고 호흡을 갈무리한 백천이 천천히 검을 회수해 검집에 밀어 넣었다. 그러곤 고개를 들어 주변을 돌아보았다.

쥐 죽은 듯한 고요함. 이리 많은 이들이 모여 있는데도 주변은 조용하기 짝이 없었다.

"우와아아아아!"

하지만 그것도 잠시, 누군가 탄성을 마구 내지르며 박수를 보내기 시작하자 다른 이들도 덩달아 손이 부서져라 손뼉을 치기 시작했다.

"허허허허허! 진짜 대단하구나."

"이게 화산파로군! 과연!"

"역시 본산의 제자들은 그 실력이 남달라! 종남과는 전혀 다른데!"

쏟아지는 박수와 감탄. 서안 사람들이 보내는 환호에 화산 제자들의 표정이 밝아졌다. 반면 그 모습을 지켜보는 남자명의 안색은 시커멓게 죽어 갔다.

'이런…….'

폄하하고 싶다. 저 정도는 별거 아니라고, 다들 눈이 어떻게 된 거 아니냐고 소리치고 싶다. 하지만 어쨌거나 그도 한 사람의 무인이다. 두 눈으로 직접 이런 검을 봐 버린 이상, 차마 그 말이 입에서 나오지 않았다. 게다가…….

'먹힐 만한 상황도 아니잖은가?'

아무리 흠을 잡는다고 해도 지금 막 화산의 검을 제 눈으로 본 이들은 다른 사람의 말에 휘둘리지 않을 것이다. 시간이 조금 지나서라면 몰라도 지금은 그저 입을 다무는 게 차라리 이득이었다.

하지만…… 그에게는 정말 안타깝게도, 화산에는 시간이 조용히 흐르게 그냥 내버려두지 않는 이가 존재했다.

"자, 자!"

시연에 끼지 않고 상황을 지켜보던 청명이 때가 되었다 싶었는지 재빨리 앞으로 튀어나왔다. 그러고는 백천의 앞에 서서 목소리를 높였다.

"여러분이 본 매화는 이번에 새로 연 화영문에 입문하시면 얼마든지 배워서 피울 수 있습니다!"

물론 속가에 허락된 검술은 칠매검까지지만…….

'뭐 어쨌든 칠매검으로도 매화는 피울 수 있으니까.'

거짓말은 하지 않았다! 거짓말은!

시선이 순식간에 제게 모이는 것을 확인한 뒤, 청명이 단호하게 소리쳤다.

"그리고! 지금 화영문에 입문하시는 분들께는 앞으로 삼 개월간 수강료를 면제해 드립니다!"

그러더니 발을 쾅 굴렀다. 화산 제자들의 시연으로 단단히 굳은 땅바닥에서는 먼지조차 일지 않았다.

"공짜! 앞으로 삼 개월간 공짜! 일단 입문해 보시고, 싫으면 그만둬도 돈을 안 내도 된다는 말씀!"

"오!"

"공짜!"

동서고금을 막론하고 공짜라는 말에 혹하지 않는 이들이 누가 있겠는가. 안 그래도 조금 전 직접 본 검술에 매혹되어 있던 이들은 공짜라는 말에 솔깃해 청명의 말에 더욱 귀를 기울이기 시작했다.

"마지막으로!"

청명이 뒤쪽에 물러나 있던 백천을 확 잡아끌어 앞으로 당겼다.

"화영문에 입문한 생도들은 천하에 이름을 떨치고 있는 화정검! 백천 도장에게 종종 가르침을 받을 수 있습니다!"

"오오! 화정검!"

"진짜 본산의 제자가 직접 가르쳐 주는 건가?"

가끔씩. 아주 가아끔씩이겠지만 거짓말은 하지 않았다. 약간의 과장은 있을지언정, 지금껏 청명이 한 말 그 어디에도 거짓은 없었다.

'명성은 써먹으라고 있는 거지.'

적어도 이 서안에서만큼은 화산의 장문인보다 화정검 백천이라는 이름이 좀 더 먹힌다. 그러니 이럴 때 써먹지 않으면 언제 써먹겠는가.

그런데 그때 누군가가 소리쳤다.

"한데 그쪽은 누구요? 그 말을 믿어도 되는 거요?"

시기적절한 물음이었다. 청명은 가려운 곳을 긁어 줬다는 듯 씨익 웃었다.

"저는 화산의 삼대제자인 청명이라고 합니다."

"처, 청명?"

"화산신룡!"

"저 사람이 그 화산신룡이다!"

지금까지 들렸던 함성보다 배는 더 큰 함성이 일시에 터져 나왔다.

"엄마야."

천하의 청명조차 그 반응에 깜짝 놀라 한 걸음 뒤로 물러날 정도였다.

"뭐, 뭐야. 왜 이렇게 좋아해?"

"……그야 네가 화산신룡이니까."

백천이 어이없다는 듯 그를 물끄러미 바라보았다. 도저히 예상이 불가능한 일을 벌이는 걸 보면 똑똑한 듯하다가도 이런 모습을 보면 한없이 바보 같아 보였다.

대체 이놈은 자기 자신을 뭐라 생각하는 건가? 비무 대회의 실질적인 우승자이자 천하제일 후기지수. 거기에 후대의 천하제일인으로 불리는 게 청명이다. 가장 유망한 후기지수를 뽑으라 하면 단언컨대 첫 번째로 청명이 꼽힐 것이다.

그러니 아무리 백천이 진금룡을 이겼다고 한들, 그 명성으로 청명에게 비빌 수나 있겠는가?

"화산신룡이 직접 왔었어?"

"그럼 저기 입문하면 화산신룡이 검을 지도해 주는 건가?"

"세상에! 두, 둘째가 지금 어디에 있지?"

역시나 조금 전과는 달리 폭발적인 반응이 터져 나왔다.

"화, 화영문에 입문하려면 어떻게 해야 하오!"

"지금 여기서 입문할 수 있는 거요?"

사람들의 문의가 빗발치자, 언제 당황했냐는 듯 청명이 씨익 웃었다. 쇠뿔도 단김에 빼랬다고, 저리 달아오른 이들의 기대를 식힐 수는 없지!

"소행아! 뭐 하냐! 손님 받아라!"

"옙, 도장님! 여러분, 입문 상담은 이쪽으로 오십시오!"

소림에서 도박판을 여느라 명단을 작성하는 데는 진즉에 도가 튼 화영문도들이다. 순식간에 탁자 몇 개가 차려지고 그 위에 장부와 지필묵이 준비되었다. 제일 먼저 자리에 앉은 위소행이 목소리를 한껏 높였다.

"여기에서 지원을 받습니다!"

말이 떨어지기 무섭게 몇몇이 다급하게 탁자 앞으로 달려들었다. 그러자 눈치만 보던 이들도 앞다투어 뛰쳐나갔다.

"나부터! 내 아들부터 받아 주시오!"

"아, 본인 아니면 비키세요! 저는 제가 입문합니다!"

"찬물도 위아래가 있지! 비켜라! 저도 입문하고 싶습니다!"

화영문에 입문하겠다며 사람들이 너도나도 몰려드는 모습을, 종남 속가의 문주들이 망연히 바라보았다. 청명이 의기양양하게 웃으며 뒷짐을 지고 섰다. 그 뻐기는 듯한 태도를 보고 결국 참지 못한 남자명이 외쳤다.

"……체면도 없이 이런 짓을! 어찌 속가의 일에 본산이 이렇게까지 나선단 말이오!"

말로는 화산을 타박하면서도 남자명은 얼굴에 낭패한 기색이 역력했다. 청명은 피식 웃으며 어깨를 으쓱했다.

"그게 뭐 어때서요?"

"……뭐, 뭐라고 하셨소?"

"안 해 주는 게 문제지, 해 주는 게 왜 문제예요? 본산이 속가 일에 발 벗고 나서 주면 오히려 좋은 거 아니에요?"

너무나도 지당한 말이었다. 남자명이 차마 반박할 말을 찾지 못하고 입을 딱 닫았다. 청명은 낄낄 웃으며 쐐기를 박았다.

"억울하면 그쪽도 종남한테 해 달라고 하세요."

아, 봉문 하셨나? 그것참 안타까워서 어떡하지? 낄낄낄낄.

　　　　　　　　　◆ ✦ ◆

"타앗!"
"타아아앗!"
"악!"
"흐흐흐흐."

화영문 연무장에 모여 수련을 하는 아이들을 청명이 더없이 흐뭇해하는 표정으로 바라보았다. 그리고 그 모습을, 화산의 제자들이 더없이 불안해하는 얼굴로 보았다. 백천이 청명에게 시선을 못 박은 채 소리 죽여 물었다.

"쟤 왜 저러냐?"
"무슨 말씀이십니까?"
"제자들이 들어오면 당장 바닥부터 굴릴 것 같았는데, 의외로 얌전하네?"
"……듣고 보니 그러네요."

윤종도 그 말에 의아해하며 턱을 매만졌다. 백천이 영 이해가 안 간다는 듯 미간을 찌푸렸다.

"저 마귀 같은 놈이 아이들이라고 해서 봐줄 리도 없는데."

하지만 그들의 염려와는 달리, 청명은 지금 더없이 흡족한 상태였다.

'귀엽군.'

아직 젖살이 빠지지 않은 아이들이 도열하여 주먹을 내지르는 광경을 보고 있자니 절로 마음이 뿌듯해졌다.

응? 그럼 예전에 사형들한테는 왜 그랬냐고?

'얘들은 내가 안 가르쳐도 되잖아.'

원래 자식보다 조카가 눈에는 더 예쁜 법이다. 조카는 내가 안 키워도 되니까. 그냥 예뻐하기만 하면 되거든. 내가 땀을 흘리며 가르칠 필요 없는 어린 제자들이란 얼마나 귀엽고 깜찍한 존재들인가.

"자, 손을 살짝 더 뻗어 보자꾸나."

"오옳지! 옳지! 잘하는구나."

"울지 말고! 울면 강한 사나이가 될 수 없다!"

화영문주를 비롯해 화영문의 제자들이 아이들을 지도하는 모습을 보고 있으니 박수라도 치고 싶은 심정이었다. 그도 그럴 게, 화영문의 제자들은 마치 이것이 천직이라는 것처럼 아이들을 다루고 있었다.

하기야 화영문주가 남영에서 무관을 운영한 게 몇 년이던가. 한 명의 아이라도 더 잡아야 한 푼이라도 더 벌 수 있는 법. 가뭄에 콩 나듯 무도관에 들어온 아이를 놓치지 않기 위해 필사의 노력을 해 온 경험이 지금 이곳에서 빛을 발하고 있는 것이었다.

반면에……

"이 아무짝에도 쓸모없는 인간들 같으니라고."

청명이 도끼눈을 뜨고 노려보자 화산의 제자들이 찔끔하여 고개를 돌렸다.

"대체 뭘 어떻게 하면 일다경도 지나기 전에 애들이 모조리 울면서 집에 간다고 난리를 칠 수가 있냐?"

"……살살 했는데."

"진짜 살살 했거든."

"시끄러!"

버럭 소리를 지르며 잔소리를 늘어놓는 청명을 보며 화산의 제자들이 입을 삐쭉 내밀었다.

'그게 다 누구한테 배운 건데!'

'진짜 살살 했다고! 진짜!'

하지만 안타깝게도 화산의 기준으로 '살살'은 어린아이들이 버텨 내기에 너무도 가혹한 구석이 있었다.

"됐다. 내가 너희한테 뭘 바라겠냐?"

식충이를 보는 눈으로 화산의 제자들을 일별한 청명이 조막만 한 손을 내지르는 아이들을 바라보았다. 그의 표정이 다시 눈 녹듯 온화해졌다.

'저게 다 돈이란 말이지.'

청명의 미소가 더욱 흐뭇해졌다. 입문하고부터는 돈을 벌어 오기는커녕 문파의 돈을 아주 그냥 찰떡같이 뽑아 먹는 본산 제자들과는 다르다.

저 속가제자들은 무려 무학을 배우면서 돈을 가져다주는, 세상 둘도 없이 소중한 존재들이지 않은가!

그러면 저들이 낸 돈이 속가의 배를 불리고, 그 속가가 다시 본산에 상납을 하는, 세상에서 가장 아름다운 체제가 완성되는 것이다. 그러니 이 아이들이 어찌 어여쁘지 않겠는가.

병아리처럼 작은 주먹을 내지르는 아이들을 보고 있으면 밥을 먹지 않아도 배가 부르고, 잠을 자지 않아도 피곤하지 않았다.

"ㅎㅎㅎㅎ."

참으려 해도 입술 사이로 웃음이 새어 나왔다. 결국 소리 내어 웃은 청명이 중얼거렸다.

"이건 시작일 뿐이야."

일단은 화영문을 중심으로 서안에 속가문을 단단히 세운다. 그리고 이 서안을 중심으로, 섬서 전체에 속가문을 점차 늘려 나가야 한다.

"서안에서 섬서로! 섬서에서 천하로!"

그 모든 단계를 거쳐 천하 곳곳에 화산의 속가문이 생겨날 때, 화산은 마침내 과거의 영향력을 회복했다고 당당하게 자신할 수 있을 것이다.

"떼돈을 버는 거지! 낄낄낄낄낄!"

청명이 아름다운 미래를 꿈꾸며 호탕하게 웃어 젖혔다.

하지만 세상일이라는 건 언제나 그렇듯, 마음먹은 대로만 되지는 않는 법이었다.

'……왜 뭐가 좀 빈 것 같지?'

청명이 수련을 하는 아이들을 의혹 어린 눈으로 바라보며 수를 세었다.

'하나, 둘, 셋, 넷…….'

빈다. 아이들이 수련을 시작한 지 이제 겨우 사흘이 지났을 뿐인데, 벌써 이 할은 넘게 줄어든 느낌이었다. 아니, 느낌이 아니라…….

"왜, 왜 애들이 줄었죠?"

청명의 물음에, 곁에서 함께 아이들을 지켜보고 있던 화영문주가 어색한 웃음을 지어 보였다.

"본래 처음의 의욕은 열흘을 가지 않는 법이오. 열흘이 넘어서도 남는 아이들이 끝까지 가곤 하지."

"……이제 사흘짼데?"

"안타깝겠지만 받아들여야 하외다, 도장. 저 중에 반수나 남으면 다행이오."

청명이 멍한 얼굴로 고개를 돌려 화영문주를 바라보았다. 반? 반이라고? 그럼 버는 돈도 반으로 준다는 뜻인가? 심장이 아프다.

"아, 아니. 그럼 내 돈이……."

애초부터 화산의 돈이 그의 돈이 된 적은 없었지만, 그런 건 청명의 머릿속에 들어 있지 않았다.

그때였다. 열심히 수련하던 아이 중 두 명이 화영문주와 청명이 있는 곳으로 쪼르르 달려왔다.

"저, 저기, 문주님."

무슨 일이냐는 눈빛으로 바라보자 눈이 살짝 풀린 아이들이 말했다.

"그……. 그 꽃 그리는 검은 언제 배울 수 있나요?"

그 귀여운 목소리에 화영문주가 흐뭇하게 웃었다.

"하하. 매화를 그려 보고 싶은 모양이구나. 하지만 너희에게 아직 그건 너무 이르단다. 적어도 앞으로 십 년 이상은 검을 휘둘러야 매화를 그려 낼 수 있다."

"아, 십 년이요?"

"그럼. 십 년만 열심히 하면 된다!"

"네! 그만둘게요."

"……응?"

"아, 힘들었다. 집에 가자. 안녕히 계세요!"

아이들은 해맑게 인사하더니 뒤도 돌아보지 않고 화영문을 나가 버렸다.

"……어?"

화영문주와 청명은 갑작스러운 상황에 미처 아이들을 막지도 못하고 멍한 얼굴로 그 뒷모습을 바라보았다.

다시 하루가 흘렀다.

"……왜 애들이 또 반으로 줄었죠? 여기가 뭔 전쟁터도 아니고, 자고 나면 사람이 사라지네."

사기가 지옥까지 떨어져 밤만 되면 탈영이 빈번하게 벌어지는 전쟁터에서도 이토록 급격하게 사람이 줄어들지는 않을 것이다.

"문주님. 이게 대체 어떻게 된 거죠?"

"저한테 그리 말씀하셔도……."

연무장은 확실히 어제보다 한산했다. 멍한 얼굴로 휑한 연무장을 바라보는 두 사람을 보며 조걸이 쓴웃음을 머금었다.

"딱히 열심히 수련해야 할 이유를 모르는 모양이다."

수련을 안 하면 대체 뭘 하러 온 건데. 청명이 의아하다는 듯 고개를 기울였다.

"생각해 보면 당연한 일이지. 여기에 입문하겠다고 온 애들은 애초에 무학에 별로 관심이 없는 애들이거든."

"왜?"

"관심 있는 애들은 이미 종남이랑 종남의 속가에 다 입문했으니까."

어? 그건 생각 못 했는데?

"그러니까 여기에 입문한 애들은 평소에 몸을 굴려 수련을 하는 데는 전혀 관심이 없단 뜻이지. 부모 손에 강제로 이끌려 왔거나, 그날 본 꽃이 예뻐서 온 애들인데……."

잠깐 말끝을 흐린 조걸이 슬쩍 수련하고 있는 아이들을 향해 턱짓했다. 열심히 정권을 내지르고는 있지만 다들 얼굴에 지루해하는 기색이 역력했다.

"계속 주먹질만 가르치고 있으니 애들이 영 흥미를 못 느끼는 거지."

"그, 그럼 검을 가르치면?"

"그래 봐야 비슷할 거다."

대답을 한 건 백천이었다. 그의 표정 역시 살짝 무거웠다.

"화산이 잘나가는 건 알지만, 그렇다고 다니던 도장을 때려치우고 다른 곳에 올 이유는 없는 거지. 검은 지금 다니던 종남의 속가문에서도 배울 수 있지 않으냐."

"거, 검술이 다르잖아."

"그렇긴 하지만……."

윤종도 참전했다.

"애초에 저 나이대의 애들에게는 화려한 검술보다 같이 다니는 친구가 중요한 법이다. 설령 종남의 검보다 화산의 검을 좋아한다 해도, 다른 검술을 익히기 위해서 친한 친구들과 멀어지고 싶지는 않은 거지."

"친구?"

"그래."

"친구가 뭔데?"

눈을 동그랗게 뜨고 묻는 청명을 보며 몇 번이나 입을 뻥긋거리던 윤종은 결국 한숨을 내쉬며 저도 모르게 눈을 질끈 감았다.

'……이 새끼는 글렀어.'

애초에 이놈은 평범한 삶을 사는 이들을 이해하지 못한다.

"그러니까 정리하자면."

대화가 옆길로 빠지려는 듯한 분위기가 흐르자 백천이 이야기의 맥을 끊으며 단호하게 말했다.

"매화검법을 보여 주거나 강습비를 깎아 주는 걸로 반짝 효과는 낼 수 있지만, 이미 무학을 익히던 이들을 뺏어 올 만한 효과는 없다는 거지."

"아무래도 상대는 구파일방의 종남이고, 우리는 아직 구파일방에 복귀하지 못했으니까."

"게다가 서안 사람들의 반절은 종남이랑 인연이 있고."

조걸과 윤종까지 번갈아 백천의 말에 장단을 맞췄다. 청명이 이를 드러내며 으르렁거렸다.

"뻔한 소리 하지 말고. 그래서 대책이 뭔데!"

"대책이랄 게 딱히……."

조걸이 말끝을 흐렸다. 결국 청명이 화를 참지 못하고 눈앞의 조걸을 뻉 걷어찼다.

"에이! 대책도 없는 놈들이 사람 속 터지는 소리나 늘어놓고 있어!"

"진정해라, 청명아."

금방이라도 자리를 박차고 나가 뭐든 뒤엎어 버릴 기세였다. 백천이 얼른 그를 만류하며 얼렀다.

"수강생이 좀 줄기는 했지만, 그래도 적은 수는 아니다. 이제부터 차차 늘려 나가면……."

"어느 세월에! 이대로라면 내가 호호백발 할아버지가 됐을 때나 두 번째 속가문이 생기겠네! 그 전에 소행이가 먼저 죽겠다!"

청명이 이를 빠득빠득 갈더니 퉁명스러운 얼굴로 말했다.

"그러니까, 사람을 끌어모으려면 종남의 속가문과는 확연히 다른 뭔가를 보여 줘야 한단 말이지?"

"……그렇지. 그래야 하는데."

"그럼 가서 속가문 문주들 대가리를 다 깨 버리면 되는 거 아냐!"

"……본산 제자인 네가 그래 봐야 의미가 없다니까. 우리가 나서서 깨려면 종남 장문인 대가……. 아니, 그분의 머리를 깨야 하는데 지금 종남은 봉문 중이잖아."

"아, 왜 이럴 때 봉문은 하고 난리야!"

너 엊그제까지만 해도 종남 놈들 딱 좋을 때 봉문 했다고 엄청 좋아했었잖아. 이 줏대도 없는 놈아.

백천은 하고 싶은 말이 많았지만 차마 입 밖에 내지 못하고 속으로 삼켰다.

"끄으으으응."

백천의 속을 알 리 없는 청명은 머리를 싸매고 고민에 잠겼다.

"차이점……. 차이점이라. 종남보다 확연히 나은 무언가라니……. 아니, 그게 칼질 잘하는 거 말고 뭐가 또 있나."

그러다 갑자기 또 화가 치밀었는지 냅다 허공에 대고 소리를 쳤다.

"안 오는 놈은 그렇다 치고! 나온 놈들은 뭐 얼마나 했다고 때려치워! 하여튼 근성도 없는 것들이 말이야! 나 때는 안 그랬는데! 나 때는!"

"일단 진정하라니까."

분노가 다시 푹 꺼진 청명이 한숨을 내쉬었다. 이렇게 화를 낸다고 해서 딱히 뾰족한 수가 떠오르는 것도 아니었다. 천하의 청명이라도 이 문제에 관한 해결책은 당장 머리에서 떠오르지 않았다.

'화산의 이름으로 할 수 있는 건 웬만큼 했는데.'

결국은 종남이나 화산이나 똑같이 검을 쓰는 문파. 아무리 차별성을 두려 해도 단기간에 확연한 차이점을 보여 주는 것은 어렵다는 뜻이다.

차라리 종남이 봉문 하지 않았더라면 쫓아가 후려 까서라도 차이점을 보여 줄 수 있을 텐데.

해결책이 없으니 답답하기만 했다. 지금 상황에서 본산의 제자인 청명이 종남 속가문주들 대가리를 까 봐야 어른이 자리를 비운 사이에 아이를 괴롭히는 꼴밖에는 되지 않는다. 그래서야 오히려 사람을 모으는 데 방해가 되지 않겠는가.

"끄으으응. 골치 아프게 됐네."

"그나마 아까 말했듯이 차라리 검을 빨리 가르치는 게……."

"그건 안 돼."

백천이 조심스레 제안했지만 청명은 단호히 고개를 저었다.

"이건 중심의 문제야. 속가문의 제자들은 기본적으로 검을 패용하고 다니기 어려워. 문제가 생겼을 때 바로 검법을 쓰기 어렵다는 의미지. 권각술은 반드시 가르쳐야 해."

"하지만 화산의 권각술을 배우고 싶어 하는 이가 없잖느냐?"

"끄응. 그게 문젠데."

청명이 다시 한숨을 내쉬었다. 새로 받은 화영문의 제자들이 어느 정도 성과를 내 주면 믿고 버티는 이들이 생겨나겠지만, 지금 당장은 검을 미끼로 권각을 가르치고 있는 꼴이다. 그러니 흥미를 가지기 어려울 수밖에. 안 그래도 아이들은 권각보단 검에 재미를 느낄 텐데, 심지어 화산은 권각술로 유명한 문파도 아니지 않은가.

"이걸 어떻게든 해결을 해야 하는데."

하지만 해결책이라는 게 어디 하늘에서 뚝 떨어지는 것도 아니고…….

그때였다.

"계십니까?"

입구에서 조심스럽게 사람을 찾는 나직한 목소리가 들려왔다. 안에 있던 모두가 일제히 입구로 시선을 돌렸다. 어디선가 들어 본 듯한 목소린데, 누구…….

"응?"

"뭐, 뭐야?"

입구 쪽에 선 인물을 확인하고 화산 제자들과 화영문 제자들은 눈이 툭 튀어나올 듯이 커졌다. 아니, 저거? 저, 저거 분명히…… 저거?

파르스름하게 깎은 머리. 단정한 승복. 조금 하늘하늘한 듯하지만, 중심이 잡혀 있는 자세.

"쟤가 여기서 왜 나와?"

청명이 저도 모르게 한마디를 흘렸다. 입구에 서서 고개를 두리번거리던 승려가 그 목소리에 청명과 눈을 마주치고는 활짝 웃었다.

"아미타불. 시주! 여기에 계셨구려! 소승, 혜연입니다! 저를 기억하십니까?"

그 모습을 멍하니 보는 청명의 얼굴엔 그답지 않게 황당해하는 기색이 역력했다. 청명은 살짝 얼이 빠진 듯한 목소리로 입을 열었다.

"……사숙. 쟤가 왜 여기 있지?"

"……그러게."

백천도 똑같이 얼 빠진 목소리로 답했다. 그도 당혹스럽기는 마찬가지였다. 제 눈을 의심하며 두어 번 눈을 비빈 청명이 황당하다는 듯 웃어 버렸다.

"허……. 허허. 웬 중이 굴러들어 오네."

하늘에서 해결책이 떨어지지는 않았지만.

"설마 제 발로 걸어 들어올 줄이야."

이래서 사람은 착하게 살아야 한다.

"일단 저 새끼 잡아."

눈을 번뜩인 청명이 낄낄대며 자리에서 일어났다.

"찾았다, 해결책!"

한편 혜연은 흐뭇하게 웃으며 제게로 슬금슬금 다가오는 청명을 보고 알 수 없는 불안감을 느꼈다.

'잘 온 걸까?'

아니. 너 잘못 온 거야.

• ❖ •

"대주! 큰일입니다!"

한 사내가 다급하게 외치며 문을 박차고 방 안으로 들어섰다. 순간 코를 확 찌르는 주향에 눈을 찌푸렸던 그는 얼른 정신을 차리고는 바닥에 드러누운 이를 마구 흔들어 깨웠다.

"일어나 보십시오, 대주! 대주!"

"에이!"

드러누워 있던 이가 짜증으로 잔뜩 얼굴을 일그러뜨렸다. 그러고는 저를 흔들어 깨운 이를 뻥 걷어차 버렸다.

"악!"

힘없이 나뒹구는 사내에게는 눈길조차 주지 않고 그가 버럭 소리쳤다.

"왜 아침 댓바람부터 호들갑이냐! 머리 울려 죽겠구만!"

"그거야 대주가 밤새도록 술을 폈기 때문 아닙니까!"

"그걸 알면 좀 나가라!"

걸어차인 사내는 이런 일이 한두 번이 아니라는 듯 태연하게 벌떡 일어나 바닥에 누운 사내를 다시 잡아 이리저리 흔들었다.

"그럴 때가 아니란 말입니다! 좀 일어나 보십시오!"

"……이놈이 뭘 잘못 처먹었나?"

평소 같으면 이쯤에서 슬그머니 물러났을 텐데 이리 난리를 친다는 건 필시 무슨 일이 생겼다는 뜻이었다. 사내는 결국 머리를 부여잡고 느리게 고개만 들었다. 아주 조금 움직였는데도 입에서 끙, 앓는 신음이 흘러 나왔다.

"으……. 머리가 깨질 것 같구나."

"주독을 날리면 될 게 아닙니까. 천하의 적사도(赤蛇刀) 엽평(葉平)이 숙취로 끙끙댄다고 하면 천하가 비웃을 겁니다!"

"비웃으라지. 그래서 뭔 일인데?"

"종남이 봉문을 했답니다."

"그래. 봉문을……. 뭐?"

적사도라 불린 이의 몸에서 일순 맹렬한 기세가 뿜어져 나왔다.

"지금 뭐라고 했느냐?"

"종남이 봉문을 했답니다! 앞으로 최소 일 년간은 대외 활동을 금한다고 합니다."

"……그놈들이 미쳤나? 갑자기 왜 그런대?"

"이유야 알 게 뭡니까! 우리한테 중요한 건 그놈들이 봉문을 했다는 거지요."

호들갑스러운 목소리에도 별다른 반응 없이 심드렁해하던 적사도가 천천히 몸을 일으켰다.

"창문 열어라."

괴호리(怪狐狸) 방승(方昇)이 재빨리 창들을 활짝 열었다. 그러자 방 안에 쌓여 있던 주향이 금세 빠져나갔다. 적사도는 조금 전까지 숙취로 끙끙대던 일이 다 거짓이었던 것처럼 태연하게 걸어가 의자에 앉았다.

"다시 자세하게 말해 봐라. 봉문이 확실하더냐?"

"예! 확실합니다."

적사도 엽평이 영 못 미덥다는 눈으로 괴호리 방승을 노려보았다.

"네가 확실하다고 말한 것치고, 제대로 된 것이 몇이나 있었느냐! 이번에도 일이 잘못된다면 네 입을 찢어 놓고 말겠다! 그 말을 믿었다가 종남 놈들이 봉문을 깨면 우리만 낭패를 본단 것쯤은 알고 있겠지?"

서슬 퍼런 엄포에도 방승이 씨익 웃으며 말했다.

"이번에는 확실합니다! 지금 서안에서 화산 놈들이 속가문을 열고 제자들을 받고 있답니다."

"화산이? 그걸 종남 속가들은 보고만 있고?"

"그러니까 드리는 말씀이 아닙니까! 화산의 본산 놈들이 몰려와 있어서 손도 쓰지 못하고 있답니다! 그 말인즉슨!"

"……종남이 봉문을 깰 생각이 없다는 뜻이로군."

엽평이 가슬가슬하게 자란 턱수염을 어루만졌다.

'화산이라면 자다가도 벌떡 일어난다는 그 종남 놈들이, 화산이 서안에서 활개를 치는데도 구경만 하고 있다?'

방승이 가져온 소식이 사실이라면 종남이 정말 봉문을 했다는 뜻이다.

"대주님! 이건 놓칠 수 없는 기회입니다! 방주님께서 반드시 서안을 접수해야 한다고 하지 않으셨습니까! 저희가 내내 서안 주변에서 이리 얼쩡대고 있는 것도 그 때문이고요."

"그렇지."

"그동안은 종남이 워낙 강건해서 도무지 틈을 찾지 못했는데, 이리된 이상 과격하게 나가도 괜찮지 않겠습니까?"

엽평이 가만히 고개를 끄덕이며 잠시 생각에 잠겼다.

'방주님도 참 너무하시지.'

서안이 어떤 곳인가? 구파일방 중에서도 강자로 분류되는 종남의 안방 같은 곳이다. 그런 지역에서, 그것도 사파인 자신들이 세력을 확장하는 게 어디 말처럼 쉬운 일이겠는가.

물론 영역이라는 게 그렇게 선을 긋듯 딱딱 나뉘는 개념은 아니니, 방주의 말은 그저 적당히 스며들어 보라는 의미였을 것이다.

하지만 문제는 저 종남 놈들이 자기 구역 관리에 병적인 집착을 보인다는 것이었다. 조금만 발을 들이밀면 어디선가 튀어나와 미친개처럼 달려들어 물어뜯는데, 버틸 재간이 없었다.

방승은 그게 다 종남이 예전에 안방도 뺏기고 얻어맞았던 기억이 남아 있기 때문이라는데, 종남의 속사정 따위야 그가 알 바 아니었다.

"그래서 지금이 절호의 기회다?"

"그렇습니다!"

"나중에 종남이 봉문을 풀면 어떻게 하라고?"

"이미 그때는 한탕 제대로 한 뒤일 텐데 뭐가 문젭니까. 나가라 하면 나가면 그만이지요."

"그도 그렇다만."

신이 나서 들뜬 목소리로 떠들어 대는 방승을 앞에 두고도, 엽평은 여전히 마음에 걸리는 부분이 있는 듯 입맛을 다셨다.

"그런데 화산 놈들이 와 있다면서. 요즘 그 화산이 보통 기세가 아니라던데?"

"그래 봐야 후기지수 놈들 아닙니까? 어디 대주님께 비하겠습니까? 적사도 엽평이 왔다는 말을 들으면 오줌을 싸며 도망갈 겁니다."

"아부 떨지 마라. 머저리 같은 놈아."

작게 타박한 엽평이 턱을 매만지던 손길을 멈추고 눈을 가늘게 떴다.

'하지만 틀린 말은 아니야.'

화산의 후기지수 놈들이 천하제일의 인재들이라 불린다지만, 그래 봐야 고작 후기지수다. 그런 햇병아리들에게 떨어서야 어디 신주오패(神州五覇) 중 하나인 만인방(萬人房)의 적사대(赤蛇隊)라 할 수 있겠는가?

"서안이라……."

고민을 마친 그가 이를 드러내며 사납게 웃었다.

"방주께서 좋아하시겠구나. 준비해라. 서안으로 간다!"

천하를 오시하는 다섯 곳의 사파(邪波), 신주오패 중 한 곳. 만인방의 적사대가 종남의 공백을 노리고 서안으로 움직이기 시작했다.

· ❖ ·

"……아미타불."

화영문에 마련된 접객실에 앉은 혜연이 나직하게 불호를 외었다. 그 와중에도 슬쩍슬쩍 주변을 둘러보는 건 잊지 않았다.

"마셔."

"감사합니다."

그는 청명이 내민 찻잔을 양손으로 잡고는 가만히 청명을 응시했다. 현영은 이 상황이 재미있다는 듯 가볍게 웃으며 물었다.

"허허, 그래. 이미 화산에는 들렀다고 하시었소?"

"말씀을 낮춰 주십시오, 장로님. 저는 소림의 일개 무승에 불과합니다."
"그래도 되겠는가?"
"예. 그것이 옳습니다."

일말의 주저함도 없는 혜연의 대답에 현영이 슬쩍 미소를 지으며 고개를 끄덕였다.

'확실히 잘 배웠군.'

예의범절이고 나발이고 죄다 팔아먹고 갈수록 산채화 되어 가는 화산의 제자들만 보다가 사리를 분별할 줄 아는 소림의 제자를 보니 뭔가 살짝 개안을 하는 느낌이었다.

물론 그렇다고 혜연이 마음에 든다는 의미는 아니지만.

"그래. 하면 내 다시 묻겠네. 화산에는 이미 들렀다고?"
"예. 장문인을 만나 뵙고 말씀을 듣고 오는 길입니다. 제가 원하는 것은 이곳에 있으니 이곳에서 허락을 구하라 하셨습니다. 아미타불."

나직하게 불호를 외는 혜연을 보며 청명이 눈을 가늘게 뜨고 물었다.

"뭐, 거두절미하고. 그래서 왜 왔는데?"

그러자 혜연의 시선이 정확하게 청명에게로 꽂혔다.

"시주. 한동안 이곳에 머무르고 싶습니다."

뜬금없는 부탁에 청명이 고개를 갸웃했다.

"엥? 왜?"
"아미타불."

혜연은 바로 답하는 대신 가만히 불호를 외었다. 사실 하고 싶은 말이야 많지만, 이들 앞에서 그 말을 하는 것은 그의 사문에 누가 되는 일이었다. 그러나 부탁하는 자로서 아무 설명도 하지 않는 것 또한 예가 아니다. 그는 자신을 여기까지 이끈 근본적인 이유를 입에 올렸다.

"이곳에 제 길이 있다고 여겼기 때문입니다."

"뭐래?"

"……예?"

청명의 얼굴이 왈칵 일그러졌다.

"여하튼 이놈의 땡중 새끼들은 아주 입만 열면 선문답이야! 서당 보내서 말하는 법부터 다시 가르쳐야……. 읍읍."

현영이 환하게 웃으며 청명의 입을 한 손으로 틀어막았다.

"아하하하하. 자네가 너그러이 이해하게나. 알다시피 우리 청명이가 워낙 직설적이어서."

"괘, 괜찮습니다."

혜연의 뒤통수에서 식은땀이 흘러내렸다.

'비무장 위에서 본 것보다 더하구나.'

그때는 사람이 굉장히 화가 나 있었으니 그럴 수 있다고 생각했지만, 지금 보니 원래 그런 사람인 모양이다.

"하지만 이해가 가지 않는 건 나 역시 마찬가지일세. 이곳에 그대의 길이 있다고 하였는가?"

현영의 물음에 혜연이 가만히 고개를 끄덕였다.

"예. 일전의 비무 대회에서 많은 것을 보고 느꼈습니다. 그리고……더없이 떳떳하다고 생각했던 제 사문조차 그리 올곧지만은 않다는 사실을 깨우치게 되었습니다."

현영의 표정이 굳었다. 그는 진지한 눈빛으로 혜연의 말을 기다렸다.

"이 화두를 해결하지 않고서는 더 나아갈 수 없다고 여겼습니다. 그렇기에 이곳에서 제가 어떤 길을 걸어가야 할지를 보고 배우려 합니다."

"잠깐, 뭘 어쩐다고?"

"보고 배우려……?"

"여기서?"

현영이 적잖이 당황한 것을 보며 혜연은 그저 영문을 모르고 고개를 갸웃거렸다. 그게 그렇게 이상한 말인가?

현영이 슬쩍 청명의 옆모습을 보고 다시 혜연에게로 시선을 돌렸다.

"누굴 보고 배운다고?"

허리에 손을 짚고 당당하게 배를 내민 청명과 '이 새끼가 제정신인가?'라고 말하는 듯한 얼굴의 현영. 그리고 그 뒤에서 속닥대는 화산의 제자들. 전혀 생각지도 못한 반응에 혜연 역시 당황하여 모두를 번갈아 바라보았다.

'내가 뭘 잘못 말했나?'

그런데 그때, 뒤쪽에서 그들의 대화를 듣고만 있던 백천이 낮게 헛기침을 하고는 작은 목소리로 입을 열었다.

"저…… 혜연 스님."

"예. 말씀하시지요, 백천 시주."

"왜 하필 저놈……. 아니, 여기에서 뭘 배우겠다고 하시는지?"

혜연이 살짝 심호흡을 했다.

"올곧다 느꼈기 때문입니다."

"올곧다?"

백천이 의아하다는 듯 되묻자 그는 가만히 고개를 끄덕였다.

"도문 역시 그렇겠지만, 불도를 걷는다는 것은 끊임없는 미혹과 싸우는 것과 같습니다. 세상에 있는 수많은 화두 앞에서 자신의 길을 관철한다는 게 결코 쉬운 일은 아니지요. 저 역시 흔들리고 또 흔들리는 한 사람의 승려에 불과합니다."

"……."

"하나 저는 청명 도장에게서 흔들리지 않는 의지를 느꼈습니다. 하여, 어떻게 해야 그토록 흔들림 없는 의지를 세울 수 있는지 제 눈으로 직접 보고 배우려 합니다."

혜연의 말이 길어질수록 청명이 뿌듯한 표정으로 옆에서 슬그머니 배를 더 내밀었다. 그 꼴을 본 백천의 얼굴이 붉으락푸르락 일그러졌다.

'생각이 없으면 흔들리지 않는다고, 이 멍청한 양반아!'

흔들리지 않는다고 무조건 좋은 게 아니야! 사람이 좀 좌우도 돌아보고 흔들리기도 하고 그래야지!

백천의 눈에 지금의 혜연은 섶을 지고 불구덩이에 제 발로 신나게 뛰어드는 부나방처럼 보였다. 현실이 힘들다고 스스로 지옥에 걸어 들어갈 이유가 있냐 이 말이다.

가만 듣던 현영이 짐짓 근엄한 목소리로 다시 물었다.

"귀문의 방장께서 이 일을 허락하셨는가?"

"허락을 하지는 않으셨지만, 막지도 않으셨습니다. 불법이란 스스로를 바로 세우는 것에서부터 시작해야 하는 법. 방장께서 저를 막으신다 해도 그 선택에 주저함이란 없어야 할 것입니다."

청명이 노골적으로 얼굴을 구기며 귀를 후볐다.

"좀 짧게 말해라, 짧게!"

"……그냥 왔습니다. 말리시긴 했는데."

"그래. 그렇게 말하니 얼마나 좋아."

청명이 그제야 흐뭇하게 웃었다. 하지만 그 광경을 바라보는 화산의 제자들은 영 좋지 못한 속을 달래야 했다.

'벌써 시작인가?'

'저 스님도 제정신은 아니네. 대체 저런 놈에게 뭘 배우겠다고?'
'이렇게 또 한 놈이 가는구나.'

현영이 돌아가는 상황을 보다가 조심스레 입을 열었다.

"그러니까…… 자네가 화산에 머무르면서 무언가를 배우고 싶다 이 말인가?"

"그렇습니다, 장로님."

"장문인께서는 여기 와서 허락을 구하라 하셨고?"

"예. 제가 보고 배우고자 하는 이의 허락이 중한 거라 하셨습니다."

현영의 시선이 청명에게로 향한다.

"어떻게 하면 좋겠느냐?"

"뭐, 생각하고 말고 할 것도 없죠. 자기가 제 발로 와서 구르겠다는데 굳이 밀어낼 이유도 없고요."

청명의 입에서 나온 말에 혜연이 고개를 갸웃했다.

'굴러? 내가 그런 말을 했던가?'

하지만 그가 채 물어보기도 전에 청명이 가까이 다가와 그의 어깨에 팔을 둘렀다. 잔뜩 인상을 쓰던 아까와는 달리 더없이 온화한 표정으로.

"잘 왔어. 잘 왔어. 크으. 이게 사람의 인연이지. 어떻게든 안면을 익혀 두면 알아서 구르겠다고 찾아오……. 아니, 서로 좋은 관계가 되고 그러는 거지. 안 그래?"

"그, 그렇습……."

"대신!"

청명의 미소가 살짝 미묘해졌다. 그는 혜연을 똑바로 보며 말했다.

"화산에 공짜 밥은 없어. 먹여 주고 재워 주는 대신에 일은 제대로 해야 할 거야."

"아미타불. 그건 당연한 말씀입니다. 시주. 소림 역시 제 일을 하지 않는 이에게 공짜 밥을 먹이지는 않소."

청명이 흐뭇하게 웃으며 혜연의 어깨를 다독였다.

"아, 그래? 그럼 간단하네. 여기 머무르는 대신에 일을 좀 해 주면 돼. 그럼 아무 문제가 없지!"

"허락해 주시는 겁니까?"

"허락이고 말고 할 게 어디 있어. 우리 사이에."

"아……. 아미타불! 감사합니다, 시주!"

혜연의 얼굴에 화색이 돌았다. 화산이 대책 없이 찾아온 자신을 이리 쉽게 받아 줄 줄은 몰랐다. 만일 받아들여 주지 않는다면 대문 앞에 무릎 꿇고 앉아서 열흘이고 한 달이고 빌 각오도 하고 있었건만, 생각보다 훨씬 쉽게 해결이 되어 버린 것이다.

'과연 넓고도 넓구나.'

입장을 바꿔 화산의 제자가 소림에 이런 부탁을 했다면, 소림은 어찌했을 것인가. 새삼스레 화산이라는 문파가 더없이 열려 있는 곳이라는 생각을 하게 되는 혜연이었다.

"그럼 저는 무슨 일을 하면 됩니까?"

"아. 별거 아냐. 아주 간단한 거. 너한테는 너무 쉬운 일이지."

"……쉬운 일이라 하시면?"

불안한 예감에 혜연이 되묻자 청명이 낄낄대며 웃었다.

"걱정하지 마. 바로 시작할 테니 금방 알게 될 거야."

사악하게 웃어 젖히는 청명을 보며 혜연이 영문을 모르고 어색하게 따라 웃었다.

그리고 다음 날 아침.

혜연은 허망한 얼굴로 하늘을 올려다보았다. 얼굴이 붉게 달아오르다 못해 송아지 같은 말간 두 눈에선 물기가 배어났다.

"처어어언하! 비무대회 우승자! 천하제일 후기지수! 소림의 혜연 스님입니다! 여러분! 지금 화영문에 입문하시는 분들에게는 이 혜연 스님께서 직접 소림권! 천하제일의 권법이라는 소림권을 가르쳐 드립니다!"

꽃가루 대신 매화 검기가 사방으로 휘날린다. 요란스러운 홍보에 구름처럼 몰려든 사람들이 환호성을 질러 댔다.

"진짜 소림의 혜연 스님인가?"

"설마 그런 걸로 거짓말을 하려고?"

"세상에. 뭔 화산의 속가에서 소림의 스님이 권을 가르친다는 거야? 이게 대체 뭐가 어떻게 된 일이지?"

"우리가 생각할 게 있겠는가! 가르쳐 준다는데 배우면 그만이지!"

"자식이고 나발이고 내가 가서 배워야겠네! 소림이 서안에 오다니!"

우레처럼 쏟아지는 함성에 둘러싸인 채 안절부절못하던 혜연은 끝내 두 눈을 질끈 감았다.

'세존이시여.'

뭔가 잘못되어 가고 있다는 것을 절실하게 느꼈지만, 이미 돌이키기에는 너무 늦었다.

둥둥둥둥! 북소리가 요란하게 울려 퍼졌다. 커다란 북소리 사이로 청명의 목소리가 낭랑하게 퍼져 나갔다.

"소림권! 천하제일권을 바로 이 서안에서 배울 수 있는 마지막 기회! 그것도 천하비무대회에서 우승한 천하제일의 기재! 혜연 스님이 직접 지도를 해 드립니다!"

"오오오오오오!"

말이 끝나기가 무섭게 호응하듯 사람들이 일제히 목청을 높였다.

"평생을 가도 다시 오지 않을 기회! 바로 지금 화영문에 입문하시면 이 기회를 잡을 수 있습니다!"

"세상에, 소림의 권법을 배울 수 있다니!"

"서안에는 소림의 속가도 없지 않은가!"

"게다가 화산의 검도 배울 수 있을 테니, 그야말로 도랑 치고 가재 잡고 아니겠는가!"

반응은 폭발적이었다. 아무리 화산이 지금 상승세를 타고 있다고는 하나, 수백 년 전부터 강호의 북두로 불리던 소림에 비할 바는 아니었다.

특히나 강호에 대해 잘 모르는 사람일수록 두 문파에 대한 인식 차이는 극명해진다. 지난 백 년간 아무런 위명이 없던 화산과 달리, 소림은 지나가던 어린애를 붙들고 물어도 모를 수가 없는 문파인 것이다.

"혜연 스님이라면 훗날 소림의 장문인이 될 사람이 아니던가?"

"그렇지! 그렇지! 듣자 하니 몇백 년에 한 번 나오기도 힘든 인재라고 하더구만! 그런 사람이 직접 권을 가르쳐 준다니! 세상 어디에 가서 이런 호사를 누리겠는가!"

그 말에 사람들의 눈빛이 들끓기 시작했다.

이건 심지어 소림에 입문해도 쉬이 얻을 수 없는 절호의 기회다. 소림에 입문한다고 한들, 저 소림이 그야말로 애지중지 키우는 혜연이 직접 지도를 해 줄 리가 있겠는가. 소림에 입문한 이들 중에서도 극소수의 몇몇이나 간신히 누려 볼 수 있는 그런 호사였다.

그런데 그 호사를 이 먼 서안의 평범한 속가문에서 누릴 수 있다니. 잡곡을 샀는데 그 안에서 황금알이 나온 것이나 다름없는 상황이 아닌가.

"안 그래도 권법을 배우고 싶었는데!"

"말이야 바른말이지! 우리가 검법을 배워서 뭐 하겠는가? 평소에 검을 가지고 다닐 것도 아니고! 그런데 그냥 권법도 아니고 소림권법을 가르쳐 준다니! 이 기회를 놓칠 수는 없지!"

사람들의 기대감은 식을 줄 모르고 점점 커져만 갔다. 예상했던 대로 폭발적인 반응을 보며 청명은 더없이 해맑게 웃었다.

"크으. 역시 소림이다!"

뭐? 화산? 종남? 에이. 아서라. 어디 소림의 빛나는 위광에 화산이나 종남 따위를 가져다 댈 수 있겠는가!

하지만 이 상황에 더없이 기뻐하는 청명과는 달리, 혜연의 얼굴은 새파랗게 질려 가고 있었다. 사색이 된 혜연이 청명에게 매달렸다.

"시, 시주! 이러면 안 됩니다. 소림의 무학은 소림의 제자만이 배울 수 있습니다. 제가 마음대로 다른 이들에게 가르칠 수 있는 게 아닙니다!"

그러자 청명이 한심하다는 듯 얼굴을 일그러뜨리며 혀를 찼다.

"쯧쯧쯧. 얘 봐라, 얘. 얘가 산속에만 있다 보니 순진해 빠졌네? 하여튼 명문거파의 제자라는 애들은 이래서 문제라니까."

청명이 슬그머니 혜연에게 다가가 그의 목을 휘감아 당겼다.

"소림권을 가르쳐 준다고 했지 나한권을 가르쳐 준다고는 안 했잖아."

"예? 그, 그게 무슨……."

"소림의 기본 권법이 뭐냐?"

"당연히 나한권입니다."

"그렇지. 그런데 나한권을 가르쳐 준다고는 안 했다니까?"

혜연이 눈을 동그랗게 뜨고 청명을 바라보았다. 도무지 그가 하는 말이 무슨 의미인지 이해하기가 힘들었다.

"그게 대체 뭔……."

청명이 살짝 미간을 좁히더니 안쓰럽다는 눈빛으로 속삭였다.

"쯧쯧. 이 중놈 보소. 너는 어디 제자야?"

"물론 소승은 소림의 제자입니다."

"그래. 네가 소림의 제자인데 네가 가르치는 권법이 소림권이지. 심지어 네가 길거리에 널려 있는 삼재권법을 가르쳐도 소림의 무승이 지도해 주는 거니까 소림권이라 할 수 있지. 안 그래?"

'그게 무슨 말도 안 되는 소리요?' 하고 묻는 듯한 혜연의 얼굴을 보며 청명은 그저 흐뭇하게 웃었다.

"그러니까 너는 애들한테 그냥 기본 권각술이나 가르치면 되는 거야. 이해했어?"

"하, 하지만 그건 사기가 아닙니까!"

"어허! 이 땡중 보소? 어디 이 도장님의 고견을 사기로 몰아가느냐! 몰매 맞으려고!"

혜연이 눈을 끔뻑였다. 하지만 청명은 그런 그의 반응 같은 건 아무래도 좋다는 듯 보였다. 청명은 혜연의 목을 휘감고 있던 팔을 살짝 풀고 어깨동무를 해 보였다. 그가 생글생글 웃으며 혜연을 타박했다.

"자, 웃어. 웃어. 사람들이 보잖아. 얼른 친한 척해."

"예?"

"말귀 못 알아들어? 친한 척하라고. 웃어!"

"……하하."

어깨를 잡은 손에 힘이 꽉 들어가자 혜연이 어색한 얼굴로 웃기 시작했다. 그 모습을 본 눈치 없는 이들은 연신 감탄했다.

"오! 청명 도장과 혜연 스님이 꽤나 각별해 보이지 않는가?"

"그것참 신기하군. 저 두 사람은 그 천하비무대회의 결승에서 서로 맞붙은 사이라 친하기가 쉽지 않을 텐데!"

"예끼! 고매한 도사님과 스님 아니신가. 두 분 사이에는 우리 같은 무지렁이들은 알 수 없는 깊은 의리가 있겠지! 서로가 서로를 인정한 이들은 과거를 떠나 친구가 될 수 있는 것 아니겠는가?"

"과연! 과연 그렇지! 과연!"

저들끼리 속닥인다 한들 그 말소리를 듣지 못할 혜연이 아니다. 그의 얼굴에 뭐라 말할 수 없는 기묘한 표정이 떠올랐다.

그 모습을 뒤에서 지켜보던 백천 무리가 흐뭇하게 웃었다.

"고생하네요. 누가 봐도 불량배에게 잡혀 끌려가는 모습인데."

"이게 뭔가 싶겠지."

그들도 청명을 겪어 본 바, 혜연의 얼굴만 보아도 청명이 무슨 말을 했는지 짐작이 갔다. 그들은 벌써 청명의 마수에 놀아나기 시작하는 혜연을 향한 안타까움과 동정을 금할 수가 없었다. 그러니까 왜 제 발로 걸어 들어와서는…….

"심지어 아무도 의심을 안 하네요."

"누가 소림의 혜연이 협박을 받는다고 생각하겠어. 당연히 친한 줄 알겠지."

"세상일이란 참…….."

화산 제자들에게나 뻔한 일이지, 사정을 모르는 이들에게는 이 광경이 더없이 화기애애하게 보일 수밖에 없는 것이다.

"자자! 여유 부릴 때가 아닙니다! 날이면 날마다 오는 기회가 아닙니다. 저희도 입문자를 무한정 받을 수는 없으니, 이제 입문하실 분들께서는 빨리빨리 줄을 서십시오!"

어느새 어깨동무를 푼 청명이 단호하게 소리쳤다. 그 말에 소란이 배는 커졌다.

"나부터 입문을 받아 주시오!"

"입문하면 삼 개월 공짜 맞죠?!"

인자한 얼굴로 서 있던 청명이 돌연 눈을 부라리며 언성을 높였다.

"뭔 소리야! 그건 어제까지 이야기고! 지금부터 입문하는 사람과 나갔다가 다시 들어오는 사람은 당연히 돈을 내야지!"

"……어제까지는 공짜였지 않소!"

"우, 우리 애는 이틀 전까지 나갔었는데, 그럼 그냥 받아 줘야 하는 것 아니오?"

"이 양반들이 양심을 팔아먹었나! 어디 제 발로 나갔다가 염치도 없이 다시 기어들어 와서 공짜로 해 달……. 읍! 읍!"

"하하하하하!"

청명의 반응이 격해지자, 상황을 지켜보던 현영이 얼른 손을 뻗어 그의 입을 틀어막았다. 그러고는 그를 뒤에 있던 다른 제자들에게 슬그머니 밀어 놓은 뒤 대신 설명을 하기 시작했다.

"저희도 혜연 스님을 초빙하느라 심혈을 기울인지라, 이제껏 그랬던 것처럼 공짜로 받아 드릴 수는 없습니다. 대신 지불하시는 수업료가 결코 아깝지 않게 해 드리겠습니다."

"으음. 틀린 말은 아니지. 저 혜연 스님에게 배우는 건데 공짜는 말이 안 되지!"

"상관없소! 나는 천금이라도 내고 배울 의향이 있소! 얼마요! 얼마를 내면 되겠소!"

"나도! 나도 내겠소! 우리 애부터 받아 주시오!"

연륜은 무시하지 못하는 법이다. 현영이 나서자 사람들은 금세 설득되었다. 분위기가 무르익자 청명이 자신의 입을 막고 있는 백천의 손을 뿌리치고는 소리를 질렀다.

"소행아! 손님 받아라! 그리고 이제 수업료는 선불이다. 삼 개월 치!"

"그, 그럼 세 냥입니까?"

"웃기는 소리! 아홉 냥이다! 지금부터 수업료도 세 배로 간다!"

"옙, 도장님!"

수업료가 단 번에 무려 세 배로 올랐음에도 줄은 도무지 줄어들 줄을 몰랐다. 말 그대로 문전성시. 청명은 금송아지를 앞에 둔 사람처럼 더없이 뿌듯한 얼굴로 그 광경을 바라보았다.

"세 배고 나발이고 내 돈 가져가라고!"

"으히히히히힛!"

"비켜! 나는 일 년 치 수업료를 미리 내겠소! 그러니 우리 애는 꼭 넣어 주시오!"

"으헤헤헤헤헤헷!"

"시끄럽다! 나는 우리 애 다섯을 한 번에 다 넣고 수업료도 삼 년 치를 한 번에 내겠소!"

"꺄르륵! 꺄륵!"

돈! 돈이 절로 굴러 들어온다! 일이 풀리려니 호박이 절로……. 아니, 중이 절로 굴러들어 오네! 이 맛에 사는 거지! 이 맛에!

현영과 위립산도 좋아 어쩔 줄을 몰랐다. 일전에 화산의 이름만으로 영업을 했을 때와는 그 반응이 극명하다 싶을 정도로 차이가 났다.

과연 소림! 천하의 그 어떤 문파도 명성으로는 소림에 이기지 못할 것이었다.

"크으. 돈 버는 게 이리 쉬울 줄이야!"

한껏 기쁨을 만끽하던 청명이 돌연 눈을 부라리며 옆으로 고개를 획 돌렸다. 그리고 혜연에게 물었다.

"뭐 해? 사람들이 저리 좋아해 주는데 나가서 주먹질이라도 좀 보여 줘야지!"

맡겨 둔 물건 찾듯 당당한 어조였다. 순간 혜연의 얼굴이 불이라도 붙은 듯 확 빨개졌다.

"시, 시주. 저는……."

"밥값!"

청명이 도끼눈을 떴다.

"어디 중이라는 놈이, 거지도 아니고 맨입으로 빌어먹으려 들어! 밥값은 해야지!"

"그, 그건 그런데……."

혜연이 어쩔 줄 몰라 하는 얼굴로 청명을 보다가 그의 계속되는 닦달에 결국 한숨을 푹 내쉬고 말았다.

'수행이다. 이것도 수행이다.'

저 청명이 아무런 이유도 없이 이런 일을 시킬 리가 없다. 다른 이들은 몰라도 그는 청명의 안에 있는 무거움을 직접 느껴 보지 않았던가? 그러니 이번에도 분명 뭔가 이유가…….

'아니, 정말 이유가 있는 걸까?'

결국 모든 것을 내려놓아 버린 혜연이 앞으로 나섰다. 울상을 지으면서도 천천히 나한권의 자세를 잡는 혜연을 보며 중인들이 그야말로 폭발적인 반응을 보였다.

"혜연 스님이 시연을 한다!"

"세상에, 내 눈으로 소림권을 보게 될 줄이야!"
"이게 웬일이야! 종남이 몇십 년 동안 속가문을 내면서도 이런 적이 없었는데! 어떻게 불과 열흘도 안 돼서 화산에다 소림까지!"
"화영문이 오고 나서 정말 재미있어지는군! 정말 재미있어졌어! 어허허허헛!"

쏟아지는 함성 속에서 혜연이 천천히 주먹을 뻗기 시작했다. 화산의 제자들은 짜기라도 한 듯 동시에 고개를 저었다.

"이렇게 또 하나가 가는구나."
"그 와중에 열심히 하는 것 좀 보십시오. 저건 배워야 합니다."
"불쌍해."

윤종과 조걸, 유이설의 말을 들으며 백천이 빙그레 웃었다.

"불가에 '내가 지옥에 들어가지 않으면 누가 지옥에 가겠느냐(我不入地獄 誰入地獄)?'라는 말이 있다지 않느냐. 그야말로 높은 스님이시다."
"……그거랑은 좀 다른 문제 같은데."

유이설이 중얼거렸지만 백천은 못 들은 척했다. 여하튼 지옥인 건 마찬가지니까, 뭐.

"어쨌거나 문제는 해결된 것 같은데요."

화산의 제자들이 청명을 바라보았다. 그는 혜연을 보며 흐뭇하게 웃고 있었다.

"꺄르르륵! 꺄륵!"
"……정말 말도 안 되는 방식으로 해결을 하네. 저 독한 놈."

화산의 제자들이 일제히 한숨을 내쉬었다.

"……문주님. 이를 어찌합니까?"

멀리서 그 광경을 보고 있던 남자명의 얼굴이 차갑게 굳어 갔다.

'이런 요망한 수를!'

빨갛게 달아오른 얼굴로 권법을 펼치는 혜연과 그런 그의 뒤에서 배를 잡고 낄낄대며 웃고 있는 청명의 모습이 눈을 파고들었다.

목 뒤가 뻣뻣하게 당겼다. 살면서 수많은 상황을 겪었지만, 보기만 해도 이토록 속이 뒤집히는 광경은 맹세코 이게 처음이었다.

"이렇게 되면 화영문을 직접 압박하는 방법도 쓸 수 없게 되지 않습니까……."

남자명의 얼굴이 확 일그러졌다.

화영문의 기세가 과하게 오른다면 화산의 제자들이 빠진 틈을 타 그들을 압박하거나, 종남의 이름을 앞세워 시위를 해 볼 생각도 있었다. 하지만 소림의 제자가 화영문에 와 있는 이상 그것도 불가능해져 버렸다.

아무리 이곳이 종남의 안방이나 다름없는 곳이라지만, 감히 소림의 제자가 있는 곳을 힘으로 압박할 담략은 없기 때문이다.

"저 간사한 것들이! 제힘만으로는 안 되니까 소림을 끌어들여?"

"심지어 그냥 소림승도 아니고 혜연입니다. 그 소림의 방장이 그토록 총애하고, 훗날의 소림제일인 자리도 당연시된다는 자가 아닙니까?"

"……저 무지하고 어리석은 놈들이."

남자명이 이를 바득바득 갈아붙였다. 혜연이나 청명도 괘씸하지만, 그들에게 환호하는 서안 사람들에게 더 부아가 치밀었다. 종남이 이제껏 그들에게 해 준 것이 얼마인데! 그 은혜를 모르지 않고서야, 저런 외지인들에게 이토록 격한 반응을 보이겠는가.

"내 웬만해서는 참으려 했거늘!"

남자명이 사갈처럼 표독한 눈으로 사람들을 노려보다 일갈했다.

"말로 이해하지 못한다면 그 몸으로 알게 해 주어야지! 그동안 우리가 얼마나 군자처럼 굴었는지 말이다."

"화영문을 치실 겁니까?"

"멍청한 소리! 화산과 소림이 함께 있는 곳을 건드렸다가 그 후환을 어찌 감당하려고!"

"하면……?"

"쳐야 할 것은 화영문이 아니다."

그의 시선이 혜연과 화산 제자들을 지나, 그들에게 환호하는 이들에게로 향했다.

"은혜도 모르는 놈들에게 그 대가를 치르게 해 줘야지."

남자명의 눈빛이 점점 더 차가워지자 주변에서 그를 지켜보던 이들이 다들 불안감에 부르르 몸을 떨었다.

'이거 일이 너무 커지는 것 아닌가?'

'이렇게까지 될 일은 아니었는데.'

하지만 이미 기호지세. 서안은 마치 불을 붙여 놓은 기름통처럼 끓어오르기 시작했다. 그들이 단 한 번도 겪어 보지 못했던 위기가 다가오고 있다는 사실을 알지 못한 채 말이다.

· ❖ ·

소림의 장로, 법계가 굳은 얼굴로 법정을 바라보았다.

"……혜연을 데려와야 하지 않겠습니까?"

법정은 말없이 찻잔을 입가로 가져갔다. 차에서 흘러나오는 곡물의 향이 법정의 코를 부드럽게 어루만졌다.

"데려온다라. 그래, 그것도 나쁘지 않겠구나."

"어찌 이리 태평하십니까? 혜연은 소림을 이끌어야 할 인재입니다. 그런 아이가 그냥 속세도 아니고 화산으로 갔는데……!"

"하면, 뭐라 말하고 그를 데려와야 한단 말이더냐?"

나직하게 말을 끊은 법정이 미소를 지으며 법계를 바라보았다.

"네가 있는 곳에는 너의 불도(佛道)가 존재하지 않는다고 해야겠느냐?"

"그건…….

법계가 할 말을 찾지 못하고 입을 다물었다. 법정이 부드럽게 말했다.

"부처는 세상 모든 곳에 있는 법이다. 부처란 저 삭아 빠진 경전이나 드높은 불전에만 있는 것이 아니다. 사람이 살아가는 곳에는 그 어디라도 부처가 있다. 이것이 소림의 가르침 아니더냐?"

반박할 구석이 없는 말이었다. 법계는 잠깐 침음성을 흘리다 답했다.

"그렇습니다."

"혜연을 그리 가르친 것은 소림이다. 한데 어찌 소림이 그 가르침을 스스로 부정할 수 있단 말이더냐?"

"……하오나 방장."

"모두 집착인 게다."

법정은 고개를 내젓고는 가볍게 반장을 하고 말을 이어 갔다.

"혜연은 누군가가 가르칠 수 있는 아이가 아니다. 세존께서는 누구의 가르침도 없이 스스로 깨달음을 얻으셨고, 보리달마께서는 자신만의 불법을 만들어 내셨다. 혜연이 정말 소림의 미래를 짊어질 만한 인재라면 그곳에서도 자신의 불법을 찾아낼 수 있을 것이다."

"……화산에서 말입니까?"

의심을 지우지 못한 법계의 물음에 법정의 눈이 일순 차게 빛났다.

"화산을 무시하지 말거라. 화산은 천하의 어떤 곳도 이루지 못한 성과를 단기간에 이뤄 낸 곳이다. 그들에게 느끼는 감정과는 별개로, 화산이 더없이 훌륭한 문파라는 점은 인정해야 한다."

법계가 한숨을 쉬며 고개를 끄덕였다.

"너무 걱정하지 말거라. 화산의 가르침이 결코 혜연에게 해가 되지는 않을 테니 말이다. 무학이란 결국 노력 없이는 이룰 수 없는 법. 화산의 올곧음은 혜연에게도 많은 것을 깨닫게 해 줄 것이다."

"……방장의 깊은 뜻을 몰랐습니다."

법정이 빙그레 미소를 지었다.

'궁금하긴 하구나.'

청명을 만나 서로 교류한 혜연이 어떤 모습으로 돌아올지. 그래, 그 아이라면 분명 무언가 얻어 올 것이다. 그런 기대감에 법정은 벌써부터 마음이 들뜨는 듯했다.

'지금쯤이면 서로의 무학을 비교하며 더 높은 곳으로 나아가고 있겠지.'

청명도 훌륭한 무인인 것은 분명한 사실이니 말이다.

"아미타불."

법정이 눈을 감으며 나직이 불호를 외었다.

'더욱 성장해 돌아오너라.'

 ◆ ❖ ◆

"으하하하하하하하핫! 마셔라! 마셔!"

"이제 화영문은 대성공이다! 오늘만 해도 문도가 셀 수도 없을 만큼 많이 들어왔다고!"

"이게 다 얼마야! 세상에!"

난장판이 된 숙소 한구석에 구겨져 앉은 채 혜연은 두 눈을 질끈 감았다.

'여기가 마굴이구나.'

그의 눈앞에서 지금까지 단 한 번도 상상해 본 적 없는 일이 벌어지고 있었다. 화산의 제자들과 화영문의 제자들이 지위 고하를 막론하고 밑 빠진 독에 물 붓듯이 술을 퍼마시고 있었다.

'대체 이게……'

엄격한 소림의 규율하에 자기를 다스리고 욕망을 절제하는 것이 불도로 가는 지름길이라 배워 온 혜연에게 지금 눈앞에서 펼쳐지는 일들은 정말이지 충격 그 자체였다.

'다른 문파들은 다 이렇단 말인가?'

그럴 리는 없겠지. 그가 알기로는 무당 같은 도관은 물론이고, 종남이나 오대세가처럼 속가적 성향이 강한 곳도 규율을 세워 엄격히 지킨다고 들었다. 여러 사람들이 모여 한 무리를 이루려면 당연한 일이었다.

이대제자와 삼대제자, 그리고 속가의 제자들과 심지어 장로까지 한자리에 섞여 앉아 머리끈을 풀고 축제를 벌이는 모습은 세상 어딜 가도 여기서밖에 볼 수 없을 것이다.

"아미타불. 아미타불. 아미타불."

심장이 쿵쿵 뛰어 주체하기가 어려울 지경이었다. 눈 둘 곳을 모르고 결국 눈을 질끈 감은 혜연은 연신 불호를 외며 애써 가슴을 진정시키려 했다.

"크으! 한 잔 받아라!"

"사형! 제 잔도 받으셔야죠!"

"아이고, 문주님! 축하드립니다!"

하지만 아무리 불호를 외고 또 외어도 마음이 진정되질 않았다.

'속세를 살아가는 이들에게는 이런 게 자연스러운 건가?'

절제하지 않고 자기를 잃은 채 방종하는 것은, 평생을 소림에서 살아온 혜연으로선 도무지 이해할 수 없는 광경이었다.

그때, 등 뒤에서 누군가 크게 혜연을 불렀다.

"뭐 해, 땡중! 한 잔 받아!"

어느새 자신에게 다가와 술잔을 내미는 청명을 보며 혜연이 송아지처럼 큰 눈을 끔뻑거렸다.

"시주. 저는 불자입니다."

"그래서?"

"저, 저는 술을 먹을 수 없습니다."

"뭐래? 내가 아는 중놈들은 다 먹던데."

"예? 누가?"

기겁하며 반문하는 혜연을 향해 청명이 피식 웃었다.

'누구긴 누구야. 네 사조들이지.'

지금이야 사이가 말 그대로 개판 나기는 했지만, 과거 청명이 매화검존이던 시절에는 소림과 화산의 사이가 그리 나쁘지 않았다.

당시 소림에서는 어마어마한 속도로 세를 불려 나가는 화산을 조금 부담스러워하기는 했다. 그러나 그들의 앞에는 화산을 막아 줄 무당이 있었고, 화산 역시 당장 무당 놈들을 때려잡고 종남 놈들 후려 까는 게 우선이라 굳이 소림과 적대할 이유가 없었다.

아마 그 상태로 마교의 발호 없이 세월이 조금 더 흘렀다면 이야기가 달라졌을 것이다. 물론, 지금은 어차피 벌어지지 않은 일이 되었지만.

- 거, 도장. 한 잔 받으시오.
- 이놈 보게. 중놈이 술을 처먹어도 되는 거냐?
- 어허. 병나발을 불고 있는 도사 입에서 그런 말이 나오니 거참 희한합니다.
- 화산은 술 먹어도 돼.
- 도사가 할 수 있는 걸 중이 못 할 리가 있나. 자, 그러지 말고 한 잔 받으시오.
- 땡중이네.

소림승들도 의외로 술을 잘 먹었다. 물론 계율이 워낙 엄격하다 보니 배분이 높지 않은 이들은 감히 술을 입에 댈 생각도 못 했지만, 그 반동 때문인지 배분이 높아지면 오히려 꽤 방종해지던 게 소림 놈들의 특징이었다.

"아무튼 잔 받아."
"아미타불. 소승은 괜찮습니다."
"쯧쯧쯧. 미련하게 구네."

청명이 들고 있던 술잔을 내리고는 혜연을 똑바로 응시하며 말했다.

"네가 소림을 스스로 내려온 것은 다른 이들의 삶 속에서 뭔가를 찾고 싶었기 때문 아니었냐?"

"그렇습니다."

혜연이 선뜻 대답하자, 청명이 턱짓으로 주변을 가리켰다. 모두가 주거니 받거니 하며 불콰하게 취해 있었다. 규율과 질서는 찾아볼려야 찾아볼 수조차 없는 난장판이었지만, 하나같이 즐거워 보였다.

"봐. 이게 네가 알고 싶다던 삶이다."

"……."

"삶은 지켜보는 것만으로는 아무것도 달라지지 않아. 스스로 그 삶 속에 뛰어들어야 의미가 있는 법이지. 너는 불경과 소림의 가르침 속에 없던 길을 알고 싶어서 여기에 왔잖아. 그런데 그냥 옆에서 발을 빼고 지켜보겠다고?"

콧방귀를 뀐 청명이 잔에 술을 따라 혜연 앞으로 쑥 내밀었다.

"시주, 저는……."

"마셔 봐. 부처의 불법이 어디 있는지 나는 모르지만, 네가 알고자 하는 건 여기에 있을 거다."

혜연은 청명이 내민 잔을 가만히 내려다보았다. 그러다 이내 고개를 끄덕이며 두 손으로 잔을 조심스레 받아 들었다.

'나는…….'

계율은 더없이 중요하다. 하지만 때로는 계율보다 더 중요한 것이 있을지도 모른다. 청명의 말대로 삶에 직접 닿아 봐야 하지 않겠나. 스스로를 잃지 않는다면, 이깟 술 한 잔 정도야 차와 다름없다.

혜연은 꽤 경건해 보이는 동작으로 술을 입가에 가져갔다. 그러곤 눈을 질끈 감은 채 술잔을 단숨에 쭉 비웠다.

그가 눈을 동그랗게 뜨고 술잔을 바라보았다. 살짝 멍한 표정이었다. 청명이 낄낄 웃으며 혜연의 어깨를 툭 쳤다.

"어때? 화끈하지?"

"……아니, 그저 달기만 합니다."

혜연이 고개를 갸웃하며 말했다.

"그냥 꿀물 같습니다."

청명은 얼떨떨한 눈으로 그런 그를 바라보다가 손에 쥐고 있던 술병을 확인했다.

'이거 백주(白酒)인데.'

술 중에서도 독하기로 유명한 것이 바로 이 백주다. 그런데 술을 난생 처음 먹는 놈이, 뭐? 달아?

"안 독하냐?"

"무슨 말인지 모르겠습니다."

"……한 잔 더 받아 봐."

청명이 혜연의 잔에 술을 따랐다. 그러자 혜연이 고개를 갸웃하더니 다시 술을 쭉 들이켰다.

"이거 참 신기합니다. 뭔가 목에서는 시원한 듯한데 혀에서는 달고, 배 속은 화끈거리니! 별것 아닌 물 한 잔으로 오욕칠정을 느끼는 것 같지 않습니까?"

혜연의 눈이 청명이 들고 있는 술병에 꽂혔다.

"불법이란 경전에 있지 않다. 그 말이 무슨 뜻인지 알 것 같습니다. 제가 이 술을 먹어 보지 않았다면 세상에 이런 것이 있는 줄 몰랐을 것 아닙니까? 보고 들은 것은 행하는 바 못하고, 행하는 바는 즐기는 바에 미치지 못한다더니!"

"……술 잘 받는다는 말을 참 고상하게 한다?"

어이가 없어진 청명이 피식 웃었다. 소림에서는 기겁할 노릇이지 않겠는가. 그 엄격한 소림에서 이런 주당이 나고, 그게 하필 혜연이라니.

"헛소리하지 말고 한 잔 더 받아라. 네 덕분에 일이 쉽게 풀렸다."

"감사합니다, 시주. 시주께서도 제가 드리는 술을 한 잔 받으십시오."

"허허. 중놈이 주도(酒道)를 아는데? 이거 크게 될 중이로다."

청명이 혜연과 주거니 받거니 하며 술병을 비우기 시작하자, 그 모습을 지켜보던 화산의 제자들이 슬금슬금 주위로 몰려들었다.

가장 먼저 나선 것은 다름 아닌 조걸이었다.
"스님! 스님, 절 기억하십니까?"
조걸의 얼굴을 확인한 혜연이 송구하다는 듯 반장을 했다.
"물론입니다. 조걸 도장."
"하핫! 역시! 그럼 제 술도 받으십시오!"
혜연이 조걸이 주는 술을 받아 시원하게 들이켜자마자, 그 앞으로 술병을 쥔 하얀 손이 불쑥 튀어나왔다.
"받아."
"유이설 도장!"
유이설을 바라보는 혜연의 눈이 빛났다. 그녀의 검이 그에게 얼마나 깊은 인상을 남겼던가. 아직도 그의 가슴을 베고 지나갔던 그녀의 검이 혜연의 뇌리에 단단히 박혀 있었다.
"저도 한 잔 드리겠습니다."
혜연이 유이설의 술병을 받아 그녀의 잔에 기울였다. 채워진 잔을 빤히 보던 유이설이 말없이 술을 쭉 들이켰다. 이내 말끔하게 빈 잔이 탁 소리와 함께 탁자 위에 놓였다.
"다음에는 내가 이겨."
"언제나 기대하고 있겠습니다."
그 외에도 많은 이들이 혜연에게 다가와 스스럼없이 술잔을 내밀고 술을 받았다. 그들에게도 혜연은 더없이 신기한 사람이자, 친해지고 싶은 이였던 것이다.
혜연의 얼굴이 점점 붉게 달아오르기 시작한다. 평소에는 부끄럼 때문에 달아오르던 얼굴이 지금은 취기로 붉어졌다.
"크으! 우리 스님 술이 세시네! 쭉쭉 들이켜십시오. 쭉쭉!"

"이야. 청명이 말고 이렇게 술 잘 먹는 사람은 오랜만에 보는데?"

"자, 여기 또 한 잔 받으시고!"

"술이 들어간다! 쭉! 쭉! 쭉쭉!"

"주기는 내력으로 날리는 게 아닙니다. 돈 주고 먹는 술을 그렇게 버리면 벌 받는 법입니다!"

화산의 제자들이 낄낄대며 혜연에게 술을 먹였다. 그리고 혜연은 멋모르고 좋아하며 넙죽넙죽 받아먹었다.

한 걸음 뒤에서 상황을 지켜보던 백천의 눈매가 가늘어졌다. 그가 어느새 뒤쪽으로 물러난 청명을 슬쩍 돌아보며 말했다.

"……말려야 하는 것 아니냐? 저러다가 큰일 나겠는데?"

청명이 사악하게 웃는다.

"냅둬. 원래 애들은 한잔하면서 친해지는 거지. 서로 못 볼 꼴도 좀 보고 해야 정이 쌓이는 거 아니겠어?"

백천이 고개를 절레절레 내저었다. 그리고 그가 우려했던 사태는 불과 한 식경이 지나기도 전에 벌어지고 말았다.

"히히히! 기분 좋다!"

웃통을 반쯤 까 젖힌 혜연이 민머리가 완전히 붉게 달아오를 정도로 취해선 좌우로 휘청댔다. 넘어질 듯하면서도 끝끝내 넘어지지 않고 걸음을 내딛는 모양새가 춤사위 같기도 했다.

"아이고! 우리 스님 잘 노신다!"

"한 잔 더! 한 잔 더!"

그리고 혜연에게 술을 먹이다가 덩달아 취해 버린 화산의 제자들도 그 주위를 둘러싸고 반쯤 맛이 간 채 신나게 웃었다.

백천은 왁자지껄한 그 광경을 보며 쓰게 입맛을 다셨다.

'이게 어딜 봐서 소림과 화산이 같이 노는 광경이냐고.'

숭산채와 화산채가 우의를 다지는 자리지! 뒤쪽에 돼지 한 마리만 걸려 있으면 빼도 박도 못할 판이었다.

"청명아, 아무래도 좀 말려야……. 청명아?"

백천은 어느새 그의 옆에서 사라진 청명을 찾아 고개를 돌렸다.

청명은 화영문주 위립산의 입에 술병을 꽂아 넣고 있었다. 심지어 그 옆에서는 현영이 낄낄대며 웃어 젖혔다. 술병을 잡고 뒤로 넘어가는 위립산을 보고 낄낄거리던 청명이 제 입에도 술병을 꽂고 나발을 불어 댔다. 그 광경에 백천은 흐뭇하게 웃었다.

이젠 나도 모르겠다. 될 대로 되라지.

"나도 술 줘라!"

마지막 끈을 놓아 버린 백천마저 모두가 있는 곳으로 달려들었다.

혜연의 환영식을 겸해 시작된 술자리는 생각보다 과격하고(?) 즐겁게, 밤이 새도록 이어졌다.

법정이 이 광경을 보았다면 거품을 물고 뒤로 넘어갔겠지만, 다행인지 불행인지 저 먼 숭산에 있는 그로서는 이 모든 일을 알 도리가 없었다.

안타깝게도 말이다.

26장

뭐 그렇게 대단한 일 했다고

"으……."

물. 물……. 목이 타는 것 같…….

혜연이 끙끙 앓는 소리를 흘리며 주위를 더듬거렸다. 손끝에 익숙지 않은 감각이 느껴졌다. 온몸의 피가 빠져나가는 듯한 기분에 혜연이 눈을 번쩍 떴다.

벌떡 몸을 일으킨 그는 눈이 찢어져라 부릅뜨고 주변을 황급히 둘러보았다. 눈을 뜨니 낯선 천장이……. 아니, 이게 아니고!

혜연이 기겁을 하며 주위를 살폈다. 방은 어두웠지만 앞이 보이지 않을 정도는 아니었다. 그는 여태 사람이 없는 방 안에 혼자 누워 있었다.

"내, 내가 무슨 짓을……?"

그제야 어젯밤에 있었던 일이 하나둘 혜연의 머릿속을 스쳐 지나가기 시작했다. 그것도 아주 선명하게 말이다.

- 크으으으으! 이 스님 술 잘하시네.

- 오옳지. 오옳지! 한 잔 더! 한 잔 더!

뭐 그렇게 대단한 일 했다고

- 와! 이제 나발까지 부는데? 낄낄낄낄!
"아, 아미타불! 아미타불! 아미타불!"
 간밤에 자신이 벌인 추태를 하나도 빠짐없이 생생하게 떠올리고 만 혜연의 얼굴이 순식간에 시뻘겋게 달아올랐다.
'마구니야! 마구니가 낀 거야!'
 아니. 아니지. 마구니가 낀 게 아니라 마구니랑 술을 마신 거지.
 반쯤 의식을 놓았을 때 멈췄어야 했는데, 누가 부추기는 바람에 말려들었다. 낄낄대며 그에게 술을 퍼먹이던 청명의 모습이 기억났다. 그 사악하기 짝이 없는 웃음을 다시 떠올리는 것만으로도 전신이 부들부들 떨렸다.
 하지만 이건 청명을 탓할 일이 아니었다.
'계율을 어긴 것도 모자라서 완전히 나를 잊어버리지 않았는가!'
 혜연이 이마를 퍽퍽 쳤다. 불자로서 결코 보여서는 안 될 행태였다. 계율을 어긴 것까진 그렇다 치더라도, 배움을 위해 행한 일에 자신을 잊다니!
 마음이 다급해진 혜연은 재빨리 의관을 정제했다.
'시간은?'
 어스름히 빛이 들어오는 것으로 보아 이제 겨우 해가 뜨기 시작한 모양이었다. 지금 서둘러 나가면 다른 이들이 눈을 뜨기 전에 몸을 씻고 몸가짐을 바로 할 수 있을 것이다.
 그리 생각한 그는 황급히 걸음을 옮겨 문을 벌컥 열어젖혔다. 하지만 이내 놀라 입을 쩍 벌리고 멈춰 설 수밖에 없었다.
"아니, 이것들이 빠져 가지고! 다리가 놀지?"
"똑바로 휘두르라고! 똑바로!"

"검을 잡고 쓰러질 수는 있어도 검을 놓치는 일은 있을 수 없다! 어디 검을 놓쳐! 검수가 검을 놓치는 건 죽을 때뿐이야!"

혜연은 연무장에 펼쳐진 광경을 보며 넋을 놓고 말았다. 어제 그와 함께 죽을 듯이 술을 퍼마시던 화산의 제자들이 한 사람도 빠짐 없이 나와 땀을 비처럼 흘리며 수련하고 있었다.

'이 시간부터 모두가?'

분명 어제 새벽이 되도록 술을 먹었는데, 어찌 이 이른 아침부터 모두가 당연하다는 듯이 수련을 한단 말인가. 그것도 저리 과격하게.

아니, 저들의 수련에 과격하다는 말은 어울리지 않는다. 열심히, 혹은 열정적으로라는 말이 조금 더 정확한 표현일 것이다.

'화산의 제자들만 있는 건가? 이곳은 화영문인데.'

하지만 이 의문 또한 순식간에 해결되었다. 시선을 옆으로 조금 돌리니 화산의 제자들이 구르고 있는 곳 근처에서 화영문의 문도들 역시 구슬땀을 흘리며 수련에 한창이었다.

"……아미타불."

혜연이 자신도 모르게 불호를 외었다. 스스로가 부끄러워 견딜 수가 없었다.

아무리 술을 마신 것이 처음이라고 하나, 그를 제외한 모두가 아무 일도 없었던 것처럼 일어나 수련을 하는 모습은 혜연에게 큰 충격을 주었다.

'화산이 괜히 화산이 아니구나.'

이번 비무 대회에서도 화산 제자들의 실력에 감탄하지 않았던가. 그 실력을 공짜로 얻었을 리가 없다. 하루하루 자신을 일신해 가며 수련에 수련을 거듭하지 않았다면 그렇게 강해질 수 없었을 것이다.

'나는 무엇을 보았단 말인가?'

속세의 이들은 산속에서 불도를 걷는 자신들과는 다를 거라 생각했다. 그렇기에 어제 저들이 보인 모습도 그저 자신과 다르다고만 생각했다.

하나 본질은 같은 것. 그는 불자이지만, 또한 무의 길을 걷는 이. 무학을 익힘에 있어서 지름길은 없는 법이었다.

"아미타불."

혜연은 잠깐 나태해졌던 자신을 반성했다. 그리고 수련에 방해가 되지 않도록 조심스레 발을 내디뎠다.

하지만 혜연이 신경 쓴 보람도 없이, 가장 앞에서 잔소리를 해 대던 청명이 귀신같이 그의 기척을 알아차리고 고개를 돌렸다.

"낄낄낄낄. 스님 나오셨네."

청명이 히죽대며 말을 붙였다. 모두의 시선이 일시에 혜연에게로 쏠렸다. 그 시선을 받은 혜연의 얼굴이 벌겋게 달아올랐다.

"시, 시주. 어제는 제가 추태를……."

"이야, 스님. 술 잘 드시던데?"

"와. 멀쩡하게 걷는 것 봐. 역시 혜연 스님은 뭔가 다르시다. 내가 그만큼 술을 먹었으면 지금쯤 기어다녔을 텐데."

"너랑 혜연 스님이 같냐?"

"그러니까 하는 말이잖아."

여기저기서 쏟아지는 관심에 혜연은 어쩔 줄 몰라 하며 눈을 이리저리 굴렸다. 밝은 데서 얼굴을 보니 새삼 부끄러워졌다. 이 모든 이들이 자신이 어제 벌인 추태를 보았을 거라 생각하니 정말 쥐구멍에라도 숨고 싶은 심정이었다.

하지만 청명은 민망해하는 혜연을 보고도 그저 낄낄대며 웃었다.

"저건 어제 민둥머리가 빨개지도록 놀더니, 이제 와 쪽팔려 하네."
"어허. 스님께 그게 무슨 말버릇이냐?"
"그럼…… 이제 와 창피해하시네?"
"민둥머리다! 민둥머리가 문제라고! 스님한테 민둥머리가 어디 할 말이냐! 듣는 민둥머리가 얼마나 기분이 나쁘겠냐!"
"……그만 강조해, 사숙."
청명이 눈을 가늘게 뜨며 혀를 찼다. 이럴 때 보면 백천이 더 나쁜 놈이다.
어쨌든 청명은 다시 낄낄대며 혜연에게로 다가섰다.
"잘 잤어?"
"자, 잘 잤습니다. 그런데 제가 어떻게 저 방에 들어갔는지가 잘……"
"뭘 어떻게 들어가. 술 먹고 뻗어서 사람들이 옮겼지."
아미타불. 혜연이 두 눈을 질끈 감았다. 그리고 생각했다. 어제로 돌아갈 수 있다면 술을 푸고 있는 자신에게 달려가 나한각을 갈겨 버릴 것이라고. 어쩌자고 그리 대책 없이 술을 마셔 댔단 말인가?
"어때? 재밌었지?"
자책하는 그에게 청명이 툭 물었다. 예상치 못했던 질문에 놀라 혜연이 조금 멍한 얼굴로 청명을 바라보았다. 재미? 재미라.
"저는……."
청명이 씨익 웃었다. 지금은 그 대답이 필요하지 않다는 것처럼.
"여기에 있는 동안은 마음을 편히 먹어. 소림에서 지낼 때와 같은 경험을 하려고 여기까지 온 건 아닐 것 아니야?"
잠시 청명을 마주 보고 서 있던 혜연이 가만히 고개를 끄덕였다.
"아미타불. 시주의 말이 맞습니다."

조금 밝아진 혜연의 얼굴에, 청명이 마음에 든다는 듯 미소 지었다.
"일단 밥부터 든든하게 먹고. 오늘도 밥값을 해야지?"
"예!"
혜연이 더없이 밝게 대답했다.

밥상 앞에 앉은 혜연의 입가가 움찔움찔했다. 모두 신나게 밥을 먹고 있었지만, 그는 차마 숟가락조차 들지 못하고 있었다.
고기. 그리고 고기. 또 고기. 소고기, 돼지고기, 양고기, 닭고기로 구성된, 호랑이나 먹을 것 같은 상이 그의 눈앞에 한가득 펼쳐져 있었다.
'이, 이걸 뭐 어찌……?'
육식을 할 수 없는 그에게는 그림의 떡과 같은 음식들이었다.
'아니, 보통 사람이 이렇게 먹나?'
육식을 금하는 소림처럼 완전한 채식을 하지야 않겠지만, 그렇다고 밥 대신 고기를 종류별로 먹는다는 이야기는 들어 본 적도 없었다.
대체 이 상황을 어찌해야 할지 그가 도통 갈피를 잡지 못하고 혼란스러워하던 그때였다.
"아이고, 시원하다."
목욕간에 다녀온 청명이 터덜터덜 그 앞을 지나다가 움찔하며 고개를 획 돌렸다. 그러고는 혜연과 그 앞에 놓인 식탁을 번갈아 바라보았다.
청명이 황당하다는 듯 잠깐 굳어 있다가 냅다 소리를 질렀다.
"사혀어어어어어엉!"
전각이 떠나갈 듯한 고함 소리에 윤종이 화들짝 놀라 달려왔다.
"뭐, 뭐냐?"
"아니! 어느 미친놈이 중 앞에다가 고기를 깔아 놨어!"

윤종 역시 혜연 앞에 놓인 그릇들을 보더니 기겁을 했다.
"아, 아니……. 이게…….."
"풀때기가 없잖아! 풀때기가! 염소 키운다 생각하고 풀을 먹여야지! 어디 중한테 고기를 들이밀어? 누구 놀리는 것도 아니고!"
"죄, 죄송합니다, 스님. 저희가 미처 생각을 못 해서."
"아, 아닙니다. 괜찮습니다."
청명과 윤종의 반응이 너무 격하자 혜연은 되레 화들짝 놀라선 송구하다는 듯 연신 고개를 숙였다.
"얻어먹는 놈이 음식을 가려 죄송합니다. 남는 밥이라도 있으면 한 덩이……."
"풀때기를 가져다주라고! 풀때기를!"
"좀 조용히 좀 해라! 정신 사납다!"
혜연이 두 사람 사이에서 어찌할 바를 모르고 난감해하며 연신 불호를 외었다.
"아미타불. 죄송하게 됐습니다. 가뜩이나 폐를 끼치는 처지인데, 웬만하면 불편을 끼쳐 드리고 싶지 않습니다만……."
내내 난리를 치던 청명이 그 말을 듣더니 반색하며 고개를 갸웃했다.
"그래? ……그럼 한번 먹어 볼래?"
"아니, 이 미친놈아! 좀!"
"저건 뭐 조금이라도 기회만 보이면 해 보래!"
"스님한테 고기를 먹이는 게 말이나 되냐! 생각을 좀 하라고, 인마!"
어느새 달려온 백천과 다른 제자들이 청명을 향해 맹비난을 퍼부었다. 쏟아지는 야유에 발끈한 청명이 큰 소리로 외쳤다.
"어제 술은 잘도 처먹던데 고기는 왜 안 돼!"

푸욱! 청명의 말이 비수가 되어 혜연의 가슴을 찔렀다.

"그거랑 이거랑 같냐?"

"뭐가 달라? 술이나 고기나! 뭘 처먹어도 땡중인 건 매한가지지!"

푸욱! 두 번째로 날아온 비수는 조금 더 날카로웠다.

"윤종아. 저거 치워라."

"예, 사숙."

백천이 싸늘한 눈빛으로 청명을 노려보며 명했다. 그러자 윤종과 조걸이 청명의 좌우로 달라붙어 그를 멀리까지 끌고 갔다.

"놔! 이거 안 놔? 내가 뭐 틀린 말 했어?"

끌려가는 와중에도 입은 쉬지 않는 청명을 보며 백천이 깊은 한숨을 내쉬었다. 그러고는 혜연을 향해 깊이 고개를 숙였다.

"죄송합니다. 스님. 지금 바로 식사를 새로 준비해 드릴 테니 조금만 기다려 주십시오."

"아. 감사합니다, 시주."

혜연이 어색하게 웃으며 소리 없이 한숨을 내쉬었다. 청명에게 적응하는 길은 아직 너무도 멀고 험난한 것 같았다.

"서안을 돈다고 하셨습니까?"

"어. 왜? 하기 싫어?"

"그럴 리가 있겠습니까. 그저……."

"사람들 많은 데로 나가기가 민망하다고?"

혜연이 살짝 고개를 숙이며 침묵으로 긍정하자 청명이 혀를 찼다.

"내가 알기로 소림은 중생을 구제하는 일을 가장 우선시하는 걸로 알고 있는데, 맞아?"

"그렇습니다. 스스로 불법을 닦아 부처가 되는 것도 더없이 훌륭한 일이지만, 다른 이들을 극락정토로 이끄는 데 비할 수는 없습니다."

"사람을 안 만나고 무슨 수로 구제를 할 건데?"

담담하게 묻는 청명의 말에 혜연이 아픈 곳을 찔린 듯 움찔했다.

"어차피 소림에 돌아가면 그 깊은 숭산에 박혀서 향화객이나 만나겠지. 하지만 네가 구제해야 할 사람들은 이런 곳에 있다. 그렇지 않아?"

"……도장의 말씀이 맞습니다."

"소림에서 얻지 못했던 것을 얻으려면 소림에서는 하지 않았던 일들을 해 봐야지."

혜연이 크게 고개를 끄덕였다. 청명의 말이 진실로 올바르다 느꼈기 때문이다. 그런 혜연을 보며 청명이 피식 웃고는 턱짓했다.

"그럼 준비해. 가자."

혜연이 마침내 결심이 선 듯 비장한 표정으로 고개를 끄덕였다.

'참 이상한 사람이다.'

툭툭 별생각 없이 던지는 말에 불과할 텐데도 분명 그 속에 핵심이 있다. 과히 포장하지 않고, 대단한 말을 하려는 의도도 없어 보이지만, 이상하게도 가슴 깊은 곳에 와닿는다.

'저 사람에게 나는 얼마나 많은 것을 배울 수 있을는지.'

혜연이 설레는 마음을 애써 진정시키고 있을 때, 청명은 그 뒤에서 속으로 주판알을 튕기고 있었다.

'아직 한 오십 명은 더 받을 수 있을 것 같은데.'

문도들이 미친 듯이 들어오기는 했지만, 화영문이 감당할 수 있는 인원을 모두 채우지는 못했다. 혜연을 끌고 서안을 좀 돌아다니다 보면 자연히 화영문에 관심을 보이는 사람도 더 많이 생길 것이다.

'황포를 입은 민둥머리만큼 눈에 잘 띄는 사람도 없으니까.'
노란 황포가 꼭 황금처럼 보였다. 청명이 흐뭇하게 웃으며 혜연을 재촉했다.
"자, 얼른 준비해."
"예, 시주!"
하지만 청명의 시커먼 속내를 모르는 혜연은 그저 밝기만 했다.

얼마 지나지 않아 혜연과 화산의 제자들이 화영문을 나섰다.
"그런데 왜 나가는 겁니까?"
윤종의 물음에 백천이 어깨를 으쓱이며 답했다.
"간혹 서안의 분위기를 볼 필요가 있다. 그리고 이미 우리는 배우지 않았더냐. 서안에 화영문을 세웠다고 해서 그 안에만 머물러 있다면 그저 그런 무관 하나가 될 뿐이다. 서안 전역에 화산의 이름을 드높이기 위해서는 우리가 좀 더 적극적으로 나설 필요가 있다."
그리 말한 백천은 슬쩍 청명의 뒤통수를 바라보았다.
'저놈은 다른 생각이 있는 모양이지만.'
하지만 청명의 속내를 모두 짐작하는 건 불가능에 가깝다. 백날 고민해 봐야 헛되다는 사실을 백천은 너무나 잘 알고 있었다.
서안 중심으로 나 있는 커다란 관도를 따라 걷고 있자니, 혜연이 연신 신기하다는 듯 주위를 두리번거렸다. 청명이 의아해하며 그의 어깨를 툭 쳤다.
"뭐가 그렇게 신기하냐?"
"……아. 죄송합니다, 도장. 제가 이런 곳은 처음이라."
"처음? 소림 옆에도 낙양이 있잖아. 낙양이 여기보다 더 클 텐데?"

혜연이 해맑게 말했다.

"저는 낙양에 가 본 적이 없습니다. 살면서 소림을 벗어나 본 적도 거의 없습니다. 이런 큰 도시를 제대로 보는 건 이번이 처음입니다."

"저런. 쯧쯧쯧."

청명이 혀를 찼다. 보통 명문대파라 불리는 곳들은 수련에 전념하기 위해 사람의 발길이 크게 닿지 않는 깊은 산중에 자리하기 마련이다. 외부와 교류가 적다 보니 문파 안에서 제자들끼리 작은 사회를 이루게 되고, 제자 수가 늘어나면 늘어날수록 그 세상도 커진다. 외부와 교류할 필요성이 줄어드는 것이다.

그런 과정이 반복되다 보면 어린 나이에 입문한 제자들이 오로지 문파 안에서만 살아가는 상황이 벌어지게 된다.

'그러니 이런 일이 생기지.'

어쩌면 고매하게 도를 닦고 불법을 깨우치는 것이 목적이라면 그렇게 사는 편이 더 나을지도 모른다. 하지만 세상 사람들과 단절된 채 얻는 그들만의 도에 대체 무슨 의미가 있다는 말인가. 도든 힘이든 제대로 쓰일 곳에 쓰여야 의미가 있는 법이다.

"그래. 사람들이 사는 곳을 눈으로 본 느낌이 어떤데?"

"바빠 보입니다."

"……그거참 좋은 감상이네."

엄청 빤하고 말이야. 하지만 혜연이 말하는 바쁨은 청명이 받아들인 뜻과는 조금 다른 모양이었다. 약간 흥분한 기색을 담은 혜연의 말이 이어졌다.

"저는 치열함이란 스스로와 다툴 때나 그 의미가 있다고 생각했습니다. 하지만 저잣거리에서 살아가는 이들 역시 저마다의 치열함을 품고 살아감을 알았습니다. 부처란 모든 곳에 있고, 불법은 세상 어디에나 있다는 말이 이런 의미였군요."

그는 고개를 돌려 청명을 바라보았다. 너무나 초롱초롱 빛나는 그 눈빛에 청명이 움찔하며 무심코 한 발 뒤로 물러섰다.

"도장께서는 제게 이걸 보여 주고 싶으셨던 거군요!"

"……어. 그, 그렇지. 그럼."

암. 그렇지. 근데 뭐? 부처가 뭐 어쨌다고?

"실로 감사합니다, 도장."

"……어. 그래."

뭘 깨달았고 왜 고마워하는지는 모르겠지만, 어쨌든 깨달았으면 된 거지. 청명이 살짝 떨떠름한 표정으로 입을 열었다.

"따지고 보면 산에 처박혀 무학이나 익히고, 도나 닦는 건 대단한 일도 아니야. 하루하루 밥벌이를 위해 살아가는 이들의 삶에 비하면 그건 신선놀음이나 다름없지."

혜연은 더없이 진지한 표정으로, 가만히 청명의 말을 들었다.

"세상을 살아가다 보면 산에서는 겪을 수 없는 일들이 수도 없이 벌어지지. 예를 들면……."

와장창! 그 순간 뭔가 깨지는 듯한 소리와 함께, 앞쪽에 있는 집에서 사람이 튕기듯 굴러 나왔다. 청명이 손가락으로 그 모습을 가리켰다.

"……응. 저런 거."

청명이 피식 웃고는 흥미 어린 눈빛으로 앞을 바라보았다. 자, 이건 또 무슨 일인……

펼쳐진 광경을 확인한 청명의 입꼬리에 매달려 있던 웃음기가 순식간에 사라졌다. 그의 눈이 가느스름해졌다.

사람이 굴러 나온 집에서 누군가가 뒷짐을 진 채 거들먹거리며 나오는 모습이 보였다. 사실 여기까지는 딱히 이상하지 않다.

청명이 인상을 쓴 이유는 안에서 걸어 나온 이가 그도 몇 번 본 적 있는 서월문의 문주 남자명이기 때문이었다. 청명이 짜증스레 혀를 찼다.

"저 아저씨 진짜 자주 보네. 거슬리게."

남자명 역시 화산의 제자들을 발견했는지 눈살을 찌푸렸다. 그러고는 그들더러 들으라는 듯 큰 소리로 혼잣말했다.

"주제도 모르는 이들이 자꾸 눈에 보이는군."

"아니, 근데 저 새끼가?"

청명이 발끈하려 하자 화산의 제자들이 재빨리 뒤에서 그의 팔을 움켜잡았다. 그리고 그가 발작하기 전에 얼른 백천이 먼저 앞으로 나섰다.

"이게 대체 무슨 일입니까!"

백천과 남자명의 시선이 허공에서 맞부딪쳤다. 먼저 입을 연 것은 남자명이었다.

"뭐가 말인가?"

"지금 무슨 일을 하고 계신 건지 물었습니다."

남자명이 차가운 눈빛으로 백천을 노려보며 피식 웃었다.

"이보시게, 도장. 내가 그 말에 대답해야 할 이유가 있는가?"

그 뻔뻔한 대꾸에 백천은 일순 말문이 막히고 말았다. 순진한 도사놈을 대하는 데에는 뻔뻔한 것만큼 효과가 좋은 게 없지. 남자명이 비릿하게 웃으며 느리게 입을 뗐다.

"허허. 화산 분들께서 산속에만 있다 오셔서 그런가. 나서야 할 때와 나서지 말아야 할 때를 도통 구분하질 못하시는군."

대놓고 비꼬는 어조였다. 백천의 눈이 살짝 가늘어졌다.

"누군가가 일방적으로 무력을 행사하는 데 개입하는 것도 자격과 상황을 따져야 한단 말입니까?"

"그럴 리가 있겠소? 소위 협의를 논하는 이라면 당연히 좌시할 수 없는 일이겠지."

"하면 어찌 그리 말씀하십니까?"

백천의 말에 남자명이 입꼬리를 말아 올렸다. 그러나 그 눈빛에는 웃음기라고는 일절 담겨 있지 않았다.

"그러니 도장이 아직 어리다는 것이오. 지금 도장이 하는 말에는 이 내가 패악을 저지르고 있다는 의미가 담겼음을 모르시오?"

"그건……."

반박할 구석이 없는 지적이었다. 백천이 대답할 말을 찾지 못하고 입을 닫았다.

"나는 종남의 속가인 서월문의 문주요. 이런 내가 서안의 한복판에서 협도(俠道)에서 벗어난 일을 할 리가 있겠소?"

퍽 재미있다는 듯 남자명의 두 눈이 그믐달처럼 가늘게 휘어졌다.

"아니면 혹여…… 화산의 제자분들께는 내가 이곳에서 양민을 핍박하는 것처럼 보였다는 말이오? 그것참 안타까운 일이구려."

백천은 입술을 지그시 깨물었다. 차마 무어라 대답하기 어려운 말이었다.

'이자가…….'

여기서 어설피 대꾸했다가는 서안에 있는 종남의 속가들에게 화영문을 대놓고 적대시할 명분을 주게 된다. 서안에 있는 종남 속가의 대표격인 남자명을 대낮에 패악을 저지르는 무뢰배로 몰아가는 것처럼 보일 수도 있으니까. 그러니 한마디, 한마디가 조심…….

"그런데요."

'히익!'

뒤편에서 퉁명스러운 목소리가 들려왔다. 백천이 화들짝 놀라 뒤를 돌아보았다. 청명이 뾰루퉁한 표정으로 슬금슬금 앞으로 나오고 있었다.

'뭐 해?'

백천이 필사적으로 윤종과 조걸에게 눈짓을 했지만, 그 둘 역시 난감하기는 마찬가지였다. 윤종이 백천과 눈빛을 주고받았다.

'보는 눈이 있는데 어떻게 대놓고 말립니까.'

'그래도 말려야지!'

하지만 그들이 뭔가 조치를 하기도 전에 남자명이 먼저 입을 열었다.

"호오. 화산신룡께서 내게 직접 말을 걸어 주시다니, 이것 참 영광스러운 일이군. 후대에 자랑할 일이 하나 생긴 것 같소?"

잔뜩 과장된 비아냥거림이었다. 어지간한 이라면 이 말을 듣고 바로 얼굴을 굳혔을 것이다. 남자명이 의도한 바도 그러했다. 그러나 청명의 반응은 그가 예상한 것과 전혀 달랐다. 청명이 헤죽 웃으며 머리를 벅벅 긁었다.

"헤헤. 뭘 또 그렇게까지. 사람 쑥스럽게."

남자명이 멍한 눈으로 청명을 바라보았다.

'지금 내가 비꼬는 걸 모르는 건가?'

아니, 그럴 리는 없었다. 힘만 센 멍청이는 있을 수 있다. 하지만 무공이 센 멍청이는 세상에 존재할 수 없다. 일정 수준 이상의 무공을 익히기 위해서는 높은 이해력이 반드시 동반되어야 하니까.

강호에 그 명성이 자자한 화산신룡이 멍청하다는 건, 장원 급제를 한 학사가 멍청하다는 소리와 별다를 게 없는 말이었다. 한데…….

'아니, 정말 좋아하는 것 같은데?'

문득 의심이 든 그는 혹 상대가 마주 비꼰 것이 아닐까 하여 화산신룡의 얼굴을 다시 한번 찬찬히 뜯어보았다.

하지만 아무리 봐도 저건 연기가 아니었다. 저 겸연쩍음과 뿌듯함이 뒤섞인 표정이 연기라면, 당장 경극 배우로 뛰어도 관중을 구름처럼 몰고 다닐 것이다. 참 이해할 수 없는 놈이 아닌가. 아니, 사실 이해할 필요도 없지.

남자명은 헛기침을 한차례 하며 능숙하게 표정을 갈무리했다.

"그래, 화산신룡께서 뭐가 궁금하신가?"

"뭐, 훌륭하신 종남의 속가 문주께서 협의에 어긋나는 일을 하실 리가 없다는 건 잘 알겠어요. 그래도 지금 이게 어떤 상황인지 정도는 말씀해 주실 수 있겠죠."

청명의 말투에도 은은하게 날이 서 있었다. 표정을 잘 관리한 것이 무색하게, 남자명의 미간이 다시 찌푸려졌다.

"조금 전에도 말했지만, 내가 그대들에게 그걸 설명해 줘야 할 이유가 있는가?"

"설명 안 해 줄 이유도 없잖아요."

청명이 부러 눈을 동그랗게 뜨며 어깨를 으쓱했다.

"떳떳한 일이면 말씀 못 하실 이유도 없을 텐데, 왜 굳이 말씀을 안 하시려는 건지 모르겠네요. 그리고……."

청명이 말을 하다 슬쩍 주변을 돌아보았다. 조금씩 모여들어 구경하던 사람들이 어느새 구름처럼 불어나 있었다. 중인들이 수군거리는 소리가 점차 커졌다.

"이게 무슨 상황인지 궁금해하는 건 우리뿐만이 아닌 것 같은데요?"

그 말에 남자명이 슬그머니 눈살을 찌푸렸다. 모여든 이들은 저마다 그와 바닥에 쓰러진 이를 번갈아 바라보며 떨떠름한 표정을 짓고 있었다. 대충 얼버무린다면 나쁜 소문이 돌고도 남을 만한 상황이었다.
 평소라면 아무것도 모르는 자들이 뭐라 떠들어 대든 딱히 신경 쓰지 않았겠지만, 지금은 상황이 좋지 않았다. 이런 시기에 저 화산의 제자들에게 좋은 역할을 던져 주어선 안 된다.
 남자명은 마음을 단단히 굳히고 쓰러져 있는 이를 향해 턱짓했다.
 "이자는 우리 서월문에서 큰돈을 빌린 자요."
 "······돈?"
 남자명의 말에 백천은 저도 모르게 눈을 찌푸렸다. 대단한 사연이라도 있을 줄 알았더니, 그 이유가 너무 저열하고 노골적이었기 때문이다.
 "그래서······ 지금 빚 독촉이라도 하셨단 말씀이십니까?"
 "그렇소이다."
 "······그걸 이리 과격하게? 서월문의 문주씩이나 되는 분께서 저잣거리 흑도 무리처럼 돈 때문에 사람을 이토록 핍박하다니요."
 "허허허허."
 백천이 날카롭게 쏘아붙였다. 그런데 외려 남자명은 들으란 듯 크게 웃어 젖혔다. 그 노골적인 웃음에 백천이 재차 눈살을 찌푸렸다.
 "왜 웃으시는 겁니까?"
 남자명의 얼굴에는 비웃는 기색이 한가득하였다.
 "웃기지 않소. 화산에서는 그 몇 푼 안 되는 돈을 벌겠다고 굳이 이 서안까지 와서, 명문이라면 꿈에서라도 하지 않을 검술 시연까지 하지 않았소. 그런 분들이 돈이 별것 아니라는 식으로 말하는데, 어찌 우습지 않겠소?"

남자명의 말에 백천의 얼굴이 살짝 붉어졌다. 확실히 이 점에 있어서는 남자명의 말에 틀림이 없었다. 기세를 늦추지 않고, 남자명이 말을 이었다.

"높은 산에서 도를 닦으시는 도인들의 귀에는 어떻게 들릴지 모르겠지만, 속세를 살아가는 이들에게 돈은 꽤 큰 문제요. 당연히 민감할 수밖에 없지 않겠소?"

남자명의 능글능글한 말에 백천은 입술을 질끈 깨물었다.

"하지만 이건……!"

"뭐. 맞는 말이죠."

그런데 그때 청명이 백천의 말을 끊더니 심드렁한 어투로 말했다.

"그런데 돈 받으러 온 사람치고 좀 과격하다는 생각은 확실히 드네요. 서월문주님께서 돈놀이를 하신 게 아니라면, 서로 하루 이틀 본 사이도 아닐 텐데 말이죠."

"호오. 자네 보기보다 꽤 날카롭군."

남자명이 두 눈에 이채를 띠고 청명을 바라본다. 묘한 기분이었다.

'영 종잡을 수 없는 놈이군.'

아까는 세상 다시없이 멍청해 보이더니, 지금은 핵심을 아주 쉽게 짚어 내고 있었다. 그 덕분에 빙빙 돌려 말할 수고를 덜었다.

"당연히 나는 이자와 아주 잘 아는 사이네. 그러니 내가 이자에게 돈을 빌려주지 않았겠나?"

"그런데도 이리 매정하게 나오시는 걸 보면 이 사람이 상당히 오랫동안 돈을 갚지 않고 있었던 모양이네요."

남자명이 어깨를 으쓱해 보였다. 그러고는 대수롭지 않다는 듯 태연하게 말했다.

"아닐세. 빌린 돈을 갚지 않은 시간이야 좀 되었지만, 내 인내심이 끊길 정도로 긴 기간은 아니었지. 나는 자네들이 생각하는 것보다 꽤 인자한 사람이니까."

"그러면 왜요? 왜 갑자기 밀린 빚을 받아야겠다는 생각을 하셨어요?"

"이유는 저자에게 직접 들어 보는 게 어떻겠는가?"

남자명이 한쪽 입꼬리를 비죽이 끌어 올린 채, 쓰러진 이를 턱짓으로 가리켰다.

어느새 그의 곁으로 간 유이설이 쓰러진 이를 부축해 세우려 했지만, 그는 이미 정신을 잃은 듯 몸이 축 늘어져 있었다.

"어엇!"

쓰러진 이의 얼굴이 드러난 순간 윤종의 입에서 경악의 탄성이 터져 나왔다. 손가락을 드는 윤종의 얼굴이 잔뜩 일그러졌다.

"저, 저 사람…… 아이를 화영문에 입문시키러 왔던 분이야."

청명과 백천의 얼굴이 동시에 굳어졌다. 상황이 어찌 돌아가는지 곧장 파악이 된 것이었다.

백천이 노기 실린 얼굴로 남자명을 노려보았다. 책망하는 기색이 역력한 반응에도 남자명은 태연하게 씨익 웃었다.

"왜? 나를 비난할 텐가? 이보시게. 나도 그리 각박한 사람은 아니라네. 그러니 이자에게 곡식과 돈을 빌려준 것이지. 그렇지 않은가? 도리를 어긴 이는 바로 이 사람이지."

차갑고 싸늘한 눈빛이 몸을 일으킨 이에게로 향했다.

"종남 속가에 은혜를 입어 놓고, 제 자식은 화산의 속가에 입문을 시키다니. 짐승도 은혜는 아는 법이거늘. 이 작자가 한 행동은 실로 짐승만도 못한 행동이 아닌가?"

남자명은 고개를 내저으며 딱하다는 듯 말했다. 하나 표정만큼은 전혀 그렇지 않았다. 윤종이 입술을 질끈 깨물며 물었다.

"그래서 이분이 빌린 돈이 얼마입니까?"

남자명은 마치 재미있는 농담이라도 들은 사람처럼 껄껄 웃었다.

"호오? 그 돈을 화산에서 대신 갚으시겠다? 좋네. 나로서는 나쁠 것 없는 제안이지. 하지만 괜찮겠는가?"

그의 목소리에서 웃음기가 묻어 나왔다. 순수하게 즐거워서 나오는 웃음이 아니라, 적개심과 경멸, 동정이 섞인 비웃음에 가까웠다.

"종남 속가에 빚을 진 이가 이 서안에 얼마나 될 것 같은가? 그리고 속가가 아닌 종남의 은혜를 입은 이들은 또 얼마나 될 것 같은가? 화산이 최근에 돈을 좀 만진다는 이야기야 나도 들었네만, 그걸 자네들이 모두 감당할 수 있겠는가?"

순간적으로 발끈한 화산의 제자들이 무어라 입을 떼기도 전에, 남자명이 단호하게 말했다.

"나는 서안에 있는 종남 속가의 대표로서, 그리고 지금은 봉문 한 종남을 대신하여 그들의 빚을 회수할 생각일세."

"이런 방식으로 말입니까?"

"이 방식이 뭐가 어떻단 말인가?"

뻔뻔한 반응이 돌아오니 백천의 얼굴이 확 굳어졌다.

"금전 문제가 있으면 관아에 가 해결하는 것이 마땅할진대. 종남의 속가를 이끈다는 분이 국법을 두고 어찌 이런 식으로 일을 해결한단 말입니까?"

"하하하하하. 이래서 산에서 도나 닦던 것들은……."

"……지금 뭐라 하셨소이까?"

남자명이 한심하다는 투로 혀를 차며 백천을 바라보았다.
　"이들이 관아에 끌려가면 이 정도로 끝날 것 같은가? 관아에 끌려가는 순간 저들은 치도곤을 당하고, 가진 재산을 모조리 내어놓아야 할 걸세. 책에서 백성을 우선으로 생각하는 목민관에 대한 이야기를 많이 본 모양이네만, 세상은 그리 녹록지 않다네."
　빈정대듯 말한 그는 의식을 잃은 이를 흘끗 내려다보았다.
　"내 말이 틀렸다면, 저자는 깨어나는 즉시 관아로 달려가겠지. 하지만 다시 생각해 보게. 저자가 그럴 것 같은가?"
　다시 백천에게 시선을 돌린 남자명이 코웃음을 쳤다. 백천이 발끈하여 대거리하려 하자 청명이 손을 슬쩍 들어 그를 막았다.
　"청명아."
　백천이 노기 실린 목소리로 나지막이 청명의 이름을 불렀다. 하지만 청명은 물러서기는커녕 되레 입꼬리를 말아 올리며 남자명을 바라보았다. 그러고는 무덤덤한 목소리로 질문을 던졌다.
　"이런다고 화영문을 막을 수 있을 것 같아요?"
　"글쎄. 그건 모르는 일이지. 그리고 오해하지 말게나. 나는 딱히 화영문을 막겠다고 이런 일을 벌이는 게 아니네. 그저 사람의 도리를 논할 뿐이지."
　궤변이다. 빙그레 웃는 남자명을 보는 청명의 눈이 가느스름해졌다.
　"사람의 도리라. 이런 일을 벌이는 사람의 입에서 나올 말은 아닌 것 같은데요."
　"허허. 그건 자네의 생각이지. 생각이야 사람마다 다른 것 아니겠는가? 긴말할 것 없네. 애초에 나는 그대들과 이리 말을 섞을 만큼 각별한 사이도 아니지."

남자명은 마치 벌레라도 쫓는 듯 손을 내저었다. 그들과는 더 말을 섞고 싶지 않다는 뜻이었다. 그리고 때마침 희미한 신음을 흘리며 정신을 차린 이를 돌아보며 차게 일갈했다.

"주태. 내 긴말하지 않을 테니, 내일까지 서월문에서 꿔 간 것들을 모조리 갚도록 하게. 그럴 수 없다면 치도곤을 당하게 될 것이야."

"무, 문주님……. 제발……."

"두 번 말 않겠네."

주태라 불린 이는 움직이지 않는 몸을 꿈틀거리며 연신 애원했지만, 남자명은 그런 그를 싸늘하게 한번 내려다보는 게 전부였다. 그러더니 청명 일행을 향해 말했다.

"화영문이 번창하길 빌지. 이건 내 진심이야."

그 말을 마지막으로 그는 껄껄 웃으며 몸을 돌렸다. 근처에서 그를 기다리던 서월문의 문도들이 호위하듯 뒤따랐다. 어깨에 힘을 잔뜩 준 그들이 관도를 따라 걷기 시작하자 몰려들었던 사람들이 우르르 움직여 황급히 길을 열어 주었다.

그들의 뒷모습을 노려보며 백천이 입술을 질끈 깨물었다.

"……치졸하게도 나오는군."

조걸이 얼굴에 근심을 가득 담고 다가와 가라앉은 목소리로 말했다.

"사숙. 이건 보통 일이 아닙니다."

다른 제자들에 비하면 유독 심각해 보이는 그의 반응에 모두가 의아한 시선을 보냈다. 이 순진한 도사들을 어떻게 하나. 조걸은 짙은 한숨을 내쉬었다.

"백성들은 기본적으로 무인들을 무서워합니다. 그럼에도 같이 어울려 살 수 있는 이유는 딱 하나입니다. 명문의 제자라는 이들은 특별한 사정이 없이는 절대 평범한 백성들에게 주먹을 휘두르지 않는다는 믿음이 있기 때문입니다."

"······그렇지."

"그런데 지금 종남의 속가들이 그 선을 넘어 버렸습니다. 이렇게 되면 서안의 백성들은 금세 공포에 질릴 겁니다. 원래 속가에서 선을 넘으면 본산이 해결해 주어야 하는데, 지금 종남은 봉문에 들어갔으니까 자정도 어렵고요."

확실히 이건 보통 일이 아니었다. 무엇보다 가장 골치 아픈 부분은 이 일에 돈이 끼어 있다는 것이다. 무력으로 벌어지는 일이라면 무력으로 해결해 버리면 그만이다. 하지만 돈 때문에 일어난 문제라면 힘만으로는 해결되지 않는다.

'일단은 장로님과 의논해 봐야겠군.'

결심을 굳힌 백천은 문득 위화감을 느끼고 청명을 돌아보았다.

'그런데······ 이놈이 묘하게 잘 참는데?'

평소 같았으면 조금 전 대화의 절반도 채 나누기 전에 남자명의 머리에 검집이 골백번 쑤셔 박혔을 텐데. 오늘은 신기하게도 남자명이 멀쩡히 두 발로 걸어서 돌아가지 않았는가.

"청명아. 너는 어찌 생각······."

"사숙은 애들 데리고 먼저 돌아가. 나는 들를 곳이 있어."

"응? 어딜 가게?"

"포목점에 잠깐. 먼저 가 있어."

"포목점? 갑자기 포목점은 왜······."

청명은 묻는 말에 대꾸도 하지 않고 재빨리 발을 움직였다. 그때, 무언가 떠올린 백천의 얼굴이 순식간에 새파랗게 질렸다.

"야! 저거 잡아!"

그의 다급한 외침에 화산의 제자들이 묻지도 따지지도 않고 청명을 덮쳐 눌렀다. 순식간에 가장 아래에 짓눌린 청명이 거세게 몸부림치기 시작했다.

"아니! 잠깐만 놔 보라고! 포목점 간다는데 왜 또 들러붙고 난리야!"

"너 또 복면 만들려고 그러지! 안 돼, 인마! 이건 그런 식으로 해결할 일이 아니라고!"

"해결에 방법이 뭐 따로 있나?! 그냥 가서 까 버리면 그만이지! 문제를 일으키는 놈이 없어지면 문제도 같이 없어지는 거잖아!"

"아 글쎄, 절대 안 된다니까!"

백천이 발악하는 청명에게 달려들어 그를 어떻게든 붙잡고 늘어졌다.

"지금 남 문주가 쓰러지면 사람들이 누굴 의심하겠냐! 안 돼! 이건 절대로 안 된다! 혜연 스님! 보고만 계시지 말고 좀 도와주시오!"

"……예?"

"이놈 어디 못 가게 막아야 합니다! 어서!"

멀뚱히 서 있던 혜연이 영문도 모르고 일단은 달려들어 청명을 잡아 눌렀다.

"시, 시주. 일단 진정하십시오."

"으르르르릉."

청명은 마치 짐승 같은 소리를 내며 이미 저 멀리 가 버린 남자명을 노려보았다. 이 가는 소리가 빠득빠득 새어 나왔다.

"그래. 한번 해보자 이거지?"

오냐. 끝을 보자.

청명이 텅 빈 눈으로 연무장을 바라보았다. 그의 뒤에서 화산의 제자들도 같은 곳을 바라보며 허탈하게 중얼거렸다.
"……확실히 끝장을 봤네."
"응. 분명 끝을 내긴 했지."
하나같이 힘이라곤 한 올도 없는 목소리였다.
"우리가 끝장난 게 문제지만."
때마침 어디선가 바람이 불어왔다. 질 좋은 청석으로 단단하게 다진 연무장 위를 모래바람이 쓸쓸히 쓸고 지나갔다.
단 사흘 전까지만 해도 수련생들로 가득 찼던 연무장은 지금 개미 한 마리 찾아보기 어려울 정도로 깨끗(?)했다. 더없이 을씨년스러운 그 광경을 보며 청명이 멍하게 눈을 끔뻑거렸다.
이러면 망하는데?
"……이젠 파리조차 날리지 않는구나."
허망함이 잔뜩 묻어나는 현영의 말에 청명이 저도 모르게 움찔했다.
"허허허. 아무리 그래도 그렇지. 단 사흘 만에 이리될 줄은."
태연함을 가장한 위립산의 목소리에도 미세하게 불안이 묻어났다.
"과연, 이게 객지라는 건가?"
백천은 작은 소리로 중얼거리다 곁에 선 청명을 힐끔거리며 말했다.
"저것도 대가리 못 깨면 별거 없네."
움찔한 청명이 흉신악살 같은 표정으로 고개를 돌렸다. 백천이 잽싸게 휘파람을 불며 딴청을 피웠다.
"……끄으응."

괘씸하지만 화를 낼 기운도 없었다. 청명은 앓는 소리를 내며 몸을 부들부들 떨었다.

종남 속가들의 대처는 신속하고도 과감했다. 만일 그들이 적당히 명분을 내세우거나, 화산을 견제하는 데 집중했다면 절대 이런 상황까지는 오지 않았을 것이다. 하지만 그들은 명분을 찾는 대신에 실리를 추구했다. 그 효과는 일목요연했다.

"사람이 체면을 내다 버리면 이렇게 무섭구나."

"그래도 그렇지. 흑도방파나 할 짓을……."

"……확실히 좀 과하긴 했어."

가만히 듣고 있을 수밖에 없는 혜연은 연신 불호만 외었다.

'아미타불. 속세란 정말 무서운 곳이구나.'

그럴 만도 했다. 요 며칠 동안 그는 종남이 서안에서 무슨 일들을 저지르는지 두 눈으로 똑똑히 보았다.

'수단 방법 가리지 않는다는 말은 이런 상황을 두고 쓰는 거겠지.'

아무리 종남의 속가가 서안 곳곳에 퍼져 있다고는 하나, 이 넓은 서안에 어디 그들과 관련이 있는 이들만 살고 있겠는가. 화영문에 입문한 이들 중에서는 종남이나 종남의 속가와 관계가 없는 이들도 분명 존재할 터였다.

하지만 칼 든 놈들이 눈을 부라리고 공포 분위기를 조성하는데, 평범한 양민들이 무슨 배짱으로 그 서슬 퍼런 칼날을 무시할 수 있겠는가.

종남 속가들의 행동 원리는 단순했다. 관계가 있는 곳은 관계를 통해 협박하고, 이권이 얽힌 곳은 이권을 통해 윽박지른다. 그리고 관계가 없는 곳은 괜스레 얼쩡거리며 사람을 불안하게 한다. 상황이 이리되니 불만이 있더라도 양민들은 당장 쏟아지는 소나기를 피할 수밖에 없다.

청명은 이를 빠득빠득 갈아붙였다.
"아니, 아무리 그래도 정파라는 놈들이 이렇게 치졸하게 나온다고?"
아는 놈 붙들고 협박하는 것까지야 이해할 만했다. 하지만 벌건 대낮에 칼 뽑고 저잣거리를 돌아다니는 짓거리는 해도 너무하지 않은가?
최소한 스스로 명문의 속가라는 자각이 있다면 절대 할 수 없고, 해서도 안 되는 짓이었다.
그때 위립산이 한숨을 푹 내쉬며 입을 열었다.
"장로님. 차라리 관에 말을 해 보는 것이……."
"그건 안 될 일일세."
그의 말이 채 끝나기도 전에 현영이 단호하게 고개를 저었다. 그러자 말을 꺼냈던 위립산이 살짝 실망한 표정을 지으면서도 고개를 끄덕였다.
"역시 무림의 일은 무림에서……."
"그런 게 아니라. 저 남자명이 바보가 아닌 이상 이런 일을 시작할 때 관부와 미리 협의하지 않았을 리가 없네. 이미 충분히 돈을 먹여 두었을 것이야."
현영이 눈을 찌푸리며 설명을 덧붙였다.
"게다가 듣자 하니. 지금 서안의 성주는 종남과 연이 깊다고 하더군. 그런 이가 우리 편을 들어 줄 리가 없지."
구구절절 옳은 지적에 위립산이 갑갑하다는 듯 앓는 소리를 흘렸다.
"끄으응. 그럼 어찌해야……."
"그것이……."
현영도 이번만은 딱히 대처법이 생각나지 않는 듯 말끝을 흐렸다. 그러다 결국 땅이 꺼져라 한숨을 푹푹 내쉬었다.

'일이 더럽게 꼬였어.'

원래라면 지금쯤 종남이 먼저 나서서 서월문을 비롯한 속가들을 벌하려 했을 것이다. 하지만 지금의 종남은 봉문을 선언한 것이나 다름없는 상태가 아닌가.

"저들이 칼을 들고 설치는데, 차라리 우리도 칼로 맞서는 게 어떻겠습니까?"

화산 제자들 사이에서 분기 섞인 제안이 튀어나왔다. 하지만 현영은 눈살을 찌푸리며 고개를 저었다.

"일이 그리 간단하지 않다. 이런 상황에서 화산이 종남의 속가들을 친다면, 옆 문파가 봉문 한 틈을 타 속가들을 핍박하고 이득을 취했다는 비난을 피할 수 없게 된다."

"하지만 강호가 원래 그런 법 아닙니까. 다들 안 그러는 척하는 것뿐이지요."

"……그 '척'이 중요하다."

결국은 같은 결과로 귀결되는 일이라 할지라도, 어떤 명분을 내세우고 어떤 과정을 겪느냐에 따라 평가는 천차만별로 달라지기 마련이다. 화산이 정파를 지향하고 협의를 논하는 이상, 외부의 평판을 신경 쓰지 않을 수가 없다.

가만히 대화를 듣고 있던 청명이 뒷머리를 벅벅 긁었다.

'끄응. 이거 생각보다 골치 아픈 일인데.'

그냥 무력시위를 하는 걸로 쉽게 해결될 일이었다면, 청명도 뒤를 생각하지 않고 날뛰었을 것이다. 당장 주먹으로 해결할 수 있는 일을 굳이 머리를 써 가며 해결할 필요는 없으니까.

하지만 이건 웬만큼 힘을 써서 해결할 수 있는 문제가 아니다.

지금 정말 문제가 되는 것은 안면에 철판을 깔고 백성들을 핍박하는 종남의 속가가 아니었다. 그보다 더 큰 문제는 종남과 그 속가들이 그동안 서안에 쌓아 둔 인식 그 자체였다.

'내가 너무 쉽게 생각했어.'

입장을 바꿔, 종남이 화음으로 쳐들어와 화산보다 뛰어난 실력을 보여준다고 해서 화음 사람들이 종남으로 홀랑 넘어가겠는가?

아니. 그런 일은 쉽게 벌어지지 않는다.

"어쨌든 서안과 종남은 한 식구라는 거지."

"……응? 그건 무슨 소리냐?"

윤종이 고개를 갸웃하자 청명이 짜증 내듯 말했다.

"생각해 봐, 사형. 보통 이런 일이 벌어지면 서안 사람 중 몇몇은 이곳으로 와서 도움을 청하기 마련 아냐?"

"……듣고 보니 그렇구나."

"그런데 단 한 사람도 이곳에 오지 않는다는 건, 화산과 화영문은 여전히 서안에서 외부인이라는 의미지."

"저만큼 패악질을 부리는데도 말이냐?"

"뭐 어쩌겠어. 본인들이 그리 생각하겠다는데."

청명이 체념 섞인 어조로 답했다. 그의 안색이 한층 더 어두워졌다.

'이 인식은 쉽게 깨지지 않아.'

화산이 몰락하여 지난 백 년간 제 역할을 하지 못했음에도, 화음의 주민들은 화산을 버리지 않았다. 서안과 종남도 마찬가지일 것이다. 이건 힘이나 명성만으로는 깨기 힘든 미묘한 부분이었다.

'이걸 완전히 한번 뒤집어야 하는데.'

다른 건 몰라도 이것만은 청명의 힘으로도 어찌할 수 없는…….

"아니! 이것들이 미쳤나? 어디서 살기를 내뿜고 있어? 너희 개처럼 처맞아 볼래?"

어디선가 들려오는 요란한 소리에 청명의 고민이 뚝 끊겼다. 그는 고개를 획 돌려 입구 쪽을 바라보았다. 난데없이 나타난 홍대광이 소리를 버럭버럭 지르며 대문 앞을 막아선 무인들에게 삿대질해 대고 있었다.

"……저건 또 뭐야."

무인들이 화들짝 놀라 달아나자 홍대광은 씩씩대며 화영문 안으로 걸어 들어왔다. 청명이 영문을 몰라 물었다.

"무슨 일이에요, 거지 아저씨?"

홍대광이 황당하다는 듯 가슴을 치며 하소연했다.

"아니, 갑자기 저것들이 나한테 살기를 뿜잖아! 허어. 세상 각박하지. 지나가던 거지한테 살기를 뿜어 대는 세상이라니."

그제야 상황이 어떻게 된 건지 이해한 청명이 기가 막힌다는 듯 혀를 찼다.

"가지가지 한다."

아마 그저 행인인 척하다가, 화영문에 접근하는 이들에게 은근슬쩍 경고를 보내는 이들이 있는 모양이었다. 그런데 그들이 하필이면 홍대광을 알아보지 못하고 그에게 살기를 보낸 것이고.

서안과 종남의 관계를 고려하더라도 오는 이들이 너무 없다 싶었는데, 저런 짓까지 하고 있었구나.

"저것들 뭐냐?"

"종남의 속가들이에요."

"쯧쯧쯧. 상황이 묘하게 돌아간다는 말이 있더니만, 별 희한한 수까지다 쓰는군. 남자명이 그리 추잡한 인간은 아니라고 들었는데."

"아니기는. 그런데 무슨 일로 왔어요?"

영 마음에 들지 않는다는 듯 바깥을 흘끗대던 홍대광이 고개를 획 돌려 청명을 바라보았다. 그러고는 무거운 목소리로 답했다.

"종남이 봉문 했다."

"……와아. 그것참 신기하고 놀라운 소식이네요."

"아니. 봉문이나 다름없다가 아니라, 아예 정식으로 봉문을 선언했다는 말이다."

홍대광이 뒷말을 힘주어 강조했다. 청명이 놀라며 고개를 갸웃했다.

"엥? 정말요?"

"그렇다니까. 어제부로 천하의 명문들에 봉문을 선언하는 전갈을 보냈다고 하는구나. 이제 종남은 앞으로 일 년간 대외 활동을 완전히 금한다. 이건 장문령부로 선언한 일이라 일 년간은 종남 스스로도 어길 수 없다. 흐흐. 이제는 서안에 벼락이 떨어져도 종남은 산문을 벗어날 수 없게 된 거지."

"호오?"

청명이 살짝 의외라는 듯 고개를 갸웃거렸다. 종남이 정말 스스로 손발을 자르는 선택을 할 줄이야. 그리고 홍대광은 그의 무덤덤한 반응을 보며 눈을 빛냈다.

"너! 종남이 왜 봉문 하는지 짚이는 데가 있구나? 지금까지 내 입에서 이 말을 들은 사람치고 너처럼 태연하게 반응하는 사람은 단 한 사람도 없었다! 이놈! 어서 그 이유를 내게 고하지 못할까!"

"……나 말고 그 말을 누가 또 들었는데요?"

"네가 처음이지!"

"확 마."

뭐 그렇게 대단한 일 했다고 295

청명이 쥐어박을 듯 한 손을 들어 올리는 시늉을 하자 홍대광이 황급히 양손으로 얼굴을 가리며 뒤로 물러났다.

"폭력은 반대다!"

"……됐어요. 그래서 그 이야기 하려고 여기까지 온 거예요?"

"겸사겸사 들렀지. 그런데 종남이 봉문 했다는 소식을 듣고도 그리 좋아하지 않는구나? 나는 엄청나게 기뻐할 줄 알았는데."

"끄으응. 지금은 상황이 영 꼬여서……."

한동안 그놈들 얼굴을 보지 않아도 된다는 점은 분명 기쁘지만, 상황이 상황인지라 조금 아쉽기도 했다. 청명이 입맛을 다셨다.

차라리 종남이 봉문을 풀고 서안으로 내려왔다면 오히려 일이 좀 더 쉬워질 수 있었다. 그런데 종남이 이렇게 정식으로 봉문을 선언해 버린 이상, 이제 서안의 일은 오로지 화영문과 종남 속가 사이에서 해결되어야 한다.

'웃어야 할지, 울어야 할지.'

청명의 입에선 한숨이 마를 줄을 몰랐다. 청명이 그답지 않게 연거푸 땅이 꺼져라 한숨만 쉬어 대니 홍대광이 고개를 갸웃거렸다.

"무슨 문제라도 있느냐?"

"그게……."

말을 꺼내던 청명이 말하다 말고 다시 한숨을 쉬었다. 그러자 홍대광이 가슴을 탕탕 두드리며 호탕하게 외쳤다.

"하하. 이 어르신을 앞에 두고 고민이라니! 걱정하지 말고 내게 말해 보거라. 개방의 신기제갈이라 불리는 내가 특별히 친구를 위해 귀계를 내어 줄 테니."

"……개방의 밥버러지라 불린다는 소문이 있던데."

"거지가 다 밥버러지지, 뭘 새삼스럽게."

"아. 그건 그러네."

반질반질한 얼굴로 뿌듯하게 고개를 끄덕이는 홍대광을 보며 청명은 혀를 찼다. 밥버러지라는 말이 뭐 그리 자랑스럽다고. 그나마 남아 있던 신뢰도 사라질 지경이었다.

'그래도 혹시 모르지.'

홍대광은 개방에서도 후대 방주로 거론되는 이들 중 하나이며, 세상의 수많은 정보를 다룬다. 청명과는 다른 시각을 보여 줄지도 모른다.

"그러니까, 이게 어떻게 된 거냐면요······."

청명이 조곤조곤 그간의 상황을 설명하기 시작했다. 모든 상황을 들은 홍대광은 별안간 껄껄, 호탕하게 웃어 젖혔다.

"허허. 뭐 그런 별것도 아닌 일로!"

자신감 넘치는 태도에 청명의 눈이 반짝였다.

"오, 해결책이 있어요?"

"이 어르신이 누구라고 생각하는 거냐! 당연히 있지!"

"그게 뭔데요? 이 일만 잘 해결해 주면 내가 한동안 밥걱정은 없게 해 줄게요."

"흐흐흐. 뭐 어려운 일이라고. 해결책은 아주 간단하지."

홍대광이 빙그레 웃었다.

"이봐, 화산신룡. 쓸데없는 짓 하지 말고 짐 싸서 낙양으로 가자. 서안은 포기하고 더 큰 데 지부를 열면 그만이지!"

"······그게 해결책이에요?"

"어떠냐! 더없이 확실한······."

"에라이!"

청명이 홍대광의 엉덩이를 뻥 걷어찼다. 동시에 그가 외마디 비명을 지르며 바닥으로 나가떨어졌다. 아이고, 하며 나뒹구는 그를 노려보며 청명이 외쳤다.

"안 그래도 속 터져 죽겠는데!"

"속이 터져 죽겠으면 일을 잘 처리했어야지! 처음부터 그냥 적당히 종남 속가에 인사부터 하고 낮은 자세로 엉덩이를 들이밀었으면 저들도 화영문을 어쩌지 못했을 것 아니냐? 뭔 배짱으로 종남이 장악하고 있는 곳에서 너 죽고 나 살자 질러 대!"

홍대광이 지지 않고 버럭 소리를 질렀다. 그러고는 엉덩이를 문지르며 일어나 보란 듯 혀를 찼다.

"종남이 봉문 한 이상, 저들은 독이 바짝 올라서 화산에 저항할 거다. 힘으로 찍어 누르지 않는 이상은 절대 물러나지 않겠지. 하지만 저걸 힘으로 찍어 눌러 버리면 지금 한창 오르고 있는 화산의 명성에 찬물을 끼얹게 된다. 결과적으로는 얻는 게 없지."

"명성 따위 누가 신경이나 쓴대요?"

"있으면 정작 쓸데가 없어도, 막상 없으면 또 아쉬운 게 명성이다. 게다가 명문 정파를 자처하는 곳이라면 더욱 그렇지."

홍대광이 고개를 내저었다.

"아서라. 일이 이리되어 버린 이상은 방법이 없다. 저 종남의 속가들이 한날한시에 모조리 망해 자빠지지 않는 이상은 말이다."

"아주 잘 알고 계시는군."

홍대광의 말이 끝나기가 무섭게, 낯선 목소리가 들려왔다. 모든 이들이 일제히 입구 쪽으로 고개를 돌렸다.

"하아……."

청명의 입에서 한숨이 다시 터져 나왔다. 화영문의 입구로 남자명을 비롯한 종남 속가의 문주들이 보무도 당당하게 걸어 들어오고 있었다.

"아니. 이 양반들이 여기가 제집 안방인 줄 아나. 확······."

막 소리를 지르려던 청명이 별안간 입을 딱 닫았다.

연무장 지척까지 들어온 남자명이 손에 들고 있던 자루를 냅다 앞에다 던져 버렸기 때문이다.

쩔그렁! 뭔가 묵직하게 들리는 소리에 청명이 눈을 부릅떴다.

'돈?'

백 장 밖에서 동전 떨어지는 소리도 귀신같이 듣는 청명이 아니던가? 그런 청명이 돈 자루 떨어지는 소리를 잘못 들을 리 없었다. 그런데 갑자기 돈이라니?

청명이 어안이 벙벙한 얼굴로 바라보자 남자명이 씨익 입꼬리를 말아 올리며 입을 열었다.

"버틸 만큼 버텼으면 그 돈 가지고 서안에서 꺼지시오. 이 장원은 우리가 사 줄 테니. 어때? 화산에도 그리 나쁜 제안은 아닐 텐데?"

그 말에 청명이 뒷골을 움켜잡고 뒤로 넘어가 버렸다.

"처, 청명아!"

"정신 차려라, 청명아!"

"뒤, 뒷골이······. 끄윽."

천하의 청명이 저렇게 당할 줄이야. 혜연은 그 모습을 보며 인과응보라는 말이 아직 세상에 남아 있음을 실감했다. 아미타불.

청명은 눈앞이 아찔했다. 새 몸으로 다시 살게 된 후로, 남을 패면 팼지 두들겨 맞아 본 적은 없는 청명이다. 아, 물론 눈을 뜨자마자 얻어맞기는 했지만 그건 빼놓고 말이다.

하지만 이 순간, 청명은 주먹도 아니고 돈으로 얻어맞고 있었다.

"청명아, 괜찮으냐?"

뒷골을 잡고 넘어간 청명을 부축한 백천이 다급하게 소리쳤다. 그러자 청명이 눈을 까뒤집고 몸을 벌떡 일으켰다.

"안 팔아! 천금을 줘도 안 팔아! 당장 썩 꺼지지 못해?!"

"껄껄껄. 거참, 성질이 급한 도장이로군. 그리고……."

남자명이 유감이라는 듯 턱을 쓸어내렸다.

"장사도 할 줄 모르는군. 칠 주야만 지나도 장원 값은 반으로 떨어질 걸세. 지금 한 푼이라도 더 챙겨서 나가는 게 이득일 텐데?"

"누가 여기 장사하러 온 줄 알아?"

"아닌가?"

맞죠! 어. 장사하러 왔죠. 그렇죠. 장사가 뭐 별건가. 돈 벌면 장사지.

"군자는 시류를 읽을 줄 알아야 하는 법이지. 이미 대세가 넘어갔다는 것을 모르지는 않을 텐데, 쓸데없는 자존심 때문에 손해를 키우는 우를 범할 셈인가."

와. 말 잘한다. 얼마나 잘하는지 주둥아리에 주먹이 처박혀도 말 계속 잘하는지 알아보고 싶어지네. 진짜 한 대만 딱…….

청명의 주먹에 점점 힘이 들어갔다. 그 기색을 눈치챘는지 현영이 재빨리 다가와 손목을 움켜잡았다. 그러고는 웃는 얼굴 그대로 속삭였다.

"주먹질은 안 된다."

"그럼 칼질은요?"

"그건 더더욱 안 되지."

"끄으응."

청명이 화를 못 이기고 앓는 소리를 냈다.

화산이 돈 몇 푼 받고 물러날 리가 없다는 걸, 저들이라고 모르지 않을 것이다. 그럼에도 이리 찾아와 돈 자루를 던지는 건 화산의 처지를 조롱하겠다는 수작, 그 이상도 그 이하도 아니었다.

감히 화산을 비웃다니. 언제 청명이 이런 꼴을 보고도 참은 적이 있었던가.

"끄으으. 대가리가 진짜 단단하신 모양이네. 이렇게 찾아와서 굳이 들이미시는 걸 보면?"

"하하하하. 내게 어디 감히 천하의 화산신룡과 검을 나눌 배짱이 있겠는가? 고매하신 본산의 제자들께서 나선다면 우리야 한주먹거리에 불과하겠지."

아, 얄밉다. 진짜 너무 얄미워서 다 때려 부수고 싶다.

"그래서 진짜 하고 싶은 말이 뭔데요?"

"허허. 그런 게 무어 있겠는가. 말 그대로 장원을 사겠다는 제안을 하러 왔을 뿐이네."

남자명이 턱짓으로 뒤쪽을 가리켰다.

"물론 화산에야 이 정도 손해는 별게 아니겠지. 하지만 화영문의 입장은 다르지 않겠는가?"

청명이 자신도 모르게 고개를 돌려 위립산의 표정을 살폈다. 딱히 표정에 변화가 없어 보였다. 그러나 남자명의 말이 그리 틀리지 않다는 사실은 청명뿐 아니라 이 자리에 있는 모두가 잘 알고 있었다.

"같은 속가로서 참 마음이 아픈 일이지. 본산이 벌이는 일에 휘말려서 손해를 보는 일이 어디 한두 번인가. 그러니 손해라도 줄여 주고 싶은 마음에 건네는 제안일세."

청명은 황당하기 짝이 없다는 표정으로 남자명을 바라보았다.

"아니, 이게 다 누구 때문……."

"남 문주."

그런데 그때, 여태 잠자코 있던 현영이 입을 열었다. 화산의 장로가 나서자 천하의 남자명도 일단은 고개를 숙여 예를 표했다.

"타협의 여지는 없겠는가?"

"하하, 장로님. 참 재미있는 말씀을 하십니다. 화산과 종남의 관계에 타협이라는 미지근한 말이 끼어든 적이 있었습니까?"

"……없었지."

현영을 바라보는 남자명의 눈이 날카롭게 빛났다.

"예. 저도 그리 알고 있습니다. 비록 종남이 봉문 하여 그 뜻을 제가 다 알지는 못하지만, 장문인께서 지금 이 상황을 지켜보셨다면 저희에게 물러나거나 타협하란 명을 내리지는 않으셨을 겁니다."

그건 그렇지. 그 종남이니까.

남자명은 이내 단호한 눈빛으로 현영을 바라보았다.

"저희는 마지막 한 사람이 남을 때까지 절대 화산에 서안 땅 한 평도 내어주지 않을 겁니다. 그러니 이만 부족함을 아시고 평온한 화음으로 돌아가시는 게 어떻겠습니까? 화산에는 그 조그만 마을이 더없이 잘 어울려 보입니다만."

"아니, 근데 이 새끼가 진짜!"

청명이 눈을 까뒤집으려 하자 미리 옆에서 대기하고 있던 백천과 다른 제자들이 조용히 그의 어깨를 움켜잡아 꽉 내리눌렀다.

"장로님이 말씀하고 계시잖아."

"가만히 있어! 워워! 착하지! 기다려!"

남자명은 별 해괴한 꼴을 다 본다는 듯 쓴웃음을 지었다.

"아무튼 장로님도 이해하셨을 겁니다. 저희는 무슨 수를 써서라도 화영문이 이곳에 뿌리내리지 못하게 막을 겁니다."

"우리는 무슨 수를 써서라도 이곳에 뿌리를 내려야겠네."

현영의 말에 남자명이 그럴 줄 알았다는 듯, 이를 드러내며 웃었다.

"장로님. 저희가 과격하다 생각하실지 모르지만, 이건 시작에 불과합니다. 지금 하고 있는 것 외에도 화영문을 괴롭힐 방법은 무궁무진합니다. 이 서안에 발을 뻗으려 했던 문파들이 없었겠습니까? 지난 백 년간 그런 곳들이 모두 밀려난 이유가 뭐겠습니까."

현영은 그의 말에 반박하지 않았다. 아니, 차마 못 한 것에 가까웠다.

"서로 심력 낭비하지 마십시다. 좋게 물러나시겠다면 손해는 최대한 보전해 드리겠소이다. 다른 곳에 문파를 여시겠다면 도와드릴 수도 있습니다. 단!"

남자명이 딱 잘라 말했다.

"서안은 안 됩니다."

지금까지와는 전혀 다른, 싸늘하기 짝이 없는 일갈이었다.

"특히나 화산은 더더욱 안 됩니다. 만일 종남이 화음에 속가를 열려 한다면 화산은 이를 받아들이시겠습니까?"

"……으음."

반박할 수 없고, 반박해서도 안 되는 질문이었다. 현영은 낮게 침음성을 흘렸다. 남자명이 어깨를 으쓱하며 쐐기를 박았다.

"그러니 그만 돌아가십시오. 이곳은 화산의 땅이 아닙니다. 더 시간을 끄신다면 더욱 큰 손해만 보게 되실 겁니다. 그럼."

그 말을 끝으로 남자명이 몸을 휙 돌렸다. 그러자 따라왔던 속가 문주들도 비웃음을 흘리며 함께 돌아섰다.

청명이 끝내 백천 무리를 뿌리치고 앞으로 박차고 달려 나갔다. 그리고 바닥에 떨어진 돈 자루를 잡아 남자명에게 던졌다.

"물건은 챙겨 가야지!"

턱! 남자명은 미소를 지으며 날아든 돈 자루를 받아 들었다.

"아직 자존심은 남았다는 거군. 그럼 어디 마음대로 해 보시지."

그러고는 청명을 노골적으로 비웃으며 화영문을 빠져나갔다. 남자명의 뒤에 붙어 우르르 빠져나가는 종남 속가의 문주들을 보며 화산의 제자들이 일제히 한숨을 내쉬었다.

"장로님……."

"너무 걱정할 것 없네. 이 정도 반발쯤은 당연히 예상했으니까."

위립산의 걱정 어린 목소리에 현영이 걱정하지 말라는 듯 말했다.

'하지만…… 종남의 봉문으로 인해 상황이 너무 격해졌다. 이 일을 어디서부터 풀어야 할지 고민이로구나.'

현영이 슬쩍 옆쪽으로 고개를 돌렸다. 독이 오른 사냥개처럼 으르렁대고 있는 청명을 보며, 그는 웃는 듯 우는 듯 묘한 표정을 지었다.

'그냥 풀어 버려?'

아니다. 이건 고민을 해 봐야 한다. 진짜.

* * *

늦은 밤. 새로 단 지 얼마 되지 않은 문이 작은 소음을 내며 천천히 열렸다. 이내 시커먼 무복을 입은 야행인이 조심스레 밖으로 나왔다.

얼굴에 쓴 복면 끈을 꼭 조인 그는 파공음 하나 내지 않고 솟구쳐 지붕 위로 올라섰다. 그가 금방이라도 내달릴 기세로 한 발 내디딘 그때.

"동작 그만."

뒤에서 들려온 냉랭한 목소리가 그를 멈춰 세웠다. 멈칫한 복면인의 고개가 획 뒤로 돌아갔다.

"내 이럴 줄 알았지."

"저건 무림의 상록수여. 어떻게 변하는 게 없어."

"야! 매화검은 들고 가면 안 되지!"

쏟아지는 비난에 복면인이 눈을 와락 일그러뜨렸다. 그러고는 긁는 듯한 목소리로, 부자연스러울 만큼 낮게 말했다.

"애송이들이 지금 감히 나를 막겠……."

"청명아. 복면 삐뚤어졌다."

"아, 진짜?"

"……."

복면인……. 아니, 청명이 손을 들어 복면을 고쳐 썼다. 그 모습을 보며 백천이 땅이 꺼져라 한숨을 푹 내쉬었다.

"장로님이 대가리를 깨면 안 된다고 하시지 않았느냐!"

"안 깨! 안 깬다니까! 하지만 다리몽둥이 정도는 부러뜨려도 되겠지! 기왕이면 팔도 좀 비틀어 버리고!"

청명이 버럭 소리를 내질렀다. 그 말에 백천이 말리던 것도 잊고 순간 움찔했다.

"……솔직히 솔깃하긴 하다만."

낮에 찾아와 능글거렸던 남자명의 태도만 생각하면, 청명이 나설 것도 없이 그들이 먼저 남자명의 대가리를 확 깨 버리고 싶은 심정이었다.

하지만 정말 그런 일이 벌어진다면 화산은 그날로 서안에서 모든 민심을 잃게 될 것이다.

"속가 놈들만 해결한다고 끝날 일이면 나도 그럴 거다. 하지만 힘으로 속가를 깨고 서안을 점령한다면 민심은 얻을 수가 없다니까! 그럼 계속 종남의 속가가 생겨나게 될 거다."

"그럼 생기는 족족 깨면 되지!"

"……종남 본산의 봉문도 언젠가는 풀린다."

"그럼 종남도 깨 버리면 그만이지!"

"……나는 한 번씩 네가 왜 정파에 들어왔는지 잘 모르겠다."

사파에 입문했으면 천 년에 한 번 나올까 말까 한 탁월한 인재가 되었을 텐데. 아쉽다. 아쉬워. 정신을 차린 백천이 고개를 절레절레 저었다.

"어쨌든 절대 안 되니까 그 복면 벗고 다시 들어가라."

"아냐, 사숙. 사실 내가 지금 갑자기 급한 볼일이 생겨서 그러는데, 딱 한 시진만 나갔다 올게. 딱 한 시진이면 된다니까!"

"헛소리하지 말고 빨리 내려가, 인마!"

하지만 백천은 호락호락하지 않았다. 울컥 화가 치민 청명은 고개를 돌려 바닥에 침을 탁 뱉으려다 움찔했다. 아, 복면 썼지.

"웬만하면 말로 하려고 했지만, 정 막겠다면 어쩔 수 없지."

청명이 거만하게 짝다리를 짚더니, 허리에 찬 매화검을 탁 치며 위협했다.

"서로 피 보지 말고 못 본 척하지?"

"아니, 이게 칼부림까지 해 가면서 갈 일이냐? 인성은 화산에다 두고 왔냐고!"

백천이 기가 막혀서 버럭 소리를 지르자 곁에서 조걸이 작게 속삭였다.

"사숙. 그런 건 원래 없었습니다."

"아, 맞다. 그렇지?"

잠시 착각했네.

"여하튼, 너 이대로 가면 우리가 장로님한테 죄다 고할 거다. 몇 달 동안 술은 입에도 못 대고 싶으면 가 보시든가."

청명은 이러지도 못하고 저러지도 못한 채 머리를 감싸 쥐었다.

'끄으으으응. 아니, 사형제라는 것들이 도움은 못 줄 망정!'

어찌 종남 놈들 대가리 깨는 일을 막는단 말인가. 옛날 사제들이었으면 좋다고 등을 떠밀었을 텐데. 청명이 입술을 비죽 내밀었다.

사형! 장문사형! 애들이 이상해졌습니다. 옛날에는 안 이랬는데!

- 원래 그랬어, 이 미친놈아!

에이. 거짓말!

"몰라. 아무튼 나는 간다!"

"못 보낸다니까!"

"사숙. 그러다가 진짜 나한테 호온난다. 자, 눈 딱 감고 길만 열어 주면 아무 일도 없었던 걸로 할 수 있잖아. 그치?"

"여기야 아무 일도 없겠지! 다른 데서 일이 생기니 문제지!"

"아니, 진짜 말이 안 통······. 이 씨, 근데 아까부터 뭐가 이리 시끄러워?"

계속 어딘가에서 잡음이 들려오는 바람에 더욱 짜증이 치민 청명이 고개를 획 돌렸다.

잠깐만. 시끄럽다고?

"뭐지? 정말 시끄러운데?"

그 반응에 백천의 고개도 따라 움직였다. 청명을 둘러싸고 있던 다른 제자들도 모두 고개를 쭉 내밀어 화영문 밖을 살폈다.

"저기 뭔가 오는데?"

청명이 눈을 가늘게 떴다. 그의 시야에 한 무리의 강호인들이 관도를 타고 움직이는 모습이 들어왔다.
"종남 속가? 아니, 아닌데?"
풍기는 기질이 확연히 다르다. 종남의 속가들은 그래도 나름 명문 정파의 속가들이라 맑은 기운을 흘리니까.
그런데 지금 이곳으로 오고 있는 이들의 몸에선 거칠기 짝이 없는 기운이 줄기줄기 뿜어지고 있었다. 그래. 굳이 따지자면 사파에 가까운 기운…….
"서안에 사파라고?"
"이쪽으로 오는데?"
화산의 제자들도 모두 이변에 민감하게 반응하며 빠르게 몸을 돌렸다.
"입구로!"
"알았다!"
청명이 먼저 몸을 날리자 모두 그의 뒤를 따라 경공을 펼쳤다.
순식간에 화영문의 입구로 이동한 그들은 대문을 활짝 열어젖히고 줄지어 늘어서서 조금 긴장한 눈빛으로 관도를 바라보았다.
"온다!"
그 말이 끝나기 무섭게 이내 관도 끝에서 백이 훌쩍 넘어가는 인원이 그 모습을 드러냈다. 시뻘건 홍의로 전신을 두른 살벌한 인상의 무인들은 화영문을 향해 일직선으로 걸어왔다.
'고수?'
맨 앞에 서서 팔짱을 낀 청명은 살짝 미간을 좁히며 그들을 보았다. 하나같이 실력이 녹록하지 않은 것 같았지만, 특히나 저들 뒤에서 따라오는 누군가가 내뿜는 기세는 청명의 감각을 은근히 자극할 정도였다.

'갑자기 이게 무슨 상황이지?'

하지만 상황은 상황이고, 판단은 빠를수록 좋다. 잠깐 그들을 물끄러미 보던 청명은 시선을 고정한 채로 턱짓하며 말했다.

"조걸 사형. 내가 신호하면 안으로 튀어 들어가서 모두 깨워."

"……알겠다."

어찌 돌아가는 상황인지 정확히는 몰라도 어째 분위기가 심상치 않다는 걸 모를 이들은 아니었다. 청명의 태도만 봐도 짐작이 갔다. 조걸만이 아니라 화산 제자들 모두가 전신에 내력을 끌어 올리며 긴장감을 유지했다.

그러는 사이 관도를 타고 들어오던 이들이 순식간에 다가와 화영문의 입구에 섰다. 정렬하던 이들이 좌우로 갈라지고, 그 뒤에서 한 남자가 천천히 걸어 나왔다.

"여기냐?"

적사도 엽평. 눈을 가늘게 뜬 그는 턱을 쓰다듬으며, 화영문의 입구를 막고 선 청명을 바라보았다. 그에게서 심상찮은 기세를 느낀 엽평은 저도 모르게 미소를 지었다.

"이거 속가문이라고 해서 만만하게 봤더니 이런 월척이 있구나. 어린놈아, 네 이름이 무엇이냐?"

하지만 그 말을 들은 청명은 되레 피식 웃었다.

"하, 세상 좋아졌네. 어디 사파 새끼가 나한테 말도 붙이고 말이야."

그러자 적사도 엽평이 껄껄대며 호탕하게 웃어 젖혔다.

"으음? 하하하하하하핫! 오만하기 짝이 없는 놈이로구나. 한데 내 하나 물을 것이 있다."

"물어봐."

"너 왜 복면 쓰고 있냐? 이 야밤에?"
청명의 옆에 선 모두가 냉큼 시선을 다른 데로 피했다.
'아, 도망가고 싶다.'
'내가 쪽팔려서 살 수가 없어.'
하지만 정작 질문을 받은 청명은 당당하기 그지없었다.
"그냥 썼다. 왜?"
"허허. 과연 천하를 오시하는 종남의 속가답게 배짱이 좋구나. 이 어르신 앞에서 말하는 본새가 아주 대단한데. 오냐! 내가 오늘 화적문을 짓밟아 천하에……."
엽평의 말을 가만 듣던 청명이 한쪽 손을 들며 말을 막았다.
"잠깐만. ……너 혹시 글자 읽을 줄 모르냐?"
앞에 선 모두의 고개가 슬쩍 위로 올라갔다. 현판에 적힌 글자를 확인한 이들이 다시 시선을 내렸다. 엽평이 입을 다물고 뒤를 돌아보았다. 그러자 저 뒤쪽에서 누군가가 외쳤다.
"대주! 대주! 여기가 아닙니다! 여기는 화영문이고 가야 할 곳은 화적문입니다! 왜 잘 가다 세우고 그러십니까!"
"아, 그래? 여기가 아니야?"
"계속 가십시오! 계속! 저 안으로 가야 합니다!"
머리를 벅벅 긁은 엽평은 민망한 듯 입맛을 다시며 청명을 바라보았다.
"……거, 실례했습니다."
"아……. 뭐. 별말씀을."
엽평이 크흠 하고 연거푸 헛기침하고는 종종걸음으로 부하들을 향해 돌아섰다.
"화적문은 어디 있는데?"

"저쪽으로 더 들어가야 한다니까요."

"그럼 진즉에 말을 했어야지! 에잉!"

멀어져 가는 그 무리를 화산의 제자들은 모두 멍한 표정으로 바라보았다. 그야말로 아닌 밤중에 홍두깨라더니, 희한한 일이었다.

"대체 뭐지? 저 머저리들은?"

툭 튀어나온 청명의 말이 그들의 심정을 대변해 주었다. 하지만 백천의 얼굴은 여전히 심각하게 굳은 상태였다.

"청명아. 저놈들 강해 보이지 않더냐?"

"어. 제법 강하던데?"

"……안 되겠다. 지금 당장 장로님께 알려야겠어."

"왜?"

"화적문이면 종남의 속가가 아니더냐! 누가 봐도 사파인 이들이 이 야밤에 화적문을 찾는 것은 당연히 좋지 않은 의도를 품었단 뜻이겠지! 그러니 저들이 무슨 일을 벌이기 전에 당장 조치를……."

백천이 말을 하면서도 급한 마음에 안으로 달려 들어가려 하는데, 그의 어깨를 청명이 턱 움켜잡았다.

"아니, 왜 잡……."

무심코 뒤를 돌아본 백천은 순간 저도 모르게 움찔하고 말았다. 청명이 세상 다시없는 부드러운 표정으로 환하게 웃고 있었다.

"사숙. 우린 아무것도 못 본 거야. 그리고 앞으로도 못 볼 거야. 알았지?"

"너, 너…… 설마……?"

"왜? 쟤들이 그랬잖아. 서안 땅은 종남 거라고."

"그, 그렇지. 하지만……!"

청명의 표정은 흡사 부처라도 깃든 양 자애롭기 짝이 없었다.
"지들 땅에서 벌어진 일이니 지들이 알아서 해결하겠지."
해결 못 하면? 그럼 더 좋고.
"아이고오. 하필 종남이 봉문 했을 때 이런 일이 벌어지네에에. 안타까워 어쩔꼬오오오. 낄낄낄낄."
아니, 저놈은 마귀다. 아예 배를 잡고 웃어 대는 마귀를 보며 화산의 제자들은 모두 눈을 질끈 감았다.
'이쪽이 더 사파 같다.'
'얘는 입문을 잘못 했어. 아까 거기 끼면 완전 딱이겠던데.'
하나 어쩌겠는가. 저 마귀 놈은 이미 화산의 제자인 것을. 안타깝기 짝이 없게도 말이다.

"하하하하. 그 표정들 보셨습니까?"
"봤지요. 보다마다요. 눈이 있는데 어떻게 그걸 못 볼 수가 있겠습니까? 아주 십 년 묵은 체증이 쑥 내려가더군요."
"하하하하하핫! 그렇지요. 그래!"
서안 북쪽에 위치한 종남 속가 화적문에선 왁자지껄 떠드는 소리와 쩌렁쩌렁한 웃음소리가 끊이질 않았다.
"그 화산 놈들이 입도 떼지 못하는 꼴이라니!"
화영문에 몰려가 화산의 제자들을 압박하고 돌아온 종남 속가의 문주들 몇이 화적문에 모여 거나하게 술판을 벌이고 있었다.
"말이야 바른말이지! 이 서안이 어떤 땅입니까? 감히 화산의 잡배들이 발을 들일 수 있는 곳이 아니다, 이 말입니다."
"그렇지요, 그렇지요. 이를 말입니까!"

화적문의 문주 조호방이 껄껄 웃으며 소리치자, 다른 종남 속가의 장문인들도 연신 박수를 치며 그 말에 동의했다.

"종남이 봉문 하지 않았다면 감히 화산 따위가 서안에 발을 들일 수 있었겠습니까? 저 승냥이 떼 같은 것들이 이때다 싶어 슬그머니 서안으로 발을 뻗나 본데, 우리가 있는 이상은 어림도 없는 일입니다!"

"이제는 저들도 이 서안이 녹록하지 않다는 것을 알았을 겁니다."

주거니 받거니 잔을 나누는 그들의 목소리는 더없이 유쾌했다.

서로가 서로를 문주라 칭하며 존대하고는 있지만, 이들도 속가 나름의 배분으로 얽힌 관계였다. 그러니 그 끈끈함이야 이루 말할 수 있겠는가.

더구나 지금은 모두가 힘을 합쳐 외적(?)을 몰아낸 상황이니 더욱 서로가 돈독하게 느껴지고 보기만 해도 기분이 좋을 수밖에 없었다.

"한데 남 문주께서는 왜 그리 일찍 가셨습니까?"

"아무래도 봉문 때문인 것 같습니다."

조호방이 무겁게 고개를 끄덕였다. 종남의 봉문은 그들과도 상의되지 않은 갑작스러운 일이었다. 한숨을 푹 쉰 그가 투덜거렸다.

"굳이 그렇게까지 할 필요가 있습니까?"

종남 같은 거대 문파가 봉문을 한다는 건 그리 쉬운 일이 아니다. 아무리 거대 문파들이 속세와는 어느 정도 떨어져 자신들의 무학을 추구한다고는 하지만, 딸린 입들이 있는 이상 세상과 왕래하지 않을 도리가 없다. 속가인 자신들에게도 당연히 봉문의 영향이 미칠 터였다.

"일 년씩이나 봉문을 한다면 피해가 만만치 않을 텐데, 장문인께서는 왜 그리 극단적인 선택을 하셨단 말씀입니까?"

"글쎄요. 그분의 깊은 뜻을 우리 같은 이들이 어찌 알겠습니까? 그저 믿고 따를 뿐이지요."

조호방이 침음성을 흘리자, 복연문의 문주인 유해상이 미소 지으며 그의 잔에 술을 따라 주었다. 유해상이 그를 달래듯 조곤조곤 말을 이었다.

"이럴 때일수록 우리가 더 힘을 내야지요. 장문인께서 봉문을 푸셨을 때 우리가 서안을 단단히 지킨 것을 보시면 얼마나 기꺼워하시겠습니까?"

"그렇지요. 그 말이 맞습니다."

살짝 표정이 풀어진 조호방이 연신 고개를 끄덕였다. 그러고는 잔에 따라진 술을 단숨에 들이켰다.

탁! 소리 나게 잔을 내려놓은 그는 단호하게 말했다.

"그러려면 저 화영문인지 나발인지 하는 것들을 이 서안에서 완전히 몰아내야 합니다."

"물론이지요. 하지만 그게 쉽겠습니까? 화산이 지원을 할 텐데. 제자가 하나도 들지 않는다고 해도 화영문을 일 년 정도 운영하는 것은 화산에 있어 그리 어려운 일이 아닐 겁니다."

"허허. 그건 하나만 알고 둘은 모르는 소리입니다. 화산도 체면이 있지 않습니까. 이대로 시간이 흐르면 화산이 서안에 속가를 열었으나 제자가 하나도 들지 않았다는 소문이 천하에 퍼질 텐데, 그걸 어찌 버티겠습니까?"

"아아. 과연 그렇습니다."

"두고 보십시오. 길어야 한 달입니다. 딱 한 달만 몰아붙이면 얼마 지나지 않아 남들 눈에 띄지 않게 서안에서 도망가야 할 겁니다. 하하하하하핫!"

화산이 기가 잔뜩 죽어 물러날 것을 생각하니 절로 웃음이 난다. 조호방의 웃음소리가 더없이 통쾌하게 울려 퍼졌다. 그의 앞에 마주 앉은 종남 속가의 문주들도 덩달아 껄껄 웃음을 터뜨렸다.

그리고 바로 그때.

콰아앙! 갑자기 들려온 큰 소리에 앉아 있던 모두가 기겁을 하여 벌떡 일어났다. 그래도 문주들이라 상황 파악은 빨랐고, 그들은 서로 눈빛을 교환할 새도 없이 문을 박차고 뛰쳐나갔다.

"이, 이게?"

모두가 눈을 부릅뜨며 화들짝 놀랐다. 멀쩡하던 정문이 완전히 산산조각 나 연무장에 어지럽게 널브러져 있었다.

"화영문?"

누군가의 입에서 화영문의 이름이 나왔다. 그도 그럴 게, 지금 이 서안에서 그들과 적대하는 이들은 화영문과 화산밖에는 없었다.

"아, 아닙니다. 저기!"

하지만 문 안으로 들어오는 이들을 본 속가문의 문주들은 이내 그 예상이 틀렸다는 걸 곧바로 알아챘다.

물론 화산이 정파답지 않게 우락부락한 것은 사실이다. 하지만 지금 들어서고 있는 이들은 화산과는 그 '기질'이 확연히 달랐다.

진득하고 날카로운, 정파에서는 느낄 수 없는 폭급한 기파였다.

"웬 놈들이냐!"

조호방이 내력을 담아 위협적으로 소리를 질렀다. 하지만 그의 사자후를 듣고도 침입자들은 별다른 반응을 보이지 않았다. 대답을 대신하기라도 하듯 쿠웅! 하고 반으로 갈라진 현판이 연무장 안으로 날아들었다.

크게 충격을 받은 조호방이 눈을 부릅떴다. 현판이란 한 문파를 상징하는 중요한 물건이다. 한데 그것을 잘라 던지는 행위가 무엇을 의미하는지는 너무도 극명하지 않은가.

"이놈들이 감히 여기가 어딘 줄 알고!"

조호방이 내력을 잔뜩 담아 다시 외쳤다. 상대를 위협하려는 의도도 있지만, 아직 상황을 알지 못하는 제자들을 불러 모으기 위해서였다.

그런 그의 의도가 먹혔는지, 이내 안쪽에서 검을 챙겨 든 화적문도들이 우르르 몰려나왔다.

"문주님!"

"웬 놈들이냐!"

그러고는 일제히 날카로운 소리와 함께 검을 뽑아 들었다. 조금 전까지 고요하기만 했던 화적문이 삽시간에 팽팽한 긴장감으로 달아올랐다.

그런데 그때, 그 팽팽한 공기를 깨며 한 사람이 느긋하게 걸어 나왔다. 앞으로 나선 그가 짝다리를 짚은 채 입을 열었다.

"거참, 정파 놈들은 왜 이렇게 말투가 다 똑같은지 모르겠네."

그러자 주변에서 낄낄거리는 웃음과 동조하는 말이 새어 나왔다.

"저 웬 놈들이냐는 말만 살면서 백 번은 들은 것 같습니다."

"그러게 말이다. 이 야밤에 문 부수고 들어온 사람이면 목적이 뭔지는 빤한 것을. 그냥 칼이나 뽑아 싸우면 되지, 누군지 알아서 뭐 하려고."

앞으로 나선 이, 엽평이 피식 웃으며 덧붙였다.

"어차피 박살 날 놈들이 말이야."

그 말이 끝나기 무섭게 조호방의 옆에 선 유해상의 입에서 신음이 흘러나왔다.

"문주님……. 여, 엽평입니다."

"……지금 뭐라 하셨소?"

"저, 적사도 엽평입니다!"

뒤늦게 상대를 알아본 조호방의 눈이 찢어질 듯 커다래졌다.

"마, 만인방(萬人房)의 적사대(赤蛇臺)?"

그는 아연한 눈빛으로 엽평을 바라보았다. 만인방의 적사대가 왜 갑자기 서안 땅에 나타나 화적문에 쳐들어온단 말인가.

'상황이 좋지 않다.'

만인방은 단독으로 종남과 승부를 겨룰 수 있을 만큼 거대한 문파다. 정파와 대립하는 사파 최고의 세력, 신주오패 중 하나가 아니던가. 그 만인방에서도 주력이라 불리는 적사대라면 감히 종남의 속가 문파인 화적문 따위가 대적할 수 있을 상대가 아니었다.

조호방의 등이 순식간에 식은땀으로 축축하게 젖어 들었다.

"마, 만인방이 여기에 무슨 일이오?"

그 말을 들은 엽평이 우습다는 듯 껄껄 웃었다.

"내가 뭐 인사라도 하러 들렀으려고? 쥐새끼 같은 놈이 머리를 굴리는구나."

명백한 비웃음에, 속내를 읽혔다는 걸 깨달은 조호방이 입술을 질끈 깨물었다. 물론 그렇다고 해서 적사대가 이곳에 온 이유를 모르는 게 아니다. 만인방이 서안을 호시탐탐 노려 왔다는 건 종남의 속가라면 모르는 이가 없었으니까. 하지만 그동안은 종남의 위세에 눌려 감히 서안에 발을 들이지 못했다.

'이런 일이 일어날 가능성도 생각했어야 했는데!'

종남이라는, 서안을 보호하는 거대한 성벽이 사라져 버린 이상 언제든 적이 침입할 수 있다. 본래라면 종남의 속가 모두가 모여 이런 사태를 대비했을 것이다.

'빌어먹을 화산 놈들 때문에!'

화영문에 정신이 팔려 정작 진짜 적을 방비하는 데에는 소홀하고 만 것이다. 조호방의 눈빛이 암담하게 침잠했다.

"이 무슨 무도한 짓이오! 이런 짓을 벌이고도 감당할 수 있겠소?"

"그건 네가 걱정할 일이 아니고."

"종남이 봉문을 풀면 당신들도 무사하지 못할 텐데?"

조호방의 말에 적사도 엽평이 들으란 듯이 낄낄 웃었다.

"방승, 역시 정파 놈들은 참 좋은 놈들이야. 어떻게 적까지 저렇게 걱정해 주는지 모르겠네. 다들 부처님들이신가?"

"제 걱정이나 해야 할 텐데 말입니다."

옆에 있던 놈이 맞장구를 쳐 댔다. 엽평은 재미있다는 듯 피식 웃으며 말했다.

"뭣들 하느냐. 헛소리 계속 듣고 있을 거면 나는 한숨 자련다."

그러자 상황을 주시하던 적사대가 일제히 도를 뽑아 들었다. 마치 한 사람이 뽑은 것처럼 단숨에 울려 퍼진 발도(拔刀) 소리가 화적문도들의 가슴을 서늘하게 식혀 버렸다.

그 광경을 당연하다는 듯 심드렁하게 보던 엽평이 무언가 생각났다는 듯 어깨를 으쓱하며 말했다.

"아, 참. 죽이지는 마라. 오늘 저놈들을 죽여 버리면 내일부터 귀찮아지니까. 괜히 사람이 많이 죽으면 관에서 끼어들 수도 있고."

"팔다리 정도는 잘라도 됩니까?"

"웬만하면 붙여 놔. 관의 개입을 최소화하고 얻을 것만 얻은 뒤에 빠진다."

"예!"

"죽여!"

"예?"

앞으로 돌진하려던 적사대가 일제히 걸음을 멈추고 엽평을 돌아보았다.

"……아, 습관이 돼서. 쳐라!"

적사대가 다시 입가 한가득 비릿한 미소를 내걸고 화적문도들에게 달려들기 시작했다.

"이, 이놈들!"

"문주! 일단은 피하셔야 합니다!"

당황한 조호방과 다른 문주들이 어찌할 바를 모르고 허둥지둥하는 사이, 적사대는 순식간에 화적문도들을 쓸어버렸다. 여기저기서 제자들의 비명이 난무했다.

"아아아아아악!"

"아아악! 악! 내 팔!"

애초에 상대가 되질 않았다. 그들이 아무리 종남의 속가라고는 하지만, 저들은 종남의 본산 제자들과 대등한 무인들이다. 적당히 무학을 익혀 온 속가 제자들이 감히 상대할 수 있는 이들이 아니었다.

조금 전까지 조호방과 술을 마시던 속가문의 문주들은 아예 발을 빼고 담장을 넘어 도주하기 시작했다. 그 모습에 엽평이 혀를 찼다.

"저, 저 의리도 없는 놈들."

"쫓을까요?"

엽평은 달아나는 이들을 심드렁하게 일별하곤 손사래를 쳤다.

"내버려둬라. 어차피 서안을 떠나지 않는 이상은 도망가 봤자니까."

그러고는 장내의 상황을 보며 눈을 찌푸렸다.

"그런데 정말 죽이면 안 되나? 몽둥이찜질이나 할 거면 뭐 하러 싸운단 말이냐?"

"대주, 여기는 서안성 안입니다. 이곳에서 사람이 떼거리로 죽으면 관이 나설 수밖에 없습니다."

"……그까짓 관이 뭐가 무섭다고."

"잘 생각해 보십시오. 그건 다르게 말하면, 죽이지만 않으면 우리가 앞으로 서안을 마음대로 활보할 수 있다는 겁니다. 종남의 속가들은 눈에 보이는 대로 때려잡으면서 말입니다."

"흐음. 그래, 뭐. 그것도 나쁘지 않군."

그제야 엽평은 고개를 주억거리며 저 멀리 있는 종남산을 보았다.

'등신 같은 놈들이, 봉문을 해?'

저놈들이 봉문을 한 이유는 알 수 없지만, 어쨌든 그건 되돌릴 수 없는 최악의 선택이 될 것이다. 종남이 봉문을 풀었을 때는 서안에 종남의 속가를 자처하는 이들이 하나도 남지 않게 될 테니까.

"이, 이놈들……. 후환이 두렵지도 않으냐?"

거의 반쯤 정신이 나가 버린 조호방이 전신을 부들부들 떨며 엽평에게 다가오기 시작했다. 검을 쥔 손이 형편없이 흔들리고 있었다. 엽평은 그 꼴이 우습기 짝이 없다는 듯 웃었다.

"거 정말 착한 사람이로군. 상황이 이렇게까지 됐는데도 우릴 걱정해 주다니."

"조, 종남! 종남이 절대 너희를 용서하지 않을 것이다!"

"허허. 방승, 팔다리 부러지는 정도는 괜찮다고 했나?"

"그 정도야 문제가 있겠습니까?"

그러자 엽평이 좀이 쑤시던 와중에 잘됐다는 듯 저벅저벅 조호방을 향해 걸어갔다.

"내가 제일 싫어하는 게 뭔지 아느냐? 바로 호가호위(狐假虎威)다."

그리고 마침내 이를 드러냈다. 엽평이 순식간에 도를 뽑아내고는 검의 뒷면으로 조호방을 후려쳤다.

쾅! 조호방은 반격할 생각도 하지 못하고 그대로 바닥을 굴렀다. 의식을 잃은 그가 바닥에 널브러지자 엽평은 한심하다는 듯 눈살을 찌푸렸다.

"이것도 못 받아 내는 주제에 주둥아리는 잘도 놀려 댔구나. 얼른 정리해라! 오늘 밤 내로 두 군데 더 돈다."

적사대가 화적문을 폭풍처럼 쓸어 갔다. 주위를 훑어보는 엽평의 입가에 비릿한 미소가 피어났다.

'사흘 내로 서안을 완전히 박살 내 주지!'

"……장난 아닌데."

"아이고, 진짜 이거…….."

그 시각, 먼 전각의 지붕 위에서 화적문의 상황을 바라보던 화산의 제자들이 저도 모르게 눈살을 찌푸렸다. 일이 그들의 생각보다 훨씬 심각했다.

심지어 가장 앞에 선 백천은 금방이라도 튀어 나갈 듯 안절부절못하며 움찔움찔 엉덩이를 들썩이고 있었다.

"도와야 하는 것 아니냐?"

"……일단 피는 안 보이니까요."

"그렇다고는 해도 저거 사파 놈들이 저리 공격을 하는데……."

백천과 나머지 제자들은 불안함과 찜찜함이 가득한 눈빛으로 한쪽을 흘끗 보았다. 그러고는 저도 모르게 눈을 질끈 감았다.

꼴꼴꼴꼴.

"카아아아아아아! 술맛 조오쿠나! 역시 싸움 구경하면서 마시는 술이 최고지! 으히히히히힛!"

원시천존이시여. 어쩌자고 저런 새끼를 도사라고 내리셨습니까? 거, 실수하셨으면 빨리 다시 거둬 가소서.

으헤헤 웃으며 술을 마셔 대는 청명을 보고 모두가 고개를 내저었다.

"청명아. 정말 이대로 두어도 되느냐?"

"그럼?"

"아니, 그래도 사파를 내버려둔다는 건……."

"누가 내버려둔대?"

퉁명스레 답한 청명이 술을 다시 쭉 들이켜고는 눈을 찌푸렸다.

"나는 살면서 내 앞에서 사파가 어쩌고 하는 놈들을 그냥 둔 적이 없어. 저것들은 걸어서 못 돌아가."

"그럼 지금 내려가야……."

"아, 그런데."

백천의 말을 끊은 청명은 어깨를 으쓱하며 능청스럽게 말했다.

"아이고. 무리를 했네. 허리가 아프네. 좀 천천히 하지 뭐."

백천이 뭐라 말을 꺼내려다가 한숨을 푹 내쉬었다. 안절부절못하는 다른 제자들과는 달리, 더없이 해맑게 웃으며 청명은 하늘을 바라보았다.

"낄낄낄낄. 이게 이이제이! 이독제독이지!"

그렇죠, 장문사형?

— 에라이, 이 썩을 놈아! 네가 그러고도 도사…….

뭐라고요? 죽은 사람이 하는 말이라 잘 안 들리는걸? 이히히히힛!

· ◈ ·

'하루아침에 이, 이게 대체 뭔 일이란 말인가?'

남자명이 눈꼬리를 파르르 떨며 눈앞의 처참한 광경을 바라보았다.

화적문은 말 그대로 박살이 나 버렸다. 아직 다 의원으로 이송되지 못해 바닥에서 신음하고 있는 문도들과 곳곳이 파괴되고 무너져 엉망이 되어 버린 전각들. 갑자기 강도라도 든 게 아니고서야…….

'아니, 강도 따위가 아니지.'

참담한 심정에 남자명은 입술을 질끈 깨물었다. 화적문의 문주 조호방은 여전히 의식을 잃은 채 널브러져 있었다. 남자명에게 이 소식을 가장 먼저 알렸던 유해상이 어찌할 바 몰라 하며 발을 동동 굴렀다.

"문주님. 대체 이 일을 어찌해야 한다는 말입니까?"

대답을 바라고 던진 질문이겠으나, 남자명은 딱히 할 수 있는 대답이 없었다. 화적문에 들이닥친 괴한들의 정체를 알기에 더더욱 그랬다.

만인방이라니. 등골이 서늘해졌다. 만인방이 서안을 노린다는 사실이야 예전부터 알고 있었다. 하지만 설마 이렇게 전격적으로 움직일 거라고는 생각지 못했다. 심지어 이리 과감하게 말이다.

"문주님, 대책을 세워야 하지 않겠습니까?"

작게 침음을 흘린 남자명이 가만히 고개를 끄덕였다.

하지만 그 행동과 달리, 그의 머릿속은 거의 텅 빈 상태였다. 대책이라 할 만한 게 조금도 떠오르질 않았다.

'만인방을 대체 어떻게 하란 말인가?'

만인방이 어떤 곳인가? 저 신주오패 중 하나다.

정파에 구파일방과 오대세가가 있다면, 사파에는 신주오패가 있다. 다시 말해 신주오패는 구파일방과도 자웅을 겨룰 수 있는 거대 문파다.

그런데 그런 신주오패 중 하나인 만인방의 적사대를 종남 속가가 상대한다고?

"문주님, 어찌……."

"이, 일단! 속가의 문주들을 모두 모으시오! 지금 당장!"

남자명이 버럭 소리를 질렀다. 유해상이 잽싸게 사라지고, 남자명은 의식을 되찾지 못하고 있는 조호방을 바라보며 허탈하게 중얼거렸다.

"이를 어찌해야 한단 말인가?"

하나, 누구도 그의 말에 대답해 주지 않았다.

"관은 뭐라 합디까?"

서월문에 모여든 종남 속가의 문주들이 커다란 원탁에 둘러앉았다. 그들의 표정은 대부분 침통하기 짝이 없었다. 화영문에 들어 소리를 질러댈 때 지었던 표정과 비교하면 같은 사람인지 의심이 될 정도였다.

"나서지 않겠답니다."

"백성이 강도에게 변을 당한 것이나 다름없는 상황인데 나서지 않는다니요!"

"……본디 관이란 그런 곳이 아닙니까."

의검문의 문주인 동방회가 땅이 꺼져라 깊게 한숨을 내쉬며 말했다.

"게다가 저 만인방 놈들이 워낙에 교묘합니다. 화적문을 완전히 박살을 내 놓으면서도 단 한 사람도 죽이지 않았습니다. 밤중에 그 난리를 피우면서도 양민은 한 사람도 건드리지 않았고요. 그러니 관에서도 관여할 명분이 없는 듯합니다."

"만인방을 건드리기가 무서운 건 아니고요?"

"……문주님. 말씀을 가리셔야 할 것 같습니다."

동방회가 은근하게 지적하자 남자명이 크게 헛기침을 했다. 아무리 화가 났다고는 하나, 할 수 있는 말이 있고 해서는 안 될 말이 있는 법이다.

"크흠. 제가 조금 흥분했습니다."

남자명이 순순히 인정하자 동방회가 다시 한숨을 내쉬었다.

"관은 말이 통하질 않으니 성주님을 직접 만나 봐야 할 것 같은데, 일단 요청은 계속 하고 있습니다만 답변이……."

'그렇겠지.'

예상한 그대로였다. 남자명 역시 눈을 슬쩍 내리깔며 한숨을 쉬었다. 답답하고 속이 터지지만, 그렇다고 일을 방관하는 저들을 탓할 수도 없는 노릇이다.

무림의 일은 무림에서. 그것은 강호를 살아가는 이들의 원칙이었으니까.

만인방이 양민들을 건드리지 않는 이상, 관에서는 절대 개입하지 않을 것이다. 설사 종남 속가들이 모조리 망해 나자빠진다고 해도 말이다.

"그래서 지금 그 악적들은 어디에 있습니까?"

"날이 새자마자 서안을 빠져나갔다고 합니다. 아마도……."

"오늘 밤에 다시 오겠군요."

남자명은 쓱쓱 소리가 나도록 마른세수를 하더니 그로도 모자란지 얼굴을 쥐어짜듯 주물렀다. 머리가 지끈거리다 못해 터질 것 같았다.

'빌어먹을. 종남이 봉문만 하지 않았어도!'

만인방이 강하다고는 하지만, 종남 역시 천하에서 열 손가락 안에는 넉넉히 꼽히는 문파다. 만일 종남이 봉문 하지 않았다면 만인방도 감히 서안으로 발을 들이밀지는 못했을 것이다.

"종남으로 보낸 이는 어떻게 되었습니까?"

"돌아왔습니다만…… 문이 열리지 않는다고 합니다."

"이런 상황에서조차 봉문을 풀지 않는다는 말입니까?"

"남 문주. 아시겠지만, 봉문이라는 것이 그리 쉽게 풀 수 있는 게 아니잖습니까? 장문령부로 시행된 봉문은 종남의 장문인이라고 해도 마음대로 풀 수 없습니다. 설사 외적이 쳐들어와 전쟁이 난다고 해도 봉문 한 문파는 문파 외부의 일에 관여하지 않는 것이 원칙 아닙니까."

"원칙! 원칙! 그 원칙을 따지다가 다 죽게 생겼는데 뭔 놈의 원칙이란 말이오!"

쾅! 결국 참다못한 남자명이 과격하게 원탁을 내리쳤다. 위에 놓인 찻잔들이 뒤집히며 엉망이 되었지만, 누구도 남 문주를 탓하지 않았다. 속이 썩어 들어가는 것은 그들도 마찬가지였기 때문이다.

"하면, 진정 방법이 없단 말입니까?"

"……어쩌겠습니까. 저희끼리 잘 뭉쳐 대항하는 수밖에요."

"그런다고 대항이 되겠습니까?"

"허어? 그럼 어쩌자는 겁니까! 서안을 버리고 도망이라도 치자 이 말입니까?"

서서히 언성이 높아졌다. 결국 초조해진 문주들이 저들끼리 옥신각신하기 시작했다.

"서안의 백성들이 종남의 속가문을 우대하는 이유가 뭡니까. 우리가 신뢰받기 때문입니다. 그런데 사파 놈들이 쳐들어온다고 줄행랑을 쳐 버린다면, 그 후엔 무슨 염치로 서안에 돌아올 수 있겠습니까!"

"그 사파 놈들이 양민들은 안 건드린다 하지 않소!"

"사파가 괜히 사파입니까? 지금이야 그렇다지만, 언제 무슨 일이 벌어질지 어떻게 알고!"

"그럼 이대로 앉아 당하자는 말씀이오?"

"창피하게 달아나느니 그게 낫지!"

"그럼 문주께서는 여기서 옥쇄하시오! 나는 살아야겠으니."

"뭣이 어쩌고 어째?"

욕설과 고성이 오가는 가운데, 남자명은 조용히 손에 얼굴을 묻었다. 한심하다. 절로 한숨이 새어 나왔다. 평소에는 고상한 군자처럼 굴더니, 위기가 오자마자 모두 뒷골목 왈패나 다름없는 모습들을 보이고 있었다.

하기야, 저걸 탓하는 것도 부질없다. 어차피 사람이란 자신이 감당할 수 있는 범위 내의 일에나 여유를 부릴 수 있는 법이니까. 천하를 호령하는 왕이라 해도 외적이 성 앞까지 몰려오면 새파랗게 질릴 수밖에 없지 않은가.

"이놈이 정말!"

"이놈? 지금 이놈이라고 하셨습니까?"

"내가 네 사형이라는 것을 잊지는 않았겠지?"

"빌어먹을, 속가가 언제부터 배분을 그리 따졌다고!"

"듣자 듣자 하니까 이게!"

누구 하나 말리는 이 없다 보니 이제는 숫제 검이라도 뽑을 기세였다. 언성을 높이는 두 사람을 지켜보던 남자명이 다시금 있는 힘껏 원탁을 내리쳤다.

퍼어어억! 튼튼한 자단목으로 만들어진 원탁이 말 그대로 두 쪽이 나며 바닥을 나뒹굴었다. 그 모습에 다투던 문주들이 입을 다물고 남자명을 돌아보았다. 남자명이 음산하게 경고했다.

"추한 꼴은 작작 보이시오."

"……죄송합니다. 문주님."

"면목이 없습니다."

간신히 주변이 조용해지자, 남자명은 지끈거리는 관자놀이를 꾹꾹 눌렀다. 답답하지만, 저들을 비난하는 건 나중에 해도 될 일이다. 일단은 눈앞의 일을 해결해야 한다.

적사도 엽평. 그 이름은 남자명도 몇 번이나 들어 보았다. 고수들이 득실거린다는 만인방에서도 손꼽히는 도의 고수로 이름을 날리고 있는 이. 애초에 만인방 내 십여 개밖에 존재하지 않는 무력대의 대주를 맡고 있다는 사실만으로도 그의 강함은 능히 짐작할 수 있다.

저 종남에서도 몇몇 장로들과 뛰어난 일대제자쯤은 되어야 그를 상대할 수 있을 것이다. 그런 이를 대체 어떻게 막아야 한단 말인가.

'밤이 되면 분명 다시 쳐들어올 텐데.'

도무지 답이 보이지 않는 상황에 남자명이 깊게 신음하던 그때였다.

"……화산."

누군가의 중얼거림이 귀를 파고들었다. 남자명의 고개가 소리가 들린 쪽으로 천천히 돌아갔다.

"……지금 뭐라 하셨소?"

전혀 예상하지 못했던 말에 당황한 그는 눈을 끔뻑거리며 다시 물었다.

"……화산파, 그러니까 화영문에 도움을 청하는 건 어떻겠습니까?"

겸연쩍은 목소리가 재차 돌아왔다. 저도 모르게 헛웃음을 흘린 남자명은 황당함과 당혹이 뒤섞인 표정으로, 말을 한 이를 바라보았다.

태평문의 문주인 단병립이 멋쩍은 듯 슬쩍 얼굴을 붉혔다. 평소에도 대가 약한 면이 있어서 남자명이 그리 좋아하지 않는 이였다.

"냉정하게 말해 종남이 봉문을 풀 수 없다면, 만인방의 적사대를 우리만으로 막아 내는 것은 어렵습니다. 하지만 지금 서안에는 우리만 있는 것이 아니잖습니까?"

"……그래서 화산에게 도움을 청하자, 그 말이오?"

살살 눈치를 살피던 단병립이 고개를 크게 끄덕였다.

"마침 지금 화영문에는 화산의 본산 제자들이 와 있고, 무엇보다 천하에 이름을 떨치고 있는 화정검 같은 이들이 있습니다. 게다가 화산신룡과 그 혜연마저 와 있지 않습니까?"

그렇지. 화정검도 화정검이지만, 화산신룡이나 혜연이라면 종남의 일대제자들에게 결코 뒤지지 않을 것이다. 이미 천하에 이름을 떨치고 있지 않은가. 그들이라면, 저 적사도 엽평을 상대할 수 있을지도 모른다.

'적사대도 적사대지만, 엽평을 상대할 이가 없다는 게 가장 큰 문제니까.'

전장에서 절대고수가 발휘하는 영향력은 상상을 초월한다. 엽평만 없다면 아무리 적사대가 몰려왔다고 해도 상황이 이리 손쓸 수도 없이 절망적이지는 않았을 것이다.

몇몇 문주들은 이미 솔깃한 기색이었다. 마음에 걸리는 것이야 잔뜩 있지만, 이보다 좋은 해결책이 없는 것도 사실이었으니까. 그러자 자신감이 생겼는지 단병립이 목소리에 조금 힘을 주며 말했다.

"그러니 화산에 도움을 청해 보는 건 어떻겠습니까?"

"그걸 말이라고 하는 거요?"

하지만 남자명이 무어라 대답을 하기도 전에 유해상이 얼굴을 와락 일그러트리더니, 버럭 소리를 지르며 반대하고 나섰다.

"사람이 부끄러움을 알아야지! 어찌 저 화산의 무뢰배들에게 도움을 청한단 말이외까!"

"하나…… 상황이…….."

"우리가 그들에게 한 짓이 있는데! 그들이 잘도 우리를 돕겠습니다."

"아니지요, 아니지요. 이건 꼭 그리 생각할 일만은 아닙니다. 어찌 되었든 저들은 명문 정파가 아닙니까? 그 화산파입니다. 아무리 우리와 사이가 좋지 않다고는 하나, 저들이 명문이며 정파라는 것을 부정할 수는 없습니다."

단병립은 흘러내린 땀을 수건으로 닦으며 어색하게 웃었다.

"명문과 정파를 자처하는 이들이, 사파가 쳐들어왔는데 그냥 보고만 있지는 않을 겁니다. 물론 상황이 상황이다 보니 먼저 손을 내밀지야 않겠지만…… 적어도 우리가 먼저 고개를 숙인다면 못 이기는 척 손을 잡을 겁니다."

그때, 단병립의 말을 잠자코 듣고 있던 남자명이 살짝 미간을 찌푸렸다.

"정말 그럴 거라 생각하시오?"

"물론입니다. 진짜 이유는 따로 있으니까요."

"진짜 이유?"

"만인방이 어디 종남만 노리겠습니까?"

단병립의 목소리는 여느 때보다 단호했다.

"저들이 진정으로 서안을 노리는 것이라면, 종남의 속가를 정리하는 정도에서 끝내지는 않을 겁니다. 우리 다음은 당연히 화영문이 그 목표가 되겠지요."

"듣고 보니……. 확실히 그렇습니다."

"그러니 화영문, 다시 말해 화산도 우리와 손을 잡아야 합니다. 그러지 않으면 홀로 적사대와 싸워야 하지 않겠습니까? 그건 너무 무모하고 멍청한 일입니다. 설사 이길 수 있다 하더라도 그런 어려운 길을 선택할 우자(愚者)는 없지요."

단병립의 말을 곱씹던 남자명이 진지하게 고개를 끄덕였다. 비록 화산에 고개를 숙이는 것은 썩 마음에 들지 않지만…….

'사실 그만한 방패도 흔치 않지.'

꼴도 보기 싫은 놈들이지만, 아군이라면 더없이 든든할 수도 있지 않은가?

"좋은 의견이오."

"남 문주님, 정말 그러실 생각입니까?"

유해상이 다급하게 묻자, 남자명은 비릿한 미소를 머금으며 말했다.

"물론 자존심이 상하는 일이긴 하오. 하나 적당히 고개를 숙여 주고 그들을 이용할 수 있다면 그러지 않을 이유가 없지 않겠소?"

종남이 봉문 한 틈을 타 서안에 발을 들이민 후안무치한 작자들이긴 하지만, 실력은 무시할 수 없으니 지금 상황엔 이게 최선일 것이다. 남자명이 더는 말할 것 없다는 듯 단호하게 손을 저었다.

"화산을 끌어들이는 건 내가 할 테니, 다른 분들은 문파들을 단속해 주시오. 그리고 단 문주!"

단병립이 얼른 자리에서 일어나 남자명에게 다가왔다.

"나와 함께 갑시다."

"예, 문주님. 알겠습니다."

더 지체할 틈도 없었다. 그는 단병립을 대동하고는 방을 벗어났다. 그리고 잠깐 침묵하며 걷다 단병립에게 넌지시 말을 건네었다.

"화산이 순순히 우릴 돕겠소?"

"그들은 우릴 돕지 않을 수 없습니다."

"이유는? 아까 말한 게 전부는 아니겠지?"

"그들이 정파이기 때문입니다."

"……그게 전부요?"

화산이 그들을 도울 것이라 확언한 것치고는 너무나도 빈약한 근거였다. 인상을 찌푸리는 남 문주를 향해 단병립은 살짝 복잡한 미소를 지어 보였다.

"뻔한 말 같지만 거기에는 많은 것이 포함되어 있습니다. 스스로 정파를 자처하는 이들이 사파가 쳐들어왔는데도 방관한다면 서안의 백성들이 그들을 어찌 생각하겠습니까?"

가만 듣던 남자명이 납득하고 고개를 끄덕였다. 하긴. 한번 몰락했었다고는 하나, 화산도 명문 정파 아닌가. 단병립이 말을 이었다.

"물론 싫은 소리야 좀 듣겠지만, 결국은 우리를 돕고 나설 것입니다. 그럼 그들을 방패막이로 내세워 적사대를 막아 내고, 용도가 끝난 놈들이야 추후에 다시 몰아내면 그만 아니겠습니까?"

그제야 안심한 남자명의 입꼬리가 말려 올라갔다.

"그럼 내가 해야 할 일은 그놈들에게 고개를 숙이는 것이겠군."

"자세가 낮을수록 좋습니다. 거인은 필요하다면 무릎을 아끼지 않는 법이지요."

"하하하. 그럼 어디 거인이 되어 보실까?"

남자명이 기분 좋게 웃었다.

하지만 그들은 몰랐다. 화산은 물론 정파지만, 그 화산을 이끄는 이는 그들이 알던 정파인이 아님을 말이다.

"네에?"

"……."

"아, 그러니까. 우리가?"

입술을 찢어져라 꾹 깨문 남자명의 볼이 푸들푸들 떨리기 시작했다.

그럴 만도 했다. 술병을 든 어린놈이 평상에 반쯤 드러누운 채 계속 그들을 보며 낄낄 웃어 대고 있었다. 심술이 덕지덕지 묻은 얼굴에 떠오른, 고소하다는 표정이 너무 노골적이라서 무슨 말을 할 수가 없었다.

"하하하하하. 재밌는 농담을 하시네, 이분들. 하하하하하핫!"

청명을 바라보는 남자명의 얼굴이 참혹하게 일그러졌다. 옆을 노려보니 화산이 그들을 도울 거라 자신했던 단병립이 슬그머니 시선을 피했다. 남자명은 눈을 질끈 감아 버렸다.

그때 꼴꼴 소리를 내며 술을 먹던 어린놈, 청명이 외쳤다.

"사숙! 소금 가져와!"

"이 사람들한테 뿌려?"

"뭔 개소리야! 입구에 뿌려야지, 이 인간아!"

한 번씩은 백천이 저보다 더한 놈이라고 생각하는 청명이었다.

"후욱!"

남자명이 거칠게 숨을 들이켰다. 이미 자존심은 바닥에 떨어진 것이나 마찬가지였다. 하지만 그렇다고……. 아니, 그렇기에 더더욱 물러날 수 없었다. 이대로 물러나 버리면 자존심만 구기고 아무것도 얻지 못하게 되는 셈이니까.

그는 심호흡을 하고 최대한 차분하게 다시 입을 열었다.

"소도장."

"네?"

청명이 해맑은 얼굴로 고개를 갸웃거렸다. 그 티 없이 맑고 화사한 웃음을 보고 있으니 속이 뒤집히다 못해 당장 검을 뽑아 휘둘러 버리고 싶은 충동이 마구 치밀어 올랐다.

하지만 남자명은 최대한의 인내심을 발휘해 자신을 다스렸다.

'아니, 저놈이 아니다.'

그래도 남자명이 서월문의 문주로 살아온 경험이 얼마던가. 마음을 가다듬은 그는 자신이 진짜로 협상해야 할 대상을 찾아내었다.

그의 시선이 청명이 아니라 그 옆에 서 있는 현영에게로 향했다.

"장로님! 도와주십시오! 화산이 도와주지 않으면 저희 종남의 속가들은 모두 저 간악한 사파 놈들에게 당하고 말 것입니다!"

소리 높여 말하는 남자명의 목소리에 절절함이 어렸다. 장로를 바라보는 시선이 최대한 올곧고 똑바르게 보일 수 있도록 그는 최선을 다했다.

"물론 저희가 한 짓이 화산의 입장에서 용서하기 쉽지 않은 일이라는 건 알고 있습니다! 하지만 정쟁을 하던 이들도 외적이 쳐들어오면 일단 힘을 합치는 법 아니겠습니까?"

아무 말 없이 가만히 듣고만 있던 현영이 가볍게 고개를 끄덕인다. 확실히 남자명의 말에는 일리가 있었다.

"이번 한 번만 저희를 도와주신다면, 그 은혜! 결코 잊지 않겠습니다!"

"으음. 그렇구려."

퍽 긍정적인 반응에 남자명의 눈에도 희망이 피어났다.

고개를 숙인 남자명이 청명을 힐끗 노려보았다. 확실히 저 화산신룡인지 토룡인지 하는 망종과는 달리 장로는 말이 통하는 사람이었다. 과연 일파의 장로. 처음부터 무엇이 더 중요한지 알 만한 사람과 이야기를 했어야 했다.

하지만 그의 기대는 얼마 가지 않아 처참히 무너졌다. 현영이 빙그레 웃으며 청명을 돌아본 것이다.

"청명아. 저분께서 지금 뭐라시는 게냐?"

"아, 그거요? 그래 봐야 니들은 호구 새끼들이니까, 쓸데없이 빼지 말고 와서 화살받이나 하라는데요?"

청명이 어깨를 으쓱이며 하는 말에 남자명의 눈가가 경련을 일으켰다.

어……. 아, 물론 뭐…… 맞지. 따지고 보면 뜻은 일맥상통하지. 그런데 보통 당사자를 앞에 두고 저렇게 말을 하나? 그것도 도사가?

아, 아니지! 지금 이런 생각을 할 때가 아니지! 남자명이 화들짝 놀라 손을 휘휘 내저으며 소리쳤다.

"그, 그렇지 않습니다! 이번만 도와주신다면 절대 그 은혜는 잊지 않을 것입니다. 말만이 아니라 화산에서 충분히 만족할 수 있도록 보답을 하겠습니다! 그러니 장로님, 부디……!"

허리가 땅에 닿을 정도로 깊게 숙인 남자명을 두고, 현영은 이번에도 역시 청명을 돌아보았다. 그러자 묻지도 않았는데 청명이 알아서 해석을 하기 시작했다.

"어차피 재산이고 뭐고 다 날아갈 거지만, 그걸 막아 주면 쥐꼬리만큼 떼어 주고 생색 좀 내겠다는데요?"

현영의 미소가 더욱 푸근해졌다.

"그렇다는구먼."

남자명은 할 말을 잃고 멍한 표정으로 둘을 바라보았다.

'이게 대체 뭔…….'

사람의 말을 저렇게 삐딱하게 받아들이는 어린놈도 어린놈이지만, 그 어린놈의 말을 대책 없이 믿어 버리는 저 장로는 또 뭐란 말인가.

아무래도 그의 말재주로 이들을 설득하는 건 불가능해 보였다.

그런데 그때, 지금껏 말을 아끼고 있던 단병립이 헛기침을 하며 앞으로 한 발짝 나섰다. 가볍게 읍을 한 그가 입을 열었다.

"장로님. 저는 태평문의 문주인 단병립이라고 합니다."
"아, 그러시구려."
이번에도 현영은 사람 좋게 웃으며 고개를 끄덕였다.
"장로님. 물론 화산 분들의 마음이 좋지 않으리란 것쯤은 알고 있습니다. 불과 얼마 전까진 서안을 떠나라고 언성을 높이다가 대뜸 이리 도움을 청하는 저희가 고깝게 보이시겠지요."
"잘 아시네요."
단병립이 중간에 대뜸 끼어든 청명을 멍하니 바라보았다.
"왜요?"
"……아, 아닙니다."
연신 헛기침을 해 어색함을 날린 그는 필사적으로 표정을 관리하며 다시 말을 이어 갔다.
"하지만 장로님. 부디 사사로운 감정에 연연하지 마시고 대계를 생각하여 주십시오. 저들은 만인방, 신주오패입니다. 서안이 신주오패의 손에 떨어졌다는 말이 돌면 천하가 뭐라 하겠습니까?"
그 말이 끝나기 무섭게 청명이 고개를 갸웃하며 말했다.
"종남이 등신이네?"
상황에 어울리지 않는 해맑은 웃음도 뒤따라왔다.
"그……. 어, 그럴 수도 있……."
"단 문주!"
남자명의 호통에 단병립은 나가려던 정신을 재빨리 붙들었다.
'빌어먹을, 자꾸 말린다.'
저놈이 너무 해맑은 얼굴로 끼어드니 어쩐지 무시할 수가 없었다.
남자명이 단병립의 말을 대신 이어받았다.

"그…… 물론 종남도 비난을 받을 겁니다. 하지만 화산이 서안에 들어와 있는 이상 화산도 그 화살을 피해 갈 수 없습니다! 천하가 모두 화산의 무도함을 두고 비난해도 괜찮으시겠습니까!"

마지막 말은 거의 쩌렁쩌렁 울릴 만큼 우렁찼다. 그리고 그 말은 확실히 효과가 있었는지 화산의 제자들이 서로를 말없이 바라보았다.

여태 잠자코 있던 백천이 뭔가 떨떠름한 표정으로 고개를 갸웃거렸다. 그 모습에 남자명의 낯빛이 확 밝아졌다. 그래, 이렇게 제자들부터 흔들어서…….

그런데 그때 백천이 윤종을 보며 말했다.

"별 상관없지 않나?"

그러자 주변 제자들이 하나둘 고개를 끄덕이며 동조했다.

"네, 뭐. 비난쯤이야. 얼마 전까지는 관심도 못 받았는데요."

"……사람들이 화산에 그렇게까지 신경을 쓸까요? 유명해졌다고는 하는데 저는 그렇게 실감이 잘 안 나서."

단병립은 할 말을 잃고 화산의 제자들을 망연히 바라보았다. 아직 강호 경험이 일천한 제자들이라 실감이 나지 않는 건가? 그가 다급하게 입을 열었다.

"처, 천하가 비난할 것입니다."

"비난이면 욕이잖아."

"욕먹는 게 뭐 대단한 건가?"

"지금도 욕은 매일 처먹고 있어. 저 망할 놈한테."

제자들이 투덜거리는 소리가 끝도 없이 이어졌다. 결국 단병립과 남자명은 둘 다 얼이 빠져 입을 다물고 말았다.

'아니. 이놈들은 대체 사고방식이 어떻게 되어 있는 거지?'

화산 역시 명문거파가 아닌가. 물론 정파를 자처하는 이들이라 해서 모두가 정의에 목매는 건 아니다. 그리 생각하는 것은 아직 세상 물정 모르는 꿈 많은 어린아이들뿐이다. 세상은 늘 생각 이상으로 각박한 법이니까.
　하지만 정의는 접어 두고라도 체면이라는 게 있을진대. 사파가 쳐들어오고, 종남 속가에서 이리 저자세로 나오는데도 나서지 않았다는 사실이 드러나면 분명 역풍이 불 것이다.
　"정말 화산의 체면이 이대로 땅에 떨어져도 괜찮단 말입니까?"
　청명이 그 말을 듣고 피식 웃었다.
　"뭔가 오해하시는 모양인데, 이건 체면을 떨어뜨리는 일이 아니라 체면을 지키기 위한 일이에요."
　"……예?"
　"아무리 우리가 화산이라지만, 종남이 서안에 미치는 영향력을 무시할 순 없죠. 이런 말 하긴 좀 그렇지만, 남의 땅에서 벌어진 일에 끼어드는 게 좀 민망하다고 해야 하나?"
　남의 땅. 단병립의 몸이 움찔움찔 떨렸다.
　저 '남의 땅'이라는 말은 일전에 남자명이 화영문을 찾아와서 했던 말이었다. 남자명이 서안은 종남의 땅이며, 화산에게는 단 한 평도 내어 주지 않겠다고 하지 않았던가. 저 도사 놈이 치졸하게도 그 말을 그대로 기억하고 지금 되돌려 주는 것이다.
　"그, 그건……."
　하지만 뭔가 말을 하기도 전에 청명이 다시 해맑게 웃었다.
　"에이. 너무 걱정하지 마세요. 종남이 어떤 문파인데요! 만인……. 거, 만……. 거기 이름이 뭐라고 했지?"

"만인방! 만인방!"

"아, 그렇지. 만인방 따위가 무슨 수로 종남을 어찌하겠어요? 너무 걱정하지 마세요. 다 잘될 거예요."

아니, 왜 그 말을 네가 하냐? 지금 네가 그런 말을 할 상황이냐?

도무지 말이 통하지 않는다는 걸 알아 버린 단병립은 원망 어린 눈빛으로 남자명을 바라보았다. 애초에 그들이 내뱉은 바가 있어 뭐라 할 말도 없었다.

'그러게 왜 주둥아리를 함부로 놀려서는!'

그의 눈빛에서 강한 원망을 느낀 남자명은 겸연쩍은 표정으로 시선을 피했다. 사실 이건 남자명으로서도 억울하기 짝이 없는 일이었다.

'……아니, 내가 이리될 줄 알았나?'

어제 그가 이곳에서 화산을 몰아붙일 때만 해도 통쾌하다고 웃어 젖히던 놈이, 상황이 좀 바뀌었다고 이렇게 홀라당 책임을 전가하다니. 아무리 세상이 각박하다지만 어찌 이럴 수가 있는가.

서러운 마음에 무어라 항변하려던 남자명은 눈을 질끈 감고 말았다. 지금은 잘잘못을 일일이 따지고 있을 때가 아니었다. 화산의 도움을 얻어 내지 못한다면 자신은 물론이고, 서안에 있는 종남의 속가들은 모두 끝장이다.

"장로님! 그러지 마시고, 이번 한 번만 도와주십시오. 서안의 백성들이 가엾지도 않으십니까?"

그러자 현영이 푸근하게 웃으며 인자한 목소리로 말했다.

"그건 걱정하지 않으셔도 되오. 안 그래도 오늘부터는 우리도 직접 나서서 서안의 백성들을 지킬 생각이외다. 무림의 일로 양민들에게 피해가 가서는 안 될 일 아니겠소?"

"그, 그럼……?"

"백성들은 우리가 잘 지킬 테니, 문주께서는 걱정일랑 마시고 문파를 잘 돌보시면 될 것이외다."

"자, 장로님!"

사형 선고나 다름없는 말이었다. 세상이 무너진 듯한 표정으로 외치는 남자명에게 웃어 준 현영은 슬쩍 화산의 제자들을 돌아보며 턱짓했다.

"손님 가신다."

백천을 비롯한 화산의 제자들이 우르르 앞으로 달려와 남자명과 단병립의 주변을 둘러쌌다. 그러고는 그들을 대문 밖으로 밀어 내기 시작했다. 어떻게든 버텨 보려 했으나, 화산 제자들이 미는 힘이 만만찮았다.

"자, 장로님! 이러시면 안 됩니다! 장로님!"

"화산! 화산의 명성을 생각하시어……. 장로님!"

"살펴들 가시오."

현영이 심드렁하게 인사하며 귀를 후볐다.

"아아아아악! 이 천벌을 받을 놈들아!"

"이 사파나 다름없는 것들!"

결국은 악담이 쏟아져 나왔지만, 현영은 어디서 개가 짖나 하는 표정으로 어깨를 으쓱했다. 이윽고 남자명과 단병립이 문밖으로 나가떨어졌고, 화영문의 대문이 굳게 닫혔다.

"쯧. 사람이라는 것이 상황에 따라 태도를 바꿀 수밖에 없다지만, 참 염치도 없는 것들이구나. 여기에 찾아와 도움을 청할 생각을 하다니."

현영이 눈살을 찌푸리며 혀를 차고는 슬쩍 청명을 돌아보았다.

"네 말대로 쫓아내기는 했다만, 어찌할 생각이냐? 이건 길게 끌 만한 일이 아니다."

"체면 때문에요?"

"아니. 장문인 귀에 들어가면 맨발로 서안까지 뛰어오실 것 같구나."

아, 그렇겠네. 그걸 생각 못 했구나.

"장문인께서 서안으로 안 오셔서 천만다행이네요."

"나도 그리 생각한다."

현종이 있었다면 일이 이리 쉽게 풀리지는 않았을 것이다. 일단 양민이라는 말을 듣는 순간부터 눈이 반쯤 돌아갔을 테니까.

"걱정하지 마세요. 그리 오래 걸릴 일도 아니니까요."

"그리고 저들의 말에도 옳은 점이 있다. 아무래도 서안의 양민들에게 피해가 갈까 걱정이구나. 양민들이 피해를 입었단 소문이 나면 장문인이 나를 방에 가두고 사흘 밤낮 동안 도덕경만 읽게 할지도 모른다."

"……차라리 맞는 게 낫지."

"내 말이 그 말이다!"

현영의 얼굴이 삽시간에 달아오르는 걸 보니, 아무래도 비슷한 짓을 당한 경험이 있는 모양이었다.

잔뜩 불만에 차 한동안 씩씩대던 현영이 청명을 보며 말했다. 그의 표정에 미묘한 불안함이 묻어났다.

"네 말대로 하기는 했다만, 나는 솔직히 종남 속가와 손을 잡는 게 그리 나쁜 일은 아닌 것 같구나. 만인방은 사파 중에서도 다섯 손가락 안에 드는 강대한 문파다. 일개 대라고 하더라도 웬만한 중소 문파는 하루아침에 쓸어 버릴 수 있을 터."

"확실히 그래 보이더라고요."

"그런데 정말 괜찮겠느냐? 저들과 손을 잡지 않으면 그 적사대를 우리와 화영문만의 힘으로 상대해야 할 수도 있는데."

청명은 뒤쪽을 슬쩍 돌아보았다. 위아래로 훑는 눈길에 화산 제자들이 어리둥절하여 눈살을 찌푸렸다.

"애들은 원래 싸우면서 크는 거죠."

씨익 웃는 웃음이 그저 태연하기만 했다.

"슬슬 적당한 실전 경험이 필요하다고 생각했어요. 비무나 대련으로는 한계가 있으니까요."

태평하기 그지없는 말에 현영은 그만 헛웃음을 터뜨리고 말았다.

'만인방이 얼마나 강한지 모르는 건가?'

아니, 그럴 리는 없겠지. 곁에서 지켜봐 온 그는 알고 있었다. 워낙 엉뚱한 행동을 많이 해서 곧잘 오해하고는 하지만, 청명은 절대 둔한 아이가 아니다. 오히려 과하게 총명해서 평범한 이들과 달라 보이는 것이다.

그런 청명이 만인방과 대적한다는 말의 의미를 모를 리는 없다.

"괜찮겠느냐? 위험할 수도 있을 텐데?"

그 말에 청명이 뚱한 얼굴로 백천과 다른 제자들을 돌아보았다.

"뭐, 설마 죽기야 하겠어요?"

"……."

그 말에 화산 제자들의 낯빛이 시커멓게 죽어 갔다. 잘못되면 죽는다는 말이 아닌가. 혹시라도 졌을 때 청명이 어떻게 나올지를 생각하면, 사실 살아도 산 게 아닐 것이다.

하지만 제자들이 그러거나 말거나, 청명은 골몰히 생각에 잠긴 채 중얼거렸다.

"흐음. 종남도 종남인데……."

생각해 보니 종남이 봉문 한 틈을 타 만인방이라는 놈들이 서안으로 밀고 들어오는 상황도 어이가 없기는 했다.

'신주오패는 얼어 죽을.'

그가 과거 매화검존으로 한창 활동할 당시에는 천하에 사파라는 것들이 씨가 말랐었다. 그런데 겨우 백 년 사이에 그런 명호를 쓸 만큼 강대해졌다 이 말이렷다? 가만히 곱씹던 청명이 이를 빠득 갈며 말했다.

"한 번에 둘 다 해결해야겠네. 어디 더러운 사파 놈들이 건방지게 남의 구역에 침을 묻히려고!"

"아까는 종남 거라며."

"아. 내가 그랬었나?"

기억이 잘 안 나는거얼?

· ◈ ·

"그러니까 사파는 기본적으로 정파보다 강하진 않다. 하지만 그 수는 정파 중 가장 세력이 강성하다 불리는 소림조차 따라잡을 수 없을 정도지."

"……."

"물론 머릿수로만 따지자면 우리 개방에는 그 모든 사파를 합친 것보다 더 많은 거지가 득실대지만, 알다시피 그 거지들 가운데 제대로 전력이 되는 이들은 한 줌에 불과하다."

"……."

"그 많고 많은 사파 중에서도 가장 강대한 다섯 세력이 신주오패라 불리는데, 장강수로십팔채, 녹림칠십이채, 하오문, 만인……. 야! 자냐?!"

홍대광이 버럭 소리를 지르자 꾸벅꾸벅 졸던 청명이 움찔하며 눈을 떴다. 잠깐 사이 어찌나 달게 잤는지 침까지 흘리고 있었다.

"아니, 이놈이! 지가 설명하라고 해 놓고 지가 졸고 있네!"

"하아아아암. 아, 뻔한 소리나 하니까 그렇죠."

"뻔한 소리라니! 이게 다 들어 놓으면 피가 되고 살이 되는……!"

"피도 충분하고 살도 충분해요. 그래서 그 만인방이라는 곳은 얼마나 강한 거예요?"

턱을 두어 번 쓸어내리며 생각하던 홍대광이 어깨를 으쓱했다.

"모르겠는데?"

그런 홍대광을 바라보는 청명의 눈빛에 진한 경멸이 스쳤다.

"……사람 그런 눈으로 보는 거 아니다."

"개방 분타주라는 양반이 신주오패가 얼마나 센지도 모른다고요?"

그러자 홍대광이 진심으로 억울하다는 듯 소리 높여 말했다.

"붙어 봐야 알 게 아니냐! 지난 백 년간 정파와 사파가 제대로 싸운 적이 없었다. 정파는 마교에게 입은 피해를 복구하느라 사파를 견제할 여력이 없었고, 사파는 전후의 혼란을 틈타 그 세력을 급격하게 불려 나갔지."

"그놈의 마교 새끼들은 여하튼 도움이 되는 게 없어!"

뭐만 하면 마교! 마교! 귀에 딱지 앉겠네! 청명이 쯧, 혀를 찼다.

"어쩔 수 없는 일이다. 그 전쟁이 남긴 상흔은 그만큼 깊었으니까. 그건……."

홍대광이 말을 하다 말고 슬그머니 입을 다물었다. 그러더니 묘한 어색함이 수면 위로 떠오르기 전에 얼른 말을 돌렸다.

"강호인이라면 어쩔 수 없이 받아들여야 하는 부분이지."

그 모습에 청명은 속으로 피식 웃었다.

'애쓰네.'

원래 하려던 말은 '너희 화산이 가장 잘 알고 있지 않으냐?'였을 것이다. 어쨌거나 듣는 상대의 기분을 생각한다는 점에서, 쪽박은 깨지 않을 거지였다.

"그러니 정확한 전력을 파악하긴 힘들다. 대충 예상하기로는 구파에는 조금 못 미치는 정도고, 오대세가와는 필적할 것으로 보고 있다."

듣고 있다는 듯 청명이 가만히 고개를 끄덕이자, 홍대광이 계속해서 말을 이었다.

"그중 적사대는 만인방에서도 가장 유명한 무력대 중 하나다. 적사대 자체의 강함이야 다른 무력대에 비해 유별날 게 없지만, 적사대주 엽평은 대주들 중에서도 남다르다."

"흐음. 그래요?"

"아무래도 천하십대도객 중 하나로 꼽힐 만한 강자니까. 그런 사람이 이끌다 보니 적사대는 언제나 요주의 대상이 되어 왔지."

"내가 살다 살다 사파 놈이 요주의 인물 소리 듣는 꼴을 다 보고. 어휴."

"뭐 얼마나 살았다고, 이놈아!"

'어린놈이 애늙은이처럼 굴기는.' 하며 홍대광이 구시렁거렸다. 하지만 청명은 귀를 후비적대며 그 말을 깔끔하게 무시했다.

'세상 참 좋아졌다.'

특히 혼란을 먹고 사는 저 사파 놈들에게는 정말 좋아졌다. 백 년 전 매화검존이 화산에 있을 때는, 사(邪) 자가 붙은 놈들은 화산의 반경 천 리 안에는 들어올 엄두도 내지 못했다.

사실 굳이 청명이 나설 필요도 없었을 것이다. 척사(斥邪)에 굶주린 악귀 같았던 화산의 청자 배들이 입에 거품을 물고 짐승처럼 달려들었을 테니까.

게다가 당시는 화산뿐 아니라 구파일방이나 오대세가도 워낙 힘이 강대할 때라 사파니 어쩌니 하는 것들이 아무런 힘을 쓰지 못했다.
 '협행 할 게 너무 없어서 눈을 시퍼렇게 뜬 구파 놈들이 산적을 찾아 온 산을 이 잡듯 뒤지던 시절이었으니까.'
 사악한 정파 놈들이 연약하기 짝이 없는 사파를 죽어라 괴롭히던 시절이었다. 당하는 사파들로서는 그야말로 지옥 아니었을까.
 그렇게 생각해 보면 저놈들도 참 끈질기긴 하다. 그 힘든 시절을 버티고 버텨 내서 기어이 다시 세력을 키워 낸 것을 보니 뿌듯…….
 아, 이게 아니지.
 청명이 자리에서 벌떡 일어났다. 홍대광의 눈이 휘둥그레졌다.
 "뭘 어쩌려고?"
 "만인방인가 뭔가 하는 놈들이 어떤 놈들인지는 대충 알았으니 됐어요. 까짓것 그냥 처리해 버리면 그만이지."
 "화산신룡! 만인방을 얕보면 안 된다!"
 홍대광이 기겁하여 소리를 질렀다.
 "물론 네가 강하다는 건 알고 있다. 하지만 만인방의 적사대는 지금까지 네가 상대했던 이들과는 차원이 다르다! 지금껏 네가 싸워 온 이들은 후기지수였단 걸 잊으면 안 돼! 후기지수의 명성은 본디 그 장래성을 평가한 것이지 강함을 평가한 게 아니다!"
 하지만 그 간절한 결사반대에도 청명의 표정은 심드렁하기만 했다. 무슨 말을 해도 씨알조차 먹히지 않을 것 같았다. 홍대광은 답답하다는 듯 가슴을 쾅쾅 쳤다.
 "적사도 엽평은 지금껏 네가 겪어 보지 못한 강자다. 어설프게 상대하려고 하다가는 큰 화를 당할 수도 있어."

"이야. 살다 보니 사파 놈이 강자 소리를 듣는 날도 오네. 이래서 오래 살고 볼 일이라니까."

"아, 그러니까 얼마나 살았다고!"

쯧. 말해 뭐 해.

"여하튼 알았어요."

청명이 손을 휘휘 저으며 나가자 홍대광이 와락 얼굴을 일그러뜨렸다.

'대체 어쩌려고 저러지?'

적사대가 서안을 노린다는 소식을 듣자마자 개방 분타와 주변 문파에 증원을 요청하기는 했다. 하지만 그들이 다리에 날개가 달리지 않은 이상 최소 칠 주야는 있어야 도착할 것이다.

그리고 칠 주야면 적사대가 서안을 알뜰살뜰 파먹고 떠나기에 충분한 시간이다. 홍대광이 눈살을 살짝 찌푸리며 중얼거렸다.

"큰일은 없어야 할 텐데."

이럴 줄 알았으면 거지새끼들이라도 줄줄이 달고 올 것을. 뒤늦은 후회가 몰려왔다. 그는 깊은 한숨을 내쉬었다.

• ❖ •

"……관의 말은 여전히 똑같습니다. 관여할 생각이 없답니다."

"성주님 역시 아직도 저희를 만나 주지 않습니다."

"주변 문파에 도움을 청하기는 했지만, 오는 데 시간이 적잖이 걸릴 것입니다. 그리고…… 사실 서안 주변에 딱히 큰 문파가……."

'없겠지.'

빌어먹을. 침음을 흘린 남자명이 입술을 질끈 깨물었다.

섬서의 거대 문파는 종남과 화산뿐이다. 특히나 종남의 세가 워낙 강성하다 보니 섬서에는 웬만한 문파도 자리 잡지 못했다.

"섬서의 다른 속가들과 연통이 닿는다면 제자들을 보내 줄 것입니다. 하지만 언제쯤 도착할지가……."

남자명이 답답함에 머리를 벅벅 긁어 댔다. 항상 단정하던 그가 잠깐 사이에도 머리를 얼마나 긁어 댔는지 벌써 산발이 되어 있었다.

어디 그뿐이랴. 두 눈은 도통 잠을 이루지 못하는 바람에 시뻘겋게 충혈이 되어 있었다. 불과 하루 전의 고아하던 모습은 이제 찾아보려야 찾을 수가 없었다.

그때 마른침을 삼킨 단병립이 굳은 얼굴로 말했다.

"문주님, 차라리…… 후일을 기약하는 것이 어떻겠습니까? 사실 저희의 힘만으로 적사대를 막아 내는 것은 당랑거철이나 다름없는 일입니다. 이리된 이상 차라리 오늘은 몸을 피하시고 저들이 물러가면……."

"헛소리!"

미처 말이 끝나기도 전에 남자명이 말허리를 끊으며 버럭 소리를 질렀다.

"우리가 뜨는 순간 서안이 어떻게 될지 모른단 말이오?! 지금이야 양민들을 건드리지 않는다지만, 저들의 목적이 뻔한데 언제까지 참을 것 같소?"

"그건 관이 알아서 할 일이 아닙니까."

"이 미련한 인간아! 관이 나서는 상황까지 가 버리면 우리는 떨어진 신뢰를 회복할 수 없다는 걸 왜 모르는가!"

"신뢰는 다시 쌓을 가능성이라도 있지만, 잃은 목숨은 다신 구할 수 없습니다."

남자명이 꿀 먹은 벙어리가 되어 단병립을 바라보았다.

"체면도 살아 있어야 의미가 있는 겁니다. 문주님의 말대로 저들이 언제까지 참을 것 같습니까? 지금이야 일이 끝나지 않아 관의 개입을 막기 위해 살생을 자제한다지만, 수가 틀리면 언제든 살수를 쓸 놈들입니다. 그 칼에 쓰러지는 게 문주님이 아니라고 어찌 장담을……."

"시끄럽소! 그러고도 그대가 종남 속가의 문주요? 어찌 종남의 이름 아래 있는 이가 적에게서 달아난다는 말을 그리 쉽게 입에 올릴 수 있소? 나는 절대 용납 못 하오!"

어찌나 화가 났는지 얼굴이 시뻘게진 남자명이 버럭 소리를 질렀다.

"그럴 바에야 차라리 죽는 게 낫지! 긴말할 것 없소! 해가 지는 대로 모두 제자들을 이끌고 서월문에 모이도록 하시오. 저들이 강하다고는 하나 남은 종남의 속가들이 죽을 각오로 싸운다면 무찌르지 못할 것도 없소이다!"

파들파들 떠는 그의 눈에는 핏발이 서 있었다. 좀처럼 분이 풀리지 않는지 연신 숨을 몰아쉬기까지 했다. 그 강경한 태도에 다른 문주들은 차마 입을 열지 못했다.

"아시겠소이까?"

"……예."

"그리하겠습니다."

떨떠름하고 뜨뜻미지근한 반응이 돌아왔지만, 남자명도 더 이상은 몰아붙이지 않았다. 당장 오늘 밤이 되면 목숨을 걸고 싸워야 할지도 모르는 이들이 뭐 그리 대단한 의욕을 보이겠는가. 남자명 본인도 잘 알고 있는 바였다.

'속가는 어차피 속가다.'

애초에 그들이 진정으로 무인으로서 불의와 싸울 생각이었다면 본산에 남았을 것이다. 스스로 속가문을 만든 이들이야 당연히 제 발로 산에서 내려온 이들이고, 속가문을 물려받은 이들도 마음만 먹었다면 언제든 본산의 제자가 될 수 있었다.

하지만 결국 그들이 본산에 올라가기보다 속가를 택한 이유는 무학보다는 재물에 관심이 더 많았기 때문이다.

그러니 문주들이 미적지근하게 구는 것도 당연한 결과였다. 속가문을 이끌면서 단 한 번이라도 누군가와 목숨 걸고 싸울 일이 올 거라 어디 예상이나 했겠는가.

"그대들이 진정 종남의 제자이고, 한 사람의 무인이라면 그 자긍심을 보이시오! 믿고 있겠소이다!"

"물론입니다!"

"이래 봬도 저 역시 자랑스러운 종남의 속가입니다! 저런 사파 놈들 따위에게 겁을 먹겠습니까?"

"그럼 제자들을 모아 오겠습니다!"

아무리 속가의 문주라도 무인은 무인. 남자명의 결연한 외침에 문주들이 분분히 자리에서 일어나 단호히 걸음을 옮겼다.

'절대 사파 놈들에게 이 서안을 내주지는 않겠다.'

남자명은 이를 악물고는 굳건한 표정으로 자리에서 벌떡 일어났다.

"제자들을 모아라! 지금 당장!"

몇 시진 후.

남자명은 넋이 나간 채 주변을 돌아보았다. 불신과 허탈함만 남은 그의 두 눈은 흡사 텅 빈 것처럼 보였다.

"무, 문주님. 아무래도 문제가 새, 생긴 모양입니다. 방금 다른 문파들을 확인하러 간 제자들이 돌아왔는데, 이미 텅텅 비어 있었다고……."

"비어?"

남자명은 도무지 믿을 수 없다는 듯 허망하게 중얼거렸다. 입이 절로 벌어졌다. 넋이 나간 듯한 웃음이 자꾸 새어 나왔다.

"허……. 허허허허. 열이나 되는 문파가 단 하나도 남지 않고 모두 달아났단 말인가?"

그러다 돌연 그는 치미는 분노에 화를 이기지 못하고 버럭 고함을 질렀다.

"이 수치도 모르는 인간들이! 제 한 목숨 구하겠다고 터전을 버렸단 말인가? 돌아와 무슨 망신을 당하려고!"

"도, 돌아오지 않으면 그만 아닙니까."

"……뭐라?"

그런데 그때, 자리를 지키고 있던 사범 중 하나가 시뻘겋게 달아오른 얼굴로 말했다.

"이, 이곳에 있어 봐야 재물은 모두 빼앗기고 얻어맞아 병신이 되거나 죽을 뿐입니다. 하지만 재물을 들고 달아난다면 다른 곳에 자리를 잡고 풍족하게 살 수는 있잖습니까!"

제자들도 점차 술렁이기 시작했다. 남자명의 눈빛이 크게 뒤흔들렸다.

"구, 굳이 문파를 유지하지 않더라도……."

"입 닥쳐라, 이놈! 그게 어디 종남의 속가로서 할 말이더냐!"

크게 고함을 지른 남자명의 얼굴은 처절할 만큼 일그러져 있었다.

명예와 패기는 바닥에 내팽개친 사범의 말에 화가 난 것이 아니다. 그 말을 듣는 와중 마음이 흔들리고 만 자신을 알기에 화가 치민 것이다.

"문주님! 지금이라도 달아나야 합니다. 다른 속가들이 모두 있어도 막아 낼 수 있을지 장담할 수 없는데, 우리 서월문만으로 적사대를 상대한다는 건 숫제 자살하는 꼴 아닙니까!"

제자의 간곡한 애원에도 남자명은 차마 대꾸하지 못하고 입술만 짓씹었다. 그의 눈은 어찌할 바를 모르고 자꾸 흔들리기만 했다.

"무, 문주님! 저기!"

그때, 돌연 들려온 목소리에 남자명이 고개를 획 돌렸다. 관도를 따라 느긋하게 걸어오는 적사대의 모습이 보였다.

"느, 늦었어!"

"아, 안 돼. 나는······. 나는 못 싸워!"

그 모습에 서월문의 제자들이 기겁을 하여 달아나기 시작했다.

"이, 이놈들아! 당장 멈추지 못하겠느냐!"

"빌어먹을! 죽으려면 문주님 혼자 죽으십시오!"

통제해 보려 했지만, 남자명의 말은 조금도 먹히지 않았다. 서월문 안으로 박차고 들어간 그들은 서로 소리를 지르며 악다구니를 써 댔다.

"이거 놓지 못해!"

"이 빌어먹을 놈이!"

맨몸으로 먼 길을 달아날 수는 없으니, 문파 내의 값나가는 것들을 서로 조금이라도 더 차지하려 이전투구를 벌이는 모양이었다.

'이게 서월문인가?'

남자명은 허탈함을 감추지 못했다. 차라리 이 모든 게 꿈이었으면 싶었다. 그토록 협의를 강조해 왔는데, 막상 눈앞에 위기가 닥치니 저리 쉽게 무너진단 말인가? 그럼······ 평생을 서월문에 바쳐 온 그의 삶은 대체 무엇이었는가.

남자명은 달아날 생각도 하지 못하고 망연히 그 자리에 서 있었다.

저벅. 저벅. 저벅. 저벅. 이내 그리 빠르지 않은 걸음으로 남자명의 앞에 당도한 적사대가 멈춰 섰다.

이윽고 그들의 뒤쪽에 있던 엽평이 앞으로 걸어 나왔다. 서월문을 훑어본 그는 어이가 없다는 듯 헛웃음을 흘렸다.

"이게 다냐? 허허. 거 정파라는 새끼들이. 그래도 반쯤은 남아 있을 줄 알았더니, 한 문파도 아니고 딱 한 놈이 남아 있군. 어이, 방승. 어떻게 생각하냐?"

"원래 정파라는 놈들이 다 그렇지 않습니까? 입만 살았지요."

"쯧쯧. 뒷골목 왈패들도 이러지는 않겠다."

"헤헤. 속가에게 뭘 바라겠습니까? 종남이 봉문 하지 않았으면 이들도 이런 일은 겪지 않았을 테니 생각도 못 했겠지요. 대주님도 종남이 멀쩡히 문을 열고 있을 때는 감히 서안에 들어오지 못……. 아악!"

방승의 뒤통수를 차지게 후려친 엽평이 눈을 부라렸다.

"너는 누구 편이냐! 이 망할 놈아."

"……끄응. 물론 대주님의 편이지요. 그래서 어떻게 합니까? 느긋하게 속가 놈들 재산을 뺏으려는 계획은 틀어진 것 같습니다만."

"퉤! 어차피 속가 몇 개 털어 봐야 돈이나 되겠느냐? 이제 본격적으로 시작해야지."

바닥에 침을 탁 뱉은 엽평이 씨익 웃으며 주변을 둘러보았다.

"아주 좋은 꼴이다. 관부 놈들은 제 일이 아니라고 외면하고, 속가 놈들은 저 살겠다고 도망가고."

"흔한 일이지요."

"그래. 흔하지. 너무 흔해서 우습다 이거야."

두어 차례 혀를 찬 엽평이 눈을 빛냈다.

"예상보다 빠르지만, 빨라서 나쁠 건 없지. 오늘 서안을 싹 털고 빠진다. 고관들 집은 마지막에 털고, 적당히 있어 보이는 집부터 털어 버려. 반항하는 놈은 죽여도 좋다."

"흐흐. 간만에 재미 좀 보겠군요."

"우선은 저 속가문인가 뭔가 하는 놈들이 다시 서안에 발도 붙이지 못하게 전각에 불부터 질러라!"

"예! 깔끔하게 처리하겠습니다!"

입술을 핥으며 연신 고개를 끄덕이는 방승의 눈이 요사스레 빛났다. 하지만 즐거운 대화를 방해하는 목소리가 있었다.

"그, 그만두지 못할까! 이 간악한 놈들!"

엽평이 고개를 돌리자 부들부들 떨고 있는 남자명의 모습이 눈에 들어왔다. 눈썹을 까딱인 엽평이 의외라는 듯 말했다.

"저거 아직 안 갔네?"

"죽고 싶은 모양이지요."

"그럼 소원대로 해 줘야지. 무어 어려운 일이라고."

스르르릉. 엽평이 허리에 찬 대도를 뽑아 들고 남자명을 향해 다가갔다. 그가 가까워질수록 남자명의 안색은 점점 더 새파랗게 질렸다.

"애송아. 강호에서 제일 먼저 죽는 놈은 힘도 없이 나대는 것들이다. 염왕에게 가거든 그거 하나 배워 왔다고 하거라!"

엽평의 도가 횡으로 휘둘러져 남자명의 목을 향해 치달았다. 최후를 직감한 남자명이 눈을 질끈 감았다. 하나 그 순간.

카아아아앙! 커다란 금속음과 함께, 날아들던 엽평의 도가 옆으로 획 꺾였다.

"뭐, 뭐냐!"

검기가 날아와 그의 도를 쳐 낸 그 직전까지도 눈치채지 못했다. 엽평이 눈을 부릅뜨고는 고개를 획 돌렸다.

"그 말은 동감이야."

관도 한쪽을 채우며 걸어오는 한 무리의 무인들이 보였다. 그리고 그들의 선두에서 굉장히 심술궂은 표정을 지은 한 청년이 손가락을 까딱까딱 꺾어 대고 있었다.

"힘도 없이 나대는 놈이 제일 먼저 죽지. 그러니까……."

청년, 청명이 사악하게 입꼬리를 말아 올리며 말을 이었다.

"너 같은 놈들 말이야."

엽평의 얼굴이 참혹하게 일그러졌다.

"……지금 뭐라고 했느냐?"

"거, 나이도 아직 많지 않아 보이는데 벌써 귀가 나쁘신가."

청명은 제 귀를 휘적휘적 후비며 어깨를 으쓱했다. 그 태평한 모습에 적사도 엽평이 황당함과 분노가 뒤섞인 표정으로 낮은 웃음을 흘렸다.

"어린놈아. 내가 누군지 아느냐?"

"하하. 그 정도야 알지. 그러니까 분명……."

청명이 자신만만하게 손가락을 펼친 채 뭔가 말을 하려다가 잠깐 움찔했다. 그러더니 고개를 획 돌려 뒤를 돌아보았다.

"누구라고 했었지?"

화산의 제자들이 일제히 고개를 푹 숙였다.

'제발, 청명아.'

'내가 살다가 사파 앞에서 민망해 고개를 못 드는 날이 올 줄이야.'

"……적사도 엽평."

그제야 청명이 다시 고개를 획 돌렸다.

"그래! 적파도 엽평!"

"적사도다! 적사도! 이 새끼야!"

결국엔 화를 참지 못한 엽평이 눈을 까뒤집으며 달려들려 하자 방승이 그를 꽉 움켜잡았다.

"대, 대주. 진정하십시오! 저런 어린놈에게 놀아나서는 안 됩니다!"

화가 치민 와중에도 그 말이 옳다 여긴 엽평은 거칠게 숨을 토하며 들끓는 감정을 가라앉혔다. 머리가 조금 식고 나니 황당한 마음이 들었다.

'이 새끼는 뭐지?'

도 한 자루를 걸치고 지금껏 천하를 누벼 온 그다. 나름 걸물이라는 놈들도 꽤 만나 보았고, 괴짜들도 여럿 마주쳤다. 하지만 그들 중 누구도 이리 말 몇 마디만으로 엽평을 흥분시키지는 못했다.

격장지계를 쓴 것이라면 대단하고, 그게 아니라면…… 음, 그건 더 대단하다.

"……어린놈치고는 그 기세가 만만찮다고 느꼈거늘, 천지 분간을 못 하고 세상 물정 모르는 천둥벌거숭이였구나."

하지만 엽평이 뭔가 말을 이어 가기도 전에 청명이 고개를 내저으며 한숨을 푹 내쉬었다. 그러고는 정말 안타깝다는 듯한 목소리로 혀를 차며 말했다.

"세상 많이 좋아졌다. 내가 화산파라는 걸 알면서도 사파 놈이 내 앞에서 주둥아리를 놀리는 날이 오다니."

"……주, 주둥아리?"

엽평은 그만 말을 잃고 말았다. 지금 감히 그의 앞에서 주둥아리라는 말을 꺼낸 건가? 아직 머리에 피도 안 마른 저 화산의 어린놈이?

"내가 세상 물정을 모르는 게 아니라 지금 세상이 잘못된 거지. 뭐, 됐어. 그건 차차 해결해 나가면 될 일이고. 일단 그래서, 어떻게 할래? 여기서 처맞을래? 아니면 성 밖으로 나갈래?"

"이……. 이! 이 미친놈이!"

결국 다시금 화가 도진 엽평이 도를 움켜잡고 앞으로 달려들려 했다. 하지만 방승은 그럴 줄 알았다는 듯, 그를 더욱 단단히 붙들고 늘어졌다.

"놔라!"

"대, 대주! 제발 진정하십시오! 만만히 보면 큰코다치십니다. 저놈이 요즘 명성을 떨치고 있는 화산신룡입니다."

"……화산신룡?"

방승의 말을 들은 엽평은 눈에 핏발을 세우며 청명을 노려보았다.

"어린놈이 기세가 심상치 않다고 생각했더니, 네놈이 그 화산신룡이로구나."

짐승의 목울음 같은 것이 섞인 그의 목소리는 살벌하기 그지없었다.

"하지만 그래 봐야 후기지수. 종남도 아닌 화산 따위가 감히 우리 앞을 막아서다니! 목이 잘려 봐야 주제를 알 놈들이구나!"

쿠웅! 방승을 뿌리친 엽평이 그 자리에서 진각을 밟았다. 동시에 그의 몸에서 무시무시한 살기가 폭풍처럼 뿜어져 나오기 시작했다.

청명의 뒤쪽에 서 있던 조걸은 그 살기에 입술을 질끈 깨물었다. 모골이 절로 송연해지고, 전신의 피부를 바늘로 찔러 대는 것만 같았다.

'이 정도일 줄은…….'

입심이야 대단할 것이 없었지만, 그 무력만은 확실히 위협적이었다.

단 일수로 화산의 제자들을 모조리 위협하는 데 성공한 엽평은 이를 갈아붙이며 말했다.

"이래도 우리를 방해하겠다면 모조리 도륙을⋯⋯."
"거, 진짜 말 너무 많네."
심드렁한 목소리에 화산 제자들의 시선이 일제히 청명의 뒤통수에 꽂혔다.
"요즘 사파 새끼들은 주둥아리로 싸우나. 뭐 이렇게 말이 많아? 야. 덤비려면 빨리 덤벼. 겁먹었냐?"
조걸이 고개를 돌렸다. 그 곁에 서 있던 윤종도 당연하다는 듯이 조걸을 바라보고 있었다.
'사형.'
'그래. 네 맘 안다.'
예전부터 익히 알고 있었지만, 지금 이 자리에서 더욱 확실해졌다. 저 놈에게는 겁대가리가 존재하지 않는 것이 틀림없었다.
그때, 방승이 엽평의 눈치를 보며 슬쩍 앞으로 나섰다.
"대주. 제가 잠시⋯⋯."
"비켜라!"
"헤헤. 그렇게 흥분하지 마십시오. 뭔 애새끼 하나에 그리 열을 올리십니까. 천둥벌거숭이랑 드잡이하시면 대주의 평판만 떨어집니다."
방승의 만류에도 엽평은 구겨진 인상을 풀지는 않았지만, 그 말이 그리 틀리지는 않기에 이를 악물고 옆으로 물러났다.
방승은 재미있다는 듯 청명을 일별하고는 슬쩍 현영에게로 시선을 돌렸다. 아무래도 저 입만 산 꼬맹이보다 장로로 보이는 이를 상대하는 게 낫다 여긴 것이다.
"보아하니 그쪽이 화산의 장로인 것 같은데, 지금 그대들이 얼마나 무모한⋯⋯."

빠아아아아아악! 하지만 그가 말을 끝맺기도 전에 갑자기 굉음이 터져 나왔다. 모두가 황망한 눈빛으로 방승을 바라보았다.

말을 하던 그의 입에, 어디선가 날아온 신발이 틀어박혀 있었다.

"……."

그 누구도 어떤 반응을 해야 할지 감을 잡지 못하는 사이, 방승이 그대로 바닥에 쓰러졌다. 쿵. 사람이 쓰러지는 소리가 이리 애처로울 수 없었다.

청명이 맨발이 된 발을 내려놓으며 짜증 어린 얼굴로 입을 열었다.

"거, 진짜! 말 많다고 하는데 이 새끼들이!"

백천이 흐뭇하게 웃으며 그 모습을 바라보았다.

청명아. 아무리 그래도 말을 하고 있는 사람 입에 신발을 던지면 안 되지. 그건 좀 너무 나갔지.

자신을 바라보는 백천이 무슨 생각을 하는지 알 리 없는 청명은 그저 짝다리를 짚으며 눈을 희번덕거렸다.

"아니, 이 새끼들이 보자 보자 하니까. 언제부터 사파 새끼들이 화산 앞에서 눈 똑바로 뜨고 주둥아리를 털었다고! 옛날 같았으면 눈도 못 마주쳤을 것들이!"

"……청명아, 진정해라."

"그래도 사람인데 말은 하게 해 줘야지."

"기절한 것 같은데?"

딱 봐도 그리 강하지 않은 이였으니, 결국엔 화산 제자들에게 맞아서 쓰러졌겠지만……. 아무리 그래도 신발에 처맞아 기절한 몰골은 너무도 서글펐다. 저 사람이 깨어나면 얼마나 심한 자괴감에 시달릴 것인가.

백천은 청명을 보며 한 가지를 새삼스레 더 깨달았다.

'따지고 보면 이놈만큼 공평한 놈이 없어.'

정파고 사파고 관계없이, 상대하는 모든 이들을 다르지 않게 대한다. 이야말로 훌륭한 군자의 도리가 아니겠는가.

하지만 그리 생각하지 않는 이도 있는 모양이었다.

엽평은 볼썽사납게 쓰러진 채 파르르 경련하는 방승을 가만히 바라보다가 헛웃음을 터트렸다.

"거참, 꼴이 우습게 됐군."

하지만 말과는 달리 그의 눈에서는 새파란 살기가 서서히 흘러나왔다.

"어린놈아."

"왜, 늙은 놈아."

"……이 모든 것은 너희가 시작했다. 우리를 원망하지 말거라."

"응, 그래. 그쪽도 원망하지 말고."

엽평은 더 이상 흥분하지 않았다. 대신, 싸늘하게 날 선 살기를 줄기줄기 뿜어낼 뿐이었다. 더는 대화가 필요하지 않았다.

"오늘 여기서 화산의 끝을 본다! 모두……."

엽평이 막 공격 명령을 내리려 입을 뗀 순간.

"야! 쳐! 가죽을 벗겨 버려!"

"……야! 그렇게 말하면 우리가 더 사파 같잖아!"

"간다!"

청명이 엽평의 말을 기다리지 않고 선수를 쳐 버렸다. 이윽고 화산의 제자들이 일제히 검을 뽑아 들고 우르르 달려들었다.

선수를 빼앗긴 엽평은 순식간에 달려드는 화산의 제자들을 보며 순간 움찔했다.

'아니……. 이것들은 대체 뭐 하는 놈들이냐.'

적사대를 이끌며 정파 놈들과 충돌했던 적이 한두 번이 아닌데, 이런 놈들은 정말 난생처음 봤다.

"죽여라! 모두 죽여 버려!"

하나, 기세에서 밀릴 수 없단 생각에 엽평이 발작적으로 소리를 지르자 적사대가 뒤늦게 화산파를 향해 뛰어나갔다.

서안의 관도 한가운데, 만인방의 적사대와 화산파의 제자들이 서로를 향해 돌진했다.

* ◈ *

'후욱!'

숨을 크게 들이마신 조걸이 이를 악물었다. 심장이 제멋대로 뛰고 얼굴로 피가 몰렸다. 검을 잡은 손이 평소와 달리 벌벌 떨리고 있었다.

'빌어먹을, 진정하라고!'

머리와 몸이 따로 놀아, 조걸은 인상을 찌푸렸다. 강자를 상대하는 게 이번이 처음은 아니다. 다 저 청명이 놈 때문이긴 하지만, 조걸은 평범한 문파의 삼대제자라면 겪을 수 없는 경험을 몇 번이나 해 보았다.

하지만 그것과 이건 분명 다른 문제다. 우선 저들이 뽑아 든 도는 절대 조걸을 제압하거나 단순히 쓰러뜨리기 위한 것이 아니었다. 그의 목을 치고 목숨을 빼앗기 위한 것이었다.

물론 과거 혼원단을 손에 넣는 과정에서 목숨을 걸고 싸워 본 적도 있다. 그러나 솔직히 말해 그때는 그저 청명이 싸우는 모습을 구경한 것에 가까웠다. 지금처럼 살의를 품은 이와 직접 검을 맞대는 것은 처음이나 마찬가지였다.

'빌어먹을!'

그래서일까? 몸이 제대로 움직이지 않는 느낌이었다. 아무리 침착함을 유지하려 해도 달아오르는 열기와 긴장감을 주체할 수가 없었다.

그 순간, 그에게 달려든 적사대원이 커다란 박도를 휘둘러 조걸의 머리를 향해 위협적으로 내리쳤다. 얼굴이 새빨갛게 달아오른 조걸이 기겁을 하며 검을 들어 올렸다.

"……괜찮겠느냐?"

현영이 걱정 어린 얼굴로 청명을 보며 물었다.

"아이들이 실전을 경험하는 건 이번이 처음이지 않으냐. 물론 나는 저 아이들을 믿고 있지만, 혹여나 제 실력을 발휘하지 못해 다치는 이가 나올까 봐……."

"아, 그거요? 뭐…… 별거 아니에요."

걱정을 숨기지 못하는 그와 달리 청명은 심드렁한 표정으로 피식 웃으며 말했다.

"너무 걱정하지 마세요. 대처할 수 있게 해 뒀으니까."

"내가 알기로는 그런 수련을 한 적은 없을 텐데? 내가 모르는 것이 있더냐?"

"아뇨. 그냥 그게 전부예요. 평소에 보셨던 그 수련이면 돼요."

그거 가지고 된다고? 현영이 당최 이해를 못 하겠다는 표정으로 바라보자, 청명이 대수롭지 않게 어깨를 으쓱했다.

"뭐……. 긴장해서 제 실력을 발휘 못 했다거나, 강호 초출이 실수를 저질러 안타깝게 죽는다거나. 뭐 그런 걸 걱정하시는 거죠?"

현영이 무어라 대답할 새도 없이 청명이 코웃음을 치며 마저 말했다.

"호랑이가 긴장해서 토끼한테 맞아 죽는 것 보셨어요, 장로님?"
"……못 봤지."
아니, 그런 일은 벌어질 수가 없지.
현영이 얼결에 고개를 젓자 청명이 그저 보라는 듯 턱짓했다.
"실력 발휘를 못 했다느니, 긴장했다느니 하는 그런 변명은 평소에 제대로 수련하지 않은 놈들이나 늘어놓는 거죠. 애초에 수련이라는 건 긴장해서 제 실력을 발휘하지 못할 상황을 전제로 해야 하는 건데. 긴장이고 나발이고, 일단 더 세면 이기는 거예요. 실력을 반만 발휘해도 이길 수 있으면 돼요."
"그럼 우리 애들이……."
"네, 뭐……. 설마 사파 새끼들한테 지겠어요? 뒈지려고."
청명이 빙그레 웃었다. 현영은 앞쪽을 보며 눈을 질끈 감았다.
'부디 다치지 말거라, 애들아.'
니들 다치면 좋은 꼴 못 볼 것 같다.

카아아앙! 검에 막힌 도가 뒤로 튕겨 나갔다. 하지만 공격한 이와 막아 낸 이 중 더 당황한 건 오히려 막아 낸 쪽이었다.
조걸은 당황한 기색이 역력한 적사대원을 어처구니없다는 듯한 표정으로 바라봤다. 무슨 일이 일어난 건지 어안이 벙벙했다.
이게 왜 튕겨 나가지? 아니, 딱히 밀친 것도 아닌데?
"이, 이놈이!"
하지만 깊이 생각할 틈이 없었다. 도를 회수한 적사대원이 버럭 고함을 치더니 악에 받친 얼굴로 다시 달려든 것이다. 하나.
'왜 이렇게 느려?'

강맹한 기세는 분명 훌륭하다. 하지만 날아드는 도의 속도는 조걸이 생각한 것과 다소 달랐다. 차라리 팽가의 도가 훨씬 더 빠르고 강맹했다. 조걸은 본능적으로 검을 들어 올렸다.

카아앙! 그의 검과 도가 다시 충돌하며 쇳소리가 울렸다. 새파란 검기가 실린 그의 검이, 붉은 도기를 품은 적사대원의 박도를 한 치쯤 파고 들었다.

"이, 이 애송이 놈이!"

놀란 기색이 역력한 적사대원은 발작적으로 소리치며 도를 밀치더니 조걸 쪽으로 뛰어들며 있는 힘껏 어깨를 들이밀어 왔다.

'뭐 하는 거지?'

조걸이 황당하다는 표정으로 적사대원의 움직임에 맞춰 몸을 슬쩍 뒤로 뺐다. 그러자 되레 적사대원의 자세가 형편없이 무너졌다.

"하앗!"

그리고 조걸은 놈의 자세가 무너진 틈을 놓치지 않았다. 머리가 미처 생각하기도 전에 검이 먼저 움직여 텅 비어 버린 상대의 어깨를 베었다.

놈은 막지도 못하고 그대로 당했다. 적사대원이 몸을 비틀며 뒤로 물러났다. 그의 어깨에서 뿜어져 나온 핏물이 어느새 바닥을 붉게 적셨다.

"호오……."

조걸이 입꼬리를 말아 올렸다. 그러고는 처음보다 한층 여유로워진 표정으로 검을 슬쩍 겨누며 너스레를 떨었다.

"생각보다 별거 아닌데? 내가 너무 쫄았네."

"이, 이 말코 놈이!"

기세를 잃은 상대를 두고 조걸은 슬쩍 뒤를 돌아보았다. 아니나 다를까, 청명이 심드렁한 눈빛으로 그들을 바라보고 있었다.

조걸의 귓가에 낭랑한 청명의 목소리가 크게 들려왔다.
"뭐 해? 조져 버려!"
오냐! 자신감을 완전히 회복한 조걸은 청명을 닮은 사악한 미소를 내건 채 적사대원에게 달려들었다.
"대가리를 깨 주마!"
사기 백배한 조걸의 검이 적사대를 거침없이 휩쓸어 가기 시작했다.

적사대원 형표는 득달같이 달려드는 화산의 제자들을 도무지 이해할 수 없다는 눈빛으로 바라보았다. 대체 이게 어찌 된 상황인지 영문을 알 수가 없었다.
'이놈들은 대체 뭐지?'
적사대는 크고 작은 전투로 뼈가 굵은 이들이다. 대부분의 사파인이 그렇듯, 그들은 어릴 적부터 수도 없는 실전을 겪었다.
때로는 살아남기 위해, 때로는 남의 것을 빼앗기 위해, 때로는 명령을 수행하기 위해. 그렇게 수도 없이 싸우고 또 싸웠다. 그 기나긴 싸움 속에서 어떻게든 살아남아 자신을 증명하여 기어코 만인방의 적사대에 든 것이다.
그런 그들에 비해 지금 눈앞에 있는 놈들은 제대로 사람을 죽여 본 적도 없는 애송이에 불과했다. 분명 처음 도를 맞댈 때만 해도 이들은 새파란 애송이답게 긴장한 기색이 역력했다. 그런데…….
"으하하핫! 어딜 도망가느냐!"
"그것도 도라고 휘두르는 거냐!"
화산의 제자들이 여기저기서 소리쳤다. 형표의 눈이 파르르 떨렸다.
'정말 실전을 별로 겪어 보지 않은 정파의 애송이 놈들 맞나?'

전투가 시작된 지 얼마 되지도 않았건만, 긴장으로 얼어붙어 있던 모습 같은 건 찾아보려야 찾아볼 수가 없었다. 아니, 번들대는 눈으로 검을 휘둘러 대는 모습은 차라리 나찰(羅刹)에 가까워 보였다.

'이럴 수가 없는데.'

그들을 처음 상대하는 애송이들은 급소를 노려 오는 도격과 살을 저미는 살기 앞에 겁을 먹고 제 실력을 발휘하지 못하는 게 보통이었다. 형표가 그렇게 죽인 이들이 어디 한둘이던가.

이건 단순히 정파와 사파의 문제가 아니다. 강호초출의 애송이들은 소속이 어디든 간에 결국은 비슷한 일을 겪기 마련이다.

그런데 지금 눈앞에서 날뛰는 화산파 놈들은 여태껏 그가 만났던 애송이들과는 확실히 뭔가 달랐다.

카아아아앙! 검이 날아들었다. 도가 그 강맹한 검을 힘겹게 막아 냈다.

"이 새끼가, 막아?"

"어디 사파 새끼들이 곱게 안 뒈지고!"

"확 마!"

저 보라지……. 이쯤 되면 누가 사파이고, 누가 정파인지 헷갈릴 지경이었다. 어째 다들 입이 적사대보다 더 걸걸하고, 눈빛에선 흉흉한 살기가 느껴졌다.

'화산은 도가 문파 아니었나?'

그럼 저 새끼들이 도사라고? 뭔가 착각한 것 아닌가? 아무리 봐도 그쪽보다는 이쪽(?)에 가까운 것 같은데?

하지만 형표의 생각은 길게 이어지지 못했다.

"하아아압!"

채애앵! 쾌속하게 날아든 검이 그의 어깨를 노리며 찔러 들어왔다.

다급하게 도를 휘둘러 날아드는 검을 쳐 냈지만, 검은 밀려나지 않고 마치 독이 오른 뱀처럼 영활하게 그의 옆구리를 다시 파고들었다.

"큭!"

형표는 거의 바닥을 구르고서야 겨우 그 검을 피할 수 있었다. 하지만 체면을 다 버리고 나려타곤을 펼쳤음에도, 옆구리에 길게 상처가 나는 것은 막을 수가 없었다.

주르륵. 옆구리를 타고 피가 흘러내렸다. 길게 갈라진 옆구리를 살피며 형표는 등골이 절로 서늘해졌다. 이것이 정말 강호초출의 실력이 맞는가.

파아아아앙! 검이 날아드는 속도가 무시무시하게 빨랐다. 잔뼈가 굵은 그조차도 받아 내기 힘들 정도로 말이다. 도대체 어떻게 이 어린놈들이 이리도 날카롭게 검을 휘둘러 대는지 이해하기 힘들었다.

애송이답지 않은 태도. 그리고 더욱 애송이답지 않은 검.

문득 주변을 둘러보는 형표의 눈은 아까와는 달리 형편없이 떨리기 시작했다. 적사대가, 만인방의 주력 중 하나인 그들이 제대로 힘도 써 보지 못하고 눈에 확연히 보일 만큼 밀리고 있었다. 도저히 있을 수 없는 일이 일어났다.

"비, 빌어먹을! 고작 이런 애송이들에게!"

형표는 악에 받쳐 눈에 핏발을 세우며 고함을 질렀다.

반면 백천은 짧게 심호흡을 하며 어깨의 힘을 풀었다.

'자꾸 힘이 들어가는군.'

아무래도 실전은 실전. 도기가 실린 날붙이가 눈앞을 종횡하는데 긴장하지 않을 방법은 없었다. 하지만 백천은 마음을 애써 가다듬었다.

중요한 건 긴장하지 않는 게 아니다. 그 긴장 속에서도 최대한의 실력을 뽑아내는 것이다. 청명이 평소에 가장 강조하던 말 아닌가!

청명의 말을 떠올리자 조여 오는 듯하던 가슴이 진정되기 시작했다. 이내 마음을 다시금 차게 가라앉힌 백천은 자신의 앞에서 도를 들고 있는 적사대원을 바라보았다.

비무 대회가 끝난 시점부터 지금까지, 백천의 머릿속을 내내 떠나지 않고 맴돌던 화두가 하나 있었다.

'나는 과연 얼마나 강한가?'

본인이 후기지수 중에서 어느 정도의 위치인지는 이미 알고 있었다. 진금룡을 꺾어 내며 자신감을 얻었고, 청명을 지켜보며 확신을 얻었다. 그리고 다른 사형제들의 활약에서는 미래에 대한 가능성을 보았다.

그렇기에 더욱 확실히 해야 하는 것. 또한, 더욱 공고하게 다져야 하는 것.

'지금 내가 서 있는 위치.'

백천이 눈을 빛냈다. 화산의 약점은, 다른 문파들처럼 그들을 받쳐 줄 윗대가 없다는 것. 따라서 화산의 백자 배는 이제부터 화산의 주력이 되어 천하를 종횡해야 한다. 그러니 후기지수 중에서 강하다는 것은 의미가 없었다. 적어도…….

"너희 정도는 무리 없이 꺾어 내야 화산의 정예를 자부할 수 있겠지."

적사대원을 마주 노려본 백천이 차게 읊조리며 진각을 밟았다. 무게가 잔뜩 실린 검이 날아드는 도를 더 강한 힘으로 찍어 눌렀다.

쿠웅! 도와 검이 맞닿는 순간 상대의 얼굴이 일그러지는 광경이 백천의 눈에 똑똑히 들어왔다. 입술을 꾹 깨문 백천의 얼굴에 미미한 만족감이 어렸다.

'어렵지 않다.'

다리에 한층 강한 힘이 실렸다. 상대가 약해서? 천만에. 상대는 분명 강하다. 그저 백천이 더 강할 뿐이다.

화산의 제자들은 다른 문파였으면 문제가 터져도 몇십 번은 터졌을 끔찍한 수련을 낙오하는 이 하나 없이 묵묵히 버텨 왔다. 그렇게 세운 단단한 토대 위에 이제는 '자신감'이라는 전각이 서기 시작했다.

자신감이란 결국 실적에서 나오는 것. 스스로에 대한 단단한 믿음에 실적이 더해진 이상, 백천이 약할 이유는 어디에도 없었다.

쿵! 백천이 다시 진각을 강하게 내밟으며 상대를 밀어 냈다.

화산 특유의 화려한 검술이 아닌 기본 검술. 마음이 들뜨고 긴장될 때는 기본으로 돌아가라는 청명의 말을 온전히 지키고 있는 것이다.

자세를 잡은 백천이 묵직하고 단호하게 소리쳤다.

"들뜨지 마라! 기본을 지켜! 자세를 낮추고 무게 중심을 내려라! 검은 하체부터 시작한다!"

그간 귀에 못이 박힐 정도로 끝도 없이 듣고 또 들어 왔던 말. 그것만 온전히 지켜 낼 수 있다면, 첫 실전이라고 해도 그들의 검이 달라질 일은 없다. 검이란 결국 사람이 사용하는 것이니까.

"예, 사형!"

격전 와중에도 커다란 대답 소리가 여기저기서 들려왔다. 그와 동시에 적사대원들을 몰아붙이던 화산 제자들의 자세가 일제히 조금 낮아졌다.

백천은 그 광경을 보며 가볍게 고개를 끄덕였다. 그리고 이내 자신의 상대를 똑바로 노려보았다. 얕보였다 생각했는지, 상대가 버럭 언성을 높였다.

"이, 이 애송이 놈이!"

그러자 그의 미끈한 입꼬리가 비뚜름하게 올라갔다.
"아까부터 자꾸 애송이가 어쩌고 하는 말이 들리는데. 돌아가는 모양을 보면 애송이는 우리가 아니라 그쪽 같은데?"
"뭐라?"
백천은 고개를 한차례 까딱거리고는 눈을 가늘게 떴다.
"저놈 말이 듣기에는 짜증 나지만, 그리 틀리진 않거든. 오늘따라 하나는 더더욱 공감이 가는군. 어디 사파 놈이 감히 화산 제자 앞에서 고개를 쳐들고 있어. 목을 잘라 버릴까."
날카롭게 쏘아붙인 백천은 한결 여유로워진 표정으로 검을 겨눴다.
"와 봐. 화산이 어떤 곳인지 똑똑히 알려 주지."
"이익!"
적사대원이 핏발이 선 눈을 홉뜨며 백천을 향해 달려들었다.

"……허어."
현영의 입에서 절로 탄성이 새어 나왔다. 화산의 제자들이 적사대원들을 일방적으로 몰아붙이는 광경을 직접 보면서도 도무지 믿을 수가 없었다. 기세등등한 그 모습을 보고 있자니 가슴이 울컥하고 벅찼다.
'우리 아이들이 언제…….'
물론 화산의 후기지수들이 천하 어디에 내놓아도 빠지지 않는다는 것 정도는 알고 있었다.
하지만 결국은 후기지수. 저 만인방의 적사대에 비한다면 손색이 있을 수밖에 없다고 생각했다. 청명이 자신만만하게 나오는 이유는 그 손색을 자신이 메울 수 있기 때문이리라 생각했건만.
'설마 아이들만으로 저 적사대를 몰아붙일 줄이야.'

제 자식을 가장 저평가하는 건 부모고, 제 제자를 가장 못 믿는 건 스승이라더니. 현영이 한숨을 폭 내쉬고는 나직하게 중얼거렸다.

"나도 결국 걱정 많은 늙은이에 불과했구나."

"에이. 뭔 말씀을 그렇게 하세요. 장로님이 믿어 주셨으니 칼이라도 휘두르게 된 거지."

"하나, 만인방의 적사대라고 하면 그래도 천하에 이름깨나 날리는 이들이거늘……."

"그래 봐야 사파죠."

입술을 비죽인 청명은 적사대를 바라보며 심드렁하게 대꾸했다.

'뭐? 실전 검술? 웃기는 소리 하고 있네.'

물론 청명은 실전 검술을 무시하지 않는다. 전장에서 닳고 닳은 이들은 간혹, 평생 산속에서 검을 익혀 온 이들을 능가하는 무언가를 만들어 내기도 하는 법이다. 일생을 지독한 전장에서 살아온 이들에게 과연 한 수가 없겠는가.

'하지만 그건 제대로 전투를 치른 놈들 이야기고.'

이 평화로운 시기에 저 사파 놈들이 실전다운 실전을 겪어 봐야 얼마나 겪었겠는가? 고작해야 지들끼리 치고받았든가, 임무에서 지엽적인 전투를 해 본 수준일 것이다.

마교와 전쟁을 벌이던 과거 같으면 가능했겠지. 그때는 하루에도 전투가 수십 번씩 벌어졌으니까.

동이 트기 전부터 싸우기 시작해서, 해가 지고도 서로의 몸에 칼을 박아 넣던 시절이었다. 그런 전장에서 하루를 버텨 낸다는 건 열흘 동안 쉬지 않고 수련한 것과 다름없었다.

하지만 저 적사대라는 놈들이 그만한 실전을 겪었을 리가 없다.

기껏해야 열흘에 한 번. 적으면 한 달에 한 번. 그따위로 무공을 익힌 놈들이 하루하루 자신을 깎아 낸 이들을 상대할 수 있을 리가 없다.

"걱정하실 것 없어요. 저놈들은 생각보다 약하고, 우리 사형들은 생각보다 강하거든요."

청명이 단언하자, 현영이 살짝 상기된 얼굴로 청명과 화산의 제자들을 번갈아 바라보았다. 그는 벅차는 감정을 억누르려 잠깐 눈을 감았다 떴다.

한때는…… 이런 광경을 보는 것이 그의 꿈이던 시절이 있었다.

화산의 제자들이 매화가 새겨진 무복을 입고 악적들을 물리치며 천하를 종횡하는 광경을 보는 것이야말로 현영이 바라고 또 바랐던 일 아닌가. 그 꿈만 같았던 일이 지금 현영의 눈앞에서 벌어지고 있었다.

'장문인께서 이 모습을 보셨다면 더없이 기뻐하셨을 것을.'

그는 시큰해진 눈가를 살짝 문질렀다.

하지만 마냥 즐겁지만은 않았다. 제자들의 코앞으로 시퍼런 박도가 휘둘러질 때마다 심장이 덜컥덜컥 내려앉는 기분이 들었다.

"헉!"

그때, 현영이 두 눈을 부릅떴다. 악적이 휘두른 도에 조걸의 어깨가 살짝 베인 것이다. 현영이 기겁을 하여 소리를 지르려는 찰나.

"칼을 맞아?"

그의 옆에서 심술과 악의가 덕지덕지 묻은 목소리가 포탄처럼 터져 나왔다.

"아니, 이젠 하다 하다 사파 놈들한테 칼까지 맞아? 평소에 수련을 얼마나 안 했으면 저런 허접쓰레기 같은 것들한테 칼을 맞아! 오호라, 평소에 덜 처맞아서 칼이라도 맞고 싶은 모양이지?"

야······. 긴장 풀어야 한다며. 네 목소리 들으면 멀쩡한 사람도 심장 마비 오겠다, 이놈아.

하지만 그런 현영의 마음을 아는지 모르는지, 청명은 얼굴을 있는 대로 일그러뜨리며 버럭 소리를 질렀다. 허공에 주먹까지 휘두르는 게, 영 심상치 않았다.

"어디 한번 다쳐 봐! 내가 거기다 소금 뿌려 버릴 테니까!"

선명하게 들려오는 청명의 악다구니에, 화산의 제자들이 사기 백배(?) 하여 더욱 적사대를 몰아치기 시작했다.

"으아아아아!"

"앞보다 뒤가 더 문제야! 빌어먹을!"

"귀신은 뭐 하나! 저 새끼 안 잡아가고!"

"야, 쟤가 도산데 귀신이 어떻게 쟤를 잡아가?"

"저게 무슨 도사야?!"

화산의 제자들이 이를 악물고 적사대를 거침없이 찔러 들어갔다.

사실 입으로야 불평을 쏟아 냈지만, 평소와 다름없는 구박이 들려오니 마음은 오히려 방금 전보다 차분하게 가라앉았다.

덕분에 화산 제자들의 검 끝에서는 점점 더 화려한 초식이 펼쳐졌고, 상대는 이에 압도되기 시작했다. 그 광폭한 기세에 밀린 적사대원들이 어찌할 바를 모르고 뒤로 또 뒤로 서서히 밀려났다.

"뭔 놈의 검이······."

"어, 어떻게 검으로 저런 형상을······."

그때, 가장 뒤에서 얼굴이 창백하게 질린 채 주춤주춤 물러나던 이가 걸음을 멈추었다. 등에 뭔가가 닿은 것이다. 적사대원이 벌벌 떨며 천천히 고개를 돌렸다.

"아……."

그의 등에 닿은 것은 엽평의 가슴팍이었다. 적사대원이 눈을 홉떴다. 자신의 실책을 알아챈 적사대원의 낯빛이 시커멓게 죽었다.

엽평이 손을 뻗어 적사대원의 머리를 움켜잡았다.

"대, 대주님! 제발 사, 살려……."

애원이 채 끝나기도 전에 빛살처럼 그어진 도가 적사대원의 목을 깔끔하게 갈라 버렸다. 털썩. 머리를 잃은 육체가 바닥으로 곤두박질쳤다. 잘린 목에서 핏물이 울컥울컥 뿜어져 나와 이내 바닥을 붉게 적셨다.

전투가 일시에 멈췄다. 전장에 있는 모두가 마치 얼음물이라도 맞은 듯 얼이 빠진 얼굴로 엽평과 그의 손에 들린 머리를 바라보았다.

'자기 부하를?'

'……진짜 미친놈인가?'

특히나 화산의 제자들은 당혹감을 감추지 못했다. 어떻게 사람의 탈을 쓰고 저런 짓을 아무렇지도 않게 저지를 수 있나. 이끌던 수하를 제 손으로 죽인다는 것은 화산 제자들의 사고방식으로는 도무지 이해할 수 없는 일이었다.

엽평은 손에 쥔 머리를 바닥에 아무렇게나 내던지고는 형형한 눈으로 적사대를 노려보았다. 그는 줄기줄기 묻어나는 분노를 숨기지 않고 으르렁거렸다.

"이 버러지 같은 것들이……. 저깟 어린놈들 하나 제대로 처리를 못해서 창피한 줄도 모르고 뒤로 물러나?"

"죄, 죄송합니다! 죽을죄를 지었습니다."

엽평이 마치 짐승처럼 사납게 이를 드러냈다.

"죽을죄를 지었으면 죽어야지."

"대, 대주님…….."

엽평의 입꼬리가 씨익 올라갔다. 그의 몸에서 광폭한 살기가 뿜어져 나오기 시작했다.

"하지만 그 전에 적사대가 왜 적사대인지 알게 해 주지. 비켜라. 내가 직접 저 애송이들의 목을 갈라 버리겠다."

윤종의 몸이 움찔 떨렸다. 뿜어지는 살기를 느끼는 순간 근육이 절로 팽팽하게 당겨지고, 전신의 털이 곤두서는 느낌이었다.

'고수.'

적사대는 오로지 적사도 엽평 하나의 힘만으로 그 명성을 떨쳤다고 하더니, 그게 무슨 뜻인지, 이제야 실감이 났다.

'대원들과는 격이 달라.'

진짜 제대로 된 고수가 마음먹고 살의를 드러낸다는 게 어떤 느낌인지 뼈저리게 실감할 수 있었다. 윤종은 저도 모르게 검을 쥔 손에 힘을 주었다.

"저 새끼는 대가리가 나쁜가?"

하지만 그 순간, 그의 등 뒤에서 짜증 섞인 목소리가 들려왔다. 평소와 전혀 다름이 없는 그 짜증에, 순간 팽팽하게 당겨졌던 긴장감이 느슨하게 탁 풀렸다. 윤종이 천천히 고개를 뒤로 돌렸다.

"나대지 말라고 했는데, 통 말귀를 못 알아 처먹네."

짜증을 숨기지 않고 한껏 얼굴을 구긴 청명이 어느새 한 손에 검을 대충 틀어쥐고 터덜터덜 걸어 나오고 있었다.

윤종을 지나쳐 선두에 선 그는 어깨를 으쓱하며 말했다.

"뭐, 아무래도 좋아. 예나 지금이나 말귀를 못 알아 처먹는 것들에게는 매가 답인 법이지. 이리 와 봐. 그 모가지 예쁘게 잘라 줄 테니까."

순간 적사도 엽평의 얼굴에서 웃음기가 사라졌다.
"걸아."
작은 목소리로 조걸을 부른 윤종이 슬쩍 눈짓으로 청명을 가리켰다.
"쟤…… 열받은 것 같지 않냐?"
그 말에 조걸이 고개를 갸웃하며 청명의 뒤통수를 흘깃거렸다.
"그냥 평소의 청명이 아닙니까?"
"그렇긴 한데…… 뭔가 좀."
윤종이 미간을 좁혔다. 평소의 청명이라…….
확실히 어투나 건들거리는 자세 같은 건 딱히 달라진 게 없었다. 하지만 윤종은 청명의 목소리에 묻어 나오는 미묘한 분노를 느낄 수 있었다.
그의 시선이 청명의 앞에 있는 적사도 엽평에게로 향했다. 아니, 정확하게는 엽평과 그 발치에 죽어 있는 적사대원에게로 가 닿았다.
'이게 사파인가?'
사람이 죽는 모습을 보는 게 이번이 처음은 아니다. 하지만 이건 단순한 '죽음'이 아니었다. 제 손으로 제 수하를 죽이는 놈이 있을 거라고는 지금까지 단 한 번도 생각해 본 적 없었으니까.
"……저 개 같은 놈이."
"저게 인두겁을 쓰고 할 짓인가?"
아니나 다를까, 나머지 화산의 제자들에게서도 진득한 분노가 새어 나왔다.
사파. 직접 겪어 본 적이 없어 그저 풍문으로만 들었던 사파는 비인외도(非人外道)를 걷는 이들이라고 했다. 아무리 들어도 모호하게만 느껴졌던 그 설명이 적사도 엽평을 보는 순간 확연히 와닿았다.
저들이 얼마나 위험한지. 그리고 저들이 왜 배척을 받는지도.

이건 강한지 약한지를 떠나, 인간인가 아닌가의 문제다. 사람이라면 저 모습을 보고 섬뜩함을 느낄 수밖에 없을 것이다. 그 서늘함에 모두의 몸에 소름이 돋았다.

"이 새끼가……."

청명을 노려보며 짓씹듯 말하는 적사도 엽평의 두 눈에 새파란 귀기(鬼氣)가 어렸다. 조금 전까지 보이던 느물거리는 모습은 어디에도 없었다. 한 손에 도를 든 채 차가운 살기를 뿜어내는 이 모습이 아마도 세상이 이야기하는 적사도 엽평의 본모습일 것이다.

"목을 잘라?"

엽평은 청명의 말을 곱씹으며 웃었다. 진정으로 웃겨서 흘리는 웃음은 아니었다. 마치 거대한 짐승이 작은 동물을 위협하는 것 같은 웃음이었다.

하지만 정작 청명은 태연자약하기 그지없었다.

"그래. 예쁘게 잘라 준다니까."

엽평이 막 벼린 칼날 같은 눈빛으로 청명을 노려보다가 도를 들어 올렸다. 그러고는 나지막이 말했다.

"너를 죽이진 않겠다. 네 사형제들이 모조리 내 칼에 목이 잘리는 모습을 끝까지 지켜보고 나서야 죽을 수 있게 해 주지."

청명이 한숨을 푹 내쉬었다. 질린다는 듯, 고개를 절레절레 젓기까지 했다.

"하여튼 사파 새끼들은 시간이 지나도 달라지는 게 없어요. 야, 덤벼. 조동아리로만 나대지 말고."

"이 새……."

"아니, 됐다. 내가 갈게. 거 새끼 말 많네!"

청명이 검을 뽑아 들고 막 달려들려던 그 순간이었다. 누군가 등 뒤에서 그의 어깨를 꽉 움켜잡았다. 청명은 고개만 슬쩍 돌려 그를 막은 이를 바라보았다.

"내가 간다."

"……어?"

백천은 굳은 얼굴로 청명을 잡아끌고 앞으로 나섰다. 백천의 미간이 잔뜩 일그러져 있었다. 그는 엽평에게서 눈을 떼지 않은 채 말했다.

"저 새끼, 내가 잡는다고."

청명이 묘한 눈빛으로 백천을 바라보았다.

"내가 하게 해 다오."

"왜 그렇게 열받았어?"

"……보고도 그런 말이 나오느냐?"

백천의 얼굴에는 큰 노기가 어려 있었다. 지금까지 백천이 화를 내는 모습이야 여러 번 보았지만, 지금처럼 확연한 분노를 표하는 모습은 본 적이 없었다.

하기야, 청명이 화산의 제자들을 이끌고 있다고는 하지만, 실질적으로 그들을 관리하고 교육하는 사람은 백천이다. 과거 운검이 했던 역할은 이제 백천에게로 거의 넘어왔다.

그렇기에 백천은 더더욱 지금 눈앞에서 벌어진 광경을 참기 힘들었을 것이다.

엽평이 자신의 수하를 죽이는 광경에서 백천이 어떤 기분을 느꼈을지 생각하면 그가 어째서 분노하는지도 충분히 이해할 수 있었다.

"위험한데?"

"검을 잡은 이상 위험한 건 당연한 거지."

"……좀 세기도 세고."

그러자 백천이 단호한 눈빛으로 청명을 올곧게 보았다. 그가 눈을 빛내며 물었다.

"그래서, 나는 지금 저놈의 상대가 안 된다는 거냐?"

에……. 조금 미묘하긴 한데, 그게…….

"그럼 됐다. 네가 고민할 정도면 가능성은 있다는 거겠지. 언제나 이기는 게 당연한 상대하고만 싸울 생각은 없다. 내가 한다."

아니, 얘가 왜 이렇게 과격해졌지? 사춘기인가?

청명이 잠깐 망설이는 사이 백천은 대답을 기다리지 않고 앞으로 나섰다. 그러자 청명은 얼른 슬쩍 발을 뻗어 그의 발을 걸었다.

"어엇!"

바닥에 처박힐 뻔한 백천이 '이게 뭐 하는 짓이냐?' 하고 항의하는 듯한 얼굴로 청명을 바라보았다. 청명은 슬쩍 웃으며 말했다.

"힘 빼. 그렇게 열받은 걸 있는 대로 드러내면서 어깨에 힘이 잔뜩 들어가 있으면 이길 놈도 못 이겨. 아까 애들한테 뭐라고 했지?"

"……자세를 낮추고."

생각하지 않아도 자동으로 튀어나오는 말을 내뱉은 백천이 천천히 고개를 끄덕인다. 그리고 그 자리에서 두어 번 심호흡했다. 곧 그의 표정이 한결 부드럽게 풀렸다.

그 모습을 물끄러미 보던 청명은 마지막으로 당부했다.

"진짜 죽을 수도 있어."

"그래서?"

"웬만하면 안 하는 게……."

"'웬만하면'이라고 말한단 건, 해도 된다는 뜻이겠지."

청명이 한숨을 푹푹 내쉬었다. 차라리 떼를 쓰면 패기라도 할 텐데. 대가리가 굵어지니 논리적인 말로 조목조목 대든다. 언제 이렇게 컸는지. 그렇다고 사파 놈들 앞에서 후려 까 버릴 수도 없고!

"……다치면 죽인다."

"오냐."

결국은 청명이 두 손을 들었다. 백천은 그런 그를 슬쩍 일별하고는 앞으로 나섰다. 그러곤 검을 쥔 채 엽평과 마주 섰다.

한편 화산의 제자들은 기겁을 하며 그 광경을 보았다.

"뭐, 뭐야! 사숙이 싸우시는 거야?"

"왜? 청명이 놈이 있는데 사형이 왜?"

"……너무 위험한 것 아닌가?"

윤종 역시 굳은 얼굴을 풀지 못했다.

물론 백천의 실력을 믿지 못하는 것은 아니다. 비무 대회에서는 부상 때문에 일찍 탈락하기는 했지만, 청명을 제외한 화산의 최고수가 백천과 유이설이라는 사실을 의심하는 이는 없다. 하지만……

'정말 괜찮을까?'

적사도 엽평은 자신도 그 이름을 몇 번이나 들어 본 적 있는 강자였다. 사람들의 출입이 쉽지 않은 산간 오지 중의 오지인 화산에까지 그 이름이 들려온다는 것은, 천하가 인정하는 강자라는 의미. 그런 이를 상대로 정말 백천의 검이 통할까?

"말려야 하는 거 아냐?"

"……청명이 놈도 안 말리는데 우리가 무슨 수로."

"청명이는 왜 안 말리는 건데?"

다들 걱정 어린 눈으로 백천의 등을 바라보았다.

하지만 지금 이곳에서 가장 황당한 이는 화산의 제자들이 아니라, 적사도 엽평이었다.

살면서 이런 경험은 정말이지 처음이었다. 제 반도 살지 않은 애송이들이 저들끼리 쑥덕대더니, 알지도 못하는 이가 앞으로 나와 그를 노려보고 있지 않은가. 그놈의 허여멀건 얼굴을 보고 있으니 속에서부터 뭔가 욱하고 치밀어 오르는 기분이었다.

"네놈이 나를 상대하겠다고? 너는 누구냐? 나를 상대하겠답시고 나선 걸 보면 무명소졸은 아닐 테고. 그렇다면 별호 하나쯤은 있겠지?"

"물론이다. 그런데⋯⋯."

고개를 한쪽으로 기울인 백천이 무표정한 얼굴로 답했다.

"네가 그걸 알 필요가 있나? 어차피 이제 죽을 건데."

엽평이 슬쩍 하늘을 올려다보았다. 그러고는 시선을 천천히 내려 다시 백천에게 고정했다.

"모르겠군. 딱히 대단한 명성을 얻었다고는 생각하지 않았지만, 그래도 나름대로 강호에 스스로를 알렸다고 생각했건만. 아무래도 이걸로는 조금 부족했던 모양이다. 하지만⋯⋯ 그래. 차라리 잘됐구나."

엽평의 목소리는 더없이 싸늘하게 가라앉아 있었다. 엽평의 도에 시뻘건 도기가 어리기 시작했다.

"서안에서 적사도 엽평이 화산의 제자 백을 모조리 쳐 죽였다는 소문이 퍼진다면, 다시는 내 앞에서 너희처럼 오만방자하게 구는 이들이 나타나지 않겠지."

이내 그의 눈에 도기만큼이나 붉은 핏발이 섰다. 그와 동시에 엽평의 전신에서 칼날 같은 기파가 뿜어지기 시작했다. 의복이 태풍이라도 맞은 것처럼 과격하게 펄럭이고, 살짝 자라난 머리카락이 거꾸로 솟구쳤다.

그 흉신악살과도 같은 모습에 화산의 제자들은 물론이고, 적사대원들마저 움찔하여 분분히 뒤로 물러섰다.

'무슨 기세가……'

폭급한 기세에 윤종이 이를 악물었다. 심장을 망치로 후려치는 것 같은 충격이었다. 직접 공격을 한 것도 아니고, 단순히 기세를 내뿜는 것뿐인데도 이만한 압박감이라니. 순간 가슴이 선뜩해질 정도였다.

멀리 떨어져 있는 그가 느끼는 것이 이 정도인데, 바로 앞에서 엽평을 상대하는 백천이 받고 있을 압력은 어느 정도겠는가. 가늠조차 할 수 없었다.

'사숙!'

그는 백천과 청명의 등을 번갈아 바라보았다. 숨길 수 없는 걱정이 어려 있던 그 시선은 어느덧 원망을 품고 청명에게로 가 닿았다.

'말려야……'

"한심하게 굴지 마."

그때 갑자기 들려온 싸늘한 목소리에 윤종이 고개를 획 돌렸다. 무표정한 유이설이 가라앉은 눈빛으로 앞을 응시하고 있었다.

"싸우는 걸 선택한 건 사형. 청명을 볼 이유 없어."

"……하지만."

"언제까지 그렇게 청명이만 보고 있을 거야."

그녀는 평소처럼 표정 하나 바꾸지 않고 덤덤하게 말했다.

"무슨 일이 있어도 결국은 청명이. 강한 적이든 위험한 일이든, 결국 청명이가 어떻게든 해 준다. 그게 너희 생각 아냐?"

윤종이 입을 다물었다. 아니라고 말하고 싶지만, 사실 마음속에 그런 생각이 있었다는 걸 부정하기는 어려웠다.

"그럼 저 적사대와 같아. 다를 게 없어. 우린 그래선 안 돼. 사형은 그 걸 알아."

"……사고."

"지켜봐. 사형이 이길 거니까."

유이설이 살짝 주먹을 움켜쥐었다. 그녀의 시선은 검을 뽑아 드는 백천에게로 고정되어 있었다.

반면 백천은 등 뒤의 소요를 전혀 알아채지 못했다. 그의 모든 신경은 오로지 적사도 엽평에게로 향해 있었으니까.

'……강하군.'

피부가 저릿할 정도로 사나운 기세다. 솔직히 무시무시할 정도였다.

진금룡을 상대할 때는 그와의 관계 때문에 움츠러들 수밖에 없었다. 그에게 패배해 왔던 기억이 진흙처럼 온몸에 덕지덕지 달라붙어 있었으니까. 하지만 지금은 오로지 상대의 기세를 느끼는 것만으로도 심장이 조여 왔다.

그럼에도 끝내 검을 쥐고 물러서지 않는 백천을 보며 엽평은 코웃음을 치며 중얼거렸다.

"애송이들이 세상을 너무 모르는군."

"……아니. 오히려 너무 잘 알아서 문제지."

덤덤한 목소리로 중얼거린 백천이 검을 들어 엽평을 겨눴다. 쭉 뻗은 칼끝이 빛을 받아 번쩍였다.

"여기서 너 따위에게 쫄아서야 평생 누군가의 뒤꽁무니만 따라다니게 될 거야. 나는 그럴 생각이 없거든."

그는 자세를 고정한 채 슬쩍 시선만 돌려 청명을 바라보았다. 심드렁한 그의 얼굴을 보니 긴장되었던 마음이 조금씩 풀렸다.

'따라가는 게 아니야.'

따라잡는 것이다. 그것이 설사 허황된 꿈에 가까울 만큼 멀고 먼 일이라도, 포기해 버리면 그 가능성조차 사라진다.

백천은 청명이 다지고 닦은 평탄한 길을 그저 따르기만 할 생각은 없었다.

"길을 열어야 한다면 같이 여는 거지. 비를 맞아야 한다면 같이 맞아야 하는 거고. 그게 사형제다."

"……뭐라는 거냐, 애송이 놈이."

백천이 이를 드러냈다.

"그러니까 덤벼. 너 같은 건 빨리 뛰어넘고 거리를 좁혀야 하니까."

"이 자라 새끼들이……."

엽평은 노기가 머리끝까지 치솟는 걸 느꼈다. 지금껏 수많은 이들을 상대해 왔지만, 단 한 번도 그를 이만큼 무시한 놈들은 없었다.

심지어 강호에 이름을 날리고 있는 고수들도 아니고, 기껏해야 이제 명성을 좀 얻기 시작한 후기지수 놈들이 감히 그를 만만히 보다니.

"오냐! 사지가 찢기고도 그리 지껄일 수 있는지 보겠다!"

엽평이 기합을 터뜨리며 백천에게 달려들었다. 쿠우우웅! 그가 발을 내디딜 때마다 바닥이 거미줄처럼 쩌적쩌적 갈라졌다. 그 반동을 전신에 실은 엽평은 빛살과도 같은 속도로 돌진했다.

그리고 참격! 쾌속무비(快速無比)하기 짝이 없는 도가 어마어마한 힘을 싣고 백천을 향해 내리쳐졌다. 얇디얇은 검으로 저 육중한 도격을 막아 내는 건 절대 불가능할 터였다.

하나, 자신의 머리 위로 떨어지는 도를 바라보면서도 백천의 눈은 조금도 흔들리지 않았다.

대신 그는 오히려 한 발을 앞으로 뻗으며 검을 앞으로 찔렀다.

완벽하게 균형을 이룬 자세. 흔들리지 않는 검 끝.

떨어지는 도에는 시선조차 주지 않고 날아드는 엽평의 목을 향해 검을 찌른 것이다.

"엇!"

순간 당황한 엽평이 기성을 내질렀다. 이대로 도를 내리친다면 저 허여멀건 놈을 대번에 두 동강 낼 수 있겠지만, 그의 목 역시 검에 꿰뚫리고 말 것이다.

'이 미친놈!'

둘 중 하나가 멈추지 않으면, 둘 다 죽는다. 그는 결국 기겁하며 몸을 뒤틀었다. 내리치던 도가 허공을 갈랐지만, 덕분에 그의 목을 찔러 오던 검 역시 아슬아슬하게 목을 스치고 지나갔다.

결과 자체는 동수. 하지만 한 사람의 자세는 흐트러졌고, 다른 한 사람의 자세는 온전하다. 그 차이가 또 다른 결과를 만들어 냈다.

쇄애애액! 곧바로 빛살과도 같은 속도로 검을 회수한 백천은 몸을 뒤트느라 자세가 흐트러진 엽평을 연이어 찔러 들어갔다. 순식간에 십여 개로 불어난 검영이 엽평의 전신을 공격했다.

"쳇!"

엽평은 도를 크게 휘둘러 날아드는 검영을 쳐 냈다. 하지만 완전하지 못한 자세에서 날린 도격이 제 위력을 발휘할 수는 없는 법. 대부분의 검영을 쳐 냈지만, 허벅지를 스치고 지나가는 검 하나는 끝내 막아 낼 수 없었다.

서걱. 섬뜩한 소음과 함께 엽평의 허벅지 바깥쪽이 길게 갈라졌다. 방울방울 날린 피가 먹물처럼 바닥에 흩뿌려졌다.

몸을 뒤로 날리듯 빼낸 엽평은 바닥에 도를 내리꽂으며 자세를 다잡았다. 천천히 고개를 드는 그의 눈은 흉신악살처럼 핏발이 선 채 일그러져 있었다.

"죽여 버리겠다!"

서안 전체가 뒤흔들릴 만한 노호성이었다. 이윽고 엽평은 이제껏 백천이 겪어 본 적 없는 무시무시한 기세를 내뿜으며 비호처럼 날아들었다.

파아아아앙! 도가 공기를 찢어발긴다. 어마어마한 힘이 실린 도는 그저 보는 것만으로도 근육이 긴장으로 조여들었다.

심지어 그저 단순한 일도가 아니었다. 붉은 도기를 품은 도는 맹렬하게 불어치는 바람 그 자체로 화하여 연이어 휘둘러졌다. 마치 붉은 광풍을 머금은 폭풍이 몰아치는 것 같았다.

카앙! 카앙! 카아아아앙! 도를 막아 낼 때마다 백천의 매화검이 부러질 듯 휘어졌다. 일 도, 일 도에 실린 거력이 검은 물론이고, 검을 잡은 손목마저 으스러뜨릴 것 같았다.

"웃!"

백천의 입에서 미처 참지 못한 신음이 흘러나왔다.

적사도 엽평은 지금까지 그가 겪어 왔던 어떤 적과도 달랐다. 강함? 물론 강하다. 따져 보면 진금룡도 이자의 상대가 되지 않을지도 모른다.

하지만 지금 백천을 자극하는 것은 상대의 강함이 아니었다. 도를 한 번 휘두를 때마다 느껴지는, 반드시 상대를 죽이고 말겠다는 맹렬한 살의였다.

도격 하나하나가 모두 인체의 급소를 노리고 들어오고 있었다. 단 한 번만 스쳐도 치명상을 입을 만한 공격이 연이어 휘몰아쳤다. 백천이 지금까지 겪어 보지 못한 경험이었다.

백천은 입술을 질끈 깨물었다. 심력이 순식간에 깎여 나가는 느낌이었다. 아직 제대로 몸을 쓴 것도 아니건만 벌써 등골은 식은땀으로 축축이 젖어 들었고, 계속해서 공격을 막아 내느라 검을 잡은 손은 미미하게 떨리고 있었다.

'이게 실전!'

명백한 살의를 품은 이와 검을 맞대는 것은, 비무와는 완전히 달랐다. 그저 마주하고 있는 것만으로 심력이 떨어지고, 평소라면 딱히 위협적이지 않았을 도격이 심장을 덜컥 내려앉게 했다.

카앙! 거세게 내리치는 도. 백천의 매화검이 다시금 크게 휘어졌다.

끼기기기긱! 한계까지 뒤틀린 검이 비명을 내질렀다. 당가에서 특별히 화산을 위해 만들어 준 검이 아니었다면 벌써 충격에 못 이겨 부러지고도 남았을 것이다.

"하늘을 찌르던 그 자신감은 다 어디로 갔느냐, 애송아!"

백천의 이가 부러질 듯 맞물렸다. 그는 지금 날아드는 도를 막아 내는 것만으로도 필사적이건만, 상대는 이 말도 안 되는 도격을 연이어 날리면서도 말을 할 여유가 있다. 격차가 현저하게 느껴졌다.

쾅! 도를 막아 낸 검에서 폭음이 터졌다. 그와 동시에 백천의 몸이 주르륵 밀려났다. 도에 실린 힘을 감당하지 못한 백천의 입가에서 핏물이 흘러내렸다.

지금까지 치렀던 비무 같으면 그의 상태를 본 상대가 공격을 늦췄을지도 모른다. 하지만 적사도 엽평은 그가 약한 모습을 보이는 순간 오히려 도를 더욱 강맹하게 휘둘러 왔다.

'빌어먹을!'

백천이 이를 꽉 깨문 채 강 대 강으로 검을 휘둘러 갔다.

쾅! 쾅! 쾅! 검과 도가 허공에서 맞부딪칠 때마다 사방으로 폭발적인 기파가 발산되었다. 그리고 충돌이 이어질수록 매화검의 날 부분이 움푹움푹 패기 시작했다.

무거움으로 상대를 짓눌러 제압하는 팽가의 도와는 달랐다. 적사도 엽평의 도는 그 쾌속함과 패도로 백천을 터뜨려 죽이려는 것 같았다.

"주둥아리로 떠드는 건 누구나 할 수 있지! 하지만!"

콰아아아아앙! 백천의 몸이 쏜살처럼 튕겨 나갔다. 몇 장이나 튕겨 나가 바닥에 내동댕이쳐진 그는 낭패스럽기 짝이 없다는 얼굴로 황급히 고개를 들었다.

"헙!"

그 순간 그의 눈에 들어온 것은, 허공으로 뛰어올라 도를 내리쳐 오는 엽평의 모습이었다. 백천은 신음을 삼킬 시간도 없이 바닥을 굴렀다.

콰아아아앙! 이내 그가 있던 땅에 엽평의 도가 떨어지며 땅을 말 그대로 박살 내 버렸다. 단 일 도만으로 바닥에 사람 몇은 족히 들어갈 커다란 구덩이를 만들어 버린 것이다.

엽평은 마음에 들지 않는다는 듯 혀를 차며 백천을 바라보았다.

"이거, 고매하신 도사님께서 그리 바닥을 구르시니 세상 사람들이 모두 비웃겠군."

백천은 그 말에 반박하는 대신 몸을 벌떡 일으켜 다시 자세를 잡았다.

'위험했다.'

고개를 들고 상대를 파악하는 게 찰나만 늦었어도, 그는 지금쯤 두 쪽으로 갈라져 염왕을 마주하고 있었을 것이다. 얼굴에 들러붙은 먼지가 흘러내린 땀과 뒤섞여 턱을 타고 뚝뚝 떨어졌다.

바닥에 침을 뱉은 엽평은 목을 건들건들 좌우로 흔들었다.

"강호는 실력으로 증명하는 곳이다. 너희같이 입만 산 애송이들이 주둥아리를 털 곳이 아니라는 거지."

말투는 딱히 달라지지 않았다. 그리고 그 자세도 딱히 달라진 게 없다. 하지만 지금 엽평의 말은 조금 전보다 몇 배의 무게감을 싣고 백천의 귀를 찔러 대고 있었다.

"후기지수로 이름을 좀 날리더니 허파에 바람이 들어간 모양인데, 그 바람을 빼 주는 게 어른의 역할이지. 조심해라. 네 허파에 바람구멍을 뚫어 줄 테니까. 흐흐."

경박스럽다. 하지만 저걸 단순히 경박하다고 표현할 수 있을까? 실력이 없는 가벼움은 경박함이 되지만, 실력을 동반한 가벼움은 여유가 된다. 지금 엽평은 여유로운, 강자의 모습을 자랑하고 있었다.

'여유라고?'

백천이 이를 악물었다. 그를 앞에다 두고도 여유를 부린다고? 달군 숯을 삼킨 것처럼 배 속이 불타오르는 기분이었다.

자존심에 상처 입은 그의 눈이 광망을 내뿜는 걸 본 엽평은 재미있다는 듯 도로 허공을 한 번 그었다.

그러더니 일말의 지체 없이 다시 거리를 좁히며 백천의 머리를 쪼개려 들기 시작했다.

콰아아앙! 백천의 입으로 핏물이 울컥 솟구쳤다.

도격에 실린 내력이 그의 내부를 있는 대로 진탕시켰다. 무릎이 휘청거리고 전신의 뼈가 비명을 질러 댔다. 이대로 가면 도격을 허용하기도 전에 전신이 부서져 죽을 것만 같았다.

'강해.'

상상 이상으로 강하다.

적사도 엽평. 그 이름이야 몇 번이나 들어 봤지만, 그래도 진금룡과 큰 차이가 없을 것으로 생각했다. 진금룡 역시 천하에 손꼽히는 후기지수로 그 명성이 자자한 이였으니까.

하지만 다르다. 백천은 이제야 절절히 실감할 수 있었다. 실력 하나로 명성을 떨친 이들과 후기지수들의 차이가 무엇인지.

후기지수는 그저 그 장래성을 두고 평가할 뿐이라는 말에 하나 틀림이 없었던 것이다.

"그 패기는 다 어디로 갔나!"

콰앙! 다시 어마어마한 기세로 도격이 떨어졌다.

가가각! 매화검이 반쯤 패며 금방이라도 부러질 듯 휘어졌다. 백천의 눈에 순간적으로 절망이 차올랐다.

'처, 청…….'

반사적으로 고개를 돌려 뒤를 바라보려던 백천의 몸이 움찔하고 경련했다. 그리고 그 순간.

파아아아아앙! 도를 내리치려는 엽평의 얼굴로 지금까지와는 전혀 다른 속도의 쾌검이 빠르게 다가왔다. 바람이 일 정도로 빠른 속도였다.

"읏!"

당황한 엽평이 순간적으로 고개를 휙 젖혔다. 하지만 워낙 순간적으로 변화한 속도라, 그의 뺨에 이내 붉은 선이 생겨났다.

재빨리 두어 걸음 물러나 거리를 벌린 그는 얼굴을 일그러트리며 뺨에 난 상처를 어루만졌다.

"이놈이…….."

백천을 노려보는 그의 눈에 노화가 넘실거렸다. 하지만 백천이 살짝 숙였던 고개를 드는 순간, 엽평의 얼굴은 미세하게 굳어졌다.

백천의 눈빛은 지금까지와 다른 무게를 싣고 한껏 가라앉아 있었고, 그의 입에서는 검붉은 피가 줄줄 흘러내렸다. 배에서 올라온 피가 아니었다. 혀를 물어서 난 피라는 것을 엽평은 금방 알아챘다.

위기의 순간에 백천은 제 혀를 깨물어 정신을 차리고 깔끔한 반격에 성공한 것이다.

'이것 봐라?'

이제 백천의 얼굴은 한없이 검수다웠다. 한 점 동요 없는 눈빛으로 응시해 오는 모습이 더욱 그를 한 사람의 검수로 보이게끔 했다.

뭔가 바뀌었다. 하지만 그 변화가 어디서 온 것인지 엽평은 알 도리가 없었다.

조금은 더 재미있어지겠다고 생각하며 그는 도를 잡은 손에 힘을 주었다. 그리고 진각을 내리밟았다.

'나는 머저리다.'

한편 백천은 가라앉은 눈빛으로 달려드는 엽평을 응시했다.

왜 돌아보려 했지? 뒤에 사형제들이 있으니까? 두려웠으니까?

아니. 등 뒤에 청명이 있으니까.

'멍청한 놈.'

그리 자신만만하게 나섰다. 만류를 무릅쓰고 어깨에 허세를 실었다.

하지만 그러면서도 깊은 심중에는, 위기에 처하면 청명이 어떻게든 나서 줄 거라는 안일한 생각이 있었던 모양이다.

저 엽평의 말에는 하나도 틀린 게 없었다. 백천은 실력도 없으면서 뒷배를 믿고 설치는 애송이에 불과했던 것이다. 그 뒷배가 화산이든 청명이든.

그러니 위기라고 생각한 순간이 오자 자신도 모르게 청명을 찾으려 한 것이 아닌가! 그 사실이 백천을 더없이 분노하게 했다.

이러고도 내가 화산의 대사형인가? 이러고도 그리 잘난 듯 지껄여 댔단 말인가?

긴장하지 마라. 기본으로 돌아가라. 자세를 낮춰라.

'잘도 떠들어 댔군.'

자신은 하나도 지키지 못할 말을 뭐라도 된 것처럼 말이다. 창피해서 얼굴을 들 수가 없었다. 하지만…….

'아직은 아니야.'

백천의 눈이 더욱 깊게 가라앉았다.

청명이 놈이 말했었지. 사람은 누구나 실수를 한다고. 실수를 하지 않으려 애쓰는 것도 중요하지만, 더 중요한 건 어떻게 그 실수를 만회하느냐라고.

상대는 강하다. 더없이 강한 패도를 휘두르는 이다. 그런 도객을 상대로 힘 대 힘으로 맞붙어서 어쩌겠다는 건가. 그가 배운 화산의 검은 그런 게 아니었다. 부릅뜬 백천의 눈에 들끓던 열기가 가라앉았다.

'발끝에 힘을 준다.'

엄지발가락이 바닥을 꾹 눌렀다.

'하체는 단단히 낮추고, 언제든 반응할 수 있도록 팽팽한 긴장을 유지한다.'

살짝 벌린 다리가 조금 더 중심을 낮췄다.

'허리는 꼿꼿이 세우고.'

검을 잡고 있던 손에 힘이 느슨하게 풀린다.

"검은…….”

집중력이 한껏 올라간 그가 저도 모르게 생각을 입 밖으로 내뱉었다.

"검은 한없이 자유롭다."

스륵. 딱히 생각하지 않았음에도 그의 몸이 육합검의 기수식을 펼쳐 내며 중단세를 취했다. 그간 수없이 수련해 왔던, 그 초식이었다.

"이노오오오옴!"

그리고 그의 변화를 눈치챈 엽평 역시 백천이 완전한 자세를 취할 틈을 주지 않고 광폭한 기세로 달려들었다.

흉신악살처럼 일그러진 얼굴과 전신으로 내뿜는 기파, 그리고 새빨간 도기를 줄기줄기 뿜어내는 도의 형상까지. 보고 있으면 마치 지옥의 수라가 악다구니를 쓰며 달려드는 것 같았다.

하나 백천은 조금도 동요하지 않았다.

쇄애애애애액! 허리를 베어 오는 도에 매화검이 부드럽게 들러붙었다. 그리고 상대의 힘을 거스르지 않은 채 자신의 힘을 더하여 가볍게 위쪽으로 밀어 냈다.

방향이 틀어진 엽평의 도가 백천의 머리를 아슬아슬하게 스쳐 지나가며 그의 영웅건을 잘랐다. 반으로 갈라진 영웅건이 흘러내리며 백천의 머리카락이 사방으로 흩날렸다. 산발이 된 머리칼 사이로 가라앉은 그의 눈빛이 차게 빛났다.

상대의 도를 비껴가게 한 그의 검이 허공을 빛살처럼 갈랐다. 순식간에 십여 번의 찌르기가 날아들자 엽평의 얼굴이 딱딱하게 굳었다.

콰아아아앙! 일순간 흥분하여 마구잡이로 휘두른 도격이 딱히 맞닿은 것이 없음에도 폭음을 자아냈다.

백천의 검영 역시 그 도격에 맞아 단숨에 박살이 났다. 하나 백천은 이미 엽평과의 거리를 벌려 놓은 후였다.

목, 단전, 그리고 낭심. 막아 내기 껄끄러운 곳만을 노리고 견제하듯 짧게 짧게 찔러 들어오는 검에 엽평의 얼굴이 점차 일그러졌다.

자신도 모르게 뒤로 한 발짝 물러난 그는 이내 아차 하는 눈빛으로 백천을 바라보았다. 이런 어이없는 실수를 하다니. 거리를 벌리는 건 도객이 검수를 상대할 때 가장 해서는 안 되는 일이건만!

사르르르륵. 백천의 검 끝이 기회를 놓치지 않고 선명한 매화를 그려 내기 시작했다.

엽평이 저도 모르게 노호성을 지르며 앞으로 달려들었다. 직접 겪어본 적은 없지만, 화산의 검수가 매화를 그려 내게 두어서는 안 된다는 건 화산을 아는 모두의 상식이 아니던가.

백 년 전에는 너무도 당연했던 일. 하지만 백 년이라는 오랜 시간은 엽평만 한 도객조차도 실수를 저지르게 했다.

순식간에 엽평의 눈앞이 붉은 매화로 뒤덮였다. 검에 실린 검기의 잔영이 이토록 선명한 매화를 그려 낸다는 건 산전수전을 다 겪은 엽평에게도 기겁할 일이었다.

그러나 지금은 그 놀라운 광경에 정신을 빼앗길 틈 따윈 없었다.

엽평의 도가 핏빛의 도기를 뿜어냈다. 그는 상대가 완전한 매화를 그리기 전에 힘으로 부숴 버릴 작정으로 있는 힘을 모두 뽑아내 도에 실었다. 그러고는 그가 보일 수 있는 가장 강렬한 초식을 끌어 냈다.

"죽어라아아아아아앗!"

콰아아아아앙! 엽평이 만들어 낸 핏빛의 섬뜩한 도기가 무지개 같은 반원을 그리며 피어나는 매화를 향해 쏟아졌다.

미처 다 개화하지 못한 매화들과 엽평의 도기가 충돌하며 고막을 터뜨려 버릴 것 같은 폭음을 일으켰다.

"피해!"

"빌어먹을!"

도기와 검기의 파편들이 사방으로 튕겨 나갔다. 적사대와 화산의 제자들이 기겁하며 여기저기로 몸을 날렸다.

하지만 엽평은 그 순간에도 사냥감을 노리는 짐승 같은 눈으로 백천의 종적만을 좇고 있었다.

'어디냐?'

엽평이 도를 휘둘러 시야를 가리는 매화 꽃잎을 으스러트렸다. 매화의 숲이 파헤쳐지는 가운데, 그는 집요한 시선으로 백천이 있는 쪽을 응시했다.

그리고 그 순간. 완전히 파훼되기 직전의 매화 속에서 섬뜩하기 짝이 없는 검기가 엽평의 목을 노리고 날아들었다.

"예측하고 있었다, 이 애송아!"

엽평은 날아드는 검기를 후려치고는 검기가 날아온 방향으로 도기를 뿜었다.

콰앙! 콰아앙! 콰앙! 서슬 퍼런 엽평의 도기가 매화들을 완전히 찢어 발기고는 세상 모든 것을 분쇄해 버릴 기세로 연이어 땅을 내리찍었다. 바닥이 움푹움푹 파이며 사방으로 살벌한 기파가 날렸다.

'죽었다.'

엽평이 입가를 비열하게 뒤틀었다. 거기에서 검을 휘둘렀다면 이 도기는 절대로 피해 낼 수 없다. 공격을 막았든 막지 못했든 결과는 같을 것이다. 저런 애송이가 이만한 내력을 받아 낼 수 있을 리 없으니까.

엽평이 완전한 승리를 확신한 그 순간이었다. 그의 눈이 찢어질 듯 부릅떠졌다.

'뭐……?'

마침내 도기가 걷힌 바닥에는 검 한 자루만이 떨어져 있었다. 지금까지 그가 싸웠던 백천이 들고 있던, 매화검.

하지만 그 검을 든 채 죽어 있어야 할 백천은 어디에도 없었다.

'어, 어디? 대체 어디냐……!'

그때, 엽평의 등 뒤에서 강하게 땅을 걷어차는 소리가 들려왔다.

황급히 고개를 뒤로 꺾은 엽평은 눈을 홉뜬 채 입을 벌렸다.

백천이 입에서 피를 쏟아 내며 코앞에 다가와 있었다. 그의 주먹이 엽평의 허리에 틀어박혔다.

콰아아앙! 우드득. 무언가 터져 나가는 소리와 뼈가 으스러지는 소리가 동시에 들렸다. 엽평은 비명조차 지르지 못하고 피 분수를 뿜으며 나가떨어졌다.

그는 차마 감당하기 힘든 충격을 이기지 못하고 물에 던져진 납작한 돌처럼 몇 번이나 땅에서 튕겨 올랐다. 이윽고 엽평이 덜덜 떨리는 눈빛으로 백천을 바라보았다.

"쿠, 쿨럭!"

입을 벌렸지만 말보다 먼저 나온 건 선지 같은 핏덩어리였다. 그는 피를 쏟으며 간신히 말문을 열었다.

"거, 검…… 검수가 검을…….."

그러자 헐떡거리는 숨을 애써 진정시킨 백천은 낮게 소리 내어 웃으며 이죽거렸다.

"그게 뭐? 실전에서 이기기 위해서는 뭐든 해야 하는 법이지."

엽평이 시뻘겋게 달아오른 얼굴로 몇 번이고 입을 달싹대다가 눈을 까뒤집고 쓰러졌다.

그의 머리가 마침내 땅에 처박히자 백천은 입에 잔뜩 고인 피를 뱉어 내며 말했다.

"실전에서는 방심하면 죽는 거야. 잘 알아 두라고, 애송아."

그리고 그 모든 과정을 지켜보던 청명은 흐뭇하게 웃었다.

'진짜 재수 없네.'

저것도 병이여.

"……이겼다?"

윤종을 비롯한 화산 제자들의 눈이 지진이라도 난 것처럼 흔들렸다. 간혹 백천이 끝도 없이 밀릴 때는 차마 눈을 뜨고 보지도 못할 만큼 심장이 오그라들었건만.

"세상에……. 적사도 엽평을."

"하……. 하하. 진짜 어이가 없네."

모두 떨리는 마음을 주체하지 못했다.

적사도 엽평. 만인방 적사대의 대주이자, 강호에도 그 명성이 자자한 도객.

그런 이를 다름 아닌 백천이 꺾어 낸 것이다. 이는 진금룡 같은 후기지수를 이긴 것과는 그 결이 다른 일이었다.

물론 청명이나 혜연 같은 괴물은 논외로 쳐야겠지만, 보통 후기지수 중 끗발을 날리는 이들이라고 해도 무림에서 당당한 고수로 인정을 받지는 못한다. 비늘이 벗겨진 용이 얼마나 많고, 날개가 꺾인 봉황이 얼마나 많던가.

하지만 이 순간 백천은 적사도 엽평을 꺾어 내면서 본인이 후기지수를 넘어 어엿한 한 사람의 강호인임을 증명한 것이다.

이게 얼마나 어마어마한 일이냐면, 백천이 비무 대회에서 승리할 때마다 좋아 날뛰며 그에게 달려들었던 화산의 제자들이 지금은 쉬이 발을 떼지 못하고 있었다.

그리고 그런 심정인 건 현영도 마찬가지였다. 그의 눈가에는 어느새 촉촉한 물기가 어려 있었다.

"허허허허. 백천이가…… 백천이가 저 적사도 엽평을……."

이렇게 모두가 감동에 젖어 있는 와중, 단 한 사람만은 심드렁하기 짝이 없었다.

"뭐 그리 대단한 거 했다고."

"어찌 대단하지 않으냐. 저 적사도 엽평을 이겼는데."

못마땅하다는 듯 입술을 비죽인 청명이 어깨를 으쓱했다.

"원래 다 그런 거예요. 후기지수라고 언제까지 후기지수인 건 아니죠. 이름을 날리는 이들은 보통 강호에 유명한 고수 하나를 꺾어 내며 그 시작을 알리잖아요?"

"으음. 그 말은 이제 백천의 명성이 천하를 진동시킨다는 뜻 아니냐?"

응? 잠깐. 그게 그렇게 되나? 청명이 살짝 떨떠름한 눈빛으로 백천을 바라보았다.

그 시선을 느꼈는지 백천이 그들 쪽으로 설렁설렁 걸어왔다. 어깨에 잔뜩 힘이 들어간 모습을 보니 조금 배알이 뒤틀렸다.

"이겼다."

청명의 뺨에 심통이 배어났다.

"거, 까딱했으면 뒈졌겠어?"

"하지만 안 죽었지."

"검은 다 부러뜨려 먹고?"

"검은 검일 뿐이지. 새 검을 쓰면 된다."

"……저 새끼가 방심만 안 했으면 못 이겼을 텐데?"

"그것도 다 실력 아니겠느냐?"

조목조목 반박당하자 청명의 볼이 파들파들 떨렸다. 더는 구박할 거리가 없었다.

막말로 적사도 엽평은 백천보다 최소한 한 수 위의 고수다. 그런 고수를 백천이 잡았는데 무슨 구박을 하겠는가.

방심? 웃기는 소리. 상대의 방심을 이용하는 것도 실력이고, 방심하는 것도 실력이다. 어찌 되었건 둘이 붙어서 생사결을 치렀다면 진 쪽은 변명의 여지가 없다.

"끄으으응."

결국 꼬투리를 잡는 데 실패한 청명이 앓는 소리를 내는 사이, 현영이 흐뭇하게 웃으며 백천의 어깨를 두드렸다.

"고생했구나."

"아닙니다, 장로님. 제가 제 흥분을 이기지 못하여 못난 모습을 보였습니다. 반성하겠습니다."

"그래, 그래."

현영은 어여쁘기 짝이 없다는 듯 연신 백천의 어깨를 두드렸다.

그런데 그 순간.

쇄애애애애액! 백천의 등 뒤로 도가 맹렬하게 회전하며 날아들었다. 등 뒤에서 강렬한 기운을 느낀 백천이 기겁을 하며 돌아보았다.

"여하튼."

카앙! 시뻘건 도기를 품고 날아들던 대도가 청명이 검집째 휘두른 검에 튕겨 힘없이 바닥에 처박혔다. 청명이 가볍게 혀를 찼다.

쓰러져 의식을 잃었다 여겼던 엽평이 어느새 정신을 차리고 그의 등을 향해 도를 던진 것이다.

'이거…….'

백천의 얼굴에서 삽시간에 핏기가 가셨다. 만일 백천이 혼자였다면 지금쯤 등에 저 대도가 박혀 있을지도 모를 일이었다.

"네이, 네이. 참 깔끔하게 마무리하셨네요."

청명이 영 마음에 들지 않는다는 듯 고개를 두어 번 저었다. 그러고는 검을 쥔 채로 엽평을 향해 터덜터덜 걸어갔다.

"사숙. 사파가 왜 사파인지 알아? 목적을 위해서는 수단을 가리지 않기 때문에 사파야."

청명은 뒤를 보지 않은 채로 계속해서 말을 이었다. 청명에게 보일 리가 없건만, 백천은 마치 그가 보고 있는 듯이 고개를 끄덕였다.

"어설프게 협의를 논하며 사파를 건드렸다가 죽는 이들이 한둘이 아냐. 그러니까 사파와는 아예 얽히지를 않든가, 아니면……."

스르르릉. 청명의 검이 검집에서 뽑혀 나왔다.

"다시는 수작을 부리지 못하게 완전히 처리해 버리는 게 기본이지."

섬뜩하다. 평소와 같은 장난기 어린 말투가 아니었다.

청명은 때때로 이렇게 이해가 안 될 정도로 진지하고 서늘한 태도를 보여 주었다. 그럴 때마다 백천은 손끝이 시려 오는 느낌이었다.

"마, 막아라!"

"대주님을 지켜라!"

청명의 기세가 심상치 않다고 느꼈는지, 내내 갈피를 잡지 못하던 적사대원들이 필사적으로 청명과 엽평의 사이를 막아섰다. 하지만 청명은 그런 적사대원들을 한기가 도는 눈으로 바라볼 뿐이었다.

"이, 이놈! 물러서라!"

적사대원들이 독이 오른 얼굴로 청명을 위협했다. 하지만 그 안에 숨은 감정은 적대감이라기보다 공포에 가까웠다. 이대로 대주를 잃고 돌아간다면 만인방에서 어떤 처벌을 받을지는 너무도 뻔했다.

하나 그렇게 도를 뽑아 들고 위협을 해 대도 청명의 걸음은 조금도 느려지지 않았다. 마치 산보라도 하는 듯 태연하게 걸어오는 그의 기세에 적사대원들이 움찔움찔 물러났다.

하지만 그중 독기 오른 자 하나가 버럭 소리를 지르며 앞으로 박차고 나왔다.

"이익! 더 이상 다가오면 목을 베⋯⋯."

서걱. 섬뜩한 소리가 스치고 이내 그의 목에서 피 분수가 솟구쳤다.

반쯤 베인 자신의 목에서 뿜어지는 피를 멍하게 바라보던 그는 기겁하며 더듬더듬 손으로 상처를 틀어막았다.

무릎을 꿇고 그 자리에 주저앉아 헐떡거리며 양손으로 목을 부여잡았다. 그는 본능적으로 알 수 있었다. 이 손을 떼는 순간 죽는다는 것을.

"후욱! 후욱!"

고통조차 느껴지지 않았다. 아니, 정확하게 말하자면 고통을 느낄 새가 없었다. 지금 그는 삶과 죽음 그 한중간에 떨어져 있으니까.

청명은 표정에 미동조차 없이 그를 스쳐 지나갔다. 그러고는 눈살을 찌푸리며 말했다.

"예전이었으면⋯⋯ 너희는 입을 떼기도 전에 다 죽었어. 그런데 뭐, 나도 예전처럼 살 수는 없으니까. 기회를 주지. 막는 놈은 죽는다. 물러나는 놈은 산다."

더없이 딱딱하고 온기 없는 목소리였다.

"간단하지? 그러니까 결정해. 죽을 건지, 살 건지."

적사대원들의 눈이 파르르 떨렸다. 저게 허세가 아니라는 건 이미 증명됐다.

'보이지도 않았어.'

이곳에 있는 이들 중 누구도 청명이 첫 적사대원의 목을 어떻게 베었는지 눈으로 보지 못했다. 뭔가 희끗댄다 싶더니 이미 피 분수가 뿜어져 나오고 있었으니까. 그들이 인지한 다음에는 이미 상황이 끝나 있었다.

그 말인즉, 이곳의 누구도 청명의 일검을 제대로 받아 낼 수 없다는 뜻이다.

그뿐만이 아니었다. 나름 사선에서 살았다고 자부하는 이들이기에 알 수 있었다. 지금 청명이 보여 준 일검이 얼마나 독악한 수인지.

꿀꺽. 여기저기서 마른침 넘어가는 소리가 들렸다.

웬만한 사람은 사람의 목을 향해 진검을 휘두르지 못한다. 목은 까딱하면 사람이 죽는 부위니까. 그런데 그 부위에 진심으로 검을 휘두른다는 건, 여차하면 죽어도 상관없다는 독심(毒心) 없이는 시도조차 할 수 없는 일이었다.

그러니 대부분은 아무리 자신의 검에 완벽하게 자신 있다고 해도, 큰 무리 없이 제압할 수 있는 수많은 부위를 놔두고 굳이 목을 노리려 들지 않는다. 하지만 저 어린놈은 사람의 목을 향해 아무런 주저도 없이 검을 휘둘렀다. 그 말은…….

'살인에 익숙하다.'

저런 놈은 눈 하나 깜짝하지 않고 상대를 모조리 죽이고도 남는다.

대체 어떻게 화산파의 어린놈이 그런 성향을 띨 수 있는지 이해할 수 없는 일이었지만, 지금은 논리를 따질 때가 아니잖은가.

혼란에 혼란이 가중되어 결정을 내리지 못하는 적사대원들을, 청명이 친히 재촉했다. 물론 말이 아니라 검으로.

"끄륵!"

"끅!"

어정쩡한 자세로 청명이 다가오는 걸 지켜보던 선두의 적사대원들이 목을 부여잡고 바닥으로 쓰러졌다.

"히익!"

"아, 안 돼."

남은 적사대원들은 결국 항거할 의지와 힘을 잃었다. 길을 막고 있던 이들이 대부분 주춤주춤 물러나더니 끝내 길을 트고 말았다.

물론 개중에는 아직 자존심이 남아 어정쩡한 거리를 유지하는 이들도 있었다. 하지만 그런 이들조차도 감히 청명의 앞을 제대로 막아설 엄두는 내지 못했다.

위협적으로 도를 들고 있는 만인방의 적사대. 그들이 열어 준 길 사이로 화산의 무복을 입은 젊은 검수가 태연하게 걸어 들어간다. 실로 기묘한 광경이었다. 세상 어디에서 이런 광경을 볼 수 있겠는가.

정작 적들 사이로 파고든 청명은 태연하건만, 그 광경을 지켜보는 화산의 제자들은 오금이 저릴 지경이었다.

그런데 그때, 태연하게 걸어가는 청명의 뒷모습을 노려보던 적사대원 중 하나가 조용히 빠르게 기습해 들어갔다. 커다란 도가 금방이라도 청명의 몸을 반으로 갈라 버릴 듯했다.

하나, 그가 휘두른 도는 청명의 검에 부딪혀 깔끔하게 날아갔다.

서걱. 깔끔하게 목을 베인 이가 그대로 털썩 쓰러졌다.

적사대원들의 눈은 이제 공포에 질려 있었다.

한 번도 아니라 네 번이다. 네 번씩이나 단 일검에 똑같은 부위를 베어 냈다. 실력 차이가 얼마나 커야 가능한 일인지 감도 잡히지 않았다. 설사 적사도 엽평이라고 해도 저 기예는 흉내 내기 힘들 것이었다.

"더 없어? 있으면 덤벼. 지금이면 아직 살 수 있으니까. 나는 등을 노리는 놈은 살려 두지 않거든. 조금 전처럼."

그 말이 적사대원들의 의지를 일시에 꺾어 버렸다. 눈빛이 반쯤 죽은 그들은 모두 청명의 시선을 피해 고개를 숙였다.

청명은 그 모습을 슬쩍 훑어보고는 쓰러져 있는 엽평에게 시선을 고정했다.

"후욱……. 후욱!"

허리를 다쳐 차마 일어나지 못하고 바닥에 쓰러져 있던 엽평이 자신에게 다가오는 청명을 보며 몸을 떨었다.

딱 봐도 알 수 있었다. 백천이라는 놈은 결국은 정파 놈이다. 손쉽게 사람의 목숨을 빼앗지 못한다. 아까 그가 조금만 더 힘을 주었다면 엽평의 허리는 완전히 으스러졌을 것이다. 하지만 그럼에도 회복할 수 있을 만큼만 공격했다. 그것만 봐도 알 수 있지 않은가.

'어떻게 정파 놈이…….'

하지만 이놈은 다르다. 화산이 살수를 키워 내는 곳이 아니고서야 어떻게 저 어린놈이 이런 기세를 풍긴단 말인가. 이건 수도 없이 피를 본 살귀들이나…….

마침내 청명의 발이 엽평의 얼굴 바로 앞에 멈춰 섰다.

"너…… 너 나를 어떻게, 할……."

"고민 중이야."

길바닥의 돌멩이 보듯 그를 굽어보던 청명이 턱을 쓸었다.

"예전이면 고민할 것도 없었겠지만, 나도 이제는 나름 신경 써야 할 게 많아진 사람이거든. 예전에는 내가 마음대로 굴면 수습해 줄 사람이 있었는데, 이제는 내가 수습을 해야 하는 입장이라는 거지."

엽평은 청명이 무슨 말을 하는지 이해할 수 없었다. 이해할 필요도 없었다. 그가 해야 할 말은 하나뿐이었으니까.

"사, 살려 다오! 나, 나를 살려 주면 내……."

퍼억! 어떻게든 주절거리려는 엽평의 입에 청명의 발이 틀어박혔다.

"아아아악!"

비명이 터져 나왔다. 엽평의 입에서 부러진 이가 우수수 쏟아졌다. 하지만 청명은 아랑곳하지 않고 심드렁하게 말했다.

"닥치고 있어 봐. 고민 중이라니까."

"끄으……."

"사실 그리 고민할 필요가 없긴 하지. 애초에 너희는 여기서 사람을 죽이려던 놈들이고, 우리가 졌다면 지금쯤 네놈들이 우리 모가지를 잘라다가 대문 앞에 걸어 놓았을 테니까. 그 상황에서 우리가 살려 달라고 했으면 너는 어떻게 했을까?"

"끄, 끄륵……."

엽평이 필사적인 눈빛으로 청명을 올려다보았다. 그 눈을 본 청명은 결정했다는 듯 고개를 끄덕였다.

"이렇게 하지."

청명이 엽평을 걷어차 뒤집었다. 그러고는 일말의 망설임도 없이 검을 휘둘렀다. 살이 갈라지는 섬뜩한 소리와 함께 청명의 검이 엽평의 손목과 발목의 힘줄을 끊어 버리고는, 마지막으로 엽평의 단전에 파고들었다. 지독한 고통에 엽평은 차마 비명조차 지르지 못하고 경련했다.

"사람은 뿌린 만큼 거두는 법이지. 네가 그동안 누군가에게 좋은 사람이었다면, 팔다리를 못 쓰게 되고 무공을 잃었어도 보살핌을 받으며 살 수 있겠지. 하지만 그게 아니라면……."
 말꼬리를 흐린 청명이 어깨를 으쓱였다.
 "그건 내 알 바가 아니고."
 청명이 회수한 검을 가볍게 휘둘러 피를 바닥에 뿌린 뒤 검집에 밀어 넣었다. 그러고는 아무 미련 없다는 듯 그대로 몸을 돌렸다.
 "돌아가서 너희 윗대가리들에게 전해. 다시 한번 섬서에 발을 들이면, 이제는 나와 화산을 상대해야 할 거라고."
 적사대의 누구도 감히 그와 눈을 마주치지 못했다. 유유히 적사대원들 사이를 걸어 나온 청명은 뒤도 돌아보지 않고 말했다.
 "알아들었으면 꺼져. 다 죽여 버리기 전에."
 그 차가운 목소리에 만인방의 적사대들이 일제히 눈을 질끈 감았다.
 짧은 밤사이에 벌어진 긴 사건이 종언을 고하는 순간이었다.

 털레털레 걸어 화산 제자들 쪽으로 돌아오는 청명을 바라보며 백천이 한숨을 푹 내쉬었다.
 '하여간 종잡을 수 없는 놈이라니까.'
 청명은 화산에서 가장 경박한 인간이다. 화산에 적을 둔 이라면 누구도 이 사실을 부정하지 않을 것이다.
 하지만 청명은 때때로 그들이 상상할 수 없는 무언가를 보여 준다. 하기야 그게 어디 하루 이틀 일이겠냐마는.
 어느새 화산 제자들의 바로 앞까지 다가온 청명이 순식간에 표정을 풀고는 어깨를 으쓱해 보였다.

"엣헴! 뒤처리는 이렇게 하는 거다, 이거야!"

……거 입 좀 다물고 있지. 그랬으면 저놈을 보는 눈이 조금쯤은 달라졌을지도 모르는데.

백천은 속으로 한숨을 쉬며 슬쩍 눈살을 찌푸렸다.

"아무리 그래도 손속이 너무 잔인한 것 아니냐?"

청명은 무어라 선뜻 대답하는 대신 슬쩍 볼을 긁었다. 그러고는 엽평의 상태를 살피는 적사대를 바라보며 말했다.

"사숙, 사숙. 제일 덜 잔인하게 하려면 어떻게 해야 하는 줄 알아?"

"……글쎄?"

"쟤들 다 죽이는 거야."

백천이 입을 닫았다. 장난스러운 말투지만, 이건 절대 농담이 아니었다. 저놈은 이런 걸로 농담을 하지 않는다.

"그게 어떻게 덜 잔인한 게 되는 거냐?"

"한 사람이 죽는 게 더 잔인해, 아니면 두 사람이 죽는 게 더 잔인해?"

"그야…… 당연히 두 사람이겠지."

"그럼, 쟤들이 앞으로 살면서 한 사람당 몇이나 더 죽일 것 같아?"

백천의 얼굴이 살짝 굳었다. 그런 식으로 생각해 본 적은 없었다.

뭔가 더 설명하려던 청명이 고개를 내저어 버렸다. 어차피 이건 말로 한다고 이해할 수 있는 영역이 아니었다. 백천 역시 저놈들이 더 살아 있어 봐야 양민들에게 피해를 끼칠 뿐이라는 사실은 알고 있을 것이다. 다만 청명이 쉽게 사람을 해하고 죽이는 걸 받아들일 수 없기에 지적했을 뿐이겠지.

청명은 살짝 한숨을 내쉬더니 한결 진지해진 눈빛으로 백천을 바라보았다.

"뭐 독심을 품으라거나, 손속에 사정을 두지 말라거나 그런 말은 안 하겠지만……. 온정은 마음에만 품으면 돼. 검에는 온정이 없어."

"내 생각 역시 같다. 도인의 마음에 온정이 없다면 그를 어찌 도사라 부를 수 있겠냐마는, 화산의 선인들은 악을 참하는 데 어떠한 인정도 베풀지 않으셨다."

청명이 강조해 말하자, 듣고 있던 현영이 거들고 나섰다.

"그 매화검존만 하시더라도 하룻밤에 수많은 흑도 무리들을 베어 사해만방에 그 명성을 떨치셨다지 않느냐? 그분께서 온정이 없고 남을 생각하는 마음이 부족하여 그런 일을 벌이지는 않으셨을 거다. 다 깊은 도에서 나온 행동이 아니겠느냐?"

"그렇습니다!"

'매화검존'이라는 말이 나오니 백천의 눈이 삽시간에 반짝이기 시작했다.

하지만 그 모습을 보는 청명의 속은 울분으로 시커멓게 타들어 갔다.

'같은 말인데 왜 반응이 다르냐고!'

이래서 사람은 어떻게든 감투를 써야 하는 법인데!

그런데…… 내가 하룻밤에 흑도 무리를 수도 없이 베었다고?

정확히 언제를 말하는 거지? 그런 적이 어디 한두 번이었어야. 청명은 잠깐 고민에 잠겼다.

그때 마침 백천이 살짝 상기된 얼굴로 말했다.

"낙양에서 악명을 떨쳤던 흑월문을 직접 징벌하셨던 그 일을 말씀하심이군요."

"바로 그렇다. 매화검존께서는 결코 살인을 쉽게 생각하는 분이 아니셨음에도, 양민들을 괴롭히는 이들만큼은 절대 용서하지 않으셨지! 그

날도 양민들을 수탈하는 흑도의 무리들을 보고 분연한 기색으로 주저 없이 일어나셨다 하지 않느냐?"

화산에 아직까지 전해지는, 몇 안 되는 매화검존 일화였다. 이 일은 낙양에 전설처럼 전해져 내려오는 일이라 화산의 제자라면 모르려야 모를 수가 없었다. 다만······.

'아, 그거.'

청명의 표정은 순식간에 어색해졌다.

– 이 새끼들이 사람 술 처먹는데!

어······. 양민? 내가 양민을 구했다고?

잊자. 잊어. 청명은 머릿속에 떠오른 과거의 진실을 살짝 지워 냈다.

'그렇지. 결과적으로는 그런 거지.'

제자들을 둘러보던 현영이 눈을 찌푸리며 본론으로 돌아갔다.

"너희가 괜히 손속에 사정을 두다가 다치거나 죽는 꼴을 보느니, 차라리 화산이 무도(無道)한 곳이 되는 게 낫다."

그 말에 화산의 제자들은 현영을 새삼 다시 볼 수밖에 없었다.

물론 현영이 장로들 중 가장 현실적인 사람이라는 건 알고 있었다. 하지만 설마 그 입에서 저런 말이 나올 거라고는 생각하지 못했다.

"그러니 훗날 같은 일이 있더라도 너희는 절대 손속에 사정을 두려 하지 말거라."

"예, 장로님!"

대답은 우렁찼지만, 모두가 생각을 정리하지는 못했을 것이다.

하지만 이것만은 청명이 강요해 해결할 수 없는 일이었다. 강호를 살아가는 이라면 누구나 한 번쯤은 이에 대해 고민해 봐야만 한다. 검을 손에 쥔 이가 평생 살인을 피할 수는 없는 법이니까.

청명은 이들이 어떤 결론을 내리든 그 결론이 틀렸다 말하지 않을 것이었다. 자신의 가치관은 자신이 정해야 하는 법이고, 청명의 생각이 절대적으로 옳은 건 아니니까. 그저…….

"더 많이 고민해 봐. 후회하지 않도록 말이야."

청명의 말에 모두가 가만히 고개를 끄덕였다.

화산의 난입부터 적사대의 패퇴까지, 모든 상황을 지켜본 남자명은 뭐라 설명할 수 없는 복잡 미묘한 심정이었다.

'저 적사도 엽평을 쓰러뜨렸다고?'

십여 개나 되는 종남의 속가들이 감히 싸울 엄두도 내지 못하고 터전을 버렸다. 그 이유 중 팔 할은 저 적사도 엽평 때문이 아니었는가.

그런데 그런 적사도 엽평을 화산신룡이나 소림의 혜연도 아닌, 저 화정검 백천이 쓰러뜨리다니.

'대체 화산이 언제 이렇게 강해졌단 말인가?'

기껏해야 후기지수라더니. 엽평을 쓰러뜨렸는데 그를 어찌 단순한 후기지수로 치부할 수 있겠는가.

남자명은 관도 쪽으로 시선을 돌렸다. 쓰러진 엽평과 부상당한 동료들을 수습하는 적사대원들의 모습이 보였다.

'아…….'

그리고 흉흉한 상황을 감지하고 문을 걸어 잠근 채 상황을 지켜보던 이들도 하나둘 고개를 내밀기 시작했다.

남자명의 얼굴이 눈에 띄게 굳었다. 조금 전까지는 그저 적사대를 몰아내는 데에만 신경이 쏠려 있었는데, 막상 그 일이 해결되고 나자 이제 뒷일이 걱정되기 시작한 것이다.

"끄, 끝난 건가?"

"……아, 아직 저기 있는데?"

"봐 보게. 저기 저 쓰러진 놈이 두목인 것 같은데?"

"그, 그럼 화산의 제자들이 만인방 놈들을 물리친 건가?"

주변을 둘러보는 남자명의 얼굴에는 당황한 기색이 역력했다. 아직은 많은 이들이 그저 고개만 빼쭉 내밀고 있을 뿐이지만, 몇몇 용기 있는 이들은 슬금슬금 밖으로 걸어 나왔다.

"저……. 도, 도장님들. 저희가 나가도 되는지요?"

누군가가 조심스레 다가와 묻자, 화산의 제자들이 태연하게 고개를 끄덕였다.

"예, 괜찮습니다. 다만 저놈들에게는 접근하지 말아 주세요. 아직 무슨 짓을 할지 모르니까요. 그리고 혹시 모르니까 저놈들이 모두 서안에서 나가기 전에는 조심해 주시고요."

"가, 감사합니다!"

그 말을 들은 모두가 확신할 수 있었다. 화산이 저 적사대를 물리쳤다는 것을 말이다.

그 말을 증명이라도 하듯이 적사대원들이 부상 당한 동료들을 들쳐 업고 힘없이 관도를 빠져나가기 시작했다.

"어디 느긋하게 걷고 있어, 이 새끼들이. 다 후려 까서 기어 나가게 해 버릴라! 당장 안 꺼져?"

못마땅한 표정을 짓던 청명이 벌컥 소리를 지르자 적사대원들이 기겁을 하여 경공을 펼쳤다. 말 그대로 꽁지가 빠져라 달아나는 모습에, 지켜보던 이들이 환호성을 질렀다.

"물리쳤다!"

"사, 살았다! 우린 살았어!"

"꼴좋다, 저 사파 놈들!"

그 상황이 신호라도 된 양, 문들이 일제히 열리며 서안의 백성들이 구름처럼 몰려나오기 시작했다. 그들은 달아나는 적사대의 등 뒤에 삿대질을 하고 욕지거리를 해 댔다.

"저, 저! 종남이 봉문만 안 했으면 발도 못 들였을 놈들이!"

"그러게 말일세!"

"빌어먹을! 지금 종남 소리가 왜 나오는가?"

그때, 몇몇이 울컥하여 소리를 질렀다.

"종남이 봉문을 했지, 속가가 봉문을 했는가? 이럴 때 우리를 지켜 줄 거라 생각했던 종남의 속가들은 지금 어디에 있는가! 하나같이 다 꽁무니를 빼지 않았냐, 이 말이야!"

"그렇지!"

"빌어먹을 놈들, 내가 그동안 가져다 바친 관비가 얼만데!"

"아무리 그래도 그 많은 속가 중 하나도 남지 않고 다 도망을 가 버리는 게 말이나 되는가! 그러고도 그놈들이 정파라고 할 수 있냐고!"

여기저기서 분노에 찬 목소리가 터져 나왔다.

사람들이 무학을 익히려 하는 이유는 스스로를 지키기 위함이다. 그리고 무관을 떠받드는 이유는 만일의 순간이 왔을 때, 그들이 지켜 줄 거라 믿기 때문이다.

하지만 종남의 속가들은 위험이 찾아오자마자 서안 사람들을 나 몰라라 하고 달아나 버렸다.

사파와 맞서 스스로를 지키지도 못하고, 자신들이 지켜야 할 이들까지 버리고 떠난 문파를 누가 믿고 따르겠는가.

"본산만 봉문 하지 않았어도 이런 일은…….."
"헛소리하지 말게! 어디 종남의 속가는 종남이 아닌 다른 곳에서 배웠다던가? 본산이 그리 가르쳤으니 속가가 그리 굴겠지!"
성난 민심이 들불처럼 타올랐다.
"물론 이번 일이야 종남이 봉문 하지 않았다면 벌어지지 않았겠지. 하지만 다음에 더 큰 적이 온다면 저 종남이 서안을 버리고 도망치지 않는다는 보장이 어디에 있는가?"
"……그건 너무 나간 것 아닌가?"
"자식을 보면 부모를 알 수 있다고 했네! 속가를 보면 종남이 어떤 곳인지 알 수 있지. 여하튼 나는 이번 일로 종남에 크게 실망했네! 내 다시는 종남 속가니 어쩌니 하는 것들 근처에는 얼씬도 하지 않을 게야!"
누군가 단단히 화가 난 듯 소리쳤다. 많은 이들이 그 말에 암묵적으로 동조했다.
아직 종남의 영향력을 완전히 떨쳐 내지는 못했기에 불만을 노골적으로 말하는 이가 그리 많지는 않았지만, 사람들의 표정과 눈빛만 봐도 이미 그들의 마음속에 크나큰 불신이 자리 잡았음은 자명했다.
"반면에 화산은 어떤가? 저분들은 이제 막 서안에 들어왔음에도 우릴 지키기 위해서 목숨을 걸지 않았는가?"
"……그야 봉문 하지 않았으니까?"
"멍청한 소리 좀 하지 말게! 봉문 하지 않았다 한들, 종남이라면 저렇게 어린 이대, 삼대제자들만 있는 상황에서 저들과 싸우려 했겠는가? 내 종남이 슬슬 화산에 밀린다는 이야기를 듣고도 믿지 않았건만, 이제는 그런 말이 왜 도는 줄 알겠구먼!"
그에 반해 화산을 향해 쏟아지는 눈빛에는 호의가 넘쳐 났다.

왜 그렇지 않겠는가. 그들의 눈에 보이는 화산의 제자들은 하나같이 젊고 어렸다. 자신보다 어린 이들이 저 무서운 사파의 악적들을 상대로 목숨을 걸고 싸워 마침내 서안을 지켜 냈다.

만일 이 일이 벌어지기 전에 그들이 화영문을 배척하지 않았다면 고마움이 덜했을지 모른다. 하지만 이곳에 나온 이들은 모두 알고 있었다. 그들은 모두 종남 속가의 압박에 이기지 못하여 화영문을 배척했다.

하지만 저들은 그런 자신들을 위해 목숨을 걸고 싸워 준 것이다.

"화산과 연관되지 말고 자신들을 따르라고 온갖 패악질을 다 처부리더니! 막상 조금 위험해지니까 꽁지를 빼고 달아나? 그게 사람이 할 짓이냐 이 말일세!"

화산에 대한 호의와 종남에 대한 적의가 뒤섞여 들끓었다.

뭐라 말도 못 하고 그 광경을 보던 남자명은 눈을 질끈 감고 말았다.

'끝났다.'

힘이 있다고 전부는 아니다. 그 힘이 올바른 방향으로 쓰일 거라는 믿음이 있을 때에야 힘은 비로소 의미를 가지게 된다.

일이 이렇게 되어 버린 이상, 앞으로 종남의 속가는 다시는 서안에서 신뢰를 회복하지 못할 것이다. 백성들의 입장에서 자신들을 지켜 줄 거라는 신뢰가 없는 무관은 도적 집단과 다를 바가 없으니까.

'이 등신 같은 것들. 내가 그래서 그토록 말렸건만. 내 장문인의 얼굴을 어찌 다시 뵌다는 말인가?'

하지만 이제 제게는 이 흐름을 어찌할 힘이 없다는 사실을 아는 그는 땅이 꺼져라 탄식할 뿐이었다.

사람들 대부분은 종남에 대한 분노를 표하기 바빴지만, 그중 일부는 슬그머니 화산파에 접근하여 직접 감사를 표했다.

"감사합니다. 정말 감사합니다. 덕분에 살았습니다."

그러자 청명이 배를 쭉 내밀며 무슨 소리냐는 듯 단호하게 답했다.

"그런 말씀 마십시오. 감사는 감사할 일에 받는 겁니다. 이게 뭐라고 감사를 받습니까? 서안에 문파를 열었으면 죽어도 서안 사람들과 같이 죽어야 하는 법이고! 살아도 서안 사람들과 같이 살아야 하는 법이죠! 당연한 일에 감사를 받는 건 되레 부끄러운 일입니다!"

청산유수처럼 흘러나오는 그의 말을 들으며 화산의 제자들은 감탄을 금치 못했다.

'입에 기름칠을 했나.'

'와, 종남 속가를 저렇게 완전히 죽여 버리네.'

'내가 칭찬받는 것보다 남을 밟는 게 더 좋다 이거지. 역시 청명이야. 존경스럽다.'

그 와중에도 사람들의 칭송은 계속되었다. 하나둘 몰려든 이들이 저마다 감사 인사를 건넸다.

"그래도 정말 감사합니다. 화산 덕분에 살았습니다. 화산이 없었다면 얼마나 많은 이들이 죽었을지!"

"화산! 과연 화산입니다! 화산의 위명이 천하에 울린다고 하더니, 이제야 그 이유를 알겠습니다!"

"이 감사를 어찌 표현해야 할지 모르겠습니다."

점점 감사를 전하는 사람들이 많아졌다. 짐짓 근엄한 표정을 짓고 있던 청명이 움찔거리며 조금씩 웃기 시작했다.

"헤헤. 뭐 그렇게 대단한 일 했다고."

쏟아지는 환호와 박수, 그리고 무수한 악수 요청에 애써 꾹 다물고 있던 청명의 입이 슬금슬금 벌어졌다.

"아닙니다! 대단하지요! 이 얼마나 대단한 일입니까!"

"만세! 화산파 만세!"

"도장님들! 정말 감사합니다!"

환호성과 웃음소리, 그리고 새로운 신뢰가 쌓여 가는 소리가 서안을 가득 울렸다.

그 커다란 함성이 문을 굳게 걸어 잠근 종남까지 들렸는지는 알 수 없었지만 말이다.

27장

귀신이면 죽고 사람이면 돼진다

"아, 밀지 마시오!"

"줄을 서면 되잖소! 줄을!"

"거, 화산 분들 보기에 부끄럽지도 않소? 줄을 서라고!"

다음 날 아침. 문을 연 화영문의 앞에 구름 같은 인파가 몰려들었다.

딱히 제자를 다시 받겠다는 말을 한 적도 없건만, 입문을 희망하는 이들이 해가 뜨기 무섭게 화영문 앞에 몰려와 진을 치고 있었다.

"거기! 새치기하는 사람은 안 받아 줄 겁니다!"

"자, 자! 화영문이 수용할 수 있는 제자들 수가 적지 않으니 너무 급하실 것 없습니다!"

"아! 새치기하지 마시라고요, 좀!"

화산의 제자들은 몰려든 중인들을 통제하느라 정신이 없었다.

그 정신 사나운 모습을 멀찍이서 지켜보던 청명은 세상 해맑게 웃어 젖히며 술병을 입으로 꽂아 넣었다.

"낄낄낄낄."

꼴꼴꼴꼴. 안주도 필요 없다. 술 한 모금 마시고 몰려든 사람들을 보기만 해도 청아한 계곡물을 마셨을 때보다 더 속이 상쾌해졌다.

"저게 다 돈이지, 저게."

청명 옆에 똑같은 표정으로 서 있던 현영이 너털웃음을 터뜨렸다.

"허허허. 돈이라니, 이 녀석아."

"아닌가요?"

"떼돈이지. 그것도 한 번으로 끝나지 않고 한 달에 한 번씩 꾸준하게 들어오는 돈!"

"……진정하세요, 장로님."

한 번씩 보면 이 양반이 나보다 더해. ……물론 가슴에 맺힌 한은 이해한다만.

종남의 속가가 모조리 달아나 버린 이상, 이제 서안에서 무학을 배울 곳이라고는 화영문밖에 없다.

아직 미련이 남은 남자명이 뭔가를 해 보려 하는 모양이었지만, 민심이란 한번 떠나 버리면 웬만해서는 다시 돌아오지 않는 법이다.

"이게 독점이지!"

"남은 건 갈퀴로 돈을 쓸어 담는 것뿐이구나!"

청명과 현영이 서로 마주 보며 낄낄 웃어 댔다. 그 광경을 보던 백천과 그 무리가 고개를 휘휘 내저었다.

"사숙. 보통이라면 협명(俠名)을 날렸다는 걸 더 좋아해야 하는 것 아닙니까?"

"걸아. 저 두 사람……. 아니, 한 분과 한 놈은 평범한 시선으로 이해하려고 하면 안 된다."

"……명심하겠습니다."

사실 말은 그렇게 하지만 두 사람의 입가에서도 뿌듯한 미소가 떠나질 않았다. 특히나 조걸은 해가 뜬 지금까지도 흥분이 채 다 가시지 않은 양 얼굴이 희미하게 상기되어 있었다.

'강호인들이 이래서 협행을 하는 거구나.'

누군가를 돕고 그들의 감사 가득한 시선을 받는다는 것은 어떤 말로도 표현하기 힘든 울림을 가져다주는, 뜻깊은 경험이었다. 도관에 적을 두었음에도 협의니 도니 하는 말을 가슴 깊이 이해할 수 없었던 조걸에게, 지난밤의 일은 커다란 충격이었다.

이제야 윤종이 왜 그동안 그리 어리석은 짓을 저지르면서까지 양민들을 구휼하려 했는지 조금은 이해하게 된 조걸이었다.

"나의 길이라……."

"응?"

"아, 아뇨. 아무것도 아닙니다."

윤종이 돌아보자 조걸이 슬쩍 고개를 저었다. 아직은 이르다. 아직은.

하지만 청명이 말한 것처럼 더 많이 생각하고 더 많이 고민해야 할 것이다. 언젠가는 그도 그만의 길을 걸을 날이 올 테니까. 그게 도(道) 아니겠는가.

조걸뿐 아니라 다른 제자들의 얼굴에서도 숨길 수 없는 뿌듯함이 드러났다.

"낄낄낄낄."

"켈켈켈켈."

물론…… 저 두 사람은 빼고. 제자들이 여러 가지 생각을 하는 동안, 청명과 현영은 몰려드는 이들을 보며 수입을 계산하기에 바빴다.

"그건 그렇고, 생각보다 반응이 더 좋구나."

"그러게요. 이 정도까지는 생각 못 했는데."

두 사람이 조금 의아한 얼굴로 늘어선 사람들을 살피는데, 돌연 등 뒤에서 묵직한 음성이 대답을 들려 주었다.

"화정검 백천 도장 때문입니다."

"……엥?"

청명이 돌아보니 홍대광이 근엄한 얼굴로 당당하게 서 있었다.

"화산의 후기지수가 천하제일이란 소문이야 서안에도 자자하게 퍼져 있었을 겁니다. 하지만 사람이란 제 눈으로 보지 못한 것은 완전히 믿지 못하죠. 게다가 한 번은 요행이었을 거라 여길 수도 있습니다. 그런데 이번 일로 요행이 아니란 걸 증명했지 않습니까."

홍대광은 제가 더 자랑스럽다는 듯 어깨를 쫙 폈다. 그러자 가만히 듣던 청명이 흐뭇하게 고개를 끄덕이며 입을 열었다.

"한창 싸움 났을 때는 코빼기도 안 보이다가 다 끝난 다음에 같이 싸운 것처럼 어깨에 힘주고 있어. 확 어깨를 접어 버릴라!"

"……나, 나는 전투원이 아니란 말이다. 게다가 혹시나 너희들이 지면 지원군을 불러와야……."

청명이 입에 미소를 띤 채 홍대광을 향해 눈을 희번덕댔다.

"져? 그 눈은 옹이구멍이야? 누가 진다고?"

"크, 크흐흠."

지은 죄가 있어서인지 홍대광은 변명도 못 하고 크게 헛기침을 하며 얼른 시선을 피했다.

'네놈도 아니고, 백천 도장이 적사도 엽평 대가리를 깨 버릴 거라고 누가 상상이나 했겠냐고!'

그건 그가 아니라 개방의 방주가 와도 예측할 수 없었을 것이다.

"내, 내가 너희들이 질 거라고 생각했으면 어제 벌써 도망갔겠지."

"발은 빠르니까 뒤늦게라도 도망갈 자신이 있었겠지."

"……하여튼!"

말을 이어 갈수록 불리해진다는 것을 깨달은 홍대광이 재빨리 화제를 돌렸다.

"아무 때나 하여튼이여."

"하, 하여튼 화정검이 저 적사도 엽평을 잡은 이상 화산 후기지수의 실력은 완벽하게 검증된 것이나 마찬가집니다."

그는 비난 어린 청명의 눈빛을 필사적으로 외면하며 현영에게 시선을 고정했다.

"사실 이게 화산 분들은 실감이 잘 안 날 수도 있는데, 다른 문파에서 이런 일이 벌어졌다면 지금쯤 난리가 났을 겁니다. 이제 겨우 이대제자에 불과한 이가 강호에 명성이 자자한 적사도를 잡아 내다니요."

심드렁한 둘의 태도가 마음에 들지 않는다는 듯, 홍대광이 침을 튀겨 가며 열변을 토했다.

"이만한 업적이면 후대의 천하제일인 후보에 바로 이름을 올려도 손색없을 만큼 큰 사건입니다. 그러니 화산 제자들의 실력은 이제 검증된 것이나 다름없습니다."

"쉿!"

그런데 청명이 대뜸 조용하라는 듯 그의 옆구리를 찌르며 손짓했다.

"으응? 왜 그러냐, 화산신룡?"

"그런 쓸데없는 소리 하지 마세요. 우리 동룡이 허파에 바람 들어가면 아무도 책임 못 지니까. 지금도 재수 없는데 무슨 꼴까지 보라고."

이 새끼는 진짜 무슨 생각을 하고 사는 거지?

어제 적사대를 상대하는 청명의 모습에 크게 감탄했던 홍대광이지만, 그 높아진 평가가 지금 다시 수직으로 하락하고 있었다. 아무리 싸움을 잘해도 청명은 청명이다.

작게 헛기침을 한 홍대광이 사뭇 심각한 목소리로 덧붙였다.

"반면 위험도 적지 않을 겁니다."

"위험이라 하셨는가?"

"예, 장로님. 지금까지 화산은 딱히 크게 적을 만든 적이 없습니다."

"종남 애들이 들으면 봉문 한 문 뜯어내고 게거품 물겠는데?"

청명이 이죽거리자, 홍대광은 조금 애매한 웃음을 지었다.

"종남은 정파니까, 관계가 벌어진다 해도 서로가 서로를 멸문시키겠다고 달려들진 않을 겁니다. 아무래도 정파로서의 체면이 있으니까요. 하지만 만인방은 다릅니다. 그들에게는 지켜야 할 정도라는 게 없습니다."

홍대광이 살짝 심호흡을 하고 말을 이었다.

"게다가 만인방은 누가 뭐라고 해도 천하를 오시하는 신주오패 중 하나. 사실…… 아직 화산이 상대하기는 어려운 존재입니다."

"으음. 그렇지."

서안 사람들의 목숨이 걸려 있었다. 도저히 양보할 수 있는 부분이 아니기에 들이받아 버리기는 했지만, 만인방은 분명 두려운 상대다.

적사대를 깔끔하게 물리쳤다 한들, 만인방에는 적사대만 한 무력대가 다섯은 넘고, 굳이 대를 이끌지 않는 고수들도 발에 챌 만큼 널려 있다.

거기에 여러 특수 임무를 맡는 이들까지 합치면 그 수만 해도 종남을 가뿐하게 뛰어넘고, 가진 힘도 구파에 속한 문파와 비견될 정도였다.

아직 화산의 이대제자와 삼대제자는 한참 더 성장해야 한다. 그런 화산으로서는 지금 당장 싸우기에 부담스러운 존재일 수밖에 없다.

"그래 봐야 사파 새끼들이지."

청명이 코웃음 치자 할말을 잃은 홍대광이 물끄러미 그를 바라보았다.

"왜요?"

"아, 아니다."

홍대광은 입을 다물며 고개를 젓고 시선을 돌려 버렸다. 그래, 뭐. 내가 너한테 무슨 말을 하겠니.

"그리고 사파 새끼들은 그렇게 걱정 안 해도 돼요."

"어째서냐?"

"걔들은 이득이 없는 일은 안 하거든요."

청명이 어깨를 으쓱하더니 입을 비죽거리며 말을 이었다.

"지들 나름으로는 의리니 체면이니 지껄여 대지만, 돈 안 되고 이득 없는 일에는 땀 한 방울 안 흘리려 들어요. 그 새끼들이 근성이 있었으면 사파가 됐겠어요?"

아니, 뭐 그렇게 틀린 말은 아니긴 한데…….

"그 새끼들이 섬서에 와서 화산이랑 붙는다고 무슨 이득을 보겠어요? 화산이 어떤 곳인데. 가지고 있는 영역이라고는 쥐꼬리만 한 화음현밖에 없고, 건물도 중원에서 제일 척박한 화산 꼭대기에 있어서 사람도 잘 못 들어오는 곳 아니에요?"

"그, 그렇지."

"거길 먹겠다고 본단을 이끌고 온다고요? 걔들이? 에헤이."

청명이 피식 웃으며 말도 안 된다는 듯 손사래를 쳤다.

"그 새끼들이 꿈틀이라도 하면 내가 손에 장을 지진다."

"끄응. 네 말도 일리가 있다만, 화산이 섬서의 화음에만 틀어박혀 있지 않은 이상 언젠가는 문제가 될 거다."

"그게 왜 우리한테 문제가 돼요? 우리가 화음에만 틀어박혀 있지 않으면 그 새끼들이 긴장해야지. 걸리는 족족 회를 쳐 버릴 건데."

청명은 살짝 짜증이 난 듯 얼굴을 일그러뜨렸다.

"아, 생각하니 또 열받네. 애들 보고 있어서 너무 참았나. 성질 같아서는 싸그리 갈아서 거름으로 줘 버리는 건데."

등줄기가 순간 서늘해진 홍대광이 몸서리를 쳤다. 그리고 무슨 일이 있어도 저 청명이 놈과는 원수가 되지 않겠다고 굳게 다짐했다.

대충 대화를 정리하며, 홍대광은 새삼 감회가 새롭다는 듯 계속해서 화영문으로 몰려드는 이들을 보았다.

"우여곡절이 많았지만…… 어쨌든 서안은 손에 넣었구나, 화산신룡."

감탄하지 않을 수 없었다. 말 그대로 우여곡절이 많긴 했지만, 생각해 보면 그 모든 일이 그리 길지 않은 시간 동안에 벌어졌다. 화영문이 자리 잡은 지가 이제 겨우 보름 정도라는 것을 감안하면, 청명은 들어온 지 불과 한 달 만에 서안을 싹 평정해 버린 셈이다.

"종남이 봉문을 풀고 나오기 전까지는 거칠 게 없겠구나."

"봉문 풀어도 똑같아요. 사람이 이리 몰리는데 여기 한 곳만으로 운영할 수는 없죠. 옆에 있는 전각들 사서 밀어 버리고 확장할 거예요."

청명이 손에 들고 있던 술병을 보란 듯이 흔들며 이죽거렸다.

"……여기서 더?"

"물 들어왔을 때 노 저어야죠."

"이러다가 화영문이 종남보다 더 커지겠다."

"그러라죠 뭐. 여하튼 저 새끼들이 봉문 풀 때쯤에는 서안에 바늘 하나 들어올 틈 없게 만들어 둘 거예요. 봉문 한 걸 땅을 치고 후회하게 해 줘야지!"

"……종남이 너한테 뭘 그리 잘못했냐?"

"말하자면 하루로도 부족하지."

정말 하루로도 부족하다. 생각하니 또 열받네. 이 망할 새끼들!

"그리고 돌아가야죠."

"돌아간다고? 모두 다?"

청명이 단호하게 고개를 끄덕였다.

"화영문도들 실력이 좀 올라오면 미련 없이 빠질 거예요. 애초에 속가를 만든 이유가 본산이 없어도 영향력이 커지는 걸 원해서인데, 우리가 여기에 붙어 있으면 주객전도죠."

"……화영문만으로는 무리일 것 같은데?"

"무시하지 마세요."

홍대광이 걱정스러운 듯 말했지만, 청명이 단호하게 잘라 말했다.

"속가의 힘은 가진 무력이 아니라 본산에 대한 자긍심에서 나오는 법이에요. 종남의 속가가 그렇게 무력해진 이유도 가진 힘이 부족해서가 아니죠. 종남에 대한 미묘한 불신이 상황을 거기까지 만든 거예요."

홍대광은 새삼 다시 한번 감탄하며 청명을 바라보았다.

이놈은 평소에는 정신이 나간 놈 같은데 이렇게 날카롭게 핵심을 짚을 때가 있다.

"화산의 힘을 눈으로 보고, 적사대를 물리치는 걸 바로 옆에서 함께한 화영문은 이제 더는 약하지 않아요. 지금은 가진 바 무력이 부족할지 모르지만, 그건 곧 해결이 될 거예요. 진짜 화영문을 돕고 싶다면 옆에 붙어서 함께할 게 아니라 본산으로 돌아가 화산의 명성을 더욱 떨쳐야죠."

"정론이다!"

홍대광이 그 말에 동의하며 시원하게 고개를 끄덕였다.

천하에서 가장 큰 세력인 개방 소속의 홍대광은 지금 청명의 말이 무엇을 뜻하는지 누구보다 잘 알았다.

개방의 세가 커지는 건 단순히 각 지부 관리를 뛰어나게 했을 때가 아니라 개방의 문도가 천하에 협명을 날릴 때다. 중요한 건 결국 문파에 사람이 모이게 하는 것. 속가의 운명은 본산의 명성에 따라 모든 것이 좌지우지된다고 해도 과언이 아니다.

"좋아. 내가 도와주지."

"······뭘요?"

"걱정하지 마라. 내가 보름 내에 화정검이 적사도를 쓰러뜨렸다는 걸 천하에 쫙 퍼뜨려 줄 테니까! 산골짝에 박혀 사는 이들조차 화정검의 이름은 알게 해 주겠다!"

홍대광이 호언장담하며 쭉 편 가슴을 두드려 보였다. 그런데 어째 청명은 영 꺼림칙한 기색이었다.

"그게 화산에 도움이 된다면 당연히 해야지!"

"끄응. 그게 꼭 좋은 건 아닌 것 같은데."

"쯧쯧쯧. 애처럼 왜 그러냐?"

"······좋아요."

청명이 뭔가 큰 결심을 한 듯 단호한 목소리로 크게 말했다.

"대신! 그 화정검인가 뭔가 하는 별호 말이죠."

"엥?"

"그거 말고, 어차피 동룡이도 오룡인가 뭔가로 불린다면서요."

홍대광이 무슨 말인가 싶어 떨떠름한 표정으로 고개를 끄덕였다.

"그건 이제 잘 안 쓰는 칭호기는 한데. 근데 왜?"

"그거 동룡(銅龍)으로 바꾸죠."

차마 말을 잇지 못하는 사이, 청명이 히죽거리며 덧붙였다.

 "그럼 별호를 들을 때마다, 이름이 울려 퍼질 때마다 사람이 좀 겸손해지겠죠."

 홍대광은 낄낄 웃어 젖히는 청명을 바라보며 고개를 절레절레 저었다. 아무리 생각해도…… 이 새끼는 악마가 분명하다.

 • ◈ •

 "아이고! 도사니이이임!"
 "여기, 이거 오늘 딴 과일인데 한번 드셔 보십시오!"
 "바쁘실 텐데 매번 이렇게! 어찌 감사를 드려야 할지."

 청명은 버선발로 뛰어나와 그들을 환대해 주는 서안의 상인들에게 더없이 자애로운 웃음을 지어 보였다.

 "별일 없죠?"
 "물론입죠! 물론입죠, 도사님! 이틀 전에 도사님께서 행패 부리는 왈패 놈들을 모조리 성문에 매달아 버린 이후로 사특한 놈들이라고는 단 한 놈도 찾아볼 수가 없습니다. 항상 이렇기만 하면 원이 없겠습니다."

 "에이. 그거야 당연히 계속 이래야죠. 걱정하지 마세요. 앞으로도 화영문이 꾸준히 관리를 할 테니까요."

 "아이고오! 도사님 덕분에 살았습니다."
 "헤헤헤. 별말씀을요."
 "이것! 이것도 좀 드셔 보십시오! 방금 부친 전인데……."
 "여기, 여기 우리 집에서 제일 잘나가는 교자입니다!"
 "어허! 내 것부터!"

청명이 온 것을 본 이들이 너도나도 양손에 무언가를 들고 우르르 몰려나왔다. 청명은 히죽히죽 웃으며 여기저기서 주는 선물들을 받아 챙겼다.

"아이고. 매번 이런 거 안 챙겨 주셔도 된다니까요. 헤헤……. 어, 그 월병……. 나 월병 좋아하는데."

"아이고! 도사님이 좋아하시면 당연히 드려야지요! 제가 아예 화영문에 한 상자 따로 보내 놓겠습니다."

"아이, 참. 그러실 필요까진……. 거 위에다가 제 이름 꼭 써 주세요. 밥만 축내는 것들이 먹을지도 모르니까."

그 모습을 뒤에서 지켜보던 화산 제자들의 얼굴이 점차 일그러졌다.

"볼 때마다 느끼는 건데……. 뭔가 수금하는 느낌 아닙니까?"

"이게 참……. 아니, 분명 사람들이 선의로 해 주는 일이니 나쁜 게 아니긴 한데."

"이거 아무리 봐도 흑도 놈들이 구역 관리하는 모습 같은데."

"잘 어울려."

겸사겸사 저자에서 행패를 부리는 왈패 놈들을 후려 까 대다 보니, 청명의 인기는 하늘 높은 줄 모르고 치솟고 있었다.

"아이고, 도사님. 저희 애가 이번에 네 살이 됐는데, 혹시……."

"에이. 뼈라도 좀 영글어야 어떻게 가르쳐 보죠. 급히 먹는 밥이 체한다고, 일단은 밥 잘 먹여서 튼튼하게 만들어 두세요. 제자는 화영문에서 금방 또 받을 테니까요."

청명의 대답에 주변 사람들이 먼저 버럭 소리를 질렀다.

"어허! 그런 일은 화영문에 가서 문의하면 될 일이지! 어디 도사님께서 사소한 일까지 신경 쓰셔야겠나! 훗날 천하제일검이 되실 분인데!"

"그럼! 그럼! 큰일을 하셔야지!"

하지만 화산 제자들은 사람들의 이 뜨거운 반응들을 도무지 이해할 수 없었다.

'아니, 쟤는 도대체 왜 저렇게 인기가 좋은 거야?'

'사람들이 저 새끼가 평소에 어떤 놈인지를 몰라서 그래. 화산에 올라서 딱 하루만 겪어 보면 뒤도 안 돌아보고 달아날 텐데.'

화산의 제자들에게는 속이 터지는 일이었지만 안타깝게도 서안의 사람들은 청명의 본성을 몰랐고, 그 때문에 청명과 화산에 쏟아지는 관심은 끊이지 않았다. 호감을 넘어 열광적인 반응이었다.

이유? 물론 이유야 여러 가지가 있겠지만…….

"아무쪼록 잘 봐주십시오! 열심히 한번 해 보겠습니다!"

"아이고, 도사님도 참! 저희가 잘 부탁드려야지요."

"세상에, 어찌 이리 겸손하신지."

백천은 그 이유의 구 할은 청명의 저 태도에 있다고 확신했다.

지금도 그랬다. 음식을 받아 챙기고 환담을 나누면서도 청명의 허리는 눈 한 번 깜빡일 순간에도 세네 번씩 접혔다 펴지기를 반복했다. 저 낭창한 허리와 유연한 무릎은 콧대 높은 무림인들에게서는 웬만해선 찾아보기 어려운 것이다.

'특히나 종남 놈들에게선 보기 어려웠겠지.'

서안이 종남의 안방 같은 곳이라 그 문하들을 자주 볼 수 있다고는 하지만, 어디 그들이 평범한 서안의 사람들에게 허리를 숙이고 겸손함을 보였겠는가? 그 종남의 문하들인데?

'그럴 리가 없지.'

진금룡이 어땠는지만 생각해 봐도 뻔히 결론이 나오는 일이다.

부끄러운 일이지만, 백천 역시 청명을 만나 대가리가 깨지기 전에는 명문파의 제자라는 사실만으로도 어깨에 힘이 들어가 있었다. 무학을 익히는 이상 자신은 평범한 양민들과는 비할 수 없는 사람이라 생각했던 거다. 몰락한 것이나 다름없었던 화산의 제자임에도 말이다.

자신이 그랬는데, 한창 기세가 좋았던 종남의 제자들이 얼마나 이들에게 고압적으로 굴었을지는 굳이 눈으로 보지 않아도 짐작할 수 있었다.

그러니 이 평범한 양민들의 눈에 청명의 유연한 허리와 쉴 새 없이 숙여지는 고개가 얼마나 좋게 보이겠는가.

아니나 다를까, 사방에서 그런 청명을 칭찬하는 소리가 끊이질 않았다.

"과연 도문은 다르구만. 화산신룡이면 지금 천하에서 가장 많이 회자되는 인물 중 하나일 텐데, 저리 낮은 자세라니."

"그렇지! 그게 바로 도인 아니겠는가? 화산은 단순히 검을 닦는 검문이 아니라 도를 숭상하는 도문이라더니, 내 이제야 그 말이 무슨 뜻인지 알겠네."

"참 도인이시구나! 정말 참 도인이셔! 역시나 종남과는 아주 다르구먼 그래."

여러분. 여러분께서는 지금 도문이 생겨난 이래 가장 마귀 같은 도사 놈을 두 눈으로 보고 계십니다.

태상노군께서 지상에 강림하시면 가장 먼저 이곳으로 뛰어와 저놈의 주둥아리에 돌려차기를 갈겨 버릴 것이라 저는 확신합니다. 그러니 제발 현실을 바로 보시고…….

"다들 속고 있……!"

"조용히 하십시오, 사숙."

"쉿."

하지만 부당함을 견디지 못하고 진실을 털어놓기도 전에 조걸과 유이설이 눈치를 주었다. 백천은 세상 답답하단 얼굴로 한숨을 쉬었다.

그래도 어쨌든……. 거짓 아닌 거짓말(?) 덕분에 청명은 물론이고 화산과 화영문의 인기는 날이 갈수록 높아지고 있는 게 사실이다.

이제는 화영문의 도복을 입은 이들이 길거리를 걷기만 해도 서안의 사람들이 먼저 웃으며 인사를 건네 올 지경이었다.

'하여튼 진짜 대단한 놈이야.'

백천은 청명의 추진력에 새삼 혀를 내두르고 말았다.

그런데 그때였다. 사람들이 몰려든 곳 뒤쪽에서 웅성거리는 소리가 들리나 싶더니, 소란이 점차 커지기 시작했다.

'뭐지?'

백천의 기름한 눈이 슬쩍 가늘어졌다. 단순히 사람들이 몰려 있어서 생긴 소란은 아닌 것 같았다. 그는 호기심 어린 눈으로 사람들의 뒤편, 시끌벅적한 소리가 들려오는 방향을 주시했다.

이윽고 사람들을 헤치고 누군가 걸어 나왔다. 그의 눈에 낯이 익다면 낯이 익고, 낯설다면 낯선 이들의 모습이 보이기 시작했다.

'그러니까…… 유해상이라고 했던가?'

선두에 선 이는 분명 종남 속가 복연문의 문주인 유해상이었다. 가장 앞서 걸어오는 그의 뒤로는 복연문의 문도들이 겸연쩍은 얼굴로 따르고 있었다.

"허어! 빨리도 오는구먼."

"허허. 거참, 낯짝도 두껍지."

"도망갈 때는 야반도주를 하더니, 돌아올 때는 당당히 대낮에 돌아오는구먼. 말세야, 말세."

당연하게도 그들을 바라보는 서안 사람들의 반응은 예전 같지 않았다.

"저, 저. 칼 찬 꼬락서니 좀 보소. 뽑지도 않을 칼을 뭣 하러 저리 들고 다니는 건지 모르겠네."

"안 뽑긴 뭘 안 뽑는가? 우릴 향해서는 뽑지 않았는가?"

"아, 그렇지! 허허. 정파니 협의니 어쩌니 하는 것들이 멀쩡한 백성들에게는 칼을 들고 협박을 해 대더니. 막상 도적들이 몰려오니 꽁무니를 빼? 퉤엣! 개 같은 놈들!"

사람들 사이에서 비난의 목소리가 점점 커졌다. 사람들이 모인 곳을 향해 걸어오던 유해상의 얼굴이 와락 일그러졌다.

물론 여기까지 오면서 이런 시선을 받은 게 처음은 아니었다. 하지만 지금까지는 용기 있는 소수의 사람만 혀를 차는 시늉을 하며 고개를 돌렸을 뿐, 감히 면전에 대고 직접 비난을 쏟아 낸 이들은 없었다.

그런데 지금은 눈치를 주는 것도 아니고, 아주 대놓고 들으란 듯이 욕을 해 대고 있지 않은가?

"……저 무지렁이 놈들이!"

"차, 참으셔야 합니다, 문주님."

옆에서 만류하는 목소리에 유해상은 붉으락푸르락해진 얼굴로 화를 꾹 눌러 참았다.

잘못을 저질렀다는 건 알고 있었다. 하지만 이전에는 아무것도 아니었던, 신경도 쓰지 않았던 이들에게 이리 대놓고 욕을 먹으니 끓어오르는 노화를 참기가 쉽지 않았다.

"당장 꺼져라! 이 사기꾼 놈들아!"

"본산이 없으면 아무것도 못 하는 것들이 그동안 잘도 거들먹거렸군! 에라, 호가호위가 이럴 때 쓰는 말이지!"

"대체 뭔 낯짝으로 이 벌건 대낮에 얼굴을 들이미는지 모르겠네! 나 같으면 서안 쪽으로는 얼씬도 하지 않았을 것을!"

하지만 비난하는 목소리는 끊이지 않았다. 모두가 너 나 할 것 없이 한마디씩 얹어 대자 결국 참다못한 그가 눈을 까뒤집었다.

"이 건방진 놈들이……!"

결국엔 소리를 내지른 그의 얼굴은 금방이라도 터져 버릴 듯 붉었다. 그렇지 않아도 내심 부끄러웠다. 잘못을 저질렀다는 자각도 있었다.

그럼에도 굳이 서안에 다시 발을 들인 것은, 급하게 달아나느라 처리하지 못했던 전각을 매도하기 위해서였다. 적사대 놈들이 불을 지르고 부숴 버렸을 줄 알았던 전각이 멀쩡히 남아 있다는데, 그걸 그냥 두고 서안을 떠날 수는 없는 노릇 아닌가.

그를 위해서라면 차가운 눈빛 정도야 충분히 감내할 자신이 있었다. 그런데 설마 저 힘도 없는 양민들이 이리 욕을 쏟을 줄은 상상도 못 했다.

"보자 보자 하니까 이놈들이! 내가 누군 줄 알고!"

그가 허리에 찬 검을 반쯤 뽑았다. 그러자 앞다퉈 야유를 쏟아 내던 서안 사람들이 움찔하며 주춤주춤 뒤로 물러섰다.

"무, 문주님! 이러시면 안 됩니다."

유해상의 격한 반응에 되레 복연문의 문도들이 기겁하여 만류하고 들었다. 하지만 유해상은 흥분을 가라앉히기는커녕 더욱더 목청을 높였다. 한번 입을 떼니 치미는 울화를 누를 수가 없었다.

"놔라! 내가 실수를 했다고는 하나, 저것들이 감히 내게 욕을 하지 않느냐! 그동안 내가 서안에 한 게 얼만데 이 배은망덕한 것들이! 오냐! 너희가 이리 나를 사기꾼에 파렴치한으로 몬다면, 기왕에 이리된 것 도적인들 되지 못할까!"

숫제 협박이나 다름없는 말에 상인들의 얼굴이 참담하게 일그러졌다.

"내가 누구인지 잊지 말거라! 나는……."

"네가 누군데?"

"……뭐?"

그때, 사람들 사이에서 심드렁한 목소리가 흘러나왔다.

그러자 사람들이 금세 좌우로 비켜섰다. 인파가 갈라진 틈으로 터덜터덜 나온 사람은 청명이었다.

고함을 치던 유해상이 그 순간 조용해졌다. 왜 사람들이 이리 몰려 있었나 했더니, 화산 놈들이 와 있었던 모양이다.

'어, 어쩐지…….'

왜 그 생각을 못 했을까. 평소라면 눈도 마주치지 못했을 것들이 떼를 지어 욕을 하고 있으면 그 이유에 대해 생각했어야 했다. 그런데 순간 머리에 피가 몰려 거기까지는 미처 생각지 못했다.

"……아, 그쪽이 누구시냐고."

청명은 대답하지 못하는 유해상을 심드렁하게 바라보다 한심하다는 듯 혀를 찼다.

"아저씨. 탑을 아무리 높이 쌓아 봐야, 일단 무너지면 끝인 거예요."

유해상이 조개처럼 입을 다물었다.

"물론 아저씨는 딱 한 번 잘못한 거라고 하겠죠. 그런데 사람들은 그 한 번을 위해서 칼 찬 무뢰배 놈들이 백주 대낮에 관도를 오가도 이해해 주는 거라고요. 그걸 저버린 순간 이분들한테 아저씨는 말 그대로 도적이나 다름없죠."

"나, 나는……. 그게."

유해상은 결국 말을 잃고 말았다. 청명이 피식 웃으며 턱짓했다.

"왜 돌아왔는지는 모르겠지만, 이제 여기는 아저씨가 알던 그 서안이 아니에요. 더 험한 꼴 보기 전에 그냥 가시는 게 나을 거예요."

청명의 말이 끝나기가 무섭게 언제 겁먹고 흠칫했냐는 듯 좌우에서 서안 사람들의 환호와 추임새가 터져 나왔다.

"그렇지! 어딜 감히 서안에 발을 들여!"

"왜, 다음에는 더 빨리 도망가려고 그러나?"

유해상은 그만 눈을 질끈 감아 버렸다. 오는 길에도 예상은 했지만, 실상은 더욱 참담했다. 서안의 민심은 완전히 종남을 떠났다. 그걸 눈으로 확인하니 이루 말할 수 없는 패배감과 비참함이 밀려들었다.

스산한 눈빛으로 그를 노려보던 청명이 덧붙였다.

"그리고, 한 번만 더 서안에서 칼 뽑아 사람 위협하면 그 손모가지 잘라 버릴 거예요."

서슬 퍼런 청명의 일갈에 유해상이 고개를 푹 숙였다.

"여기에 우리 돈······. 아니, 소중한 제자들의 부모님이 많거든요. 이들을 위협하는 건 화영문을 위협하는 걸로 받아들이죠."

이분들이 다 수업료를 내주시는 고마운 분들이지. 아암.

"아시겠어요?"

명분이 사라진 뒤에는 실력만이 남을 뿐이다. 그가 실력으로 어떻게 감히 화산신룡을 감당하겠는가.

청명의 으름장에 유해상은 머뭇거리다 결국 고개를 끄덕였다.

"······알겠네."

복연문의 제자들은 얼굴도 들지 못한 채 참담한 표정으로 어깨를 늘어뜨렸다. 그제야 사람들이 길을 터 주었다. 유해상을 필두로 한 복연문의 제자들이 고개를 푹 숙인 채 그 사이를 패잔병처럼 지나갔다.

그 참담한 모양새를 보며 백천은 고개를 내저었다.

'민심이라는 게 정말 무섭구나.'

불과 며칠 전만 해도 저들이 저런 초라한 몰골이 될 줄 누가 알았겠는가.

그런데 청명이 불쑥 다가오더니 백천의 귀에 대고 나지막이 말했다.

"사숙. 쟤들 잘 감시해."

"……왜? 사고 칠 것 같으냐?"

"아니. 적당한 건수 있으면 그거 빌미로 가서 엎어 버리게."

백천은 살짝 넋이 나간 얼굴로 청명을 보았다. 청명은 진심으로…… 아쉬워하는 듯 보였다.

"조금만 건드리면 거품 물고 발작할 것 같은데……. 욕을 좀 더 쳐 볼 걸 그랬나?"

"청명아……. 사람답게 좀 살자."

"에이. 나보다 사람다운 사람이 어디 있다고."

백천은 고개를 절레절레 내저었다. 하여튼 이 새끼는 진짜로 잘못돼도 한참 잘못됐다.

· ❖ ·

밤이 깊도록 서안 내 시찰을 돈 화산의 제자들이 달이 기울기 시작할 즈음에야 의기양양하게 화영문으로 들어섰다.

"이제 대충 서안은 정리가 끝난 것 같네."

"너무 과하게 정리됐지."

"그럼 이제 슬슬 돌아갈 준비를 해야 하는데."

"정말 화영문에는 아무도 안 남길 거냐?"

"간간이 파견을 오는 식으로 들를 수야 있겠지만, 상주할 생각은 없어. 이제부터는 화영문의 일이지."

위립산과 위소행이라면 잘 해낼 수 있을 것이다. 그리고 이곳과 화산은 거리가 별로 멀지 않아서, 혹시라도 무슨 일이 생기더라도 빠르게 지원을 올 수도 있고.

"종남이 봉문을 풀기 전까지는 별문제 없을 거야. 하하하. 이렇게까지 했는데 뭔 문제가 있겠어?"

콧대가 한없이 높아진 청명이 턱을 치켜들고 웃었다.

하지만 화영문의 문을 열고 들어간 청명은 새삼스레 깨달아야 했다. 언제나 문제라는 건 전혀 생각지도 않은 곳에서 발생한다는 것을.

"처, 청명아! 청명아아아아아!"

"아이고! 청명아!"

"히이익! 백천 사숙! 왜 이제야 오십니까?!"

화산의 제자와 화영문의 제자 몇이 말 그대로 사색이 된 채로 달려와 그들에게 매달렸다.

"뭐야! 만인방이 쳐들어오기라도 했어?"

"그, 그게 아니라……!"

"그럼 뭔데? 왜 그렇게 호들갑이야?"

"귀, 귀신! 귀, 귀신이 나타났습니다!"

화영문의 제자 하나가 겁에 질린 얼굴로 새된 소리를 질렀다. 상상도 못 한 이야기에 청명의 얼굴이 와락 일그러졌다.

"뭔 소리야? 좀 자세하게 이야기해 봐!"

청명이 다그치자 백상이 파르라니 질린 얼굴로 다급하게 말했다.

"귀, 귀신이 나왔다니까! 측간을 가던 이들이 희뿌연 귀, 귀신이 유영하는 걸 봤단다! 그것도 한 명이 아니라, 오늘만 두 명이!"

"그러니까 그게 뭔 소리냐고."

"뭔 소리냐니? 귀신이라니까!"

백상은 좀처럼 흥분을 가라앉히지 못하고 말을 쏟아 냈지만, 그의 말이 이어질수록 청명은 더욱 퉁한 표정을 지었다.

"사숙은 뭐 하는 사람인데?"

"나? 나야…… 도사지."

"에라이, 인간아! 도사라는 것들이, 뭐? 귀신? 귀신이 나오면 니들이 제령을 해야 할 판에, 무섭다고 호들갑을 떨어 대?"

청명이 소리를 지르다 말고 급기야 백상을 뻥 걷어찼다.

"꺄울!"

백상이 기괴한 비명을 지르며 데굴데굴 굴러 나가떨어졌다.

도문이 어떤 곳인가. 개인으로는 도를 닦고, 더 나아가서는 백성을 구휼하고, 삼라만상의 이치를 좇아 모든 사특한 것을 배제하는 곳이다.

"무당 놈들은 귀신 들린 놈들 찾아가서 도제(道祭) 지내 주고 돈 벌어 오는 판에! 뭔 도사라는 것들이 귀신 봤다고 호들갑을 떨고 있어! 니들이 귀신을 무서워하면 귀신은 누가 잡냐, 누가!"

청명이 답답해 죽겠다는 듯 입에서 불을 뿜었다.

"그리고 여기 도사만 있냐? 중놈은 또 어디 갔어?"

"혜, 혜연 스님 말이냐? 그…… 귀신이 나왔다는 말을 들으시더니 방문을 걸어 잠그고 독경을……."

"……진짜 염불하고 자빠졌네. 도사가 이렇게 많은 데다 중까지 있는데, 그중 제대로 된 놈이 하나도 없냐. 아이고, 내 팔자야."

청명이 머리가 아프다는 듯, 한 손으로 이마를 덮었다. 차라리 고양이가 쥐를 무서워하는 게 낫지. 어쩌다가 도사 놈들이 귀신을 보고 도망온다는 말인가.

"이것들이 양기가 허한가? 내가 제대로 좀 굴려 줘?"

"그럼 양기가 더 빠지지……."

"주둥아릴 확!"

구세주라도 본 양 몰려왔던 제자들이 모두 청명의 서슬 퍼런 기세에 찔끔 어깨를 움츠렸다. 청명은 한심하다는 듯 혀를 찼다.

"세상에 귀신이 어딨……. 어……. 아니, 잠시만."

따지고 보면 나도 귀신 아닌가? 어?

예전에는 귀신이라는 말만 들어도 콧방귀를 뀌었던 청명이지만, 그가 겪은 일을 생각하면 이게 꼭 말이 안 되는 소리라고 볼 수는 없었다.

"귀신이라니."

백천이 어이가 없다는 듯 중얼대자, 윤종이 눈을 가늘게 떴다.

"그러고 보니, 이 장원을 처음 매입할 때 싸게 살 수 있었던 이유가 귀신이 나온다는 소문이 있어서라고 하지 않았습니까?"

"그, 그랬지."

"허무맹랑한 소리는 아닙니다. 이 목 좋은 곳의 장원이 그동안 폐가로 비어 있었던 것도, 웬만해서는 벌어질 수 없는 일이죠. 게다가 두 명이나 귀신을 봤다지 않습니까?"

"……그럼 정말 귀신이 나온다는 건가?"

윤종의 말에도 백천은 여전히 의심스러운 듯 고개를 연신 갸웃거렸다. 아무리 그래도 대명천지에 귀신이라니.

"사매, 사매는 어떻게 생각……."

뒤를 돌아본 백천은 조금 당황하고 말았다. 항상 그보다 두어 걸음 뒤쪽에 있던 유이설의 모습이 보이질 않았다.

"얘는 또 어딜 갔……."

그의 말은 채 다 이어지지 못했다. 그녀가 화영문 입구에 바짝 붙어서 슬쩍 발을 빼고 있는 광경을 본 것이다.

"귀신."

눈이 마주친 유이설이 무뚝뚝하기 짝이 없는 얼굴로 중얼거렸다.

"칼 안 박힘. 못 이겨. 무서움."

백천이 서글픈 얼굴로 하늘을 올려다보았다.

'정상인이 없어.'

방금 저 말은 여러 가지로 해석할 수 있었다. 겉으로야 칼이 박히지 않는 귀신이 무섭다는 의미지만, 다른 뜻으로 보자면 칼이 박히는 놈이면 무서울 게 없다는 뜻이 아닌가.

어쩐지 평소에 간이 배 밖으로 나온 것처럼 굴더라니.

"백상아. 그 귀신을 목격했다는 이는 누구냐?"

"예. 하나는 화영문의 제자입니다. 지금 너무 놀라서 안정시키려고 방에 들여보냈습니다."

"다른 하나는?"

"전데요?"

백천이 괴로움을 이기지 못하고 얼굴을 감싸 쥐었다. 아니, 이 새끼는 옛날에는 좀 정상인 같더니. 어쩌다가 애가 이렇게까지 급격하게 망가졌나?

'진짜 정상인이 없다고.'

하기야, 지금 화산에 망가지지 않은 이가 몇이나 있겠는가.

서글픈 생각을 이어 가던 백천이 이내 상념을 떨치곤 한숨을 쉬며 물었다.

"네가 본 걸 정확하게 말해 보거라."

"예, 사형! 측간에 가려던 와중에 살짝 으슬으슬한 느낌이 들어서 고개를 들었는데 말입니다."

"그래."

"희뿌연 뭔가가 확 지나가지 않습니까! 보자마자 직감했습죠! 이건 귀신이다. 동시에 전신에 소름이 쫘아아악 돋는데!"

"그래서? 그 뒤로 어떻게 된 것이냐?"

"이게 단데요?"

허탈한 눈으로 백상을 바라보던 백천은 저도 모르게 주먹을 살짝 말아 쥐었다. 백상이 그의 주먹을 곁눈질하더니 말했다.

"……진정하십쇼, 사형."

"나도 그러고 싶다."

나도 진짜 그러고 싶다고, 이 새끼야!

심호흡으로 애써 마음을 안정시킨 백천은 슬쩍 주변을 둘러보았다. 청명이 한차례 윽박질러 놓아 조금 진정이 되기는 했지만, 제자들의 얼굴에는 여전히 불안감이 드리워져 있었다.

"귀신이 아닐 확률은 없느냐? 눈으로 쫓기 힘든 경공을 펼치는 고수라든가."

"사람은 그럴 수 없습니다. 그게…… 단순히 빠르기만 한 게 아니라, 뭔가 희뿌연 것이……. 게다가 반쯤 투명한 것 같기도 했고요. 무엇보다 정말로 음산한 기운이 느껴졌습니다."

백천이 미묘하다는 듯 침음성을 흘렸다.

지금이야 재경각 소속이 되었다지만, 백상은 한때 백자 배에서 실력깨나 자랑했던 이다. 심지어 아주 이성적인 사람이 아니던가. 그런 그가 겁에 질려서 헛것을 보았을 리는 없었다.

'진짜 귀신이 나온다고?'

백천은 전각을 물끄러미 바라보았다. 기분 탓일까, 화영문의 전각이 괜히 음산해 보였다. 그들의 손으로 올린 새 전각이 그새 낡았을 리도 없는데 말이다.

"어떻게 하냐, 청명아? 귀신이 나온다잖아."

"그게 왜?"

"……아니, 귀신인데."

그러자 청명이 어이없다는 듯 코웃음을 치더니 말했다.

"귀신이 뭐가 문젠데? 칼이 박히면 박히니까 무서울 게 없고, 칼이 안 박히면 걔도 나를 못 때릴 테니 무서울 게 없는 거 아냐?"

거 논리 정연하네. 할 말이 없어진 백천이 입을 다물었다.

"그런 쓸데없는 데 신경 쓸 겨를이 있으면 칼이나 한 번 더 휘둘러. 귀신은 얼어 죽을."

퉁명스러운 말을 마지막으로 청명은 성가시다는 듯 손을 내젓고는 휘적휘적 걸어 안으로 들어갔다. 그러나 남은 제자들은 여전히 불안해하는 눈으로 그의 뒷모습과 전각을 번갈아 바라보았다.

"어, 어떻게 합니까, 사숙?"

떨리는 시선을 주체하지 못하던 조걸이 살짝 허옇게 질린 얼굴로 말했다.

"당연히 청명이 놈이야 걱정이 없겠지요. 귀신도 저 새끼는 안 잡아갈 테니까."

세상을 부유하는 귀신과 지옥에서 기어 올라온 악마를 비교하면 아무래도 귀신이 한 수 처지는 법 아니겠는가. 제 주제를 알고, 제 살길을 찾는(?) 귀신이라면 청명은 절대 건드리지 않을 것이다.

"하지만 우린 아니죠. 귀신을 마주치면 어떻게 합니까?"

"……혹시 여기서 제령술을 할 줄 아는 놈이 있느냐?"

"화산에 그런 게 있습니까?"

어, 뭐……. 옛날에는 있었을 수도 있지.

"도사라도 불러야 하는 것 아닙니까?"

"우리가 도산데 누굴 불러, 이 미친놈아!"

"아니……. 우리 같은 칼만 쓸 줄 아는 도사 말고, 좀 제대로 된 도사들 있잖습니까."

"조걸아. 정신 차리거라. 처맞기 싫으면."

"넵."

청명에게 하도 시달리다 보니 이제 사람을 상대로는 겁대가리를 거의 상실해 버린 화산의 제자들이지만, 칼도 안 박히는 귀신을 상대하는 건 또 별개의 문제였다.

백천은 크게 헛기침을 하며 주의를 환기하고 말을 이었다.

"여하튼, 세상에 귀신 같은 게 있을 리 없다."

말만 들으면 퍽 담담했지만, 화산의 제자들은 모두 통탄했다.

'그렇게 잔뜩 질린 얼굴로 말해 봐야 설득력이 없잖습니까…….'

그 반응을 모르진 않았지만, 그래도 백천은 꿋꿋하게 말을 이었다.

"그래도 혹시 천에 하나, 만에 하나 문제가 생길 수도 있으니 지금부터는 이동할 때 홀로 다니지 말고 최소 둘씩은 짝을 지어 다니도록 해라. 며칠 잠잠하면 다시 상황을 보겠다."

말을 마친 백천은 다시 전각에 시선을 던졌다가 고개를 저었다.

"에이, 설마."

헛웃음을 짓는 그의 얼굴엔 미묘한 수심이 내려앉아 있었다.

하지만 그의 생각과 달리, 이 소동은 생각보다 쉽게 끝나지 않았다.

"아아아아아아아악!"

늦은 밤. 뜬금없이 적막을 깨고 울려 퍼진 비명에 전각의 문들이 동시에 벌컥벌컥 열렸다.

"뭐, 뭐야! 침입자냐?"

모두 신발을 챙겨 신을 겨를도 없이 전력으로 경공을 전개하여 비명이 울려 퍼진 곳으로 달려갔다. 그리고 그들이 발견한 것은, 게거품을 물고 쓰러진 청자 배 제자, 도운엽이었다.

"헐? 사형! 괜찮으십니까!"

"운엽아! 정신 차려라!"

"끄으……. 끅! 귀, 귀신…….."

그는 반쯤 눈을 까뒤집고는 부들부들 떨리는 손으로 허공을 가리켰다.

"귀, 귀신! 귀……."

"정신을 차려 보래도! 운엽아! 운엽아!"

"……끄르르르."

따아아악! 그가 막 의식의 끈을 놓으려는 찰나에 이마에 호된 딱밤이 떨어졌다. 호두가 깨지는 듯한 소리가 울렸다.

"악!"

정신을 반쯤 잃었던 도운엽이 비명을 지르며 이마를 부여잡고 바닥을 굴렀다. 청명이 그 모습을 한심하다는 눈으로 내려다보았다.

"뭔 도사 놈이 귀신 봤다고 기절을 해? 미쳤어? 하여튼 다들 빠져 가지고. 빨딱 안 일어나?"

청명이 버럭 소리치자 도운엽이 언제 뒤로 넘어갔었냐는 듯 자리에서 벌떡 일어나 부동자세를 취했다. 그간의 경험으로 몸에 새겨진 본능적인 움직임이었다.

'세상에. 기절하는 사람을 때려서 깨우네.'

'창의적이야. 확실히 창의적이야.'

모두가 감탄하는 와중에 청명이 도운엽을 향해 물었다.

"뭘 봤는데."

"귀, 귀신이었다니까!"

"그러니까 그 귀신이 어떻게 생겼는데?"

"아, 아니 그게 뭔가 희뿌연 물체가……. 아니, 불그스름했던 것 같기도 하고. 어? 투명했나? 기억이 잘……."

"그 눈깔은 대체 왜 달고 다니냐? 옹이구멍이여?"

"워, 워낙 순식간에 일어난 일이라……. 제대로 못 봤다."

"자라. 처자라고."

기가 막힌 청명이 운엽의 엉덩이를 뻥 걷어차고는 한숨을 내쉬었다.

"에휴. 내가 이런 것들을 믿고."

하지만 이번에는 그도 마음에 의혹이 생길 수밖에 없었다. 청명은 잠깐 미간을 좁힌 채 고민에 빠졌다.

'한두 사람이 본 게 아니란 말이지?'

게다가 목격한 이들의 증언이 대동소이하다. 세세한 부분은 다 다르지만, 결론적으로는 뭔가 뿌연 것이 눈앞에서 훅 지나갔다는 것 아닌가?

그때, 뭔가 생각하는 듯하던 윤종이 옆에서 슬쩍 물었다.

"혹시 그……. 종남의 속가에서 장난을 치는 게 아닐까?"
"아니야. 걔들은 그럴 능력이 없어. 장난도 능력이 돼야 치는 거지."
하지만 청명은 딱 잘라 부인하며 고개를 저었다.
혹시 몰라서 기감을 사방으로 펼쳐 뒀지만 걸리는 게 조금도 없었다. 진짜 종남의 속가들이 일을 벌였다면 대문을 넘기도 전에 청명에게 걸렸을 것이다.
'대체 어찌 된 일이지?'
일이 이렇게 되니 천하의 청명조차도 결론을 쉬이 내기 어려웠다.
"저, 정말 귀신 아닐까?"
"아니, 사람이 이 정도로 많이 목격했으면 진짜 귀신이지!"
"아미타불. 아미타불. 아미타불. 아미타불."
"어느 놈이 불호 외냐! 우리가 명색이 도산데!"
"도호를 외라고, 도호를!"
불안을 숨기지 못한 제자들이 각자 제 할 말을 해 대기 시작했다.
"그래! 불호는 중이 외어야지. 그래서 말인데, 혜연 스님은?"
"……문 걸어 잠그고 안 나오신다."
"거…… 그 양반 진짜 소심하네."
"무상대능력으로 후려 까면 귀신도 도망갈 텐데 말이야."
저마다 한마디씩 떠드느라 주변이 왁자지껄 소란해지자 청명이 얼굴을 일그러트리더니 윽박질렀다.
"다들 조용히 좀 해 봐! 귀신은 무슨 놈의 귀신이야. 세상에 귀신이 어디 있어! 그리고 귀신이라면 그동안 코빼기도 안 보이다가 갑자기 이렇게 확 나타날 수는 없지. 이건 분명 누군가의 수작질이다."
"종남도 아니라며? 그런데 누가 수작을 부린다고 그러냐?"

"그걸 이제부터 확인해 봐야지. 어떤 놈이 이런 얄팍한 수작질을 하는 건지 모르겠지만, 사람 잘못 건드렸다는 걸 알게 해 주지!"

씨근덕거리던 청명이 급기야 빠득빠득 이를 갈아 댔다.

"그러다 정말 귀신이면 어떡하려고?"

"매에는 장사가 없어. 귀신이고 나발이고 다 때려잡아 버리면 그만이야."

청명의 단호한 목소리에 화산의 제자들은 모두 새삼 감탄하고 말았다. 과연 청명이다. 귀신이고 뭐고 저놈 앞에서는 의미가 없구나! 그럼 저놈만 믿고…….

"그런데…… 여기 혹시 부적 쓸 줄 아는 사람 있어?"

"……."

"아니, 혹시 모르니까."

백천과 나머지 제자들이 멍한 눈빛으로 청명을 바라보았다.

……야. 너도 솔직히 무섭긴 무섭구나? 이 새끼.

　　　　　• ❈ •

화려하기 짝이 없는 공간. 자색(紫色)으로 칠해진 기둥과 질 좋은 비단이 이곳저곳을 장식한 방의 모습은 보기만 해도 절로 감탄이 나왔다. 그리고 그 안을 채운 고급스러운 가구들과 한눈에 봐도 비싸 보이는 장식품들은 이곳에 있는 이가 얼마나 부유한지를 증명해 주었다.

하지만 그 방 안에서 가장 특이하고 시선을 잡아끄는 건 따로 있었다.

커다란 옥좌가 있어야 어울릴 것 같은 화려한 계단 위, 옥좌 대신 뜬금없게도 너른 평상이 놓여 있었다.

물론 이 역시 값비싼 자단목으로 만들어진 것이니 이곳에 어울리지 않는다고 말할 수는 없겠지만, 미묘한 위화감이 드는 건 사실이었다.

그리고, 그 너른 평상 위에 한 사내가 턱을 괴고 누워 있었다.

이 사내를 어찌 설명해야 할까.

전신에 두른 순백의 장포에는 황금빛 용이 수놓아져 있고, 소매 아래로 삐져나온 손에는 형형색색의 보석이 박혀 호화스러운 반지들이 열 손가락 모두 빼곡하게 끼워져 있었다.

머리카락 한 올조차 흘러내리지 않게 단정하게 빗어 넘긴 머리는 곱게 틀어 올렸고, 순금의 관으로 치장되어 있었다. 그리고 그 아래로 보이는 새하얀 얼굴은 주름 하나 없이 팽팽했다.

요란하다 못해 우스꽝스러울 정도로 화려한 모습이지만, 이 사내의 면전에서 감히 이를 비웃을 이는 아무도 없을 것이었다.

이 사내가 바로 천하를 뒤흔드는 만인방의 방주, 패군(覇君) 장일소(長一笑)이기 때문이다.

"흐으음. 그래서?"

장일소가 살짝 지루한 듯한 목소리로 물었다. 더없이 화려하게 치장된 외양에 어울리게, 그의 눈빛에선 짙은 나른함이 묻어났다.

"바, 방주……."

방승의 몸이 사시나무처럼 떨렸다. 적사도 엽평의 앞에서도 기가 죽지 않았던 그가 염왕(閻王)이라도 만난 것처럼 전신에서 식은땀을 줄줄 흘려 대었다.

"종남이 봉문까지 한 서안에 들어갔다가, 복날의 개처럼 얻어맞고 쫓겨났다?"

"그, 그게…… 거, 거기에 화산이 있을 줄은 저희도…….."

"아니겠지."

장일소는 심드렁하게 방승의 말을 잘랐다.

"네가 아무리 멍청하다고는 해도, 서안에 화산 놈들이 들어와 있다는 사실을 몰랐을 리는 없지. 그저 화산 놈들이 있다고 해도 큰 문제가 되지 않겠거니 생각했던 거야. 그렇지 않니?"

"그, 그렇습니다! 죽여 주십시오!"

방승이 기겁을 하며 바닥에 이마를 바짝 붙였다. 덜덜 떨리는 등이 그가 얼마나 큰 공포에 질려 있는지를 말해 주었다.

장일소가 느릿하게 손을 휘저었다. 장신구 부딪치는 소리가 절그럭 울렸다.

"그럴 수 있지. 판단은 나쁘지 않았어. 그래, 판단은 나름 나쁘지 않았지. 나라도 그 상황에서는 서안으로 들어가 봤을 거야. 거기까진 좋은 판단이었지."

"가, 감사합니다, 방주님."

모로 누워 있던 장일소가 천천히 그 몸을 일으켰다. 평상에 걸터앉는 그 가벼운 움직임에 순백의 장포가 물결을 치고, 사이로 언뜻언뜻 붉은 무복이 드러났다.

"그런데 다음이 문제지, 그다음이."

일어나 앉은 장일소가 미소를 지었다. 선을 그어 놓은 듯 가느스름해진 그의 눈이 초승달처럼 부드러운 호선을 그렸다.

"그래서 의기양양하게 서안으로 들어갔다가 화산의 애송이들에게 얻어맞고…… 저 머저리 놈은 사지 근맥이 잘린 걸로도 모자라 단전까지 꿰뚫렸다?"

"그, 그게……."

장일소가 천천히 일어서더니 가만히 방승을 내려다보았다.

"그래. 그럴 수 있지. 그럴 수 있어. 그런데 말이야. 내가 여전히 이해가 안 되는 게 있어, 방승."

"예! 방주님! 예!"

두려움에 사로잡힌 방승의 귀에 장일소의 목소리가 가닿았다.

"너는 왜 아직 살아 있어?"

부드러운 목소리였다. 나무라는 기색이라고는 조금도 담겨 있지 않은 목소리. 얼핏 들으면 친인에게 건네는 따뜻한 덕담같이 들릴 정도였다.

하지만 그 목소리를 듣는 순간, 방승의 몸은 얼음 굴에라도 내던져진 듯 차갑게 식어 가기 시작했다.

"바, 방주……."

"아, 이렇게 말하면 이해하기 어렵지?"

장일소의 발이 천천히 움직였다. 계단을 걸어 내려오는 걸음이 마치 산보라도 하는 듯 느긋했다.

"적사대가 내게 허락을 받지 않고 제 마음대로 움직일 수 있는 이유는 그만한 성과를 가져오기 때문이야. 그렇기에 나는 지금까지 어떤 일로도 너희를 탓한 적이 없는 거란다. 그렇지 않아?"

"그, 그렇습니다. 그 모든 게 위대하신 방주님의 은총……."

"하지만 모든 권한에는 그에 걸맞은 책임이 따르는 법이지."

장일소의 입가에 미소가 피어났다.

화사하기 그지없는 그 미소에서 그가 가진 지독한 악의(惡意)를 읽을 수 있는 이가 천하에 몇이나 되겠는가.

패군 장일소의 또 다른 별호가 어째서 소리장도(笑裏藏刀)인지, 그 이유를 짐작할 수 있는 부분이었다.

"제멋대로 서안으로 들어가 아직 영글지도 않은 놈들에게 대패를 당하고도 얼굴을 들고 돌아왔단 말이지?"

"바, 방주님! 하지만 저, 저는 어떻게든 대주를 이곳으로 옮겨 와야 했습니다!"

쿵! 쿵! 방승이 미친 사람처럼 바닥에 머리를 처박았다. 이마를 타고 붉은 피가 줄줄 흘러내리기 시작했다.

"그, 그냥 두었더라면 대주께서는······."

"죽었어야지."

방승의 몸이 뻣뻣하게 굳었다. 담담하면서도 싸늘한 장일소의 목소리가 방승의 심혼을 파고들었기 때문이다.

"천하의 적사도가 무명(武名)도 없는 애송이에게 창피를 당할 바에는 거기서 죽었어야지. 그럼 이름이라도 지켰을 텐데. 그렇지?"

그는 공포에 질려 차마 대답도 하지 못했다.

"그리고 그리 죽었다면 적어도 만인방이 화산에 몰매를 맞고 서안에서 쫓겨났다는 소문은 돌지 않았을 테지. 차라리······ 차라리 모두 죽었으면."

장일소의 목소리에 한기가 어렸다.

"그런데 너는 왜 살아 있어? 그 굴욕을 당할 바에, 병신이 된 놈과 같이 거기서 죽었어야지. 죽기 싫어 어떻게든 달아났다면······."

목소리를 높이던 장일소가 살짝 눈을 감았다. 그 눈이 다시 느릿하게 뜨였을 땐, 장일소의 입가에 부드러운 미소가 번져 있었다.

"······내 눈에 띄지 않는 곳으로 달아나서 쥐 죽은 듯 살았어야지. 방승아, 방승아. 똑똑한 척 제 머리만 믿고 살더니. 왜 이리 어리석게 굴어, 이 녀석아. 응?"

마침내 코앞까지 다가온 장일소가 바닥에 바짝 붙은 방승의 머리를 바라보았다. 식은땀에 푹 젖은 뒷머리는 미동도 하지 않았다.
"무서웠구나?"
우드득득. 장일소의 발이 방승의 손을 짓밟았다. 뼈가 부러지는 소리가 섬뜩하게 들렸지만 방승은 핏발이 선 눈으로 부들부들 떨 뿐 감히 신음조차 흘리지 못했다.
"참 신기한 일이야. 너는 내게 돌아와 이 상황을 보고하는 것보다 거기서 죽는 게 더 무서웠다는 뜻이잖아?"
우드득득. 장일소가 재차 발에 힘을 싣자 방승의 손목이 완전히 으스러졌다.
손목을 밟은 채 그의 앞에 쪼그려 앉은 장일소가 빙글빙글 장난스럽게 웃으며 아주 작게 속삭였다.
"만인방이 왜 만인방인 줄 아느냐?"
"바, 방주님. 저, 저는……."
"사람들이 두려워하기 때문이야."
장일소가 손을 뻗어 방승의 목을 살짝 꼬집듯 틀어쥐었다.
"사람들이 무서워하지 않는 사파는 아무런 의미가 없단다. 그러니까 사파를 자처하는 놈들은 창피를 당해서는 안 되는 법이야. 창피를 당하는 것보다는 죽는 게 낫지. 응?"
쥐 죽은 듯한 고요가 대전을 물들였다. 방승의 땀이 바닥에 떨어지는 소리가 마치 천둥소리처럼 느껴질 정도였다.
대전 안에 있던 모두가 숨소리라도 새어 나갈까 호흡을 참았다. 저 차가운 분노가 제게로 향하지 않도록 필사적으로 시선을 낮추고 입을 틀어막았다.

"그런데…… 나는 모르겠구나. 너희가 저지른 것 이상으로 망신을 당할 길이 있는지. 그 꼴을 당할 바에야 내가 옷을 죄 벗어 던지고 저잣거리로 나가 춤을 추는 게 더 나을 것 같단 말이야. 그렇지 않느냐?"

"바, 방주……."

"그리 떨 것 없단다."

장일소가 빙그레 웃었다. 그 미소와 부드러운 목소리에 방승의 눈에 희망의 빛이 돌아왔다. 하지만 그 빛은 피어난 것보다 더 빠르게 꺼져 버렸다.

"어차피 결과야 같지 않겠어?"

그 순간, 장일소가 방승의 목을 틀어잡고 그대로 비틀어 뜯어 버렸다.

촤아아아아악! 살점이 뜯겨 나가 뼈가 훤히 드러난 그의 목에서 피가 분수처럼 뿜어져 나오기 시작했다.

"아아아아아악! 아악! 아아아아아악!"

방승이 처절한 비명을 지르며 목을 움켜잡았다. 하지만 장일소는 제 흰옷에 피가 튀고 방승이 고통에 발버둥을 치는 모습을 보면서도 되레 환하게 웃었다.

"참 재미있네. 설마 내가 이런 망신을 당하는 날이 올 줄이야."

"바, 방주! 사, 살려 주십……."

"끌고 가. 사지를 찢어서 개 먹이로 줘라. 단!"

호위병들이 방승에게 뛰어오려 하자, 장일소가 히죽히죽 웃으며 속삭이듯 덧붙였다.

"죽으면 안 돼. 살아서 제 몸뚱어리가 개에게 뜯어 먹히는 것을 눈으로 보기 전까지는 말이야. 만약 이놈이 그 전에 죽는다면 그땐 너희가 자기 몸이 뜯기는 걸 보게 될 거야."

"복명!"

호위들이 새파랗게 질린 얼굴로 방승을 끌고 나가기 시작했다.

"아아아악! 방주! 방주! 살려 주십시오! 방주우우우우우우!"

처절한 비명이 대전 안을 쩌렁쩌렁 울렸지만, 그 누구도 방승에게 눈길조차 주지 않았다. 섣불리 고개를 돌렸다간 무슨 일을 당하게 될지 모르기 때문이었다.

"쯧. 비싼 옷인데 말이야."

장일소가 자신의 옷에 튄 피를 보며 눈을 찌푸린다. 그러자 한쪽에서 묵묵히 상황을 지켜보던 만인방의 군사(軍師) 독심나찰(毒心羅刹) 호가명(扈加名)이 슬쩍 입을 열었다.

"시비들을 부릅니까?"

"됐어. 더럽혀진 것은 빨아 봐야 처음처럼 돌아갈 수 없는 법이지."

장일소가 손을 내젓고는 피가 묻은 백색 장포를 벗어 대전 바닥에 아무렇게나 내던졌다.

"명성도 마찬가지야. 아무리 곱게 쌓아 올려도 한번 무너지고 더럽혀지면 어지간해선 회복이 되지 않아. 그렇지, 엽평?"

한구석에 무릎을 꿇고 있던 엽평이 힘없이 고개를 들었다. 단전을 잃고 사지의 근맥이 잘린 그는 더 이상 과거의 적사도일 수 없었다.

흐릿하게 풀린 그의 눈을 본 장일소가 고개를 내저었다.

"이놈도……."

"바, 방주……."

그때, 영영 열리지 않을 것 같던, 가뭄이 든 논바닥처럼 쩍쩍 갈라진 엽평의 입술이 열렸다. 장일소가 말을 멈추었다.

"화, 화산을 얕보지 마십……."

퍼억! 장일소에게 걷어차인 엽평이 돌멩이처럼 볼품없이 바닥을 뒹굴었다.

"지고 돌아온 개는 함부로 짖는 거 아냐."

장일소는 턱짓으로 엽평을 가리키며 말했다.

"죽이지 마. 지금 저놈에게 죽음은 해방이니까. 어떻게든 살려서 받을 수 있는 굴욕은 다 받아 봐야지. 만인방의 노비로 써서 본보기 삼으렴."

"복명!"

엽평마저 끌려 나가자 장일소가 조금 전과는 확연히 다른, 신경질적인 걸음걸이로 계단을 올라 평상에 걸터앉았다.

"머저리 같은 것들이."

장일소가 짜증 섞인 손짓으로 머리를 쓸어 넘겼다. 조금 전 흘러내린 머리카락 한 가닥이 자꾸 그의 신경을 거스르고 있었다.

그의 심기가 매우 불편하다는 것을 아는 호가명은 조심스레 말했다.

"어찌하시겠습니까?"

"몰라서 물어? 죽여야지."

"화산은 섬서에 있고, 섬서는 우리의 영역과는 거리가 멉니다. 게다가 화산은 하남과 멀지 않아 함부로 공격하기는 위험한 곳입니다."

장일소가 무심한 눈빛으로 손끝을 내려다보며 심드렁하게 말했다.

"알아. 그리고 우리는 한창 녹림 놈들이랑 대치하고 있지."

"바로 그러합니다."

"쯧쯧쯧. 저 정파 놈들은 이득이 있다면 원수라도 힘을 합치는데, 사파라는 것들은 동전 하나도 양보를 못 해서 이전투구를 벌인다니까?"

"솔직히 여력이 그리 많지 않습니다. 현실적으로는……."

"그러니까 죽여야지."

그 순간, 장일소의 손가락에 끼워진 반지들이 서로 부딪히며 맑은 쇳소리를 만들어 냈다.

"……이득은 없고 손해만 있는 일입니다."

"가명아, 가명아. 왜 이리 어리석게 구니? 이득이란 것은 돈이 전부가 아니야."

장일소가 천천히 손을 올려 머리에 쓰고 있던 순금 관을 벗었다.

"중요한 것은 앞으로도 돈을 벌 수 있게 되는 거지. 만인방이 구파일방도 아닌 화산에게 망신을 당했다는 소문이 퍼지면, 천하의 누가 만인방을 무서워하겠니? 그럼 우리 장사는 끝장나는 거야."

그그그극. 순금 관이 그의 손안에서 종잇장처럼 우그러졌다.

"상황이니, 이득이니 하는 그런 것들 때문에 우습게 보이기 시작하면 어느 순간에는 만만해지거든. 명리(名利)란다, 명리. 이익만 좇으면 쌓아 둔 명성이 무너진다. 그런데 명성이 무너지면 이익도 무너지는 법. 머리를 써야지, 머리를."

공처럼 뭉쳐진 관을 내던진 장일소가 나른하게 손을 뻗어 휘적였다.

"남는 애들 모두 모아."

"서안으로 보냅니까?"

"거기는 왜? 이제 돈은 필요 없다니까. 중요한 건 거지발싸개가 되어 버린 만인방의 이름을 되찾는 거란다."

"하면……."

장일소의 눈동자에 순간 새파란 빛이 어렸다.

"그래. 섬서. 화산으로 보낸다. 오악 중 가장 가파르다는 그 산이 붉게 물들면 무척 아름답겠지."

단풍이 올 때까지 기다릴 수 없으니 피로 물들여야지.

"아, 화산파 놈들 머리 모조리 잘라 수레에 실어 오라고 해. 그리고 그 화정검인가 하는 놈이랑 화산신룡이라는 애기들은 살려 오라 그래. 어떤 비명을 지르는지 내 귀로 듣고 싶으니까."

호가명이 근심에 찬 표정으로 무겁게 고개를 숙였다.

모든 것은 장일소의 말대로 될 것이다. 이 만인방에서 그의 말은 곧 법이자 황명과도 다름없으니까.

명을 마친 장일소는 다시 평상 위에 느른하게 드러누웠다.

"화산……. 화산이라."

그의 입가에 미묘한 미소가 걸렸다.

"백 년 사이에 두 번이나 불타는 것도 꽤 귀한 경험 아니겠어?"

높은 웃음소리가 대전에 퍼져 나갔다.

· ❖ ·

"……죽을 것 같다."

"저도요."

눈 밑이 어둑하다 못해 음영이 턱 끝까지 내려온 화산의 제자들이 서로의 몰골을 보며 한숨을 푹 내쉬었다.

'잠을 어떻게 자? 귀신이 나오는데!'

'바람만 불어도 심장이 덜컥 내려앉네.'

최대한 신경 쓰지 않으려 노력하고는 있지만, 어디 사람 마음이라는 게 그리 뜻대로 되겠는가. 벌써 귀신을 목격한 이가 다섯을 넘어가는 상황이니, 본 적 없는 이들도 불안하지 않을 수가 없었다.

"거, 진짜 귀신 같네."

청명은 일그러진 얼굴을 내내 펴질 못했다.

벌써 며칠 동안 귀신의 종적을 찾기 위해 기감을 펼쳐 대고 있지만, 이상하게도 그 귀신은 청명에게만은 나타나지 않았다. 도운엽이 거품을 물고 쓰러진 뒤로 벌써 셋이나 더 귀신을 목격했는데도 말이다.

"진짜 귀신이 아니고서야."

제자들이 눈으로 보는데 청명이 찾아내지 못한다는 게 말이나 되는가.

"……으음. 하필 이 시점에 이런 일이 일어나다니."

평상에 걸터앉은 현영도 곤란하기 짝이 없다는 듯 마땅한 대책을 내놓지 못하고 고개를 숙인 채 한숨을 푹푹 내쉬었다.

"문도들이 동요하고 있습니다."

"화영문도들까지 그러더냐?"

"예. 이번에 새로 받은 아이들이……."

위립산의 말에 현영은 골치가 아프다는 듯 관자놀이를 꾹꾹 눌렀다.

귀신을 가장 무서워하는 사람? 그건 당연히 아이들이다. 어른들도 귀신이라고 하면 께름칙해하는 판에, 어린아이들이 그런 소문을 듣고도 평온할 수 있을 리 없었다.

"소문을 막아 보려 하고는 있습니다만, 이게 참……."

"그게 어디 잡는다고 잡히는 것이더냐. 사람이 손으로 잡을 수 없는 두 가지가 말과 귀신이다."

그런데 지금 그 둘이 동시에 화영문을 괴롭히고 있었다. 그러니 현영의 속이 뒤집힐 수밖에. 어떻게 이리도 바람 잘 날이 없단 말인가.

그때였다. 그새 어딜 다녀왔는지 벌컥 문을 박차고 들어온 조걸이 화색이 도는 얼굴로 달려왔다.

"장로님! 걱정하지 마십시오! 제가 해결책을 찾아냈습니다!"

생각지 못한 말에 현영이 자리에서 벌떡 일어났다.
"으응? 해결책이라니? 뭘 한 것이냐!"
"크으! 제가 조걸 아닙니까, 조걸! 일을 해결하는 데는 저만 한 놈이 없지요! 제가 서안을 샅샅이 뒤져 제일 용하다는 무당을 모셔 왔습니다! 이제 그 귀신 놈은 끝…….."
"야, 이 미친놈아!"
현영이 들고 있던 찻잔으로 조걸의 머리를 냅다 내리쳤다.
"켁!"
그 바람에 조걸은 비명도 길게 지르지 못하고 그 자리에 개구리처럼 엎어졌다. 경련하는 그를 보며 현영이 버럭 소리를 질렀다.
"어느 도관에서 귀신이 나왔다고 무당을 부르느냐! 공자가 지나가는 유생 붙들고 논어 좀 가르쳐 달라고 하는 게 더 말이 되겠다! 소문날까 겁나니 당장 돌려보내거라!"
어느 순간 자신이 말보다 손이 먼저 나가게 되었다는 것을 아직 깨닫지 못한 현영이었다.
끙끙거리던 조걸은 머리를 부여잡으며 억울하다는 듯 중얼거렸다.
"우, 우리가 해결을 못 하잖습니까."
말문이 막힌 현영이 잠깐 벙긋거리다 한숨을 내쉬었다.
화산에도 과거엔 제령술이나 부적술이 전해지긴 했다. 물론 속가 성향이 강한 곳이다 보니 다른 도문에 비하여 술법을 다루는 좌도방(左道房)의 세가 미미할 정도로 약했지만, 어쨌든 전해져 내려왔던 것은 사실이다.
그런데 마교가 발호하고 전쟁이 벌어진 뒤부터는 당장 먹고사는 것에 집중하다 보니, 이제는 화산에서 경면주사(鏡面朱砂)는 물론이고 괴황지(槐黃紙)조차 찾아볼 수 없게 되었다.

"끄응. 되찾은 비급에는 주술과 관련된 건 없었는데…….."

현영이 바쁘게 머리를 굴리는데, 대뜸 누군가가 태평하다 못해 발랄한 목소리로 그의 고민을 끊어 버렸다.

"에이! 그게 왜 필요해요!"

돌아보니 청명이 말도 안 된다는 듯 고개를 저으며 혀를 차고 있었다.

"시대가 어느 시댄데 그런 괴력난신(怪力亂神)을!"

청명아……. 우리가 괴력난신이다, 이놈아. 칼 차고 하늘 날아다니는 놈이 그런 말을 하면 어떻게 하냐?

"아니, 눈 까뒤집고 달려드는 마교도를 상대해야 할 사람들이 귀신을 무서워하면 어떻게 해? 귀신이 무서워? 나는 사람이 백배는 더 무서워!"

"……너야 그럴 수 있지만, 화영문의 제자들이 무서워하니 문제 아니더냐? 이러다가 새로 들어온 애들이 나가면……."

"그런 살 떨리는 말씀일랑 하지도 마세요. 여기가 무슨 시전도 아니고! 지 들어오고 싶을 때 들어왔다가 나갔다가, 그런 게 어딨어요!"

벌써 몇 번이나 제자들이 입문했다가 나가는 것을 눈 뜨고 지켜본 청명이다 보니, 그런 꼴을 다시 보는 건 죽어도 사양이었다.

"그러니 얼른 해결해야 하지 않겠느냐."

"끄응."

청명이 머리를 벅벅 긁었다. 지금까지 대부분의 난제는 튼튼한 주먹과 단단한 검집으로 해결해 왔다. 그런데 이 일은 말 그대로 주먹이 먹히질 않는다.

상황을 지켜보던 조걸이 당당히 소리쳤다.

"이리된 이상 차라리 전각을 옮겨 버리는 건 어떻습니까?"

모두가 멍한 눈으로 조걸을 바라보았다.

"……이거 새로 지은 지 한 달도 안 됐는데?"

"냉정하게 생각해야죠. 애초에 귀신이 나와서 폐가가 된 곳 아닙니까. 먼저 여기 살던 사람들이라고 손 놓고 있었겠습니까? 온갖 수를 다 동원해 봤겠죠. 그래도 해결 못 한 걸 우리가 무슨 수로 해결합니까?"

"……."

"그러니까 계속 이럴 바에는 차라리 빠르게 전각을 버리고, 새 전각을 구입하는 게……."

그때, 윤종이 빙그레 웃으며 조걸의 어깨를 잡았다.

"걸아. 부잣집 아들내미 티 내지 말고 입 다물거라. 주둥아리 돌려 버리기 전에."

윤종의 목소리에 은은한 짜증이 섞여 나왔다.

"하여튼 있는 집 자식 놈은!"

"돈 아까운 줄을 몰라요! 돈 아까운 줄을! 확 마!"

쏟아지는 맹비난에 조걸이 억울한 듯 구시렁거렸다.

"아, 아니, 원래 상도에서도 버릴 건 빨리 버리라고……."

"걸아. 닥치거라."

"넵!"

백천마저 눈살을 찌푸리자 조걸이 잽싸게 부동자세를 취했다. 버릴 의견을 빨리 버리는 모습이 참으로 상가의 자제다웠다.

그 꼴을 보며 고개를 내젓던 청명이 소리를 빽 질렀다.

"아니, 애초에 이게 다 혼자 다니다가 벌어진 일 아냐? 짝지어 다니라는데 왜 자꾸 혼자 돌아다녀?"

"……새벽에 소변보러 가는데 그때마다 사람을 데리고 가는 게 어디할 짓이냐? 깨운다고 일어나지도 않아."

귀신이면 죽고 사람이면 뭐진다

"우리야 그렇다 쳐도 유 사고는 어쩌고?"

"끄응."

청명은 할 말을 잃고 말았다. 그래, 확실히 이대로는 안 된다.

잠깐 고민하던 그가 눈을 부라렸다. 시간을 끌수록 기껏 다 모아 놓은 제자들이 이탈하거나, 전각을 되파는 길밖에 남지 않게 될 것이다.

하지만 귀신이 나온대서 새로 지은 전각에 또 귀신이 나오는데, 누가 이 전각을 돈 주고 사겠는가. 화산파 도사들도 못 버티고 도망간, 귀신 들린 전각을!

고심하던 청명은 무언가 결심한 듯 고개를 들었다.

"별수 없지. 정말 귀신이라면 방법이 없으니까 다른 전각을 알아보기는 해야 할 것 같아."

"여길 버린다고?"

"그럼? 방법 있어?"

"아니, 그야⋯⋯."

그는 사뭇 진지한 얼굴로 턱을 쓸어내리며 설명했다.

"조걸 사형의 말이 그리 틀린 건 아냐. 잘라 낼 건 빨리 잘라 내야지. 어설프게 여기에 버티고 있다가 우리가 귀신 하나 해결 못 한다는 소문이 돌면 기껏 얻은 신뢰가 무너질 수도 있어. 차라리 적당한 핑계를 대서 빠지는 게 나아."

"뭔가 써먹을 만한 핑곗거리가 있냐?"

"뭐⋯⋯. 둘러댈 거야 많지. 제자들을 더 받아야 해서 더 큰 장원으로 옮긴다거나."

"흐음. 확실히 큰 의심 없이 달아날 수는 있겠다만."

"제자들의 입단속이 중요하겠네요."

"크게 어려운 일은 아니니까. 소문이야 좀 퍼지더라도 아직은 서안 사람들이 화영문을 믿고 있기도 하고."

말이 이쯤 나오자 조걸이 뚱한 표정으로 입을 삐쭉거렸다.

"내가 말했을 때는 다들 욕하더니."

"닫아라."

"주둥아리! 확!"

세상에서 제일 억울하다는 표정을 지은 조걸이 구석으로 가 쪼그려 앉았다. 하지만 안타깝게도 그 누구도 그런 그에게 관심을 주지 않았다.

청명이 눈살을 찌푸리며 말을 잘랐다.

"여하튼, 일단은 오늘 당장 잘 곳부터 알아봐."

"당장 오늘부터?"

"……사형, 사숙들 몰골을 보니 그래야 할 것 같아."

한동안 귀신 때문에 제대로 잠을 자지 못해 음영이 턱 끝까지 내려온 모두가 힘겹게 고개를 끄덕였다.

하지만 현영은 여전히 무언가 걸리는 모양인지 찜찜한 표정이었다.

"이만한 이들이 머물 장원을 하루아침에 구하는 게 쉬운 일이 아닐 것이다."

"에이. 아니죠, 장로님. 지금 남는 장원이 넘쳐 나잖아요."

청명이 걱정 말라는 듯 시원하게 씨익 웃으며 덧붙였다.

"짐을 싸서 나간 종남 속가들 장원이 있잖아요. 지금 거기 주인 없이 텅텅 비어 있는데."

"주인이 없는 게 아니라 자리를 비운……."

"그게 그거죠."

멍하니 청명을 바라보던 현영은 이내 고개를 끄덕였다.

그리고 언젠가는 청명에게 세상의 상식을 좀 가르쳐야 하지 않을까, 내심 진지하게 고민했다.

"비어 있는 장원 좀 쓴다고 별문제 있겠어요? 불만 있으면 와서 따지라고 하죠."

"그래. 그렇게 말하면 아무도 안 오겠구나."

지들도 살아야지. 지들도.

일단 잘 곳을 구하는 문제는 시원하게 해결했다. 하지만 청명은 여전히 마음에 차지 않는 구석이 있는 모양으로 조금 인상을 찌푸리고 쓰게 입맛을 다셨다.

"내 살면서 적을 앞에 두고 물러난 적이 없거늘……. 귀신 때문에 도망갈 줄이야."

"이 보 전진을 위한 일 보 후퇴."

"전진을 안 하잖아, 전진을!"

누군가 꺼낸 말에 청명이 버럭 소리를 지르고는 이내 한숨을 내쉬었다.

눈앞에 적이 있고 칼이 박히면 어떻게든 해 보겠다만, 지금은 적도 보이지 않고 그 적에게 칼이 박힌다는 확신을 할 수도 없는 상황이었다.

"뭐, 어쩔 수 없지. 귀신과 싸울 수는 없으니까. 이왕 이렇게 된 것 빨리 움직여. 사람이 잠은 자야지!"

"……진짜?"

백천이 의아하다는 듯 청명을 바라보았다.

"왜?"

"아, 아니. 너라면 귀신 때문에 잠을 못 자는 놈이 어디 도사냐고 발악을 할 줄 알았거든."

"나는 대가리 후려쳐서 재워 준다고 할 줄."

"나는 힘이 남으니 잠을 못 자는 거라고 온종일 굴릴 줄 알았는데."

다들 공감하며 한마디씩 얹었다. 청명이 얼굴을 부들부들 떨며 입을 열었다.

"……원하는 대로 해 줘?"

"아, 아니다!"

"지금 당장 알아보마!"

너 나 할 것 없이 모두가 쏜살같이 후다닥 달아났다. 청명은 그 뒷모습을 노려보다 허탈한 한숨을 다시 한번 내쉬었다.

"끄으응. 되는 일이 없네."

"어쩌겠느냐. 이건 인력으로 어찌할 수 없는 일인 것을."

"네. 일단은……. 일단은 새로 입문한 제자들부터 진정시켜야 하니까요. 화산이면 몰라도 화영문은 조심히 다뤄야죠."

청명이 입맛을 다시며 안타깝다는 듯 전각을 바라보았다.

중천에 떠오른 해가 전각을 비추고 있었다. 그리고 전각의 그림자 중에서도 가장 어두운 곳. 화산 제자들이 있던 위치에서 그리 멀지 않은 그곳에서 정체불명의 시선이 청명의 처진 어깨를 가만히 주시하고 있었다.

· ❖ ·

어김없이 밤이 찾아왔다.

사람들이 모두 빠져나간 화영문의 전각은 을씨년스럽기 짝이 없었다. 차갑게 불어온 바람에 문들이 삐걱삐걱 음산한 소리를 내며 덜컹거렸다.

휑하게 비어 버린 전각은 사람은커녕 작은 짐승들조차 얼씬하지 않았다. 그저 달빛만이 어슴푸레 주위를 밝혀 주고 있었다.

시간이 얼마나 지났을까. 달빛이 기울어 갈 즈음, 전각의 컴컴한 그림자 속에서 무언가가 일렁이기 시작했다. 처음에는 희미했던 움직임이 조금씩 커진다 싶더니, 곧 희뿌연 무언가가 바람을 타고 움직였다.

사삭. 장원 한중간에 내려선 뿌연 형체가 살짝 흔들렸다. 그리고 이내 장원에서 가장 커다란 전각을 향해 천천히 이동하기 시작했다.

형체는 전각의 굳게 닫힌 문 앞에서 이동을 멈추었다. 가각. 작은 소리와 함께 커다란 걸쇠가 깔끔하게 잘려 나가고, 문이 활짝 열렸다. 희뿌연 형체가 부유하듯 열린 전각 안으로 움직였다.

"……."

전각 안으로 들어선 유령은 뭔가를 고민하는 듯 두어 차례 일렁였다.

하지만 그도 잠시. 그 형체가 약간 쪼그라드는 듯하더니 곧이어 바닥의 마루가 뜯겨 나가기 시작했다.

"……빌어먹을."

희뿌연 형체로부터 음산하기 짝이 없는 목소리가 살짝 새어 나왔다.

나무로 만들어 둔 바닥이 뜯겨 나가고 흙이 드러나자 우윳빛 일렁임은 점점 더 격해졌다. 동시에 바닥이 과격하게 파이기 시작했다.

촤아아악! 촤악! 흙과 자갈들이 순식간에 쌓여 마루 한중간에 작은 산을 만들었다. 바닥을 파내는 속도는 점점 더 빨라졌다.

그렇게 유령이 한참을 바닥을 파 내려가던 바로 그때였다.

"오래 살고 볼 일이라니까."

돌연 들려온 목소리에 유령의 움직임이 뚝 멈추었다. 그러고는 크게 당황한 듯 이리저리 흔들리기 시작했다.

"내 살다 살다 귀신이 땅 파는 걸 다 보네. 왜? 무덤 파서 도로 들어가시게?"

닫아 놓았던 전각 문이 활짝 열리더니 청명이 히죽 웃으며 저벅저벅 안으로 걸어 들어왔다.

"진짜 유령인가?"

"그럴 리가 있나."

"그럼 저건 대체 뭐지?"

뒤이어 커다란 창으로 들어온 조걸과 윤종이 씨익 웃으며 창을 틀어막고, 반대쪽에 있는 다른 문은 백천이 틀어막았다. 그렇게 모든 탈출로가 순식간에 봉쇄되었…….

"저기 누구야?"

청명이 가장 끝에 있는 쪽문을 가리키며 눈살을 찌푸렸다. 그러자 유이설이 쪽문 뒤에 몸을 숨긴 채 눈만 빼꼼 내밀었다.

"……귀, 귀신."

"똑바로 안 막아? 확 마!"

아주 잠깐의 삐걱거림이 있었지만, 어쨌든 그렇게 밖으로 나갈 길을 완전히 틀어막은 청명은 유유히 유령에게로 다가가기 시작했다.

격하게 일렁거리는 유령을 보며 그가 다시금 웃었다.

"네 정체가 뭔지는 모르겠지만…….'

재미있다는 듯 휘어진 눈이 점점 희번덕거렸다.

"귀신이면 죽고, 사람이면 뒈진다!"

"귀신이면 벌써 죽은 거잖아?"

"한 번 더 죽인다는 뜻 아닐까?"

"그냥 아무 생각 없겠지."

윤종과 조걸은 마지막 백천의 말에 고개를 주억거리며 격한 동의를 표했다. 아무래도 저 해석이 가장 신빙성이 있다.

"그런데 엄청 신기하지 않습니까? 정말 겉으로만 보면 그냥 유령으로만 보이네요."

"심지어 지금 바로 앞에 있는데도 존재감이 안 느껴져."

"하하하. 정말 귀신 같네요."

"그러게. 희뿌옇게 뭔가 보이는데 존재감이……."

하하 웃으며 말하던 백천의 얼굴이 천천히 굳어졌다.

"진짜 귀신인가?"

그러자 유령의 형체가 격하게 일렁였다. 이내 소름이 끼칠 만큼 스산한 귀곡성이 유령에게서 흘러나오기 시작했다.

인상을 찌푸린 채 유령을 바라보던 청명이 고개를 갸웃했다.

"쟤 뭐 하냐?"

"……귀신인 척하는 모양인데."

"논다, 놀아."

청명은 어이가 없어 그만 피식 헛웃음을 짓고 말았다.

"뭐, 베어 보면 알 일이지. 귀신이 칼에 맞아 피가 났다는 말은 들어 본 적이 없거든. 목이 잘리면 사람이고, 아니면 귀신인 거지."

생전 들어 본 적 없는 격한 확인법에 기가 질린 화산의 제자들이 몸을 부르르 떨었다. 귀신보다 저 새끼가 더 무섭다.

"자, 그래서……."

청명이 소맷자락을 걷어 올렸다. 핏줄이 잔뜩 돋은 팔뚝이 섬뜩한 그 모습을 드러냈다.

"순순히 잡힐래? 아니면 처맞고 잡힐래?"

그때, 살짝 일렁이던 희뿌연 형체로부터 싸늘하게 내려앉은 목소리가 새어 나왔다. 방금 전에 들은 귀곡성과는 사뭇 다른 목소리였다.

"……함정을 팠나?"

"오? 말을 하네?"

청명이 눈을 동그랗게 뜨더니 이내 웃었다.

"보시는 대로."

"……애송이 놈들이."

분노한 것처럼 유령의 형체가 격하게 일렁이기 시작했다. 그러더니 이윽고 전후좌우로 들썩였다. 마치 말이 투레질하며 달릴 준비를 하듯이.

그 모습을 본 청명이 심술이 덕지덕지 붙은 얼굴로 말했다.

"너 지금 도망가면 진짜 뒈진다."

"후후후. 잡을 수 있으면 잡아 봐라."

우우우웅! 순식간에 허공으로 치솟아 오른 형체는 웃음소리만을 남긴 채 천장을 뚫고 눈 깜짝할 사이에 멀어졌다.

"엇! 빌어먹을!"

화산의 제자들이 당혹하며 비명을 질렀다. 움직임이 얼마나 빠른지, 희끗한 형체는 이미 눈에 보이지도 않을 만큼 멀어져 버렸다.

"……엄청 빠르네?"

"눈에 보이지도 않았어."

"세상에 저렇게 빠른 건 처음 봅니다."

모두가 멍한 얼굴로 구멍이 뻥 뚫린 전각의 천장을 바라보았다. 청명도 감탄한 듯 연신 고개를 끄덕였다.

"와, 뒈지게 빠르네. 그런데…….."

그러곤 이내 정말로 궁금한 듯 진지하게 중얼거렸다.

"등신인가? 빠르긴 빠른가 보다. 뇌도 흘리고 다니는 모양이네."

청명은 사라진 유령에게는 관심조차 주지 않고 조걸을 돌아보았다.

"사형. 가서 삽 가져와."

"오냐!"

청명의 시선이 유령이 파헤치다 만 마룻바닥으로 향했다. 입꼬리가 저절로 씨익 말려 올라갔다.

"유령 행세를 하면서까지 얻어야 할 무언가가 여기에 있단 말이지?"

보물일까? 보물이겠지? 이히히히힛!

* ❖ *

사박!

"룰루룰루."

사박!

"이히히히히힛!"

흙이 한 삽씩 떠질 때마다 청명의 입에서 방정맞은 웃음소리가 흘러나왔다.

뭐 그럴 수 있지. 사람이 기분이 좋으면 일을 할 때도 신이 나는 법이니까. 특히나 뭔가 대단한 것을 얻기 위해 일을 한다면 신명 나는 어깨춤이 절로 나오지 않는가. 거기에는 불만이 없다.

다만 문제는…… 지금 열심히 삽질을 하고 있는 게 청명이 아니라 다른 이들이라는 점이었다.

"청명아……. 이거 어디까지 파야 하나?"

이미 흙투성이가 된 조걸의 물음에 청명이 살짝 미간을 찌푸렸다.

"저번에 우리 전각 올릴 때, 한참 팠었지?"

"그랬었지."

"그때도 안 나왔던 거 보면 최소 그 밑에 있다는 거지. 그러니까 일단 그냥 파. 파다 보면 무조건 나온다!"

저 새끼가, 지가 파는 것 아니라고…….

모두가 독기 어린 눈으로 청명을 노려보았지만, 그는 그러거나 말거나 아랑곳하지 않고 기분 좋게 으헤헤 웃어 대기만 했다.

"경공이 엄청 빨랐어. 이히히히힛."

저 정도면 분명 강호에서도 일절로 손꼽힐 만한 속도였다.

물론 경공의 화후라는 게 꼭 무공 실력과 비례하지는 않는다. 하지만 저만한 경공이면, 마음먹기에 따라 떼돈을 벌 수 있었다.

"표사만 해도 완전 특급 표사지. 중원 전 지역 열흘 내 배송 가능! 고관들 표물만 맡아 옮겨도 그게 돈이 얼마야? 세상에!"

아마 평범한 이는 상상도 할 수 없을 만큼 큰돈을 벌 수 있을 것이다.

그런데 그런 이가 귀신 행세를 하면서까지 어떻게든 얻으려 했던 게 이 밑에 있다 이 말이렷다?

"으헤헤헤헤! 비싸겠지! 엄청 비쌀 거야!"

돈 생각에 좋아 까무러치는 그를 보며 윤종이 미간을 찌푸렸다.

"……사숙. 쟤 너무 과한 것 아닙니까?"

"네가 말릴래?"

"윗분에게 말이라도 하면…….'

"지금 여기 있는 윗분이 누구시냐?"

"현영 장……. 제가 생각이 짧았습니다."

현영에게 달려가 이르는 순간, 옆에서 으헤헤헤 웃어 젖히는 인간이 둘로 늘어날 뿐이다. 그럼 잔소리도 두 배가 되겠지. 그럴 바에는 차라리 청명이 놈만 끼고 일하는 게 낫다.

"허리를 펴지 말고 작업을 하란 말이야, 이것들아! 말을 할 시간에 한 번이라도 더 삽질을 하라고!"

청명이 급기야 발을 굴러 대며 으름장을 놓았다. 화산의 제자들은 한숨에 그 모든 한을 담아 내쉰 뒤 말없이 다시 삽질을 시작했다.

하지만 그들의 눈에도 불만만 가득한 건 아니었다. 그간 청명을 따라다니며 늘어난 눈치와 재물에 대한 감각이 그들의 기대치 역시 최대로 올리고 있었다.

'분명 뭔가 있다.'

'비싸겠지?'

'쌀밥에 고깃국! 쌀밥에 고깃국!'

화영문으로 가는 투자금을 늘리면서 최근엔 식탁에 올라오는 반찬이 조금 부실해진 감이 있었다. 여기서 크게 한탕을 한다면 한동안 다시 부유하게 먹고 지낼 수 있을 것이다!

"파라. 일단은 파 놓고 생각하자."

"예!"

모두 삽을 검처럼 날카롭게 휘두르며 바닥을 파 내려갔다. 흙더미가 마치 화산이 분화하는 듯 과격하게 솟구쳐 오르고, 숫제 경쟁이라도 하는 듯 팔을 움직이는 속도가 점점 빨라졌다.

"아! 삽기(鍤氣) 쓰지 말라고요! 위험하잖습니까! 좁은데!"

"빨리 해야 할 거 아냐!"

"어느 문파에서 삽질하는 데 검기를 씁니까!"

"화산은 그래!"

조결과 운종이 티격태격하며 바닥을 파내던 그때였다.

"이거 대체 얼마나 더 파……."

턱! 삽에 뭔가 걸리는 소리가 났다. 모두가 움찔하며 고개를 돌렸다.

"찾았나?"

"이, 있습니다! 여기 뭔가 있어요!"

말이 나오기 무섭게 청명이 구덩이 속으로 뛰어내렸다. 그러더니 윤종의 삽을 뺏어 들고는 눈을 희번덕댔다.

"비켜! 이 공사는 내가 집도한다!"

"……지랄을 한다."

백천이 힘없이 중얼거렸지만, 돈 생각에 눈이 돌아간 청명에게는 그 말이 들리지 않는 모양이었다.

"히히히힛! 귀신이 나올까, 보물이 나올까? 이거 무척 흥분되는걸?"

푸욱! 청명이 섬세하게 삽을 바닥에 찔러 넣기 시작했다. 얼핏 느긋해 보이는 동작이었지만, 한 번 파낼 때마다 좌우로 세차게 날아가는 흙더미는 마치 태풍을 방불케 했다.

"살살 좀 해!"

"아, 따가! 따가워!"

이윽고, 바닥이 그 모습을 드러냈다.

"석벽(石壁)이네?"

"와. 이 깊은 곳에다가 석벽을 파묻었네. 대단하다. 엄청 힘들었을 텐데."

"그만큼 중요한 물건이 있다는 뜻이겠지."

화산 제자들의 눈이 삽시간에 탐욕으로 물들었다.

도가의 제자들이 하나같이 재물에 미쳐 눈을 희번덕대는 이 모습을 태상노군이 보았다면, 저 썩을 놈들의 껍데기를 벗겨 버리겠다고 길길이 날뛰었을 것이다. 그러나 안타깝게도 이곳은 선계가 아니라 현세였다.

"근데 이거 어떻게 열어야 하지? 문이 밑에 있나?"

"그냥 부수면 되지 않나?"

"에헤이. 안에 있는 게 뭔지도 모르는데 그러면 안 되지. 연약한 거면 까딱하다 부서질 수도 있잖아. 문을 찾아 여는 게 낫지!"

"그럼 옆을 파 보자. 조심스레 다뤄야 해!"

청명이 나서기도 전에 저들끼리 옥신각신하며 어떻게든 돈을 벌어 보겠다고 날뛰는 모습에, 청명은 무척 흐뭇하게 미소를 지었다.

'다 키웠네.'

아암, 다 키웠어. 이제 모두가 훌륭한 도적……. 아니, 도사다.

뭐, 뭐! 어차피 한 글자 차인데.

백천과 조걸, 윤종은 삽으로 주변을 까 대기 시작했고, 유이설은 어디선가 커다란 붓을 가져와 석벽 주변의 흙을 섬세하게 털어 내고 있었다.

'이건 뭐……. 거의 도굴꾼들이네.'

사형. 장문사형.

……내가 좀 너무 과하게 키웠나요?

- 야, 이 새끼야. 그걸 이제…….

"아아. 몰라, 몰라."

청명은 귓가에 들려오는 환청을 휘휘 털어 내고는 씨익 웃었다.

모양새야 어찌 됐든 돈만 벌면 되지!

"여기다! 문이다!"

"찾았다! 청명아!"

환호성이 들려오자 청명이 눈을 동그랗게 뜨며 잽싸게 다가갔다. 과연, 청명의 눈앞에 석벽 안으로 들어가는 커다란 문이 보였다.

"오. 이거 생각보다 클 수도 있겠는데."

"이 아래에도 길게 뭐가 있는 모양이다. 이거 제대로 건수 잡았다! 어쩌면 이 안에 진짜로 뭔가 큰 게 있을지도 모른다!"

"꺄르륵! 꺄르르륵!"

백천이 화색을 띠며 외쳤다. 청명이 배를 잡고 웃어 댔다. 그러다가 돌연 확 정색을 하며 눈을 부라렸다.

"아니지, 아니지. 아직 열어 보지도 않았는데 좋아할 일이 아니야. 돈은 벌어 놓고 좋아하는 거지, 벌 수 있다고 좋아하는 게 아니거든. 일단 열어 보고 얘기하자고!"

청명이 굳게 닫힌 문을 꽉 움켜잡은 바로 그 순간이었다.

"머, 멈춰라!"

무척 당황한 듯한 목소리가 그들의 머리 위에서 들려왔다.

화산의 제자들은 모두 뚱한 얼굴로 위를 올려다보았다. 희뿌연 유령 같은 형체가 방금 전에 뚫고 나간 천장의 구멍으로 고개를 내민 채, 당혹감을 감추지 못하고 쉴 새 없이 일렁이고 있었다.

"돌아왔네? 쟤는 저렇게 돌아올 거면 뭐 하러 그렇게 꽁지 빠지게 도망갔나 몰라."

청명은 그 형체를 보며 피식 웃더니, 주먹을 내보이며 을러댔다.

"야. 귀신이면 갈 길 가고, 사람이어도 갈 길 가라. 뒈지고 싶지 않으면."

유령은 크게 분노했는지 유백색의 기운을 사방으로 뿌려 대었다.

"이놈들이 감히! 내 피를 보지 않기 위해서 참으려 했거늘! 너희가 진정 도를 넘는구나! 나의 손속이 잔인하다고 원망하지 말거라!"

희끗한 형체가 어마어마한 속도로 아래로 내리꽂히기 시작했다.

"헉! 빠, 빠르……."

하지만 당황하는 이들과 달리 청명은 심드렁하기 짝이 없는 얼굴로 내려놓았던 삽을 집어 들었다.

"죽어라아아앗!"

빠아아아아아아아악! 내리꽂히던 유백색 형체의 머리 부분에 청명이 휘두른 삽의 면이 정확하게 틀어박혔다.

백천은 멍한 눈으로 눈앞에 펼쳐지는 광경을 바라보았다. 어마어마한 속도로 움직이던 세상이 일순 멈춘 것만 같았다.

흐물. 삽에 얻어맞은 희뿌연 형체가 두어 번 명멸하는 듯싶더니, 이내 스르륵 바닥으로 흘러내렸다.

하지만 매타작은 끝나지 않았다.

"근데 이 새끼가 보자 보자 하니까!"

청명이 눈을 까뒤집고 삽을 하늘 높이 치켜들었다.

"내가! 귀신이면 죽고!"

빠아아아아악!

"사람이면 뒈진다고!"

빠아아아아악!

"말했냐, 안 했냐! 이 새끼야!"

노랫가락 같은 매타작 소리에 맞춰 청명의 삽이 춤을 추기 시작했다.

"그런데 이 새끼가 자꾸 겁도 없이 덤비네? 제령? 이게 제령이다, 이 새끼야! 죽어! 죽어어어어!"

그 광경을 보던 모두가 밀려오는 참담함에 눈을 질끈 감았다.

중원사에 유례가 없고, 아마 앞으로도 없을 일이 그들의 눈앞에 실시간으로 펼쳐지고 있었다. 삽으로 하는 제령이라니.

'귀신이 삽에 맞아 죽네.'

'이쯤 되면 원귀가 돼도 인정한다.'
'불쌍해.'
삽이 후려쳐질 때마다 형체의 주변에 일렁이던 유백색의 기운이 크게 번졌다가 쪼그라들기를 반복했다.
"이, 이놈! 죽여 버리……. 아아악! 아악! 그만두지 못하겠……. 이놈! 내 실력을! 아, 거기 사타구니! 아악! 야, 사타구니라니까!"
"죽어, 이 새끼야! 죽어!"
뭔가 저항하려는 듯 번쩍대던 유령은 불과 일각이 지나기도 전에 구슬픈 비명과 애원을 토해 내기 시작했다.
"사, 살려 주십쇼! 유령 아닙니다! 사람입니다! 악! 아아아악! 살려 주십쇼!"
"이제는 이 귀신 새끼가 사람을 속여 먹으려고! 무량수불! 성불해라!"
"귀, 귀신 아니라니까요!"
"그럼 뒈져!"
"아아아아아아악! 아아아아악! 살려 주십쇼오오오오오!"
멀리서 동이 터 오기 시작했다. 그리고 화영문의 전각에선 닭 울음소리 대신 구슬픈 비명이 높고 또 높게 계속해서 울려 퍼졌다.
사람이건 귀신이건, 모진 놈을 만나면 그 끝이 좋지 못한 법이다.

      ◆ ❖ ◆

화산의 제자들이 복잡한 심경으로 눈앞의 사람을 바라보았다.
전신에 두르고 있는 유백색의 무복은 사람의 것이 분명하지만, 얼굴은 사람 같다고는 말하기 조금 애매해졌다.

'두 배는 부풀었네. 찐빵 같다.'

'얼마나 맞았으면.'

백천은 청명에게 얻어맞은 이를 내려다보며 안쓰러워하는 기색을 감추지 못했다. 그가 나지막하게 헛기침을 했다.

"크흐흠. 그러니까……. 유령문이라는 곳의 문도시라고요?"

"……네."

"유령문이라면……."

백천이 잠깐 말끝을 흐리며 고민하다 이내 고개를 갸웃했다.

"들어 봤냐, 조걸아?"

"저는 처음 듣는데요."

화산의 제자들이 살짝 민망해하는 얼굴로 사내를 다시 응시했다.

"저……. 죄송하지만 저희가 식견이 짧아서."

그러자 퉁퉁 불어 보라색이 되어 버린 사내의 얼굴에 뭔가 억울한 기색이 스쳐 지나갔다.

가만히 듣고 있던 청명이 슬쩍 눈살을 찌푸리더니 입을 열었다.

"그런 데가 있다고 듣기는 했는데 나도 실제로 보는 건 처음이네. 내가 들었던 건, 어……. 신법이 무척이나 뛰어나 강호일절이며…… 기척을 숨겨 유령처럼 날아다니는……."

"맞네."

백천의 말에 청명 역시 떨떠름한 얼굴로 고개를 끄덕였다.

"일치하네."

듣고 나니 왜 진작 알아채지 못했는지 이상할 정도였다. 사실 귀로만 듣는 것과 눈으로 보는 건 별개의 문제니 그럴 만도 하지만 말이다.

"사파냐?"

백천이 진지한 얼굴로 물었다. 청명이 어깨를 으쓱해 보였다.

"사파라고 하기에는 좀 어렵고, 굳이 따지면 정사지간이라고 봐야 하는데……. 뭐, 그래 봐야 귀신이지."

"사람이잖아."

"그럼 도적놈이고."

스스로를 유령문도라 밝힌 사내가 억울함을 표하려 노력했지만, 부어 터진 얼굴은 도무지 그의 마음대로 움직여 주지 않았다.

백천은 살짝 당황해서 뭔가 말을 하려는 듯 유령문도를 바라보았다. 잠시간 머뭇거리던 그는 겸연쩍은 듯 뒷머리를 긁었다.

"그렇구나. 그럼 어……. 으음……. 죄송하지만, 배분이 어떻게 되시는지? 지금 얼굴이 너무 자유분방해서서 연배를 짐작하기가 좀 어려운데."

유령문도가 서글픔에 눈을 질끈 감았다.

'……호락호락한 놈이 없구나.'

이 새끼는 멀쩡하게 생겨서 사람이 제일 열받을 말을 골라서 해 댄다.

"불혹은 넘겼소."

"그럼 선배님이시군요."

"……이 마당에?"

유령문도의 입에서 살짝 뚱한 목소리가 흘러나왔다. 그러자 청명이 고개를 삐딱하게 꺾었다.

"아니, 근데 이 새끼가 덜 맞았나."

청명이 다시 삽을 움켜잡자 유령문도가 새파랗게……. 아니, 원래 보랏빛으로 물들어 있는 얼굴로 덜덜 떨며 물러났다.

"걸아, 저 새끼 입에 당과 좀 물려라. 또 시작이다."

"예, 사숙."

백천의 말에 조걸이 청명을 질질 끌고 갔다. 양팔을 잡힌 채로 끌려가면서도 청명은 눈을 부라리며 내내 소리를 질러 댔다.

"대답 잘해라! 성불시켜 버리기 전에!"

귀신이 아니라 사람이라니까. 백천은 골이 지끈거린다는 듯 고개를 내젓고는 다시 유령문도를 바라보았다.

"그런데 대체 왜 이런 일을 하신 겁니까?"

유령문도가 끌려가는 청명을 힐끔 바라보더니 입을 열었다.

"저는 유령문의 십이 대 제자인 계형(桂烱)라 합니다. 강호에서는 무영귀(無影鬼)라 불리고 있습죠."

그러자 순순히 끌려가 주던 청명이 조걸을 뿌리치고 다시 다가왔다.

"무영귀? 유령문을 아는 놈도 없는데, 별호는 잘도 붙었네?"

할 말이 없어진 계형이 입을 꾹 다문 채 침묵했다.

백천이 조걸에게 다시 눈짓하고는 안쓰러워하는 표정으로 말했다.

"신경 쓰지 마시고 계속하십시오. 저놈은 원래 저렇습니다."

"도둑놈 새끼한테!"

"신경 쓰지 마십시오."

계형이 고개를 들어 천장에 난 구멍 사이로 밝아져 가는 하늘을 바라보았다.

'차라리 죽여라, 이놈들아.'

하나는 욕을 하고, 하나는 위로를 하니 입으로는 당근이 들어오는데 엉덩이로는 채찍이 떨어지는 기분이다.

대체 어느 장단에 맞춰 춤을 춰야 한다는 말인가. 화산 놈들이 이리 악독한 줄 알았다면 뒤도 돌아보지 않고 그냥 달아났을 것을.

"계 대협이셨군요."

"대협은 제게 과분한 말입니다. 그냥 무영귀라 불러 주십시오."

"그럴 수야 있겠습니까? 그럼 계 공이라 부르겠습니다. 아무튼…… 계 공께서는 어찌?"

계형이 한숨을 폭 내쉬더니 설명을 시작했다.

"그게……. 사실 여러분이 전각을 지은 이곳은 저희 유령문의 지부 중 하나입니다. 정확하게 말하자면 안가(安家)라고 해야겠지요."

"……안가요?"

백천이 눈살을 찌푸렸다. 안가라는 말은 그도 들어 본 적이 있었다. 살수나 도적들처럼 신분의 노출을 최소화하고 다른 이들의 눈을 피해야 하는 이들은 '안가'라는 이름의 은신처를 곳곳에 만들어 두고 일이 있을 때마다 몸을 숨긴다고. 그런데…….

"여기가요?"

대체 어느 정신 나간 인간이 서안 성내에서 가장 번화한 곳에다가 은신처를 만든다는 말인가. 아무리 등잔 밑이 어둡다지만…….

백천의 반문에 멋쩍어진 계형이 크게 헛기침을 했다.

"무, 물론 좀 당혹스러우시겠죠. 이런 곳에 안가가 있는 게 좀 이상하니까요. 이 안가는 벌써 만들어진 지가 이백 년이 넘었습니다. 그때는 서안이 이리 번화하지도 않았고, 이쪽으로 관도가 나 있지도 않았다고 들었습니다."

"아……."

백천이 고개를 끄덕였다. 그렇게 오래된 곳이라면 그럴 만도 하지.

이야기를 듣고 있던 윤종이 알겠다는 듯 탄성을 내질렀다.

"아, 그럼 전에 폐가에서 귀신이 출몰했다는 게?"

"……예. 저희들입니다."

화산 제자들의 뚱한 시선에 계형은 억울하다는 듯 항변했다.

"애초에 이곳은 저희가 지어 둔 전각이었단 말입니다. 그런데 서안의 시가지가 이백 년에 걸쳐 슬슬 넓어지더니 좌우로 사람들이 살기 시작하고, 어느 순간에는 비어 있는 전각이니 어쩌니 하면서 제멋대로 들어와 점거하는데……."

"실제로 비어 있었던 것 아닌가요?"

그렇긴 하지. 반박하기 어려운 말에 계형이 헛기침하며 변명했다.

"그건 그렇지요……. 그런데 저희가 신분이 신분이다 보니 주인이라고 나설 수가 없었습니다. 그것도 어디 한두 번이지."

백천이 그제야 이해를 했다는 듯 고개를 끄덕였다.

"그래서 귀신 행세를 하며 사람들을 몰아낸 거군요. 귀신이 나오는 폐가라는 소문이 돌면 사람들이 이곳에 살려 하지 않을 테니까."

"예, 그렇습니다. 그리고 보시다시피 저희의 무학은 그런 행세를 하기에 더없이 적합한지라."

"……그렇지. 진짜 귀신인 줄 알았으니까."

"그 정도면 그냥 귀신으로 인정해도 될 정도지."

희뿌연 무언가로 뒤덮인 형체가 눈에 보이지도 않을 속도로 날아다니는데, 귀신이 아니고 뭐라 생각하겠는가. 더구나 그 기척조차 느껴지지 않는데.

"이 생각은 나름 잘 먹혔고, 실제로도 그동안은 별문제가 없었습니다. 하여 이번에도 관리를 위해 서안에 왔더니…… 쓰러질 듯 쓰러지지 않도록 힘들게 관리해 온 폐가는 온데간데없고……."

"……하필이면 도관을 쓴 도사 놈들이 우글우글."

"그것도 칼 든 도사 놈들이."
"입장 바꿔 생각하니 지옥 같네."
여기저기서 공감하는 목소리가 흘러나오자 계형이 금방이라도 눈물을 흘릴 것 같은 표정으로 격하게 고개를 끄덕였다.
"그……. 어……. 여러분들 앞에서 이리 말하는 것도 좀 이상하긴 하지만, 그 도사들이 최근 천하에 이름을 떨치기 시작한 화산파 사람들이라는 걸 알았을 때는……. 그게 참, 차마……."
"미안합니다."
"죄송합니다."
뭔가 잘못한 건 없지만, 사과해야 할 것 같은 기분이었다.
"그, 그래서 일단은 어떻게든 예전처럼 귀신 행세를 해서 사람을 쫓아내 보려고 한 겁니다. 제가 할 수 있는 일이라곤 그게 전부였으니까요."
그제야 모든 사건의 전말을 알게 된 화산의 제자들이 서로 시선을 교환하며 고개를 끄덕였다.
"……따지고 보면 그리 나쁜 짓을 한 것도 아니지 않나?"
"그러게요. 누굴 해친 것도 아니고, 그냥 귀신 행세를 하며 놀라게 한 것뿐인데."
"저지른 잘못에 비해서는 과도하게 얻어맞았지."
"응. 과도하게."
계형에게로 안쓰러워하는 시선들이 쏟아졌다. 그 동정 어린 눈길에 계형은 눈물이 흐를 것만 같았다. 대체 전생에 무슨 죄를 지어서 저런 독한 놈을 만났단 말인가.
하지만 안타깝게도, 정작 장본인인 독한 놈은 계형의 그런 사정에는 아무런 관심이 없는 모양이었다.

"됐고. 그러니까 여기가 너희 집이다?"
"그, 그렇습죠."
"증거 있어?"
"……예?"
어리둥절한 계형이 눈만 끔뻑거리자, 청명이 뚱한 얼굴로 재차 물었다.
"여기가 너희 전각이라는 증거 있냐고."
"……증거요? 아, 아니. 증거라는 게…….."
본인들의 것임을 숨기기 위해 폐가로 만들기까지 했는데 증거랄 게 있겠는가.
"우리는 이거 샀어. 집문서도 있다 이 말이지."
청명이 씨익 웃으면서 파헤쳐진 구덩이를 턱짓으로 가리켰다.
"그리고, 원래 그 땅에서 나온 물건은 다 그 땅 주인 거야. 그게 법이지. 저기에 뭐가 있든 이제 우리 거야."
그 말에 계형의 얼굴에서 핏기가 점점 가셨다. 청명이 화사하게 웃었다.
"억울하면 관아에 가서 따지시든가."
계형이 멍한 표정으로 청명을 바라보다 어렵사리 입을 뗐다.
"무, 무림의 일을 관의 법으로 따지는 건 좀……."
"무림인은 백성 아닌가? 이거 큰일 날 양반이네?"
계형이 당황하여 항변했다.
"저, 저기 저 밀실이 있잖습니까. 제 말대로! 그럼 증명이 된 것이나 다름없지 않을까요?"
"그게 어떻게 증명이 돼. 우리가 먼저 파고 나서 네가 왔는데. 너희 집 바닥에서 금궤가 나왔는데, 내가 거기 가서 내가 묻어 놓은 거라 우기면 내 게 되나?"

"아, 아니. 그건 아니지만······."

쏟아지는 궤변에 계형은 혼이 빠져나가는 듯했다.

그러거나 말거나 돌려줄 생각 따위 없는 청명이 싱긋 웃었다.

"됐고. 어쨌든 저건 우리 거니까 긴말할 것 없이 장원에서 나가. 한 번만 더 기웃거리면 그때는 정말 성불시켜 버릴 테니까."

"이, 이런 법이 어딨······."

"남의 집에 와서 귀신 행세를 해 사람 쫓아내는 법은 있냐?"

어째 한 마디 한 마디 반박하기가 뭐했다. 계형이 움찔 몸을 떨었다.

"운 좋은 줄 알아라. 내가 기분 안 좋았으면 넌 진짜 유령 됐다."

청명이 그런 그의 어깨를 두어 번 툭툭 치고 돌아서는 그 순간이었다.

"거, 거기에는 보물이 없소."

뚝. 청명의 몸이 그 자리에 우뚝 굳어 버렸다. 그리고 잠시 후, 그의 목이 기이하게 뒤틀리며 뒤쪽으로 꺾였다.

"······뭐?"

계형이 유령 흉내를 낼 때보다 몇 배는 더 음산하고 공포스러운 목소리가 청명의 입에서 흘러나왔다. 살기가 계형에게 내리꽂혔다.

'히익!'

기겁을 한 계형이 재빨리 말을 바꿨다.

"재, 재물! 그러니까 재물이라고 할 만한 것은 없다 이거요! 그런 게 아니라 다른 게 있······."

허둥지둥 덧붙이자 청명의 얼굴이 다시 눈 녹듯 화사하게 풀렸다.

"에이, 그게 뭐 중요하나. 그걸로 돈만 벌 수 있으면 그게 보물이지. 그래서 저 안에 뭐가 있는데?"

"그게······."

흘끔 청명의 눈치를 본 계형이 입술을 달싹이며 망설였다. 그러자 청명이 다가와 그의 어깨를 두드렸다.

"거참 답답하게 구네. 이러면 내가 직접 들어가서 확인해 볼 수밖에 없잖아. 어차피 결과는 같은데 서로 힘 빼지 말자고."

그 말에 계형이 모든 걸 포기해 버린 듯 깊은 한숨을 내쉬었다.

"……장문령부입니다. 저 창고 안에는 유령문의 장문령부가 들어 있습니다."

천하의 청명도 이번에는 당혹감을 숨기지 못했다.

"어? 장문령부?"

"예."

"그러니까. 문파의 대소사를 주관하는 장문인의 권위를 상징하는 그 장문령부?"

"……그렇습니다."

"상황에 따라서는 장문인보다 오히려 더 막강한 권한을 가지고 있는 그 장문령부? 그게 저기 들었다고?"

계형이 힘없이 고개를 끄덕였다. 이는 사실 절대 발설되어선 안 되는 내용이지만, 어차피 그에게는 이곳에서 벌어지는 일을 막을 힘이 없었다. 저 악귀 같은 놈은 어떻게든 저곳을 열어 뒤져 볼 테니까.

"그게 왜 여기에 있어?"

"설명하자면 좀 복잡합니다. 그게……."

"복잡하면 됐어. 설명하지 마."

……그럼 왜 물었는데, 이 새끼야?

"흐음. 그러니까 저 안에 장문령부가 있단 말이지?"

"예. 유령문에는 더없이 중요한 물건이니 부디……."

"장문령부가……."

청명의 입꼬리가 귀에 닿을 듯 실실 말려 올라갔다.

"그러니까, 지니기만 하면 장문인과 동급의 명령권을 가질 수 있는 장. 문. 령. 부가 저 안에 있다 이 말이렷다?"

"……."

"그래? 헤헤헤헤. 그렇다고? 에헤헤헤헤헤헷!"

"……."

너무도 마음에 드는 장난감을 받은 어린아이처럼, 청명이 해맑게 웃기 시작했다. 순간 말로 표현할 수 없는 섬뜩함을 느낀 계형은 불안을 감추지 못하는 눈으로 넌지시 그를 불렀다.

"그, 소도장."

"아니지."

청명이 어깨를 펴더니 더없이 자애로운 표정으로 계형을 바라보았다.

"이제부터는 장문령주(長文令主)라고 불러야지. 앞으로 잘 부탁한다. 헤헤헤."

뭘 부탁해, 이 미친놈아……. 진짜 답도 없네, 정말…….

간신히 버티고 있던 계형이 끝내 목덜미를 잡고 뒤로 넘어갔다.

◆ ◈ ◆

"흐으으으으응."

누가 들어도 기분 좋을 만한 콧소리가 흘러나왔다.

하지만 그 콧소리를 듣는 이들 중 진정으로 이 상황을 즐길 수 있는 이는 없었다.

"그러니까 이게……."

청명의 손아귀 안에서 어린아이 주먹만 한 문양이 빛을 발하고 있었다. 비취를 깎아 만든 듯한 녹빛의 물건은 빛을 받을 때마다 다른 색을 내뿜었다.

그 모습을 보며 내내 안절부절못하고 발만 동동 구르던 계형이 슬그머니 청명을 향해 다가갔다.

"도, 돌려주십……."

"동작 그만. 물러서."

움찔. 말이 끝나기가 무섭게 계형이 뒤로 화들짝 물러났다.

"앉아."

툭 건드리면 울 것 같은 얼굴로 계형이 얼른 자세를 낮추었다.

"손……."

"에라! 이 미친놈아!"

뻐엉! 보다 못한 백천이 다짜고짜 달려들어서 있는 힘껏 청명을 걷어찼다.

공처럼 뻥 날아간 청명이 허공에서 회전하여 아무렇지도 않게 바닥에 착 내려섰다. 그러곤 얼굴을 잔뜩 찌푸리며 버럭 소리쳤다.

"아, 왜!"

"똥개 훈련 시키냐?! 이 새끼야! 사람한테 할 짓이 있고 못 할 짓이 있지!"

"재밌잖아."

"끄으으응. 저놈이 정말……."

백천이 머리를 벅벅 긁다가 고개를 돌려 계형을 바라보았다.

'어쩌다가.'

나라 잃은 충신 같은 얼굴로 망연자실 주저앉아 청명만 바라보는 계형을 보고 있자니 측은지심이 절로 샘솟을 지경이었다.

세상에 일이 꼬여도 정도가 있지. 하필이면 저 악마 같은 놈에게 장문령부가 넘어가다니. 이건 정말 참사라는 말로도 설명할 수 없는 끔찍한 일이었다.

멋모르고 그 참사를 만들어 내는 데 동참한 화산의 제자들은 어쩔 수 없는 죄책감에 신음했다. 하지만 그런 그들의 심정을 아는지 모르는지, 청명은 손에 든 장문령부를 보며 피식피식 웃어 댈 뿐이었다.

'이게 뭐라고.'

장문령부. 이런 돌조각 하나가 한 문파의 권위를 상징한다는 게 참 우습기도 하지만……. 어쩌겠는가, 그게 현실인 것을.

'이게 다 사람이 문제여서 생긴 일이지.'

온갖 시험과 꾸준한 평가. 그리고 수십 년에 걸친 인성 검증을 통해 고르고 골라 뽑은 장문도 자신을 막을 사람이 사라지는 순간 눈이 돌아가 버리곤 한다. 심지어 비일비재하게.

화산처럼 장로들이 장문인을 어떻게든 뜯어말릴 수 있는 곳이라면 모르겠지만, 대부분의 문파, 특히나 규모가 작은 문파일수록 장문인의 권위는 장로들을 씹어 먹기 마련이다.

그리되면 결국 누구도 견제할 수 없는 절대 권력이 폭주하는 사태가 거의 필연적으로 벌어지게 되고, 그 사태를 막기 위해 만들어지는 게 장문령부다.

대부분은 원로원 등 장문인을 견제할 수 있는 곳에 두어 권력을 잡은 장문인이 이성의 끈을 놓지 못하게 하는 물건인데…….

'의도는 좋지. 의도는.'

하지만 좋은 의도로 만들어 놓은 물건을 좋지 않은 의도로 쓰는 것이 인간의 오래된 습성 아니던가. 만들어진 의도가 뭐든, 일단 이 물건은 들고 있는 것만으로 각 문파, 문도들의 생살여탈권을 손에 쥘 수 있다.

즉, 무소불위의 권력을 주는 '보물'이다.

그러니 이제 와선 결국 문파의 장문인들이 그걸 쥐고 있게 된 것이다.

그리고 그 유령문의 보물이 지금 청명의 손에 있었다.

청명이 장문령부를 쏘아보며 입맛을 다셨다.

"장문령부를 얻은 건 좋은데……. 뭔 문파가 거지도 아니고, 창고에 이거 말고는 돈 될 만한 게 없냐?"

혀 차는 소리를 들으며 계형이 세상이 무너지기라도 한 표정으로 청명을 바라보았다.

'저 거지발싸개로도 안 쓸 인간 같으니.'

뭐? 남의 문파 장문령부를 낄낄대며 강탈해 놓고는 돈? 도오오온?

'하늘도 무심하시지.'

눈물이 앞을 가렸다. 유령문이 대체 뭘 잘못했다고 이런 시련을 내리신단 말인가. 유령 행세를 하며 돌아다니기는 하지만, 따지고 보면 유령문처럼 선량하게 살아온 문파도 많지 않을 텐데. 착하게 살면 복을 준다는 말은 다 거짓부렁이다.

계형이 차마 뭐라 말도 못 하고 쓰린 속을 달래고 있을 때, 청명이 장문령부를 한 손으로 까딱까딱 흔들면서 물었다.

"억울해?"

……그걸 말로 해야 아냐? 말로 해야?

"근데 억울할 것도 없잖아. 따지고 보면 장문령부를 이런 데다 처박아 놓고 관리 안 한 너희 잘못이지. 말이야 바른말로, 대체 어느 문파가 장문령부를 이따위로 관리하나?"

소림의 장문령부인 녹옥불장은 방장 손에서 한시도 떨어지지 않는다. 방장이 녹옥불장을 내려 둘 때는 소림의 가장 심처에 있는 달마동에 보관하며, 그 주위를 소림의 나한들이 철통같이 지킨다.

한데 호위 하나 없는 곳에다 장문령부를 처박아 두고 제대로 관리하지 못했으니, 이건 빼앗겼다 해서 억울하다고 누굴 탓할 일도 아니었다.

"……사정이 있었습니다."

"사정이야 당연히 있겠지. 그리고 이제는 다시 장문령부가 필요한 일이 생겼을 테고. 그렇지?"

계형이 모든 걸 놓아 버린 듯 허탈한 얼굴로 고개를 끄덕였다.

"뭐. 내가 그 사정까지 알아줘야 할 이유는 없고."

청명이 장문령부를 손에 쥐고 약 올리듯 계형의 눈 앞에 대고 흔들었다.

"어떻게 할 거야? 나도 한 고생이 있는데 이걸 공짜로 돌려주기는 그렇잖아?"

계형이 눈을 부릅떴다. 얼굴에 화색이 돌았다.

돌려준다? 그래도 저 마귀 같은 놈이 진짜 마귀는 아니었던 모양이다. 그래도 돌려주기는 할 모양이네!

하지만 그의 가슴에 확 들어찼던 희망은 청명의 다음 말이 나오는 순간 거품처럼 덧없이 사라졌다.

"얼마 낼래?"

"……네?"

"얼마 줄 거냐고."

청명이 턱짓으로 깊게 파인 구덩이를 가리켰다.

"그래도 우리가 이거 파면서 들인 노동력이 얼만데. 쟤들이 생긴 게 맹해서 그렇지, 사실은 엄청 고급 인력들이거든."
"생긴 게 맹하다니!"
"그러는 지는 얼마나 잘생겼다고!"
"백천 사숙이 있는데 네 얼굴로 그딴 말을 해?"
 순간적으로 화산 제자들 사이에서 비난이 폭주했지만, 청명은 늘 그랬듯 그 말을 한 귀로 듣고 한 귀로 흘렸다.
"봐 봐. 나도 나름 원시천존을 모시는 도사란 말이지. 남의 문파 장문령부를 그냥 꿀꺽하기는 양심에 찔려서 말이야."
"양심? 저놈이 지금 제 입으로 양심이라는 말을 한 거냐?"
"에이. 설마요, 사숙. 그런 말도 안 되는 일이 벌어질 리가 있겠습니까? 잘못 들으셨겠죠."
"근데 이 새끼들이 아까부터?"
 청명이 눈을 부라렸지만, 화산의 제자들은 찔끔하기는커녕 되레 배를 쭉 내밀면서 '뭐, 뭐?' 하고 외쳤다.
 아, 저것들 머리가 너무 굵어졌네. 날 한번 잡아야…….
 여하튼. 청명이 계형을 바라보며 미소를 지었다.
"얼마 낼래? 적당한 액수면 좋게 좋게 보내 줄 수 있는데."
"……돈이요?"
"응."
"그게……. 말씀드리기 참으로 민망합니다만, 지금 유령문은 개방보다 가난하다고 확신합니다."
 계형이 고개를 푹 숙이며 말했다. 생각지 못한 말에 청명이 고개를 갸웃거렸다.

"그게 말이나 돼? 천하제일의 신법을 가지고, 천하제일의 은신술을 가진 문파가 돈이 없다고? 도둑질만 해도 떼돈을 벌겠구만!"

"저희는 도둑질 같은 건 안 합니다!"

퍼뜩 고개를 든 계형이 억울하다는 듯이 소리를 질렀다.

"안 그래도 유령문이 한창 활동하던 당시에, 강호에서 뭐만 없어졌다고 하면 다 우리가 한 짓이라고 몰아가는 일들이 있었던지라 다들 도둑질이라면 학을 뗍니다."

아, 그거 슬픈 이야기긴 한데…….

"아니, 그럼 그렇게 처입고 유령 행세를 하질 말든가!"

"무, 무공 자체가 그런 걸 어떻게 합니까!"

"그따위로 희끗대면서 알짱거리면 공자님도 너희들부터 의심하겠다!"

"어, 억울합니다."

쌓인 게 많았는지 계형은 정말로 억울한 듯 가슴을 치며 항변했다.

"저희는 이래 뵈도 깨끗하게 살고 있단 말입니다. 그런데 하필이면 이런 무학 때문에 시체를 부린다느니, 귀신들이 모인 문파라느니! 겉모습이 전부가 아닌데!"

"……다들 그러지는 않을 거야."

"하지만 도장께서도 바로 조금 전에 도둑질만 해도 떼돈을 벌겠다고 하셨잖습니까!"

"어……. 미안하다."

움찔한 청명이 곧장 사과했다. 서러운 눈빛이 그의 얼굴을 콕콕 찔렀다.

"……정사지간이라는 말도 그렇습니다! 우리 유령문은 지금까지 남에게 피해를 주며 산 적도 없단 말입니다. 도우면 도왔지! 그런데 사람들은 죽어도 우릴 정파로 봐 주지 않습니다."

계형은 금방이라도 술 한잔 때려 박을 듯한 얼굴로 울분을 토하며 어깨를 늘어뜨렸다.
"힘내세요. 알고 보니 좋은 분들이셨네."
"청명이가 나쁜 놈이네."
"시끄러워!"
귀신같이 추임새가 달라붙었다. 청명이 버럭 소리를 지르고는 계형을 바라보았다.
"그렇다고 해도 그게 말이나 돼? 신법은 뒀다가 국 끓여 먹냐?"
"물론 저희의 신법은 천하일절입니다."
"그래! 그러니까 그걸……."
"그런데 그것도 누가 일을 맡겨 줘야 써먹을 것 아닙니까. 가만히 있어도 도둑놈 소리를 듣는 판에, 누가 저희한테 의뢰를 하겠습니까. 고양이한테 생선 맡기는 것도 아니고."
……이상하다. 왜 눈가가 시큰하지.
청명이 뒷머리를 긁적였다. 뭔가 듣다 보니 예전에 다 망해 가던 화산 이야기를 듣는 것 같아서 괜스레 감정이 이입되는 느낌이었다.
"그래서 돈이 없다고?"
"……먹고 죽을 돈도 없습니다. 안 그래도 가난한 문파였는데, 최근 문주를 새로 뽑는 과정에서 문제가 좀 있었습니다. 전대 문주께서 후계자 둘 중 하나를 확실히 정하지 못하고 급사해 버리시는 바람에."
"전쟁이 났군."
"그리 큰 규모는 아니라 전쟁이라 말하기는 애매하지만……. 여하튼 큰 다툼이 있었습니다. 그 다툼이 이제야 끝났고요."
"그래서 장문령부를 회수하러 왔다?"

"예. 결과가 나기 전에 장문령부가 모습을 드러내면 다른 문제가 생길 수 있으니까요."

청명은 복잡한 얼굴로 무영귀 계형을 바라보았다.

"거짓말 아니지?"

"정말입니다. 저희는 나름대로 협의를 지키려는 문파입니다. 제가 최근에 저지른 잘못이라고는 배가 너무 고파서 여기 부엌에 있던 고기 몇 점 주워 먹은 것밖에는……."

"……용서해 줄게."

"감사합니다."

청명이 아쉽다는 듯 장문령부와 계형을 번갈아 보며 입맛을 다셨다.

'돈이 없으면 안 되는데.'

건수 하나 제대로 물었다 싶었는데, 이래서야 괜한 고생만 한 꼴이 아닌가. 게다가 저놈들을 핍박하기에도 뭔가…….

'이상하게 순박하단 말이지.'

따지고 보면 저놈이 큰 잘못을 한 것도 아니다. 그저 귀신 행세를 했을 뿐. 혼자 다니는 화산, 화영문 제자를 공격한 적도 없잖은가.

물론 청명에게 달려들기는 했지만, 뭐……. 한 대 때려 보지도 못하고 신명 나게 처맞기만 했으니 그것도 잘못이라기에는 뭐하고. 이렇게 되면 결과적으로는…….

'이것도 빛 좋은 개살구라는 건데.'

청명이 장문령부를 보며 끌끌 혀를 찼다. 돈 없는 문파의 장문령부를 대체 어디다 써먹는단 말인가. 그렇다고 쟤들이 센 것도 아니고. 붙어 보니 신법과 보법을 제외하고는 형편없었다. 그러니 문파가 돈이 없…….

"잠깐."

청명이 돌연 휙 고개를 들어 계형을 바라보았다.

움찔. 그의 눈이 이글이글 불타오르는 것을 본 계형이 화들짝 놀라 몸을 움츠렸다.

"돈을 벌기 싫은 건 아니지?"

"당연히 아니지요. 세상에 돈 싫어하는 곳이 어디 있습니까. 아무리 무공이 우선이라지만, 입에 풀칠할 돈이라도 있어야 무학도 익히지요. 소도장께서도 잘 아시잖습니까?"

청명이 바쁘게 머리를 굴리며 고개를 끄덕였다.

천하제일의 신법을 가진 문파가 돈을 벌 수단이 없어서 가난하게 산다 이 말이지?

이윽고 생각을 마친 청명의 입가에 흐뭇한 미소가 내걸렸다.

"야. 너희 장문인 데리고 오는 데 시간 얼마나 걸리냐?"

"……정확하게는 지금 유령문의 문주 자리는 비어 있고, 장문령부를 회수해 가면 새 문주가 선출됩니다."

"그래. 알았어, 알았어. 그러니까 그 새 문주 될 사람이 여기까지 오는 데 얼마나 걸리겠냐?"

그러자 계형이 살짝 고민하는 듯하더니 금세 대답했다.

"아무리 늦어도 열흘은 걸리지 않을 겁니다."

청명이 만족한 듯 미소 지으며 크게 고개를 끄덕였다.

"좋아! 그 사람한테 가서 장문령부 돌려받고 싶으면 직접 오라고 해. 오는 길에 너도 같이 오고."

"……도, 도장님! 저 이대로 돌아가면 맞아 죽습니다!"

"괜찮아, 괜찮아. 가서 이 말 한마디만 전하면 안 맞아 죽을 거야."

"……한마디요?"

"떼돈 벌게 해 줄 테니까, 나랑 일 하나 같이 하자고 해."
"떼돈…… 말씀이십니까?"
"아암. 그냥 돈 아니지. 떼돈이지."
여전히 영문을 모르는 계형을 보며 청명은 낄낄대며 웃기 시작했다.
모름지기 없어 본 놈들은 돈 앞에선 눈이 돌아가기 마련이다. 청명이 딱 그러지 않았던가.
'안 그래도 슬슬 사업을 확장해야 하는 시점이었는데.'

- 전 중원 열흘 내 배송 가능. 귀신같이 가져다드립니다. -

이건 먹힌다! 반드시 먹힌다!
조금 전까지는 그냥 조금 예쁜 돌덩어리처럼 보였던 장문령부가 이제는 금덩어리로 보이기 시작했다. 아니, 금도 아니지. 이건 금광이다.
"유령표국이라. 낄낄낄낄. 이거 진짜 괜찮을 것 같은데? 으히히히힛!"
뭐가 그리 좋은지 혼자 자지러지는 청명을 보며 화산의 제자들은 모두 불안에 떨었다.
'또 무슨 짓을 하려고.'
'제발 사람답게 살자, 청명아.'
청명이 일을 벌이면 그 수습을 하는 건 늘 백천과 그 일행들의 몫이 아니던가. 또다시 고생이 시작될 것 같다는 예감에 모두가 깊은 한숨을 내쉬었다.

화산귀환 8

발행 I 2025년 6월 9일

지은이 I 비가
펴낸이 I 강호룡
펴낸곳 I ㈜러프미디어
디자인 I 크리에이티브그룹 디헌
기획 편집 I 러프미디어 편집부

ISBN 979-11-7326-079-7 04810
　　　 979-11-7326-078-0 (set)

출판등록 I 2020년 6월 29일
주소 I 경기도 부천시 송내대로 29 리슈빌딩 3층
전화 I 070-4176-2079
E-mail I luffmedia@daum.net
블로그 I http://blog.naver.com/luffmedia_fm

해당 도서는 ㈜러프미디어와 독점 계약되었으며, 저작권법에 의해 보호받는 저작물입니다.
무단 전재와 무단 복제를 엄금합니다.